**读客外国小说文库**

熊猫君激发个人成长

# DROOD

# 谋杀狄更斯 上

[美] 丹·西蒙斯 著
DAN SIMMONS

陈锦慧 译

上海文艺出版社

"是什么使威尔基的天赋濒临灭亡？
有个恶魔低声说：威尔基，使命在身！"

——A. C. 斯温伯恩

《双周评论》1989年11月

# 目　录

# 第一章

我的名字叫威尔基·柯林斯。我将这份文稿的出版时间设定在我离开人世的一百二十五年后，所以我猜你没听过我的名字。有人说我天性嗜赌，他们说得一点儿也没错，所以亲爱的读者，我打赌你没读过也没听说过我写的书或剧本。或许你们这些一百二十五年后的英国人或美国人根本不使用英语，又或许你们穿着打扮像非洲土人，住在煤气灯照明的洞穴里，搭乘气球飞来飞去，可以像打电报一样互相沟通心念，不受任何口头或书写文字的限制。

即使如此，我仍愿意用我现有的财产（尽管微薄）和未来我全部剧本与小说的版税（想必也十分微薄）当赌注，赌你一定记得我的朋友兼昔日合作伙伴写过的书籍、剧本以及他虚构的人物。我那朋友叫查尔斯·狄更斯。

因此，以下的真实故事讲的是我的朋友（至少曾经是）狄更斯以及斯泰普尔赫斯特火车事故。那场意外让他从此惶惶不安、健康受损，也许有人会悄声补上一句：外加精神失常。这段真实故事描述的是狄更斯生命的最后五年，讲述那段时间里他对某个名叫祖德的人与日俱增的执著，如果祖德真的是人的话。此外，故事还涉及谋杀、死亡、尸体、墓室、催眠、鸦片、鬼魂，以及狄更斯口中所称"我的巴比伦"或"大烤炉"，也就是伦敦藏污纳垢的下层区域那些街道巷弄。在这份手稿里（如同早先的说明，基于法律与个人声誉问题，我有意封存这些文字，等我和狄更斯死亡一百多年后才公之于众），我要答复一个在我们生存的这个时代没有人知道、所以没有人会提出的问题："狄更斯这位举世闻名、备受爱戴与推崇的作家当真计划谋杀某个无辜人士，将他的尸首扔进生石灰坑里熔掉，神不知鬼不觉地将残余的骨骸和骷髅头藏进那间在他童年回忆里不可或缺的古老大教堂的地窖？之后再将可怜的被害人留下的眼镜、戒指、领针、袖扣、衬衫饰扣和怀表等私人物品分批投入泰晤士河？如果真有其事，或者狄更斯只是梦见自己做过这些事，那么某个名叫祖德、近乎真实的魅影，在这些疯狂行为背后扮演的又是何种角色？"

狄更斯的那场意外灾难发生在1865年6月9日，那列搭载他的成功、平静、理智、手稿与情妇的火车一路飞驰，迎向铁道上的裂隙，突然触目惊心地坠落了。

我不清楚你们这些生活在那么多年后的读者是不是还在记录或传诵历史（也许你们弃绝了希罗多德与修昔底德这些古希腊史学家，不再纪年编史，永远活在公元0年），如果你们的时代对历史还有那么一点儿概念，你就一定会知道发生在我们所称的"公元1865年"这一年的大事。其中某些事件在许多英国人眼中充满戏剧性，引发高度关注，比如美利坚合众国那场兄弟阋墙内战的终结。但狄更斯例外，尽管他对美国这个国家很感兴趣——毕竟他到过那里，也写过书描述那块土地（我不得不说，那些书实在不值得恭维），更在这块昔日殖民地藐视著作权的混乱状态里披荆斩棘，千辛万苦争取到作品遭剽窃的赔偿，但他其实对那块土地遥远的北方与更遥远的南方之间那场战事兴趣寥寥。可是在1865年，也就是斯泰普尔赫斯特灾难的那一年，狄更斯确实有理由为他的个人生涯踌躇满志。

他是英格兰、也许是全世界最受欢迎的小说家。英格兰和美国有很多人推崇他为史上最伟大的作家，除了莎士比亚外，也许再加上乔叟与济慈。

当然，我知道那根本是胡扯，可是名气这玩意儿诚如世人所说（我也这么说过），会愈滚愈大。我曾经目睹狄更斯受困在乡间的无门茅厕里，长裤落在脚踝边，像迷途羔羊般哀求着要厕纸擦屁股。请见谅，在我脑海中，那一幕比什么"史上最伟大作家"更历历在目。

可是在1865年6月这一天，狄更斯有太多理由自鸣得意。

七年前狄更斯跟他的结发妻子凯瑟琳分居。凯瑟琳显然在他们长达二十二年的婚姻里冒犯了他，只因她毫无怨言地帮他生下十个孩子，经历多次流产，一路走来既要忍受他的诸多埋怨，还得迎合他的突发奇想。如此贤内助必然深获狄更斯欢心，1857年某一天我跟他在乡间散步，途中浅尝了几瓶当地葡萄酒，狄更斯跟我聊起他心爱的凯瑟琳，说她"是我的宝贝，威尔基，她对我很重要。可是，整体来说，她迟钝如母牛，毫无魅力；肥胖笨重，没有女人味……像炼金术士熬制的汤药，里面只有空洞心灵、昏聩颠顸、懒怠迟缓与自我沉溺，像一锅浓稠液体，只有靠她频繁的自怜自艾的长勺才能搅动"。

很可能狄更斯已经忘了自己说过这些话，我却牢记在心。

在他们的婚姻关系上，真正让凯瑟琳万劫不复的是那次的手镯事件。当年我们的舞台剧《冰冻深渊》演出结束后，狄更斯似乎（根本没有所谓"似乎"，他买下那个惹祸事物的时候我在现场）帮女演员爱伦·特南买了一只贵重手镯，没想到那个白痴珠宝商没有把东西送到特南小姐的公寓，反倒送往狄更斯在伦敦的住家塔维斯多克寓所。凯瑟琳因为这次的误送事件哀泣了几个星期，怎么也不肯相信那只是为了表达她丈夫对特南小姐光明磊落的敬意，感谢特南小姐在我们这出……不，是我这出……描述一场北极单恋的戏剧里惟妙惟肖地（坦白说，我认为她的表现勉强只能算称职）扮演了主角的心上人克莱拉·伯尔尼罕。

到了1858年，狄更斯还在向伤心欲绝的凯瑟琳解释，他说自己经常馈赠那些参与他的业余剧场表演的演员和工作人员，而且出手大方。在《冰冻深渊》演出之后，他已经送出几只手镯、几枚吊坠、一块表和一组三个蓝瓷衬衫饰扣给参与演出的其他人。这话不假。

只不过，他并没有爱上其他那些人，而他的的确确爱上了爱伦·特南。这点我很清楚，凯瑟琳·狄更斯也心里有数，只是，没有人知道狄更斯自己知不知情。狄更斯是个非常有说服力的小说家，更是地表有史以来最自以为是的男人，所以我猜他可能从来不愿意面对或承认他自己内心深处的动机，除非那些情感有如泉水般纯净。

这一回狄更斯雷霆震怒，他对瑟瑟缩缩（如果有损女主人的名讳，谨此致歉）的凯瑟琳咆哮怒吼，横眉竖目地说，她的无端指控侮辱了爱伦·特南纯洁无瑕的完美人格。狄更斯在情感上、爱情上或——我敢说——情欲上喜欢幻想自己对某位花样年华、冰清玉洁的女神殷勤体贴的无私奉献。可惜狄更斯想必忘了他那位婚姻濒临破碎的可怜妻子凯瑟琳也看了我们为《冰冻深渊》编写的滑稽剧《约翰叔叔》。这是我们这个世纪的惯例，在严肃的长篇戏剧之后上演一出短剧。在这出短剧里，四十六岁的狄更斯扮演年长绅士约翰叔叔，十八岁的爱伦·特南扮演他的被监护人。自然而然地，约翰叔叔疯狂爱上了那个年龄不及他一半的女孩。凯瑟琳想必知道，虽然描写失踪的法兰克林远征队故事的《冰冻深渊》的创作者是我，负责编写那出浪漫短剧并敲定演员阵容的人却是她的丈夫，而且是在他认识爱伦·特南之后。

约翰叔叔非但爱上了他受托监护的女孩，还赠送她（容我引用该剧脚本上的指示）"珍贵礼物，比如珍珠项链和钻石耳环"。

因此，当指名送给爱伦的手镯出现在塔维斯多克寓所时，处于怀孕生子空当的凯瑟琳从脑袋空空懒怠迟钝之中清醒过来，怒吼得有如一头肩胛骨被威尔士挤奶工人拿棍子猛戳的乳牛。

狄更斯的反应跟天底下所有心虚的丈夫一样，只是，这个丈夫碰巧是全英格兰与英语世界最受欢迎的作家，同时也可能是人类史上最伟大的作家。

首先，他强烈要求凯瑟琳正式拜访爱伦·特南与她母亲，让大家知道他的妻子对他没有半点怀疑，也未对爱伦心存任何嫉妒。本质上，狄更斯是在要求他太太公开向他的情妇道歉，至少是向他不久的将来的情妇（等他鼓足勇气做好安排）道歉。悲惨的凯瑟琳含泪应允，委曲求全地登门拜访爱伦与特南太太。

这却不足以平息狄更斯的怒火，他将他十个孩子的妈妈逐出家门。

他让长子查理去跟凯瑟琳同住，其他孩子都留在塔维斯多克寓所，最后举家搬进盖德山庄。据我观察，狄更斯很喜欢他那些孩子，前提是他们对他言听计从，没有太多主见……换句话说，一旦孩子们不再表现得像《老古玩店》里的小耐儿或《董贝父子》里的保罗·董贝或他笔下其他人物，他就对他们失去了耐心。

这桩丑闻当然余波荡漾，后续上演了凯瑟琳娘家父母高调抗议，狄更斯和他的律师们强行要求对方高调收回那些抗议，狄更斯威逼或误导公众言论，法律恫吓，难堪的流言蜚语，最后覆水难收，凯瑟琳被迫分居。至此，他完全拒绝跟她沟通，即使事关孩子的福祉。

这就是那位象征全英格兰乃至全世界"幸福家庭"典范的男士。

狄更斯的家还是需要有个女主人。他有很多仆人，他还有九个孩子，除非他想跟他们玩耍或抱在腿上拍照片，否则他不希望孩子来烦他；他得交际应酬；家里的菜单要有人审查，日常用品和鲜花的采买要有人负责；居家的清扫与整理需要监督；查尔斯·狄更斯不可以被这些柴米油盐的琐事绑住。请你理解，他毕竟是世上最伟大的作家。

狄更斯做了理所当然的抉择，只不过，在你我眼中也许不是那么理所当然。也许在我延迟出版这本回忆录的这个遥远的20或21世纪里，这确实是理所当然的事，或者根本已经抛弃了婚姻这种奇特又愚蠢的制度，如果你们够英明睿智的话。你将会发现，我在有生之年里逃避婚姻，选择跟某个女人同居，与此同时又跟另一个女人生孩子。我这个年代里有人说我是个坏蛋，是个恶棍，听得我乐不可支。抱歉，我离题了。

于是狄更斯做了理所当然的决定，他把凯瑟琳待字闺中的妹妹乔吉娜升格为代理配偶，让她管理家务、照顾孩子、操办他的无数派对和晚宴，当然她也是厨子和众多男女仆役的士官长。

谣言不可避免地生起，对象却是乔吉娜而非爱伦·特南，因为此时的爱伦可说是从聚光灯下退居幕后。狄更斯找了个医生到塔维斯多克寓所，命他检查乔吉娜，并公布检查结果。那医生奉命行事，公开昭告天下：乔吉娜·贺加斯仍是完璧之身。

狄更斯认为，事情应该就此尘埃落定。

他的小女儿后来告诉我，或者至少在我的听力范围内说道："我父亲像个狂人。这次事件暴露出他最丑陋也是最脆弱的一面。他一点儿都不在乎我们这些家人，再也找不到比我们更悲惨、更不快乐的家庭了。"

即使狄更斯注意到家人的不开心，或者他不但注意到了，也很关心，但是他始终没有表露出来。至少我看不出来，他那些近期结交的至交好友也都没能察觉。

事情果然如他所料，危机一定会过去，而他的读者绝不会遗弃他。读者就算听闻了他纷纷扰扰的家务事，显然也都原谅他了，毕竟他是英格兰幸福家庭的倡导者，更是全世界最伟大的作家，理应得到宽容。

我们这些文艺圈的同侪和朋友也都不计前嫌，唯一的例外是作家萨克雷，不过那又是另一段故事了。我得承认，其中有某些人（包括我）暗地里默默地为狄更斯鼓掌，赞许他勇于挣脱与这么一个毫无魅力、有如船锚般迟钝缓慢的女人之间的婚姻关系。他们婚姻的破碎为那些生命暗淡无光的已婚男士带来一丝希望，也让我们这些单身汉私心窃喜，觉得有朝一日若是踏进那个有待探勘、号称男人不归路的婚姻国度，或许还有生还机会。

可是亲爱的读者，请你别忘记，我们谈的可不是别人。这个男人在不久之前，也就是认识爱伦·特南之前，曾经跟我穿梭于各戏院之间，探访我们所谓的"出色娇美的长春花"，也就是那些我们一致觉得赏心悦目、非常年轻貌美的女演员。当时他对我说："威尔基，如果你想得出任何不同凡响的方式度过今晚，就放胆去实践吧。我不在乎你想做什么，只有今夜，什么规矩法度都让它随风而去！如果你的脑子能想出什么足堪比拟古罗马奢侈荒淫的感官享受，我都奉陪。"

如果他有这种兴致，我也奉陪。

我还没忘记1865年6月9日这个日子，这一连串不可置信的事件都从那一天铺展开来。

当时狄更斯放下手中《我们共同的朋友》的最后阶段创作，休假一星期。他对朋友们的解释是，他工作量太大，加上前一年冬天脚部"冻伤"始终没有痊愈，决定去巴黎散散心。我不知道爱伦·特南和她母亲有没有跟他一起去，但我确知她们跟他一起回来。

某位我缘悭一面也无意结识的女士素喜向《泰晤士报》提供恶毒的小道消息，她名叫克拉芮·皮特·拜恩太太。（据说她是查尔斯·沃特顿的友人，而这位沃特顿先生是个博物学家兼探险家，经常发表他勇闯天涯的探险经历，结果却在自己的住所渥尔敦庄园粗心摔跤一命呜呼，时间就在斯泰普尔赫斯特事故发生前十一天。有人说他的鬼魂变成一只大苍鹭，一直逗留在他的旧宅内。）这回这则毒舌八卦出现在狄更斯火车意外后的几个月，内容是说6月9日当天有人目击狄更斯搭乘从法国布洛涅驶往英国福克斯通的渡轮：

> 跟他一起旅行的并不是他妻子，也不是他小姨子，他在甲板上依然趾高气扬，像个多么了不起的大人物似的。他的脸部表情和他的举手投足仿佛都在高傲地宣称："看看我吧，别错过好机会。我就是那个伟大、独一无二的查尔斯·狄更斯，单凭这点，我就可以随心所欲，为所欲为。"

我听说拜恩太太的名气主要缘自几年前出版的一本书，书名叫作《法兰德斯居家风格》。个人浅见是，她那支尖酸刻薄的笔最好专心描写沙发床和壁纸，人类这个主题显然超出她狭隘的眼界。

狄更斯、爱伦和特南太太在福克斯通下船后，搭上两点三十八分的火车。当天的列车有七节头等车厢，他们搭乘其中一节。列车接近斯泰普尔赫斯特的时候，车厢里只剩他们三个人。

当天下午三点十一分，列车通过黑德科恩后继续全速前进，时速大约八十公里，前方不远处就是靠近斯泰普尔赫斯特的铁路高架桥。"高架桥"是官方铁路指南里对于那种结构的名称，只是，就支撑横跨在波尔特河上那些粗重横梁、纵横交叉的那些网状木头而言，"高架桥"这三个字未免稍嫌花哨。

工人正在桥上进行老旧横梁定期替换。事后的调查（我看过调查报告）显示，工头拿错火车时刻表，以为那班火车再过两小时才会抵达。看来不是只有我们这些乘客被英国火车时刻表里标示假日、周末与高峰时刻班车那些没完没了的星号和谜一般的括号搞得一头雾水。

铁路法规与英国法律规定，实施这类工程时必须指派一名司旗员在施工位置前方一公里处驻守——当时桥上有两截铁轨已经拆卸下来，放在铁道旁——可是不知为何那个拿着红旗的司旗员的位置离那个缺口只有五百米。缓冲距离太短，以那班从福克斯通开往伦敦的特快列车的行驶速度，根本没有机会及时刹住。

列车上的司机员看见前方缓缓挥舞的红旗——我敢说那肯定是让人心头一凛的景象——又看见铁道上的缺口和前方桥面上的横梁，只能尽力而为了。亲爱的读者，或许到了你们的时代，所有的火车都有可供司机员操控的刹车。在我们的1865年却非如此。列车的每一节车厢必须独立刹车，而且必须听从司机员号令。当时司机员没命地吹哨子，下令各车厢的列车长启动刹车，可惜没多大作用。

根据调查报告，列车驶抵中断的铁轨时，时速还有五十公里。难以置信的是，火车头"跃"过那段长十二米的缺口，在河谷另一端脱离了轨道。七节头等车厢之中有六节脱钩向下俯冲，坠毁在底下的泥泞河床。

唯一幸存的头等车厢正是搭载狄更斯、他的情妇和他情妇的母亲那节。

连接在火车头后方的列车长车厢被甩到另一条轨道，把紧随在后的那节二等车厢拖了过去。接在那节二等车厢后面的正是狄更斯的车厢，它的部分车厢飞越河谷落在对岸，而其他六节头等车厢则是凌空飞坠，撞毁在底下。狄更斯的车厢摇摇欲坠地挂在高架桥上，只靠连接那节二等车厢的车钩支撑，整节车厢只剩最尾端还留在铁轨上。其他六节头等车厢尽数俯冲坠毁翻滚弯折，像一堆火柴棒或碎片，支离破碎地躺在底下的潮湿河床上。事后狄更斯描写这惊悚的一刻时，措辞总是小心谨慎，除了对少数密友，绝口不提他那两位同车旅客的姓名或身份。我很确定他只对我一个人和盘托出真相。

"突然间，"他在一份描述这起事故、更广为流传的书信里写道，"我们脱离了轨道，像热气球吊篮似的撞击地面。那位年长的女士（此处我们必须解读为"特南太太"）大喊一声：'天哪！'跟她同行的那位年轻小姐（这位当然是爱伦·特南）惊声尖叫。

"我拉住她们俩……说道：'我们没有能力自救，但至少我们可以冷静沉着。请不要大声叫喊！'

"那位年长女士立刻回答：'谢谢你。相信我，我发誓会保持安静。'然后我们一起下滑到车厢角落，停在那里。"

那节车厢确实严重向左侧倾斜，所有行李和松动物品一股脑地滑向左下方。在狄更斯的余生里，他会不断受到惊吓，仿佛"所有的东西，我全身上下，都剧烈倾斜，而且往左下方坠落"。

狄更斯继续描述：

"我对那两位女士说：'你们不必担心，最坏的情况已经过去了，我们的危机肯定结束了。我来想办法从车窗出去，你们能不能暂时待着别动？'"

五十三岁的狄更斯虽然脚上还有"冻伤"（我长期为痛风所苦，多年来一直服用鸦片酊缓解疼痛，我很清楚痛风症状，我几乎可以确定狄更斯的"冻伤"就是痛风），身子骨却依然够柔软。他爬出车窗，惊险万分地从车厢台阶跳到桥上的铁道路基，看见了两个列车长像没头苍蝇似的来回奔跑。

狄更斯写道："我伸手拦住其中一个，询问那人：'你看着我！你停一下，仔细看看我，告诉我你认不认识我。'"

"狄更斯先生，我们当然认得您！"他说那个列车长马上回答。

"那么，这位兄弟。"狄更斯叫道，几乎有点儿欢天喜地（像克拉芮·皮特·拜恩那种鼠目寸光的人就会补上一句：很得意在这种时刻还能被认出来），"赶快把车厢钥匙给我，再派一个工人过来，我来救出这节车厢里的人。"

根据狄更斯写给朋友的信件，那位列车长把钥匙交给他，也找来工人在桥面与车厢之间铺上木板，狄更斯自己则爬回倾斜的车厢，去到尾端拿取他的高顶大礼帽和装有白兰地的随身瓶。

在此，我得打断对你我这位共同朋友的叙述，简单补充几句。我曾经以官方调查报告里提供的姓名为线索，找到那两名被狄更斯拦下、听他指示发挥救灾功能的列车长。那个叫作莱斯特·史密斯的列车长对那段经过的记忆跟狄更斯略有出入。

"当时我们正要去底下的河床救那些受伤或性命垂危的人，有个衣冠楚楚的家伙从头等车厢爬出来，朝我和帕迪·毕欧跑过来，眼神狂野脸色苍白，一直对我们叫嚷：'老弟，你认识我吗？你们认识我吗？你们知道我是谁吗？'"

"坦白说，我当时回答他：'老兄，就算你是阿尔伯特亲王我也不在乎。别挡我的路。'平常我不会用这种口气跟绅士说话，但那不是平常时候。"

总之，狄更斯确实指挥几个工人帮忙把爱伦和特南太太救了出来，他也确实爬回车厢去拿随身酒瓶和高顶帽，也的确用他的大礼帽装了水，再爬下陡峭的边坡。所有目击证人一致声称狄更斯到达河床后立刻开始协助搜寻死伤乘客。

在斯泰普尔赫斯特事故后那五年余生里，狄更斯总是用"难以想象"形容他在河床上目击的景象，用"无法理解"形容他在现场听见的一切。而他可是外界公认继沃尔特·司各特爵士之后最富想象力的英国作家，笔下的故事最起码都能做到清楚易读。

或许那些"难以想象"的事端就从他费力爬下陡峻边坡开始。当时他身边突然出现一个高高瘦瘦的男子，那人身上的厚重黑色斗篷似乎比较适合夜晚的歌剧院，而不适合出现在午后驶往伦敦的火车上。狄更斯和那人都用一只手拿着高顶帽，另一只手紧抓边坡保持平衡。事故发生后不久，狄更斯用他那"不再是我自己的"嗓音沙哑地低声告诉我，那个人瘦得形容枯槁，脸色苍白得吓人，那惨白秃顶的高额底下，那双深陷在阴影里的眼眸凝视着他，骷髅头般的脸庞两侧蹿出几绺渐渐花白的头发。狄更斯后来又说，那人的鼻子只剩半截（狄更斯的描述是："不是正常的大鼻子，只是开挖在惨白脸上的两道黑色裂隙"），间隔太宽的牙齿细小尖锐又不规则，长在比牙齿更灰白的牙龈上，整体看上去更让狄更斯觉得那张脸就是一个骷髅头。

狄更斯还注意到那人右手少了两根指头，或者该说有两根残缺的指头，是小指和紧邻的无名指。那人左手的中指也不见了。令狄更斯好奇的是，如果发生意外不得不动手术切除手指，通常会从关节部位下刀，那人的情况却不是如此，反而是从关节与关节之间的骨头开始截除。"像融化一半、末端变细的白色蜡烛。"事后他这么对我说。

狄更斯跟那个披着黑色斗篷的身影一起手脚并用缓缓爬下边坡，一路抓着灌木或石块寻求支撑。他开始觉得气氛有点儿尴尬。

"我是查尔斯·狄更斯。"他喘着气说。

"是……"那张惨白面孔答道，他话语里的嘶嘶声从齿缝滑出来，"我知道。"

这下子狄更斯更不知所措了。"先生尊姓大名？"他们一起滑下边坡的松动碎石子时他问道。

"祖德。"那人答，或者说狄更斯听见那人这么回答。那苍白形体的话声略显模糊，可能还夹杂着一点儿外国腔。"祖"这个字从他口中说出来倒像"惧"。

"你搭这班火车到伦敦去吗？"狄更斯问，此时他们已经来到陡坡底部。

"去莱姆豪斯……"那个披着斗篷的丑陋形体说道，"白教堂区、瑞特克里夫路口、琴酒巷、三狐街、肉贩街和商业路。还有铸币厂和其他巢穴。"

狄更斯听见这一大串古怪的地名猛然抬起头，因为那班车的终点站是伦敦市中心区的车站，不会开往东伦敦那些暗巷。"巢穴"是个俗称，指的是伦敦市内环境最恶劣的贫民窟。不过这时他们已经到了谷底，这个"祖德"二话不说转身走开，仿佛滑进了高架桥底下的阴影里，短短几秒内他的黑色斗篷就消失在那片黑暗里。

"你要明白，"狄更斯后来悄声告诉我，"我自始至终都不认为这个形迹诡异的幻影是死神前来召唤亡者，也没想过他是这场悲剧里其他受难者的化身。这些念头太陈腔滥调，即使那些水平远低于我的作品的小说都不会采用。可是威尔基，我必须承认，"他说，"当时我或许猜想过这个祖德可能是从斯泰普尔赫斯特或附近村庄来的殡葬业者。"

祖德离开后，狄更斯把注意力转到惨烈的灾难现场。

躺在河床或河岸沼地上的列车车厢已经变形走样，除了以各种离奇角度零零散散冒出水面的铁制轮轴或车轮，现场俨然像是有许多栋木造平房被某场美国龙卷风吸向天空后，掉落下来摔成碎片，而后那些碎片仿佛又掉落一次，砸得七零八碎。

当时的狄更斯认为，经过如此剧烈的冲击与破坏，根本不可能有人生还，但河谷里充满了伤员凄厉的叫声，因为生还者人数远多于罹难者。当时狄更斯觉得那根本不是人类的叫声。狄更斯曾经探访过人满为患的医院，比如瑞特克里夫路口（祖德刚刚提到这个地方）的儿童医院那种有许多贫病交加的患者孤独无依地死去的地方，里面的呻吟与哀号跟事故现场比较起来简直小巫见大巫。这里的尖叫声让人觉得仿佛有人打开了通往地狱的入口，那些受诅咒的灵魂最后一次被允许向凡间发出惨叫声。

狄更斯看着一个男人左摇右晃地朝他走来，双手摊开，仿佛等人给他一个热情拥抱。那人头骨上半部被撕扯开来，就好像我们准备早餐时事先用汤匙敲开水煮蛋。狄更斯清楚看见那人破裂头骨的凹陷处有灰色粉红色浆液在闪闪发亮。那人满脸鲜血，白眼球在鲜红的血流中向外瞪视。

狄更斯不知如何是好，只能把随身酒瓶递过去，让那人喝点白兰地。酒瓶送回来的时候瓶口沾了男人的鲜血。狄更斯扶那人躺在草地上，用他高顶帽里的水清洗男人的脸。"先生，你叫什么名字？"狄更斯问。

那人只说一声："我走了。"就此断气。那对白眼球继续在眼窝那两摊鲜血里凝视天空。

一道阴影掠过他们上方，狄更斯猛地转身。后来他告诉我，当时他以为那是祖德，以为会看见那件黑色斗篷像渡鸦的翅膀般伸展开来。原来只是一朵乌云飘过太阳与河谷之间。

狄更斯又拿帽子到河边盛水，走回来时遇见一名妇人，灰白的脸庞流淌着一道道鲜血。妇人几乎衣不蔽体，身上的衣服只剩几片沾了血迹的零碎破布，像旧绷带似的草草挂在她伤痕累累的皮肉上。她的左侧乳房整个不见了。妇人不肯停下来接受狄更斯的照料，尽管他一再劝她坐下来等候救援，她却似乎充耳不闻，快步从狄更斯身旁走过，消失在河岸上的几棵树木间。

狄更斯协助两名惊魂未定的列车长从一节扁平的车厢里救出另一名妇人被压碎的身躯，小心翼翼将她放在河岸上。有个男人在河流下游处涉水行走，高声叫喊着："我的妻子！我的妻子！"狄更斯带那人去到尸体旁。那人失声尖叫，双臂高高举起，狂乱地奔向河边湿地，挥舞双手横冲直撞，撕心裂肺地吼叫。事后狄更斯形容那人的声音"像公猪的肺脏被几颗大口径子弹射穿时那种嘶嘶声和濒死的闷哼声"。而后那人晕厥过去，砰地摔倒在湿地里，也像被子弹击中，只是中枪部位是他的心而非肺脏。

狄更斯转身走向坠毁的车厢，看到一名妇人倚着树干站着。妇人脸上有少许血迹，可能是头皮撕裂伤所致，除此之外，她看上去似乎没有大碍。

"夫人，我去帮您取点水。"狄更斯说。

"先生，您实在太好心了。"妇人回答。她露出笑容，狄更斯倒抽一口气。妇人满口牙齿全掉光了。

狄更斯走到河边时回头看见一个人，他觉得那应该是祖德，因为那个暖和的6月天里应该没有人蠢到穿那么厚重的歌剧斗篷，那个人关切地低头探视那妇人。几秒后狄更斯带着帽子里的河水回来时，那黑衣男子已经消失，妇人也死了，嘴里露出血迹斑斑、残破不堪的牙床，像临死前的一抹讽刺笑容。

狄更斯重新回到坠毁的车厢旁，有个年轻男子在一节车厢的废铁堆中虚弱地呻吟。此时有更多救难人员滑下边坡，狄更斯跑过去找来几个身强力壮的列车长，帮忙把男子从那堆玻璃块、红丝绒碎布、沉重钢铁和坍塌车厢的木地板里救出来。几名列车长咬紧牙关，合力抬起沉甸甸的窗框和已经变成倒塌天花板的残破地板时，狄更斯捏了捏男子的手，告诉他："孩子，我保证让你平安脱困。"

"谢谢您。"受伤的年轻绅士喘着气说，他显然是头等车厢的乘客，"您太好心了。"

"你贵姓？"男子被抬向河岸时，狄更斯问。

"狄更森。"年轻人答道。

狄更斯确认狄更森少爷被抬到有更多救难人员抵达的铁道旁，这才转身回到灾难现场。他在一个个伤员之间奔走，帮忙抬人、轻声抚慰、供水解渴、安抚激励，偶尔用手边找得到的任何布块覆盖他们的裸露躯体，与此同时还逐一检视那些残破的躯体，确认其中没有需要救治的生还者。

有一些救难人员和列车乘客跟我们的作家一样专心致志，不过，狄更斯后来告诉我，大多数人只能怔忡地在一旁张望。在那个恐怖的午后，有两个人在列车残骸与伤员哀号声之间忙碌奔走，做了最多事，那就是狄更斯和那个自称祖德的怪人。只不过，那个披斗篷的身影似乎总是在听力所及的范围外，总是一转身就消失无踪，而且他在残破车厢之间移动时总像在滑行，不像走路。

狄更斯看见一个体格壮硕的妇人，那身洋装的土气布料和款式显示她是次等车厢的乘客。妇人俯身趴在沼地里，双臂在身体下方。狄更斯将她的身体翻过来，想知道她是不是还有呼吸。没想到那张泥泞脸庞上的双眼突然睁开来。

"我救了她！"他上气不接下气地说，"我从他手中救回了她！"

片刻后，狄更斯才注意到胖妇人的粗壮双臂紧抱一个婴儿，小小的苍白脸庞紧紧靠在妇人不住抖动的胸脯上。那婴儿已经死了，如果不是在沼泽里溺毙，就是被妈妈的体重压得窒息而亡。

狄更斯听见嘶嘶响的叫唤声，转头看见祖德苍白的身影在破桥底下的网状阴影中向他招手，于是朝他走去。途中他遇到一节坠毁翻覆的车厢，看见一只属于年轻女子的匀称裸臂从车窗残骸里伸出来。女子的手指动了动，仿佛要狄更斯靠过来。

狄更斯蹲下身子，用双手拉起那柔软的手指。"我来了，亲爱的。"他对着十五分钟前还是车窗的黑暗小缺口里那片漆黑说话。他捏捏女子的手，对方也回捏几下，仿佛在感谢他的解救。

狄更斯向前探看，可是那个狭窄破败的矩形洞穴里除了破碎的坐垫、幽暗形体与漆黑阴影，什么也看不见。那个洞太小，他连肩膀都挤不进去。车窗顶端的边框挤压严重，几乎贴近潮湿的地面，在河流汩汩的水声之中，他勉强只能听见女子急促恐慌的呼吸声。狄更斯没有多想，直接伸手抚摸女子裸露的臂膀，一路摸进垮掉的车厢里。那白皙的前臂上有极为柔细的淡红色寒毛，在午后的阳光里绽放出黄铜般的光泽。

"我看见列车长来了，可能也有医生。"狄更斯对小小洞口说道，继续轻捏女子的手臂和手掌。他并不知道朝他们走来的那个穿褐色西装提皮箱的绅士是不是医生，但他迫切希望他是。那四个列车长带着斧头和铁制撬棍跑在前面，那个穿着正式西装的男士气喘吁吁地跟在后头。

"这里！"狄更斯朝他们大喊。他又捏一下女子的手指，那根手指也回捏一下。女子的食指弯起又伸直，而后又弯起来扣住他两根食指，很像新生婴儿本能地、怯生生地抓父亲的手。女子没说话，可是狄更斯听见她在阴影里叹息，那声音几乎有点儿心满意足。他用双手握住她的手，暗自祈祷她伤势不重。

"这里！拜托快点！"狄更斯大喊。那些人围过来。那个穿西装的胖男人自我介绍说他是医生，姓莫里斯。那四个列车长动手把窗框、断裂的木头和铁片往上方及侧边撬开，撑开那女子的临时避难所。狄更斯一直守在那扇压扁的车窗旁，也不肯放开那只手。

"小心！"狄更斯对列车长们大吼，"千万当心！别让任何东西掉下来，小心那边的铁条！"狄更斯把身子弯得更低些，对洞口里那片黑暗说话。他紧紧抓住她的手，低声说道："亲爱的，我们快救你出来了，再坚持一分钟。勇敢点！"

女子的手最后一次回捏。狄更斯几乎感受到其中的感激之情。

"先生，您得暂时退开一下。"莫里斯医生说，"等会儿这些孩子把这地方往上抬，我才能探头进去看看她伤势重不重，能不能移动她。只要一下子，这就对了。"

狄更斯拍拍那年轻小姐的手掌，手指百般不舍地放开她，也感觉得到她白皙修长、修剪整齐的手指给他分离前最后一次按压回应。他意识到自己与这个素不相识也未曾谋面的女子之间的亲密接触竟然激起了某种肉体上的愉悦感，连忙驱走那种极度真实却全然不恰当的感受。他说："亲爱的，再过不久你就可以脱困出来。"之后才放开她的手。他四肢着地往后爬，挪出空间给救难人员，感觉到沼泽地的水汽沿着长裤的膝盖部位往上渗。

"起！"跪在狄更斯先前位置的医生一声令下，"孩子们，使劲顶上来！"

那四个体格魁梧的列车长果真把背部塞进狭窄窗框里。他们先用铁锹挖开洞口，再用背部顶住如今已经挤成一大堆沉重木板的坍塌地板。那个黑暗的锥状缺口在他们身体底下扩大了些。阳光照亮里面的景象，他们气喘如牛地把那堆残骸顶在空中，然后其中一人倒抽一口气。

"噢，天哪！"有人大叫。

医生霍地往后一跃，仿佛碰触到通电的电线似的。狄更斯爬上前去准备助他一臂之力，这才望进被压垮的车厢里。

里面没有妇人，也没有少女，只有一条从肩膀部位被切断的手臂躺在残骸中那个小小圆形缺口，骨头的圆端在筛下来的午后阳光下显得无比净白。

所有人都在大吼。更多救援人力赶到，指令一再重复。列车长用斧头和铁锹挖开那堆残骸，一开始还谨慎小心，之后干脆使出蛮力，几乎是不顾一切地蓄意破坏。那年轻女子的身体根本不在里面。在这堆残骸里找不到任何完整尸首，只有不搭衬的衣物碎片、散落各处的肉块和裸露的骨骸。四周没有任何可能是她洋装的衣裳碎片，只有那条苍白手臂和末端那些没有血色、紧紧蜷曲，此时已经毫无动静的手指。

莫里斯医生不发一语地掉头走开，加入其他救难人员的行列，周旋在其他伤亡者身边。

狄更斯站起来，眨眨眼又舔舔嘴唇，伸手掏出他的白兰地酒瓶。那酒尝起来有铜腥味，他发现酒瓶空了，他尝到的是那些喝了他的酒的受难者留下的血迹。他到处寻找他的高顶帽，最后发现戴在自己头上，帽子里的河水浸湿他的头发，往下滴到衣领上。

更多救难人员和旁观者陆续抵达，狄更斯觉得自己再也帮不上什么忙，于是缓慢笨拙地爬上陡峭河岸，走到那些没有受损的空荡车厢所在的铁道路基。

爱伦和特南太太坐在阴影下的枕木堆上，端着茶杯平静地喝着别人为她们送来的开水。

狄更斯伸手想拉爱伦戴手套的手，却中途打住，开口问道："亲爱的，你还好吗？"

爱伦笑了笑，眼眶里却噙着泪水。她摸摸自己左臂和肩膀底下左胸上方的区域。"这里可能有点儿瘀青，其他地方都没事。谢谢你，狄更斯先生。"

狄更斯有点儿心不在焉地点点头。他的视线聚焦在别处。之后他转身走到断桥边缘，以心神涣散状态下仅存的灵活度跳上挂在空中那节头等车厢的台阶，爬进一扇破碎的车窗，轻松得有如走进玄关。之后他费劲地爬过那一排排座椅，车厢地板如今已经变成垂直壁面，那些座椅则成了墙壁上的横档。整节车厢惊险万分地高挂在河谷上空，只靠与铁道上的二等车厢之间的一根车钩支撑，像走廊上的破损时钟里的钟摆，轻轻摆荡着。

　　早先狄更斯已经把他的皮箱提出去，当时爱伦和特南太太都还在车厢里。那只皮箱装有他在法国撰写的《我们共同的朋友》第十六章的大部分手稿。可是现在他想起手稿的最后两章还在他的大衣里，他的大衣则是被折叠整齐地躺在他们原本的座位上方的行李架上。车厢不住摇晃又咿呀乱响，十米下的河流折射上来的跃动光线穿过破碎车窗照进来，他站上最后一排座椅的椅背上，伸手拿到大衣，掏出手稿确认所有纸页都还在。手稿完好无缺，只是稍稍弄脏。确认之后，他重新把手稿塞进大衣里，这才从颤颤巍巍的椅背上下来。

　　当时狄更斯碰巧低头，视线穿过车厢末端车门上的破玻璃直视下方，就在底下远处，就在车厢正下方，那个自称祖德的男人脑袋大幅度往后仰，显然盯着上方的狄更斯，似乎毫不在意头顶上那几吨摇摇欲坠的木头与钢铁。在光线奇特的作用下，他似乎站在水面上，而不是在水里。他凹陷眼窝里的淡色双眼似乎没有眼皮。

　　祖德的双唇开启，嘴巴打开来动了一下，肥厚的舌头从那些尖细牙齿里面咻地吐出，发出嘶嘶声。可是动荡车厢的钢铁嘎吱嘎吱响，底下河谷的伤员惨叫声不绝于耳，狄更斯听不出任何明确字句。"无法理解，"狄更斯喃喃说道，"无法理解。"

　　头等车厢猛地一摇，又下陷了些，仿佛即将坠谷。狄更斯单手抓住行李架保持平衡。等车厢停止摇晃，他再次低头往下看，祖德已经不见了。狄更斯把那件装有手稿的大衣甩上肩膀，往上爬到阳光下。

# 第二章


狄更斯在斯泰普尔赫斯特发生事故时，我正巧出城去，所以一直到三天后我接到娶了狄更斯的长女凯特[1]的弟弟查理来信，才得知狄更斯到鬼门关前走了一趟。我马上赶到盖德山庄。

各位生活在我死后遥不可及的未来的读者，我猜你一定记得莎士比亚剧本《亨利四世》里的盖德山庄。就算我们其他这些摇笔杆的都消失在历史迷雾里，你至少会记得莎士比亚这号人物，不是吗？盖德山庄正是福斯塔夫计划行抢的地点，这个诡计被哈尔亲王和一名友人打扮成匪徒反行抢而宣告失败。大胖子约翰爵士吓得落荒而逃，事后描述抢案经过时，把抢匪人数先是说成四个，又变八个，再来十六个，以此类推。距离狄更斯家不远处有一家福斯塔夫旅店，狄更斯当然喜欢自己的家跟莎士比亚有所关联，但他也爱在漫长的散步之后到旅店享用一杯麦芽酒。

搭乘马车赶往盖德山庄途中，我又想起狄更斯对盖德山庄另有一份特殊情感。那是十年前他买下这片产业之前更久的事了。

---

1　此处原文写长女，据查狄更斯的长女是玛丽，出生于1838年，此处的凯特是次女，出生于1839年。——译注（本书中注释，如无特殊说明，均为译注）

盖德山庄位于查塔姆镇，毗邻大教堂所在的罗切斯特镇，距离伦敦市区大约四十公里。狄更斯在那里度过最愉快的童年，长大成人后还经常回去旧地重游，宛如不得安息的鬼魂在生前最后居所徘徊不去。狄更斯年幼时经常跟父亲一起散步，老狄更斯曾经指着那栋房子，对当时七八岁的狄更斯说出类似这样的话语："孩子，只要你认真奋斗，勤勉不懈，总有一天你也有机会拥有那样的大房子。"之后，1855年2月那孩子四十三岁生日那天，他又带几个朋友前往查塔姆怀旧忆往，无比震惊地发现童年时那栋不可企及的豪宅竟然在挂牌出售。

狄更斯很清楚盖德山庄并非什么深宅大院，虽说他买下来以后确实花了一笔小钱整修，更新内部设施、装潢、庭园造景，还加以扩建，但它充其量只能算是舒适的乡间住宅。事实上，他原先的住家塔维斯多克寓所豪华气派得多。起初他只打算把这栋他父亲梦想中的富裕住宅出租，后来又觉得不妨当作自己的乡间住处。直到跟凯瑟琳的婚姻不愉快地收场，干脆搬到盖德山庄定居。他先是把塔维斯多克寓所出租，最后索性卖掉。不过，他习惯在伦敦购置几处产业，偶尔小住几日（有时秘而不宣），包括我们的杂志《一年四季》办公室楼上的住所。

狄更斯买下盖德山庄时，对他朋友威尔斯说："我还是个古怪的小毛头的时候，这房子在我眼中是美轮美奂的豪宅（其实它真的不是），当时我脑子里已经有了我那些小说的模糊雏形。"

我的马车离开格雷夫森德路，转进通往那栋三层红砖建筑的弯曲车道，我心想，当年那些模糊雏形如今已经具体呈现在数十万名读者眼前，而狄更斯也已经住进那些实体砖墙里，那是他那个不可救药的父亲心目中功成名就飞黄腾达的象征，而他自己家庭事业竟然两头失败。

有个女仆来应门，而后狄更斯的小姨子兼房子的现任女主人乔吉娜·贺加斯迎我入门。

"我们的天下无双先生还好吗？""天下无双"是狄更斯最喜欢的绰号。

"吓坏了。柯林斯先生，他吓坏了。"乔吉娜把一根手指竖在嘴唇前，悄声说道。狄更斯的书房就在玄关右侧，此时房门紧闭。我经常来这里拜访或留宿，所以知道无论狄更斯是不是在里面工作，他的书房门永远关着。"火车事故让他心神不宁，当天晚上他留在伦敦的公寓，要威尔斯先生睡在他房门外。"她继续低声说，"他担心半夜起来叫不到人。"

我点点头。威廉·威尔斯最初应聘在狄更斯的杂志《家常话》担任助理，个性极度务实又毫无想象力，各方面都跟机灵善变的狄更斯相左，后来却变成狄更斯的知交密友，取代了像约翰·福斯特这类好朋友的地位。

"他今天没有工作，"乔吉娜低声说，"我去问问他要不要见客。"她战战兢兢地走向书房门。

"谁？"有个声音回应乔吉娜轻轻的敲门声。

我说"有个声音"，是因为那不是狄更斯的说话声。所有跟他认识很久的人都记得，狄更斯的嗓音低沉明快，却有点儿浊重，因此很多人误以为他咬字不清。他为了把话说清楚，又过度强调元音与子音的清晰度，于是，他那快速中带着谨慎的演说法，在那些不认识他的人耳中稍嫌浮夸。

这个声音完全不是那样。它是老头子有如芦苇秆般的尖细颤抖嗓音。

"是柯林斯先生。"乔吉娜对书房的橡木门板说道。

"叫他回房养病去。"里面那个老头子声音粗哑应道。

我听得猛眨眼。自从五年前我弟弟跟凯特·狄更斯结婚以来，确实经常消化不良或偶有不适，可是（当时我很确定）那都不是什么大问题，但狄更斯可不这么想。我弟弟查理是个插画家，偶尔帮狄更斯的小说画插图。狄更斯一开始就反对这桩婚事，他觉得他最心爱的凯特结这个婚只是为了气他，他也认定我弟弟不久于人世。根据我最近听到的可靠消息，狄更斯曾经在威尔斯面前批评我心爱的弟弟，说我弟弟健康欠佳，所以只是"毫无用处的废人"。就算事实如此（根本不可能），说这种话也未免太冷漠无情。

"不，是威尔基先生。"乔吉娜隔着门板说道，还忧心地回头瞄了一眼，像是希望我没听见。

"哦，"那个老头子用颤抖的嗓音说，"你怎么不早说？"

门里传来东翻西找的窸窣声，然后是钥匙转动的咔嗒声。这也很不寻常，因为狄更斯有个怪癖，一离开书房就会上锁，但人在书房里时却从来不上锁。书房门被使劲拉开。

"亲爱的威尔基，亲爱的威尔基！"狄更斯用那种粗嘎的嗓音说道。他张开双臂，左手快速地紧抱一下我右肩，之后就去跟正在和我热情握手的右手会合。我发现他瞄了一眼垂在表链上的手表。"谢谢你，乔吉娜。"他心不在焉地补了一句，而后关上门，这回没再上锁。他带我走进漆黑的书房。

这是另一个怪现象。多年来我踏进他这个神圣殿堂无数次，白天里那扇凸形窗的窗帘永远敞开。此时却拉上了。房里唯一的光线来自房间正中央那张桌子上的台灯。他的书桌摆在由三扇窗子组成的小空间里，面对窗外，桌上没有灯具。只有少数几个人有幸亲眼目睹狄更斯在这间书房里创作的模样，可是这些人想必都注意到一个稍嫌矛盾的现象，那就是狄更斯写作时偶尔抬头，视线总是望出那扇面向花园和格雷夫森德路的窗子，却永远看不见眼前的景物，因为他写作时总是沉浸在自己的幻想天地里，对周遭的一切视而不见。除非他转头去看身旁的镜子，观察自己脸上模拟的各种怪相、笑脸、蹙眉、震惊或他笔下人物的各种滑稽表情。

狄更斯拉着我走进书房深处，挥手要我坐他书桌旁的椅子，自己也坐进他那张铺了椅垫的工作椅。除了拉上的窗帘，书房跟平时没有两样，所有摆设井然有序，几乎像得了强迫症似的。尽管他从来不允许仆人进来掸灰尘或清扫，里面却一尘不染。他的书桌桌面倾斜方便书写，书写工具像一件件法宝似的细心摆放在桌面的平坦区域，永远不显凌乱，包括台历、墨水瓶、羽毛笔、铅笔和一块仿佛从来没使用过的橡皮擦、针插、两只蟾蜍决斗的青铜小雕像、整齐摆放的裁纸刀，上面有只小兔造型的镀金叶片。这些是他的幸运符，他称之为他的"配件"。他告诉过我，这些小东西"让我在写作空当有东西可观赏"。如今他在盖德山庄写作时，这些东西的重要程度丝毫不亚于他的羽毛笔。

书房绝大多数墙面都排满书籍，包括几个他为塔维斯多克寓所的书房打造、如今安装在门后的装饰书柜，那些假书上多半是狄更斯捏造的讽刺性书名。而那些嵌入式正牌书柜围绕整间书房，只被窗子和那座装饰了二十片代尔夫特瓷砖的美观大方的蓝白色壁炉打断。

在这个6月天午后，狄更斯衰老得惊人，发际线向后撤退、眼窝深陷，脸上的皱褶和纹路在我们背后桌上的煤气灯照耀下一览无遗。他的视线不停飘向他那只没有打开的怀表。

"亲爱的威尔基，你能来真是太好了。"狄更斯粗声说道。

"哪里的话，"我说，"我出城去了，否则我早就来看你了。我弟弟应该跟你说了。查尔斯，你的嗓音听起来有点儿紧绷。"

"奇怪吗？"狄更斯脸上闪过一抹微笑。

"是紧绷。"

他呵呵笑了。跟狄更斯谈话总少不了他的笑声。我从来没见过这么爱笑的男人，他几乎可以在任何场合或情境里找到笑点，有时候在葬礼上搞得我们这些朋友很尴尬。

"我倒觉得用奇怪来形容更贴切。"狄更斯用那种老头子的刺耳嗓音说道，"我莫名其妙地从斯泰普尔赫斯特惨绝人寰的事故现场带了别人的声音回来。我很希望那个人能把我的声音还给我，把他的拿回去……我发现自己一点儿都不喜欢这个衰老版的米考伯[1]的嗓音。听起来像是有人拿着砂纸同时摩擦声带和元音。"

"除此之外，你没受伤吧？"我上身前倾探进灯光里。

狄更斯挥手不答，注意力又回到手上的怀表："亲爱的威尔基，昨天晚上我做了很离奇的梦。"

"是吗？"我深表同情。我猜他要告诉我有关斯泰普尔赫斯

---

1　Micawber：狄更斯1850年的作品《大卫·科波菲尔》里的角色，是狄更斯以自己父亲为原型创作出的人物。

特事故的噩梦。

"感觉像是在读一本我自己未来写的小说。"他轻声说道，边说边转动手里的怀表，金色表壳在台灯光线下熠熠生辉，"这个梦感觉很不好……全是关于有个人把自己催眠，好让自己，或那个催眠暗示下的另一个自己，做出恐怖行为，做些见不得光的坏事。是那个人意识清醒的时候不会做的事，比如自私、贪婪或破坏行为。不知怎的，梦里的我想叫他贾斯珀。其中还牵涉另一个……怪物。"

"把自己催眠，"我喃喃说道，"这根本不可能，不是吗？亲爱的查尔斯，你接触催眠术比较久，也受过训练，我想听听你的看法。"

"我也不清楚。我没听说过有谁做过，但这不代表不可能。"他抬起头，"威尔基，你被催眠过吗？"

"没有，"我轻声一笑，"是有几个人尝试过，但没成功。"我觉得没有必要强调狄更斯的催眠术指导老师、前大学学院附设医院教授约翰·艾略森发现催眠对我发挥不了作用。我的意志力太强了。

"我们来试试。"狄更斯说。他拉起表链，让末端的怀表开始像钟摆般晃动。

"查尔斯，"我呵呵笑，却不感兴趣，"这是为什么呢？我只是来听你谈火车事故，不是为了玩这种怀表游戏……"

"亲爱的威尔基，给个面子，"狄更斯柔声说，"你知道我成功催眠过几个人。我应该跟你说过我在欧洲大陆花了很长时间为德莱露夫人做催眠治疗，成效相当显著。"

我只能不置可否地咕哝一声。狄更斯跟他所有的朋友和熟人说过他对"可怜的"德莱露夫人所做的那一系列漫长又执著的疗程。有件事他虽然没有说出来，却是他朋友圈里人尽皆知的事实，那就是他跟那位明显精神错乱的女士之间那些不分昼夜的疗程让他太太凯瑟琳醋劲大发，以至于开口要求狄更斯终止。那恐怕是她婚后第一次提出这种要求。

"麻烦你盯着这块表。"狄更斯在昏暗的光线下一面甩动那个金色圆盘，一面说道。

"亲爱的查尔斯，没有用的。"

"威尔基，你现在很困……很想睡……眼睛几乎睁不开了。你很想睡觉，就像你刚刚服用了几滴鸦片酊一样。"

我几乎大声笑出来。我来盖德山庄之前服用了好几十滴鸦片酊，这是我每天早晨的例行公事，而且我早该拿出随身瓶再多喝几口了。

"你现在……非常……困倦……"狄更斯用低沉的嗓音说道。

有那么几秒的时间我努力配合他，纯粹是为了给这位天下无双先生一个面子，显然他想用这件事转移注意力，不让自己回想刚经历过的恐怖灾难。我集中精神凝视那只晃动的怀表，专心听狄更斯单调的说话声。事实上，密闭书房里沉闷暖和，灯光昏暗，加上那道金光来往摆动，最主要是当天早上我服用的高剂量鸦片酊，有那么极短暂的片刻确实引我进入昏沉状态。

如果当时我允许自己入睡，也许真的会睡着，却不是进入那种狄更斯乐见的催眠状态。

相反地，我在那股昏沉征服我之前甩开它，唐突地说道："很抱歉，查尔斯。这玩意儿就是奈何不了我，我的意志力太强大。"

狄更斯叹口气收起怀表。之后他走到窗边把窗帘拉开一道缝。强烈的阳光照得我们俩猛眨眼。"的确是，"狄更斯说，"真正的作家意志力太强，催眠对他们起不了作用。"

我笑了："那么就让你那个贾斯珀做点别的行业，如果哪天你真的写出梦里那本书。"

狄更斯有气无力地笑了笑："亲爱的威尔基，我会的。"他走回座位上。

"特南小姐和她母亲还好吗？"我问。

狄更斯没有掩饰不悦之色。即使跟我私下聊天，狄更斯谈到他生活最私人、最隐秘的那一面时，无论措辞如何客观，无论多么需要跟人聊起她，他始终会觉得不自在。"特南小姐的母亲没有大碍，只是年纪大了，受不起惊吓。"狄更斯粗嘎地说，"倒是特南小姐有些严重瘀伤，医生还说她颈部可能有轻微骨折或错位。她转头的时候会剧烈疼痛。"

"我很遗憾。"我说。

狄更斯没再多说。他轻声问道："亲爱的威尔基，你想听听那场事故的经过和后续吗？"

"当然，亲爱的狄更斯，当然。"

"这起事故的所有细节我只对你一个人说，你明白吗？"

"那是我的荣幸，"我说，"你放心，我会把这些事带进坟墓。"

这回狄更斯真的笑了。露出一抹突如其来、信心满满、调皮捣蛋中带点孩子气的笑容，从他八年前为演出我的剧本《冰冻深渊》蓄留的大胡子里露出两排黄板牙。"你的坟墓或我的坟墓？"他问我。

有那么一秒我困惑又尴尬地眨巴着眼。"我们俩的，我保证。"我终于回答。

狄更斯点点头，开始用他沙哑的嗓音说出斯泰普尔赫斯特灾难事件始末。

"老天！"四十分钟后狄更斯总算说完，我轻呼一声。而后又一声，"老天！"

"是啊。"狄更斯说。

"那些人真可怜，"我的声音几乎跟狄更斯的一样紧绷，"那些人真可怜。"

"难以想象。"狄更斯又说一次。我从没听过他用这个词，可是他描述这次事件时至少说了十几次。"我有没有说到我们从一堆非常触目惊心的阴暗残骸里救出的那个可怜男士，他四脚朝天地卡在里面，眼睛、鼻子、耳朵跟嘴巴都在流血，我们心急如焚地搜寻他妻子。后来发现就在事故发生前几分钟他跟一个法国人换位子，因为那个法国人不喜欢紧闭的车窗。结果那个法国人死了，那位男士的妻子也死了。"

"老天！"我又惊呼一声。

狄更斯把手举到眼前，像在遮挡光线。等他抬起视线，眼神里有一股我从来没在任何人身上看见过的强烈情感。亲爱的读者，在这篇真实故事里你将会慢慢发现，狄更斯的意志不容违抗。

"对于那个自称祖德的形体，你有什么看法？"狄更斯粗哑的话声相当轻柔，却也十分坚决。

"很不可思议。"我说。

"亲爱的威尔基,你的意思是你不相信他的存在,或者不相信我的描述吗?"

"不不不,"我连忙澄清,"查尔斯,我相信他的外貌和行为就跟你描述的一样……不管是还在人世的活人,或带着文学光环埋葬在威斯敏斯特大教堂的那些大文豪,没有人比你更擅长观察人类的特征或癖性,可是这位祖德先生实在是……太不可思议。"

"一点儿也没错,"狄更斯说,"亲爱的威尔基,现在我们——你跟我——有责任把他找出来。"

"把他找出来?"我呆头呆脑地复诵,"我们为什么非得这么做?"

"祖德先生身上有个故事,一定得挖掘出来,"狄更斯悄声说,"原谅我用了涉及坟墓的词语。那个人,如果他真是人类,那个时间在火车上做什么?我问他上哪儿去的时候,他为什么说他要去白教堂区和东区那些巢穴?他穿梭在那些死者和垂死伤员之间究竟有什么企图?"

我摸不着头脑。"查尔斯,他能有什么企图?"我问,"难道不是跟你一样,想帮助或安慰伤员,搜寻罹难者的尸体?"

狄更斯又笑了,但这次的笑容没有温暖,也没有孩子气。"亲爱的威尔基,这里面很有一些邪恶本质,毋庸置疑。我也跟你说了,我数度看见这个祖德……如果那真是这个怪物的名字……徘徊在伤员附近,等我去到那些患者身边,他们都死了。"

"可是查尔斯,你刚刚也说了,在你照顾的伤者之中,有几个后来你再回去看他们的时候也死了。"

"话是没错，"狄更斯用那个陌生嗓音粗声说着，还把下巴缩到衣领里，"可是我没有送他们归天。"

我震惊地靠向椅背："老天。你是说这个穿歌剧斗篷、长得像麻风病人的形体……谋杀了……斯泰普尔赫斯特事故里的某些可怜受难者？"

"亲爱的威尔基，我的意思是那里发生了人吃人事件。"

"人吃人！"我开始怀疑火车事故害狄更斯精神失常。坦白说，听他叙述事故经过时，我确实高度怀疑这个"祖德"是不是真的长成那样，或者到底有没有这个人存在。那个人似乎更像奇情小说里的人物，不像会出现在福克斯通开往伦敦的火车上的真实人类。可是当时我认为狄更斯是因为受到惊吓一时迷惘，所以产生幻觉，就跟他声音变调一样。可是如果狄更斯竟然幻想"人吃人"，那么很有可能他在事故中失去的不只声音，还有理性。

他又笑了。他眼里有一股专注，正是那种会让那些第一次跟他交谈的人误以为他能看穿他们心思的神情。"不，亲爱的威尔基，我真的没有疯。"他轻声说道，"祖德先生跟你我一样都是血肉之躯，而且他甚至比我刚刚描述的更诡异，是一种说不上来的古怪。如果他是我为了写小说构想出来的人物，我不会把他描述成我在真实世界遇见的人，因为他太怪异、太有威胁性、外表太异于常人，不像虚构的人物。可是你也很清楚，现实生活中确实有这类幽灵般的形体存在，任何人都可能在街上跟他们擦身而过，夜晚走在白教堂区或伦敦其他地区，也有可能看见他们。而且他们的故事通常比区区小说家所能构思的更为离奇。"

这回换我忍俊不禁。几乎没有人听过这位天下无双先生把自己说成"区区小说家",而且我很确定他刚刚指的不是他自己。他说的是别的"区区小说家"。也许是我。我问他:"那么,查尔斯,你觉得我们该从哪里着手找他?还有,等我们找到他,又要怎么做?"

"你记得我们一起去调查鬼屋那件事吗?"狄更斯问。

我记得。几年前狄更斯办《家常话》杂志时跟出版商吵了一架,于是改办新杂志《一年四季》,还跟几个灵魂论者展开激烈论战。19世纪50年代人们狂热地追逐招魂术、降神会、催眠术以及其他各种对无形能量的迷恋,其中有一些狄更斯不但坚信不已,而且积极实践。尽管狄更斯如此相信并依赖催眠术(又称动物磁力说),尽管我知道他其实很迷信(比如他真的相信星期五是他的幸运日),然而,身为他那份新杂志的总编辑,他竟然跟好几个灵魂论者争辩。其中有个跟他不对盘的灵魂学家威廉·豪伊特以伦敦郊区切森特的鬼屋为例证明自己的论点,狄更斯马上决定我们大家,也就是《一年四季》的编辑群和主任们,应该组织探险队前去查个水落石出。

我跟威尔斯搭篷车先出发,狄更斯和杂志撰稿人约翰·霍林斯黑德一起步行二十五公里到那个村庄。寻找过程并不顺利,幸好狄更斯让我和威尔斯带了鲜鱼大餐(他不信任当地料理)。最后我们在传说中的闹鬼庄园上找到一栋房子,花了大半天时间向邻居、附近商店店主打听,连路人都没放过。最后我们判定,豪伊特所谓的"鬼魂"只是几只老鼠和一个喜欢在三更半夜烹煮兔肉、名叫法兰克的仆人。

那次行动里狄更斯表现得还算英勇,毕竟那是在大白天,还有三个大男人给他壮胆。我听说他在另一次寻鬼行动里带了几个男仆和一把填装了弹药的猎枪。那次是在黑夜，他们在盖德山庄附近探索一处闹鬼传闻甚嚣尘上的古迹。狄更斯的幺子普洛恩说当时他爸爸胆战心惊，还警告大家："……如果哪个脖子上有颗脑袋的人敢恶作剧，我会把那颗脑袋轰掉。"后来他们果真听见恐怖的啼哭声和呜咽声，"很吓人的声音，是人声，却又不是一般人的声音"。

结果那是一只患了气喘的绵羊。狄更斯很自制，没轰掉它的头。回家以后他招待大家喝兑水朗姆酒，仆人和小孩都有份。

"当时我们知道鬼屋在哪里，"这个6月天我在狄更斯的阴暗书房里提醒他，"我们要怎么找祖德先生？查尔斯，我们上哪儿找去？"

狄更斯的表情和坐姿突然变了。他的脸似乎拉长了，也变皱了，而且更加苍白。他瞪大眼睛，看起来像没有眼皮，眼白在灯光里烨烨闪烁。他的身体变成驼背老人，变成形迹诡异的掘墓工人，或秃鹫。他的嗓音仍然沙哑，却变得高亢尖细，而且带着嘶嘶声。他那修长的苍白手指像个黑暗魔法师似的往空中一戳。

"去莱姆豪斯……"他嘶嘶地说道，模仿他刚刚描述的祖德，"白教堂区、瑞特克里夫路口、琴酒巷、三狐街、肉贩街和商业路、铸币厂等巢穴。"

我必须承认我后颈寒毛直竖。狄更斯小时候还不会写字以前就很擅长模仿，所以他爸爸经常带他到酒馆去模仿他们散步时遇见的本地人。此时我开始相信确实有祖德这一号人物。

"什么时候？"我问。

"很快。"狄更斯用气声说，不过他又露出笑容，变回他自己，"亲爱的威尔基，以前我们也探索过巴比伦，我们见识过暗夜里的大烤炉。"

的确。他向来对伦敦的底层社会很感兴趣，所谓的"巴比伦"和"大烤炉"都是他为伦敦最黑暗的贫民窟起的昵称。早年我多次跟狄更斯一起夜探那些暗巷和廉价屋舍，有些经历到现在还害我做噩梦。

"亲爱的查尔斯，我随时奉陪，"我热情地说，"如果你愿意的话，明晚我就来报到。"

他摇摇头："亲爱的威尔基，我得等声音恢复正常。而且《我们共同的朋友》最后几章的进度已经落后。最近几天还有事需要处理，比如等病人复原。你今晚要住下来吗？你的房间随时可以用。"

"唉，今天不行，"我说，"我下午就得回市区，要处理一点儿公事。"我没有告诉狄更斯我所谓的"公事"主要是采买鸦片酊。即使在1865年的当时，我已经一天都少不了这东西。

"太好了，"他站起来，"亲爱的威尔基，你能帮我一个忙吗？"

"尽管说，亲爱的查尔斯，"我说，"任君差遣。"

狄更斯看了看怀表："时间太晚了，你赶不上下一班从格雷夫森德开来的火车。不过如果让查理驾那辆小马车，我们可以及时送你到海厄姆去搭那班往查令十字站的特快车。"

"我要去查令十字站？"

"没错，亲爱的威尔基。"说着，他的手牢牢揽住我肩膀。我们离开他的阴暗书房，走到光线更为明亮的玄关。"我送你到车站的路上会仔细告诉你。"

乔吉娜没有送我们出门，不过天下无双先生的儿子查理这几天刚好过来陪爸爸，这会儿他已经先去套马车了。盖德山庄的前院跟狄更斯治理下的一切事物一样有条不紊：他最喜欢的艳红天竺葵笔直地排排站，那两棵高大的黎巴嫩雪松就种在修剪平整的草坪另一头，此时枝叶阴影投在东边马路上。

　　我们走向查理和小马车时，两旁那几排红色天竺葵让我觉得很不舒服。事实上，我觉得它们害我心跳加速，皮肤发冷。我忽然意识到狄更斯在跟我说话。

　　"……事故发生后，我立刻搭紧急列车送他到查令十字饭店，"他说着，"我雇了两个护士照顾他，不论白天或晚上他都不会孤单。亲爱的威尔基，我很希望傍晚你能去看他一下，代我问候他，告诉他只要我能拨出时间进城去，可能会在明天，一定会亲自去探视他。如果护士告诉你他的伤势恶化，拜托你尽快派人来盖德山庄通知我。"

　　"没问题，查尔斯。"我答。我隐约猜到他一定是在谈那个他在斯泰普尔赫斯特事故现场从车厢残骸里救出、再亲自送到查令十字饭店安置的年轻人。那人姓狄更森，我记得好像叫爱德蒙或爱德华之类的。仔细一想，这个姓氏也太巧合了。

　　我们走上车道，远离那些鲜红天竺葵，那股不适感又神奇地迅速消失，就跟它出现时一样。

　　小马车的车厢很窄，狄更斯却硬要上车跟我和查理挤在一起。查理驱策小马奔上格雷夫森德路，再转上罗切斯特路，朝海厄姆车站驶去。时间还够。

　　起初狄更斯还算自在，跟我闲聊些《一年四季》的出刊事宜。等小马车加快速度、跟路上其他马车一起往前奔驰，海厄姆车站遥遥在望时，我看见他那张在法国晒黑的脸先是转为苍白，之后变成铁灰色，豆大的汗珠从他额角和脸颊冒出来。

"查理，麻烦你慢一点儿，也别让车子左右晃动，感觉很不舒服。"

"是的，父亲。"查理拉紧缰绳，直到小马停止奔跑。

我看见狄更斯的嘴唇愈来愈薄，到最后变成一道没有血色的缝隙。"查理，再慢点。拜托，别跑那么快。"

"好的，父亲。"二十多岁的查理像小男孩似的瞥了他父亲一眼，脸上的表情忧心忡忡。此时的狄更斯双手紧抓马车侧板，身体毫无必要地向右倾斜。

"再慢点，拜托！"狄更斯大叫一声。马车此时已经减慢到步行速度，肯定比不上狄更斯每天健走二十、二十五或三十公里时，能够轻易达到也确实做到过的时速六公里稳定步伐。

"我们会赶不上火车……"说着，查理先是往前瞄一眼远处的尖塔和火车站塔楼，再转回来看他的表。

"停车，让我下去。"狄更斯下令。他的脸色灰得像小马的尾巴。他踉踉跄跄跨下马车，回头跟我握手。"我要走路回去，这天气很适合走路。祝你旅途平安，如果狄更森先生有任何需要，今晚就派人给我送个信。"

"我会的，查尔斯。我们很快会再见面。"

狄更斯的背影看上去老了许多，不像他平时那样自信满满地昂首阔步往前走，几乎是摸索着走在马路边，佝偻着身子，拄着手杖朝盖德山庄的方向前进。

# 第三章

吃人肉。

在去查令十字车站的火车上，我开始琢磨"吃人肉"这个古怪野蛮的词语和现象，也思索着它如何影响查尔斯·狄更斯的生活。当时我没有想到它在不久的将来会对我的生活产生多么严重的影响。

查尔斯·狄更斯的性格里一直潜藏的某种特质，对吃人肉或以任何形式被人吞食这个概念反应特别激烈。当年他跟前妻凯瑟琳的分居事件演变成公开丑闻，其实是他自己铆足了劲把家丑外扬，却毫不自觉。那段时间他不止一次对我说："威尔基，他们要把我活生生吃了。我的敌人贺加斯家族，还有那些接收到错误信息、凡事往坏处看的公众把我的四肢一根根吞掉了。"

过去十年来，狄更斯多次邀我跟他去逛他非常喜欢的伦敦动物园。可是，尽管他喜欢观赏河马、禽鸟和狮子，真正吸引他走进动物园的却是爬虫类喂食秀。狄更斯怎么都不肯错过，为了怕迟到一路催赶我。园方喂爬虫类——主要是蛇——小老鼠或大田鼠，那种景象对狄更斯似乎有种催眠效果（经常扮演催眠师的狄更斯从来不允许别人对他催眠）。他会出神地站在原地。曾经有好几次，比如一起搭车出门，等演出开场，甚至坐在他家客厅时，他会再次对我叙述两条蛇分秒不差地同时吞噬同一只田鼠的情景，田鼠的头部和尾部各自消失在蛇的咽喉里。两条蛇强有力的下巴持续进逼，那只一息尚存的田鼠还在挣扎蠕动，前脚和后脚在空中扒抓。

就在斯泰普尔赫斯特意外事故前几个月，狄更斯曾经私下对我透露，他总是把家中家具的脚——比如浴缸、每个房间里弯弯曲曲的桌脚椅脚，甚至固定窗帘的那些粗绳——都看成正在慢慢吞噬桌面、浴缸或窗帘的巨蟒。"亲爱的威尔基，就算不看它们，我也觉得整栋房子正要慢慢把自己吞掉。"他会边喝调制朗姆酒边跟我说这些。他还告诉过我，他经常在宴会上（多半是为他举办的宴会）沿着长桌望过去，看见他的同侪、朋友和同事把牛羊鸡肉往嘴里塞，有那么一时半刻，就那么惊悚的一秒，他会幻想那些把食物叉进嘴里的餐具是不停蠕动的肢体。他说，那不是大小老鼠的肢体，而是人类的。他说他觉得这些经常浮现脑海的画面……令他焦虑不安。

不过，十一年前的真实吃人肉事件，或者该说相关传闻，改变了狄更斯的生命。

1854年10月，约翰·雷医师发表了一篇报告，叙述他搜寻失踪的富兰克林探险队的结果，这篇报告令英格兰民众惊骇不已。

亲爱的未来世纪读者，如果你没读过富兰克林探险队的事迹，那么我只需要简单告诉你，那是有关约翰·富兰克林爵士1854年带领一百二十九个人前往北极探险的事件。当时他们搭乘皇家海军提供的探勘舰"幽冥号"和"恐怖号"，1854年5月起航。他们的主要任务是去打通我们的加拿大殖民地北端连接大西洋与太平洋的西北航道。英国时时刻刻都在找寻前往远东更新更短的贸易路线。当时的富兰克林已经有点儿年纪，是个经验丰富的探险家，所以那次行动成功概率相当高。那两艘船最后出现的时间地点是在1854年夏末的巴芬湾。往后三四年间音讯全无，就连皇家海军都开始担忧，各界也纷纷筹组搜救队。可惜那两艘船至今下落不明。

国会和富兰克林夫人都悬赏高额奖金，许多搜救队——除了英国，也有美国和其他国家——纵横穿梭北极，找寻富兰克林和他的队员，或确认他们是死是活。富兰克林夫人信誓旦旦地宣称她丈夫和全体队员都还在人世，政府或海军里没有人狠得下心反驳她，其实当时很多英国人都已经不抱希望。

约翰·雷医生在哈德逊海湾公司任职，他走陆路北上，花了几个夏季的时间探索偏远的北方岛屿（据说那些地方只有冰冻的沙砾和昼夜不歇的风雪），深入"幽冥号"和"恐怖号"消失的那片广袤冰洋。雷的做法有别于皇家海军与其他搜救队，他跟当地因纽特野人共同生活，学习他们的原始语言，并在报告里引用许多当地人的证词。他也带着各式各样的物品返回英国，包括黄铜纽扣、无边帽、印有约翰爵士家族纹饰的船用碗碟、书写工具，都是富兰克林或他的队员们的所属物品。最后，雷还找到了人类遗骸，有的埋在浅坟里，有的散落地表上，甚至有两具骸骨还端坐在系了雪橇的小艇上。

除了这些足以说明富兰克林一行人悲惨命运的证据，令英国举国震撼的是雷访问因纽特人的内容。报告中表示，富兰克林和他的队员们非但全数罹难，更在生命走到尽头时吃队友的尸体苟延残喘。当地土著告诉雷，他们曾经见过白人的营地，那里有啃过的骨头，有成堆被砍下的肢体，有些高筒靴里甚至还留有腿骨或脚骨。

富兰克林夫人闻言当然大惊失色，她将雷的报告斥为无稽，甚至用她所剩无几的财产雇请另一艘船继续搜寻她的丈夫。吃人肉的说法让狄更斯毛骨悚然，却也无比着迷。

当时他开始在自己的杂志《家常话》发表有关那件悲剧的文章。起初他抱持怀疑态度，说那份报告"草率断言他们吃掉死去同伴的尸体……"。狄更斯告诉我们，他潜入"浩瀚书海"查找数据，最后确认"可怜的富兰克林一行人啃食同伴尸体的概率等于零"。可惜他没有说出具体参考书目。

当时举国上下开始相信雷的报告（他宣称已经找到有关富兰克林探险队去向的决定性证据，因此向政府索讨赏金），或开始遗忘。狄更斯的否认演变成激昂的怒气。他在《家常话》里毫不留情地对那些"野蛮人"口诛笔伐。在他眼中所有的有色人种都是野蛮人，但这回他指的是约翰·雷与其共同生活并且对其进行访问的那些阴险狡猾、谎话连篇、不可信赖的因纽特人。当然，在我们的时代狄更斯被归类为激进的自由主义者，可是，当他为绝大多数英国人发声时，一点儿都不影响他在大家心目中的地位。他写道："……我们相信所有野蛮人都有一颗贪婪奸诈又冷酷无情的心。"他说，富兰克林爵士全体队员根本不可能"做出吃同伴尸体这么恐怖的行为来延长自己的生命"。

紧接着狄更斯做了一件怪事。他为了证明自己的论点而深入"浩瀚书海"，最后却选了《天方夜谭》作为佐证，之前他屡次告诉我，这是他童年时期最重要的书籍。他在总结时写道："在《天方夜谭》的广大世界里，只有食尸鬼、独眼黑巨人、体积庞大样貌狰狞的怪物和潜行海岸的污秽动物……"才会吃人肉，或吃同类的肉。

就这样，举证完毕。


到了1856年，狄更斯为约翰·富兰克林爵士和他那些英勇队员的辩护提升到全新层次……而且把我也卷了进去。

我们一起在法国旅游那段期间，狄更斯突发奇想，要我写一出戏剧，安排在他当时的家塔维斯多克寓所演出。附带一提，我们一起出门旅行时，狄更斯总爱说我是他旅途中的"损友"，还说我们停留巴黎那段期间"身陷险境"。不过，尽管狄更斯喜欢那里的夜生活，偶尔也会跟年轻女演员聊聊，他却没有像我一样寻花问柳。狄更斯说，这出戏必须以探险队在北极失踪为题材，而且探险队成员必须像富兰克林远征队那样英勇过人临危不惧。他说，这出戏同时还得刻画伟大爱情与牺牲奉献。

"查尔斯，你为什么不自己写？"我理所当然地问。

他有心无力。他刚开始创作新小说《小杜丽》，他要办朗读会，杂志要出刊……所以必须由我来写。他建议剧名定为"冰冻深渊"，因为这出戏不但要描写北极的冰天雪地，也要探索人类内心深处的神秘情感与灵魂。狄更斯说他会帮我构思剧情，也会"做做校对之类的杂务"。我立刻明白这出戏将会是他的创作，而我只是负责把文字写出来。

我答应了他。

我们在巴黎时就开始动笔——或者该说我开始动笔，狄更斯则是花蝴蝶似的穿梭在跟朋友的聚餐、宴会等社交场合。到了1856年酷热夏季的末尾，我们已经回到他在伦敦的家。我跟他不管是写作还是生活上的习惯不尽相同。比如在法国的时候，我经常在赌场玩到凌晨才离开，狄更斯却坚持在八点到九点之间用早餐，所以有好几次近午时分我一个人孤零零地享用鹅肝派早餐。同样地，不管是在塔维斯多克寓所或后来的盖德山庄，狄更斯的工作时间是上午九点到下午两点或三点，在那段时间里，不管是家人与留宿的宾客，所有人都要各忙各的事。我就曾经看过狄更斯的女儿或乔吉娜在狄更斯锁在书房里那段时间假装读校对稿。那段日子（当时另一个威尔基·柯林斯还没开始跟我争夺写字桌和书写工具）我喜欢深夜写作，所以大白天里经常得在狄更斯家的图书室找个僻静角落抽根雪茄，或小憩片刻。只是，有好几回狄更斯会毫无预警地从他的书房跑出来，闯进我的藏身处把我拉出来，命令我继续创作。

我（我们）的剧本创作延续到那年秋天。我剧本的主角名为理察·渥铎（当然由狄更斯扮演），大致上融合了世人印象中那位刚毅不屈的约翰·富兰克林，以及一名叫弗朗西斯·克罗泽的爱尔兰籍平庸副指挥官的特质。我想象中的渥铎年龄稍长，才华平平（毕竟富兰克林远征队明显全军覆没了），略为疯狂，或许甚至有点儿反派倾向。

狄更斯彻底推翻我的构想，把理察·渥铎变成一个年轻干练、复杂易怒，到最后却又毫不保留地牺牲奉献的角色。在狄更斯改写这个角色留下的大量注记里有一句写道："终其一生都在寻找真爱，却事与愿违。"他为这个角色写了很多独白，直到最后阶段的排练（没错，我也在这出业余戏剧里演了一角）才公开。我到他家拜访或留宿时，都会听见他出门健走或走完三十公里路回来的时候，边走边大声排练他的渥铎独白："年轻，有一张略带哀愁的美丽脸庞，有善良的温和眼眸，柔软清晰的嗓音。年轻、深情又慈悲。我将她的容颜牢记脑海，除此之外我一无所有。我必须流浪、流浪、流浪、不眠不休、四海为家，直到我找到她！"

事后看来，当时的狄更斯婚姻濒临破裂（出于他自己的选择），不难看出这些文句都是发自内心、情真意切。狄更斯终其一生都在等待、在寻找那个有着善良温和眼眸与柔软清晰嗓音的、哀愁的美丽脸庞。在狄更斯心目中，他的想象永远比现实生活来得真实，而他从少年时期就开始幻想这位真实纯洁、温柔体贴、年轻貌美（又善良）的女子。

我的剧本于1857年1月6日在狄更斯的塔维斯多克寓所首演，当天正是第十二夜[1]，狄更斯总会安排某种庆祝活动，那天碰巧也是他儿子查理二十岁生日。他不计代价地要让这场演出接近职业水平，比如雇请木匠把他家里的教室改装成能让五十名观众舒适地观赏表演的剧院，拆掉教室里原有的小讲台，改在凸窗位置搭建一座标准舞台；请人编写配乐；找管弦乐团现场伴奏；聘请专业人士设计并绘制细腻考究的布景；不惜重金定制戏服。后来他还夸口道，我们这些戏里的"极地探险家"可以穿着身上货真价实的极地装备直接从伦敦走到北极；最后，他亲自监督舞台灯光配置，设计出能够忠实呈现北极诡异的白天与黑夜的每一小时和夏季永昼的灯光效果。

狄更斯为他那个原本十分戏剧性的人物增添了一股怪异、强

---

1　Twelfth Night：圣诞节后的第十二天，为主显节，纪念耶稣显圣灵，也是圣诞假期最后一天。

烈、含蓄却具体得难以置信的真实感。在其中一幕里，我们其他人企图抓住"渥铎"，阻止深陷剧烈痛楚的他奔下舞台。狄更斯事先警告我们他会"全力反抗"，要我们大家都使出看家本领阻止他。事实证明他的警告稍嫌保守。排练还没结束，我们已经有好几个人受伤挂彩。事后他儿子查理写信告诉我弟弟："他执拗地奋力挣扎了好一阵子，我们迫不得已只好来真的，就像赤手空拳的拳击手。至于我，身为那群人的带头者，在那场混战中首当其冲，被东推西挤，结果首演前已经瘀肿两三回合。"

到了首演当晚，我跟狄更斯的共同友人约翰·福斯特负责诵读狄更斯在演出前才写成的开场白，希望借由人类内心深处与北极天寒地冻恶劣环境的对照，让观众了解戏剧的宗旨。他在很多小说里都曾采用这种手法。

> 广阔深邃的无尽奥秘深锁
> 你我心中，有只探索的手，
> 测试冰封灵魂的国度，
> 搜寻北地极心的通路，
> 软化那寒冬深处的惊悚，
> 消融那"冰冻深渊"的表层

火车已经到达伦敦，但我没有前往查令十字站，还不急。

当时（以及往后的人生），我生命中最大的祸患是痛风。有时候它折腾我的双腿，更多时候它会钻进我的脑袋，经常像一块火烫的铁锥停留在我右眼内侧。我凭借坚毅性格对付这股无止无歇（它确确实实不曾让我喘息）的痛楚，外加一种名为鸦片酊的鸦片制剂。

这一天，我去执行狄更斯交付给我的任务之前，先在车站招了一架出租马车去到我家附近那个街角的小药房，因为我很不舒服，没办法再多走一步路。那个药剂师（如同城里和其他地方某些药剂师）很了解我这场对抗疼痛的战役，愿意将止痛剂以只限医生购买的数量卖给我，换句话说，一次一整瓶。

亲爱的读者，我大胆猜测你们那个未来世纪仍然使用鸦片酊（除非医学界发明了更有效的普通药物），万一没有，那就容我稍加介绍这种药物。

鸦片酊是将鸦片溶入酒精的制剂。过去我还没开始大量购买之前，我会遵照我的医生兼朋友法兰克·毕尔德的吩咐，只在半杯或一杯红酒里添加四滴。之后四滴变八滴，然后是每天两回八滴或十滴。最后，我发现原本就含有酒精的鸦片酊（既是鸦片也是酒）对治这种无以复加的疼痛更有疗效。过去几个月来我开始喝整杯的纯鸦片酊，或直接拿起药瓶就喝，这将会变成我终生的习惯。坦白说，我曾经有一次在自家当着知名外科医师威廉·弗格森的面喝下一整杯鸦片酊，当时我以为他一定能理解我的苦衷。没想到他竟然宣称，这么大的剂量足以毒死餐桌上所有人。那天晚上我与六位男士和一位女士共进晚餐。那次事件后，我不会隐瞒我服用这种灵药的事实，却不再让人知道我使用的剂量。

在我死后的亲爱的读者，请你明白，在我这个年代人人都服用鸦片酊，或者几乎人人都服用。我的父亲原本对所有药物都抱持怀疑态度，却在他生命最后阶段大量使用贝特利滴剂，那是一种强效鸦片。我深信我痛风的疼痛程度就算没有更严重，至少也不亚于他临终前的病痛。我记得我父母的好友诗人柯勒律治曾经在我家为他的鸦片瘾啜泣，也记得我母亲当时给他的忠告。如同我对一些老爱批评我的用药习惯的无礼友人所说，作家沃尔特·司各特爵士创作《拉美莫尔的新娘》时也大量使用鸦片酊，而我和狄更斯的当代作家朋友布尔沃·利顿和托马斯·德·昆西使用的剂量更是远高于我。

那天下午我回到多赛特广场附近梅坎比街9号的自家（我两个家其中之一），我知道那个时间卡罗琳和她女儿哈丽叶不会在家，赶紧趁机把那瓶鸦片酊偷渡进家门藏起来，当然要先喝个两大杯。

几分钟内我又生龙活虎了，至少精神恢复不少。痛风造成的剧痛还潜伏在我躯体里，伺机还击。但至少鸦片已经暂时减轻了疼痛制造的背景噪声，我的精神不再涣散。

我搭马车前往查令十字街。


《冰冻深渊》的演出佳评如潮。

第一幕场景是在英格兰西南部的德文郡，美丽的克莱拉·伯尔尼罕（由狄更斯更具姿色的女儿玛米饰演）为她挺拔帅气的未婚夫法兰克·欧德斯利（由我演出，我目前的大胡子当时才刚开始蓄留）担惊受怕。欧德斯利参加了远征队，跟约翰·富兰克林的远征队一样，奉命去打通西北航道。远征队的两艘船"漫游者号"与"海鸥号"已经失踪两年多。克莱拉知道法兰克在远征队上的长官是曾经向她求婚遭拒的理察·渥铎上校。渥铎不知道是谁掳获了心上人芳心，誓言哪天见到情敌一定要取他性命。我饰演的法兰克·欧德斯利则完全不知道理察·渥铎倾心自己的未婚妻。

克莱拉知道远征队两艘船舰几乎可以确定一起冻结在北极某处冰洋里，非常担心她的两个情人机缘巧合地发现彼此的身份。可怜的克莱拉除了担心未婚夫受到北极的气候、野兽和土人危害，更害怕万一理察·渥铎发现真相，会对她心爱的法兰克不利。

　　克莱拉的保姆号称有天眼通，她在德文郡傍晚的绯红夕照中（我早先说过，狄更斯不遗余力地设计他教室小剧院的灯光，以便如实模拟出北极一天二十四小时的光线变化）告诉克莱拉她看见的血腥画面，这显然无助于平抚克莱拉的焦虑。

　　"我看见狮子抓住羔羊……"在恍惚状态中观看异象的埃丝特保姆倒抽一口气。"你的美丽鸟儿成了老鹰的猎物，我看见你和你身边所有的人都在哭泣……血！血迹在你身上！哦，我的孩儿，我的孩儿，那血迹溅在你身上！"


　　那个年轻人的名字原来是爱德蒙·狄更森。

　　狄更斯说他把伤员安置在查令十字饭店的房间里，事实上那是一间宽敞的套房。有个上了年纪毫无魅力的护士守在套房的小客厅，她带我进去探视病人。

　　狄更斯说过救难人员如何克服万难地把狄更森从车厢残骸里拉出来，巨细靡遗地描述现场的斑斑血迹、残破衣裳，还说狄更森需要就医治疗。我以为眼前会出现一具全身裹着绷带、只剩半条命的身躯，而且绑了木条打上石膏，外加钢索和秤锤固定，动弹不得。但我进房时，年轻的狄更森虽然穿睡衣披晨袍，却是坐在床上看书。房间里的梳妆台和床头柜上装点着鲜花，包括满满一花瓶的鲜红天竺葵，在盖德山庄庭院感受到的那股恐慌再度袭上我心头。

狄更森看起来个性温和，二十或二十一岁，圆圆的脸蛋、粉红的双颊，稀疏的黄棕色头发已经开始从他的粉红色额头撤退。蓝眼珠，细致的耳朵有如小巧贝壳。他睡衣的布料看上去像是丝绸。

我上前自我介绍，说狄更斯派我来探询他的复原情况，没想到他不假思索地说："哦，柯林斯先生！您这么知名的作家来看我，我实在太荣幸了！我很喜欢您在《家常话》上继狄更斯先生的《双城记》之后连载的《白衣女人》。"

"先生，谢谢您的夸奖。"他这番赞美听得我差点儿脸红。《白衣女人》确实大受欢迎，连载期间杂志的销售成绩超过连载狄更斯的小说。"很高兴您喜欢敝人的拙作。"我补了一句。

"是啊，那本书写得太好了。"狄更森说，"您太幸运了，能有狄更斯这样的良师兼编辑。"

我瞪着这个年轻人好长一段时间。他没发现我板着脸不说话，自顾自地说起斯泰普尔赫斯特事故的惨状，又说狄更斯多么勇气过人又乐善好施。"如果狄更斯先生没有在火车残骸里找到我，我不可能活到现在。柯林斯先生，当时我整个人倒挂着，连呼吸都有困难。他陪在我身边一步都没离开。后来他喊了几个救难人员把我从残破的车厢里拉出来，一路盯着他们把我送上铁道路基，跟其他准备撤离的伤员在一起。那天下午狄更斯先生也陪我搭上救难火车来到伦敦，而且，你看！非得让我在这么豪华的房间里养伤，还安排护士照顾我，直到我完全康复。"

"所以你的伤势不重？"我的语气极其冷淡。

"哦，不，一点儿也不！只是双腿、臀部、左臂、胸口和背部瘀青发紫。三天前我还没办法走路，可是今天护士扶我去了一趟厕所又回来，过程很顺利！"

"太好了。"我说。

"我打算明天回家。"狄更森继续念叨，"我永远回报不了狄更斯先生的大恩大德，他真的是我的救命恩人！他还邀请我到盖德山庄过圣诞节和新年！"

那天才6月12日。"太好了，"我说，"狄更斯先生当然很珍视他从鬼门关救回来的生命。狄更森先生，你刚刚说明天就回家……能不能冒昧请问你家在哪里？"

狄更森喋喋不休地说下去。原来他是个孤儿，这可是狄更斯最喜欢的类型，只要看看《雾都孤儿》或《大卫·科波菲尔》或《荒凉山庄》或他笔下那十几本小说的内容就不难想见。他经由错综复杂的管道（有点儿像《荒凉山庄》里詹狄士家族的遗产官司）继承了一笔财富，他的监护人住在北安普敦郡，那栋房子简直是《荒凉山庄》里切斯尼山庄的翻版。不过狄更森宁可在伦敦市区租间朴实住所独居。他几乎没有朋友，偶尔学学文书撰写或当当学徒，却没有打算精通或从事任何一门技艺。他继承的遗产孳息足够他填饱肚子外加买买书、看看戏，偶尔还能到海边度个假，所以他不需要为生活奔波。

我们聊了戏剧和文学。原来狄更森先后订阅了狄更斯以前办的《家常话》杂志和如今的《一年四季》，年纪轻轻的他竟然说他很喜欢我发表在《家常话》里的《离奇怪床》。

"我的老天！"我惊呼一声，"那至少有十五年了！当时你顶多才五岁吧！"

狄更森脸上的红晕从耳朵开始，迅速扩散到两颊，而后像粉红爬藤般蹿上他太阳穴的凹陷，抵达那片圆弧状的苍白额头。我看得见那抹红晕延伸到他稀疏的稻草色发丝底下。"其实是七岁。"他说，"可是我的监护人华森先生——他是自由党国会议员——图书室里有《笨拙》杂志和《家常话》的皮革合订本。我目前爱读书的习惯都是在那间图书室养成的。"

"原来如此，"我说，"真有意思。"

多年前我加入《家常话》撰稿人行列，对我而言只是每星期多五英镑收入，看来对眼前这个孤儿却意义非凡。他几乎可以凭记忆背诵出我的短篇小说集《天黑以后》，听见我说那本书里收集的几篇故事题材主要来自我母亲的日记和她追忆身为知名画家另一半的心路历程的正式手稿，他更是无比惊奇。

我还发现，1857年8月12日，十一岁的爱德蒙·狄更森跟他的监护人赶到曼彻斯特规模宏大的新自由贸易厅观赏过《冰冻深渊》的演出。


《冰冻深渊》第二幕场景移到北极。狄更斯扮演的理察·渥铎和他的副手克雷佛少校在讨论他们面临酷寒天候与断粮危机，能有多少存活概率。

"只要不向你的胃屈服，你的胃终将屈服于你。"探险经验丰富的渥铎对克雷佛说。这种决心，也是永不示弱的意志，不单单只是狄更斯笔下的文字，更是他的中心思想。

渥铎接着又说，他之所以喜爱北极的荒野，正是因为"这里没有女人"。在同一幕戏里他呐喊道："不管是工作、艰难或危险，只要能在我和我的痛苦之间筑起堡垒，我都能接受……克雷佛，劳动正是我们生命的灵丹！"最后，"世间最令人绝望的不幸，就是女人带来的祸患"。

名义上那是我的剧本。节目单上的作者栏印的是我的名字（我同时也是剧中演员），可是理察·渥铎的台词几乎都是狄更斯亲自撰写或改写过的。

婚姻生活幸福美满的男人应该不至于写出这些词句。

第二幕接近尾声时，有两个男人被奉命派遣穿越冰原，为受困的全体队员寻找最后一线生机。这两个人一起横越一千五百公里的冰冻深渊，他们当然就是理察·渥铎与抢走他心上人的情敌法兰克·欧德斯利（也许我已经说过，我跟狄更斯为了演出自己的角色都留了胡子）。后来渥铎发现受了伤、饥饿又虚弱的欧德斯利就是他最痛恨的仇人，是他发誓要杀死的情敌，第二幕到此结束。


"你在事故现场有没有看见一位名叫祖德的绅士？"等那个白痴狄更森终于闭嘴，护士也离开房间，我开口问他。

"叫祖德的绅士？坦白说我不太确定。那天有太多绅士在现场救我，除了我们这位不平凡的狄更斯先生，其他人的姓名我多半不知道。"

"这位绅士的外貌好像很难忘记。"我列举了几点狄更斯对那个魅影的描述：黑色丝质斗篷和大礼帽、手指缺损、没有眼皮、半截鼻子、斑白微秃又稀疏的头发、慑人的眼神、走路像滑行的古怪模样、说话时的嘶嘶声和外国口音。

"哦，天哪，没有。"狄更森惊呼道，"如果我看见或听见过这样的人，肯定不会忘记。"说完他的视线似乎往内探索，狄更斯在他阴暗的书房里也曾几度出现这种神态，"尽管当天在我身边有太多惊悚画面和声音。"他又补了一句。

"嗯，我相信。"我说。我几乎想拍拍他床单底下的腿部，表达我的同情。"那么当天你在火车上也没听说过祖德这个名字，没听任何人提起这个人？"

"印象中没有，"他说，"狄更斯先生找这个人有重要事吗？只要我力所能及，我愿意为狄更斯先生效劳。"

"嗯，我相信你，狄更森先生。"我说。这回我当真轻敲了他毯子底下的膝盖。"狄更斯先生特别吩咐我来问你还有什么需要他做的，"我边说边看表，"有没有任何护士或狄更斯先生帮得上忙的需求或短缺或疼痛？"

"我什么都不缺，"狄更森说，"到明天我应该就恢复得差不多了，可以离开旅馆回家过我的独居生活。我有一只猫陪伴我，"他轻声笑道，"不过倒像是我在陪我的猫。它就跟所有的猫儿一样，随心所欲来去自如，会自己找东西吃。我不在家一点儿都不会造成它的不便。"说到这里，他的视线好像又转向自己内心，盯着三天前的斯泰普尔赫斯特事故现场的死者与濒死伤员，"事实上，就算我死了，我的猫咪的生活也不会受到任何影响。没有人会怀念我。"

"你的监护人呢？"我赶紧搭腔，免得他开始唉声叹气自怜自艾。

他轻松一笑："我现在的监护人是个律师，是我祖父的朋友。我死了他是会伤心，可是柯林斯先生，我跟他之间其实没什么私人感情。我的猫咪大概是我在伦敦——或任何地方——唯一的朋友。"

我快速点点头："狄更森先生，明天我会再来看你。"

"其实没有这个必……"

"我们的朋友查尔斯·狄更斯可不这么想。"我打断他的话，"如果他精神状况允许，也许明天会亲自来看你，探询你的伤势。"

他的脸又红了。这没什么不得体的，却会让他在从饭店窗帘与帷幔缝隙透进来的6月午后阳光中显得更软弱、更愚蠢。

我边点头边拿手杖，转身离开狄更森，经过沉默的护士走出小客厅。

《冰冻深渊》第三幕演的是克莱拉不远千里赶到纽芬兰打探消息（很像真实世界里的富兰克林夫人自行雇船跟她侄女苏菲亚到极北之地寻找丈夫约翰爵士）。有个逃离冰冻海洋、步履蹒跚、又饿又累的男人走进海岸边的冰屋。克莱拉认出那是渥铎，立刻歇斯底里地指控渥铎杀害了（或许也吃了？观众不免如此揣想）她未婚夫法兰克。渥铎（也就是狄更斯）闻言冲出冰屋，扶着还在人世的欧德斯利回来，欧德斯利一身破衣裳几乎衣不蔽体。"有好几次，"渥铎气喘吁吁地说，"我扶着欧德斯利横越那一片冰天雪地的时候，很想丢下他不管。"

说完那句台词，狄更斯，也就是理察·渥铎，瘫软倒地。他在冰原上忍饥挨饿，费尽苦心保住情敌性命，体力终于耗尽。渥铎最后挣扎着说出："我的克莱拉妹妹！吻我，在我死前吻我！"说完就死在克莱拉臂弯里，克莱拉吻着他的脸颊，决堤的泪水流下她的脸庞。

我们彩排的时候，我在舞台上差点儿没吐出来。但我们在塔维斯多克寓所的四场演出之中，我场场低泣，还听见自己悄声说："这实在太糟了。"亲爱的读者，这句话就由你去解读了。

狄更斯的演出很有张力，也很……诡异。我们首演当晚的来宾威廉·萨克雷事后评论狄更斯，说道："如果他现在改行当演员，将来有机会年收入两万镑。"

在1857年的当时，那根本是天方夜谭。可是到了斯泰普尔赫斯特事故的时候，狄更斯在美国和英国举办朗读会那些"表演"已经为他赚进那笔数目。

塔维斯多克寓所那四场《冰冻深渊》的观众个个哭得像泪人儿。应狄更斯之邀前去观赏首演的专业剧评家也都声称，狄更斯饰演渥铎时入戏之深令他们动容。事实上，所有话题都集中在狄更斯演出时的强烈情感，俨然一股充盈在剧场里的黑暗能量，任何人只要看见或听见，就不可避免地被卷入它的旋涡里。

《冰冻深渊》最后一场演出结束后，狄更斯情绪陷入低潮。他写信来跟我形容工人们"敲敲打打地拆卸"他的教室剧院时那种"哀伤"的声响。

外界嚷嚷着要狄更斯加演几场我的这出戏，更有许多人鼓励他卖门票，甚至有谣言指出（事后证实传言属实），女王陛下也想观赏这出戏。狄更斯反对这一类的建议，我们这些业余演员也都不想靠演戏赚钱。可是到了那年6月（那是1857年，正是狄更斯的家庭生活即将永远改变的一年），狄更斯听说了我们的作家朋友道格拉斯·杰罗尔德去世的消息，大为震惊。

狄更斯告诉我，就在杰罗尔德过世前几个晚上，他梦见杰罗尔德把一份稿子交给他编辑，他却一个字都读不懂。这是所有作家的共同梦魇，担心自己突然丧失解读那些我们赖以维生的语言文字的能力。令狄更斯感兴趣的是，他做这个梦时，杰罗尔德已经病危，只是当时我们一无所知。

狄更斯深知杰罗尔德死后他的妻小生活会陷入困境（尽管狄更斯平时以改革者自诩，但杰罗尔德才是真正的激进派人士），因此决定推出一系列慈善义演活动：邀请托马斯·库克重演杰罗尔德创作的两出戏《黑眼苏珊》和《收租日》；萨克雷与战地记者威廉·罗素发表演说；狄更斯自己举办午后及夜间朗读会。

当然，《冰冻深渊》也将重出江湖。

狄更斯希望为杰罗尔德的家人筹募两千英镑。

狄更斯租下摄政街的演艺厅作为义演场地。向来避免为个别募款活动发声的女王非但公开支持这次的系列义演，还派人传话表示她非常期待观赏《冰冻深渊》，也建议狄更斯先生在白金汉宫选个合适的房间为女王陛下和她的宾客进行一场私人演出。

狄更斯回绝了。他的理由再明显不过：他的女儿还没进过皇宫面见女王，他不希望她们以演员身份出现在女王面前。他建议女王陛下在预定演出的前一星期来演艺厅观赏一场不公开演出，还提议女王陛下自己带宾客前来一同观赏。面对天下无双先生钢铁般的意志，女王应允了。

1857年7月4日，我们为女王表演。女王陛下的客人有阿尔伯特亲王、比利时国王和普鲁士王子。为了欢迎阿尔伯特亲王，狄更斯特别派人在入口和楼梯摆放了鲜花。我不得不承认，我们有些人担心这群皇室观众看戏后的反应可能不会像前一年冬天我们在塔维斯多克寓所演出时那么热烈，可是狄更斯向我们保证，女王和她的宾客会在幽默的桥段里大笑，也会在悲伤的场景落泪，会跟我们那些比较普通的观众一样泣不成声。那出紧随其后的短剧《约翰叔叔》也会让这些皇室成员笑得像驴叫。一如往常，他完全说中了。

演出结束，心情愉快的女王邀请狄更斯上前接受她的致谢。

他拒绝了。

这回他的理由是："我疲惫不堪又满头大汗，脸上还有化妆品，怎么可以以这副面貌出现在女王陛下面前。"

狄更斯不允许自己去面见女王和她的宾客的原因当然不只是脸上的妆。事实上，狄更斯演完我们的浪漫短剧《约翰叔叔》之后，身上穿的是约翰叔叔的宽松晨袍，头戴假发，还画了红鼻头。史上最骄傲、自我意识最强烈的狄更斯无论如何也不可能以那种装扮去见女王。

女王再一次客气地让步。

我们在演艺厅又演出两场《冰冻深渊》。只是，虽然演出再一次得到热烈回响，看过的人都赞不绝口，是这一系列义演活动中募款最多的节目，两千英镑的善款目标却没能达成。曼彻斯特艺术展演公司的经纪人约翰·迪安一直大力鼓动狄更斯到曼彻斯特的新自由贸易厅演出，当初答应杰罗尔德遗族要筹款两千镑的狄更斯不愿意食言，立刻赶赴曼彻斯特举办一场《圣诞颂歌》朗读会，顺便考察那个可以轻易容纳两千名观众的演出场地。

狄更斯当下判定那是演出《冰冻深渊》的完美场地，只是，他女儿和乔吉娜都在剧中扮演重要角色，她们平庸的演技恐怕撑不起这么大的场面。（狄更斯从没想过他自己的演技或许不足以应付这么宽敞的表演厅和如此庞大的观众。因为他从经验得知，只要妥善发挥他的催眠功力，掌控超过三千名观众易如反掌。）

他必须聘请一些专业女演员进行排练。（马克·莱蒙、狄更斯的儿子查理和我获准继续登台，可是狄更斯开始鞭策我们排练，仿佛我们都没演过那出戏似的。）

奥林匹克剧院的经理艾尔弗雷德·威根向狄更斯推荐两名他剧院新近聘入、前途看好的年轻女演员——芬妮·特南和玛莉亚·特南——狄更斯二话不说便同意了（我跟他都在别的戏里看过特南姐妹、她们的小妹和她们那位资深演员母亲的表演）。威根再去征询特南姐妹有没有意愿参与《冰冻深渊》的演出，她们都跃跃欲试。

威根进一步向狄更斯提议，邀请特南小姐们的母亲弗朗西斯·特南和她们这个演员家族里年纪最轻（时年十八岁）、姿色最普通的幺妹爱伦·罗勒斯·特南也参加演出。

查尔斯·狄更斯的人生从此改变。


离开查令十字饭店后，我搭出租马车回家，半途下车步行，在一家我没有会员资格却享有贵宾身份的俱乐部用晚餐。

我很愤怒。那个无礼至极的狄更森小子一句"您太幸运了，能有狄更斯这样的良师兼编辑……"听得我火冒三丈。

五年前，也就是1860年夏末，我的小说《白衣女人》在狄更斯的《双城记》结束的当周开始在《一年四季》连载。亲爱的读者，容我补充说明，狄更斯《双城记》里的人物西德尼·卡顿根本就是明目张胆地抄袭我的《冰冻深渊》里那个大公无私、自我牺牲的理察·渥铎。狄更斯自己就亲口承认过，他说卡顿这个角色和整个《双城记》的故事是在他最后一次演出《冰冻深渊》躺在舞台地板上时想到的。当时玛莉亚·特南（新的克莱拉·伯尔尼罕）哭湿了他的脸、胡子和破烂衣裳，以至于他不得不低声对她说："孩子，再过两分钟就结束了，镇定一点儿！"

我说到哪儿了？

哦，对了。《白衣女人》在狄更斯新创办的周刊连载——而且获得广泛回响与赞扬，容我谦逊地补充一句——那八个月里，坊间流传不少无聊耳语或文字评论，说什么我的写作技巧是跟狄更斯学来的，而且躲在狄更斯的羽翼下磨炼文笔，甚至连我的叙事风格都是从狄更斯那里偷师来的。他们说我欠缺狄更斯的深度，某些圈子的人更说我"没有能力描绘人物"。

这些当然是一派胡言。

当初狄更斯读完我的手稿之后，写了一封短笺给我，他说这出戏"相较于你过去的作品可说大幅跃进，尤其值得一提的是作品里的柔情……人物的设计非常完美……没有人能及得上你的一半。我在每一章里都找到一些巧思或愉快的逆转"。

可是，狄更斯终究是狄更斯，他又补了些话，一笔抹杀他的恭维。他说他总是不得不"质疑你过度低估读者的习惯，如此一来不免有把自己的理念强行灌输给观众之嫌"。

任谁都知道狄更斯总是过度高估他的观众。当他任性地遁逃进他那深奥难解的幻想与毫无必要的微妙之中时，总是让太多普通读者迷失在他那狄氏散文的浓密森林里。

各位亲爱的读者，在你们生活的那个遥远未来里，我的坦率言辞绝不可能传进任何喜爱狄更斯的人耳中。让我坦白告诉你，我构思情节的能力目前——以及过去，几乎确定未来也会——比狄更斯强十倍。对狄更斯而言，情节可能会随着他那些像傀儡般任他操纵的怪异角色衍生出来，如果刊登他那些不可计数的连载小说的杂志销售量突然下滑，他会随手加入更多愚蠢角色，要他们昂首阔步地为轻信的读者表演，正如他不费吹灰之力把可怜的马丁·瞿述伟[1]流放到美国去帮他（狄更斯）吸引更多读者。

狄更斯永远无法领会我的情节里那些精妙幽微处，更别提发挥在他那些明显（对任何观察力敏锐的读者而言）迂回操作的草率布局与自我沉溺的旁白里。

那些无礼又无知之徒，比如那个叫狄更森的兔崽子孤儿，总会说我不停地"跟狄更斯学习"，事实恰恰相反。如同我先前提过，狄更斯自己也承认，他在《双城记》里那个自我牺牲的角色西德尼·卡顿的灵感正是来自我的《冰冻深渊》里的理察·渥铎。还有，他《远大前程》里那个"穿白衣的老妇人"，那位引发热烈讨论的郝薇香小姐，难道不是直接偷学我《白衣女人》里的主要角色？

我坐下来享用我的一人晚餐。我之所以喜欢来这家俱乐部用餐，是因为这里的主厨很会料理云雀布丁。我认为这道料理是我这个时代的四大杰作之一。今晚我不想吃得太讲究，所以只点了两种馅儿饼、汤品、几只甜龙虾、一瓶中等甜度香槟、一条填了牡蛎与洋葱丁的羊腿、两份芦笋、炖牛肉、蟹肉色拉和鸡蛋。

我惬意地享用我的轻食晚餐时，想起了狄更斯的前妻凯瑟琳。我不是很喜欢她那个人，却很欣赏她的料理，或者该说欣赏她在塔维斯多克寓所督导仆人做出来的料理，毕竟我没见过她穿围裙或拿长勺。几年前凯瑟琳·狄更斯出版过一本食谱（用玛莉亚·克劳特这个笔名），内容都是他们家的家常料理，书名叫

---

1　Martin Chuzzlewith：狄更斯1843年开始连载的长篇小说《马丁·瞿述伟》里的主角。此书连载销售成绩不佳，狄更斯于是将场景拉到美国，以讽刺手法描写美国的人事物。

作"今晚吃点什么"。书中收录的多半是我喜欢的料理，其中不少也出现在我今晚的餐桌上——虽然做法没这么精致，酱汁也没这么丰富多彩（我认为绝大部分的烹饪过程都只是完美酱汁的序曲）——因为她也喜欢龙虾、肥大的羊腿、厚实牛肉和精致甜点。凯瑟琳的食谱里收纳了非常多种类的奶酪三明治，有个评论家说："男人天天这么吃奶酪三明治，不死也剩半条命。"

可是狄更斯活下来了，而且那么多年来体重一磅都没增加，想必跟他每天快步健走二三十公里有关。我个人天生不好动，我的性格倾向和长期病痛让我离不开桌椅沙发和床铺。我逼不得已才会走路，能坐下就坐下。我在塔维斯多克寓所或盖德山庄做客期间，习惯在图书室或空客房躲到下午两三点，反正躲到狄更斯结束当天的写作，因为他总爱逼别人陪他去做那莫名其妙的散步运动。当然，狄更斯照例会找到我（现在我已经弄明白，原来他都是循我的雪茄味按图索骥），而我通常还能陪他走个两三公里路（以他的健行步伐，通常费时不到二十分钟）。

这天晚上我在两种甜点之间犹豫不决，于是像所罗门王一样，我选了云雀布丁和口味绝佳的苹果布丁，外加一瓶波特酒和一杯咖啡。

吃布丁的时候我发现一个身材高大、仪态贵气的老先生站起来横越餐厅，一时之间我以为那是萨克雷。我马上想到萨克雷已经在1863年的圣诞夜过世了，距今已经一年半。

当年萨克雷和狄更斯冷战多年后第一次和解就是在这家俱乐部，当时我是狄更斯的座上宾。他们两个人之间的嫌隙发生在狄更斯跟凯瑟琳的分居事件闹得满城风雨的当口，那也是狄更斯最脆弱的时期。那时有人在盖瑞克俱乐部说狄更斯跟小姨子有私情，萨克雷显然口无遮拦地说出"不，对象是一个女演员"之类的话。

一如往常，所有闲话都会传到狄更斯耳里。当时狄更斯有个名叫爱德蒙·耶茨（我觉得这个人有点儿像莎士比亚《奥赛罗》里的伊阿古，总是一副匮乏饥渴的表情）的年轻记者朋友，据说是狄更斯的"子弟兵"。耶茨写了一篇恶意轻蔑萨克雷的传略刊登在《街谈巷议》杂志里。萨克雷被深深刺伤，他发现自己跟耶茨都是盖瑞克俱乐部的会员，便要求俱乐部驱逐耶茨，理由是他写那种文章的行为"不见容于绅士阶级"。

令人意外的是，狄更斯对老朋友完全不顾情面，在这场争端中选择站在耶茨那边。当盖瑞克的委员会采纳萨克雷的意见解除了耶茨的会员资格时，狄更斯也跟耶茨同进退。

多年后，在雅典娜俱乐部，他们的友情终于修复。我曾经听狄更斯对威尔斯描述那次的大和解。"当时我在雅典娜俱乐部正在挂外套，"他说，"一抬眼正好看见萨克雷那张憔悴面孔。威尔斯，他看起来简直像鬼魂，跟《圣诞颂歌》里的马利一样死透了，只差没有铁链。所以我问他：'萨克雷，你身体还好吗？'然后我们终于打破多年沉默，聊了几句，还握手言欢，现在一切都回到从前了。"

那一幕实在太感人，却也太虚假。

当天晚上我碰巧也在雅典娜俱乐部，我和狄更斯都看见萨克雷费力地在穿大衣。当时萨克雷在跟另外两个人谈话。狄更斯进门后直接从萨克雷身边走过，看都没看对方一眼。那时我正在放手杖和帽子，狄更斯已经走过萨克雷身边，一脚踩上楼梯，萨克雷走过去赶上狄更斯。我听见萨克雷先开口说话，还主动向狄更斯伸出手。他们握了手。然后狄更斯转身走进用餐室，我看见萨克雷走回原本的聊天对象（我记得那好像是西奥多·马丁爵士）身边，说道："我很高兴我做了这件事。"

狄更斯心地善良，也很重感情，可是他吵架绝不会先低头。这点我很快就会亲身体验。


搭出租马车返家途中，我想起狄更斯寻找那个幽灵般的祖德的古怪计划。

那天早上我听狄更斯叙述斯泰普尔赫斯特车祸事故时，对这位"祖德先生"的真实性始终难下定论。查尔斯·狄更斯不会说谎，只是，他永远相信自己对任何事的任何见解正确无误，而且他会通过语言，尤其是书写文字，来说服自己某件事的真实性。即使事情不是那样，只要他说是就是。八年前他写那些公开信把分居责任推给妻子凯瑟琳就是最好例证，因为分居是他的主意和他的需求，也是他一手促成的。

但他为什么要捏造祖德这号人物？

话说回来，明明是萨克雷先释出善意，他又为什么告诉大家是他主动修复友谊？

差别在于，狄更斯的谎话和浮夸言论虽然未必出于故意，却几乎都是为了提升他的外在形象而发表的。身为小说家，我知道我们这种人经常沉浸在自己的想象世界里，程度之深不亚于活在人们口中的"真实世界"。

根据所有客观说法，包括又矮又胖的毛头小子爱德蒙·狄更森——祝他的瘀伤化脓腐烂变成溃疡——狄更斯在斯泰普尔赫斯特事故现场表现无比英勇，在这段故事里加入一个叫祖德的幽灵并不会增加他的气势。事实上，狄更斯描述那个诡异得不像人的男人的时候，那种明显的焦虑多多少少减损了他的神勇气魄。

那么这到底是怎么一回事？

我不得不假设事故现场确实有这么一个名叫祖德的怪人，而且狄更斯描述的那些简短对话和怪异互动确实有点儿真实性。

那又为什么要找出那个人？没错，这样的怪人背后一定隐藏着某些神秘经历，可是伦敦和英格兰甚至我们的火车站到处都有怪人呀。就连那个没家教的蜉蝣生物狄更森也像是从狄更斯小说里走出来的人物：孤苦无依，有个有钱的监护人，有法院裁定的遗产，无精打采，漫无目标，只喜欢阅读和懒散度日。这个麻风病外形、缺了手指和眼皮、说话漏风的祖德身上还能找出什么离奇故事吗？

我接近家门时又想，为什么要去找这个祖德？

狄更斯是个会事先计划、深谋远虑的人，与此同时他却也是个冲动派人士。他第一次去美国的时候，就因为坚持建立国际著作权法规，几乎得罪了他在美国的绝大多数读者和所有美国报纸与记者。狄更斯的小说，以及大多数英国作家的小说，被公然剽窃在美国出版，原作者却得不到任何补偿，这件事在那些美国暴发户眼中似乎合情合理，所以狄更斯确实有理由生气。可是，美国行结束后不久，也就是狄更斯惹恼那些原本非常崇拜他的读者后不久，他便对著作权这回事完全失去了兴趣。换句话说，他行事谨慎，却也轻率冲动。

无论是在盖德山庄或他过去的任何住宅，无论搭船航行或出外旅游，目的地永远由狄更斯做主。他决定在哪里野餐，决定举办什么比赛，决定谁当队长，更常由他计分、宣布优胜者、颁发奖品。盖德山庄附近村庄的居民尊他为绅士，有如此知名的作家在各种博览会或比赛活动中颁奖，村民似乎与有荣焉。

小时候狄更斯总是在游戏里当领袖，他始终认定这就是他在人生中的角色，长大成人后也不曾放弃。

可是如果我和狄更斯去寻找这个祖德先生，目的又是什么？除了再一次满足查尔斯·狄更斯那不成熟的冲动，还有什么意义？寻找过程中会遭遇什么危险？祖德跟狄更斯一起爬下铁路边坡、前往河床上的灾难现场时提及的那些地名可都是伦敦最危险的区域。那些地方正如狄更斯所说，是名副其实的大烤炉。


回到家时，痛风已经让我痛不欲生。

街灯的光线刺痛我的眼睛；我自己的脚步声像凿子般一声声钻进我的大脑；路过马车的轰隆声害我痛得全身扭曲。我在颤抖，嘴里突然充满咖啡的苦味。不是我晚餐时搭配甜点品尝的那杯唇齿留香的咖啡，而是某种恶心至极的味道。我脑海一团混乱，全身上下蹿流着一阵阵作呕的感觉。

我们的新家在梅坎比街，我们一年前从哈利街搬来这里，部分原因在于《白衣女人》为我带来了更丰厚的收入与更高的文学地位。附带一提，我的下一部小说《无名氏》的出版为我赚进超过三千英镑，如果能在英美两地连载，收入保证高达四千五百英镑。

我口中的"我们"包括跟我同居多年的卡罗琳和她当时十四岁的女儿哈丽叶（我们平时喊她凯莉）。外界风传我写《白衣女人》就是以卡罗琳为蓝本。没错，当年我遇见卡罗琳是在摄政公园的一栋别墅外，她摸黑从某个恶棍手中逃出来，我追上前去救她脱离险境，过程就跟《白衣女人》女主角的遭遇一样。可是，《白衣女人》这本书的构想我早在遇见卡罗琳之前几年就想好了。

这星期卡罗琳和哈丽叶都不在家，她们到多佛尔去探望表亲了。而今晚我们的两个正牌仆人（我承认我在每年的纳税身份普查时将卡罗琳的女儿申报为"帮佣"）也都不在，整栋房子只剩我一个人。其实离这个家不远处还有另一间屋子里有另一个女人，是某位名叫马莎的小姐。过去她在雅茅斯的饭店当雇工，最近初次来到伦敦，我也希望未来有机会跟她共享温馨的家庭生活。可是今晚或短时间内我都没打算去见马莎。我太痛了。

屋子里黑漆漆的。我取出锁在橱柜里的鸦片酊，灌下两大杯，然后就近在厨房里的仆人餐桌旁坐了几分钟，等最剧烈的疼痛消退。

药很快起了作用。我感觉神清气爽、精神饱满，于是决定回二楼书房写个一两个钟头再就寝。我选择了离我最近的楼梯。

仆人专用的侧梯非常陡峭，二楼楼梯间那盏闪烁的煤气灯照明效果奇差，只投射出极窄小的一圈微弱光线，光线范围外的区域根本伸手不见五指。

我头顶上方的黑暗中有什么东西在移动。

"卡罗琳吗？"其实我知道不可能是她，也不会是家里的仆人。女佣的父亲感染肺炎，所以他们目前人在肯特郡。

"卡罗琳？"我又喊一声，不预期——也没得到——任何回应。

那个声音现在很清楚，是丝质洋装的窸窣声，从上面的阁楼沿着阴暗楼梯往下移动。我听见那里传来娇小的光脚丫一步步谨慎地踩在楼梯上的声音。

我摸索墙上的煤气灯，可是那不稳定的火焰乍然一亮后旋即减弱，恢复到原来的暗淡闪烁。

她走进了摇曳晃动的光晕边缘，就在我上方三步之处。她的外貌一如往常，穿着陈旧的绿色丝质洋装，紧身马甲束得高高的。洋装的深绿色布料上有小小的金色鸢尾花图案，一大片由上往下延伸到她腰际的黑色系带。

她的头发高高挽起，扎着旧时代的圆髻。她的皮肤是绿色的，那种绿像是存放许久的奶酪，或开始腐烂的尸体。她的眼睛是两池黑色墨水，在灯光下发出湿润的反光。当她像现在一样张开嘴仿佛在跟我打招呼时，她的牙齿又长又黄，像獠牙般弯曲。

我很清楚她在楼梯上打什么鬼主意。她企图抓我，想把我摔下长长的楼梯。相较于更为宽敞明亮、危险性较低的前梯，她更喜欢这座侧梯。她又往下走了两级，黄澄澄的嘴巴笑得更开了。

我不害怕也不匆忙，只是加快动作打开通往二楼楼梯间的仆人专用门，走过去再关门上锁。隔着门板，我听不见任何呼吸声——她不呼吸——可是门那边传来极细微的抓挠声，白瓷门把轻轻转动，又旋转归位。

我点亮二楼所有灯具，这里没有别人。

我深吸几口气，解下饰扣和衣领，走进书房去。

# 第四章


三星期过去了，根据我弟弟查理（他跟妻子凯特目前在盖德山庄）的说法，狄更斯已经慢慢从那场恐怖经历中恢复。目前他每天除了写《我们共同的朋友》，就是跟朋友共进晚餐，经常行踪不明（几乎可以确定是去探访爱伦·特南），甚至为特定族群表演朗读。查尔斯·狄更斯的朗读可以说是我所见过最累人的演出。他竟然还有体力去做——虽然查理说表演结束后他经常瘫倒——这显示他体内还存有充沛的能量。他还是害怕搭火车，但狄更斯毕竟是狄更斯，他几乎每天强迫自己搭火车进城，就是为了克服恐惧。查理告诉我，只要火车出现任何轻微震动，狄更斯的脸色就会灰得像棉绒布，豆大的汗珠从他额头和深陷的脸颊冒出来，这时他会猛力抓住前座的椅背，啜一口白兰地，顽强地撑下去，绝不流露出其他恐慌迹象。当时我相信狄更斯已经把祖德给忘了。

可是到了7月，搜寻祖德的行动如火如荼地展开了。

这是酷热难当的夏季里最酷热难当的时节。伦敦三百万市民的排泄物在没加盖的阴沟里飘散恶臭，包括我们那条最长最大的开放式阴沟泰晤士河（尽管今年工程部门计划启用一条精密的污水排放管道）。数万名伦敦市民睡在门廊前或阳台上，期待天降甘霖。可是等雨真的下了，根本就像洗热水澡，只是在漫天热气里添加一层湿气。这年夏天的7月像一大块沉重潮湿的腐肉，笼罩在伦敦上方。

每天都有两万吨的马粪从发臭的街道上被人扫起，扔在我们委婉客气地称为"垃圾堆"的地方。那其实是堆放在泰晤士河口附近规模惊人的粪堆，俨然就是英格兰的喜马拉雅山。

伦敦周遭尸满为患的墓园同样臭气熏上九重天。掘墓工人踩在新尸体上跳来跳去，不时陷入高度及腰的腐尸烂肉里，就为了把不情愿的新来住户塞进他们的浅坟，让这些新遗体加入底下那无数层脓疡溃烂拥挤不堪的腐尸行列。在任何7月天，只要走到距离任何墓园不到六个街区外，你马上就能察觉。那浓烈的臭气往往逼得附近居民有家归不得。而且，无论你走到哪里，附近几乎总是有座墓园。亡者永远在我们脚底下，也在我们鼻孔里。

在这个大烤炉最贫穷的区域，街道上永远看得见没人收拾的死尸，就躺在同样永远没人收拾的腐败废弃物旁。流经这些街道和那些废弃物与死尸的恶臭污水不是涓滴细流或潺潺小河，根本是真正的河流。偶尔水流会找到未加盖的阴沟，更多时候却是直接积成小水洼或小池塘，星罗棋布地散置在鹅卵石路面上。这些褐色污水会流进地下室，蓄积在地窖里，污染水井，最后总是——或早或晚——汇入泰晤士河。

商店与工厂每天扔出数以吨计的皮革、肉品、烹煮过的骨头、马肉、内脏、母牛的脚蹄头颅和其他器官组织的碎屑。这些都会进入泰晤士河，或沿着泰晤士河岸堆积如山，等着被送进河里。河岸沿线的店铺或住宅都把窗户封死，窗帘浸泡过氯化物，政府官员往泰晤士河投入成吨成吨的石灰。走在路上的行人用泡过香水的手帕掩住口鼻，可惜效果有限。就连拉车的马匹也被臭味熏得作呕。这些马匹多半也会热死，制造更多有机垃圾。

在这个溽暑7月天的夜里，三百万人的粪便与我们这个时代著名的都会区屠宰业释出的热气与恶臭几乎让空气变成绿色。亲爱的读者，也许到了你们的时代情况会更趋恶化，但坦白说我觉得不太可能。

狄更斯派人送信，要我晚上八点到库克街的蓝柱酒馆跟他碰面，他要请我吃晚餐。信里还提醒我要穿上坚固耐用的靴子，因为我们要展开一场"暗夜寻访祖德先生的探险"。

那天我其实身体很不舒服，因为炎热的天气往往会让我的痛风加剧，但我还是准时抵达蓝桩酒馆。狄更斯在酒馆入口处热情拥抱我，大声叫道："亲爱的威尔基，见到你实在太高兴了！这几个星期我在盖德山庄实在太忙，太久没跟你好好聊聊了！"这餐吃得繁复多样、悠闲缓慢、滋味无穷，佐餐的麦酒和葡萄酒也毫不逊色。当然，大多数时间都是狄更斯在说话，但也跟狄更斯一向的谈话一样，生动有趣、东拉西扯。他说他预计9月初完成《我们共同的朋友》，而且他有十足信心，这本书的最后几章将会刺激我们杂志《一年四季》的销售量。

晚餐后我们搭出租马车到雷曼街的警局。

"你还记得查尔斯·菲尔德探长吗？"我们的马车轰隆隆地朝警局驶去时，狄更斯问道。

"当然记得，"我答，"菲尔德原本在苏格兰场[1]的侦缉

---

1 Scotland Yard：伦敦警察厅所在地，经常用来指称伦敦警察厅。

局。几年前你搜集《家常话》的写作资料时跟他往来一段时间，那时候他还陪我们探索过白教堂区那些……呃，比较不讨喜的地方。"我没有告诉狄更斯我很肯定菲尔德探长就是他《荒凉山庄》里那个"贝克特探长"的原型。那种过度自信的语气；在白教堂区那个漫漫长夜里，他对待我们沿途遇见的不法之徒、盗匪和站街女郎时那种高高在上的气势；任何人一旦被他扣住手肘，就别想挣脱，还得被他拉着往自己不想去的方向走……贝克特探长要起那些蛮横招数时，活脱脱就是另一个菲尔德探长。

我说："那回我们夜探冥府，菲尔德探长就是我们的守护天使。"

"正是，亲爱的威尔基。"狄更斯说。我们在雷曼街警局前走下马车。"如今菲尔德探长已经退休，也投入了新的工作，所以我要郑重为你引见我们新的守护天使。"

等在警局外街灯下那个身影与其说是个男人，不如说是一堵墙。尽管暑气逼人，他还是穿着长大衣，很像廉价恐怖小说里的插图描绘的那些澳洲或美国牛仔穿的那种宽松长版外套。他那颗巨大无比的脑袋上戴着圆顶硬呢帽，紧紧扣在蓬乱的鬈发上。他的身体宽得出奇，长得正正方方，像是他石头般的头脸底下的花岗岩基座。他的眼睛不大，鼻子也是呆板的正方形，像是用跟他的脸同一块石材雕刻而成，嘴巴却像一条刻出来的细线，脖子跟帽檐一样粗，手掌至少有我的三倍大。

狄更斯身高一百七十五厘米，我比他少几厘米。这个穿着灰色牛仔长外套的正方形大块头男人看上去至少比狄更斯高二十厘米。

"威尔基，这位是前警督希伯特·黑彻利。"狄更斯的笑容从胡子底下露出来。"黑彻利警督,很荣幸为你介绍我最重要的同事、才华洋溢的作家同行兼今晚探访祖德的同伴,威尔基·柯林斯绅士。"

"很荣幸认识您,先生。"杵在我们上方那堵墙说,"柯林斯先生,您可以叫我希比。"

"希比。"我愚蠢地复诵一次。幸好,眼前这位巨人只是轻触帽檐致意。光想到他的巨掌包覆我的手,捏碎我手上所有骨头,我就觉得两膝无力。

"我父亲虽然很有智慧,却没什么学识。您应该明白我的意思,先生。"黑彻利探员说,"他以为希伯特这个名字出自《圣经》。可惜不是,它甚至不是希伯来人深入旷野时的歇脚地。"

"黑彻利警督在伦敦警察厅服务很多年,目前他……呃……请假中,暂时受雇为私家侦探。"狄更斯说,"再过个一年他可能会回苏格兰场的警察厅任职,不过当私家侦探薪资好像比较优渥。"

"受雇的私家侦探?"我喃喃说道。这个点子有无限可能,当时我将它建档收藏,后来的结果——亲爱的未来读者,容我厚颜地补充一句:你可能会知道这本书——就是我的小说《月亮宝石》。我问道:"黑彻利探员,你在休假中吗?像是警界的休假年之类的?"

"您也可以这么说,先生。"黑彻利话声隆隆,"我执行勤务时处置某个令人发指的恶徒手法过当,奉命停职一年。媒体议论纷纷,我的长官建议我去私人单位服务,他觉得这样对警察厅和我个人都比较好。算是留职停薪一段时间。"

"手法过当?"我说。

狄更斯拍拍我的背："黑彻利探员逮捕那个坏蛋的时候，一不小心扭了那恶人的脖子，那个坏蛋是个目无法纪的盗贼，在白教堂地区专门锁定年长女性下手。离奇的是，那人竟然没死，只是现在出入都得靠家人抬。反正我们国家也没什么损失。菲尔德探长和警界很多人都告诉我，黑彻利探员的做法并没有失当。可是《笨拙》杂志里有几个人神经太敏感，当然还有其他不入流的报纸，他们把这事拿来大肆炒作。所以今晚我们无比幸运，黑彻利探员有空护送我们进大烤炉。"

黑彻利从大衣里掏出一具牛眼提灯，提灯在他的巨掌里看起来就像一块怀表。"先生们，我跟在你们后面。我会尽量保持安静，除非你们叫我或需要我，否则我就是个隐形人。"

我跟狄更斯吃晚餐的时候下了一场雨，结果只是让周遭的闷热空气更加厚重。狄更斯带路，以他平时走路那种荒谬速度往前走去，我从痛苦的经验得知，时速至少六点五公里，而且可以持续无数小时；我又得在后面辛苦追赶。黑彻利探员沉默地跟在后面，像一面固体化的浓雾墙，距离我们大约十步之遥。

我们离开宽敞的公路和街道，在狄更斯带领下走进愈来愈黑暗狭窄、迷宫似的小径和巷弄。狄更斯的脚步从不迟疑，他屡次午夜巡游，对这些黑街暗巷再熟悉不过。我只知道我们在猎鹰广场东侧某处。上一次跟狄更斯一起深入伦敦治安红灯区——白教堂、沙德韦尔、沃平，一些绅士们除非要找最低等的女人、否则都会避开的区域——的时候，对这个地区还有模糊印象。我还知道我们好像朝码头的方向前进。我们在这个鼠洞迷宫里每多走一段阴暗狭窄的街区，泰晤士河的难闻气味就愈刺鼻。这里的建筑物仿佛回到中世纪时期，回到伦敦臃肿黑暗又疾病丛生地蹲坐在高墙内的时代。没有骑楼的古老建筑结构高悬在我们两侧，几乎遮蔽了夜空。

"我们上哪儿去？"我低声问狄更斯。这条街上没有半个人影，但我感觉得到有很多眼睛在两侧的百叶窗和脏乱暗巷里窥伺我们。我不想说话声被人听见，但我知道即使压低嗓子，我的声音仍然会像喊叫声似的穿透浓厚静默的空气飘出去。

"蓝门绿地。"狄更斯说。他每走三步，沉重手杖的黄铜尖端就会喀的一声敲在路面的破裂石板上。我观察到他只有在夜探他的巴比伦时才会带这根手杖。

"先生，有时候我们称那地方为猛虎湾。"声音从我们后方的黑暗中传来。

坦白说我吓了一跳。我差点儿忘了黑彻利探员跟在我们后面。

我们跨越一条比较宽敞的马路，应该是布伦威克街。比起两侧破败的贫民窟，街道本身并没有比较干净明亮。而后我们再度进入那些两侧高楼林立的狭窄迷宫。这里拥挤的兼价住宅往高处发展，紧密相连，只有少数那些早已崩塌成一堆堆石块与木料的废弃建筑例外。即使在那里面，在那些倾圮焦黑的空屋里，我还是感觉得到有黑影在游移晃动，在凝视我们。狄更斯领着我们走过一条窄小残破的人行桥，底下是发臭的泰晤士河支流。亲爱的读者，让我来补充说明，就在这一年，威尔士王子转动了开启克罗斯内斯的排污管道主线的轮子，这是伦敦大都会工程局总工程师约瑟夫·巴泽尔杰特为伦敦建设现代下水道系统重要的第一步。英格兰的达官显贵和教会高层大佬都出席了那次典礼。不过，说句难听话，我也得提醒你，这个排污管道主线，以及未来所有污水下水道和旧有无数支流与水沟，仍然会把未经过滤的粪便排进泰晤士河。

街道和住宅愈是破旧，幢幢暗影就愈密集。此刻明显可见一群群男人（其实只是一团团黑影）聚在街角、玄关或空地上。狄更斯抬头挺胸往前走，始终走在街道中央，以便看清楚并避开路面的破洞和那些蓄着秽水的小坑。他的绅士手杖嗒嗒嗒敲在鹅卵石上。他好像对我们经过的那些男人发出的喃喃低语和愤怒诅咒无动于衷。

最后，有一群衣衫褴褛的黑影从一栋没有灯光的建筑物暗处挪移出来，走到街道中央堵住我们的去路。狄更斯没有迟疑，继续朝他们大步前进，仿佛那些人只是来向他索讨签名的孩童。可是我注意到他握手杖的方式改变了，手杖沉重的黄铜握把（印象中是鸟嘴造型）尖端朝外。

我的心脏怦怦狂跳。我尾随狄更斯的脚步走向前方黑墙似的暴徒时，几乎腿软。然后另一堵墙——顶端有硬呢帽的灰墙——从我身边一闪而过，赶上狄更斯，接着是黑彻利探员不温不火的声音：“小子们，让个路。回你们的洞窟去，让这两位绅士过去。别捣乱，滚！”

黑彻利加了灯罩的牛眼提灯光线太暗，我勉强只能看见他右手藏在宽松大衣里。他手里握着什么东西？手枪吗？我猜不是。想必是灌铅的木棒，或者是手铐。我们前面、后面和四周那些恶徒应该比我更清楚。

那群人逃散的速度几乎跟聚集时一样快。我以为我们经过时会有大石头或者至少一坨坨脏东西扔向我们，可是我们走过的时候，向我们投掷而来的顶多就是隐约几声咒骂。黑彻利消失在我们背后的黑暗里，狄更斯继续快步向前走，手杖依旧敲得叮咚响，方向据我推测应该是朝南。

然后我们进入专属娼妓与老鸨的领地，我依稀记得学生时代来过这里。这里的街道其实要比过去半小时里我们经过的那些来得体面。微弱灯光从高楼层的窗帘里射出来，不知情的人会以为这些屋子里住的都是勤奋的工厂作业员或技工，但那份寂静太有压迫感。阶梯、阳台和勉强算得上是人行道的残破石板上聚集着三五成群的年轻女人，低楼层那些没遮窗帘的窗子透出来的光线照亮了她们的身影，其中多数人看起来未满十八岁，有些顶多十四岁或更年幼。

她们见到黑彻利探员非但没有四散逃逸，反倒用轻柔的少女语调戏谑地叫嚷着："嘿，希伯特，给我们带客人来了吗？"或："希比老家伙，进来舒坦一下吧！"或："不，不，那个门没关。希比探长，我们的房门也没关。"

黑彻利轻松笑道："玛莉，你们的房门从来没关过，我看最好还是关起来。小妞儿们，别乱来。这么热的天，今晚这两位绅士不想光顾你们的生意。"

这话未必正确。我和狄更斯走到一名年轻女孩附近停住脚步，那女孩倚着栏杆上身前倾，在昏暗光线下打量我们。我看见她丰满的身材，深色迷你裙和开得很低的领口。

她发现狄更斯在注意她，便咧开嘴笑，露出太多缺牙。"小亲亲，想哈草吗？"她问狄更斯。

"哈草？"狄更斯乐不可支地用眼尾余光瞟了我一眼，"哦，不，亲爱的。你为什么觉得我想抽烟？"

"因为如果你想哈一口，我有烟草。"女孩说，"要多少有多少。我还有雪茄和其他东西，应有尽有。如果你要我也行，只要走进来就可以。"

狄更斯的笑容收敛了些，戴着手套的双手握住手杖。"小姐，"他轻声说，"你有没有认真考虑过改变你的生活？考虑放弃……"他伸手指向周遭的沉默建筑物、一群群女孩、残破的街道，甚至指向等在暗淡光线外围那些野狼般的暴徒，白手套在黑暗中清晰可见，"考虑放弃这种生活？"

女孩的笑声从她断裂或蛀光的牙齿间迸出来，那凄苦的笑声让人想到病痛缠身的老太婆干枯的咯咯声。"放弃我的生活吗，甜心？那你为什么不放弃你的生活？你只要向后转，走向罗尼他们等着的地方就行。"

"你的人生没有未来，没有希望。"狄更斯说，"有些机构专门收容沦落的女子，我自己就帮忙设立并管理一家在布罗德斯泰斯的……"

"我可不打算沦落，"女孩说，"除非有人出合适的价码让我躺下。"她转过来盯着我，"小个子你有兴趣吗？你好像还有一点儿生命力。趁老希比还没发脾气，你要不要进来哈根草？"

我清了清喉咙。亲爱的读者，说老实话，尽管天气很热，空气里臭味弥漫，又有狄更斯和黑彻利在一旁盯着；尽管这个卖淫女满口缺牙言语粗俗，我却被她逗得心痒痒。

"走吧！"狄更斯转身大步走开，"威尔基，我们在浪费时间。"


"狄更斯。"我唤了一声。这时我们又走过另一条咿呀乱响的窄桥，跨越另一条恶臭扑鼻的小河。我们前方的小路勉强只算得上是狭窄通道，两旁的阴暗屋舍看起来比早先我们经过的那些更古老。"我不得不问一声，这趟……远足……当真跟你那位神秘的祖德先生有关系吗？"

他停下来，倚着手杖站定："那是当然，我亲爱的威尔基，吃晚餐的时候我就该告诉你了。这次黑彻利先生除了护送我们走一趟这个……不太体面……的区域，他还做了很多事。我雇用他已经有一段时间，他也发挥了他的侦查专长。"他转身对后面朝我们走过来的大块头说："黑彻利探员，能不能麻烦你跟柯林斯先生说明一下你到目前为止的调查结果。"

"没问题，先生。"黑彻利说。他摘下硬呢帽，搔搔他那乍然爆开的紧密鬈发底下的头皮，再把帽子戴回头上。"先生，"他对我说，"过去十天里我询问了福克斯通和铁路沿线其他可能的车站的收票员，虽然那列特快车沿途并没有停靠那些站，也私下向当天下午那班列车的其他乘客、列车长和司机员打听过。结果没有任何姓祖德的人或任何符合狄更斯先生描述、长相怪异的人购票上车或在事故发生时坐在列车上。"

我看看幽暗灯光里的狄更斯。"那么你的祖德要么是斯泰普尔赫斯特附近的居民，"我说，"要么根本不存在。"

狄更斯只是摇头，示意黑彻利继续说下去。

"但是在二等邮车里，"黑彻利说，"有三口运往伦敦的棺木。其中两口在福克斯通上车，第三口则是跟狄更斯先生和……他的同行友人一起搭渡轮过来。铁路局的文件显示这第三口棺木是同一天从法国运过来的，没有登记从法国什么地方，伦敦的收货人是祖德，只有姓氏没有名字。"

我听完不得不寻思片刻。从我们后方远处那些妓女户的方向隐约传来几声叫喊。最后我说："你认为祖德躺在棺材里？"我盯着狄更斯。

狄更斯笑了，我觉得他好像很开心。"当然是，亲爱的威尔基。后来二等邮车脱轨，所有的包裹和袋子和……没错，还有棺材……散落一地。但棺材并没有摔落底下的河谷，所以几分钟后祖德先生才会跟我一起爬下边坡。"

我摇摇头："他为什么要选择躺在……天哪……棺材里？费用肯定比头等车厢贵。"

"便宜一点儿，先生，便宜一点儿。"黑彻利插话，"这个问题我查过了。运送遗体的费用比头等车厢的车票便宜，不过只差几先令。"

我还是无法理解。"可是查尔斯，"我轻声说道，"你该不会是在说，你那位长相怪异的祖德先生是个……呃，鬼吗？某种妖怪吗？或活死人？"

狄更斯又笑了，这回更加孩子气："亲爱的威尔基，真是的。如果你是个通缉犯，而码头警探和伦敦警界都认识你，那么你要从法国回到伦敦最简单最有效率的方法是什么？"

这回换我发笑了，但我可以跟你保证我一点儿都不开心。"绝不会用棺材。"我说，"一路从法国到这里？实在是……难以想象。"

"一点儿也不，亲爱的威尔基，"狄更斯说，"只需要忍受几小时的不舒适。说实在话，几乎不会比正常搭渡轮或火车来得不舒服。更何况，有谁会想去检查一口装着死亡一星期的尸体的棺材？"

"那么他死一星期了吗？"我问。

狄更斯只是朝我挥一下他戴着白手套的手指，仿佛我开了个玩笑似的。

"那么我们今晚为什么往码头的方向去？"我问，"黑彻利探员知道祖德先生的棺材浮在什么地方吗？"

"事实上，先生，"黑彻利说，"根据我在附近地区打听的结果，有人认识这个祖德，至少以前认识他，或者跟他做过交易。那就是我们要去的地方。"

"那么我们加快脚步吧。"狄更斯说。

黑彻利举起一只巨掌，仿佛在河岸街上拦阻往来的马车。"先生们，我有义务提醒二位，我们现在即将进入蓝门绿地的范围了，虽然这地方小得谈不上什么范围，很多市区地图甚至没有标示出来，我们要去的新庭区也没有。先生们，对绅士而言那是非常危险的地方，那里有些人可以在一分钟内取你们性命。"

狄更斯笑了。"我猜我们刚刚碰到的那些流氓也会，"他说，"亲爱的黑彻利，和蓝门绿地相比，这里又有什么不同呢？"

"先生，差别在于，我们刚刚碰见的那些人会为了抢你的钱把你打个半死扔在路边，也许甚至会要了你的命。可是前面那些人……先生，他们割你的喉咙只是为了试试刀刃锋不锋利。"

我看着狄更斯。

"尤其是东印度水手、印度人和孟加拉国人，还有占大多数的中国人，"黑彻利又说，"爱尔兰人、德国人和其他类似的流浪汉，更别提那些败类，比如上岸找女人和鸦片的水手。可是在蓝门绿地这里，你最该害怕的却是英国人。那些外国人不吃不睡，通常也不说话，只为鸦片活着……可是附近的英国人，他们都不是普通的凶残。狄更斯先生，不是普通的凶残。"

狄更斯又笑了。

他的声音听起来好像喝得烂醉，但我知道晚餐时他只喝了一点儿葡萄酒和波特酒。那比较像是孩童毫无顾忌的笑声。"那么黑彻利探长，我们只好再一次把生命安全交到你手上了。"

我发现狄更斯刚刚把黑彻利的官阶升了一级，从黑彻利审慎挪移的脚步，我知道他也领会了。

"好的，先生，"黑彻利说，"先生，恕我无礼，从现在开始由我带路，请你们暂时跟紧一点儿。"


我们刚刚走过的街道多半没有路标，蓝门绿地的迷宫更是错综复杂。黑彻利却好像知道自己要往哪里去，就连大步走在他身边的狄更斯好像也知道自己的目的地。我询问黑彻利，他只是用正常音量列举我们刚刚走过以及我们即将到达的地名：东伦敦圣乔治教堂（我没印象经过那座教堂）、乔治街、罗斯玛丽巷、电缆街、纳克佛格街，然后是雷克巷、新建路、皇家铸币厂街。我没看见任何标示这些路名的路牌。

到了新庭区，我们离开臭烘烘的街道，走进一处漆黑的院子。此时唯一的光源就是黑彻利的牛眼提灯。我们穿越过一处缺口，那应该是通往一系列黑暗庭院的正式信道，却像墙壁上的一个洞。那些建筑物似乎都废弃已久，不过我猜那些窗子只是遮了厚实窗帘。我们离开人行道，溢流的河水或渗漏的污水在我们脚底下汩汩作响。

狄更斯停在一扇大窗子旁，窗子的玻璃全都不见了，看上去只是那栋黑暗建筑物漆黑墙面上的壁架和黑洞。

"黑彻利，"狄更斯大喊一声，"灯照过来。"

牛眼提灯的圆锥形光线照亮残破窗台上三个苍白模糊的团块。一时之间我认为那是被人丢在那里的三只剥了皮的兔子。我上前一步，连忙又后退，拿起手帕掩住口鼻。

"新生婴儿。"黑彻利说，"我猜中间那个是死胎。另外两个出生后不久就夭折了。不是三胞胎。从那些蛆和老鼠咬痕等种种迹象判断，出生又死掉的时间不一样。"

"老天！"我隔着手帕说道，胃里的酸液冲到喉头，"为什么……扔在这里？"

"扔在哪里都没有差别。"黑彻利说，"有些妈妈会想办法埋葬，帮他们穿上手边找得到的破衣裳，戴上小帽子，再把这些小东西投进泰晤士河或埋在附近的院子里。大部分的人不会多此一举，她们还得继续工作。"

狄更斯转头看我："威尔基，你还有兴致跟那个小姐儿进屋哈草吗？"

我没有搭腔，又后退了一步，努力忍住不吐出来。

"黑彻利，这种画面我以前看过。"狄更斯的口气出奇地平淡、冷静，像在聊天，"不只是在大烤炉这里散步时看见过，我小时候就看过。"

"是吗，先生？"黑彻利回应。

"嗯，很多次。我年纪很小的时候，那时我们还没从罗切斯特搬来伦敦。我们家有个女佣叫玛丽·韦勒，她经常用她那结满老茧的大手拉着我颤抖的小手，带我去探视生产的妇人，次数多到我经常纳闷儿自己长大后怎么没变成助产士。那些新生儿死掉的比活下来的多。我记得有一次碰到非常凄惨的多胞胎，那个妈妈也没活下来，总共有五个死婴。虽然听起来很不可思议，但我相信确实有五个。不过，当时我年纪还很小，也许是四胞胎。那些婴尸一字排开躺在柜子上的干净布匹上。黑彻利，你要不要猜猜当时才四五岁的我心里在想什么？"

"想什么，先生？"

"我想到展示在干净肉铺里的猪腿。"狄更斯说，"看到这种画面，我很难不联想到梯厄斯忒斯[1]享用的宴席。"

"说得没错，先生。"黑彻利说。我相信黑彻利听不懂狄更斯刚刚引用的神话典故，但我懂。我的胃液再次冲到喉头，几乎压抑不住。

"威尔基，"狄更斯严肃地说，"请把你的手帕给我。"

迟疑片刻之后，我交出手帕。

狄更斯也拿出他自己那块更大、价格更昂贵的丝质手帕，将两块手帕盖在那三具被啃咬得残缺不全的腐烂婴尸上，再拿破窗台上的松动砖块压住边缘。

"黑彻利探员，"说着，狄更斯已经转身走开，手杖继续敲着地上的石板，"你会负责处理后续吧？"

"天亮前办妥，先生。包在我身上。"

"我相信你。"狄更斯说。他弯低了头，手扶高礼帽，我们一起钻进另一道缺口，来到一处更黑暗、更窄小、更令人毛骨悚然的庭院。"威尔基，快点，快点，别离光线太远。"

等我们终于到达目的地，眼前的玄关并不比我们一路经过的

---

1　Thyestes：希腊神话里的人物，因为诱奸兄嫂篡夺王位，其兄复位后杀了他的孩子煮成料理宴请他，等他吃完才告知真相。

那几十处阴暗玄关明亮。玄关内侧有一盏小小的蓝色提灯，安放在深深内凹的壁龛里，从外面看不见。黑彻利闷哼一声，带着我们走上狭窄阴暗的楼梯。

二楼的楼梯间没有光线，接下来这段楼梯比刚才那段更窄，光线倒是明亮些，因为我们头顶上方的楼梯间点着一根火光摇曳的蜡烛。这里空气异常潮湿闷热，臭气几乎令人难以招架，我想不通那根蜡烛怎么还能继续燃烧。

黑彻利没有敲门，直接打开一扇门。我们走了进去。

我们置身许多房间之中的第一间，也是最大的一间。其他房间都可以从敞开的玄关一览无遗。在这个房间里，两个东印度水手和一个老妇人躺在弹簧床上，床上似乎堆满了灰扑扑的破布。其中有些破布蠕动起来，我这才发现床上还有更多人。眼前这一幕只靠几根烧得接近底部的蜡烛和一盏红色提灯照明。那盏提灯把房里的一切照得血淋淋。有许多眼睛从邻近房间的破布堆里鬼鬼祟祟往外窥探，我还发现地板上和角落里躺或窝着更多躯体：中国人、西方人、东印度水手。有些人蠕动爬走，就像突然暴露在灯光下的蟑螂。我们面前那张床上那个老太婆正抽着某种用老式廉价墨水瓶做的烟管。那张床的四根帷柱上有着经年累月有意无意留下的刀痕，床幔活像破烂的裹尸布。房里的烟味和强烈的香料气味跟从百叶窗缝隙钻进来的泰晤士大阴沟臭气混杂交融，让我受痛风所苦的胃部又开始翻搅。当时我多么希望我今晚跟狄更斯出门以前多喝一杯我的药用鸦片酊。

黑彻利利落地从腰带中抽出木制警棍，戳向那个老妇人。"喂，喂，老萨尔。"他厉声说道，"醒醒，起来跟我们说说话。这两位绅士有话问你，你最好乖乖回答，别惹我生气。"

萨尔是个满脸皱纹的老太婆，牙齿缺损、脸颊和嘴唇灰白，除了她那虚弱、湿润的双眼里的放肆，全身上下找不到一丝生气。她乜斜着眼看黑彻利，又看看我们。"希比，"她恍惚的眼神认出了黑彻利，"你复职了吗？我需要给你钱吗？"

　　"我是来问你问题的。"说着，黑彻利又戳戳她破衣裳底下的凹陷胸口，"我们没得到答案不会离开。"

　　"问吧。"那女人说，"不过先让我去填满老阿喜的烟管。这才是好警探。"

　　到这时我才注意到大床后面的墙角里那个斜躺在枕头上的古老木乃伊。

　　房间正中央有个日式托盘，上面放着一只平底杯，里面有大约半杯某种类似糖蜜的物质。老萨尔用一根大头针从杯里取出些许浓稠糖蜜，送到墙角给那个干瘪老人。老阿喜转身面向灯光时，我看见他嘴里含着鸦片烟管，显然从我们进门前吸到现在了。阿喜眼睛半睁，用他黄皮肤长指甲的手指接过那团糖蜜物质，在手里搓了又搓，直到它变成豌豆般的小圆球，再放进他正在吸食的烟管钵中，然后闭上双眼，头脸转回暗处，光脚丫蜷缩起来。

　　"我微薄的财产又多了四便士。"说着，萨尔转身走回提灯旁我们这一圈小小的红色灯光里，"希比，你应该知道阿喜已经八十好几了，吸鸦片也超过六十年了。他的确不睡觉，可是他非常健康又干净。他吸一整晚鸦片以后，第二天一早就会去买米、鱼和蔬菜，在此之前还会先把屋子和自己的身体刷洗干净。抽了六十年鸦片，没生过一天病。过去那四次伦敦热病大流行，老阿喜靠鸦片健健康康活了下来，他身边的人却一个个病倒，而且……"

"够了，"黑彻利呵斥一声叫老太婆闭嘴，"萨尔，这位先生要问你几个问题……如果你还珍惜你这个老鼠洞似的家和烟馆，不希望它一眨眼工夫就没了，那你最好老老实实答话。"

她斜睨我们。

"女士。"狄更斯的口气轻松又和善，仿佛在自家客厅对来访的仕女说话似的，"我们在找一个姓祖德的人。我们知道他曾经光顾你的……呃……店。能不能请你告诉我们哪里可以找到他？"

我目睹那个烟鬼老妇震撼而后惊醒，几乎像是狄更斯朝她脸上泼了一桶冰水。她的双眼瞪大了几秒，又眯成更细窄、更多疑的细缝斜瞟我们。"祖德？我不认识什么祖德……"

黑彻利笑了笑，手上的警棍戳得更用力了："萨尔，这话没人相信。我们知道他曾经是你的顾客。"

"谁说的？"老妇人嘶嘶地问。地板上一根行将燃尽的蜡烛接续她的嘶嘶声。

黑彻利又笑了，同时继续戳她。警棍按住她干柴似的手臂，这回更使劲了。

"阿卜杜拉大妈和布布都说他们很多年前在这里看见过一个你喊他祖德的人……是个白人，缺了根手指头，口音古怪。说他曾经是你的常客。阿卜杜拉说那人身上臭得像烂肉。"

萨尔干笑几声，那声音更像气喘病人的咯咯哮喘。"阿卜杜拉大妈根本就是个疯婆子，布布是个说谎佬。"

"也许吧。不过我亲爱的大烟公主，你也一样疯癫，一样鬼话连篇。有个姓祖德的人曾经来过这里，你心里明白，你也要一五一十说清楚。"黑彻利笑着把他的灌铅木棍往下移到老妇人关节肿胀的手指。

萨尔高声咆哮。墙角两堆破布开始带着烟管转移到隔壁房间，以免万一这里有人被杀，吵闹声会惊扰他们的迷梦。

狄更斯从钱包里掏出几先令，拿在掌心里晃得叮当响。"女士，跟我们说说祖德的事对你有好处的。"

"如果你不说，只怕要在牢里待个几天，也许几星期。我说的可不是一般的牢房，是纽盖特监狱最潮湿的囚室。"黑彻利补了一句。

黑彻利这番话对狄更斯毫无作用，却对我产生了严重冲击。我试着想象几个晚上——更别提几星期——没有鸦片酊可用，光是想想就全身发疼。这个老妇人吸食的纯鸦片明显比我多得多。

大烟公主湿润的眼眶里噙着如假包换的泪水："好吧，好吧。希比，别再拿棍子戳我，也不必威胁我。我没亏待过你，不是吗？该付钱的时候我就付，对吧？我不是一直……"

"只要跟这位绅士说说祖德的事，别那么多废话。"黑彻利以最沉稳的恫吓语气说道。他把警棍按在她不住抖动的前臂上。

"你认识这个祖德是多久以前的事？"

"一直到一年以前，"大烟公主喘口气说，"他很久没出现了。"

"他住哪里？"

"我不知道，我发誓我不知道。八年或九年前，曹吉约翰·波特第一次带这个祖德来。他们抽的量很大，真的。祖德用金币付账，所以他的信用也像纯金一样可靠，而且都提前支付。

他抽烟的时候不像其他人会唱歌或大叫……你听，隔壁就有人在叫……他只是静静抽大烟，然后坐在那里盯着我看，也盯着其他人看。有时候他会先离开，比别人早很多；有时候他最后走。"

"这个曹吉约翰·波特是什么人？"狄更斯问。

"他死了。"她说，"他以前在中国船上当厨子，他有教名，是因为他受过洗，可是他脑袋不太正常。像个可爱的小孩子，真的……可惜如果他喝了酒，就会变成阴险恶毒的小孩。如果只是抽大烟，他心地不会变坏。不会。"

"这个曹吉约翰·波特是祖德的朋友吗？"狄更斯问。

老萨尔又咯咯笑。听起来她的肺脏几乎全坏光了，如果不是因为抽鸦片，就是肺痨，或二者都有。

"先生，祖德——如果那真是他的姓氏——没有朋友。所有人都怕他，连曹吉都怕他。"

"可是他第一次来这里就是跟曹吉一起不是吗？"

"唉，先生。他是跟他一起来，可是我猜他只是碰巧遇见约翰这个天真的老傻子，要他带他到最近的鸦片烟馆。只要说句好听话，约翰就肯带路，更别提再给他一先令。"

"祖德住这附近吗？"狄更斯问。

她又笑了，却马上咳了起来，那种难听的声音仿佛持续了无限长。最后她倒抽一口气说："住这附近？在新庭区或蓝门绿地或码头或白教堂区附近？不是，先生，那是不可能的。"

"为什么不可能？"狄更斯问。

"我们一定会听说，"老妇人粗嘎地说，"像祖德那样的人会吓坏白教堂区、伦敦和沙德韦尔所有男男女女和小孩。我们都会吓得搬走。"

"为什么？"狄更斯问。

"因为他的过去，"老太婆用气声答道，"他那些吓死人的亲身经历。"

"说来听听。"狄更斯说。

她迟疑了。

黑彻利把警棍末端滑到她手臂外侧，轻敲她瘦骨嶙峋的手肘。

她哀叫几声后，开始转述她从已故的曹吉约翰·波特、鸦片贩子阿喜和另一个烟鬼东印度水手埃玛那里听来的故事。

"祖德在这附近不算新面孔，知道他的人说他在这个地区出没四十年以上了……"

我打断她的话："这个祖德的教名是什么？"

黑彻利和狄更斯同时转头瞪我。我眨巴着眼后退一步。之后没再向大烟公主提出任何问题。

萨尔也气呼呼瞪着我："教名？祖德没有教名。他不是基督徒，从来都不是。他就叫祖德。那是他故事的一部分。你到底要不要我再讲下去？"

我点点头，只觉眼镜下缘和胡子上缘之间的皮肤羞得热辣辣的。

"祖德就是祖德。"老萨尔重复一次，"东印度水手埃玛说祖德曾经当过水手。年纪比阿卜杜拉大妈加上尘土来得更老的阿喜却说祖德不是水手，只是很久以前来这里的一艘船上的乘客，也许有六十年了，也许一百年了。不过他们都说祖德是从埃及来的……"

我看见狄更斯和黑彻利交换一个眼神，仿佛那老太婆说的话跟他们打听到或自行猜测的情节相吻合。

"他是埃及人，跟他那些该下地狱的教徒一样都是黑皮肤。"萨尔接着说，"听说他以前也有头发，黑得像沥青。有人说他以前很英俊，不过他一直都是个烟鬼。他们说他一踏上英国土地，就已经抽着他的蓝瓷瓶烟管。"

"一开始他把钱都花在鸦片上。如果传闻正确，那可是好几千英镑。他八成是哪个埃及的皇室成员。至少是有钱人家，或者赚了来路不明的钱。有个叫秦清的中国人是西伦敦的老鸦片贩子，明摆着敲祖德竹杠，跟他收的费用是一般顾客的十倍、二十倍，甚至五十倍。祖德的钱花光后就去工作，扫马路或在猎鹰广场为那里的绅士女士们表演魔术。可是那些辛苦钱根本不够他买鸦片，永远都不够。所以他开始抢钱，先是割人家的钱包，后来割人家的喉咙，在码头附近抢劫或杀害水手。这么一来他就能继续光顾秦清的生意，保证有最上等的大烟抽。秦清的货都是在伦敦钱宁·张的鸦片馆和瑞特克里夫公路的圣凯瑟琳咖啡馆买的。"

"祖德也集结了一些同党，多半是埃及人，也有马来人、东印度水手和刚下船的自由黑人，以及卑劣的爱尔兰人和坏心肠的德国人。不过，就像我说的，大多数是埃及人。他们有自己的宗教，住在地底城，也在那里拜神……"

我听不懂，却不敢再插话，只得看看狄更斯，再看看黑彻利。他们俩都摇摇头又耸耸肩。

"大约二十年前有一天，或者晚上，"萨尔接着说，"祖德计划伏击某个水手，有人说那水手的名字叫芬恩。可惜当时这个芬恩显然喝得不够醉，也不是祖德想象中那种软脚虾。祖德通常用剥皮刀干坏事，或者可能是那种弯弯的去骨刀，就像白教堂区那些叫卖着'明天晚餐的上等肉块便宜卖，去了骨的噢'的屠户用的那种……两位先生和希比警官，每次祖德在码头收拾了某个水手，他口袋里就多了抽大烟的钱，那些可怜的水手也就没了骨头，他们被挖空的尸体就像鱼内脏一样被扔进泰晤士河……"

隔壁房间传来一声呻吟。我感觉后颈的寒毛竖起，可是阴森森的呻吟声并不是在回应老萨尔的故事，只是表示某个顾客的烟管需要补充。老萨尔不予理会，我们这三个听得入神的听众也置若罔闻。

"二十年前这个晚上可不一样，"她说，"芬恩——如果那人当真叫这名字——可不像祖德手下那些冤死鬼。他抢先抓住祖德的手臂，夺下那把去骨刀或剥皮刀，无所谓，割掉祖德的鼻子。接着他又把企图宰了他的祖德从鼠蹊到颈骨一刀划开。东印度水手埃玛说了，芬恩当水手那么多年，很懂得使刀子。被开膛破肚的祖德还有一口气在，直嚷嚷着'别，别，求求你，别'。所以芬恩把他的舌头也割下来，接着又切掉祖德的命根子，还说要把它塞进他少了舌头的地方，而且真的那么做了。"

我发现自己眼皮眨个没停，呼吸又急又浅。我没听过女人这么说话。我偷瞄狄更斯一眼，看来他也对这老太婆和她说的那些话深深着迷。

"所以最后，"萨尔又说，"这个芬恩，就是那个不确定是不是叫这个名字但很会使刀的水手，把祖德的心脏从他胸口挖出来，再把他的尸体从离这栋房子不到两公里的码头扔进河里。先生们，这些都是真的。"

"等等，"狄更斯说，"那已经是二十多年前的事了？但你先前又说祖德光顾你的生意有七八年，到一年前才停止。你吸太多鸦片糊涂了，忘了自己说过的谎话吗？"

大烟公主恶狠狠地斜眼瞪视狄更斯，与此同时伸出爪子般的手指，拱起弯曲的背部，狂乱的发丝好像在往前蹿。一时之间我几乎相信她就要变身成一只猫，而且一两秒之内就会疯狂骂人抓人。

但她没有，她只是嘶嘶地说："我只是跟你说祖德死了，大约二十年前被那个水手宰了扔进泰晤士河。可是他那伙人，他那些徒众，那些同教的人，也就是其他埃及人、马来人、东印度水手、爱尔兰人、德国人和印度人在他死后几天把他腐烂发胀的尸体从河里捞出来，用他们的异教祭典把他救活了。东印度水手埃玛说，那次以后他就一直住在地底城。老阿喜认识生前的祖德，他说祖德在河那边那些马粪和人粪堆里起死回生，也就是你们这些绅士很客气地称为'土堆'的地方。不管他们在哪里作法，不管他们怎么作，他们反正把祖德救活了。"

我瞥向狄更斯，他眼中有种既惊骇又淘气的神色。早先我应该说过，参加葬礼的时候你不会想站在狄更斯身边。即使是在最不恰当的场合，他内心那个男孩总是憋不住笑，总会投给你一个意有所指的眼色，或对你眨眼睛。有时候我觉得任何事都能逗狄更斯发笑，管它神圣或亵渎。我很害怕这时候他会笑出来。我说我害怕他会笑，不只是因为眼下的尴尬气氛，还因为我有一个古怪念头，觉得这整间鸦片馆里那些埋在破布堆里、窝在墙角里或躺在毯子底下或枕头上的可怜废人，个个都用他们被鸦片侵蚀的心灵里残存的知觉专注聆听着。

我很怕狄更斯会笑出声来，然后这个鸦片窟里三间脏臭幽暗房间里的怪人会为彻底变身成巨猫的老萨尔打前锋，同时朝我们扑过来，把我们五马分尸。当时吓得不知所措的我十分肯定，如果情况真的变成那样，即使大块头黑彻利也救不了我们。

可是狄更斯没笑，反倒往老太婆手中塞了三枚金币，他把金币放进她肮脏的泛黄掌心，再合起她扭曲的手指，轻声说道："我的好妇人，我们要上哪儿去找这个祖德？"

"在地底城。"她悄声说，用双手握住金币，"在地底城最深的地方。在那个叫拉萨里王的中国人供应祖德和其他人世界上最高纯度鸦片的地方，在地底城跟其他死掉的东西在一起。"

狄更斯打了个手势，我们跟着他走出烟雾弥漫的房间，来到狭窄漆黑的楼梯间。

"黑彻利探员，"狄更斯说，"你听说过这个地底城鸦片贩子拉萨里王吗？"

"听过，先生。"

"那么你知道这个让萨尔胆战心惊的地底城吗？"

"听过，先生。"

"我们走路到得了吗？"

"到得了入口，先生。"

"你愿意带我们去吗？"

"可以到入口，先生。"

"你愿意跟我们一起进入这个……地底城，继续当我们两个但丁的维吉尔[1]吗？"

---

1　Virgil：古罗马诗人，也是意大利诗人但丁最崇拜的文学家。在但丁的《神曲》里，维吉尔带领但丁游历地狱。

"狄更斯先生，您是在问我要不要带你们进地底城吗？"

"是这个意思，探长。"狄更斯欢欣雀跃地说道，"就是这个意思。当然，我愿意付你当初议定的价钱的双倍，因为这趟旅程加倍危险。"

"不，先生，我不愿意。"

我看见狄更斯惊讶得眼皮眨呀眨的。他举起手杖，用握把的黄铜鸟嘴轻敲黑彻利胸口："黑彻利，行了，行了，别说笑了，那就三倍酬劳。你愿意陪我和柯林斯先生进入这个很吸引人的地底城吗？带我们去找拉萨里和祖德？"

"不，先生，我不愿意。"黑彻利说。他的声音有点儿粗哑，仿佛鸦片烟刺激了他的喉咙。"无论如何我都不会进地底城。先生，我不可能改变心意。同时我也要请求您，如果您珍惜自己的灵魂和理智，最好也别下去。"

狄更斯点点头，像在考虑黑彻利的忠告："那么你愿意带我们到……你说那叫什么……地底城的入口吗？"

"是的，先生。"黑彻利说。他低沉的嗓音听起来像有人撕开了厚纸。"我可以带您去……只是我很遗憾。"

"这就够了。"说完，狄更斯转身带头走下黑暗楼梯，"没问题，这就够了。午夜已经过了，可是时间还早。我跟威尔基会继续前进，往下走。"

黑彻利尾随狄更斯笨重地走下楼梯。我花了一分钟才跟上。刚刚密闭空间里的鸦片烟影响了我腰部以下的神经和肌肉，我的双腿很沉重，抬不起来，也没有反应。具体来说，我没办法强迫我的腿和脚踩下楼梯。

接着，我感到一阵麻痒刺痛，就像不知不觉中陷入沉睡又醒来的肢体一般，我总算能够笨拙地踏出下楼的第一步。我必须靠手杖稳住身子。

"威尔基，你要来吗？"狄更斯那讨人厌的兴奋嗓音从底下黑漆漆的阶梯传上来。

"要！"我往下喊了一声，又补上一句无声的"你这该死的家伙"，"我来了。"

# 第五章

　　亲爱的读者，在此我必须暂时打住，向你说明在此之前我曾经如何又为什么跟着狄更斯去做些荒唐的冒险行为。比如说，我曾经跟他登上意大利的维苏威火山。还有一次在英格兰的坎伯兰，他差点儿害我死在卡里克山冈。

　　维苏威火山，只是1853年我、狄更斯和奥古斯塔斯·埃格三个人，一起在欧洲旅游时的诸多小规模探险之一。严格说来，那次的三人行旅游里只有两个单身汉，而且都比狄更斯年轻。可是，那年秋冬时节我们蹦蹦跳跳畅游欧洲时，狄更斯一路上却表现得轻松自在又幼稚，像个拥有大好青春和无限未来的年轻男子。我们走访了狄更斯旧时游历过的地点，最后去到瑞士的洛桑市，在那里听狄更斯的怪朋友昌西·汤森牧师畅谈鬼怪、珠宝和催眠术（狄更斯最喜欢的话题之一）。之后我们出发前往霞慕尼，攀登冰之海冰川，在那里俯视三百米深的冰河裂隙。到了意大利那不勒斯，原本我以为可以暂时喘口气，狄更斯却马上说要去爬维苏威火山。

　　火山没有喷发熊熊烈火，他很失望，我敢说失望到了极点。显然1850年的火山爆发释放了火山一部分能量，我们抵达的时候浓烟密布，却没有火焰。垂头丧气都不足以形容狄更斯当时的心情。然而，他立刻组织一支登山队，成员包括考古学家兼外交官奥斯丁·莱亚德，我们毫不迟疑地奔向那座冒烟的高山。

在我们那次攀登之前八年，也就是1845年1月21日晚上，不顾危险的狄更斯就已经一偿夙愿，体验到维苏威的烈焰与硫黄。

那是狄更斯第一次造访那不勒斯，当时的维苏威火山非常活跃。那回他妻子凯瑟琳和小姨子乔吉娜也随行。他们带着六匹上鞍的马，请了个武装士兵当护卫，外加至少二十二名向导，因为当时天候不佳，火山也确实瞬息万变。他们大约下午四点上山，女眷坐轿子，狄更斯跟向导带路。那天晚上狄更斯用的手杖比这天晚上他叮叮咚咚敲在沙德韦尔贫民窟的鹅卵石上的这根鸟嘴手杖来得更长更粗。我相信那天他第一次攀登维苏威火山的步伐绝不会比今晚走在海平线的平地慢。我曾经痛苦又疲累地目睹无数次：狄更斯面对惊心动魄的陡坡时，会把他已经太快的速度加快一倍。

接近维苏威峰顶的圆锥形火山口时，只有狄更斯和一名向导愿意往前走。火山正在喷发，高达上百米的火舌探向空中，硫黄、炭渣和浓烟从雪地和岩石的所有缝隙冒出来。狄更斯的朋友罗奇爬到距离火山口的炽热涡旋几十米的地方，无法继续前进，就在原地大声警告狄更斯，如果他跟向导执意往前走，一定会没命。

当时狂风怒吼，他们在火山口最危险的那一侧，据说光是烟气就足以在海拔再低个几公里的地方置人于死地。但狄更斯坚持要爬到火山口边缘，正如他事后在写给朋友的信函里所说："要亲眼看看火山内部……望进这座山喷着火舌的腹腔……那是人类所能想象的最壮观的景象……比尼亚加拉大瀑布更惊悚……"尼亚加拉大瀑布是在此之前他心目中世上最登峰造极、最令人敬畏的自然景观。"旗鼓相当……"他写道，"正如水与火。"

那天晚上登山队其他人，包括惊魂不定的凯瑟琳和乔吉娜（她们都乘轿子到了山上），都异口同声地说，狄更斯从火山口下来时"身上有五六处火苗，从头到脚都有灼伤"。连夜下山的过程中，狄更斯身上残存的衣物直冒烟。这趟下山之行同样风波连连。登山队来到一段绵延不绝的险恶冰坡，大家为了安全不得不结绳前进，向导也不得不在冰面上砍步阶。有个向导滑了一跤，惨叫着摔下黑暗山谷，一分钟后队上有个英国人也坠落悬崖。狄更斯跟其他人花了一整夜回到山下，始终不知道那两个人的下落。狄更斯后来告诉我，英国人幸运生还，向导仍然生死不明。

在这场寻找祖德的探险之前十二年，狄更斯拖着我和埃格上维苏威火山，谢天谢地，那次火山很平静，那算是困难度和危险性相对都低很多的出行。那天狄更斯和莱亚德快速往上攀登，于是我和埃格累的时候有机会可以偷偷喘口气。事实上，我们在火山口附近的最佳位置观看夕阳缓缓降到意大利的索伦托岛和卡普里岛的时候，在维苏威火山的烟雾和蒸汽遮蔽下，太阳变得浑圆血红，景象极其壮丽。我们举着火把轻松下山，沿途高唱英文歌和意大利歌曲，背后一弯新月慢慢升到头顶。

相较于1857年我们结束在曼彻斯特的《冰冻深渊》演出后不久前往卡里克山岗那次几乎致命（对我而言）的探险，那根本不算什么。

当时狄更斯就像在沙德韦尔贫民窟这天晚上一样，充满一股无法遏抑的能量，那好像是源于某种深藏在内心深处的不满足。表演结束后几星期，他告诉我他几乎要发狂了。如果我记得没错，他说："即使登遍瑞士所有高山，经历一切疯狂的事，直到我倒地不起，也只能减轻一二。"有天晚上我们一起用餐饮酒，或严谨肃穆或开怀大笑地谈天说地，隔天一早他派人给我送了封短笺，他说："我想逃离我自己，因为当我晨起梳洗，心情郁闷地望着自己的脸庞时——就像此刻——我的空虚简直无法想象，难以形容，我的悲惨无比惊人。"我看得出来，他的悲惨不但无比惊人，也非常真实，非常深刻。当时我以为那只是因为他跟凯瑟琳婚姻触礁。如今我才明白，原来主要原因是他对十八岁的小女人爱伦·特南的新情愫。

1857年狄更斯突然告诉我，我们马上要出发前往坎伯兰，因为我们要为我们的杂志《家常话》共同创作一系列有关英格兰北部的文章，要去搜集资料。他把这本书命名为"两个懒散学徒的漫游"。即使身为共同创作者——亲爱的读者，我可以告诉你，其实我是主要创作者——我不得不坦承，最后我们只写出几篇毫无创意又平淡无奇的旅游小品。事后我才知道狄更斯对坎伯兰一点儿兴趣都没有，他只是想去攀登那座该死的卡里克山，而且他根本不想写什么游记。

如今我才知道，当时爱伦·特南和她的妈妈和姐姐们都在唐克斯特登台演出，那才是我们非理性北上的真正原因。

狄更斯暗恋一个十八岁女演员，对方完全没有察觉他的爱意，如果我因此枉死在卡里克山，这整件事该是多么可笑。

我们从伦敦搭火车到卡莱尔，隔天乘车到黑斯克村，来到"卡洛克或卡里克山，或我在书上读到过的卡洛克或卡里克山岗，我亲爱的威尔基，这山的名称很混乱"。

所以我在卡里克山岗滑了跤。

狄更斯灼热的挫折感和旺盛的体力让他想攀登高山，可是基于某种无人知晓的原因——我相信连他自己也不知道——我们的目的地必须是卡里克或卡洛克山岗。

人口稀少的黑斯克没有向导可以带我们去到山脚或陪我们登山。当时天候恶劣：酷寒、强风、阴雨。最后狄更斯成功说服我们落脚的那家可悲小旅店的店主充当我们的向导，只不过，那位比我们年长的店主也向我们坦言他"从来没有踏上或爬下那座山，先生"。

我们总算找到了卡里克山，它的山巅消失在低垂的黄昏云层中。我们开始攀登。旅店老板步步迟疑，狄更斯却不断往前推进，前进方向全凭猜测。傍晚时分——随着雾气聚拢过来，周遭只剩薄暮微光——刮起一阵刺骨寒风，我们却继续往上爬。过不了多久我们就迷路了。旅店老板说他不知道我们究竟置身山的哪一侧。这时狄更斯就像在舞台上扮演迷途的理察·渥铎时一样，戏剧性地从口袋里掏出罗盘，指出正确方向，我们继续深入幽暗山区。

不到半小时，狄更斯在市区购买的罗盘就出故障了。雨势愈来愈大，不一会儿我们全身湿透，冻得直打哆嗦。我们绕着这座岩壁山岗蜿蜒前进，北方的夜色愈来愈黑。我们找到了看上去应该是峰顶的地方，那是一条光滑的岩石山脊，坐落在无数同样光滑、此时全消失在浓雾与夜色里的岩石山脊之间。然后我们开始下山，完全不知道我们的村庄、我们的旅店、我们的晚餐、我们的炉火和我们的床铺在哪个方向。

我们就这么漫无目标地走了两小时，冒着滂沱大雨和密实的雾气，外加近乎冥府那种绝对黑暗。我们来到一条阻挡我们去路的小溪，狄更斯却像见到失联已久的朋友般兴奋。"我们可以循着这条溪走到山脚下那条河。"狄更斯对那个不住颤抖、惨兮兮的旅店老板和同样惨兮兮的我说，"真是完美的向导！"

这次向导或许完美，却险阻重重。溪谷这一侧路况愈来愈陡峭，在雨水和刚结冻的冰层作用下，溪边的滑溜石头更是危机四伏，底下的湍急小溪也愈来愈宽阔。我落单了。我脚下打滑重重跌跤，脚踝里像是有什么组织扭伤了。我半躺在水里，疼痛颤抖，腹饥体虚。我对着眼前的黑暗大声呼救，只希望狄更斯和那个浑身颤抖的旅店老板没有走太远。万一他们听不见，我就死路一条了。我试着拄起手杖，却发现脚踝没有一点儿支撑力。看样子我必须沿着溪床往下爬几公里去到那条河，之后——如果我不知怎的猜对了村庄的方向——再沿着河岸爬行几公里才能脱困。亲爱的读者，我是个城里人，我的身体承受不了这种苦难。

真是万幸，狄更斯听见我的呼救，循声折返，看见我躺在小溪里，脚踝已经肿成两倍大。

一开始他只是扶着我，让我单脚跳着走下险峻斜坡，最后他干脆把我扛着走。当时我十分确定狄更斯想象自己是英雄理察·渥铎，抱着情敌法兰克·欧德斯利横越北极荒野到达安全处所。只要他不把我摔下地，我一点儿都不在乎他沉溺在什么奇思怪想里。

最后我们回到旅店。浑身发抖、喃喃有词又低声咒骂的店老板，叫醒他太太为我们烹煮一顿深夜晚餐或凌晨早餐。仆人们把大厅和我们房间的炉火重新燃起。黑斯克这地方没有医生，黑斯克这鬼地方连个村庄都称不上，在我们回到文明世界之前，狄更斯尽他所能帮我冰敷。

我们继续前往威格顿，再到阿伦比，然后是兰开斯特，而后到利兹，沿途假装搜集撰写旅游小说的材料。事实上我得撑两根拐杖才能走路，成天窝在旅馆。最后我们到了唐克斯特，这地方才是我们这一路走来真正的、秘而不宣的（或者说狄更斯秘而不宣的）目的地。

我们在唐克斯特欣赏了几出戏，包括爱伦·特南短暂露脸的那场。隔天狄更斯跟特南一家人一起去野餐，而且（如今我非常肯定）单独跟爱伦·特南散步很长时间。他们在那次散步过程中聊了些什么，有些什么情感表白而后被拒，至今仍然是个谜。我只知道狄更斯从唐克斯特回来后心情恶劣得几乎想杀人。我想跟他约时间一起到《家常话》办公室完成这本内容贫乏的《两个懒散学徒的漫游》的写作与编辑，狄更斯给我一封不寻常的私人回函，说道："……唐克斯特那场不愉快还紧紧揪住我的心。我没办法写东西，清醒的时候一直躁动不安，一分钟都静不下来。"

我说过了，当时我并不知道所谓的"唐克斯特那场不愉快"究竟是怎么回事。只是，那件事不久后将会彻底改变我们的生命。

亲爱的读者，我之所以说出这些事，是因为1865年7月那天晚上我有所怀疑，多年后撰写这份手稿的我更加怀疑：我们那个闷热恶臭的夜里那一趟寻找神秘祖德之行的主要目的并不是召唤祖德这个幽灵，而是在追寻1857年狄更斯想在爱伦·特南身上找到以及之后一直到斯泰普尔赫斯特事故发生之间那神秘的八年里他想找寻的任何东西。

可是正如卡里克或卡洛克之旅一样，狄更斯这种盲目偏执往往在无意之间害其他人付出惨痛代价，毕竟其他人可能因而受伤或丧命，就像是他的预谋一样。

我们在更黑更臭的贫民区又走了大约二十分钟。某些路段的破落公寓里似乎住满了人，窄巷两侧的黑暗处不时传来低语与啸叫，其他时间里空气中只有我们的靴子和狄更斯的手杖敲在少数几条仍然留有鹅卵石的巷道上的声音。那天晚上我不禁想起狄更斯最新也还没完成的小说《我们共同的朋友》里即将连载的几章，其中狄更斯安排两个年轻人乘坐马车到泰晤士河边认尸，那具溺毙的尸体被一对以捞尸为业的父女发现并打捞上岸：

> 车轮向前转动，越过伦敦大火纪念碑、伦敦塔和码头，去到瑞特克里夫，然后是罗瑟希德，最后抵达那些仿佛从高地冲刷下来积累成堆的人类渣垢，就像大量道德污物，暂时停顿在那里，直到被它自己的重量推挤出河岸，沉入河底。

事实上，我就像狄更斯小说里坐在马车上那两个放荡年轻人，没有费心留意我们的行进路线，只是埋头跟随黑彻利探员的巨大黑影和狄更斯的小小阴影。我很快就会后悔自己太不用心。

突然之间，空气中始终存在的那股恶臭有了变化，而且更加浓烈。"呃！"我对前方黑暗中的同伴大叫一声，"我们又靠近河边了吗？"

"更糟，先生。"黑彻利的大脑袋转过来说，"是坟场。"

我环顾四周。过去这段时间以来，我一直误以为我们前面不是教堂街就是伦敦医院，可是这条阴暗大道反倒是右边突然变开阔，像一片广大田野，四周有围墙，还有一道铁围篱和大门。附近没有教堂，所以这不是教堂墓园，而是最近十五年来变得相当普遍的市有公墓。

没错，亲爱的读者，在我们这个时代，我们这将近三百万名伦敦人行走坐卧在数量不相上下的尸体上，尸体的数量几乎可以确定比活人更多。当伦敦向外扩展，吞并了原本的郊区和村庄时，那里的墓园也一并被收编，而我们数十万又数十万个已故亲属的腐烂遗体就埋在那些地方。比如圣马丁教堂墓园，面积不到二十平方英尺，在1840年的时候，也就是在这个不平静夜晚之前二十五年，收葬了六万到七万名伦敦亡者。如今肯定多得多。

到了19世纪50年代，也就是伦敦大恶臭和夺命霍乱疫情为祸最烈的时期，我们大家都发现这些过度拥挤的墓园会威胁到周遭那些不幸住户的健康。当时——至今仍是——城里所有墓园都遗体满溢。数千具尸体草草掩埋在教堂、学校、工厂和空地底下的浅坑里，甚至就在私人住宅后侧或下方。于是1852年的丧葬法案（狄更斯也协助推动了那次立法），责成公共卫生局规划对各宗教信徒开放的墓地。

亲爱的读者，或许你也知道，直到我生命的近期，英格兰所有亡者都必须在教区墓园以基督教仪式下葬，几乎没有例外。要等到1832年国会通过一项法案，我的英国同胞才停止将自杀的死者掩埋在公路底下，还得用一根木桩刺进死者心脏。那项法案允许自戕者的遗体跟其他基督教徒的一起安葬在教会墓园里（真是现代思维与仁慈的最佳典范），只是有一个条件，死者只能在晚间九点到午夜这段时间下葬，而且不能举行教会仪式。我也应该顺道一提，强制解剖伏法杀人犯尸体的做法也在1832年（多么开明的一年！）废除。到了这个自由年代，就连杀人犯也能进入基督教墓园。

那些坟茔之中有许多——我应该说"绝大多数"——没有标示，却未必不会被发现。那些没日没夜在伦敦市挖掘新坟的人，手中的铁锹总不免戳中地底下的腐肉（我听说有许多层）和无名骸骨。部分教堂墓园每天早上雇用人手巡视，以免亡故教众腐败中的尸块冒出地表，急于回应最后一次号角召唤，特别是一夜豪雨之后。我曾经目睹那些工人推着板车，里面装有手臂、手掌和其他难以辨识的部位，很像是庄园里的勤奋园丁，在暴风雨过后清理断落的树干和枝丫。

那些如雨后春笋般出现的新式埋葬区域统称为"坟场"，有别于教区那些"墓园"。第一批坟场由私人投资开辟，这些坟场有个欧洲许多地区沿袭至今的惯例，万一死者家属未能准时缴纳维护费，遗体就会被挖出来弃置一旁，美丽的墓碑就用来铺设挡土墙或步道，原本的坟地转卖给信用更可靠的家族。不过，自从1850的法案强制关闭伦敦众多尸满为患的教堂墓园，目前大多数新式坟场都是公有性质，区内壁垒分明，有专属虔诚英国国教徒的墓区，配备礼拜堂与圣地；也有异端信仰者专区。让人纳闷儿的是，双方的亡者要在距离不到一个板球场的范围内共度永生，心里会不会闹别扭。

此刻我们在黑夜中慢慢走近的那处坟场看样子过去某个时期曾经是古代教堂墓园，由于附近地区治安恶化，善良百姓纷纷迁走，教堂也就废弃了。后来教堂的建筑被人纵火烧毁，以便建造更多廉价公寓，让贪婪的房东从那些无处栖身的移民身上榨取更多钱财，教堂墓园却保留下来继续使用……再使用……再使用……两个世纪前被脱离英国国教者接受，又在二十年前变成以营利为目的的坟场。

我们走向那片坟场的潮湿墙垣与黑色铁围篱的时候，我不禁纳闷儿，就算只要一便士，有谁愿意葬在这里。这个教堂墓园里原本有高大的树木，如今却只剩死了无数世代的枯干钙化枝干，被截断的粗枝指向四周俯瞰墓地的黑暗建筑物。这片被土墙和铁篱圈围的墓地飘散出来的臭味真叫人不敢领教，我下意识地伸手掏手帕，这才想起已经被狄更斯拿去覆盖那些婴尸。我几乎以为会见到这片墓地上空飘浮着一团团惨绿沼气。事实上，那阵刚刚升起、预告下一场温热雨水即将洒下的雾霭还真的阴惨惨地发着幽光。

狄更斯率先走到那扇深锁着的高耸黑色铁门，伸手开门，但铁门被一个大挂锁牢牢锁住。

感谢上帝，我心想。

可是黑彻利探员伸手到大衣底下，从他挂着太多东西的腰带上取下沉甸甸的一串钥匙。他把提灯交给狄更斯，自己叮叮当当地从那堆钥匙中找出他需要的那把。钥匙顺利插进挂锁，那扇饰满黑色圆弧与扇形图案的大铁门咿咿呀呀地缓缓开启，那声音实在太刺耳，仿佛已经数十年没有任何人花钱打开它来摆脱亲属的尸体。

我们走到幽暗的墓碑与下陷的墓穴之间，走过那些枯树底下，沿着古老墓室之间的窄小通道那凹凸不平的石板往前走。从狄更斯轻快的脚步和他手杖的叮咚声，我看得出来他非常乐在其中。我只能专心不让自己被臭味熏得呕吐，还得在黑暗中提防脚下踩到任何软烂下陷的物质。

"我知道这个地方。"狄更斯突然出声。黑暗中他的声音吓得我几乎腾空跳起来。"我曾经在白天里见过。我也在我的《非商业旅人》里描述过。不过今晚是我第一次踏进它的大门。我称这个地方为'缺席者之城'，而这个定点则叫'圣阴森恐怖墓园'。"

"是的，先生。"黑彻利说，"以前的确是那样。"

"我没看见装饰在铁门尖锥上的骷髅头和交叉长骨。"狄更斯说，他的音量在这种氛围下还是嫌太响亮。

"狄更斯先生，那些东西都在，"黑彻利说，"我只是觉得不适合把灯光照过去。先生们，到了。这就是我们的地底城入口。"

我们停在一间门户紧闭的狭窄地窖前。

"这是玩笑吗？"我问。我的声音听在我同伴耳里或许有点儿不友善。我已经超过补充药用鸦片酊的时间了，痛风害得我全身上下很多地方疼痛不已，我感觉得到一股剧烈的头痛像金属头箍似的套在我的太阳穴位置，而且愈来愈紧。

"不，柯林斯先生。这不是玩笑。"黑彻利说。他又开始摸索他的钥匙串，现在他将另一把巨大钥匙插进地窖那扇古老金属门的锁孔里。他用全身力量往前推，那扇高大的门板应声嘎吱嘎吱地向内敞开。然后他拿起提灯往里面照，等我和狄更斯走进去。

"这简直荒谬，"我说，"这里根本不可能有什么地底城或地底任何东西。我们的靴子已经连续几个小时踩在泰晤士河的臭水里，这里的地势肯定比我们四周那些坟墓还低。"

"先生，事情并不是那样。"黑彻利低声说。

"亲爱的威尔基，伦敦东区这一部分底下都是岩石。"狄更斯说，"地表以下三米都是岩石，所以才会建在这个地方。你应该很熟悉伦敦地理才对呀！"

"建什么？"我问，声音里还是有一股难以控制的粗暴。

"地下墓穴。"狄更斯答，"修道院地窖的古老地下墓室。在那之前是罗马时代的墓槽，这里甚至挖得更深，而且可以肯定是在基督徒的地下墓穴底下。"

我懒得开口问何谓"墓槽"，我隐约觉得我再过不久就会学到这个阴森的词语。

狄更斯踏进地窖，黑彻利跟着下去，然后是我。牛眼提灯的圆锥形光束绕了一圈，照遍这窄小的地窖内部。这座小小陵墓正中央有个棺架基座，长度只够容纳一具棺木或石棺或裹了尸布的尸体。基座目前是空的，周边也没有明显的壁龛或其他地方可以安放尸体。

"空的。"我说，"有人偷走尸体了。"

黑彻利轻声笑着："哦，先生。这里从来就没有过尸体。这间陵墓一直以来都只是通往亡者国度的入口。柯林斯先生，麻烦您移个步。"

我往后退到这间地窖后侧的潮湿石墙旁。黑彻利弯低身子，肩膀抵住龟裂的大理石基座，使劲一推。石头摩擦过坚硬石头的声音真是极端刺耳。

"我们进来的时候我看见古老石地板上凿了些弧形图案。"狄更斯对还在费力推的黑彻利说，"清楚得就像下陷的门柱在泥地里刮出的沟槽。"

"是的，先生。"黑彻利一面喘着气回答，一面继续推，"可是通常都会被树叶和尘土之类的东西掩盖，就算直接拿灯照着也未必看得见。狄更斯先生，您的观察力很敏锐。"

"没错。"狄更斯说。

我觉得缓慢移动的基座发出的尖叫或闷哼一定会吸引一群群好奇的恶徒潜入坟场。之后我又想到，我们进来以后黑彻利就锁上了坟场大门。地窖的门花了黑彻利好一番工夫才打开，我们进来后他又用肩膀把门顶回原位，我们等于是被关在这座陵墓里。随着基座缓缓移动，地板底下那块愈来愈宽的黑暗楔形区域露出陡峻石阶。想到那沉重的基座会移回原位，把我们葬在这上了锁的坟场里的上了锁的陵墓里的大石板底下，尽管天气潮湿闷热，我还是感觉到一股寒气沿着背脊往下蹿。

黑彻利终于停止使力站直身子。那个漆黑的三角形开口并不大，宽度只有六十厘米多一点儿，当狄更斯把提灯往下照，我看见那无比陡峭的石阶往下延伸。

灯光由下往上照着狄更斯，他转头看黑彻利，问道："黑彻利，你真的不跟我们下去？"

"不了，先生，谢谢您。"黑彻利说，"我承诺过不下去。"

"承诺过？"狄更斯的口气带点好奇。

"是的，先生。我们这些前任或现任警探或探长跟地底城那些人之间的协议：我们不下去打扰他们，他们也不上来打扰我们。"

"有点儿像大多数活着的人尝试与亡者建立某种协议。"狄更斯轻声说着，视线转回那个漆黑洞口与陡峻台阶。

"一点儿也没错，先生，"黑彻利说，"我就知道您能理解。"

"好吧，威尔基，我们该下去了。"狄更斯说，"探员，你没有提灯找得到回家的路吗？很明显我们在底下需要这个。"

"哦，没问题，先生。"黑彻利答，"如果我需要灯，我腰带上还有一盏。不过我还不回家。我会在这里等到天亮。如果到那时你们还没回来，我就到雷曼街警局报案有两位绅士失踪。"

"黑彻利探员，你真是太好心了。"狄更斯说。他又笑道："可是你刚刚不是说了，警官和探长们不会下去找我们。"

"那可说不定，先生。"黑彻利耸耸肩，"毕竟你们两位都是知名作家，也是杰出绅士，也许他们会破例一次。我只希望不必走到那一步。"

狄更斯笑了："来吧，威尔基。"

"狄更斯先生，"说着，黑彻利把手伸进大衣底下，掏出一把超大左轮手枪，"我看你们最好带着这玩意儿，拿来对付老鼠也好。"

"哦，没这必要。"狄更斯的白手套朝手枪挥了挥。亲爱的读者，请你别忘记，我们这个年代——我不知道你们那个年代的情况——的警探不佩带任何种类的枪械。大多数的罪犯也不带。黑彻利所说地底城和执法部门之间的协议有其不可言说的真实性。

"我拿。"我说，"太好了，我讨厌老鼠。"

手枪看起来很重，实际上也很重，把我的外套右口袋给撑满了。它的重量让我右侧身体往下坠，带给我一种古怪的失衡感。

我告诉自己，万一等会儿我需要武器却找不到，那时心理只怕会更失衡。

"先生，您知道怎么射击吗？"黑彻利问。

我耸耸肩，说道："我猜应该就是把有开口那一头对准你的目标，然后扣扳机。"此时我全身发疼，脑海浮现锁在家里厨房碗柜中那瓶鸦片酊。

"没错，先生。"黑彻利说。他的硬呢帽拉得很低，简直像在挤压他的头骨，"一般来说是这样。您可能已经注意到那把枪有两根枪管，上面一根，底下还有一根更大的。"

我倒没发现。我想掏出口袋里那把重得荒谬的枪，它却钩住口袋衬里，把我昂贵外套的里布给扯破了。我暗暗咒骂，终于把枪拿出来，就着灯光仔细察看。

"先生，不必管底下那根，那是用来击发葡萄弹的，算是一种霰弹枪，歹毒得很。您不需要用到，但愿不必。反正我也没有那种子弹。我弟弟最近刚从军队退伍，这把枪是他跟一个美国小子买的，虽然这枪是法国制造的，不过别担心，上面有英国的检验合格标签，我们伯明翰检验局的标签。先生，上面那管滑膛枪倒是填了子弹，总共九发。"

"九发？"说着，我把又大又沉的手枪塞回口袋，特别留心避免再撕扯到口袋，"太好了。"

"先生，您需要多带点子弹吗？我口袋里还有一包。那样的话我就得教您使用推弹杆，不过，以用枪技术来说，这算比较简单的。"

我几乎忍俊不禁，因为我想到黑彻利探员口袋里和腰带上那些五花八门的玩意儿。"不用了，谢谢你。"我说，"九发应该够了。"

"那是点四二口径的子弹，先生，"黑彻利又说，"九发对付一般的老鼠应该绰绰有余了，不管是四条腿还是两条腿的老鼠。"

这话听得我心头一凛。

"黑彻利，那就天亮前见了。"狄更斯说。他把怀表收回背心口袋，转身踏下石阶，牛眼提灯拿在底下照明。"来吧，威尔基。离天亮只剩四小时了。"


"威尔基，你知道爱伦·坡这个人吗？"

"没听过。"我答。我们已经向下走了十阶，脚下的险峻台阶仍然看不到尽头。那些所谓的"台阶"其实更像金字塔的石块，级距至少九十厘米，每片台阶和石板都渗着地底湿气，变得滑溜难行，小提灯照出的阴影漆黑似墨，不可信赖。万一我们俩任何一个在这里摔倒，结果一定是骨折，更可能跌断颈子。我半踩半跳地踏向下一阶，奋力跟上狄更斯手中提灯发出的那个不住跳动的小小圆锥形光线。"是你朋友吗？"我问，"是不是地窖和地下墓室方面的专家？"

狄更斯笑了，那笑声的回音在这陡峭梯井里听起来十足恐怖。我真心希望他别再发出那样的笑声。

"亲爱的威尔基，你第一个问题的答案是斩钉截铁的'不'。"他说，"你第二个猜测的答案可能是肯定的。"

此时狄更斯已经走到平地，拿着灯照亮周遭的墙面，前方有低矮天花板，有条走道深入暗处。走道两侧许多黑色矩形似乎是敞开的玄关。我跳下最后一级台阶，走到他身边。他转身面向我，双手和提灯都搁在手杖的黄铜鸟嘴上。

"1842年我去美国的时候，回国前那几星期在巴尔的摩遇见爱伦·坡先生。"他说，"我不得不说那家伙把他的处女作《爱伦·坡惊悚故事集》硬塞给了我，附带他的注意力。他天南地北聊开来，仿佛我们地位相当或是老朋友似的。他跟我谈了——我应该说他自己一个人说了——几小时，聊文学，聊他的作品，然后我的作品，再回到他的作品。我在美国抽不出时间读他的书，不过凯瑟琳读了，她很着迷。显然这个爱伦·坡喜欢描写地窖、尸体、活埋、挖活人心脏之类的东西。"

我不停凝望牛眼提灯小小光线范围外的暗处。我看得太用力（我的视力欠佳），以至于四周的暗影重叠又跳动，像有什么庞然巨物在移动。我头疼得更厉害了。

"他跟我们目前的处境有什么关系吗？"我口气有点儿冲。

"我只是强烈觉得爱伦·坡先生会比你更喜欢这次探险，亲爱的威尔基。"

"嗯，那么，"我还是不太愉快，"我倒希望你朋友爱伦·坡真的在这里。"

狄更斯又笑了。这次的回音没那么大，但从看不见的墙面与壁龛弹回来的声响更让人不寒而栗。"也许他在，也许他在。我记得读过报道，爱伦·坡先生在我遇见他后六七年就过世了，死的时候年纪还轻，而且死因离奇，可能有点儿难以启齿。根据我跟他短暂却深刻的接触，这个地方应该就是他的鬼魂最喜欢流连的那种石坟。"

"这里又是什么样的地方？"我问。

狄更斯用行动代替回答，他直接举起提灯，踏上前方的走道。先前我观察到的那些玄关原来都是洞开的壁龛。我们走到右手边第一个，狄更斯把提灯的光线照进去。

从入口处往内大约两米的地方有一道样式繁复的铁栅，从石地板延伸到石天花板。那铁栅巨大无比，里面的横杆非常坚实，装饰了小花朵造型的镂空图案。那鲜红中带橙色的铁条看上去古老锈蚀，我觉得如果我走进去挥拳捶击，它们应该会应声崩落。不过我一点儿都不想踏进壁龛里。铁栅后面有一排排一列列堆栈的棺木，看起来极其坚固，我猜里面都衬了铅皮。我在摇曳光线与浮动暗影中数了数，共十二口棺木。

"威尔基，你看得见那块板子上的字吗？"

狄更斯指的是一块高挂在铁栅上的白色石板。另一块石板掉落在地板上的灰尘与铁锈里，第三块侧躺在铁栅底部。

我推了推眼镜，眯起双眼仔细看。石板被湿气沁出一条条白色污渍，又被周遭和底下的铁锈染出深红色斑块。上面的文字是：

E. I.
THE CAYA〔模糊〕OMB
OF
〔缺字〕HE REV〔模糊〕D
L.L. B〔污渍覆盖〕

我把内容念给狄更斯听，他已经走进去想看个仔细。然后我说："看来不是罗马人。"

"这些墓穴吗？"狄更斯心不在焉地回应，他蹲低身子想看

116

清楚像倒塌墓碑般埋在尘土里的那块石板，"不。这些只是依照罗马墓穴形制建造：长长的走道，两侧有墓葬壁龛。不过，真正的罗马墓穴内部构造会像迷宫。这些是基督教墓穴，只是年代非常久远，威尔基，非常久远，所以设计上跟我们上面的城市部分区域一样，是格子状。以这个墓室来说，中央有个十字，被这些壁龛和更小的通道围绕。你应该看到了，我头顶上那些拱形是砖造结构，不是石砌……"他把灯光照向高处。

我果然看见上面的砖造拱顶。直到这时我才知道，原来地上的红色"灰尘"，有些地方堆了几厘米高，是从拱顶掉落下来的粉碎砖块与灰泥。

"这是基督教墓室，"狄更斯重复一次，"直接开凿在上面的教堂底下。"

"可是上面没有教堂。"我低声说。

"很久没有了。"狄更斯认同。他站起来，一手拿提灯和手杖，一手拍落手套上的灰尘，"可是很久以前有。我猜是修道院礼拜堂，是圣阴森恐怖教堂的修道院。"

"那是你编出来的。"我不满地说。

狄更斯用古怪的眼神望着我。"当然是我编的。"他说，"我们可以往前走了吗？"

我一点儿都不喜欢站在漆黑的走道而背后没有任何光线的感觉，所以很庆幸狄更斯终于离开壁龛，准备继续往前走。可是他先把提灯再一次照向拱顶，光线滑过堆在生锈铁栅后方那成排成排的棺木。

"我忘了一件事，"他轻声说，"这些墓穴壁龛跟它们的罗马原型一样，都叫墓槽，每一个墓槽供一个家族，或某一层级的僧侣使用，可以沿用几十年。罗马人通常有计划地开凿墓室，一次建造一整批。可是这些后来的基督教隧道开挖时间拖得很长，往往毫无章法地不规则发展。你知道盖拉威咖啡馆吗？"

"交易巷那家吗？"我说，"康希尔街路口？我当然知道，我常去那里喝咖啡，等隔壁的拍卖所开始营业。"

"盖拉威底下也有一座类似的古修道院地窖。"狄更斯说。他现在声音压得很低，仿佛担心有什么幽灵也来加入我们，"我进去过，走进底下那些波特酒桶之间。我经常猜想，盖拉威咖啡馆是不是很同情那些一辈子都在店内大堂侍应的衰朽男人，因此将底下那些凉爽的地窖提供给他们使用，让那些从愚人所谓的'地表上的真实生活'中消失的人的遗骨有处可去。"他瞄了我一眼，"当然，亲爱的威尔基，如果我们大家都忘了该如何好好地跟那些正直的人一起生活，被迫往地下发展，潜入阴暗处，去到真正属于我们的陈腐黑暗里，那么全巴黎的地下墓室——我知道你去参观过，因为是我带你去的——的空间肯定不足以容纳伦敦这些彻底迷失的灵魂的遗骸。"

"狄更斯，你到底在鬼扯什么……"我停住脚步。在走道另一端我们微小灯光照射不到的暗处似乎有脚步声，或某种动静。

狄更斯把提灯照过去，可是圆锥形光束里只有石板和阴影。这条主要通道的顶端是平直石板，不是拱形砖块，往前延伸至少五十米。狄更斯带头往前走，偶尔停下来把灯光照进左边或右边的壁龛。壁龛里全是墓槽，一模一样的生锈铁栅，层层叠叠的巨型棺木。到了走道尽头，狄更斯把灯光投向前方壁面，甚至伸手触摸那些石块，按按这里或那里，仿佛寻找某种弹簧杆和秘密通道。可惜没有任何出路。

"好啦……"我说。我想说什么？看见没？根本没什么地底城，这底下没有祖德先生。你满意了吧？我们回家吧！求求你，狄更斯，我需要喝我的鸦片酊。我说："好像没戏唱了。"

"恰恰相反，"狄更斯说，"你刚才有没有看见墙上的蜡烛？"

我没看见。我们走回倒数第二个墓槽，狄更斯把灯光照向高处。壁龛里果然有一根烧到只剩一小截的胖大蜡烛。

"古代基督徒留下来的？"我说。

"应该不是，"狄更斯冷淡地说，"亲爱的威尔基，麻烦你把蜡烛点亮，拿着它，换你带路往回走向入口处。"

"为什么？"我问。他没有回答。我只好伸手取下蜡烛，从左侧口袋掏出火柴（那把重得不像话的手枪还是把我外套右半边往下直扯），点亮蜡烛。狄更斯点点头，我觉得他有点儿敷衍。我把蜡烛举在面前，慢慢循着来时路往回走。

"这里！"我们大约走到半途时，他喊了一声。

"什么事？"

"威尔基，你刚刚没看见烛火晃了一下？"

就算看到了，我也没留意。但我说："一定是入口台阶吹下来的风。"

"应该不是。"狄更斯说。无论我说什么，他总是加重语气否定我，我开始觉得恼火。

狄更斯举着提灯探进左边的壁龛看了一下，再探进右边那个。"啊哈！"他一声赞叹。

我依然举着火光轻摇的蜡烛，探头进那个壁龛察看，却看不出有什么值得他惊讶或得意的。

"在地板上。"狄更斯说。

现在我发现地板上的红色灰尘像是被踩出一条路径，通往铁栅和棺木。"最近办过葬礼？"

"我看不太可能。"狄更斯继续反驳我提出的看法。他带头走进那个拱顶墓穴，把灯交给我，用戴着手套的双手摇晃铁栅。

铁栅的一部分——即使只有几十厘米距离，也看不见它的连接处、边缘和铰链——往内朝那些棺木打开来。

狄更斯立刻举步跨进去。不到一秒，他的提灯仿佛便沉入底下那些红色灰尘里。我花了一分钟才弄清楚，原来那里面有阶梯，狄更斯已经下去了。

"来吧，威尔基。"狄更斯的声音拖着回音。

我迟疑着。我手上有蜡烛，口袋里有手枪，只要三十秒就能回到石阶底部，再过三十秒就能爬上去，离开这个地窖，重新回到黑彻利探员的羽翼底下。

"威尔基！"狄更斯和他的提灯都消失了。我看得见他消失处上方的砖造天花板还有亮光。我回头望着这个墓槽的阴暗入口，再看看红色灰尘步道两侧堆叠在基座上的棺木，然后再回头看那个铁栅上的开口。

"威尔基，拜托快点，把蜡烛掐熄，但记得带下来，这个提灯的燃料总会烧光。"

我踏进敞开的铁栅门，经过两边的棺木，走向那些还看不见的阶梯。

# 第六章


　　阶梯是摇摇晃晃的石块叠成的，狭窄的拱顶天花板则是砖造的，几分钟内我们就来到另一层走道与墓槽。

　　"还是地窖。"我说。

　　"这里年代更久，"狄更斯轻声说，"威尔基，这里的走道是弯的，天花板更低，通往墓槽的入口都用砖块封住，这让我联想到我先前提及的爱伦·坡先生写的另一篇小说。"

　　我没有问狄更斯那是什么样的故事。我正要开口问他为什么要小声说话，他却回头问我："你看见前面的光线了吗？"

　　碍于牛眼提灯的亮光，一开始我没看见。后来我看见了，那光线很微弱，显然是从前方弯道另一边传过来的。

　　狄更斯将提灯的屏罩压低，几乎完全挡住灯光，挥手要我跟他往前走。这一层更低矮更古老的地下墓室地面石板凹凸不平，有好几次我需要靠手杖支撑，免得摔倒。我们绕过走道转弯处，看见更多甬道往左右两边延伸出去。

　　"这是罗马墓室吗？"我问。

　　狄更斯摇了摇戴着高礼帽的头，不过我觉得他只是示意我别出声，不是回答我。他指着右边的通道，光线似乎从那里来。

只有那个墓槽没有被砖墙堵死。拱顶出入口挂着一块破烂的深色布帘，几乎完全遮蔽内部，只留下一些透光的缝隙。我摸摸口袋里的手枪，狄更斯却大刺刺地钻进那片破烂的薄纱。

这个墓槽又长又窄，里面还有更多壁龛、墓穴和墓槽的入口。而且这里的尸体没有装在棺木里。

整条狭窄通道钉了许多木架，从地板到天花板层层堆叠，那些尸体就躺在木架上。都是男性遗体，外表看上去都不是英国人或基督教徒或罗马人。他们状似骷髅，却不尽是枯骨。褐色皮肤、条状肌肉与玻璃珠似的眼睛看起来像做过干尸处理。事实上，我们路过的这些遗骸有着干尸般的东方人外貌与眨也不眨的眼睛，身上还披着破烂长袍和布块，或许真是埃及木乃伊。我趁狄更斯停住脚步时，凑上前去细看其中一具的脸庞。

它在眨眼睛。

我惊呼一声，忙不迭地往后退，手里的蜡烛掉在地上。狄更斯捡起蜡烛走过来，举起牛眼提灯照向木架与上面的尸体。

"威尔基，你以为这些是死人吗？"狄更斯悄声问。

"难道不是吗？"

"你没看见他们的鸦片烟管吗？"他轻声问道。

原本没有，现在我看到了。这些干尸把烟管紧抓着贴在身上，还握住烟钵和烟嘴，所以我先前没看见。这些烟管比上面沙德韦尔区萨尔鸦片馆里那些廉价烟管雕刻更为繁复精巧。

"你没闻到鸦片的味道吗？"

原本没有，现在我闻到了。比起萨尔那里的呛鼻药味，这里的鸦片气味更柔和更香甜，更难察觉。我回头看看刚刚走过的地方，发现躺在这墓穴残破木架上的那几十具死尸尽管老迈，却都是气息尚存的东方人，每个人怀里都抱着烟管。

"来吧。"说着，狄更斯转身走进发出光线那个房间。

小房间里有更多木架和上下铺，有些明显铺有软垫。这里面的鸦片烟雾也更为浓密，只不过，房间正中央有个人以佛陀姿态盘腿端坐在木制无背长椅上。长椅底下有石制底座，所以他那对东方眼珠的视线跟我们一般高。这是个中国人，看起来跟我们前后左右那些架子上的躯体一样年迈干瘪。但他的头饰和身上的礼服或长袍或不管它叫什么的，是以亮丽洁净的丝绸制成，红红绿绿的，上面绣满澄金与湛蓝的图案。白色胡须垂坠到下巴以下大约二十五厘米处。他背后有两个大块头男人，也是中国人，年纪轻多了，打着赤膊，背抵石墙站得直挺挺，双手自然下垂交叠在裤裆前。佛陀坐姿那个瘦小身躯两侧的红蜡烛光线照在他们的肌肉上，闪闪发亮。

"拉萨里先生吗？"狄更斯上前一步，对盘腿而坐的男人说话，"或者我该称呼你拉萨里王？"

"狄更斯先生，欢迎，"那人说，"也欢迎柯林斯先生。"

听见这个人以一口地道、不带口音的标准英语喊出我的姓氏，我震惊得倒退一步。事实上，后来我发现他的英语确实有一点儿口音……是剑桥口音。

狄更斯轻声笑道："你知道我们要来？"

"当然，"拉萨里王说，"在蓝门绿地、沙德韦尔、白教堂乃至整个伦敦地区，还没有什么我不知道的事。文坛名气响亮地位显赫的人士到访……当然，我这话包括你们二位……我几乎马上收到消息。"

狄更斯优雅地微微欠身，我只能干瞪眼。我发现自己左手还抓着那截熄灭的蜡烛。

"那么你一定知道我们的来意。"狄更斯又说。

拉萨里王点点头。

"你愿意帮我们找到他吗？"狄更斯又说，"我指的是祖德。"

拉萨里举起摊开的手掌。我无比震惊，因为那只手上的指甲少说都有十五厘米长，而且都是弯的，小指的指甲至少三十厘米。

"地底城的好处是，"拉萨里王说，"那些不想被打扰的人绝不会被打扰。这是我们跟周遭这些死者之间的一点儿默契。"

狄更斯点点头，一副似乎听懂了刚才那番话的样子。"这里就是地底城吗？"

这回换拉萨里王发笑了。他的笑声轻松流畅又圆润，有别于萨尔那种干枯的咯咯声。"狄更斯先生，这里只是不起眼墓室里的一家不起眼的鸦片馆。过去我们的顾客都来自——也会回归——上面的世界，可是如今他们大多数人宁可留在这里，经年累月都不离开。至于地底城，不，这里不是地底城。不妨说这里是地底城的庭院的门廊的前厅的玄关。"

"那么你愿意帮助我们找到地底城……和他吗？"狄更斯又问，"我明白你不想打扰这个世界的其他……呃……居民，可是祖德暗示我他希望我找到他。"

"他是怎么暗示的？"拉萨里王问。坦白说，我个人对这一点也颇感好奇。

"他刻意向我介绍他自己，"狄更斯说，"还告诉我他要去伦敦哪些地方。他还故意制造神秘氛围，吸引我来找他。"

端坐在木头长椅上的拉萨里没有点头，也没有眨眼。我发现在这段对谈过程中，他好像根本没眨过眼。他那双深色眼珠子似乎跟我们周遭那些枯干老人一样呆滞，了无生气。等他终于开口说话时，嗓音十分低沉，仿佛内心很纠结。

"如果两位之中任何一位撰写或发表任何有关这个地下世界的文字，那可就很令人遗憾了。你们也看得出来这地方多么脆弱……多么容易找到。"

我想到黑彻利费了多大劲用他那厚实的肩膀顶开隐藏在上面入口的石棺基座；想到铁栅里通往看不见的入口那条几乎被红色尘土掩埋的路径；想到往下通到这层空间的那道狭窄又阴森的阶梯；以及我们找到这家烟馆之前那迷宫似的通道……总的来说，有关这地方是不是容易找到，我觉得我不太能认同拉萨里的见解。

然而，狄更斯似乎能认同。他点点头，说："我来这里是为了找祖德，不是为了找写作素材。"他转头看我，"柯林斯先生，你的想法跟我一样，对不对？"

我勉强"嗯"了一声，这个鸦片活死人之王爱怎么想都随他。我是个小说家，我生命中一切的人事物都是素材。此时跟我一起站在烛光中的这个作家把这点发挥得比我们同代或其他时代的任何作家都更淋漓尽致，他凭什么代替我发言，凭什么说我永远不会把这么特别的地方诉诸文字？就算只是代表他自己，他又怎么够资格说这种话……毕竟他把自己的父亲、母亲、可悲的妻子、故友和旧情人都变成了他小说人物转轮里微不足道的谷粒。

拉萨里王的头和头上的丝质无边帽垂得极低："狄更斯先生，或是你，柯林斯先生，万一你们在这里或进一步探索地底城的时候受到任何伤害，那就太不幸了。"

"我们也这么觉得！"狄更斯的口气好像有点儿太开心了。

"可是再往前就没人能保证你们的安全了，"拉萨里接着说，"你们决定继续往前走之前，一定得明白这一点。"

"我们不要求保证，"狄更斯说，"只希望你能告诉我们该怎么走，该往哪里去。"

"你没听懂我的意思，"拉萨里王说，他的声音首度显得严厉，同时带一点亚洲口音，"万一你们之中任何一位出了事，另一位就不能活着回到上面去撰写、诉说或做证。"

狄更斯又看了我一眼，然后他回头对拉萨里说："我们明白。"

"不尽然。"拉萨里说，"万一你们两位出事——现在你们已经知道你们只要有一个人出事，另一个也不能幸免——你们的尸体便会出现在别的地方。说明白点，就是在泰晤士河。包括黑彻利探员，他也明白这点。你们继续往前走之前，一定得弄清楚这一点。"

狄更斯看看我，却没有提问。坦白说，当时我比较希望我们两个能退到一旁密商，顺便表决一下。坦白说，当时我宁可我们直接祝这位中国鸦片王有个愉快夜晚，全面撤退，离开这个地下埋尸所，回到夜晚的清新空气里，即使那清新空气里夹带着狄更斯所谓的圣阴森恐怖教堂尸满为患的墓园的熏天恶臭。

"我们明白。"狄更斯正在用无比真诚的语气对拉萨里说，"我们同意你的条件。我们还是想继续前进，去地底城找祖德先生。拉萨里王，下一步我们该怎么走呢？"

狄更斯没有事先跟我讨论或征询我的意见，就擅自决定我的生死大事，我实在太震撼，以至于拉萨里的声音听在我耳里好像来自远处，模糊不清。

他说了几句法语，或者背诵了诗句。

"很好。"狄更斯说。我却因为他如此漫不经心地代我发言，并拿我和他自己的性命去豪赌，仍然惊魂未定，根本一句都没听懂。

"那么我们该如何又该在何处找到这个永恒的混乱与规律？"狄更斯又问。

"请了解，即使永恒的混乱也存在着像韦尔斯大教堂那样的完美规律。找到半圆形壁龛和圣坛，从简陋隔屏后方往下走。"拉萨里王说。

"好。"狄更斯边答边点头，仿佛他完全听懂了似的，他甚至瞄了我一眼，像是要我做笔记。

拉萨里开始念诵：


何须夸谈地府、冥河，以及痛泣之河、焰火之川。
此河集其大成：
唯彼方幽微隐晦、略可辨识之。
污秽、臭气与嘈杂，在此混淆不清。
彼方之舟未设风帆，吾舟亦然；
此河两名看守人，惊悚更胜冥河摆渡者。
在此间呱呱啼叫的是鹳鸟，而非青蛙；
冥府只有一只看门狗，此处猛犬遍布河岸；
此地无需复仇三女神，恶婆娘以一抵十；
至于鬼魂、妇人与男子的号叫声，

都夹带瘟疫烂疮与自身罪恶，

饱受良心鞭笞，注定恐惧而亡。


当时我的目光试图捕捉狄更斯的视线，想用恶狠狠的眼色告诉他我们该走了，老早该走了。想告诉他我们这位鸦片王精神失常，而我们跑到这地底下来，基本上也是疯狂行为。但狄更斯——他那双该死的眼睛！——点头如捣蒜，仿佛这一切都合理至极，还说："太好了，太好了。我们还有什么需要特别注意的吗？"

"只要别忘了付钱给看门人。"拉萨里王轻声说。

"当然，当然。"狄更斯一副对自己和拉萨里十分满意的模样，"那么我们就出发了。啊……我猜我们刚刚走进来的那条走道和你的……呃……这间店就是……嗯……所谓恒久混乱的规律的一部分吧？"

拉萨里笑开了。我看见尖锐的小牙齿闪耀着。那牙齿像是用锉刀磨尖的。"当然。"拉萨里柔声说，"不妨把走道当成中殿的走道，而我的店就是回廊中间的空地。"

"真是太感谢你了。"狄更斯说，"来吧，威尔基。"他转身准备走出这个挤满木乃伊的鸦片馆。

"还有最后一件事。"拉萨里说。我们正要穿过入口，回到同样躺满干尸的主要走道。

狄更斯停住脚步，倾身靠在手杖上。

"提防那些男孩，"拉萨里说，"有些会吃人肉。"


我们重新回到我们走来的那条廊道，继续往回走。提灯的光线似乎比早先更暗淡了。

"我们要回去了吗？"我满怀希望地问道。

"回去？当然还没。你也听见拉萨里王的话了。我们已经很接近真正的地底城入口了。如果运气好一点儿，我们可以跟祖德见上一面，然后赶在太阳升上圣阴森恐怖教堂以前赶回去，还有时间带黑彻利探员去吃个早餐。"

"我只听见那个猥琐的东方人说，如果我们继续这趟不理性的探险，我们的尸体，还有黑彻利的，就会浮在泰晤士河上。"我说。我的声音从周遭石壁弹回来，音调有点儿不稳。

狄更斯轻声笑着。我觉得我就是从那时候开始憎恨他的。

"胡扯，威尔基，胡扯。你应该能理解他的立场。亲爱的威尔基，我们毕竟是有点儿名气的公众人物，万一我们在这底下发生什么事，肯定会为他们的小小殿堂招来毁灭性的关注。"

"所以他们才要把我们全都丢进泰晤士河。"我喃喃说道，"那些法文说的是什么？"

"你没听明白吗？"说着，狄更斯继续在走道上往回走，"我以为你懂一点儿法文。"

"我没注意听。"我气呼呼地说。我很想补一句，而且过去五年来我并没有偷偷横渡海峡到孔代特小村庄去见某个女演员，当然没什么机会练习说法语。但我忍下来了。

"那是一首小诗。"狄更斯说。他在黑暗中停下脚步，清清喉咙，诵念道：

> 我生性重视规律。
>
> 但我不喜欢这里的规律，

因为它描绘永恒的混乱。

当上帝将你放逐此地，

他始终未曾重建秩序。


我看了看左右两侧那些以砖墙封闭的古老墓槽。那首诗几乎有点儿意义，可惜还差那么一点儿。

"这首诗加上他提到的韦尔斯，就一清二楚了。"狄更斯又说。

"什么韦尔斯？"我没头没脑地问。

"当然是韦尔斯大教堂。"说着，狄更斯举起提灯，继续往前走，"你应该到过那个地方。"

"呃，没错。可是……"

"这些底层的墓室显然是以大教堂的结构排列的，正确来说就是韦尔斯大教堂。外表看上去没有规则，事实上却有法有度，有中殿、小礼拜堂、南北袖廊、圣坛和半圆形壁龛等。比如拉萨里王好心地跟我们说明，他的鸦片馆就是回廊空地。我们从上面下来那个入口就是西侧的塔楼。所以说，我们刚回到的是中殿的南侧走道，然后右转朝南侧袖廊前进。你有没有发现这条走道比通往回廊那条宽敞些？"

我点点头，可是狄更斯继续往前走，没有回头看。我又说："我听他提到圣坛和什么粗陋隔屏。"

"嗯，没错。不过亲爱的威尔基，他指的是十字隔屏，你可能把rood（十字架）听成rude（简陋）了。你肯定知道半圆形壁龛是一片半圆形凹壁，就在高坛靠近圣坛那端。我可以说是在罗切斯特大教堂（希望哪天有机会描写那座大教堂）阴影下成长的，当然也会知道。总之，就在高耸的圣坛侧边有一道圣坛屏可以遮挡住一般人的视线，免得被里面活动的圣职人员看见。而圣坛的另一边，也就是靠近袖廊那边的隔屏就称为十字屏。有趣的是，rood这个字跟祖德Drood巧妙地押韵。"

"挺有意思。"我平淡地应了一声，"还有那些什么地府、冥河、比冥河摆渡者更惊悚的看守人之类的鬼话，什么呱呱叫的是鹨鸟而非青蛙？"

"你没听出来吗？"狄更斯叫道。他惊讶地停住脚步，把提灯照向我，"那是我国的本·琼森和他的诗《在那闻名的航程中》，大约写于公元1610年，如果我没记错的话。"

"你很少记错。"我喃喃应道。

"谢谢夸奖。"狄更斯完全没听出我的嘲讽。

"可是这些痛泣之河、焰火之河、污秽、臭气、嘈杂、冥河摆渡者和看门犬什么的又跟祖德有什么关系？"

"亲爱的威尔基，这些诗句说明我们之中某个人或两个人将要乘船渡河。"提灯照出渐渐变窄的走道——也就是"中殿"——和前方许多出入口。是袖廊或半圆形壁龛吗？是圣坛屏或十字屏？或者是躺在木架上的亚洲木乃伊？或只是更多填满枯骨的脏臭地窖？

"搭船渡河？"我傻傻地复诵。当时我想要喝一口鸦片酊，我多么希望自己正在家里享用它。

所谓的"半圆形壁龛"是墓室里一个圆形区域，就在一片离地约五米的石头圆顶底下。我们从侧面走进去，假使这里的构造确实跟大教堂一样，那我们就是从唱诗班走道进去的。那个"圣坛"是一块巨大的棺木基座，很像黑彻利在上面很远的地方移动的那一块。

"如果我们必须移动那玩意儿，"我指着那块基座，"那么我们的旅程就到此为止了。"

狄更斯点点头。他只应了一声"不需要"。我们左手边有一块破烂布帘，或者曾经是一块绣帷，只是上面的图案在地底度过暗无天日的几世纪，已经褪成黑色与褐色。布帘将圆顶下方的半圆形壁龛与圣坛基座稍作区隔。另一块色泽更浅、更为破烂的布帘挂在这个简陋牧师席右侧的石壁上。

"十字隔屏。"狄更斯举起手杖指着第二块布帘，接着，用手杖掀起那块破布，露出墙壁里的狭窄缝隙。

这道阶梯是我们到目前为止走过最陡最窄的一段。台阶是木结构，梯井看来是从土壤与岩石间凿挖出来的，两侧和天花板都有粗糙的木桩支撑。

"你觉得这道阶梯年代会不会比那些墓室久远？"我们小心翼翼走下陡峻又迂回的楼梯时，我悄声问前面的狄更斯，"基督教早期？或罗马时期？或某种撒克逊德鲁伊教派的通道？"

"不太可能。威尔基，我觉得这是很近期的工程。应该没几年。你看这些台阶是铁道枕木铺的，上面还看得到沥青。我猜不论是谁开凿这条地道，都是从底下往上开凿了到上面的墓室。"

"往上？"我重复一次，"从哪里往上？"

一秒后恶臭铺天盖地袭来，我觉得自己简直像摔进了乡间茅坑，却也解答了刚刚的问题。我伸手去掏手帕，却再一次想到，早在好几个阴暗小时之前，狄更斯已经拿走我的手帕，转做其他用途。

几分钟后我们抵达污水下水道。这条低矮的拱顶下水道宽度只有二到二点五米，高度不到两米，沟底都是汩汩冒泡的浓稠泥浆，而非流动液体，墙壁与拱顶天花板则是砖造。那股臭味呛得我泪水直流，我必须频频揩拭，才能看清狄更斯牛眼提灯的圆锥光束照见的事物。

我看见狄更斯用另一条丝质手帕掩住口鼻。他竟然带了两条手帕！他明明自己有两条可用，却非得征收我的去盖那些婴尸，而且我敢肯定他早知道我还需要用到手帕。我的怒气升高了。

"我不往前走了。"我告诉他。

狄更斯转头看我，一双大眼睛写满困惑："天哪，威尔基，这是为什么？我们都已经走到这里了。"

"我绝不要踩那些烂泥。"我气呼呼地指着下水道里又深又臭的污水。

"哦，没那个必要。"狄更斯说，"你有没有看见两边的红砖步道？比那些烂东西还高出十几厘米。"

我们作家通常把被出版商退回的手稿或大样称为"烂东西"，我不知道狄更斯是不是在讲冷笑话。

不过他说得没错，下水道两侧的确有"步道"，它们随着狭窄的下水道弯向两侧，消失在视线里。不过这实在称不上什么步道，我们这边这条恐怕不到三十厘米宽。

我摇摇头，半信半疑。

狄更斯用手帕牢牢掩住下半张脸，手杖塞在腋下，腾出一只手掏出口袋里的折叠小刀，迅速在阶梯出口那摇摇欲坠的砖块上划了三条平行刻痕。

"那是做什么？"我话一出口就已经猜到答案。也许污水冒出的臭气减损了我的高阶推理能力。

"方便找路回家。"说着，他收折刀刃，把刀拿在灯光中，闲扯道，"我去美国期间曼彻斯特的东道主送我的，这么多年来一直很好用。走吧，时间不早了。"

"你怎么知道我们应该走这边？"我问。我尾随他靠右走在狭窄砖道上，始终低着头，以免头上的大礼帽被低矮拱顶撞进污泥里。

"我猜的。"狄更斯答。几分钟后下水道分成三条支线，幸好这里的坑道不宽，狄更斯用手杖保持平衡，一跃而过。他在中央坑道的角落刻了三条线，再挪出空间让我跳过去。

"为什么选这条？"我问，此时我们已经前进二三十米。

"这条好像比较宽。"狄更斯答。我们又来到另一个坑道分叉处，他选了右边那条，也在砖壁上刻下三条线。

进入这条较小坑道大约一百米后，他停下来。我看见对面的墙壁上——那边没有步道——有个竖在铁锹上的金属制烛光反射片。铁锹握柄陷在污泥里，反射片底下有个圆形的木框铁丝滤网贴墙而立。反射片里还留有大约半厘米高的蜡烛。

"那是什么东西？"我悄声问，"做什么用的？"

"某个下水道拾荒者的物品。"狄更斯用闲聊的口气回答，"你还没读梅休那本书吗？"

我还没读。我望着那个明显用来过滤物品的肮脏圆盘，问道："他们究竟想在这些烂泥里筛出什么东西？"

"一些我们或早或晚都会掉进污水道的东西，"狄更斯说，"比如戒指、钱币。对于那些一无所有的人，即使一根骨头都有它的价值。"他用手杖戳戳那个铁锹和圆形筛网。"理察·比尔德在梅休的《伦敦劳工与伦敦贫民》里画过这样的装置。"他说，"亲爱的威尔基，你真该读读那本书。"

"等我们离开这里我就读。"我低声说。但我并不打算履行这个承诺。

我们继续往前走。有时拱形天花板压得太低，我们几乎是蹲伏着快步前行。我一度担心黑彻利的牛眼提灯燃料耗尽，顿时心慌意乱，然后我又想起左边口袋里还有肥肥一截墓室蜡烛。

"这会不会是巴泽尔杰特新建的下水道系统？"一段时间后我问狄更斯。我们这一路走来唯一的好消息是：那难闻的恶臭已经麻痹了我的嗅觉。但我又想到事后我必须烧掉这身衣裳，这实在很不幸，因为我特别中意身上的外套和背心。

早先我应该提到过，工程局总工程师约瑟夫·巴泽尔杰特建议建造一套复杂的全新下水道系统，并沿着河岸泥滩筑起堤坝，避免污水排入泰晤士河。1858年的伦敦大恶臭催生了这项公共工程，因为当时下议院的议员们被恶臭逼得逃出城去，连议案审查都被迫中断，政府这才决心治理污水问题。克罗斯内斯的排污管道主线前一年才启用，可是长达数十公里的污水道主线与支线工程还在全城与地底下如火如荼进行。河岸堤坝预计五年后完成。

"新的？"狄更斯说，"我不这么认为。威尔基，伦敦的下水道工程从古代至今已经进行过几百次了。有些甚至可以追溯到罗马时代。很多坑道连工程局都不记得了。"

"下水道拾荒者却记得。"我说。

"没错。"

我们突然来到一处更高、更宽、更干燥的空间。狄更斯停住脚步，拿着提灯照向四周。这里的墙壁都是岩石，砖砌的拱顶天花板有许多柱子支撑。这个圆形区域比较干燥的边缘地带铺着五花八门的睡垫，有些是粗绳编制，也有昂贵的羊毛。厚重的灯具用铁链吊起，天花板被烟熏得乌黑。这个空间正中央有个岛状区域，其中最高点架着一口方形铸铁炉。我还看见某种像烟囱的东西，但它并没有从上面的岩石天花板穿出去，而是向下延伸到从这个地方辐射往外的四条下水道之一。架在箱子上的粗糙木板权充餐桌。我看到那些箱子里摆着碗盘和肮脏餐具，旁边还有些小箱子，里面想必存放了食物。

"太神奇了。"狄更斯惊呼一声。他转头望着我，眼神发亮，喜形于色。"威尔基，你知道这让我想起什么吗？"

"野孩子！"我叫道，"狄更斯，没想到连你也看了最新的几章！"

"那是当然。"这位当代最知名的作家笑道，"威尔基，我认识的文坛人士个个都在读！可是谁都不敢承认，因为怕被人批评或取笑。"

他指的是《伦敦野男孩，又称黑夜之子——当代故事》，那是一系列惊悚小说，目前以大样模式流传，很快就会正式出版供大众购买，前提是书本没有被主管当局以情节变态为由查禁。

说实在话，我倒觉得那些故事还谈不上变态，作者只是以浮夸辞藻描述一群男孩有如悲惨动物般生活在伦敦地底的下水道里。只不过，我却也记得有一幅特别耸动、让人起鸡皮疙瘩的插图，描写几个男孩子探索下水道时找到一具几近全裸的女尸。另一幕（幸好没有插图）则是有个新加入野孩子族群的男孩看见一具被成群老鼠啃咬的男尸。嗯，看来内容确实有点儿变态。

谁能想到，这些以冷漠语调铺陈的幻想故事描绘的竟是真实情景。

狄更斯笑了，那笑声的回音传入周遭的漆黑坑道。他说："威尔基，这个地方跟我最喜欢的伦敦俱乐部没什么两样。"

"除了拉萨里王提醒过我们，这里的用餐客有些会吃人肉。"我说。

仿佛在回应我们的俏皮话，某个坑道口传来老鼠的尖叫与奔跑声。听不出声音来自哪条坑道，也许来自所有坑道。

"我们可以回去了吗？"我问，口气或许有点儿哀怨，"反正我们已经找到地底城秘密的核心。"

狄更斯用锐利的眼神看我："哦，我一点儿都不认为这里是地底城秘密的核心，甚至连边边角角都算不上。来吧，这条坑道看起来最宽。"

经过十五分钟，转了五个弯，在墙上刻下五次刀痕之后，我们来到一个地方，野男孩的住处跟这里一比，几乎变成小小墓槽。

相较于我们走过的那些低矮鄙陋的下水道，这条坑道简直是康庄大道：将近八米宽，五米高，中央有一条快速流动的河——尽管只是勉强称得上水的浓稠液体——而不是我们经过的那些冒着气泡的恶臭烂泥。此时我们眼前的墙壁、红砖道与高耸拱顶都是以崭新砖块砌成的。

"这一定是巴泽尔杰特的新建工程。"狄更斯说。他的声音带点赞叹，牛眼提灯渐弱的光线在宽敞的大道与天花板之间来回跃动，"只是可能还没正式启用。"

我只能摇摇头，觉得疲困又诧异："狄更斯，现在该往哪里走？"

"前面应该没路了，"他轻声说道，"除非我们游泳。"

我眨巴着眼睛，却马上明白他的意思。这里的红砖步道颇为宽敞，至少一点五米，跟全新的人行道一样光洁干净，但从我们的坑道口往左右两边各只延伸大约五米。

"所以我们要往回走了吗？"我问。想到又要钻进那些窄小管道，我就头皮发麻。

狄更斯把灯照向我们左边大约两米处的一根柱子。那是根木柱，上面挂了个小小船钟。"应该不必。"他答。我还来不及反对，他已经摇了船钟四次。急躁的钟声在湍急河水上方的红砖大道上回荡着。

狄更斯在我们站着的这个古怪砖造码头末端找到一根闲置长竿，他把竿子插进水里。"至少两米深，"他说，"也许更深。威尔基，你知不知道法国人正在规划下水道观光行程？他们的下水道会用聚光灯照明，女性乘船，男性徒步走一段路。他们的平底船会以一种类似脚踏车的装置推进，船上有探照灯，岸上也有下水道工人手提探照灯，照亮沿途任何值得观赏的景物。"

"不，"我冷冷地说，"我没听说过。"

"据说巴黎的上流社会有人在安排猎鼠旅程。"

我受够了。我转身朝我们出来的那条坑道走去。"来吧，狄更斯。天快亮了，如果黑彻利探员跑到雷曼街警局报案说我们失踪了，伦敦半数的警探都会跑下来搜寻当代最有名的作家。拉萨里王和他那些朋友恐怕不会太开心。"

狄更斯还没来得及回答，周边就传来呼呼风声，好几团包围着惨白老鼠面孔的布块从坑道里喷发出来。

我急忙掏出手枪。一时之间我深信我们遭到饥渴的巨鼠突袭。

狄更斯挺身挡在我和那些来势汹汹、佯作攻击的形体之间。

"威尔基，他们是小男生！"他叫嚷着，"都是小男生！"

"吃人肉的小男生！"我大声回答，同时举起手枪。

其中一张在提灯照耀下露出小眼睛、长鼻子和一口尖牙的苍白面容，仿佛在印证我的话，猛地扑向狄更斯，冷不防张口一咬，仿佛企图咬掉狄更斯的鼻子。

狄更斯用手杖挥开那孩子的脸，又伸手去抓，却只抓到一块破布。那赤裸的男孩跟他两三个同伴一起消失，快步奔进他们——以及他们之前的我们——冒出来的那条阴暗坑道。

"我的老天！"我倒抽一口气，沉重的手枪仍然高高举起。我听见背后水面上传来声响，慢慢转过身去，手枪依然举着。

"我的老天！"我又惊呼一声。

一艘造型有别于我所见过的任何船只的狭长小舟缓缓划到我们的红砖码头。船头有个高个子抓着一根长竿，船尾有另一个人握着船桨。除了高高昂起的船头和船尾、船夫与船身前后悬挂的灯具，这艘船跟意大利的平底船相似度并不高。

那两个男性看起来还没成年，脸色异常苍白。还没长成大人，看上去却也都不是小孩子。他们身材细瘦，都穿着紧身衣和短袖束腰外衣，几乎像是制服。他们的双手以及不合身的衣饰底下露出的胸膛与上腹跟他们的脸庞一样惨白。最古怪的是，在这宽敞下水道的昏暗光线下，两个大男孩脸上的半截面具上都戴着方形雾面眼镜，仿佛刚离开午夜的化装舞会，一头闯进刺眼的阳光下。

"威尔基，看样子我们的交通工具到了。"狄更斯轻声说。

狄更斯已经准备登船。我走到他身边，边走边回头张望漆黑的坑道口，只觉得那些野男孩随时都可能再度冲出来。狄更斯拿出两枚金币交给船头那个沉默身影，再付给船尾那个拿桨的人等额的钱。那两个人摇摇头，各自退还给狄更斯一枚金币。他们指指我，再次摇头。

显然我没有受邀。

"我朋友必须跟我一起去，"狄更斯对那两个默不作声的人说，"我不会丢下他。"他掏出更多金币。船头和船尾那两个阴暗身影同步摇头。

"你们是祖德先生派来的吗？"狄更斯问。之后他用法语再问一次。那两个人没有任何回应。最后船尾那个再次指向狄更斯，示意他上船；船头那个则指向我，再指着我站立的红砖步道，要我留在原地。我觉得他们把我当小狗一样指挥。

"真是见鬼了，"我大声说，"狄更斯，跟我回去，马上！"

狄更斯看看我，看看我背后的坑道——此时重新传出奔走声——再看看那艘船，又伸长脖子看看那条地底河流的上下游。"威尔基……"他终于开口，"好不容易走到这一步……也知道了这么多东西……我实在……没办法……空手而回。"

我只能干瞪眼。"改天再来，"我说，"现在我们该走了。"

他摇摇头，把提灯递给我："你有手枪……黑彻利说有几发子弹？"

"九发。"我答。我内心涌起一股无法置信的荒谬感，就像乘船走在惊涛骇浪中的人胃里涌起的酸液。他竟然打算丢下我。

"九发子弹加外提灯。回去的路上沿途都划了三道刻痕。"

狄更斯说。我听出他话语夹带着传说中的大舌头。我在想，也许他只有在背叛朋友的时候才会出现这个问题。

"万一那些吃人肉的男孩不止九个呢？"我轻声问道。我没想到自己的声音竟是如此理性，只是，那声音在这个砖造结构的开阔空间里稍有扭曲。"或成群结队的老鼠等你离开以后出来觅食？"

"那个男孩不吃人肉，"狄更斯说，"只是一个穿着过于宽松的破衣裳的迷途男孩。可是万一真是那样……威尔基，你就开枪打其中一个，其他人就会四散逃逸。"

当时我笑了，看来我别无选择。

狄更斯踏上那艘小船，又请桨手再等一下，借船尾的灯光看看他的表。"我们还有九十分钟，之后就得赶在天亮前回到黑彻利那里。"他说，"威尔基，在这个干净码头等我。把蜡烛点亮，这样光线会更充足。在这里等我，我会要求祖德先生在一小时内结束谈话。我们一起回到阳光下。"

我开口想说点什么，或笑一笑，却发不出半点儿声音。我发现自己还握着那把巨大笨重的白痴手枪……而且朝向狄更斯和那两个船夫。我不需要用到葡萄弹枪管，就能让他们三个人的尸体落入汹涌的伦敦污水中。我只要扣三次扳机，之后我还有六发子弹可以对付那些野男孩。

狄更斯像是读懂我的心思，对我说："威尔基，如果可以的话，我很想带你一起去。可是看样子祖德先生想单独跟我见面。如果我回来的时候——我保证不超过九十分钟——你还在这里，我们就一起出去。"

我放下手枪。"如果我在你回来之前离开，假设你回得来，"我沙哑地说，"你没有提灯，一定很难找到路回到地面上。"

狄更斯沉默以对。

我点燃蜡烛，在蜡烛与提灯之间坐下，面对坑道出口，背对狄更斯。我把拉了保险的手枪放在腿上。平底船驶离我的小小码头时，我没有回头。船桨和船头的长竿几乎没有发出声音，船只的声响很快就被奔流的地下河给淹没。直到今天，我仍然不知道狄更斯被载往上游还是下游。

# 第七章

　　1865年夏季剩余的日子依旧暑气逼人。到了9月初，那种异常闷热兼之暴雨连连的天气渐渐远离，伦敦重新见到晴朗的天空、和畅的白昼与凉爽的夜晚。

　　接下来那两个月里我几乎没见到狄更斯。他的孩子们放暑假期间也办了自己的一份小报，叫"盖德山庄公报"。8月的时候我弟弟查理给我送来了一沓。里面刊登了描述野餐、罗切斯特郊游与板球游戏的文章，也有来自狄更斯长子奥弗列德的消息，他于5月赴澳洲开农场养绵羊。至于有关狄更斯的动向，除了报道他主导野餐会、罗切斯特郊游与板球比赛，也透露他将大多数时间都投注在《我们共同的朋友》的创作上。

　　我从我和狄更斯的共同友人波希·费杰拉德口中得知，狄更斯邀集了一大群朋友和家人到布尔沃·利顿在涅伯渥斯的庄园，共同庆祝文学与艺术协会为生活陷困的艺术家与作家设立的第一批收容中心的启用。这次聚会由狄更斯主办，而且根据波希所说，狄更斯"好像又跟以前一样开心"。狄更斯发表了一篇铿锵有力又激励人心的演说，私底下跟人聊天时还把他那位过胖的朋友约翰·福斯特比作莎士比亚剧作《第十二夜》里的抑郁管家马孚利欧。当时在座有几位作家，所以他很清楚这些话会传到福斯特耳中。狄更斯还带了一大群人到附近一家名为"我们共同的朋友"的酒馆小酌，甚至在户外跟大家共舞，之后才带领众人返回伦敦。

我没有受邀。

我也是从我弟弟口中得知狄更斯仍然受火车事故后遗症所苦，所以他尽可能搭慢车，因为过快的车速会害他颤抖，有时甚至连马车也一样。我弟弟还告诉我，狄更斯在9月第一周写成了《我们共同的朋友》，还附了一篇后记——这是狄更斯第一次为自己的小说撰写后记——阐述他在这本书里采用的特殊叙述手法，并且简略提及他在斯泰普尔赫斯特事故中的经历，当然完全没有提到特南母女和祖德，最后以几句有点儿令人不安的语句总结："我满怀感恩地想到，在我的生命写下我今天用来终结这本书的三个字之前，我只怕不会再有那种几乎与我的读者永别的经历。那三个字是：全文完。"

亲爱的读者，那是狄更斯生命中最后一次在完成的小说末端写下"全文完"这三个字，只是，生活在未来的你心情想必不会有所起伏。


那是9月初某个晴朗舒适的日子，我在书房里写作，卡罗琳进来找我，递给我一张名片，名片的主人正在楼梯口等着。名片内容如下：


查尔斯·费德列克·菲尔德探长

私人侦探社


144

卡罗琳想必从我的表情看出我的反应，因为她说："有什么问题吗？要不要叫他走？"

"不，不必……请他进来。亲爱的，你带他进来以后出去时记得关上门。"

一分钟以后菲尔德已经进了书房。他微微欠身，用力握我的手，我还没开口他就滔滔不绝了。他说话的时候，我想起以前狄更斯在《家常话》里写过的一段描写菲尔德探长的文字："……肥胖的中年男人，一双湿润的大眼睛仿佛无所不知，沙哑的嗓音，习惯用肥胖的食指加强语气，那根食指总是竖在眼睛或鼻子前。"

如今菲尔德已经迈入老年，我发现他应该有六十岁了。过去那一头狮鬃似的深色鬈发，如今也只剩下稀疏几绺花白头发。可是沙哑的嗓音、无所不知的眼神与肥胖的食指活灵活现一如往昔。

"柯林斯先生，柯林斯先生，再次见到您真是太高兴了。先生，真高兴看到您事业成功、顺心如意。多么雅致的书房呀，先生。这么多书。那边那根象牙旁边那本一定就是您的大作《白衣女人》。啊，果然没错。我听说这本书非常精彩，可惜我还没空细读，不过内人读过了。先生，您应该记得我……"

"当然，你曾经陪我和狄更斯先生……"

"探索我们美丽伦敦城的黑暗区域。没错，柯林斯先生，没错。也许您还记得您第一次跟狄更斯先生见面时我也在场。"

"这我倒是不太确定……"

"不，不，先生。您不可能知道我在场。先生，那是1815

年的事了。当时狄更斯雇用我——算是私人保镖——确保他在德文郡公爵的慈善义演活动上演出利顿爵爷的剧作《我们没那么糟》的过程中安全无虞。先生，当时你是前景看好的演员，狄更斯先生听从奥古斯塔斯·埃格先生的建议，邀请您演出剧中的史玛特。'是个小角色，'我记得狄更斯先生在第一次彩排时对您说，'戏份不多却很有深度！'您也是，柯林斯先生，您也是，非常有深度。我也算看过几场戏的人，先生。"

"哦，谢谢你，探长。我……"

"是……我可以坐下吗？非常感谢您。柯林斯先生，您桌上这颗蛋形石真好看。是玛瑙吗？嗯，我看没错，美极了。"

"谢谢你，探长。你今天来有何贵……"

"柯林斯先生，我相信您还记得德文郡公爵提供德文郡大厦作为利顿爵爷那出戏第一场演出场地的事。我记得那是为了替文学与艺术协会筹措经费。当时利顿爵士是协会主席，狄更斯先生是副主席。您应该记得我，以及我几位千挑万选的同事，受雇以我们所谓的'便衣'身份在场维安，因为利顿爵士的分居妻子放话要破坏这场演出。我还记得她的名字叫罗辛娜，我看过她写给利顿爵士的第一张字条，说她要假扮柳橙小贩混进去往舞台上砸柳橙。"菲尔德探长呵呵笑，我勉强陪笑几声。

"在另外一张字条里，"他接着说，"她说要拿臭鸡蛋扔女王。女王不顾她的威胁照样出席。我相信您记得这些事，先生，毕竟您有作家的超强记忆力。首演那天晚上女王陛下跟阿尔伯特亲王一起出席，观赏了您跟狄更斯先生的第一次同台演出。那是1851年5月16日，感觉好像才上星期的事，您说是吗？柯林斯先生，那天您也有自己的贵宾，我记得是令弟查理和令堂……我记得她的芳名是哈丽叶。柯林斯先生，我诚心祝福她身体安康，真的。我还记得她来伦敦时暂住您弟弟和他妻子凯蒂家，他妻子也就是狄更斯先生的次女。我记得是在克莱伦斯街。环境很清幽。您母亲是个很和蔼的女士。哦，我好像记得十五年前那次御前演出您还邀请了别的宾客，爱德华和汉莉雅塔·沃德夫妇……雪茄吗？谢谢您，先生。来一根也无妨。"

递上一根好雪茄才总算截断他滔滔不绝的话语，接下来我们静静地裁剪雪茄头，点燃，吞云吐雾地品尝整整一分钟。我赶在他重新开口之前说道："菲尔德探长，你的记性为你的职业和你个人增添了光彩。但我还是要请问一声，你今天来有何贵干？"

他用左手拿开嘴上的雪茄，方便右手那根肥嘟嘟的食指去碰碰鼻翼，像要擤出鼻孔里的异物似的，之后又敲敲嘴唇，仿佛那根手指也在帮他组织接下来的语句。"柯林斯先生，您应该知道，如今跟在我姓氏后面这个'探长'职称纯粹只是名誉头衔，因为我已经离开苏格兰场的侦缉局。更精确地说，从我确保《我们没那么糟》演出顺利的来年就离开了。"

"嗯，我相信你的荣誉头衔实至名归，所有认识你的人都应该也会继续沿用。"我没有多此一举地提醒他"探长"这个职称根本就清楚明白地印在他的名片上。

"谢谢您，柯林斯先生。"说着，红光满面的菲尔德吐出一大圈烟雾。此时我书房门紧闭，窗子只开了一道缝隙，因为我平时工作的时候不喜欢街上的噪声干扰，小小的室内空间很快青烟弥漫。

"探长，有话直说吧，"我说，"今天来有何贵干？你想写回忆录吗？或者你容量惊人又巨细靡遗的记忆宝库里出现了某一道裂缝，需要我帮忙填补？"

"回忆录？"菲尔德探长呵呵笑，"这个点子有意思……可惜不是，先生。已经有其他人，比如您的好友狄更斯先生描写过我的……嗯，'英勇事迹'这个词应该不会太显摆，是吧？……描写过我的英勇事迹。我猜未来还有更多人会撰写。至于回忆录，我暂时没有这个计划。"

"那么有什么我能为你效劳的，探长？"

菲尔德将雪茄紧紧咬在齿间，上身前倾，手肘搁在我书桌上。他的肥胖食指先指指上面，又指指下面，再戳戳桌面，最后指向我。"柯林斯先生，我无意间得知，但可惜我知道得太晚，您跟狄更斯先生曾经深入猛虎湾和地底城去找某个姓祖德的人。"

"你是在哪里听说的呢，探长？"我的声音很冷淡。这位前苏格兰场探员太好管闲事，已经引起我的反感。

"哦，当然是希比·黑彻利。他是我属下。黑彻利目前是我侦探社的一员，狄更斯先生没跟您说过吗？"

我记得狄更斯说过菲尔德探长已经离开警界，没办法陪同我们出去探险，还说菲尔德举荐了黑彻利，但当时我没仔细听。

"没有，"我说，"应该没提过。"

菲尔德点点头。他的另一只手拿开嘴上的雪茄时，那根食指仿佛有了自我意志，移到他的鹰钩鼻子侧翼。"嗯，先生。黑彻利是个好人，可惜少了点儿想象力，毕竟优秀的探长或探员都需要丰富的想象力。不过他人很好，很可靠。当时狄更斯先生找上我，说他要再找个人陪他去……呃……城里那些复杂的地方，我以为他又想去逛逛贫民窟，就像我陪他跟您或那些美国游客去的时候一样。我刚巧为了侦探社的业务离开伦敦一段时间,最近回来才听说狄更斯先生要追捕的目标是祖德。"

"我觉得那称不上什么追捕。"我说。

"那么是搜寻,"说着,菲尔德探长吐出一口青烟,"打听,或调查。"

"狄更斯先生的行动跟你有什么关系吗?"我问。我的口气并不尖锐,却有意提醒这位卸任警探谨守分寸,别想干涉绅士们的兴趣与行动。

"哦,是啊,先生。确实有关系。"说着,菲尔德探长往后靠向椅背,椅子发出咿呀声。他端详手上还在燃烧的雪茄,微微蹙额。"柯林斯先生,这个祖德的任何事都跟我有关,我都想知道。所有的一切。"

"这是为什么呢,探长?"

他俯身向前:"柯林斯先生,祖德,或者该说那个自称祖德的怪物,是从我任内开始肆虐,确确实实就在我眼皮子底下撒野的。当时我才刚升上苏格兰场侦缉局局长,从薛克尔探长手上接下的棒子。大约是1846年的事,当时祖德开始掀起腥风血雨。"

"腥风血雨?"我说,"印象中我并没有在报纸上看到什么腥风血雨。"

"哦,很多发生在您跟狄更斯先生7月去探索的那些黑暗区域的恐怖事件都不会出现在报端。柯林斯先生,这点您不必怀疑。"

"这我相信,探长。"我轻声说道。雪茄几乎已经燃尽,等雪茄抽完,我就会说我急于写作,对这个退休老警探下逐客令。

他再次倾身向前,这回那根活跃的食指指向我:"柯林斯先生，我需要知道那天晚上您跟狄更斯先生查到了些什么。我要知道所有的事。"

"探长，我看不出来那些事跟你有什么关系。"

菲尔德露出笑容，嘴角咧得够开，以至于他老迈脸庞上复杂的纹路、皱褶和平坦区域全都重新组合。那个笑容并不热络。"确实与我有关，柯林斯先生，在很多您很难也永远无法理解的方面都跟我有关。而且我一定会得到那些信息的所有细节。"

我挺直身子，痛风引发的疼痛让我愈来愈不高兴又不耐烦。"探长，你这是在威胁我？"

他的嘴角笑得更开了："柯林斯先生，查尔斯·费德列克·菲尔德探长不管在侦缉局时代或在他个人的侦探社，都不会威胁别人。不过他一定会得到他对抗势不两立的宿敌所需要的任何信息。"

"探长，如果这个……祖德……如你所说是你二十年来的敌人，那么你根本不需要我们的协助。你对……你的宿敌……的了解肯定比我和狄更斯多得多。"

"哦，这话不假。"菲尔德说，"的确是。说起来一点儿也不光彩，但我对这个你们称为祖德的怪物的了解确实比目前世上所有活人都更深入。可是黑彻利告诉我狄更斯先生近期跟那个东西有接触，而且是在地底城以外。准确来说就是在斯泰普尔赫斯特意外现场。有关那件事以及你们7月在地底城的所见所闻，我都需要更详尽的数据。"

"我以为你们有个协议，你们警界和私家侦探不会去干涉地底城的居民，只要他们也不来打扰我们这些地面上的人的生活，至少黑彻利探员是这么说的。"我冷冷地说。

菲尔德摇摇头。"祖德会打扰我们。"他轻声说，"打从二十年前我跟他交手以来，我明确知道那个怪物光是在伦敦就涉及超过三百件命案。"

"我的天！"我惊呼一声。我真的很震撼，我感觉那股震撼像一整杯鸦片酊流窜我全身。

菲尔德点点头："柯林斯先生，我需要知道你们那趟业余搜索的一切细节。"

"那你得去问狄更斯先生。"我不为所动地说，"那是他的行动，对祖德感兴趣的是他。我自始至终都认为我们跟黑彻利探员那趟'行动'，套用你的话，主要目的是狄更斯要搜集未来的小说题材。到现在我还是这么认为。不过你得去找他谈，探长。"

"我回到伦敦听黑彻利说明狄更斯先生雇用他的原因之后，立刻去找他。"菲尔德说。他起身来回踱步，在我书桌前走来走去。那根肥手指先是摸摸嘴，又移到耳朵，再到鼻子旁，再碰碰我桌上的蛋形石或书架上的象牙或壁炉架上的波斯匕首。"当时狄更斯先生人在法国，我没找到他。他刚回来，昨天我已经跟他谈过了。他没有给我任何有用的信息。"

"那么，探长……"我摊开双手。我把雪茄放在桌上的黄铜烟灰缸边缘，站起来。"那你应该明白我也帮不了你什么。那毕竟是狄更斯先生的事，是狄更斯先生的……"

他指着我："您见过祖德吗？您跟他碰过面吗？"

我眨巴着眼。我记得当时在地底的砖造码头睡着后被人叫醒时，看见狄更斯已经跟那两个高个子沉默男子搭着平底船回来，我的表显示地面上的太阳已经升起二十分钟，也已经过了黑彻利说他要离开的时间。他一去就是三个多小时。尽管当时危险重重，尽管那些野男孩随时可能会突袭，我盘腿坐在那潮湿砖块上竟然还是睡着了，装了子弹拉起保险的手枪还在我腿上。

"我没见到任何符合祖德先生外貌的人。"我板着面孔说，"菲尔德探长，有关这个话题我言尽于此。我说过，也最后一次提醒你，那是狄更斯先生的行动，是他个人的研究，如果他不愿意透露那天晚上的细节，那我身为一名绅士，也应该保持缄默。探长，祝你有美好的一天，也祝你好运……"

我绕过书桌走到门口为这位老警探开门，但他依然寸步不移地站在我书桌旁。他抽一口雪茄，看看雪茄，轻声问道："您知道狄更斯先生去法国做什么吗？"

"什么？"我觉得我一定是听错了。

"柯林斯先生，我说您知不知道上星期狄更斯先生去法国做什么？"

"我不清楚。"我气得声音都变尖了，"绅士们不会去打探其他绅士的旅游或生活事务。"

"是啊，确实如此。"菲尔德探长露出笑容，"狄更斯先生在布洛涅停留了几天。更精准地说来，他往返于布洛涅和布洛涅南方几公里一个叫孔代特的小村庄之间。狄更斯先生几年前，准确来说是1860年，在孔代特租下某位博尔库密切尔先生的简朴农舍和庭园。有一位现年二十五岁，名叫爱伦·特南的女演员和她母亲经常入住那间农舍。自从1860年查尔斯·狄更斯号称承租——事实上是购买——那间农舍以来，他便常去孔代特拜访她们，有时停留长达一星期，次数前后超过五十次。柯林斯先生，您要不要把门关上？"

我关上门，但继续站在门边，整个人惊呆了。如果算上爱伦·特南、她母亲、狄更斯和我，世界上知道孔代特那间农舍和狄更斯去那里的理由的人总共不到八个。如果不是因为我弟弟娶了狄更斯的女儿，我永远也不可能知道这些事。

　　菲尔德探长又开始踱步，手指竖在耳朵旁，仿佛那根食指在低声传递消息给他。"当然，6月的斯泰普尔赫斯特事故发生后，特南小姐目前跟她母亲定居在伦敦。我猜狄更斯先生最近的布洛涅之行就是去为她们和他自己，处理孔代特农舍的后续事宜。为了做这件事，狄更斯先生必须回溯斯泰普尔赫斯特事故那次走过的路程。柯林斯先生，你我都知道这对狄更斯先生的精神是一大折磨，因为事故后他的精神状况一直不太好。"

　　"的确。"我说。这个见鬼的家伙到底想做什么？

　　"狄更斯先生离开布洛涅以后，"这个不屈不挠的老头子又说，"又到巴黎停留一两天。那些比我更多疑的人应该会猜测他去巴黎只是为了'掩人耳目'，套句警界常用的词汇。"

　　"菲尔德探长，我觉得这些跟我没有……"

　　"先生，请别打断我。您必须知道狄更斯先生在巴黎发生了明显相当严重的脑溢血，这个消息未来几天内您跟他谈话时可以派上用场。"

　　"天啊！"我叫道，"脑溢血！我一点儿都没听说。这是真的吗？"

　　"先生，您该知道这种事没人能确定。可是狄更斯先生在巴黎昏倒，被抬回饭店房间，连续几个小时意识不清，没办法回应别人的话，说话口齿不清。法国的医生想送他进医院，可是狄更斯先生避重就轻地说他只是'中暑'——先生，这是他自己的说

153

辞——只在他巴黎的饭店休息一天，又在布洛涅休息两天，就赶回伦敦了。"

我走回书桌后方，瘫坐在椅子上："菲尔德探长，你究竟想要什么？"

他看着我，无辜地睁大双眼："柯林斯先生，我已经告诉您我非但想要而且一定要得到什么了，也就是您跟狄更斯先生掌握到的有关祖德这个人的任何、所有信息。"

我疲倦地摇摇头："探长，你找错对象了。如果你想知道这个祖德幽灵的任何最新消息，就得回去找狄更斯。我这里没有任何帮得上你的信息。"

菲尔德探长缓缓点头："柯林斯先生，我的确会再去找狄更斯先生谈谈。可是我并没有找错对象。我希望未来在打听祖德消息的过程中跟您建立良好的合作关系。我期待您能从狄更斯先生那里取得我需要的信息。"

我苦涩地淡淡一笑："菲尔德名誉头衔探长，那我又为什么要背叛朋友和朋友的信任，把他的信息转达给你？"

听见这毫不掩饰的羞辱，他只是一笑："柯林斯先生，刚刚开门带我进来的女仆虽然有些年纪，却还相当美貌。她以前也是演员吗？"

我脸上还挂着笑容，摇摇头："探长，据我所知，G太太并没有表演经验。就算有，也与我无关，当然也与你无关。"

菲尔德点点头，又开始踱步。他头顶和背后烟雾缭绕，手指又回到他的鹰钩鼻侧边。"完全正确，先生，完全正确。那我们是不是可以假设，这位您大约一年以前，也就是1864年8月23日起，登载在您的银行账户里的卡罗琳·G太太每个月都会收到您汇给她的二十英镑？"

我实在烦透了。这个卑劣的小人根本是在勒索我，可惜他找错对象了。"那又怎样，探长？雇主付钱给仆佣是天经地义的事。"

"没错，先生，我也是这么听说的。除了卡罗琳·G太太，她女儿——我记得她叫哈丽叶，跟令堂同名，多么可喜的巧合——也收到您从银行户头汇给她的金钱。先生，小哈丽叶最近才满十四岁，您有时候会喊她凯莉。您给她的钱是用来支出她的私校学费和音乐课费用的。"

"探长，你到底想说什么？"

"只是，多年来卡罗琳·G太太和她女儿哈丽叶·G在人口誊查表与家庭所得税记录上都被登录为府上的房客和受雇的女仆。"

我闷不吭声。

菲尔德探长停下脚步看着我："柯林斯先生，我想说的是，很少有雇主这么大方，先是在前任房客经济陷困时雇用她们，而后又送自己的年轻女仆进优质学校，更别提高薪聘请音乐家为她们授课。"

我疲惫地摇摇头："菲尔德先生，你大可以放弃这种有欠绅士风范的可悲手段。我的家务事从来没隐瞒过我的朋友，大家都知道我是不婚主义者，不喜欢乏味的中产阶级生活与道德规范。G太太和她女儿已经在我家寄住多年，这点你很清楚，我的朋友们都不介意。卡罗琳多年来一直协助我招待宾客，其中没有任何矫情伪善，没什么不可告人的。"

菲尔德点点头，皱皱眉，掐熄他手上残余的雪茄，说道：

"柯林斯先生，您的几位男性朋友当然能接受这一切。不过您应该也知道他们到府上用餐时从来不带另一半。这些事当然没有任何矫饰，只除了您在政府单位登载的某些事项。比如您告诉市府普查官员 G 太太是你的仆人，而某位'哈丽叶·蒙塔古'则是府上的侍女，现年十六岁。事实上住在您家里的这位 G 太太的女儿哈丽叶当时才十岁。有关这两位女士的资料您宣誓为真的不止这些。这正足以说明这么多年来狄更斯先生为什么会称哈丽叶这孩子为'管家'，而称她母亲为'房东'。"

这番话吓了我一跳。这个人怎么会知道狄更斯这些戏谑用语，莫非他派人翻查了我不为外人知的私人信函？

"探长，哈丽叶不是我女儿。"我咬牙切齿地说。

"哦，不，当然不是，柯林斯先生。"这老家伙挥动手指笑着说，"我不是这个意思。即使最蹩脚的警探也能查到有个叫卡罗琳·康普顿——木匠约翰·康普顿和他妻子莎拉的女儿——嫁给了克拉肯威尔的计账员乔治·G，我想那是1850年3月30日的事，当年的卡罗琳刚满二十岁，乔治·G只比她年长一岁。他们的女儿伊丽莎白·哈丽叶1851年2月3日出生在巴斯郊区的索马塞特。不过您喊她哈丽叶，可能跟您母亲有关，而基于某种只有您自己知道的原因，您有时候会喊她凯莉。很可惜她父亲乔治·G来年患了痨病，1852年1月30日在巴斯附近的墨瑞维恩的住家过世，留下未亡人卡罗琳和刚满周岁的女儿伊丽莎白·哈丽叶。几年后可怜的 G 太太在费茨罗伊广场附近的查尔顿街经营二手商店，先生，这段您应该知情。当时她无力偿还债务吃上了官司。柯林斯先生，原本这可能会是一场悲剧，甚至免不了牢狱之灾，幸好有位绅士伸出援手。这大约是1856年5月的事。"

"菲尔德探长，"我再次起身，"我们的谈话到此为止。"我又走向门口。

"还没结束，先生。"他轻声说。

我突然转身面对他，我颤抖的声音与紧握的拳头显示了我的怒气。"先生，你放马过来。我不怕你。你用这种卑鄙无耻的勒索手段逼我背叛我的至交好友，最后除了舆论的取笑与非难，你将一无所获，那也是你罪有应得。先生，我无牵无挂，俯仰无愧。"

菲尔德点点头。他那已经被我唾弃的食指敲着他的下巴。"柯林斯先生，您说得没错。诚实的人必然俯仰无愧。"

我打开门，握着门把的手颤抖不已。

"先生，在我离开前请你告诉我。"菲尔德拿起他的大礼帽走过来，"就算只是为了启发我……您有没有听说过一位名叫马莎的女孩？"

"什么？"我的声音勉强从紧缩的喉头挤出来。

"马莎小姐。"他重复一次。

我关门速度太快，弄出砰然巨响。卡罗琳不在玄关，但她一定会在附近守候。我张开嘴巴，却说不出话来。

卑鄙的菲尔德却是辩才无碍。"您不可能认识这位马莎小姐，"他说，"她只是个可怜女佣，在私宅或旅馆打工。您真该听听她父母怎么说，真是可怜的一家人，又穷又凄惨。她父母都不识字，他们住在韦斯顿，近百年来她父亲的祖先们世代都在雅茅斯的鲱鱼渔船工作。不过目前马莎的父亲好像在韦斯顿附近到处打零工。马莎两年前离家时才十六岁，在当地旅馆打工。"

我直瞪着菲尔德，努力压抑一股作呕感。

"先生，您知道韦斯顿这个地方吗？"这可鄙的家伙问道。

"不，"我勉强回应，"应该不知道。"

"但您去年夏天在雅茅斯附近度了个长假，不是吗？"

"不是去度假。"我说。

"您说去做什么呢？我没听清楚，雪茄烟刺激了您的喉咙，是吗？"

"那称不上度假。"说着，我走回书桌，但没有坐下。我十根颤抖的手指张开来，上身往前倾，全身重量都按在墨渍斑斑的桌面上。"我去做研究。"我补了一句。

"做研究？哦……为了写小说。"

"没错，"我答，"我目前的小说《阿玛达尔》需要一些海岸水域与景观之类的数据。"

"啊，是啊……那是当然。"这可恶家伙的手指拍拍他自己的胸膛，又指指我；再拍，又指。"我拜读过您的几本著作，如果我没记错，这本《阿玛达尔》目前正在《康希尔》杂志连载。故事里有个虚构的荷欧湖，听起来很像是真实世界的荷塞湖。你可以从雅茅斯搭船过去，或者从韦斯顿向北走公路过去。先生，我说得对吗？"

我沉默了一分钟，而后说道："探长，我喜欢航行，坦白说，我算是边做研究边度假。那次我跟我弟弟查理的两个好朋友一起北上……他们也喜欢航行。"

"嗯。"菲尔德点点头。他的双眼湿润，眼神神秘难测。"我的看法是，说实话永远是上上策。如果一开始就开诚布公，就可以省掉许多麻烦。那两位朋友是不是爱德华·皮格特先生和查尔斯·渥德先生？"

我震惊得无以言喻。眼前这个有着湿润双眼与肥胖手指的物种明显比我、狄更斯、乔叟、莎士比亚或任何凡人作家撰写的任何故事里的叙事者更全知全能，也比我们这些人创造的所有坏蛋更邪恶，连《奥赛罗》里的伊阿古也甘拜下风。我继续撑在桌面上专注聆听，我的十根手指用力过度，已经失了血色。

"柯林斯先生，马莎小姐去年夏天满十八岁。她家人知道她去年遇见一个男人，准确来说是去年7月。如果不是在韦斯顿的渔夫返港酒馆，就是在雅茅斯她工作的那家旅馆。"他停下来，食指敲敲烟灰缸里熄灭的雪茄，仿佛光靠那根指头就能让雪茄余烬死灰复燃。雪茄没有燃起，我几乎有点儿意外。

我吸一口气："探长，你是想告诉我这位……这位马莎小姐失踪了吗？或被杀了？她父母或韦斯顿和雅茅斯的警方认为她已经不在人世了吗？"

他笑了："哦，天哪！不是的，先生，不是那么回事。自从去年夏天她告诉家人她遇见这位'好心的绅士'之后，他们还见过马莎几次。不过，严格来说她算是失踪了。"

"是吗？"

"嗯。今年夏天，也就是6月，据说那位'好心的绅士'又到雅茅斯短暂停留，也许又是为了工作。马莎小姐似乎消失了一段时间，不在韦斯顿或雅茅斯。根据传闻，她出现在伦敦。"

"是吗？"我说。我没有使用过黑彻利探员借给我的那把双管手枪。我松开保险之后，带着那把枪一路往上穿过一层层下水道和地下墓室回到地面。尽管时间已经太晚，地窖外已经阳光普照，黑彻利却依然在原地守候，我们松了一大口气。当时我把手枪交还给黑彻利，此刻我多么希望我留着那把枪。

"对。"菲尔德探长答，"据说那个韦斯顿来的十九岁女佣目前住在波索瓦街。年老的女房东也住在那里，不过我听说房客有独立的出入口。如果我说得没错，我们目前所在的梅坎比街靠近多赛特广场这个位置跟波索瓦街只有短短的步行距离。"

"你说得没错。"我说。如果声音也有色彩，我的一定灰暗无色。

"恕我多言，如果我没弄错的话，近十年来您跟卡罗琳·G太太虽然没有社会的认同或上帝的赐福，却过着夫妻般的生活。您也把她女儿哈丽叶小姐当成亲生女儿，慷慨大方地善待她。我相信她们俩都不知道马莎小姐的存在，更不会知道马莎小姐目前在您生命中扮演的角色。"

"是。"我说，"我是说，不是。"

"柯林斯先生，如果我没弄错的话，您或跟您一起生活在这个屋檐下的两位女士都不会喜欢这个消息传到她们或其他人耳里。"

"你说得没错。"

"很好，很好。"菲尔德探长说。他拿起大礼帽，却迟迟不动身。"柯林斯先生，我不喜欢出错。"

我点点头。我突然双脚一软，几乎撑不住身子。

"先生，您近日会去拜访狄更斯先生，"他问，他转着手里的大礼帽，用那根该死的手指敲着帽檐，"并且在您拜访他的过程中跟他谈谈两个月前他跟那个姓祖德的人在地底城坑道里会面的情形吗？"

"会。"我坐下来。

"先生，那么我们是不是有了共识，您会在最短的时间内跟我分享从狄更斯先生那里取得的信息？"

我再次点点头。

"很好，先生。有个男孩会等在外面的街上，是个街头流浪儿，一个名叫醋栗的扫街童。您不需要去找他。不论白天或夜晚，只要用手杖或雨伞敲敲街角那个路灯柱，他自然会出现在您面前。他会一直等下去。本地警探已经同意不会'驱离他'，套句我们这些巡逻警探的行话。把您要传达给我的消息交给醋栗，口头或文字都无妨，我会立刻跟您联系。柯林斯先生，您给我的任何信息对我都是很大的恩惠。您可以去打听打听，看看伦敦的菲尔德探长会不会忘恩负义，您得到的答案一定是否定的。先生，您都听明白了吗？"

"明白了。"

等我再抬起头，菲尔德探长已经走了。我听见卡罗琳在楼下关门，又听见她的脚步声走上楼梯。

除了盘旋在书房天花板下方的一缕青烟，菲尔德探长没有留下任何蛛丝马迹。

# 第八章


　　跟菲尔德探长那场晤谈后，我在一个凉爽的初秋午后去到盖德山庄。那里给人一股强烈印象，完全是轻松愉快的天伦乐画面。当天是星期六，孩子们和宾客都在户外活动，我不得不承认盖德山庄正是幸福家庭钟爱的乡居别墅的典型。当然，查尔斯·狄更斯要盖德山庄成为幸福家庭钟爱的乡居别墅的典型；查尔斯·狄更斯要求他生活圈子里的每个人善尽本分来维持这个形象，或假象。而且，尽管孩子们的母亲被逐出家门而缺席，尽管这个家庭内外都存在紧绷氛围，我相信他也希望营造幸福家庭钟爱的乡居别墅的事实：简简单单，就只是勤奋的作家和他那些景仰他、深爱他、感恩他的子女和朋友们欢乐的初秋聚会。

　　我得承认，有时候我觉得自己是伏尔泰《老实人》里纯真的主人翁憨第德，而狄更斯就是同一部作品里高度乐观的邦葛罗斯博士。

　　狄更斯的女儿凯蒂在院子里，我走进巷道时，她迎了上来。我走得满头大汗，拿着手帕频频揩拭脖子和前额的汗水。我说过，这是个凉爽的秋日，但我是从火车站走过来的，而我从来不习惯走远路。更何况，为了要见狄更斯，我比平时提早饮用了我的两杯鸦片酊药剂。虽然这个药物本身没有副作用，但我得承认眼前的庭院、绿草、树木、玩耍的孩子们和凯蒂本人周边似乎都罩着一圈光晕。

"哈啰，威尔基。"凯蒂走过来拉起我的手，开心喊道，"我们最近几乎都没见到你。"

"哈啰，凯蒂。我弟弟也跟你一起来度周末吗？"

"没有，他不太舒服，要留在家里。晚上我就回去了。"

我点点头："天下无双先生呢？"

"在他的小屋里，要把今年圣诞节故事的最后一点儿工作做完。"

"原来小屋已经可以用了。"我说。

"是啊。上个月备齐了家具，之后爸爸每天都在那里工作。今天的工作应该马上会结束，他午后散步的时间到了。他不会介意你去打扰他，毕竟今天是星期六。我陪你走到隧道那头好吗？"

"太好了。"我说。

我们漫步横越草坪，朝马路走去。

凯蒂口中那栋小屋是演员查尔斯·费克特去年圣诞节送给狄更斯的礼物。1864年的圣诞节，我弟弟与其他几位宾客在狄更斯家过节，从圣诞夜一直待到1月5日。他告诉我那个圣诞节气氛有点儿凝重，原因之一在于，狄更斯不知怎的认为我弟弟查理的消化不良宿疾并不单纯，一口咬定他不久于人世。当然，与其说这是狄更斯凭良心做出的判断，倒不如说是他的愿望，因为凯蒂1860年下嫁我弟弟，把狄更斯气得欲哭无泪，几乎心神丧失。狄更斯认为他这个心浮气躁的女儿故意选在他人生低潮期离他而去。事实正是如此，连我弟弟都知道凯蒂根本不爱他，只是当时她母亲被父亲抛弃，家庭气氛跌到谷底，她急于跳脱那种环境。

凯蒂——她名叫"凯特"，但大家都喊她凯蒂——不是什么大美人，可是在众多兄弟姐妹之中，只有她遗传了狄更斯的灵敏、机智和比狄更斯多点讽世意味的幽默感。她也遗传了狄更斯的没耐性，还遗传了他的说话语气，甚至行为举止。即使在婉转地向我弟弟求婚的时候，她都坦言她结这个婚不是为了爱情，只是为了逃离原生家庭的便宜行事。

因此，相较于过去在塔维斯多克寓所宾客盈门的欢乐节庆，1864年盖德山庄那个寒冷幽闭的室内圣诞节显得有点儿阴郁，至少在圣诞节当天早晨是如此。直到费克特为狄更斯献上他的大礼：一整栋瑞士小屋，气氛才改变。

费克特自己也是个怪人：若有所思、脸色蜡黄、动不动对妻子和旁人发脾气（但他从来不会对狄更斯发作）。当天早餐后他宣布，他此行带来的那些大小箱子其实是一栋拆解后的"迷你瑞士农舍"。只不过，正如在场众人不久后目睹的，小屋的尺寸并不迷你，而是一栋正常尺寸的小屋，主人愿意住在里面也没问题。

这下子狄更斯精神都来了，他立刻兴奋地号召"所有身强体壮的单身男宾客"（显然刻意把我弟弟排除在外，而且原因不在于他已婚）都得冒着严寒天气到户外协助他组装礼物。可是狄更斯、宾客马库斯·斯通（这个人的确身材高大孔武有力）和亨利·乔利，以及几名男仆、园丁与许多从各自的圣诞节炉火旁被传唤来的当地壮丁都发现那五十八只箱子（总共有九十四片附有编号的巨大组件）超出了他们的能力范围。最后费克特找来他在兰心剧院的木匠才搞定。

那栋小屋——最后的成品远比狄更斯看见那些木箱时想象的大得多——如今坐落在罗切斯特公路对面一块同样属于狄更斯的土地上。在周遭高大雪松的遮蔽下，它就像一栋两层楼高的可爱姜饼屋，一楼有个宽敞房间，二楼的房间附有浮雕阳台，另有室外楼梯可供上下楼。

狄更斯非常喜欢他的小屋，乐得跟个孩子似的。等到春暖花开、地表解冻，他就雇请工人在公路底下挖掘了一条人行隧道，方便他从家里走到小屋，一路上不会被人看见或打扰，更不会被奔逃的小马车撞倒。凯蒂告诉我，当天两端的工人同时挖到中间点、打通隧道时，狄更斯兴奋地鼓掌，而后带所有人回山庄喝酒，包括宾客、子女、工人、旁观的街坊邻居和马路对面的法斯塔夫酒馆无所事事的酒客。

我们来到隧道，走进凉爽空气里。凯蒂问我："威尔基，这阵子你跟爸爸晚上都到哪儿去了？好像连查理都不清楚。"

"凯蒂，你到底在说什么？"

她在昏暗的光线中转头看我，她还挽着我，此时她捏捏我的手臂。"威尔基，你很清楚我在说什么。别装了。最近我爸虽然赶着完成《我们共同的朋友》和其他工作，而且他还害怕搭火车，可是在你们7月那次秘密探险后，他每星期至少出门一趟，有时两趟。我问过乔吉娜，他都是晚上出门，搭慢车到伦敦，通常都很晚回来，有时候到隔天上午，也不肯对乔吉娜或我们大家透露他三更半夜都在外面做些什么。他最近甚至去了法国，还在那里中暑了。我们都认为——连查理也是——你带我爸在伦敦接触了某种声色犬马的新花样，后来他在巴黎自己去尝试，发现

165

那超出他的体力负荷。"

我听得出凯蒂的戏谑语气里藏着真正的担忧。

我拍拍她的手臂，说："凯蒂，你也知道绅士们誓死保守彼此的秘密，假设真有什么秘密。你应该比其他女性更清楚男性作家是深不可测的物种，不管白天或黑夜，我们随时随地都在对周遭世界做些古怪的研究。"

她在隧道里的幽暗光线中望着我，闪闪发亮的眼眸流露出不满。

"而且你也知道，"我的声音非常轻柔，几乎被我们头顶上和脚下的砖块尽数吸收，"你父亲永远不会做出有失身份或有辱门风的事。凯蒂，这点你务必了解。"

"嗯。"凯蒂答。她衷心认为，她父亲赶她母亲出门，转而追求爱伦·特南，正是有失身份又有辱门风的事。"到了，"她松开手臂，"威尔基，隧道口在那边。你自己过去吧，我不打扰你们。"


"亲爱的威尔基！进来！进来！我刚刚还想到你。欢迎来到我的小窝。进来吧，亲爱的朋友。"

我爬上二楼，在敞开的门口驻足。狄更斯从小小的书桌旁跳起来，热络地跟我握手。坦白说，两个月没见面也不通音讯，我实在不知道他再见到我时会作何反应。他的热情着实出乎我意料，也让我更觉得自己是个叛徒与奸细。

"我正在校订今年圣诞故事的最后一两行，"他兴冲冲地说，"这篇故事叫'街头小贩'。威尔基，我敢跟你打包票，读者一定会喜欢。我预期故事会很畅销，可能会是我继《教堂钟声》后最受欢迎的作品。我是在法国得到的灵感。再过一分钟就结束了，之后我整个下午到晚上都可以陪你，我的朋友。"

"当然。"说着，我后退一步。狄更斯回到书桌前拿起鹅毛笔，大笔一挥画掉一些语句，又在行与行之间与纸页空白处书写。他让我联想到精神抖擞的指挥家，站在专注又顺服的文字乐团前方。随着他的笔提起、摆荡、沾墨、刮写、举起再俯冲，我几乎听得见飞扬的音符。

我转头欣赏狄更斯"小窝"周遭的景致，不得不承认眼前的景色真是美极了。这栋小屋矗立在两棵此时迎风摇曳、高大浓密的雪松之间，屋子开了很多扇窗子，窗外有进入采收期的玉米田、有树林，还有更多农田，甚至可以瞥见荡漾在泰晤士河上的点点白帆。我知道从马路对面盖德山庄屋顶就能轻易看见远处的伦敦街景，但小屋这边的风光更有田园风味：远方有小溪，有罗彻斯特大教堂的螺旋塔，还有渐渐转黄、沙沙作响的玉米田。罗彻斯特公路今天往来车辆不多。狄更斯在他的小窝里配备了一具金光闪闪的黄铜望远镜，架在木造三脚架上。我可以想见他夜里望月冥思，或在温暖的夏日远眺泰晤士河游艇上的女士的情形。没有窗子的墙面就安装镜子。我数了数，共有五面镜子。狄更斯很喜欢镜子，过去的塔维斯多克寓所与如今的盖德山庄所有卧室都有许多镜子，包括玄关和门厅，他的书房里更有一面大的。小屋二楼这里的镜子是为了给人一种站在开放式舞台上的感觉，相当于儿童的树屋，只是少了墙壁。屋里处处映照着阳光、蓝天、绿树、黄色田野与远方景物。从敞开的窗户吹送进来的和风夹带着树叶与花朵的香气，也送来远处田野的气息，以及附近田地上焚烧干叶或野草的味道，甚至掺杂着大海的咸味。

我不免想起，狄更斯生活的这个世界跟我们夜探的萨尔烟馆与噩梦般的地底城的情景简直是天壤之别。如今那些黑暗记忆似乎已随着那场噩梦的远离而淡化。眼前这个世界的日光与洁净气息都真实不虚，在我浸染鸦片酊的血液中搏动着，散发着光彩。我无法想象那些恶臭漆黑的地下墓室、污水下水道，乃至上面的贫民窟如何能够跟眼前这个清净的现实并存。

"好了。"狄更斯道，"好了。暂时完成。"他吸干最后一页的墨水，将它跟其他纸页一起收入皮革公文包里。他起身，拿起墙角那根他最喜欢的黑刺李手杖。"我今天还没走路，亲爱的威尔基，我们可以出发了吗？"

"当然。"我重复一次，只是这次少了点说服力。

他用探索中带点趣味与嘲弄的眼神打量我，说道："我打算散步穿过科巴姆森林，之后绕道邱克和格雷夫森德，再转回来。"

"嗯。"我应了一声。那会是很吃力的二十公里路。"嗯，"我点点头，"那么你那些客人呢？孩子们呢？这个时间你不是应该去陪他们玩，逗他们开心，或带客人参观马厩？"

狄更斯露出调皮的笑容："亲爱的威尔基，难不成家里今天不止一个病号？"

我知道他所谓的"家里"指的是柯林斯家。他好像随时随地都要拿我弟弟的健康做文章。

"身体微恙。"我用粗率的语气说，"亲爱的狄更斯，你也知道我的痛风一直纠缠不休。今天它又要折磨我了，我恐怕走不了那么远的路。"我真正的意思是，我只想漫步走到隔壁的法斯塔夫酒馆。

"可是你疼的不是脚，亲爱的威尔基，我说得对吗？"

"大致上没错。"我说。我不愿意告诉他我的痛风一旦像今天早上那样蔓延开来，就会折磨我全身上下。如果早上我没喝下两倍剂量的鸦片酊，今天就会躺在床上起不来。"通常是眼睛和头疼得最厉害。"

"好吧。"狄更斯叹息道，"原本我希望今天能有个人陪我散步。这周末是福斯特一家人来散步做客，约翰娶了有钱老婆后只想轻松过日子，这件事你一定听说了。我看我们缩短路程，就你跟我，我们走到查塔姆镇和匹特堡，穿过库林湿地再回来。傍晚我再一个人去补齐不足的路程。"

我点点头，却仍旧意兴阑珊。那也有十公里路，加上狄更斯毫不留情的时速六点五公里步伐，感觉更远了。我的脑袋和关节已经率先发难、猛烈搏动了。


所幸过程不如我想象中那么辛苦，因为午后的时光如此宜人，空气如此清新，周遭气味如此爽神。我跟上狄更斯的脚步，先是从马路进入巷道，从巷道转上小径，从小径踏上灌溉沟渠旁的田垄，再取道田垄穿越秋日的麦田，一路小心翼翼，避免践踏农民的作物。再从田野转进绿叶成荫的林间步道，之后回到马路旁，继续往前走。

最初半小时的沉默路程中——或者该说我的沉默路程，因为狄更斯沿途天南地北地闲聊，比如福斯特愈来愈安于现状鼠目寸光；协会里的问题；他儿子奥弗列德多么欠缺生意头脑；他女儿玛丽出嫁的希望愈来愈渺茫；令他愤愤不平的牙买加黑人暴动；他小儿子普洛恩明显个性懒散又不够聪明——我一路只是点头，寻思着该如何从他口中套出菲尔德探长需要的信息。

最后我放弃迂回策略，单刀直入地说："菲尔德探长昨天去找我。"

"哦，嗯。"狄更斯心不在焉地应道。他的黑刺李手杖随着他的步伐起起落落。"我想也是。"

"你不惊讶？"

"不，亲爱的威尔基。那个卑鄙家伙星期四跑来了盖德山庄。我猜你会是他下一个受害者。他威胁你了吗？"

"是。"我答。

"我能问一声他用什么威胁你吗？他拿一些小事恐吓我，手法实在粗糙又笨拙。"

"他威胁要公开我的……私生活。"当时我唯一的安慰是，狄更斯不知道（不可能知道）马莎小姐的存在。菲尔德探长显然知道了，不过他还不至于向狄更斯透露这事。

狄更斯笑呵呵："威胁你要把房东和管家的事公之于世，是吗？跟我想的一样，威尔基，跟我猜想的一样。菲尔德是个恶霸，也正如许许多多小恶霸一样，还不成气候。如果他以为公开这些事就能让你背叛朋友，那他实在不了解你生性爱好自由，不在意社会观感。你所有的朋友都知道你有两个不为人知的小秘密——准确地说，是两位讨人喜爱又充满智慧的女性——而你的朋友们根本一点儿都不在乎。"

"是啊。"我说，"但他为什么那么急于调查这个祖德的事？仿佛那关系到他的生死存亡似的。"

我们离开马路，走上一条曲折穿越库林湿地的小径。

"在某个很实际的层面上，我们这位菲尔德先生的性命的确悬在他能不能查出这个祖德是不是真的存在，以及如果他真的存在，又要到哪里去找他之上。"狄更斯说，"而且你应该注意到了，我称呼这位威胁我们的人士为菲尔德先生，而不是菲尔德探长。"

"嗯。"此时我们临深履薄地踩着一颗颗石头走过格外潮湿的路段，"菲尔德说如今他只是名誉上的探长，因为他现在是私家侦探。"

"是他自封的名誉头衔，苏格兰场的侦缉局甚至整个伦敦警察厅可都不太喜欢，亲爱的威尔基。自从我——恕我自夸——在《荒凉山庄》里让他以贝克特探长的形象永垂不朽（或者更早在1851年我们的《家常话》杂志里那篇恭维他的小文章《与菲尔德探长出勤》）之后，我就密切留意我们这位菲尔德先生的动向。在那之后不久他就离职了……那应该是1853年的事。"

"可是当时你很欣赏他，"我说，"至少欣赏到愿意以他为蓝本创造一个吸引人的角色。"

狄更斯又笑了。此时我们绕过湿地踏上回程，朝远处的盖德山庄前进。"哦，亲爱的威尔基，我欣赏的人可多了，只要他们有成为故事人物的潜力，包括你在内。不然这么多年来我怎么能忍受福斯特的鼠目寸光。可是我们亲爱的菲尔德先生身上总是散发一股校园恶霸的刺鼻气味，而恶霸往往不知节制，最后免不了受责难。"

"你是说他在苏格兰场的伦敦警察厅已经失势了？"我说。

"差不多。威尔基，你记不记得喧腾一时的帕尔玛毒杀案，天哪，已经十年了，时间可真是……造个新词……飞也似的过去。总之，你有没有在俱乐部的报纸上读到过那则新闻？"

"嗯，应该没有。"

"无所谓，"狄更斯说，"简单来说，我们这位退休的菲尔德探长当年也在那桩轰动一时的案子里插了一脚，变成媒体追逐的对象。他执意要人家称呼他菲尔德探长。坦白说，我觉得我们这位食指肥短的朋友刻意让媒体和大众误以为他还隶属于伦敦警察厅。而他在警察厅里那些继任者，也就是那些正牌的探长与探员们，不太能接受这点。威尔基，他们心里真的很不是滋味，所以就取消了他的退休金。"

我停下脚步："他的退休金？"我叫道，"他该死的退休金？那家伙讯问你又威胁我，都是为了该死的……退休金？"

狄更斯因顺畅的步伐被迫停顿显得很不开心，但他还是停下来，手杖挥砍着野草，脸上却露出笑容。"没错，是为了退休金。我们这位冒牌探长朋友的确开了私家侦探社，也赚了些钱。比如我们上次夜间出游，我就花了一笔不小的数目请我们的大块头朋友黑彻利陪同。可是你应该记得我告诉过你，这个姓菲尔德的前警探有多么……贪得无厌这个词应该算中肯……有多么贪得无厌，过去如此、现在如此，未来也会是。他无法容忍拿不到退休金，我敢说他为了拿回退休金，就算杀人也在所不惜。"

我听得猛眨眼。"那为什么找祖德？"我终于问出口，"就算他找到祖德这个幽魂，又能有什么好处？"

"也许能帮他争取回退休金。"狄更斯说，我们继续往前走，"至少他这么认为。最近内政大臣乔治·格雷爵士正在重新检视菲尔德的退休金暂停给付案，这是因为菲尔德的律师吵吵嚷嚷了很长时间。我跟你保证这笔律师费不便宜！我敢肯定菲尔德先生老糊涂的脑袋……"

在此我没有插嘴提醒狄更斯菲尔德只比他年长七岁。

"……编造了一个脱困之计，觉得等他追踪逮捕到这个犯罪头子祖德……一个二十年前逃出菲尔德大队长手掌心的幽灵人物……内政大臣和苏格兰场侦缉局和他所有的老朋友以及伦敦警察厅那些冷漠的继任者不但会原谅他，继续拨付他的退休金，还会奉命为他戴上桂冠，用他们壮硕的肩膀将他扛到滑铁卢车站。"

"那么他是犯罪头子吗？"我轻声问道，"我是说这个祖德？昨晚菲尔德告诉我，祖德多年来谋杀了大约三百个人……"

狄更斯瞄了我一眼。我发现经过一个夏天，他脸上的皱褶和纹路变深不少。"亲爱的威尔基，你觉得这个数目字可信吗？"

"我……没有概念。"我说，"听起来是有点儿夸张，我印象中没听说过三百件悬而未决的命案，包括白教堂或任何地方。可是狄更斯，我们那天去的地方实在很不寻常，非常诡异。而且你始终没有告诉我你搭那艘怪船离开后发生了什么事。"

"嗯，我是没说过。"狄更斯说，"当天晚上我答应过你很快就会告诉你，现在已经过了两个月了，很抱歉拖了那么久。"

"没有关系。"我说。周遭事物的鸦片酊光圈还没完全消失，我的头却已经隐隐作痛。"但我很想知道那天晚上的经过，我想知道你那天晚上追查这个祖德的结果。"

狄更斯又瞄了我一眼："那么我不必担心我们的共同朋友逼你把这些内容转述给他？"

我停住脚步："狄更斯！"

他没有停步，只是倒退着往前走，一路甩着手杖，面带笑容。"亲爱的威尔基，我开玩笑的，只是说说笑。来吧……赶上来，已经走到这个速度了，别慢下来。赶上来跟我并肩走，顺便把你的气喘声压低成公牛的哞哞声，我会把那天晚上我把你留在地底城墓室底下的下水道那个红砖码头以后的事一五一十告诉你。"

# 第九章

"离开坐在码头上的你以后，"狄更斯说，"我开始观察我搭乘的那条相当古怪的小船。

"那艘船让我想起《我们共同的朋友》里的人物海克森·盖佛那艘用来把从泰晤士河捞起的尸体或其他物品运上岸的破烂小船。只是，这艘船更像是某个疯狂木匠刻意模仿威尼斯平底船的拙劣成品。我又观察那两个高大沉默的船夫，其中一个在船尾操拉舵柄或船桨，另一个在昂起的船头撑着长篙，却是愈看愈乏味。他们脸上那撒了金粉的半截面具和雾面眼镜顶多只遮住他们的眼睛，所以我看得出来他们都是男性，不过只是表面上。亲爱的威尔基，你有没有看过欧洲天主教大教堂那些壁画描绘的天使，仿佛都是雌雄同体，看得人浑身不自在？我在小船上那两位同伴的情况更严重，他们身上的中世纪紧身裤和束腰上衣更让他们雌雄难辨。我暗自将船头那个阉人称为金星，船尾那个太监则是水星。

"我们在那条宽阔的下水道顺流而下航行了至少几百米。我回头看了一下，在我们的平底摇橹船拐过弯道之前，你好像看都没看我们一眼，之后你跟我就消失在彼此的视线中。船头和船尾

175

挂在铁杆上的小灯笼光线太微弱，照不清迅速的水流。我隐约只记得灯笼微光从上方拱顶滴着水的潮湿砖块反射下来的情景。

"威尔基，我想我不需要提醒你我们走的那第一条支流发出的恶臭，我几乎觉得再多闻一会儿就要生病了。幸好，我们在那条臭气熏天的冥河上航行几百米后，操舵那个戴面具的身影把小船驶进一条隧道。这个隧道非常狭窄，我敢说那只是一条下水道管线。水星和金星都弯低了身子，我也是。他们用戴手套的双手推着低矮天花板和迫近的两旁壁面，让船继续往前行。之后我们来到一条宽敞些的小溪。威尔基，我用'小溪'这个词是经过审慎考虑的，因为比起下水道，这条水道像是整治过的砖砌地下河，跟地面上的泰晤士河支流一样宽。你知不知道有些河流有部分或全部河道埋在伦敦地底下，比如说弗利特河？你当然知道。可是人们经常忘记这些河流藏在地底的河段。

"我那两位雌雄同体的护卫继续往下游航行了一段时间。威尔基，到这个阶段我得提醒你，故事愈来愈离奇。

"那天晚上我们的第一名护卫黑彻利探员称呼这个地下世界为'地底城'，那个怪里怪气的中国籍鸦片馆老板拉萨里也这么说。如今我眼前这些迷宫似的连接在一起的地窖、下层地窖、污水道、地洞、壁洞、地底沟渠、早在伦敦城建立之前就有的废弃矿坑、被遗忘的地下墓室与那些半完工的隧道，名副其实是个城市底下的城市，一座伦敦城下的恐怖伦敦城，真正的地底城。

"我们随着缓慢水流前进一段时间，我的眼睛开始适应这条宽敞河流两侧的黑暗，我发现自己看见了人。亲爱的威尔基，是活生生的人，不是野男孩。那些野男孩原来只是中古世纪时游荡在村庄外围的野狗或野狼。我看见的是真正的人，很多家庭：有孩子，有炉火，有粗陋的茅舍和延伸的帆布和床垫，甚至有炉子和凹陷的成套废弃家具摆设在砖墙的凹室或壁洞里，或在隧道这边那些开阔的泥岸上。

"污泥上此起彼落冒着蓝色火焰，很像圣诞布丁上的微弱火焰。有些卑微的人类形体缩成一团依偎在这些喷发的沼气旁照明或取暖。

"而后，我开始担心金星和水星是不是永远不打算离开这条阴暗的流水大道，眼前的水道却变开阔了，我们来到一处真正的登陆平台……从隧道岩壁里开凿出的宽敞石阶，两侧的火炬大放光明。水星系了船缆，金星扶我走下不住晃荡的船只。我走上台阶朝面前的黄铜大门前进，他们俩则是一动不动，默不吭声地留守船上。

"威尔基，阶梯两侧的岩石上都雕刻了巨型埃及雕像，门上有夏多雕刻图案。很像你在大英博物馆能看到、如果是在冬夜接近闭馆时间独自一人漫步其间会毛骨悚然的那种。有人身狼头或人身鸟头的黑色铜像，也有握着棍棒、令牌或弯钩的形体。宽敞玄关上的石材门楣雕刻着那种一般称之为象形文字的图画文字，就是你在那些描写拿破仑在尼罗河沿岸探险的书本插图里的方尖塔上可以看见的图案。那很像儿童书写的文字，有很多雕刻出来的弯曲线条、禽鸟和眼珠子等，鸟类的体形千奇百怪。

"两个高大魁梧、沉默无语，却是活生生的黑人——我走过他们身边时，脑海里浮现'努比亚人[1]'这个词——就站在两扇巨大门板旁。我一走近，他们立刻为我开门。他们身上穿着黑色袍

---

1　Nubian：古代居住在尼罗河沿岸的部族，其领地大约相当于今天的苏丹所在地。

子，粗壮的手臂和胸膛都裸露出来，手上都拿着看来是铁铸的古怪弯钩棍。

"我在地底河下船时踏上了气势恢宏的入口台阶，眼前出现那些雕像和浮雕，加上门口那两个人，我以为自己走进了庙宇。然而，尽管门里以灯笼照明兼有跫音回荡，确实很有异教庙宇那种静谧氛围。但与其说那是庙宇，不如说是图书馆。我走过的第一个房间和沿路瞥见的其他房间墙面架子上摆满卷轴、简册和很多现代书籍。我看见了一般在优质图书馆都能找到的学术与参考书籍。所有房间都稀稀疏疏地摆放了桌椅，靠火炬或悬吊的火盆照明。偶尔有一两座那种历史学家告诉我们会出现在古罗马或希腊或埃及贵族家中的无靠背沙发。我看到那些房间里有人影在走动，或坐或站，大多数看起来像东印度水手、马扎尔人、印度人或中国人。可是这里没有睡卧着的老迈鸦片烟鬼，没有床铺、上下铺或烟管，也没有那种差劲药物的影子或气味。我发现那些房间里大多数男人不知为何都剃光了头发。

"祖德在第二个房间等我。他坐在一盏嘶嘶响的灯笼附近一张小桌子旁，桌面被许多书籍和卷轴覆盖。我注意到他用玮致活[1]的精致骨瓷在喝茶。他穿着深褐长袍，整个人跟我印象中在斯泰普尔赫斯特那个穿着不合身衣裳的殡葬业者大不相同，比那时高贵许多。但他的颜面伤残在火光照耀下更加明显：疤痕累累的脑袋几乎没有头发；没有眼皮的眼睛；仿佛在拙劣的手术过程中被切除绝大部分的鼻子；轻微兔唇；只剩根部的耳朵。看见我走过

---

1　Wedgewood：1759年成立的英国国宝级品牌，以精致骨瓷闻名，为居家精品的领导品牌。（编者注）

去，他站起来伸出手。

"'狄更斯先生，欢迎你。'他用有点儿漏风的嘶嘶滑音说道，可惜我模仿得一点儿也不像，'我就知道你会来。'说着，他帮我摆放杯碟。

"'祖德先生，你怎么知道我会来？'我问。我碰到他冰冷苍白的手时，努力忍住没把手缩回来。

"他笑了，威尔基。我又看见他间距过大的古怪小牙齿。牙齿里的粉红色舌头似乎格外灵活，忙碌不堪。'狄更斯先生，你这个人好奇心很强，'祖德对我说，'我是从你写的许多精彩书本和故事看出这一点的。你所有的作品我真的都非常喜欢。'

"'先生，谢谢你，你过奖了。'我回应他。亲爱的威尔基，你不难想象那股子诡异感：坐在地表以下的地底城这座庙宇般的图书馆里，身边坐着自从斯泰普尔赫斯特灾祸之后就频繁出现在我梦中的怪人，听他赞美我的作品，仿佛我才刚在曼彻斯特结束一场朗读会似的。

"我还没想到合适的话题。祖德把茶倒进我面前那个漂亮的杯子里，说道：'我相信你有问题要问我。'

"'祖德先生，你说得没错。'我对他说，'我希望你不会觉得我的问题太唐突或太私人。我得承认，我对你有一股强烈的好奇心，我想知道你的背景，想知道你为何藏身在这个地方；还有，斯泰普尔赫斯特灾难那天你为什么出现在那班从福克斯通开往伦敦的火车上，等等的一切。'

"'那我就把一切告诉你，狄更斯先生。'我这位古怪的谈话对象说道。

"亲爱的威尔基，接下来大约半小时的时间里，我就坐在那里喝茶听故事。你现在就想听听祖德的人生故事摘要，或者改天再说？"

我环顾四周，我们离盖德山庄不到一千五百米，我发现自己因为快步走了那么远的路，已经气喘吁吁。但我太专心聆听这段难以置信的故事，连头痛都给忘了。我说："当然，狄更斯。把故事结局说来听听。"

"亲爱的威尔基，这不是故事结局，"狄更斯说。他每跨两步，黑刺李手杖就起落一次。"反倒更像是开头。我先跟你说说祖德那天晚上告诉我的话，但只能说个梗概，因为我们的目标已经进入眼帘了。"

"那个自称祖德的人父亲是英国人，母亲是埃及人。他父亲名叫查尔斯·弗雷德里克·福赛特，出生在18世纪末，剑桥大学毕业，是个土木工程师，只不过，他真正热衷的是旅游、探险和文学。威尔基，我已经查过资料，这个福赛特是个作家，写过小说和非小说类文章，但比较知名的是他的游记。他也在巴黎读过书。当然，那是拿破仑战争结束后的事，所以英国人敢于再次进入法国。福赛特在巴黎结识了很多曾经追随拿破仑到埃及探险的科学家。他听到许多精彩描述，渴望亲自去体验那些异国风情。比如被法国炮兵队胡乱射击打掉鼻子的人面狮身像，还有金字塔、当地的人们、城市，当然还有那里的女人。当年的福赛特是个年轻单身汉，法国人口中那些头罩面纱、描画深色眼线、充满魅力的伊斯兰教妇女让他心痒难搔，所以他期待的并不是单纯的旅行。

"短短一年内福赛特就安排妥当，准备跟随一家英国工程公司前往埃及。那家英国公司承包一家法国公司的工程，福赛特是在巴黎的社交场合结识那家法国公司的负责人的。这家法国公司受雇于埃及的年轻君主穆罕默德·阿里。阿里正是第一位将西方知识引进埃及的君主。

　　"身为工程师，福赛特见到金字塔、各种庞大建筑废墟与尼罗河运河系统展现的古埃及人智能，简直叹为观止；作为一名探险家，他为开罗与其他埃及城市欣喜若狂；当他远离都市，到尼罗河上游探访其他古代遗迹与偏远城市时，更是乐不思蜀；身为男人，他发现埃及女人果然一如法国男人所形容，充满神秘魅力。

　　"福赛特是在到开罗的第一年遇见日后将成为祖德母亲的那个女人的。当时英国与法国工程师和其他承包商的住处跟一般埃及小区隔离，而那个女人就住在工程师住处附近。福赛特住的是地毯仓库改建的房舍。那女人来自亚历山大城一个古老的富裕家族，丈夫生前在开罗经商。她通晓英语，经常参加英国工程公司主办的各项餐会和聚会。她名叫阿密喜，意思是'花朵'，很多英国人、法国人和埃及人都告诉福赛特，她有种人如其名的含蓄美。

　　"尽管当地伊斯兰教徒歧视欧洲人和基督教徒，福赛特追求小寡妇却毫不费力。有好几回阿密喜甚至在当地妇人聚集的沐浴场附近'不经意地'让福赛特目睹她没戴面纱的脸庞。在埃及这等于是女方默许了婚事。后来他们依照伊斯兰教律法成亲，婚礼一切从简：祖德的未来母亲只说了一句话，婚礼就算完成。

　　"十个月后，那个我们称为祖德的男孩出生，他父亲将他取名为贾斯珀。这名字对孩子的妈妈和邻居没有任何意义，对孩子未来的玩伴也是一样，那些孩子总是把这个混血儿当雇来的骡子般殴打。孩子出生后将近四年时间，福赛特以栽培英国绅士的方式教养他，规定在家里只能讲英语，利用空闲时间亲自授课，还说将来要送孩子到英国的好学校受教育。在这方面阿密喜没有权利发表意见。万幸的是，小贾斯珀·福赛特·祖德的父亲经常到远离开罗、远离妻小的地方工作，离家的时间比在家多。小贾斯珀跟妈妈上街时总是穿得一身破烂。阿密喜知道绝不能让其他埃及大人小孩知道小贾斯珀家境有多好。他那些玩伴甚至其他埃及人如果知道他的异教徒父亲多么有钱，很可能会谋杀这个肤色白皙的孩子。

"接着，福赛特在埃及的工作结束了，他忽然决定回到英国展开新生活，就跟当初一时性起来到埃及一样突然。他就这么抛下他的伊斯兰教徒妻子和混血儿子，连一封道歉的信函都没有。他们从此没收到过他的消息。

"如今祖德的母亲双重失德：先是嫁给异教徒，而后被那个异教徒抛弃。她的朋友、邻居和亲友都为此责怪她。某天她沐浴时被几个蒙面男子拖到某个庭院，在一群同样蒙了脸的男人面前受审。后来她被定罪，先被绑在驴子鞍座上，在一群当地警探和咆哮男人簇拥下游街示众，再被另一群男人以乱石击毙。那些身穿黑袍、蒙着面纱的女人则站在屋顶或门口心满意足地观看。

"阿密喜死后，警探赶到福赛特在工程师总部附近的河边仓库旧家抓那男孩，男孩却已经消失无踪。家里的仆人、邻居和亲友都否认曾收留他。警方搜索了一干人等的住家，却找不到那孩子。那孩子的衣服和玩具还原封不动留在家里，仿佛他只是从屋里走到庭院，然后被动物带到空中或拖进河里。众人猜测：某些好心的邻居或仆人听说阿密喜因为失德被判死刑，便马上叫四岁的贾斯珀去逃命。小贾斯珀只身逃进沙漠，结果在荒郊野外丧命。

"事实显然不是那样。

"威尔基，我跟你说，原来阿密喜有个很富有、跟她感情很好的叔叔，是住在亚历山大城的地毯商人，名叫阿穆恩。阿穆恩对这个侄女向来疼爱有加，当年阿密喜远嫁开罗，他已经非常难过，后来听说她又嫁了个异教徒，更加伤心。他听说那个英国人抛弃他们母子，便兼程赶来开罗，想劝阿密喜带着孩子跟他回亚历山大城。'阿穆恩'这个名字的意思是'躲藏者'，他即将步入老年，却拥有许多娇妻美妾。白天他是地毯商人，夜里就变成某间古老信仰的庙宇的祭司，也就是埃及人在短弯刀胁迫下改信伊斯兰教之前那种古老、异端的法老信仰。他老早就有意说服阿密喜改信他的宗教。

"他只晚了一小时。他抵达的时候正巧目睹自己的侄女受刑，根本没机会阻止，于是他赶到阿密喜家。当时天气很热，仆人都在午睡，邻居则是去观赏行刑，他偷偷把小贾斯珀从床上抱起来，马不停蹄地离开开罗，孩子在马背上死命抱住他的腰。小贾斯珀不知道阿穆恩是他的亲叔公，更不知道自己的妈妈已经死了。小小的四岁脑袋里一心一意以为自己被沙漠土匪绑票了。他们一老一小骑着阿穆恩的高大种马奔出开罗城门，跑上通往亚历山大城的沙漠道路。

"回到亚历山大城大他自己堡垒般的宅院后，在武装教徒和其他祭司与赤胆忠心的亚历山大刺客的包围下，阿穆恩叔公把小贾斯珀当成自己的亲生儿子，不曾对任何人透露这孩子的真实身份。隔天早上小贾斯珀在这个陌生的新环境醒来，阿穆恩叔公带他到畜栏，要他挑选一只山羊。小贾斯珀以他那个年纪的孩子才有的从容慢慢选了一头最大、毛皮最光滑的白羊，是一头眼珠子里有着魔鬼般狭长直立眼瞳的山羊。阿穆恩叔公点头微笑，他要贾斯珀把羊儿拉出畜栏，然后带着咩咩叫的山羊和贾斯珀到家里最深处的隐秘庭院。到了那里，阿穆恩叔公收起笑容，从腰带上抽出一把长弯刀交给那孩子，说道：'这头山羊就是过去那个由英国异教徒福赛特和那个名叫阿密喜的蒙羞女人生下的孩子贾斯珀·福赛特。今天早上，就是现在，贾斯珀在这里死亡，今后不可以再提起那些名字，即使面临死亡也不能说出口。无论你或任何人都一样。'

"接着阿穆恩叔公强有力的手抓住小贾斯珀握着刀柄的手，一刀划开山羊的喉咙。那头山羊不住抽搐，几秒内就失血而亡。鲜红的血滴喷溅在孩子洁白的衬衫和长裤上。

"'从此刻起你姓祖德。'阿穆恩叔公说。

"威尔基，祖德并不是阿穆恩叔公的姓氏，甚至不是常见的埃及姓氏。事实上，它的含义已经消失在时间与神秘宗教仪典的迷雾中。

"接下来那几年，阿穆恩叔公带着那孩子走入他自己和他那些侍祭藏身的神秘世界。阿穆恩和他那个秘密圈子里的亚历山大百姓白天里是伊斯兰教徒——小祖德跟伊斯兰世界所有虔诚教徒一样，会背诵《古兰经》，一天祷告五次——夜里则依循古老的宗教仪式与方式生活。祖德会跟着叔公和其他那些祭司深夜举着火把进入金字塔，或进入埋在狮身人面像这类圣地深处的隐秘房间。小祖德青春期以前就曾经跟着叔公和其他神秘祭司前往开罗，到一座名叫菲莱的尼罗河河中岛，或深入尼罗河上游去到一处大型坟场的遗迹，包括一个埋葬古埃及君主——威尔基，你一定知道他们称之为法老——的山谷，那些法老都躺在雕刻在崖壁或藏在山谷岩石地表底下的精致石棺里。

"埃及的古老信仰和它流传数千年的深奥知识在这些隐秘地点蓬勃发展。祖德也在那些地方接触到那个宗教的秘密，学习那些牟西擅长的神秘仪式。

"阿穆恩叔公的专长原来是在神圣治疗领域。他是一间奉祀伊兀斯、奥西里斯与塞拉匹斯三尊神祇的睡眠神庙的高等祭司，祖德后来也受训成为祭司。亲爱的威尔基，这种所谓的'疗愈睡眠'在埃及民间传说中或实务执行上已经有上万年的历史。那些有能力诱导这种疗愈睡眠的祭司也获得了掌控病人的权力。当然，如今我们对这种技法的正式名称是催眠，那种神奇效果则是磁化睡眠。

"威尔基，你知道我也有这方面的能力，这是极罕见的天赋。我跟你说过我跟伦敦的大学学院附设医院教授约翰·艾略森学习过，自己也深入做过研究，几年前还曾经在意大利和瑞士运用我的催眠力量为中邪的德莱露夫人——应她先生要求——治疗了好几个月。当时如果不是凯瑟琳基于毫无根据的非理性妒意横加阻挠，我相信我一定可以彻底治愈她。

"祖德说他在斯泰普尔赫斯特车祸现场上方的边坡遇见我的时候就看出我有这种催眠天分。他说他一眼就辨识出我身上有那种神赐能力，正如数十年前阿穆恩叔公在四岁的他身上看到这种潜力一样。

"我离题了。

"在埃及那段时间，祖德通过各种祭祀仪典和先人知识学会操控自己的特殊能力。亲爱的威尔基，你知不知道，希罗多德这类伟大历史学家告诉过我们，伟大的拉美西斯王，也就是全埃及的法老王，曾经病入膏肓、药石罔效。根据希罗多德与祖德的叔公和众位老师的说法，拉美西斯王当时已经'坠入亡者的殿堂'，后来他却又回到阳间，不药而愈。这位法老王的复活在埃及传诵千年，即使在今天伊斯兰主导的埃及依然不变。还有，你知不知道拉美西斯王为什么能奇迹般地从亡者的阴暗殿堂归返？"

说到这里，狄更斯故意停顿下来，营造戏剧效果，直到我被迫问了一句："为什么？"

"就是靠磁流催眠的神奇力量。"他说，"拉美西斯王在希阿各神庙的仪式与法术中被催眠了，得以以凡人的形态死去，再以超越凡人的形态被唤醒，并且治愈了他的致命疾病。

"罗马历史学家塔西陀描述过亚历山大城这座备受景仰的睡眠神庙。年轻时的祖德就是在那里从事绝大部分的午夜修业，也在那里成为磁流作用这种古老技法的执行者。

"那天晚上，在他的地底城庙宇图书馆，祖德告诉我，甚至让我看那些羊皮纸文稿和书籍。希腊文学家普鲁塔克说过，在伊西斯与奥里西斯的神庙里施行的那些预言性或治疗性的催眠术都使用到一种名为西腓的迷香搭配七弦琴的音乐来引人入眠。那种迷香至今还在使用，祖德甚至装在药瓶里让我试闻。毕达哥拉斯学派进行神秘的洞窟或神庙祭仪时，也使用西腓香与七弦琴，因为他们跟古埃及人一样，相信这种磁力作用只要适当引导，就能释放躯体里的灵魂，与灵界达到完美的和谐状态。

"亲爱的威尔基，别用那种眼神看我。你也知道我根本不相信什么鬼魂和通灵之类的事，我在演讲时和文章里已经说得够多了。但我确实是磁力作用的专家，也希望在不久的将来能精通这门学科。

"根据希罗多德和亚历山大学派的革利兔的说法，以下这个用在临终者身上的祷告词和催眠控制已经在埃及重要人物的葬礼上施行一万年之久：

"'赐予人类生命的神啊，祈求你给予亡者的灵魂有利审判，让它顺利前往永生的国度。'

"不过威尔基，你也发现他们留住了某些灵魂。用他们的磁力作用留住某些特定灵魂，把它们带回来。法老王拉美西斯是如此，你我认识的那个祖德也是如此。"

狄更斯停下脚步，我在他身旁站定。虽然刚刚我们的速度没有狄更斯平时那么疯狂，但离盖德山庄也只剩不到一公里路。我不得不承认过去二十分钟内狄更斯低沉的声音和语调让我陷入半催眠状态，完全没留意到周遭的一切。

"威尔基，你会不会觉得这些太乏味？"他的深色眼眸有着尖锐与质疑。

"没有的事，"我答，"太吸引人了，非常奇幻。不是所有人都有机会听狄更斯本人说《天方夜谭》的故事。就算有机会也不是天天听得到。"

"奇幻，"狄更斯重述我的话，淡淡笑着，"觉得太奇幻，不像真的？"

"查尔斯，你是在问我相不相信祖德跟你说的这些是真的，或在问我相不相信你告诉我的是真话？"

"二选一，"狄更斯说，"其实二者皆是。"他专注的眼神始终没有离开我的脸。

"我不知道祖德讲的是真是假，"我说，"不过我相信你转述他的话的时候并没有骗我。"

亲爱的读者，我没说实话。这个故事太荒诞，我不但没办法接受，也不相信狄更斯会信以为真。我记得狄更斯曾经告诉我，他童年时期最喜欢的读物是《天方夜谭》。此刻我怀疑斯泰普尔赫斯特意外事故诱发了狄更斯幼年时期的某种性格倾向。

狄更斯点点头，仿佛我答对了小学老师的问题似的。"亲爱的老朋友，我应该不需要提醒你这些信息都不能泄露出去。"

"那是当然。"

他笑得几乎有点儿稚气："就算我们那位菲尔德探长朋友威胁要把女房东和管家的事公之于世也一样？"

我挥挥手撇开不谈。"你没有谈到祖德故事的重点。"我说。

"没有吗？"

"没有。"我断然答道，"你没说。比如他为什么出现在斯泰普尔赫斯特？他从哪里来？他对那些伤者或死者做了什么？……我记得你说过，这个叫祖德的怪物像是在窃取濒死者的灵魂。还有他到底在地下墓室底下的隧道河流尽头的山洞做什么？"

"我们快到家了。"说着，狄更斯重新迈开脚步往前走，"剩下的故事我就不说了……我直接回答你的问题。首先，有关祖德为什么出现在斯泰普尔赫斯特，黑彻利的调查结果和推论都没有错，他确实躺在行李车的棺木里。"

"我的天！"我惊呼一声，"为什么？"

"就是我们猜测的原因，威尔基。祖德在伦敦和整个英格兰都有敌人，那些人想找到他，对他不利。我们的菲尔德探长就是其中之一。何况祖德既不是英国公民，也不是受欢迎的外国访客。事实上，在官方的认定与所有档案里，他已经死亡超过二十年了。所以他才会躺在棺材里从法国回来。他去法国是为了与教友晤面，并且会见催眠术专家。"

"太神奇了，"我说，"那么他在事故现场的行为又做何解释：偷偷摸摸俯在伤员上方，等你过去那些人就都死了。你还说他在'窃取灵魂'。"

狄更斯笑了笑，把手杖当成大刀挥劈，砍断路旁一株野草。"亲爱的威尔基，这就证明如果不明白来龙去脉，即使训练有素的聪明人也会看走眼。祖德并不是在窃取那些垂死的可怜伤员的灵魂。恰恰相反，他是在催眠他们，减轻他们的痛苦，并且念诵古埃及丧礼的祷词，让他们一路好走，用的正是我几分钟前念给你听的那些词句。他就像天主教徒对临终者施行圣礼，只是他用的是睡眠神庙的仪式。他相信他是在帮助死者的灵魂顺利去到他们各自信奉的任何神祇面前接受审判。"

"太神奇了。"我又说一次。

"至于他在英国的过去以及他为什么住在地底城，"狄更斯接着说，"祖德当年来到英国的经过与他跟水手之间的争执和凶杀之类的事，都跟老烟鬼萨尔描述的一样，只是完全相反。二十多年前祖德奉派从埃及来到英国寻找他的两个表亲，是一对年轻男女双胞胎，他们专精另一项古埃及技艺，也就是读心术。祖德身上带着几千英镑现金，行李箱里还装着更多黄金。

"他到英国的隔天晚上就被抢了，在码头上被英国水手抢劫。对方拿刀凶狠地砍杀他，他就是这样失去了他的眼皮、耳朵、鼻子、一部分舌头和手指。凶手把他当成尸体扔进泰晤士河。后来地底城的居民发现了在河里载浮载沉的他，把他带到地底下等死。可是祖德并没有死。就算他死了，他也把自己给救了回来。原来当天晚上他在被不知名的英国暴徒打劫砍剁殴打刺杀的当下就将自己深度催眠，让他的灵魂，或者说他的精神体，在生死之间保持平衡。地底城的拾荒者找到的确实是一具没有生命迹象的死尸，但他们关切的谈话声将他从磁性睡眠中唤醒，一如他自我催眠时给自己下的指令。祖德复活了。为了报答救他的那些可怜人，他就在恩人的地底住处建造了这座图书馆兼睡眠神庙。直到今日，他仍旧在那里用他的古埃及仪式尽他所能医治或协助有需要的人，并且为那些他救不了的人减轻死亡的痛苦。"

　　"你把他说得像圣人。"我说。

　　"从某种角度看来，我觉得他是。"

　　"他为什么不回埃及去？"我问。

　　"哦，他回去过。威尔基，他回去过，偶尔回去一趟，去探视他的学生和教友，或协助办理某些古代祭仪。"

　　"但经过这么多年，他为什么一直回到英国来？"

　　"他还没找到他的表亲，"狄更斯说，"而且如今他觉得英国跟埃及一样，都是他的祖国。毕竟他有二分之一的英国血统。"

　　"杀了冠他姓名的那头山羊后，他还是吗？"我问。

　　狄更斯没有回答。

　　我说："菲尔德探长说你的祖德——医者、催眠术大师、基督般的悲悯者与神秘主义者——过去二十年来谋杀了超过三百个人。"

我预期他会大笑。

狄更斯的表情没有丝毫改变。他还在观察我。他说："威尔基，你真的相信跟我对谈的那个人杀了三百个人吗？"

我跟他四目相望，也给他模棱两可的空洞眼神："查尔斯，也许他催眠了他的爪牙，派他们去下手。"

这下子他真的笑了："亲爱的朋友，就算你没看过我偶尔写的相关文章，至少也听过艾略森教授的演讲。我相信你一定知道，人在催眠术作用下陷入昏睡或恍惚状态，是没办法做任何违反他们清醒时所有道德观或原则的事的。"

"那么或许祖德催眠了杀手或凶徒去犯下菲尔德探长所说的那些命案。"我说。

"亲爱的威尔基，如果那些人本身就是杀手或凶徒，"狄更斯轻声说，"那他根本不需要催眠他们，不是吗？他只需要用黄金收买他们。"

"也许就是这样。"我说。我们的对话已经荒谬得离谱。我看看四周在午后秋阳中闪闪发亮的绿草地。我已经在树木间隙看见狄更斯的小屋和盖德山庄的双重斜屋顶。

趁着狄更斯还没往前走，我伸手按住他的肩膀。"你每星期到伦敦去一个晚上就是为了增进你的催眠技术和知识吗？"我问。

"原来我家里果然有密探。我猜是某个经常消化不良的人，对吗？"

"不，不是我弟弟说的，"我的语气有点儿尖锐，"查

191

理·柯林斯是个能保守秘密的人，而且他对你绝对忠心，狄更斯。有一天他会变成你外孙的父亲，你应该更看重他一点。"

当时狄更斯脸上闪过一抹神色，不像是阴郁的怒容，可能是短暂的嫌恶。只不过，究竟是因为我弟弟娶了他女儿（他始终不同意这桩婚事），还是想到他年纪已经老得可以当外公，我永远不会知道。

"威尔基，你说得没错。抱歉，我不该开那种玩笑，不过那只是家人之间的亲密玩笑。有人悄悄告诉我，凯蒂·狄更斯和查理·柯林斯的婚姻不会帮我生下孙子。"

这又是什么鬼话？在我们大打出手或继续默默往前走之前，我说："是凯蒂告诉我你每星期进城去。她和乔吉娜与你儿子查理都很担心你。他们知道你还没完全走出火车事故的阴影。如今他们觉得我又带你在伦敦的情欲世界找到了什么恶心的新花样，而你像被催眠似的——原谅我的比喻——不可自拔，每星期都要沉迷其中整整一个晚上。"

狄更斯笑得前仰后合。

"来吧，威尔基。如果你不能留下来享用乔吉娜准备的美味晚餐，至少多待一会儿，跟我抽根雪茄，一起去巡视马厩，再看看在草坪上玩耍的孩子们和福斯特。之后我让普洛恩驾小马车送你去车站搭傍晚的快车。"

我们一走上车道，狗儿们就冲了过来。

狄更斯习惯把狗绑在大门附近，因为已经有太多言语粗鲁的流浪汉或衣衫褴褛的无业游民从多佛尔路走进来，在盖德山庄前后门不劳而获地伸手讨东西。今天下午率先来迎接我们的是跳跳夫人，也就是玛丽的娇小博美犬。狄更斯用一种幼童口气跟它说话，几乎像在吱吱叫。一秒后琳达也蹭呀跳地跑过来，这只总是不疾不徐地蹦跳翻滚的圣伯纳犬似乎永远都在跟那头叫托克的大型獒犬比赛翻筋斗。一时之间这三条狗突然陷入狂喜，又跳又舔猛摇尾巴地迎接它们的主人，而它们的主人——我不讳言——对动物确实很有一套。如同很多人类一样，这些狗儿和马匹似乎知道狄更斯是天下无双先生，必须受到应有的崇敬。

我伸手想拍拍那条圣伯纳犬、摸摸乐翻天的獒犬，同时小心避免踩到小博美。它们却开心得连礼貌都忘了，一直跑回狄更斯身边去，把我抛在一旁。这时一条新来的大狗（是我还没见过的大型爱尔兰猎犬）怒气冲冲地从树篱拐弯处冲出来，朝我直奔过来，咆哮嗥叫，一副想撕咬我喉咙的样子。坦白说我举起了手杖，也往车道的方向后退了几步。

"停住，苏丹！"狄更斯大吼。那只来势汹汹的恶犬先是在离我六步的地方停下来，然后怀着犬只特有的罪恶感与服从蹲伏下来。它的主人则是用斥责狗儿的特殊口气责骂它，之后又挠挠那条恶犬的耳后。

我往前走了几步，那条猎犬再度咆哮并露出獠牙。狄更斯停止挠它，苏丹又是一脸愧色，腹部更贴近车道的砾石，用口鼻磨蹭狄更斯的靴子。

"我没见过这条狗。"我说。

狄更斯摇摇头："波希几星期前才送我的。坦白说，这条狗偶尔会让我想起你，威尔基。"

"怎么说？"

"首先，它无所畏惧，"狄更斯说，"其次，它绝对忠诚……它只服从我，而且百分之百服从我。最后，对于外界对它的行为的评价它彻底不屑；它讨厌军人，只要看见就会攻击；它讨厌警探，据说曾经把警探追到公路上；它还讨厌所有同类。"

"我并不讨厌我的同类，"我轻声说，"而且我没攻击过军人，也没追过警探。"

狄更斯蹲下来拍拍苏丹的颈子，仿佛没听见我的话。其他三只狗醋劲大发，着急地又跳又叫绕着他打转。"苏丹只有一次咬了玛丽的博美犬跳跳夫人，幸好又很有风度地听从命令把它吐了出来。可是自从它来了以后，附近的小猫都神奇地失踪了，尤其是住在法斯塔夫酒馆后面棚屋那只母猫刚生的那窝小猫。"

苏丹用急切的眼神凝视我，显然只要有机会，它会毫不迟疑地把我也给吃了。

"尽管它很忠心，是个好朋友，勇气十足，还很有趣，"狄更斯说，"恐怕总有一天还是要让它安乐死，而且必须由我亲自动手。"


我搭火车回伦敦，没走路回梅坎比街的自家，而是搭出租马车到了波索瓦街33号。马莎小姐在那里以马莎·道森太太的化名向房东太太租了个小公寓，里面有一间小卧室和一间空间稍大的客厅。客厅里有简单的烹饪器具。她在公寓后门的独立出入口等我。我比预定的时间晚到几个小时，但她一直在留意楼梯的脚步声。

"我做了排骨，晚餐还热着，"我进门后她边关门边对我说，"马上就可以吃。或者我晚一点儿再加热。"

"嗯，"我说，"晚点儿再加热。"

生活在遥远未来的读者，这时候我几乎——不太确定，但是几乎——可以想象在你那种时代里，传记作家甚至小说家描写到接下来可能发生的私人活动，也就是男人和女人之间的亲密时刻的时候，多半不会拉上谨慎的布帘。我只希望你们的年代还不至于放荡到毫无节制地口说或描写这类私密场景。但如果你奢望在这里看到那种不知羞耻的腥膻文字，你恐怕要失望了。

我可以说的是，如果你见到了马莎小姐的相片，你可能不会有心地观察到我每次靠近她时见到的那种美。在一般人眼中，或在照相机的镜头里（马莎告诉过我，一年多前她满十九岁的时候，父母赞助让她拍了一张照片），马莎个子不高，瘦长脸蛋儿看起来有点儿严肃，嘴唇几乎像黑人那么厚，一头直发分线严明（以至于她的头顶仿佛秃了），眼窝深陷，鼻子和肤色让她看起来简直像在美国南方棉花田里采收棉花的黑人。

马莎的照片完全显现不出她的活力、热情、性感和肉体上的慷慨与大胆。很多女人——我绝大多数时间都跟女人同居——可以借着穿着打扮或涂红抹紫或送送秋波之类的手段，在公共场合对男性宣扬伪装的性感，其实内心没有一点儿女性魅力。我猜那些女人做那些举动只是出于习惯。而有些女人则真正展现出这种热情的天性，比如年轻的马莎。在我们19世纪60年代的英国社会那些半冷感、半冷漠、反应迟钝的女人堆里能找到这样一个女人，与其说是找到一颗未经琢磨的钻石，不如说是在狄更斯很喜欢带我去的巴黎停尸间那些冰冷死尸之间找到一具温暖有回应的躯体。

几小时后，我们坐在她收拾出来摆上晚餐的小桌子旁，就着烛光啃着干硬的排骨（马莎不是个好厨子，而且永远也不会是），手里的叉子随意拨弄又冷又干的蔬菜。马莎今天还买了一瓶葡萄酒，但那酒跟食物一样难以下咽。

我拉起她的手。

"亲爱的，"我说，"明天天一亮你马上收拾行李，搭十一点十五分的火车回雅茅斯去。你要重新回到原来那间旅馆工作，如果不行，就找个类似的工作。明天晚上以前你一定要到韦斯顿去探望你父母和哥哥，告诉他们你过得很好，很开心，说你用自己的钱到布莱顿度了个假。"

马莎果然值得疼爱，她没有啜泣或假笑，只是咬咬下嘴唇说道："柯林斯先生，心爱的，我做错什么事冒犯了你吗？晚餐不好吃吗？"

我虽然很累，眼睛和四肢的疼痛愈来愈严重，却还是忍不住笑了："不，不是，亲爱的。只是最近有个探员在四处打探消息，我们不要给他任何机会威胁我，或威胁你和你的家人，亲爱的。我们必须暂时分开一段时间，等到他没兴趣玩儿下去。"

"警探！"马莎叫道。她个性很沉着，但她终究是从事帮佣工作的乡下人。警探，尤其是伦敦警探，会让她们这种人心生畏惧。

我又露出笑容安抚她："不。那人已经不是警探了，亲爱的马莎。只是那种年老的爵爷们雇来监视外出从事慈善工作的年轻妻子的卑鄙私家侦探，没什么好担心的。"

"我们非得分开吗？"她环顾房间。我看得出来她想努力把灰扑扑的家具和墙上沉闷的图案印在脑海里，就像王室成员遭到贬谪即将被赶出世居的城堡时一样。

"只分开一小段时间，"我拍拍她的手，"我会应付这个探员，之后我们再重新安排见面时间。我会继续以道森太太的名义承租这套公寓，因为你一定很快就会回来。你说这样好吗？"

"这样当然很好，道森先生。今晚你能留下来吗？最后一个晚上能多待一会儿吗？"

"亲爱的，今晚不行。今晚我的痛风很严重，我必须回家服药。"

"心爱的，真希望你留一瓶药在这里，这么一来当它为你纾解疼痛的时候，我可以为你纾解其他的紧绷和焦虑！"她捏捏我的手，力道太大，让我已经痛苦不已的手臂又是一阵抽痛。泪水在她眼眶打转，我知道她是在为我难过，不是因为自己即将离去。马莎有个富有同情心的灵魂。

"搭十一点十五分的班车，"说着，我把总共六英镑的纸钞和硬币放在梳妆台上，然后起身穿外套，"亲爱的，记得别遗漏任何东西，一路顺风，我很快会跟你联络。"

我回到梅坎比街9号的家时，十四岁的哈丽叶已经就寝，卡罗琳还没睡。

"你饿不饿？"她问，"我们晚上吃小牛肉，我帮你留了些。"

"不用了，来点酒也好。"我说，"今天全身痛得不得了。"我走到厨房，用藏在背心口袋里的钥匙打开我的私人碗柜，一口气灌了三杯鸦片酊，再回到用餐室找卡罗琳，她已经斟好两杯马德拉白葡萄美酒。马莎的劣质酒味道还留在嘴里，我需要驱走它。

"你今天拜访狄更斯还好吗？"她问，"我以为你会早点回来。"

"你也知道他留人用餐有多么坚持，"我说，"根本不让人拒绝。"

"这点我倒真的不知道，"卡罗琳说，"我每次跟狄更斯先生一起用餐都是跟你一起，不是在我们家就是在餐馆包厢。他从来没有坚持留我在他家待得太晚。"

她说得没错，我没有反驳。我感觉得到鸦片酊开始治愈我剧烈的头痛，药效给我一种上下浮动的异样感，仿佛用餐室的桌椅是一艘小船，被大船掀起的波涛震得起伏不定。

"你跟他聊得开心吗？"卡罗琳继续追问。她身上的鲜红丝袍有点儿太花哨，降低了格调，那上面的金色刺绣花朵似乎在我眼前随着脉搏一跳一跳。

我说："今天下午狄更斯威胁我，如果我不听从他的命令，就要杀了我，就像杀死不听话的狗一样。"

"威尔基！"她真的吓到了，脸色在昏暗灯光下瞬间转白。

我挤出笑容："亲爱的，没事，当然没有那种事，只是威尔基·柯林斯习惯性夸大其词。我们下午一起走路聊天，过程很愉快。吃晚餐后喝白兰地抽雪茄，又聊了更多。约翰·福斯特和他的新婚妻子也在。"

"哦，那个无聊家伙。"

"是啊。"我摘下眼镜，揉揉太阳穴，"我该睡了。"

"可怜的心肝宝贝，"卡罗琳说，"如果帮你按摩会不会舒服点？"

"嗯，"我说，"应该会。"

我不知道卡罗琳在哪里学会按摩这种技术，我从来没问过。十年前我遇见她之前的事我从不过问，至今仍然是个谜。

但她的双手带给我的愉悦和放松毫无疑问。

大约半小时后在我房间里，她按摩好之后轻声问我："亲爱的，要我留下来吗？"

"心爱的，今晚不行。我身上还疼得厉害，你也知道快感一消失，疼痛就会恢复。何况明天一早我还有重要事要做。"

卡罗琳点点头，吻了我的脸颊，拿起梳妆台上的蜡烛下楼去了。

当时我想去写东西，就像以前写《白衣女人》和那些更早的书一样彻夜赶稿，可是我房门外的二楼楼梯间传来细微声响，我决定留在房里。那个满口獠牙的绿皮肤女人愈来愈猖狂。我们刚搬进来那几个月她只会流连在陡峭阴暗的仆人用梯，如今我却经常在午夜过后听见她的光脚踩在楼梯间的地毯或木地板上的声音。

或者那声响来自我的书房。走进漆黑的书房看见那人在月光下坐在我的椅子上写作，那更糟糕。

我留在卧房里，起身走到窗边，轻轻拉开窗帘。

有个衣衫褴褛的男孩子逗留在街角路灯附近，背倚垃圾桶坐着，可能睡着了。也许他在仰望我的窗子，他的眼睛藏在阴影里。

我拉上窗帘回到床上。鸦片酊有时候会让我彻夜清醒，有些时候则会带我经历激烈的梦境。

我把查尔斯·狄更斯和他的幽灵祖德逐出脑海，进入梦乡。但我的鼻孔充盈着一股异常甜腻，几乎叫人反胃的气味，也许是烂肉。在我眼皮后方像汩汩鲜血般搏动的是鲜红天竺葵的影像，一束束、一堆堆，像层层堆叠在葬礼上的天竺葵。

　　"我的天！"我大声说道，在黑暗中从床上坐起。内心有个异常肯定的念头，几乎像未卜先知。"查尔斯·狄更斯要杀爱德蒙·狄更森。"

# 第十章

隔天早上我写下跟狄更斯的对谈内容，就到俱乐部吃早餐。我需要时间思考。

前一天狄更斯追问了我很多遍，想知道我相不相信他的话。我不相信，至少不完全相信，我不确定他在伦敦地底下的污水道和迷宫之间是不是当真见到了任何姓祖德的人。当时我看到了那艘平底小舟，看到了那两个狄更斯称呼他们金星和水星的诡异船夫，所以那段过程确有其事。

或者我果真看见了吗？我记得那艘船驶过来，狄更斯上船后跟船头那个戴面具撑长竿的人和船尾那个戴面具操舵的人一起消失在下水道转弯处……是这样吗？当时的我疲倦又害怕，也昏昏欲睡。那天晚上我跟狄更斯碰面之前多喝了些药水，晚餐时又喝了比平时更多的酒。那天晚上整个过程，包括我们穿过地窖往下去找那个中国佬拉萨里王之前的片段，都显得如梦似幻，很不真实。

那么狄更斯所说的那些祖德的故事呢？

那又怎样？以狄更斯的想象力，他可以在片刻之间编出上千个这样的故事。事实上，祖德的童年、英国籍父亲、被杀死的埃及母亲等等听起来都太刻意造作，狄更斯的创作能力远高于此。

奇怪的是，却是有关祖德的催眠能力和磁流作用力那段情节让我想要相信狄更斯的故事。这些内容也说明了害怕搭火车甚至马车的狄更斯为什么每星期至少从盖德山庄进城一趟。

他是那个姓祖德的催眠大师的学生，也许"侍祭"这个词更为贴切。

斯泰普尔赫斯特意外事故后，狄更斯曾经试图催眠我（但没成功），当时我知道他对催眠术已经着迷三十年之久，从他还在使用早期笔名"博兹"的时代就开始了。当时全英国都在风靡催眠术：这个潮流是从法国传进来的，那时法国有个"磁流男孩"似乎有能力说出人们怀表上显示的时间，即使头部和眼睛缠上厚布，也能在催眠状态中读出卡片上的字。当然，那时候我还不认识狄更斯，但他不止一次告诉我，当时伦敦只要有催眠表演他都参加。不过，最让年轻博兹佩服的却是那位"教授"，也就是大学学院附设医院的约翰·艾略森。

1838年艾略森运用他的磁流影响力让他的对象进入比其他催眠师能做到的更深沉的昏睡状态，其中有些人是他在医院里的病人。在那种深度催眠中，那些男人、女人或男孩、女孩不只在慢性疾病的治愈上有突破性进展，甚至可以在引导下展现预测未来的能力。那一对患有癫痫症的欧奇姐妹被艾略森教授催眠后非但从轮椅上站起来唱歌跳舞，更在年轻的狄更斯相信绝无作假的条件下展现了惊人的天眼通异能。狄更斯从此对催眠深信不疑。

狄更斯从一个没有真正宗教信仰的人，转变成动物磁力说与控制这股磁力的催眠力量的虔诚信徒。亲爱的读者，千万别忘了我们的时代背景：科学对磁力与电力这类流体与能量的存在与它们的交互作用的研究刚有了长足进展。在狄更斯眼中，磁性物质的流动与对它的控制是所有生物的共通特质，尤其是人类的心灵与躯体，似乎就跟法拉第[1]用磁铁产生电流这种突破一样科学、一样可被证实。

众所周知，1839年艾略森因为催眠演示过于耸人听闻，被迫辞去他在大学学院的医学原理与实务教授职位，当时狄更斯公开声援艾略森，私底下借他钱，还安排他治疗自己的父母亲和家人。几年后艾略森困顿潦倒心烦意乱，意图轻生，狄更斯也伸手拉了他一把。

当然，狄更斯从来不允许别人对他催眠。如果有人以为狄更斯会把对自己的控制权交到别人手上，即使只有短暂片刻，那么那人一点儿都不了解狄更斯。那个不久后即将变成天下无双先生的年轻博兹才是一心一意想掌控别人的人。催眠只是他运用的工具之一，却令他终生着迷。

当然，不久后狄更斯就开始尝试自己的催眠与治疗方法。1842年走访美国时，他告诉美国的朋友他经常为凯瑟琳催眠，治疗她的头痛和失眠（多年以后，他告诉我他曾经持续运用动物磁力学减轻他那个下堂妻的"歇斯底里症状"）。他也曾经对我坦言，他第一次催眠凯瑟琳其实是个意外。当时他跟美国朋友谈论催眠术，为了说得更浅显易懂，便伸手在对方的头部比画，或抚过他们的眉毛，以便忠实呈现他在专家的演示过程中目睹的

---

1　Faraday：麦克·法拉第（1791—1867），英国物理学家，在电磁学、电化学方面贡献卓著，被认为是历史上最有影响力的物理学家之一。

一切，没想到当时也在场的凯瑟琳被催眠进入歇斯底里状态。他的手继续比画，想让她恢复正常，凯瑟琳却只是陷入更深沉的昏睡。隔天晚上他再度以凯瑟琳为对象在朋友面前表演催眠。不久后就开始尝试治疗她的"歇斯底里症状"，之后再把渐渐增进的催眠能力进一步运用在家人和少数朋友身上。

狄更斯是在为德莱露夫人做催眠治疗时惹上麻烦的。

德莱露夫人是瑞士籍的银行家埃米尔·德莱露的英国籍妻子。埃米尔在他祖父创办的银行热那亚分行担任经理。1844年狄更斯偕妻前往意大利热那亚，计划从秋天停留到冬天，以便创作。1844年10月狄更斯夫妇跟德莱露夫妇曾经短暂隔邻而居，也经常在旅居热那亚的英国人社交场合碰面。

奥葛丝塔·德莱露饱受神经症状所苦，比如失眠、神经抽搐、颜面痉挛和极度严重的焦虑症，家人经常被迫用绳索将她捆绑起来。生活在文明程度不如我们的年代的人们可能会断言那女人被恶魔附身了。

狄更斯建议运用他日趋成熟的催眠能力为德莱露夫人治疗，德莱露夫人的先生埃米尔大力赞同。"乐意随时候传。"狄更斯在一封短笺里对德莱露夫人如是说。在接下来那三个月，也就是1844年11月、12月到1854年1月，狄更斯一天见德莱露夫人数次。某些疗程中德莱露夫人的丈夫也在场（埃米尔英勇地表达学习催眠术的意愿，以便为自己的妻子减轻痛苦，可叹的是，他没有磁流影响力的天赋）。

德莱露夫人的神秘病症主要症结在于，有个幽灵经常出没于她的梦境，造成她身体上的不适。"最重要的是，"狄更斯对埃米尔说，"绝不能让那个纠缠她心神、占据她心思的幽灵重新取得掌控。"

为了避免幽灵再次得势，狄更斯随传随到，不管白天或黑夜。狄更斯甚至曾经在凌晨四点把凯瑟琳孤零零留在他们的热那亚住处，奔到可怜的德莱露夫人身边治疗她。

德莱露夫人的抽搐、痉挛、抽筋与失眠渐获改善，埃米尔非常开心。狄更斯持续每天对她施行催眠术，问她更多有关那个幽灵的问题。对于那些曾经在德莱露家中客厅目睹催眠疗程的人而言，那就好像是降神会。深陷昏睡状态的德莱露夫人描述她在某个远方被或明或暗的飘移灵体包围。那些灵体总是企图控制她，而英勇的狄更斯设法将德莱露夫人从怪物的黑暗势力中解救出来。

1月底狄更斯带着凯瑟琳离开热那亚，依照原订行程前往罗马和那不勒斯旅游。埃米尔每天写信向狄更斯报告他太太的病情。狄更斯写信告诉埃米尔，他们夫妻最晚2月底之前必须到罗马跟他会合。埃米尔决定提早带着妻子动身。

凯瑟琳并不知道丈夫计划要跟德莱露夫妻会合，更不知道狄更斯跟他的"病人"私下约定进行治疗：狄更斯每天上午十一点专注冥想，在脑海里为他的病人隔空催眠；远方的德莱露夫人则是在狄更斯将他的"视线"望向她的方位时，专注地想象自己接收到那股能量。

狄更斯夫妇搭马车旅行，凯瑟琳坐在马车上层呼吸新鲜空气，狄更斯坐在车厢里。十一点一到，狄更斯便开始专注观想远方的病人，他才开始想象自己挥动催眠的手势引导磁流，就听见凯瑟琳的皮手筒从上层车厢掉了出来。凯瑟琳不知道狄更斯正在朝热那亚的方向传送磁性作用力，却在上面的车厢进入强烈的被催眠状态，眼皮急惊风似的快速抖动。

等狄更斯夫妇在罗马安顿下来，德莱露夫人因为与催眠大夫分隔两地，病情明显恶化。埃米尔来信说那个鬼魂似乎重新出现，而且又控制了奥葛丝塔。"距离太远，我没办法击败它，也没办法压制它。"狄更斯回信道，"只要能靠近她，在她身边继续使用那股磁流力量，我相信我可以将它像玻璃一样击碎。"

不久后德莱露夫妇就抵达罗马，狄更斯重新开始每日疗程，这令凯瑟琳无比错愕。他写道：那时他每天催眠她，"有时在橄榄树下，也曾在葡萄园里，或在旅途中的马车上，偶尔在中午歇脚的路边酒馆里"。

就是在这个阶段，狄更斯告诉埃米尔，德莱露夫人出现了某些令人不安的症状："她大脑内部的痉挛造成她全身不可思议地蜷缩成一颗圆球，我循着她的长发才找到她的头。"

就是在这个时期，凯瑟琳（她1月底又怀孕了，差不多就是在她跟狄更斯一起攀登猛烈喷发的苏维埃火山那段期间）告诉狄更斯，她很为狄更斯跟奥葛丝塔之间明显不合礼法的关系感到苦恼。

狄更斯的反应就跟他受到任何指控时一样，大发雷霆地斥责凯瑟琳。他说她的无端指控非但荒谬，更是龌龊。他说无论当事人或局外人都能一眼看出他的动机纯粹是拥有催眠能力的大夫对病情最严重的病人的关怀。狄更斯对凯瑟琳咆哮怒骂，甚至威胁要把她丢在罗马自己离开。

然而，一个怀孕三个月的妻子——尤其是一个地位有如中国长城般稳固的妻子——可没那么好吓唬。

那是凯瑟琳有史以来第一次对狄更斯的无数迷恋与调情表达

不满，而狄更斯有史以来第一次也是唯一一次让步了。他告诉德莱露夫妇凯瑟琳不喜欢他花太多时间在病人身上，并为凯瑟琳的不理性态度连声抱歉，说她只在乎自己的感受，对别人的苦难漠不关心。

自己的荣誉遭到如此羞辱，狄更斯始终怀恨在心。多年以后，就在狄更斯继手镯事件后将凯瑟琳逐出家门之前不久，他曾经翻旧账提起十四年前那段"非理性嫉妒"以及当时他心里的感受。他嘲弄她："热那亚那段时间你的怒气从头到尾都毫无根据，唯一的原因就是你在婚姻生活中享有太多的尊贵与荣誉，声名与地位，以及其他许许多多令人钦羡的事物。"

凯瑟琳觉得狄更斯跟被魔鬼缠身的德莱露夫人关系很可疑。多年后狄更斯对她说，她心里应该很清楚——如果她是个称职的好妻子就会知道——他帮助那可怜的女人纯粹是发自内心的创造力与高尚情操的表现，而他催眠别人的能力正如他创作伟大小说的能力一样，是他最重要的天赋能力的基本特质。

如今狄更斯这个业余催眠师遇见了催眠术的终极大师。

我在俱乐部吃完早餐，折好报纸，把餐巾留在椅子上，拿起帽子和手杖走向门口，内心笃定地相信狄更斯之所以每星期搭乘将他吓出冷汗的火车到伦敦去，就是为了向某人学习催眠术。

而且那个某人毋庸置疑正是祖德。


"呦，柯林斯先生，可真巧呀。"我在法院巷朝林肯绿地巷走去时，背后冒出一个唐突的声音。

"菲尔德先生。"我半转身子点点头，脚步却没停，故意省略"探长"这个称号。

他也许没注意到我对他称呼的改变，也许假装没注意。"柯林斯先生，今天天气真好，是不是？"

"是啊。"

"昨天天气也很好。您到查塔姆镇和盖德山庄的拜访过程还愉快吗？"

我的手杖在卵石路面连敲两下："菲尔德先生，我被跟踪了吗？我以为你派了个男孩在梅坎比街和多赛特广场等我给你消息。"

"噢，是啊，柯林斯先生。"菲尔德只回应我第二个问题，"醋栗还在那里耐心等候。他有的是耐心，因为我付钱给他。但我的职业如果有那么多耐心，恐怕就要付出惨重代价。人家说时间就是金钱。"

我们走过林肯酒馆绿地。约翰·福斯特结婚前曾经在这附近住过很长时间，狄更斯的《荒凉山庄》里那个恶棍律师的地址就是福斯特过去的住处。我经常怀疑那是否只是巧合。

我们穿越绿地来到牛津街，不约而同停下脚步，站在路边等待运货马车隆隆驶过，接着又有几架马车经过。菲尔德从背心口袋掏出怀表看了一眼。"十一点二十五分，"他说，"马莎小姐现在已经到了伦敦郊区，要回雅茅斯。"

我把手杖像棍棒似的抓在手上。"原来你派了人跟踪我们大家，"我咬牙切齿地说，"探长，如果你叫手下做这些事，那么你浪费的不只是时间，还有金钱。"

"说得好，"菲尔德说，"柯林斯先生，正因如此，您提供的消息可以节省你我的时间。"

"既然你昨天跟踪了我，"我说，"那我知道的你应该都知道了。"

菲尔德笑了。"我知道您跟狄更斯先生步行三小时的路线，却不知道你们的谈话内容。不过我知道你们从库林湿地折返后一路上聊了很多，或者应该说狄更斯先生说了很多话。"

听到这番话，我意识到一股热辣辣的怒气从脖子蹿到了脸上。我跟狄更斯散步的一路上并没有看见任何路人，原来一直有某个恶棍在附近徘徊。即使我跟狄更斯只是一起去午后健走，没有做任何坏事，我还是深感内疚，也觉得被人偷窥。再者，阴险的菲尔德又是如何知道马莎就在他说话的十分钟前搭十一点十五分的火车离开的？难不成他某个手下十万火急从查令十字站奔过来把这个消息传递给了他好管闲事又爱威胁人的老板？或者他的探员此时正在格雷酒馆或七日晷柱跟他打手势？我的怒气节节升高，直到我的心脏在浆烫过的衬衫底下怦怦狂跳。

"探长，那么你要不要说说此时此刻我要上哪里去？"说着，我气呼呼地向左转，大步走上牛津街往西行。

"柯林斯先生，我猜您正要去大英博物馆。很可能会在那里的阅览室待一会儿，多半是去参观考古学家莱亚德和里奇在尼尼微挖掘的古物和埃及文物。"

我停住脚步，只觉后颈寒毛直竖。

"今天博物馆休馆。"我说。

"是没错，"菲尔德探长说，"可是您的朋友里德先生会在那里等着帮您开侧门，再给您一张特别参观证。"

我朝年届六十却依然壮硕的菲尔德跨了一步，用轻柔却十分坚定的口气说："先生，你搞错了。"

"是吗？"

"是，"我死命捏住手杖，几乎觉得黄铜握把开始弯折，"菲尔德先生，你的威胁对我起不了作用。我是个胸怀坦荡的男人，对朋友、家人或读者都没什么好隐瞒的。"

菲尔德举起双手，仿佛我的话带给他无比震撼似的。"柯林斯先生，当然，当然。何况威胁这种字眼儿绝不能出现在像我们这种绅士的对话中。我们只是在探索某个共同关切的议题。先生，如果您需要避开某些潜在性的难题，我随时听候差遣。事实上，那就是我的职责。探员致力于运用信息来协助社会贤达，而不是去伤害他们。"

"你这些话恐怕很难说服狄更斯，"我说，"尤其是如果他发现你还在跟踪他。"

菲尔德摇摇头，表情近乎哀伤："我的目的正是帮助并保护狄更斯先生。他根本不知道自己跟那个自称祖德的恶魔交谈让自己陷入何种险境。"

"根据狄更斯告诉我的话，"我说，"他遇见的那个祖德只是受到误解，不是什么恶魔。"

"的确。"菲尔德喃喃应道，"柯林斯先生，您还年轻。至少相对上还年轻，比我跟狄更斯年轻。请问您记得路肯阁下的命运吗？"

我停在一根灯柱旁，用手杖敲着地上的石板："路肯阁下？很多年前被谋杀的那个激进派国会议员吗？"

"死状凄惨，"菲尔德探长说，"他独自在家的时候心脏被人从胸口掏挖出来。我记得当时他住在赫特福德郡的魏斯顿庄园，靠近斯蒂夫尼奇。1846年的事。路肯阁下是您在文学界的朋友，也是狄更斯先生的老朋友爱德华·布尔沃·利顿阁下的朋友，他的庄园距离利顿阁下的涅伯渥斯城堡不到五公里。"

"我去过几次，"我说，"我指的是涅伯渥斯。但这件陈年旧案跟我们现在讨论的话题有什么关系呢？"

菲尔德把他肥短的食指竖在鼻子旁："路肯阁下在承袭他过世哥哥的爵位之前，姓名叫作约翰·弗雷德里克·福赛特。虽然他有土木工程学位，也私底下出版了自己的几本游记，却是他那个贵族家庭里的不成才子弟。传闻指出路肯阁下年轻时在埃及停留了很长时间，娶过一名伊斯兰教徒女子，或许甚至生下了一两名子女。他被残忍谋杀的时间跟那个自称祖德的男人1845年第一次踏上英国土地相隔不到一年。"

我盯着苍老的菲尔德。

"所以说，柯林斯先生，"菲尔德说，"假使你我能够互通消息，那么我们对彼此可能会有很大帮助。我相信您的朋友狄更斯先生面临极大危险。如果他继续跟那个自称祖德的恶魔见面，他的处境真的非常堪虑。我请求您承担起身为这位伟大作家的朋友的责任，协助我保护他。"

我摸摸胡子，半晌后才说："菲尔德探长，你希望我怎么做？"

"只需要提供足以让我们保护您的朋友，并且进一步了解那个恶魔的信息。"

"换句话说，你要我继续刺探狄更斯，将任何有关祖德的信息回报给你。"

菲尔德用他那双洞悉一切的眼睛持续凝视我。若非我在等他点头，我一定不会注意到他几乎难以察觉的点头回应。

"还有别的吗？"我问。

"如果您能说服狄更斯让您再次陪他夜探地底城，最好能直捣祖德的巢穴，那会非常有帮助。"菲尔德说。

"之后等你要逮捕那人时，我就可以带你去。"我说。

"嗯。"

这回换我点头："探长，泄露朋友的秘密不是件容易的事，尤其那个朋友又是像狄更斯这种充满个性与拥有极度权势地位的人。他随时可以毁了我的工作或我的人生。"

"但您做这些都是为他好……"菲尔德说。

"那是我们的看法，"我打断他，"或许有一天狄更斯也会认同。可是他个性很偏激，即使我……刺探他……是为了救他一命，他也可能记恨我，甚至会想毁掉我。"

菲尔德仍然紧盯着我。

"我只是要你明白我冒的风险，"我说，"并且了解这样的风险让我不得不向你提出两个交换条件。"

即使他露出微笑，它也一闪而逝，速度之快非肉眼所能捕捉。"那是当然，柯林斯先生。"他圆滑地说，"我也说了，这是两位绅士之间的交易。能请问是什么样的条件吗？"

我答："探长，你读过狄更斯的小说《荒凉山庄》吗？"

菲尔德发出刺耳的声音，一时之间我还以为他打算朝路面吐口水："我看了一下，随便翻翻。"

"你应该知道很多人认为那本小说里的贝克特探长灵感就是来自你吧？"

菲尔德冷冷地点点头，不发一语。

"你不喜欢书里的描述？"我问。

"我认为那个姓贝克特的人物过于夸大不实，只是低劣地模仿正规警探办案时的作为、程序和礼节。"菲尔德怒骂道。

"不过,"我说,"虽然整体来说我觉得这本书枯燥又难以卒读,特别是艾瑟·萨莫森这个甜得腻死人的叙述者,但到了最后两章贝克特探长负责侦办律师塔金霍恩命案,以及他追踪戴德洛夫人(艾瑟的生母,最后死在伦敦坟场外)未果,内容确实生动。"

"您想说什么呢,先生?"菲尔德问。

"探长,我想说的是,作为一名专业小说家,我认为小说如果用跟贝克特相去不远的苏格兰场警探或私家侦探为主要角色,应该很有吸引读者的潜力。只不过,这个角色当然必须比贝克特探长更聪明、更睿智、学识更丰富、更英俊,而且品德更高尚。换句话说,就是一个跟你类似的虚构人物。"

菲尔德眯着眼打量我。他的肥短指头栖息在耳朵旁,仿佛又在聆听它的悄声忠告。"柯林斯先生,您太好心了,"他终于说,"实在太好心了。您在搜集有关这个人物或这本小说的素材时,也许我可以帮上一点儿小忙。或许针对正确调查方法与警方办案程序提供意见,免得您重蹈狄更斯歪曲事实的覆辙。"

我露出笑容,推了推眼镜:"探长,不只如此。你们的……你们说那叫什么?……谋杀档案也能让我获益匪浅。虽然都是些骇人听闻的东西,但我猜你们一定都保留着吧?"

"确实没错,先生。"菲尔德说,"而且那些档案对于一个想要把这类书籍写得生动逼真的文学家而言,确实是无价之宝。您这个高贵的请求我会毫不迟疑地答应。"

"很好。"我说,"我第二个条件对你来说应该是举手之劳,因为不管我有没有提出这个要求,你一定都会执行我想做的监视工作。"

"是什么监视工作呢，先生？"

"我要知道你跟你的手下调查那个女演员爱伦·特南的一切结果。比如她的行踪、她的住处——她跟她母亲的，以及她们的居住费用是不是由狄更斯负担。还有她靠什么谋生，赚的钱够不够支应她目前的生活开销。她都去了些什么地方，她跟狄更斯的关系。我都要知道。"

菲尔德继续用那种没有表情、平淡、略带指控的眼神望着我。我相信他用同样的眼神盯过上千名罪犯。但我不是罪犯，目前还不是，我没有在那道目光下退缩。

"柯林斯先生，恕我直言，您这个要求很奇怪。莫非您对特南小姐也有兴趣？"

"一点儿也不，这点我可以向你保证。事实上，我认为特南小姐跟你我意图解开的这个⋯⋯谜团⋯⋯大有关联。正如我也认为这个女人已经影响到狄更斯的福祉。为了保护我的朋友⋯⋯或许还有我自己⋯⋯我需要更深入了解她的生活和他们的关系。"

菲尔德那根肥短弯曲的指头摩挲着下唇："柯林斯先生，您觉得特南小姐可能是祖德那个怪物的共谋吗？或者是他的密探？"

我笑了："探长，我对那女人的了解还不足以让我做出任何揣测。所以如果我们要达成协议，就必须取得更多有关她、她姐姐、她母亲以及她和我朋友狄更斯之间关系的信息。"菲尔德继续轻拍并按压嘴唇。

"那么我们达成共识了吗，探长？"我问。

"我想是的，柯林斯先生。我相信我们已经充分了解彼此。我同意您的条件，也希望能提供所有您需要的信息。"菲尔德伸出布满老茧的手。

我跟他握手。

一分钟后我重新迈步，继续朝大英博物馆方向前进。菲尔德快步走在我身边，听我转述前一天往返库林湿地途中查尔斯·狄更斯告诉我的一切。

# 第十一章

寒冬来势汹汹，到了11月，盖德山庄周遭的树木全蜕去了黄叶。冷天也把狄更斯从他的夏日小屋赶回他在大屋子里那间有绿瓷壁炉与熊熊炉火的书房，凋落了他花园里所有的天竺葵，并且在我居住的伦敦市那些低矮灰暗建筑物与街道上方笼罩了一层行色匆匆、低挂天边的灰暗云朵。

随着冬季来到，狄更斯和我各自忍受一波波剧烈发作的宿疾。狄更斯继续对抗他的火车意外事故后遗症，经常感到倦怠，外加从小就困扰他的肾脏疼痛，以及9月在法国"中暑"造成的左半身麻痹。很明显他的健康已经亮起红灯。我跟狄更斯看同一位医生，也就是我们共同的朋友法兰克·毕尔德，虽然毕尔德鲜少论及狄更斯的病情，但我隐约嗅到他的忧心。

我也有我自己的困扰，包括剧烈的风湿症与伴随而来的疼痛、眩晕、关节痛，以及因为我无法减低食量导致连自己看着都觉恶心、日渐发胖的体态，再者就是胀气、抽筋、各种消化不良症状和严重心悸。好像没有人知道狄更斯的问题，但全世界似乎都知道我的病痛。有个法国人通过我的出版商转交一封信给我，说："尽管所有人都认为你死了，我还是跟人打赌十瓶香槟你还在人世。"如果我一息尚存，他恳求我告知他这个事实。

那年秋天我写信给我母亲：

> 一转眼我已经年届四十（事实上，我 1 月就满
> 四十一岁了），苍苍白发日渐稀疏……风湿和痛风已经
> 是长期以来的熟悉敌人，我可憎的肥胖身材让我臃肿又
> 迟缓，中年最难以忍受的征兆在我身上迅速开疆拓土。

然而，我告诉她，我并不觉得自己老。我没有因循守旧的习
惯，没有难以动摇的偏见。

亲爱的读者，我还没说起我生命中最重要的女性。

我的母亲哈丽叶·格迪斯遇见我的画家父亲威廉·柯林斯
时，他们俩年纪都在二十五六岁。我母亲的家族也出过不少艺术
家，她和两个妹妹都持续作画，其中一个妹妹甚至进了伦敦皇家
学院。哈丽叶·格迪斯和我父亲在我父亲的艺术家朋友为他们的
女性朋友举办的舞会上相遇，之后相约在他们那个年代的伦敦见
了几次面。1821年他们确认彼此都没有发展出其他关系，来年就
在爱丁堡成了婚。他们婚后不到一年半我就出生了，也就是1824
年1月8日。我弟弟查理出生在1828年1月。

诗人撒姆尔·柯立芝是我父亲的朋友，我清楚记得我很小的
时候有一天柯立芝来到我家，当时我父亲不在家，他泪涟涟地向
我母亲泣诉他的鸦片瘾头日益严重。那是我第一次看见或听见成
年男人哭泣，他啜泣得太激烈，几乎喘不过气来。我永远忘不了
当时我母亲对他说的话："柯立芝先生，不要哭。如果鸦片真的
对你有好处，那么你就一定要服用，你为什么不去找一点儿来用

呢？"

最近几年来我数度为自己对鸦片的依赖流下伤心的眼泪时，总会想起我母亲当年说的那番话。

那天我母亲说完那番话后不久，我父亲就回到了家里，我记得当时柯立芝用他沙哑的嗓音对我父亲说："柯林斯，你太太是个非常通情达理的女性！"

我母亲是个通情达理的女人，但我父亲是个伟大的艺术家，也是杰出人士。我的教名威尔基就是从他的朋友尊贵的大卫·威尔基爵士来的。威尔基爵士是我父亲求学时代的同窗好友，据说我出生后不久他把我抱起来，端详我的眼睛，宣称："他眼力好。"这话似乎意味着我会继承我父亲的衣钵（套用艺术圈的语词），可惜——我们很快就会聊到——事情不是那么回事。我弟弟查理才是那个遗传到强烈艺术特质的孩子，后来也获选承袭父志。

我父亲是个杰出人士，结交很多社会精英。年幼时的我——一个大眼睛、性情温和、前额高突的孩子——觉得华兹华斯家族、柯立芝、罗伯特·骚塞和沃尔特·司各特爵士这些人跟我们熟识、经常出入我们家是很寻常的事。我父亲不但接受诸如弗朗西斯·钱特里爵士、纽卡斯尔公爵、罗伯特·皮尔爵士、托马斯·劳伦斯爵士、汤玛士·希斯科特爵士、汤玛士·巴林爵士、乔治·波特蒙爵士、利物浦阁下这些尊贵人士的委托作画，也经常跟他们往来。

当然，我父亲跟那些大人物相处的绝大多数时间我母亲的确都不在场。我相信我父亲绝不会认为我母亲或查理和我，会让他没面子，但他确实喜欢在自家以外的地方跟那些社会贤达相处。

他会定期写信回家，而且经常在描述他离家那几天或几星期里发生的趣事或遇见的人之后，补上几句附言。比如我最近整理我母亲的文件时看到的这一段：

虽然我周遭围绕着友善的朋友、活泼的少女，日子过得无比快活，我还是忍不住想家。我自以为是地认为你应该会为我过着这种清闲生活感到开心，也觉得这种生活可以让我更健康，所以我决心尽情享受它。

我相信他确实尽情享受，只不过，尽管有来自名人的丰厚委托金，他的收入却始终不稳定，时有时无。幸好我母亲勤俭持家，也教导我和查理节俭度日，所以我们还是存了些钱。

我父亲是个非常虔诚的教徒。他很久以前就矢志杜绝自己的怠惰与不虔敬，对此他的妻小当然也得奉行。有人批评他吹毛求疵，甚至矫枉过正，这对他不公平。他在从某个苏格兰城堡写给我母亲的另一封信里（当时我和查理都还是小男孩）提到：

告诉亲爱的孩子们，他们孝顺父母的唯一方式就是听从父母的一切命令。叫查理找出《圣经》里最强调责任的段落，抄写下来给我。

在另一封写给我和查理的信里（我还保留着这封信，也经常拿出来重读），我父亲展现了他坚定的宗教信仰：

你们母亲写来的上一封信里提到你们的表现，我

非常欣慰。继续向上帝祷告，祈求上帝通过耶稣基督的
圣灵，让你们继续荣耀父母，如此你们才能得到真正的
快乐。

我父亲在信仰上剑及履及，以公开谴责异端的言论闻名。他
对自由主义观点的耐受力极低。有一次我们的画家邻居约翰·林
涅尔（曾经为我们画过几幅肖像）星期日工作——他把他的桃树
和油桃树枝固定在他家的北墙上——被我父亲撞见。我父亲非但
将他训斥一顿，还在来访的公理会传教士面前谴责他。另外，我
父亲认定林涅尔短少他某个园丁工资，并将此事四处宣扬。后来
林涅尔当面质问我父亲，我父亲叫道："你有没有短少人家工资
又有什么大不了，反正你经常做比那糟糕十倍的事！"

所谓比那糟糕十倍的事包括星期天工作以及违背英国国教
教义。

我跟我父亲曾经在河岸街遇见他的诗人朋友威廉·布莱克，
当时布莱克主动跟我父亲打招呼，还伸出一只手。我父亲假装没
看见，我还来不及开口说话就被他拉着转身离开。那是因为当时
布莱克另一只手拎着一瓶波特酒。

我二十出头时帮我过世的父亲撰写回忆录，才发现当时那
些所谓的大画家是多么嫉妒我父亲。比如我父亲的多年好友约
翰·康斯太勃尔，当年他一张乌云蔽天的模糊画作只能卖个几百
英镑，而我父亲那些被他讥为"漂亮风景画"与"单调、缺少灵
魂的时髦肖像画"一年至少赚进一千英镑委托金。康斯太勃尔的
画无人问津（主因在于他老是画些像他的"玉米田"那种不讨喜
作品。同一时期我父亲却摸透了顾客和学院的好恶，知道他们喜

欢更有装饰价值的东西）。康斯太勃尔挫折之余写了一封后来被公之于世的信件，惹怒了我父亲："约瑟夫·特纳展出巨幅画作《迪耶普港口》……约翰·卡尔考特好像没有新作……柯林斯照旧画了海岸和鱼，还有一幅里面有一大堆从色彩和形状看来像牛粪的风景画。"

早先我说过，虽然我出生时得到大卫·威尔基爵士的赏识，但我父亲在我们兄弟年纪还小的时候就认定我弟弟查理遗传了他的天赋，因此应该继承他的衣钵。他送我弟弟进私立艺术学校就读。我们到欧洲旅行的时候他花更多时间陪我弟弟，在大教堂（虽然他讨厌天主教堂）和博物馆里为我弟弟解说画作，也安排查理进知名的皇家学院。

我父亲从没跟我讨论过我的未来，也没问过我将来打算做什么，只在十三岁那年给了一个建议，他说我可以考虑进牛津大学，将来进教会从事圣职。

我是十三岁跟家人在欧洲度长假时初尝恋爱滋味的。我记得整整十七年后我第一次跟狄更斯一起重返罗马时，巨细靡遗地对他描述了那段往事。狄更斯听完我的早熟恋情非常开心，事后还向他小姨子乔吉娜转述，他说他只保留了"这段罗曼史如何进展到极致"的细节。狄更斯笑呵呵地说，他描述我跟异性的第一次接触时，只大略告诉乔吉娜："在那方面我们的威尔基很有爱神丘比特的架势。"听得乔吉娜羞红了脸。

总之，即使我才十三岁，我也没有兴趣进牛津攻读神学。

艺术家的感觉是出了名地敏锐（至少对他们自己的心情而言），我弟弟查理更是比大多数人更敏感。说他是个忧郁的孩子一点儿都不夸张，他总是愁思满怀，而我父母，尤其是我母亲，把这种长期的郁郁寡欢（近乎愤怒）视为艺术天分的特征。我弟弟也不喜欢妇女或小女孩。

亲爱的读者，容我打个岔请你谅解这一点。如果这本回忆录的出版日期不是设定在遥远的未来，我根本不会提起这件事，但是，正如你可能已经在这本书里嗅出来的那样，查尔斯·狄更斯和他女婿之间的关系始终处于极度紧绷状态，我猜我弟弟嫌恶女人（即使没有公开唾弃女性）这件小事恐怕是狄更斯对他产生偏见的原因之一。不管这种事在你们的遥远年代如何演变，在我们的年代里，年轻男子长期喜欢跟同性相处胜于异性并不少见。由于我们这个时代的女性受教育机会有限，更别提历史上女性明显比男性更难于学习或精通高深学问，也难怪那些好深思、多敏感的男人宁可花时间与精神去跟同性相处。

我记得查理大约十五岁那年，我看见他的速写簿，向来谨慎小心又爱整齐的他当时不知为何很不寻常地把速写簿随手扔在房间里，我取笑他里面的人体速写全都是男性。

查理当场涨红了脸，激情澎湃地说：“我讨厌画女人。你不会吗？你看，女人个个又圆又胖、松垮又下垂。人类身体根本不该是那样。相较于那些可怕的呆滞女性、圆滚滚的肉球和可悲的赘肉，我更喜欢那些结实平坦的臀部、健壮的大腿和强有力的胸膛。”

我正构思着某种像我当时那种十九岁成熟绅士该有的幽默应答，他又接着说：“哥，你也知道，米开朗琪罗在梵蒂冈西斯廷大教堂天花板画的那些女性裸体其实都是裸体男人。就连伟大的米开朗基罗都厌恶裸女！关于这点你怎么说？”

我很想告诉他，多年前在罗马那个闷热日子里，我们的父亲说起这件事时我也在场，但我终究忍了下来。那天下午在我弟弟的房间里看着他收拾他的速写簿，将它们锁进抽屉里时，我只说："那些速写画得好极了，真的很好。"我没有提醒他艺术界有个不成文规定，不能在人体画里呈现男性性器官。一般做法是直接留白，更多人选择画一块腰布。查理不但违反这个原则，他笔下甚至有部分男性器官处于兴奋状态。

那次事件过后没几个月，我父亲也注意到这个问题，或许是查理没有把画作收藏好，或不小心说漏嘴。我记得某天早上查理被叫进我父亲的画室，画室房门紧闭，我父亲不知是用树枝、手杖还是丁字尺鞭打查理，只听见查理尖叫个不停。

我父亲过世后，我认为我们两兄弟应该可以跟我母亲一起在她在汉诺威露台的家愉快地过完余生。但我跟卡罗琳·G的私通让我离开了这个避风港。不过，我跟卡罗琳与她女儿哈丽叶——我多么喜欢这个名字的巧合！——共同生活后那几个月甚至几年的时间里，虽然我会在新家写信给一些朋友，却经常回到我母亲的家，在那里写信给我和母亲共同的朋友们。当然，我母亲并不知道卡罗琳的存在，即使她知道，也从来没有表露出来。我经常编造些独居在外的单身汉生活细节，从来不曾提起任何女性，更没提过丧偶的卡罗琳。不过，在我跟卡罗琳同居那段时间里，我母亲也从来没有说过要来我的住处探望我。

1851年我结识狄更斯时，还住在我母亲家。那段时间的我跟狄更斯，正如某位记者后来描写的那样："两个人都是精力充沛的男士，对戏剧充满热情，热衷饮酒作乐及旅游，追求极度愉悦、彻底放松与慷慨激昂。"而在我们短程旅游、彻底放松和慷慨激昂之后，狄更斯就会返家回到他那愈来愈像母牛的妻子身边，我就回到我母亲身旁。

我弟弟如果没跟凯蒂·狄更斯结婚，一定会跟我母亲同住到她离开人世，之后继续在那里住到他自己死亡。

我们永远没有人真正知道1860年暮春时节查理为什么会突然向凯蒂求婚。事实上，根据我的了解，那年春天其实是凯蒂主动向我弟弟求婚的。总之，当时急急忙忙把婚期定在仲夏时节的人确实是凯蒂，她完全不理会她父亲的高分贝激烈反对：既反对这桩婚事，更反对仓促的婚期。

我弟弟并没有丰富情史。坦白说，直到三十二岁那年（也就是结婚那年），他一直跟女性保持距离。那年春夏之间流言盛传凯蒂爱上了爱德蒙·耶茨，也使出浑身解数追求对方。爱德蒙·耶茨是狄更斯的年轻友人，曾经写过一篇贬低萨克雷的传略，致使萨克雷与狄更斯决裂。当时有人形容耶茨："……也算非常迷人，可惜只是表面层次。"

管他是不是表面上迷人，凯蒂反正爱上了他。尽管耶茨经常出入塔维斯多克寓所与后来的盖德山庄，尽管凯蒂明显地挑逗他——在任何人眼中都很明显，包括狄更斯和我——耶茨却视若无睹。任性的凯蒂（当时她刚满二十岁）转而向我弟弟查理求婚。

婚礼前几个月，我造访盖德山庄，发现凯蒂恋情的转向已经是公开的秘密。我写信告诉我母亲："……查理还在努力说服自己接受结婚这个事实。"

多年以后，我弟弟死于后来被证实为癌症的反复性溃疡后，我问过凯蒂她为什么跟查理结婚。"当时我必须离开那个家，"她答，"必须离开我父亲。"

狄更斯不赞成这门婚事，但凯蒂毕竟是他最宠爱的孩子，他没办法拒绝她的任何要求，包括这桩儿戏婚姻。

1860年7月17日，海厄姆的圣玛丽教堂几乎被白色鲜花覆盖。五年后，狄更斯的小屋组合完成后，在里面就能看见教堂的尖塔。附近的下层阶级街坊邻居在通往教堂的路上竖起鲜花拱门。婚礼前一天晚上村民鸣枪表示庆祝，可是暴躁又不安的狄更斯穿着睡衣跑到盖德山庄的草坪上，手拿猎枪只问了一句："那枪声是怎么一回事？"

一辆特别列车从伦敦把婚礼宾客接来。我记得当时跟低调朴素的绅士托马斯·卑尔德聊了几句，他二十年多前曾经担任狄更斯的伴郎，是在场唯一一位曾经出席新娘父亲婚礼的宾客。只是，狄更斯在简短的特别祝贺词里竟挖苦地——我觉得几乎有点儿愤怨——提及"二十四年前在某栋都市建筑里举办的类似仪式"。

凯蒂的母亲凯瑟琳当然没有出席。狄更斯依然健在的老母亲伊丽莎白·狄更斯也没参加婚礼。新娘母亲的娘家只有乔吉娜出席。不过好像没多少人注意到这件事。

婚礼结束后，宾客们回到盖德山庄享用丰盛早餐。同样地，餐桌上面及周边的一切都缀满白色鲜花。尽管早餐菜色极尽奢华，过程却只花了一小时。主人预先告知宴席上不会有任何致辞，果然说到做到。我注意到新郎新娘只在餐桌旁稍坐片刻就消失了，其他宾客用餐后则是到草坪上玩游戏。我母亲对这桩婚事的态度类似狄更斯，那天早上一直需要照料。我弟弟和凯蒂重新出现时，两人都穿着外出服。一身黑衣的凯蒂情绪崩溃，伏在她父亲肩膀上痛哭。我弟弟脸色愈来愈苍白，我担心他随时会晕倒。

我跟我母亲和其他大约三十名宾客聚在马路旁跟新人吻别，也跟所有人握手，依礼俗向新人扔旧鞋。马车离开后，我母亲说她身体不舒服。我先扶她坐在树荫下，再回去跟狄更斯道别，却到处找不到他。他没有跟年轻人在草坪上玩耍，也没有在楼下客厅或楼上的撞球间或书房。

我看见玛丽从楼梯上走下来，于是上楼走到凯蒂房间——那天早上之前的凯蒂卧房——看见狄更斯跪在地上，脸埋在凯蒂的结婚礼服里，哭得像个小孩子。他抬起头看我一眼，老泪纵横的脸庞可能只看见我在门口的模糊身影，也许以为我是他女儿玛丽。他用嘶哑的破嗓子哭着说："如果不是因为我，凯蒂也不会离开家。"

我没有答话，直接转身下楼走到院子里，扶起我母亲，找了架马车带我们到火车站搭车回伦敦。


我弟弟和凯蒂不会有孩子。外界谣言四起，说他们婚后始终没有圆房，这谣言也许出自狄更斯口中，但也可能是凯蒂自己说的。的确没错，到了狄更斯发生火车意外事故的1865年夏天，凯蒂已经成了怨妇，四处招蜂引蝶，显然有意找个情人。如果不是她父亲虎视眈眈时时警戒，她身边多的是可以罔顾道德跟已婚妇人上床的男性。

我弟弟的慢性病和胃痛也成为狄更斯家族的一大困扰。当时我认为他只是胃溃疡。1873年我弟弟死于胃癌，当时我唯一的慰藉是，查尔斯·狄更斯比我弟弟早走一步。

狄更斯在1865年那个不寻常的秋天对我说："威尔基，你弟弟每次在这里吃早餐，就会为我的餐桌带来一张死人脸。"所有人都看得出来狄更斯认定查理活不了多久，而且他——这位天下无双先生从来闭口不谈自己的病症，更从来没想到过自己也会死——觉得查理不如早点儿死了算了。

亲爱的读者，那么话题就回到1865年冬天我悲惨的健康状况。

我父亲生前也饱受风湿之苦，病灶集中在他左眼后侧，以至于他晚年几乎无法作画。我的风湿与痛风不可避免地转移到我的右眼，让我右眼几乎不能视物，写作时只得把左眼眯成一道细缝。疼痛也进犯我的手臂和手掌，所以我蘸取墨汁时必须先把笔从右手换到左手。

到最后我势必完全无法写作，只能躺在沙发上口述我未来的作品，但还得事先训练我的年轻助理——先是哈丽叶，之后会是某个更倒霉的人——别理会我的痛苦哀号，只要专注聆听我夹杂在惨叫声里的口述语句。

我早先说过，鸦片酊是我对治疼痛的缓解剂。或许我也提到过，一般都是在一杯葡萄酒里加入三五滴鸦片酊一起服用，可是到了这个阶段（1865年冬天），我必须一口气喝个两到三杯才有办法工作或入睡。

服用鸦片酊会有一些我说过的坏处，比如总是觉得自己被人跟踪或遭到迫害，也会有幻觉。起初我认为那个绿皮肤黄獠牙的女人只是幻觉，可是自从她开始在黑暗的楼梯间攻击我，我有好几次早晨睡醒时在脖子上发现抓痕。

某天晚上我在书房写我的小说《阿玛达尔》，突然发现有个男人坐在我左边的椅子上，离我只有几厘米，他也在写东西。那人是我的分身，应该说他就是我：同样的服饰、拿着同一支笔，用迟钝又震惊的表情望着我。当时的我想必也是用同样的表情望着他。

他伸手拿我的空白稿纸。

我不能让他写我的作品，我不能让那页白纸——那页属于我的白纸——变成他的。

我们开始扭打。椅子翻倒了，一盏灯砸碎了。我在黑暗中推开他，跌跌撞撞冲出门外，跑回我的卧房。

隔天早上我走进书房，发现书房的墙壁、部分窗子和窗台、昂贵波斯地毯的一个角落、我的椅子、上面的椅垫和两层书架上的书都被喷溅了墨水，斑斑驳驳活像大麦町犬的毛色。我的小说被人多写了六页，那上面的字迹几乎像是我的，但还不够像。

我把那些纸页扔进壁炉里烧了。

# 第十二章


1865年11月，菲尔德探长派大个子探员黑彻利来告诉我，狄更斯的"病人"爱伦·特南6月在火车事故中受的伤已经大致复原，既能出席她未来姐夫安东尼·特罗洛普的哥哥举办的舞会，更能在舞会中翩翩起舞。

她的发上别着鲜红天竺葵。

到了那年的圣诞节，菲尔德探长屡屡埋怨我，他说他提供给我的信息远多于我给他的。虽然那年秋天狄更斯在车祸事故后的缓慢恢复期当中数度邀请我到盖德山庄做客，我跟他也多次在城里用餐或参加各项活动，但我们并没有再认真讨论过祖德这个话题。仿佛狄更斯不知怎的知道我和诡计多端的菲尔德探长订立了背叛他的盟约。只是，如果真是这样，那他为什么还继续邀请我到他家、继续写信来闲聊生活大小事，还跟我在伦敦某些我们最喜欢的地方共进晚餐？

总而言之，菲尔德探长听我一五一十转述狄更斯跟祖德见面的情景之后的隔周，就告诉我狄更斯骗了我。

如果真是这样，那么世上就没有狄更斯告诉我的那些地下河支流的存在；没有通往另一条河流的隧道；没有数以百计的穷人被赶到地底下之后的栖息地；在这条无人知晓的地底尼罗河岸也没有埃及神庙。若非狄更斯为了隐瞒前往祖德巢穴的路线而骗了我，就是他一手捏造了全部经过。

菲尔德探长很不高兴。显然他带着手下花了几小时甚至几天，不眠不休地在底下搜索那些墓室、壁龛和下水道……却一无所获。他总是在我们偶尔碰面的低迷气氛中告诉我，这样下去他永远逮不到祖德，直到老死都讨好不了他在伦敦警察厅那些老长官，他的退休金和昔日声名也都恢复无望。

尽管如此，那年冬天菲尔德探长仍然继续提供我消息。秋天那段时间狄更斯完成了《我们共同的朋友》之后，一面欣赏它在《一年四季》的最后几章连载，一面租下伦敦海德公园附近的索斯威克街6号。这没什么奇怪的，两年前他就曾经在这栋房子的街角租过一栋类似的屋子，方便他在伦敦参与各项社交活动，而靠近海德公园这栋新房子主要是方便他女儿玛丽进城跟朋友聚会时使用。其实这种机会寥寥无几，因为当时伦敦社交圈似乎都想避开凯蒂和玛丽这两姐妹。

所以在海德公园附近租个房子一点儿都不值得大惊小怪。但是，诚如几星期后菲尔德探长对我眨眨眼，用他的肥手指摸摸鼻子明示暗示时所说，狄更斯在斯劳镇租的两栋小房子就可疑得多：其中一栋是在镇上闹市区的伊丽莎白别墅，另一栋则在四百米外的教堂街上。当时由于圣诞节脚步接近，所以我是一段时间后才听说这件事的。后来菲尔德探长还告诉我，狄更斯是以崔林翰这个姓氏承租这两处住宅的：租伊丽莎白别墅的是查尔斯·崔林翰；租教堂街上那栋的叫作约翰·崔林翰。

后来菲尔德探长又告诉我，有一段时间教堂街那栋房子一直空着，后来有位特南太太带着她女儿爱伦入住。

"我们想不通狄更斯为什么用崔林翰这个姓氏。"新年过后我跟菲尔德探长一起走在我住家附近的多赛特广场周边时他说道，"这看起来不是什么重要线索，表面上看来是这样。可是干我们这一行，如果能够了解某人做龌龊事为什么选择某个化名，这对案情总是有帮助。"

我假装没听见"龌龊事"这个词，只说："我跟狄更斯一起办的杂志《一年四季》办公室附近的威灵顿街上有一间烟草店，店老板跟我和狄更斯都很熟，名叫玛莉·崔林翰。"

"哦。"菲尔德探长应了一声。

"不过我不认为他的化名从那里来。"我补了一句。

"不是吗？"

"不是，"我说，"探长，你知不知道托马斯·胡德1839年发表的一篇故事？"

"应该不知道。"菲尔德有点儿恼怒。

"是关于小镇闲言闲语的故事，"我说，"里面有一首小诗……"

> "在多嘴多舌的小镇崔林翰
>
> 听尽口耳相传的飞短流长……"

"哦……"菲尔德探长又应了一声，只是这回似乎带着更多信服，"嗯，狄更斯先生，或者崔林翰先生，随他高兴……大费周章地隐匿他在斯劳的行踪。"

"怎么说？"我问。

"他给朋友的信件里签署的地名是伊顿,还跟朋友说他只是到附近的公园散步。"菲尔德探长说,"而且他从斯劳横越偏僻田野,走几公里路到伊顿火车站,一副他希望被人看见的样子——如果有人看见的话——他在伊顿等待回伦敦的火车,而不是在斯劳。"

我停下脚步转头问菲尔德:"探长,你怎么知道狄更斯先生在私人信函里跟朋友说了什么?莫非你偷拆别人信件,或盘问他朋友?"

菲尔德探长笑而不答。

亲爱的读者,这些都是1866年春天才会发生的事,现在我必须回到1865年那个怪异得叫人难忘的圣诞节。

狄更斯邀请我到盖德山庄过圣诞节,还在信里建议我住到新年假期结束,我一口答应。"管家和管家的妈妈应该能谅解。"他在邀请信里以他一贯的戏谑风格称呼哈丽叶(随着她年纪渐长,我们渐渐改口喊她凯莉)和她妈妈卡罗琳。我不知道卡罗琳和凯莉是不是真的能谅解,会不会埋怨我那个星期不在家,反正我不在乎。

我搭火车往查塔姆镇的短短旅程中,手里拿着《一年四季》的圣诞节特刊。这本杂志我也写了文章,里面还登载了狄更斯的圣诞故事《街头小贩》。我思索着狄更斯近期作品里那种百转千折的布局。

我就从狄更斯的最新作品说起。

或许只有小说家(或者像亲爱的读者你这样的未来世界文学评论家)才能读出另一名小说家字里行间隐藏的信息。

《街头小贩》既是狄更斯这篇小故事的书名兼人物，也是我们这个时代常见的名词，指的是那些穿街走巷兜售廉价物品的销售员。这篇故事描写有个男人妻子离开他，唯一的孩子也死了，而他基于职业的缘故，必须在世人面前隐藏内心的情感。狄更斯描绘的这个角色可说是"街头小贩之王"，碰巧对一名有着"姣好面孔和亮丽秀发"的少女产生了父亲般的怜爱。难道这是狄更斯自己拐弯抹角的写照吗？那个年轻女孩就是爱伦·特南吗？

　　当然，狄更斯毕竟是狄更斯，那个面容姣好秀发亮丽的女孩碰巧又聋又哑。狄更斯的圣诞故事怎么可以少了凄楚与滥情？

　　"看见站在垫脚箱上的我们，"街头小贩在观众面前聊起他自己的经历，"也许你愿意用你的全部财产交换我们的角色。看见走下垫脚箱的我们，你宁可花更多钱来取消交换协议。"

　　狄更斯是在向我们透露他看似风光的公众人物生活，与远离众人目光后那份黯然神伤和蚀骨寂寞之间判若天渊的差距吗？

　　还有就是他的大部头小说《我们共同的朋友》，跟《街头小贩》一样在9月写成，刚在我们的《一年四季》连载十九章完毕。

　　也许真的需要另一个专业作家才能看出《我们共同的朋友》是一本多么复杂、多么危险的小说。过去一年来我在我们的杂志上分章阅读；我听过狄更斯对一小群观众大声朗读其中几个段落；我读过那本书的一部分手稿；杂志刊出最后一章以后，我又把整本书读了一遍。实在令人赞叹。有史以来第一次，我觉得我对狄更斯的憎恨纯粹出于嫉妒。

　　亲爱的读者，我不了解你们那个时代的情况，可是在我们这个即将走完三分之二的19世纪，那些所谓的"严谨读者"的眼睛、心灵与判断力的偏好已经从喜剧转为悲剧。莎士比亚的悲剧比他那些出色的喜剧更常在舞台上搬演，而且受到更严肃的评价与讨论。在经典名作的这份屈指可数的名单里，那些包含历久不衰且耐人寻味的幽默感的作品，比如乔叟与塞万提斯，已经被更严肃的古典或当代悲剧及史书取代。亲爱的读者，这种趋势继续发展下去，那么等到一个多世纪后你读到这份手稿时，喜剧这种艺术与它的鉴赏想必已经消失在历史洪流里。

不过这只是品位问题。多年来——至今已经几十年——查尔斯·狄更斯的小说愈来愈黑暗，也愈来愈严肃。故事主题左右小说布局，导致所有角色一个萝卜一个坑地完美（太过完美）套进故事的整体架构，很像图书馆的目录卡整齐地存放在适当的抽屉里。我并不是说狄更斯近年来那些严肃作品里没有幽默感可言。我不认为狄更斯写得出毫无幽默感的作品，正如他没办法在葬礼上保持绝对严肃一样，在这方面他真的欠缺自制力。只是，随着他渐渐抛弃《匹克威克外传》那种让他成为"天下无双的博兹"、结构略嫌松散的歌颂生命的作品，而社会批判与讽世喻俗——他个人最重视的议题——渐渐成为他作品的核心，他的主题也愈来愈严肃。

然而在《我们共同的朋友》里，狄更斯写出了密密麻麻超过八百页耐人寻味的喜剧小说，竟然没有——在我的观察里——出现半点疏漏。

这简直不可思议，也让我的关节发疼，双眼热辣辣地痛苦不堪。

在《我们共同的朋友》里，狄更斯抛弃了《小杜丽》《荒凉山庄》和《雾都孤儿》里那种崇高的中心思想，个人与社会观点几乎完全隐藏在文字与细腻度底下，手法之高超近乎完美。真的接近完美。书中角色的复杂度远远超越他之前任何作品。事实上，狄更斯似乎召回了他过去笔下的许多人物，本着一种新发展的成熟度与新开发的宽容，重新诠释他们。于是《荒凉山庄》里那个坏心地的律师塔金霍恩以年轻律师莫提摩·莱特伍的面貌重新登场，并做到了塔金霍恩绝不可能办到的自我救赎。《尼古拉斯·尼克贝》里卑鄙的拉尔夫·尼克贝重生为恶人弗列比，却没有像尼克贝一样逃过惩罚（事实上，弗列比惨遭书中另一个恶人阿弗德·雷莫痛打，这是狄更斯写过的小说里最经典的一幕）。同样地，诺迪·鲍芬就是没让自己变成守财奴的《圣诞颂歌》里的斯克鲁奇。老犹太人瑞亚先生弥补了《雾都孤儿》里那个偶尔受抨击（特别是犹太人）的费金的罪愆，因为他没有变成铁石心肠的放债人，只是一名基督教徒高利贷业者良心不安的手下；波茨纳普则是——他是约翰·福斯特的惊人翻版，但尽管惊人神似，却十分巧妙，以至于福斯特自始至终都没发现，但他身边的人全都看出来了——波茨纳普就是……波茨纳普，是骄傲自满、鼠目寸光的典型，也不妨说是我们这个时代的典型。

　　然而，即使《我们共同的朋友》就语调与结构而言可说是一部毫无瑕疵、足以令塞万提斯深感与有荣焉的讽世喜剧，故事里那晦暗不明的背景却阴沉到令人沮丧。伦敦变成寸草不生的冷酷沙漠，"财富倍数成长，却更为低劣；少了专横，却多了威权"。这是个"没有希望的城市，上方那沉重的穹苍没有一点儿缝隙"。全书语调沉闷到叫人丧气，就连天空也被从澄黄棕褐变成阴森幽暗的雾霾遮蔽得暗淡无光："一团蒸汽夹杂着隐约的车轮声，包裹着模糊的黏液。"狄更斯如此深爱的城市竟然被描绘成灰扑扑或尘土蔽天或阴暗无光或泥泞不堪或苦寒刺骨或风声飒飒或大雨滂沱或淹没在自己的废弃物与污秽里。在《我们共同的朋友》里，伦敦更是常常同时展现上述各种风貌。

可是在这凄风苦雨的背景里，在一波波的猜疑、歹毒诡计、蓄意瞒骗、无所不在的贪婪与致命的妒意里，书中人物仍然找到了爱与支持。不同于狄更斯与其他和我们同代作家常用的手法，那份爱与支持并不是来自家庭，而是源于少数好友或互信互爱的人。这些人组成了另类家庭，让那些我们关心的角色免受贫穷风暴与社会不公的摧残。而这些以爱为基础的小群体同时也对那些我们鄙视的角色施以惩戒。

狄更斯写出了旷世杰作。

公众却没看出来。连载这部小说的《一年四季》第一期销路大增（毕竟这可是狄更斯暌违两年半后的第一部作品），可惜杂志销量迅速下滑，到了最后一期只售出一万九千本。我知道这个结果让狄更斯失望至极，虽然他个人靠这本书获取了大约七千英镑的利润（我是通过凯蒂告诉我弟弟查理辗转得知），出版商查普曼与霍尔却亏了钱。

书评家意见两极，不是毫无保留地热爱，就是不留余地地憎恶，也以他们惯用的那些自以为是的浮夸辞藻大肆宣扬自己的见解，但多数评论家都觉得失望。学术界期待的是另一本举着社会批判大旗的主题式小说，延续《荒凉山庄》《小杜丽》和《雾都孤儿》的框架，但他们看到的是……一本不值一哂的喜剧。

可是正如我所说，必须是像我这样的专业作家才能看得出，狄更斯能在这么长的篇幅里如此完美地维持如此温和的讽喻口吻，可说做到了几乎不可能办到的事；也才能看出那份讽喻自始至终都没有沦为尖酸刻薄，那喜剧观点没有趋向滑稽，他对社会的无情批判也没有流于无畏的咆哮。

换句话说，也只有我能看出《我们共同的朋友》是一部杰作。

我恨他。同样身为作家，当时——当火车从伦敦驶向他的盖德山庄时——我多么希望狄更斯死在斯泰普尔赫斯特火车事故里。他为什么没死？很多人都死了。正如他如此叫人难以忍受地写信向我和他的许多朋友夸耀的那样，所有头等车厢中只有他那节没有摔落底下的河床砸个粉碎。

撇开这些不谈，我觉得《我们共同的朋友》里透露的私人情感才最贴近我们目前的处境，也最具关联性。

根据我训练有素的作家眼光与经验丰富的读者耳朵，《我们共同的朋友》里有关狄更斯与他妻子之间日益恶化的关系，以及他跟爱伦·特南之间的危险接触等迹象与回音俯拾皆是。

大多数作家偶尔会创造出过着双面人生的角色——通常是恶徒——可是如今狄更斯的小说似乎充满了双重人格。在《我们共同的朋友》里，主角年轻的约翰·哈蒙（靠垃圾发迹的哈蒙家族遗产继承人）出海航行多年后回到伦敦，却被害落水疑似溺毙。他逃过一劫后赶到警局辨认那具开始腐烂的尸体（穿着他的衣物，因而被判定为他）。于是他改名换姓为朱利叶斯·韩佛特，之后又换成约翰·洛克史密斯，到鲍芬家应征秘书职务。鲍芬一家人原本是地位卑下的仆役，却因缘巧合地继承了原该属于约翰·哈蒙的财富与垃圾堆。

《我们共同的朋友》里的反派角色：比如盖佛·黑克森、罗格·莱德胡、阿弗德·雷莫夫妇（一对将彼此骗进一桩没有爱情也没有面包的婚姻里的骗徒，两人只得联手欺骗并利用他人）、一条腿装了义肢的赛拉斯·韦格，特别是那个凶残的私校校长布莱德利·海德斯东，这些人表面上或许是某个人或别种性格，内心却保有原来的本色。只有那些正派角色面临双重或多重身份之苦，有时甚至连自己都搞迷糊了。

而这种悲惨的性格混淆无可避免地是由一种能量导致，那就是爱。遗忘了、移转了、迷失了或隐藏了的爱情，正是狄更斯这唯一一本最生动活泼（也最讨人厌）的喜剧里驱动所有秘密、诡计与暴力的引擎。我无比痛苦又惊骇地发现，《我们共同的朋友》是一本足堪与莎士比亚齐名的作品。

约翰·洛克史密斯／哈蒙在他爱人面前隐藏真实身份，一直瞒到两人步入礼堂甚至生下孩子，只是为了更便于操控、测试与教育她，教导她单纯地为爱而爱，而不是为钱而爱。鲍芬先生表面上变成脾气暴躁的守财奴，把依附他们生活的贫女贝拉赶出家门，让她回到她一贫如洗的老家，但这些都是在演戏，只是另一种测试贝拉·威尔佛真性情的方式。就连浪荡子律师尤金·瑞伯尔尼——狄更斯所有作品里个性最强烈（也最模糊）的人物——也因为他对出身卑微的莉琪·黑克森不合逻辑的爱慕，到最后竟然敲敲自己的脑袋和胸口，喊着自己的名字，叫道："……看看你能不能告诉我这是什么？不，我绝对答不出来。我放弃！"

约翰·哈蒙迷失在自己的假身份和操纵策略里，也忘了自己是谁，大叫着："那不是我，根本没有'我'这样的东西存在于我的认知里。"

软弱又善妒的私校校长布莱德利·海德斯东对炙手可热的莉琪说出以下这番话时，似乎传达了狄更斯自己内心隐藏的所有热情与猜疑：

"你深深吸引着我。就算我被关在牢固的监狱里，也会被吸到你身边。我会冲破铜墙铁壁来找你。就算我重病卧床，也会被你吸引起来，步履蹒跚地走过来倒卧你脚边。"后来又说："我会毁在你手上……没错！我注定要毁在……毁在……毁在你手上。每次你出现在我身边或我脑海里，我就失去智谋、失去自信心、失去自制力。而如今你时时在我脑海里，打从第一眼见到你，我没有一刻忘记你。"

这段话跟狄更斯初次见到爱伦·特南后不久在一封私人信件里写下的话语简直如出一辙：

自从《冰冻深渊》最后一场演出之后，我至今不曾感受到片刻宁静或满足。我强烈相信天底下没有哪个男人曾经如此深深被另一个人掳获撕裂。

又如：

哦，那真是我痛苦的一天！真是痛苦又悲惨的一天！

在我眼中，狄更斯对爱伦·特南的一股热情——更别提这股热情对他的自我、家庭与理智造成的破坏——在《我们共同的朋友》里每一个角色与每一幕暴力场景的背后高声喧嚷着。

布莱德利·海德斯东对怯懦的莉琪·黑克森一表衷情那惊悚的一幕里（我觉得地点安排在浓雾笼罩的坟场是十分恰当的做法，因为海德斯东的恋情注定要落空，得不到回应，而且不久后就因为醋海生波而消逝，甚至引发杀机），陷入疯狂的海德斯东嘶吼的声音似乎回应着那年狄更斯内心的无声呐喊：

> 唯有真正面对，人才会知道自己的情感有多深厚。有些人一辈子都不会明白，那就让他们平静度日，并且心存感恩！是你让我神魂颠倒，是你让我无法自拔，我心深处从此掀起汹涌波涛……我爱你。我不知道其他男人说出这三个字的时候想表达的是什么，我想说的是，我深深被你的惊人魅力吸引，被它所主宰，无力抗拒。我可以为你冲进烈火，我可以为你跳入水中，我可以为你踏上断头台。我可以为你去死，我可以为你做任何我不愿意做的事，我可以为你暴露一切、身败名裂。除了这些，我的脑子一团混乱，什么都做不成，所以我才说我会毁在你手上。

布莱德利·海德斯东吼出这些话语的同时，猛力刨抓墓园围墙的石块，以至于粉状灰泥散裂开来，滴落在路面上，到最后，"紧握的拳头使劲捶打石块，指节都破皮流血"。

狄更斯以前从来不曾把爱恨交织的惊天力量描写得如此清晰、痛苦又强而有力，以后也不会再办到。

如同布莱德利·海德斯东，自我认知的混淆、生活的失控、对男欢女爱的执迷会不会让狄更斯白天里精神错乱，夜里则变成杀人狂徒？听起来很荒谬，却不无可能。

火车进站了，我放下杂志，移动身子探头看看外面冷冽灰暗、没有阳光的圣诞天候。这趟盖德山庄行肯定很有意思。


一年前，也就是在火车意外事故之前，狄更斯家相对而言略嫌散漫的1864年圣诞节聚会成员包括我弟弟查理和他太太凯蒂；演员查尔斯·费克特伉俪（以及费克特送给狄更斯的神奇礼物瑞士小屋）、马库斯·斯通和亨利·乔利。今年另一位单身男士波希·费杰拉德也应邀来小住几天，我有点儿意外；我弟弟查理和凯蒂又出现在盖德山庄，我毫不讶异；看见玛丽和乔吉娜心情愉快，我特别高兴；在火车事故中侥幸生还的爱德蒙·狄更森竟然也在场，我无比惊讶，尽管夏天碰面时他已经告诉我，狄更斯邀请他到盖德山庄过圣诞节。所以扣除狄更斯不算，餐桌旁总共有三名单身男士。

那天早上狄更斯又告诉我，晚餐时会有另一位令人惊喜的宾客。"亲爱的威尔基，你一定会喜欢我们今晚的神秘嘉宾，这点我敢保证。他们一定能为我们带来欢乐，一如往常。"

如果不是因为他口中的"他们"，我也许会打趣地问他是不是祖德先生要来跟我们共进圣诞大餐。不过也许我不会这么做，因为狄更斯提到神秘客人的时候虽然心情振奋，整个人却显得疲累又憔悴。我问候他的身体状况，他坦白告诉我，秋末冬初这段时间以来他一直饱受疼痛之苦，身体没来由地感到虚弱。显然他经常去看我跟他的共同朋友毕尔德医生，却鲜少遵从医嘱。毕尔德好像诊断出"心肌无力"，可是狄更斯似乎认定他心脏的病痛主要来自情感面，而非胸腔。

"威尔基，都怪今年冬天这该死的闷热天气害我心情不舒坦。"狄更斯说，"然后，经过三四天不寻常的潮湿闷热，这一波波骤冷又像古代令牌似的打击人的斗志。可是你发现了吗？到现在还没下雪。我愿意付出一切来换取我小时候那种单纯、寒冷的白色圣诞节。"

　　确实没错，这年圣诞节不论伦敦或盖德山庄都没有降雪。但我们被一阵狄更斯所说的骤冷笼罩，圣诞节那天下午我们的户外散步成员包括波希、狄更森和狄更斯的儿子查理。我弟弟查理留在屋里。我们一行人裹着厚毛料还冻得全身麻木，步履沉重地往前迈进，哪像什么绅士健走。就连平时散步时根本不在乎晴雨寒暖的狄更斯也多加了件厚外套，脖子上多一条红色围巾，裹住脖子和口鼻部位。

　　除了我们五个人，同行的还有五条狗：包括懒洋洋的圣伯纳犬琳达、玛丽那只狗如其名的博美犬跳跳夫人、黑色纽芬兰犬唐恩、大型獒犬托克以及苏丹。

　　狄更斯用粗皮链绑住苏丹，还得让它戴上皮嘴套。波希9月时才把当时还是小狗的苏丹送给狄更斯，这回见到苏丹长得壮硕又健康，显得特别开心。等他上前想拍拍苏丹，苏丹却恶狠狠地嗥叫，戴着嘴套的嘴巴似乎想把波希整个手掌一口咬下。波希连忙惊慌又窘迫地往后退，狄更斯却显得有点儿乐不可支。

　　"苏丹对我始终温和又顺从，"他告诉我们，"可是它对于其他大多数动物都毫不留情。它已经咬坏五个嘴套，回家的时候嘴巴经常沾有血迹。我们很确定它曾经吞下一只可爱的小猫，不过它对于自己的残忍行为确实也悔恨不已……至少为消化不良所苦。"

狄更森小子哈哈大笑，狄更斯又说：“可是你们看，苏丹对你们大家龇牙咧嘴咆哮，对威尔基却不会。虽然它只对我忠心，它和威尔基却有一股奇特的共通点。”

我皱起露在羊毛围巾外的眉头：“狄更斯，你为什么这么说？难不成是因为我跟苏丹一样都有爱尔兰血统？”

“不，亲爱的威尔基。”狄更斯的声音从他的红色围巾里传出来，“是因为你跟它如果没有强悍的手善加管束，就有危险性。”

白痴狄更森又笑了。查理·狄更斯和波希则是听得一头雾水。

不知是因为天冷，或者狄更斯怜惜宾客，又或者是因为狄更斯自己的健康问题，那天下午的健走只是在盖德山庄周遭闲逛，而非平日的狄更斯式马拉松。我们漫步到谷仓观看里面的马匹，比如玛丽的坐骑鲍伊；老马小跑维克；老是正经八百的挪威小马纽曼诺格。我们站在马儿们吐出的一团团氤氲热气里拿胡萝卜喂马，我想起夏天时我来探视在火车事故中历劫归来的狄更斯时，他的神经紧绷到没办法乘坐纽曼诺格拉的慢速板车。那辆板车和此时挂在马厩墙上的挽具，跟平时一样装饰着一组声音清脆美妙的挪威音乐铃铛，可惜天气太冷，不适合乘车出游。

我们走出马厩，狄更斯带领我们穿过隧道去到小屋，苏丹则跑在前面，狗链绷得死紧。夏天里绿油油的玉米田如今只剩一大片冰冻的锯齿状褐色残株。在这个灰暗的圣诞节里，多佛尔路人车冷清，只有远处一架运干草的歪斜马车慢悠悠地在冻结的泥土路上移动。尖刺般的野草在我们靴子底下发出清脆的断裂声。

离开无人的小屋后，我们一行人尾随狄更斯走到盖德山庄后面的旷野，他在这里停下来望着我，有那么一秒我颇为得意，因为我知道他心里在想什么。

就在这个地点，短短五年前9月第一个星期某个晴朗的好天气，狄更斯一把火烧掉过去三十年来收到的所有信件。他儿子亨利和普洛恩把一篮篮信件与文书从他书房里抬出来，他女儿玛丽在一旁恳求他不要毁掉这些珍贵的文字与私人手札。狄更斯烧掉了他收到的所有信件，那里面有我写的信，有约翰·福斯特和利·亨特写的，有阿尔弗雷德·丁尼生和威廉·萨克雷写的，有威廉·哈里森和托马斯·卡莱尔写的，还有他的美国朋友拉尔夫·爱默生、华兹华斯·朗费罗、华盛顿·欧文、詹姆斯·费尔兹夫妇写的，也有他前妻凯瑟琳写的，还有爱伦·特南。

后来凯蒂告诉我，她当时拿着一些信跟她父亲争辩，她说她认出丁尼生、萨克雷和其他很多人的笔迹，所以恳求她父亲为后世着想。只是，不管凯蒂为什么说这番话，我知道她在骗我。因为狄更斯突然决定烧掉所有信件的那天是9月3日，当时凯蒂跟我弟弟查理正在法国度蜜月。她直到好几个月后才听说这件事。

当时她姐姐玛丽在场，就在这里，就在我此刻驻足的这个俯瞰肯特郡冰冻田野与远处光秃秃树林的盖德山庄后院。当时狄更斯的回答是："但愿我写过的每一封信件也都在那堆烈火里。"

那天狄更斯书房里所有的档案夹和抽屉全都清空以后，亨利和普洛恩用火堆的余烬烤了洋葱，最后来了一场午后暴雨，才把大家赶回屋里。事后狄更斯写信告诉我："后来降下倾盆大雨……我觉得我那些信件把天国都给遮蔽了。"

狄更斯为什么要摧毁他所有的通信记录？

一年前，也就是1864年，狄更斯告诉我他写信给他的老朋友演员威廉·麦克雷迪：

每天目睹机密信件被拿来不恰当运用，对不相干的大众公开，于是不久前我在盖德山庄后院生起一堆火，把手上所有信件付之一炬。如今我会把所有非关公务的信件随手烧毁，所以到目前为止我都很安心自在。

何谓不恰当运用？某些我跟狄更斯的共同朋友（少数那些听说了这场大规模焚信行动的人）猜想，狄更斯跟前妻分居时那些被公之于世（我们不要忘记，那都得怪他自己误判形势）的尴尬处境让他心生恐惧，担心他死后没多久，就会有一些传记作家或文学败类揭露他多年来的信函。这些朋友认为，近几十年来狄更斯的生命与作品一直受到公众瞩目，万一哪天朋友给他的信件里那些对他的私密想法的回应被摊开在阳光下任由好奇大众观赏阅读，那他可就惨了。

有关狄更斯为什么烧掉所有信件，我个人的见解倒是不太相同。

我认为狄更斯烧信的这个点子是受到我的启发。

在1854年《家常话》的圣诞节特刊里，我发表了一篇故事《第四个贫穷旅人》，故事里的叙述者是一名律师，他说："法兰克先生，根据我在法律界的经验，如果所有人都把收到的信件烧了，这个国家的法院有半数以上都要关门大吉。"这些法院无论正义与否，想必是狄更斯创作《荒凉山庄》时念兹在兹的。另外，1858年，他前妻娘家不满他对待凯瑟琳的诸多无情无义行为，包括通奸，扬言要送他上法院。

就在狄更斯烧信的前几个月，我在我的小说《白衣女人》

里也描述了一段焚烧信件的情节，当时《白衣女人》正在《家常话》杂志连载，每集都经过狄更斯仔细校稿。在我的故事里，玛丽安·哈尔坎收到一封来自华特·哈莱特的信。当时玛丽安的同母异父妹妹劳拉爱上了哈莱特，却应病危父亲的要求答应嫁给另一个人。哈莱特当时即将搭船前往南美洲。玛丽安决定对劳拉隐瞒信件内容：

> 我几乎觉得我或许应该采取更进一步措施，立刻把信烧了，以免哪天它落入有心人手中。写信那个人提到劳拉的那些语句应该永远埋藏在我和那人心底。此外，他还再次提及他怀疑——如此固执、如此难以解释、如此令人忧心——自己被人暗中监视。留下这封信有个风险：一丁点意外就可能让它流入陌生人手中，比如我可能会生病，或者死亡。最好马上烧掉，减轻一点儿烦恼。
>
> 烧掉了！他的告别信的灰烬——他写给我的最后一封信——已经变成几片黑色焦炭躺在炉床里。

我的粗浅理论是，《白衣女人》这段文字在狄更斯心里留下了深刻印象，因为当时他非常非常积极地想要跟爱伦·特南展开他的第二段、不能为外人知的人生。除此之外，无论原因为何，我觉得1860年7月他女儿嫁给我弟弟这件事逼得他不得不焚毁所有信件，我相信他也说服爱伦·特南烧掉过去三年来他写给她的信。我非常肯定，在狄更斯心目中，凯蒂嫁给我弟弟查理的行动意味着家庭成员对他的背叛。或许他想象他的子女，尤其是大家公认个性跟他最相像的凯蒂，会再次背叛他、在他死后贩卖或出版他留存的信件，其实这并非多虑。

1857年到1860年这段时间，狄更斯快速老化，有人说他直接从年轻人变成老头子，跳过了中年人那段过程。那段时间里他的健康亮起红灯，感受到死神的威胁，让他想起我书里焚信的段子，于是决心摧毁所有透露他内心想法的证据。

"亲爱的威尔基，我知道你在想什么？"狄更斯突然说。

其他人似乎吓了一跳。他们个个裹着厚厚几层毛衣，正在欣赏肯特郡高低起伏的冰冻原野西边浓厚云层底下的平淡夕阳。

"亲爱的狄更斯，我在想什么？"我问。

"你在想如果这里有一堆旺盛的篝火，就可以让我们取暖。"狄更斯说。

我眨巴着眼，感觉到冻僵的睫毛拍击我冰冷的脸颊。

"篝火！"狄更森小子叫道，"这主意太棒了！"

"的确不错，只可惜我们该进去陪女士们和孩子们玩圣诞游戏了。"说着，狄更斯用戴着手套的双手猛力击掌，发出的声音有如枪响。苏丹大惊失色，猛然往旁边一跃缩成一团，仿佛真有人对它开枪似的。

"进屋喝杯热酒！"狄更斯大喊一声。我们这群围着亮丽围巾的毛料球体又尾随他摇摇晃晃走回屋里。


我告退回自己的房间，没有跟孩子们和女士们一起开心地玩游戏。我在盖德山庄向来住同一间客房，发现那个房间仍然为我保留着，我暗自松了一口气，显然最近几个月来我没有被降级。由于孩子们都回来过节，还有一组神秘嘉宾晚上才会到，波希的房间被安排到马路对面的法斯塔夫旅馆。我觉得这很奇怪，毕竟波希是老朋友了，他当然比那个姓狄更森的孤儿更有资格留在山庄里。不过我老早以前就放弃去理解或预测狄更斯的反复无常。

亲爱的读者，我应该在此说明，我还没对菲尔德探长或任何人提起那天深夜服用鸦片酊后得到的启发，也就是狄更斯计划谋杀有钱孤儿狄更森（我依稀看见红色天竺葵像鲜血般洒在户外与旅馆房间）。理由显而易见：那只是鸦片酊作用下的深夜灵感，其中某些幻象对于身为小说家的我极具价值，却很难对那个疑神疑鬼的探长说明这个念头背后隐含的连串逻辑以及药物作用下的直觉。

话题回到我在盖德山庄的专属客房。尽管过去我在这里小住几日后回到家总是跟卡罗琳抱怨，其实在狄更斯家做客是很轻松愉快的经验。每间客房都有一张异常舒适的床铺，还有好几件昂贵且同样舒适的家具。每间客房、几处玄关和一些公共空间总是备有摆设了书写用具的桌子，比如印有抬头的信纸、信封、剪好的羽毛笔、石蜡、火柴、火漆等。所有客房总是始终如一地干净，有条不紊地整齐，无可挑剔地舒适。

盖德山庄的每一位客人也可以在房间里找到足堪媲美图书室的藏书以供选择，床头柜也会放置几册书籍，都是狄更斯亲自为那位客人挑选的。我的床头柜摆着一本我的《白衣女人》，不是我送给狄更斯那本签名书，而是刚买来、纸页还没裁开的新书。其他还有《旁观者》杂志的文集、《天方夜谭》和一本古代历史学家希罗多德的著作，里面有个皮革书签夹在叙述希罗多德探索埃及旅程的章节，正好就是讨论睡眠神庙的页面。

我房间的穿衣镜上方贴着一张卡片，上面写着："安徒生曾经在这个房间住过五星期，那段时间家人们度日如年！"

安徒生在盖德山庄久住那件事我也略知一二。某天晚上狄更斯一面喝着葡萄酒，一面聊起安徒生这位和善的丹麦作家（他不太会说英语，这点想必让狄更斯的家人更觉挫折），说他"是一个介于我的《马丁·瞿述伟》里的伪君子裴斯匿夫和丑小鸭之间的人物。是一个非常沉重的斯堪的纳维亚十字架，背一星期已经够辛苦了，何况要背两星期或更久"。

过去我在盖德山庄做客几天甚至几星期之后，回到家总是告诉卡罗琳或哈丽叶我在盖德山庄的日子过得"一点儿都不轻松"，我指的是实质上的意义。尽管狄更斯很风趣幽默，也真心诚意努力让他的客人放松，确保他们生活无虞，用餐或聚会时绝不会冷落任何人，但住在他家里总免不了有种"被狄更斯打量"的感觉。至少我有那种感觉。我猜可怜的安徒生——他在盖德山庄长住那段时间曾经不带恶意地评论凯蒂、玛丽和那些男孩子的简慢态度——应该没有意识到东道主的不耐烦和偶一为之的谴责。

楼下客厅传来狄更斯和孩子们玩游戏时的兴奋尖叫声，我房间倒是颇为安静。我拿出妥善存放在手提箱里的鸦片酊药瓶，拿起洗手台旁永远加满冷开水的水壶旁的洁净玻璃杯，倒了满满一杯。我觉得这天晚上应该会很难熬。我喝下第一杯药水，又斟了一杯。

来自或许流于主观判断的未来世界的读者，你可能想不通我为什么会答应当那个包打听探长的密探。但愿你读到这篇回忆录里那些描述我认可这桩秘密协议的段落时，不会因此看轻我。

我同意那桩魔鬼交易的原因有三：

首先，我相信狄更斯要我告诉菲尔德探长那天晚上我们一起去寻找祖德的一切经过，以及之后他跟我说的一切有关祖德的信息。你想必会问：狄更斯为什么要我泄露他的信息？原因我不完全明白，尽管狄更斯没有开口明说，我却十分肯定他希望我那么做。因为他知道菲尔德在追问我，当然也知道像菲尔德那样的人绝对会拿比我跟卡罗琳的关系这种原本就是公开事实更严重的事来威胁我。再者，若非狄更斯自己预期——甚至想要——我把他说的话转达给恃强凌弱的菲尔德，他绝不会把祖德的背景告诉我，更不会如实说出他的地底城之行。

我不清楚狄更斯究竟在玩什么把戏，但我始终觉得我跟他之间有种无言的勾结，那种感觉远比我跟诡计多端的菲尔德之间的合作关系强烈得多。

其次，我基于个人理由必须利用菲尔德搜集狄更斯和爱伦·特南的信息。我知道狄更斯绝不会告诉我这方面的事。早在火车意外事故揭露真相之前，狄更斯跟爱伦·特南之间的关系就已经改变了他的生活与他跟所有人的关系，包括我。可是，如果狄更斯遂行所愿——通常都是如此——这场秘密恋情与忙碌的全新人生的细节恐怕会被狄更斯带进坟墓里。亲爱的读者，我有理由（或许以后我会告诉你）需要掌握这些信息。生性好打听的菲尔德探长是个完全没有绅士道德感的家伙，而他手下又有遍布各地的忙碌侦探，正好是我取得这些信息的绝佳管道。

最后，我之所以会答应菲尔德探长的要求，是因为过去一年来我跟狄更斯之间的亲密友谊渐渐变质，我需要加以重整。坦白说，我对菲尔德转述祖德的信息是为了在狄更斯最脆弱的时刻帮助他、保护他。我认为唯有重拾我跟他之间危殆的友谊，并且重新确立我在这段友谊关系里的平等地位，我才能真正帮助他、保护他。

我喝下鸦片酊已经过了二十分钟，我的风湿性痛风在我的脑袋、肠胃和四肢造成的蚀骨疼痛开始缓解。一股深沉的平静感和心神的警醒慢慢遍及我全身上下。

不管狄更斯在圣诞餐会上为我们安排了什么样的惊奇，现在我都能用平时我在大家心目中那种威尔基式的沉着和幽默去应付。

# 第十三章

"不，呃，狄更斯！别提这个，呃，呃，别提那……那无趣的《我们共同的朋友》！不！是，呃，是……《大卫·科波菲尔》，老天！我对天发誓，热情和趣味，呃，啊，难以形容地融合在一起，是真的……不，真的，狄更斯！……是《大卫·科波菲尔》！深深打动我，呃，太令我赞叹！可是从艺术价值，呃，你也知道……我——不，狄更斯！老天！——读过伟大时代的一流作品……那本书我完全无法理解。别人怎么看它……呃……它是怎么写出来的……呃……一个人怎么能……呃……嗯！那本书把我给闷坏了，多说无益。"

我们的神秘嘉宾一面说话，一面用他的印花手帕擦抹他直冒汗的苍白大额头，又抹抹开始冒出泪液的湿润眼睛。

当然，我们的神秘嘉宾正是知名悲剧演员威廉·麦克雷迪和他的新任妻子希西儿。

亲爱的读者，我希望、我祈祷在这本回忆录遥远时空另一端的你此时不会陷入沉默，因为如果你的时代已经遗忘威廉·麦克雷迪，那么渺小的威尔基·柯林斯的姓名和作品又怎么能流传下去呢？

麦克雷迪是我们这个时代最受瞩目的悲剧演员，是继传奇演员爱德蒙·金恩之后最伟大的演员。而且根据很多人的看法，他精妙的诠释能力与细腻的敏感度更是超越金恩这个莎翁剧场巨擘。麦克雷迪数十年来称霸英国舞台最脍炙人口的角色就是那出不能直呼其名的戏剧里的麦克白，再者就是李尔王。麦克雷迪出生于1793年，如果我计算正确的话，麦克雷迪在舞台上站稳脚跟、成为家喻户晓的演员和社会上的知名人物的时候，年轻的狄更斯（当时以笔名博兹发表《匹克威克外传》而初次崭露头角）还只是个做演员梦的小伙子。麦克雷迪在舞台上对痛苦与自责等情绪的独到掌控——通常牺牲了当时莎翁戏剧演员散发的那种高尚或不凡特质——强烈引起拥有那方面能力的狄更斯共鸣。

如同狄更斯，麦克雷迪也是个复杂、敏感又自相矛盾的人。尽管他跟狄更斯一样表面上一派笃定，但根据那些最了解他的人的说法，私底下的他经常满腹疑惑。他跟狄更斯一样以自己的职业为荣，却也（狄更斯偶尔也会）有种不安全感，担心这样的职业没办法让他成为真正的绅士。不过，1830年起，前途看好的狄更斯和他的朋友麦克雷迪、福斯特、画家丹尼尔·麦克莱斯、作家哈里森、毕尔德和律师密顿等人组成了精英团体，他们的才华与雄心壮志在我们小小的英格兰岛上可谓前无古人。

在这些人之中，麦克雷迪的知名度最高，直到后来被狄更斯超越。

连续很多年的时间（其实是几十年），年轻的狄更斯一直以局外人的观点撰写赞誉有加的评论。他跟他的共同创作者兼编辑福斯特特别称颂麦克雷迪令人耳目一新的《李尔王》，因为超过一个半世纪以来观众只能忍受内赫姆·泰特改编的糟糕透顶的"圆满结局"版本。麦克雷迪不但恢复了这部莎翁名作真正的悲剧面貌，也让"愚人"这个角色重新回到《李尔王》。这神来之笔的愚人抢救行动触动了狄更斯的心弦，让他仿佛是被锤子击中的钟。我曾经查阅狄更斯对这件事的评论，他除了将"愚人"重新出现誉为李尔王这个盛气凌人的角色面前一个"突出且巧妙的调和剂"，还兴奋异常地盛赞麦克雷迪的版本"无与伦比"。他说：

> 那被毁坏的完美作品里的精神、灵魂和智慧，以及崩坏过程中的各阶段面貌，都赤裸裸呈现在我们眼前……那份柔情、那种怒气、那股疯狂、那波悔恨与哀伤，都环环相扣，被一条锁链串联起来。

1849年美国当红莎翁名剧演员埃德温·福里斯特——他曾经是麦克雷迪的好友，也曾经受益于麦克雷迪的无私指导——造访英国，公开抨击麦克雷迪演绎的哈姆雷特，甚至批评我们这位伟大的英国演员在舞台上矫揉造作，念起台词像个忸怩作态的纨绔子弟。后来福里斯特在英国仅剩的几场表演里没有受到观众善待。英国人嘲笑他的麦克白用难以入耳的美国腔朗诵莎翁的不朽对白。同一年5月，麦克雷迪走访美国——过去他也曾造访美国，观众的反应还算热情——没想到波士顿和纽约那帮子人，包括死忠的莎士比亚迷、一般观众以及邪恶的不良分子，竟然对在舞台上演出的他丢掷臭鸡蛋、椅子、猫尸以及其他更恶心的物品。有不少美国观众出声为麦克雷迪辩护，却有更多帮派分子组织起来打击麦克雷迪和所有与莎翁相关的英国优势与霸权。结果在1849年5月10日纽约市掀起有史以来最血腥的一场暴动。在整起事件中，约有一万五千人在那家叫艾斯特广场的剧院附近各自投入亲麦克雷迪或反麦克雷迪阵营。市长和州长都慌了手脚，赶紧召集美国人称为"国民警卫队"的民兵部队前往镇压。部队朝暴民开枪，造成二三十名市民横死街头。

那段时间，狄更斯不停发送鼓舞与恭贺的电报给在美国的麦克雷迪，仿佛他是站在拳击场角落手捧毛巾与嗅盐的经理。

多年来狄更斯默默创作了许多小型戏剧和喜剧，并将之怯生生地交给麦克雷迪，尽管狄更斯曾经协助麦克雷迪完成比如1838年的《亨利五世》那样永垂不朽的演出。不知为何狄更斯并未因麦克雷迪的拒绝而与他为敌或疏远他，根据我的经验，狄更斯无法忍受任何人，包括女王的拒绝，却屡屡被麦克雷迪巧妙地婉拒。

就这样，三十年来他们的友谊留存了下来，也趋于成熟。只是，当狄更斯的普通朋友陆续远离（有些不得狄更斯欢心，有些则是行将就木），近年从狄更斯的言谈之中我感觉到，他如今对麦克雷迪最主要的感觉是哀伤。

生命对麦克雷迪并不友善。艾斯特广场剧院那场暴动让他兴起引退念头。可是，就在他的告别巡回演出过程中，他心爱的十九岁长女妮娜过世了。麦克雷迪向来是个勤于自省的虔诚信徒，遭逢丧女打击后，他把自己封闭起来，独自思索他对宇宙和自我的强烈质疑。当时他的妻子凯瑟琳刚生下他们第十个孩子，正在产后休养。狄更斯夫妇和麦克雷迪夫妇的共同点不仅存在表面层次，他们两对夫妻关系匪浅。1840年早期狄更斯带着自己的凯瑟琳第一次访美的时候，就是把孩子托给麦克雷迪夫妇照顾的。差别在于，麦克雷迪对他自己的凯瑟琳的爱坚定不移。

麦克雷迪最后一场演出是1851年2月26日在德鲁巷皇家剧院。当然，他选定的告别剧本是《麦克白》。既是他的拿手戏，也是他两年前在纽约被观众喝倒彩甚至攻击的戏。当时无可避免地举办了一场盛宴，为这场告别演出画下句点。盛宴规模过大，只得选在空间宽敞的旧商业贸易厅举办。利顿阁下口齿不清地发表了一篇动人演说；约翰·福斯特朗诵了丁尼生特别为这个场合撰写的蹩脚至极的诗篇；萨克雷唯一的任务是举杯祝贺在场女士，却紧张得几乎晕厥；筹办这场盛宴的狄更斯穿着装饰闪亮黄铜纽扣的亮蓝色外套搭光滑黑色绸缎背心，一如预期地发表了一篇感人肺腑、既哀伤又幽默、情真意切的演说，确实令人难忘。

凯瑟琳·麦克雷迪跟他们的长女一样患有结核病，长期与病魔艰苦对抗，不幸在1852年过世。狄更斯告诉过我他最后一次去探望她的情景，他说事后他写信给一位朋友，说道："当小叶片成熟，巨大的镰刀不免深深划进周遭的玉米。"来年麦克雷迪的两个儿子华特和亨利也死了，紧接着是他们的妹妹莉迪亚。麦克雷迪的孩子没有一个活到二十岁。

麦克雷迪在他阴郁的舍伯尔尼住宅隐居，悼亡整整八年，终于在1860年六十七岁时再婚。时年二十三岁的希西儿·史班塞成了第二任麦克雷迪太太。他们迁往距离伦敦只有四个半小时车程的切尔滕纳姆的漂亮新居，不久后他们的儿子就出生了。

狄更斯非常开心。他憎恶、害怕、蔑视老化现象，也不喜欢看见或注意到身边的人衰老或退化的迹象。正因如此，这天晚上他最大的孙女玛丽安杰拉——他儿子查理和媳妇贝西的长女——应他要求喊他"敬爱的"。他不允许"爷爷"这样的称呼在他耳边响起。

可是，1865年这个圣诞夜，跟我们一起坐在餐桌旁的麦克雷迪已经七十二岁高龄，全身上下无一处不老迈退化。那些曾经吸引许多人目光的演员特质，比如有棱有角的下巴、宽阔的额头、硕大的鼻子、深陷的眼窝、像嫩芽般噘起的嘴唇，如今却像只曾经睥睨一切猛禽，最后落得崩塌萎缩的下场。

身为演员的麦克雷迪曾经发展出一门独到演技，至今仍是戏剧学校里的教材，那就是所谓的"麦克雷迪停顿"。我自己也在舞台上见识过，基本上那只不过是迟疑，是在原本没有标点符号的对白里临时插入停顿或省略。这么做确实可以让对白更有冲击力或更为突显，有时甚至会改变停顿前后那两个单字的意义。几十年前麦克雷迪就把这种技法融入他的演说中，他担任戏剧指导时那种颐指气使的口气经常被人模仿取笑："站……呃，呃……直，真该死！"或者："各位，眼睛……呃，呃……看我这里！"

可是如今麦克雷迪停顿几乎吞噬了绝大多数的麦克雷迪语义。

"狄更斯……呃……我说不上来……呃……呃……怎么……那些可笑又……呃……呃……恐怖的吵闹声从哪儿来……是孩子？查理，是你的孩子吗？那是哪儿来的猫？有……有……有……一……一……一……可恶！希西儿！我刚刚要说什么……柯林斯！不，我说你，另外那个……戴眼镜那个！我读了你的……呃……呃……看了你的……你……你……你不会是说她……美丽的乔吉娜，拜托别用那些……别让那些……厨房里的锅子哐当声吵我们好吗？对！我的天！应该有人提醒舞台经理那些孩子……哦，我要说的是《白色女人》……呃……

呃……一流的火鸡，我的天！太肥美了！"

火鸡果然美味。曾经有人写文章指出，过去几十年来让英国家庭圣诞餐桌上的主角从瘦巴巴又油滋滋的烤鹅换成丰满肥腴的火鸡的人非狄更斯莫属。光是他的《圣诞颂歌》就让数千个原本崇尚鹅肉的英国家庭移情别恋，爱上火鸡大餐的白嫩胸肉。

总之，这天晚上的火鸡非常可口，那些搭配的热腾腾菜肴也是。就连佐餐的白酒都比狄更斯平时宴客用的来得香醇。

以狄更斯的标准，这年的圣诞餐会规模不算大，可是盖德山庄的长餐桌仍然比卡罗琳在我家操办过的任何圣诞晚宴来得拥挤。坐在长桌另一端主位上的是狄更斯，两只切光了肉的火鸡残骸之中比较大的那只还像个战利品似的摆在他面前。他右手边是麦克雷迪，麦克雷迪正对面是他的年轻妻子希西儿。我确定有一条社交规则严格规定不可以把夫妻的座位安排在彼此对面，那几乎就跟坐在彼此隔壁一样糟。但狄更斯不是那种在乎社会规范的人，他会说那都是狭隘之见。

麦克雷迪右手边是他的教女凯蒂。凯蒂看起来不太乐意坐在自己的教父旁边，或者该说她根本不乐意跟我们这些人同桌。她恨恨地瞪了她父亲几眼，又为麦克雷迪时停时续、语焉不详的没完没了话语猛皱眉头，然后再朝坐在餐桌另一头的姐姐玛丽翻白眼。玛丽坐在我左手边，因为狄更斯不知何故特别看重我，安排我坐他对面。玛丽比我几星期前看到她的时候又胖了许多，体型愈来愈像她妈妈了。

凯蒂对面是我弟弟查理，今晚他看起来确实病恹恹的。虽然我很不愿意认同狄更斯的说法，但查理苍白的面容的确很像一张死人脸。凯蒂右边坐的是那个年轻孤儿，也就是我们的火车事故生还者狄更森。他整个晚上笑嘻嘻地看着大家，对每个人笑咧了嘴，活脱脱就是个白痴。狄更森对面是另一个年轻单身男子，也就是二十六岁的波希。他表现得跟狄更森一样开心热络，只是少了白痴相。

坐在狄更森和玛丽之间的是狄更斯的长子查理，他似乎是当天晚上最快乐的人，原因应该就坐在他对面。查理的妻子贝西应该是当天晚上最美丽的女性，至少也紧追在希西儿之后。当初查理爱上了贝西·伊凡斯，狄更斯气得暴跳如雷。贝西的父亲费德列克·伊凡斯虽然是狄更斯的多年好友，但狄更斯一直无法原谅他在狄更斯那场丑恶的分居事件里出任凯瑟琳的代理人，之后还受托为她管理财务。其实一开始根本是狄更斯主动要求费德列克扮演这个角色的。

幸好查理不顾父亲的咆哮怒骂和最后通牒，执意娶了贝西，总算保住未来的幸福人生。今晚贝西显得文静又从容。她在公公面前很少说话，但照在她优雅颈子上的烛光已经胜过千言万语。贝西左边是乔吉娜，她尽心尽力地代替缺席的女主人介绍每一道配菜和主菜。

乔吉娜左边、我右手边的是亨利·狄更斯。据我所知这是亨利第一次在圣诞节跟大人一起用餐，他显然很引以为荣。他身上穿着纽扣稍嫌显眼的崭新绸缎背心，相对而言，他在细致脸庞上努力蓄留——却不太成功的鬓角却不够显眼。他频频不自觉地伸手碰触光滑的脸颊和上唇，仿佛想确认他期待中的胡须会不会在吃晚餐的过程中冒出来。

在我左手边，坐在我和玛丽之间的是这天晚上真正的（对我而言）"意外宾客"，身材非常高大、体格非常壮硕、气色非常红润、头顶非常光溜，却拥有可怜的亨利只能望而兴叹的浓密鬓角和胡子。那人名叫乔治·多尔毕。我曾经在《家常话》办公室遇见过他一两次，不过，印象中他从事的行业是剧场或企业管理，跟出版业无关。晚餐前狄更斯为大家介绍时，显然跟他也不熟，只因需要跟他洽谈业务，刚好这年圣诞节多尔毕有空，于是狄更斯当下邀请他到盖德山庄做客。

多尔毕是个生气勃勃又机智灵巧的聊天高手，说话时带点儿口吃，模仿别人时却又口齿伶俐，幸好他经常模仿。他的话题围绕着剧场八卦，很能善用戏剧演出的加重语气和时机掌握，只是在以自己的身份说话时会轻微结巴。此外，他也很擅长聆听，知道什么时候该笑。那天晚上有好几次他爆出震天价响、自然又不造作的欢乐笑声，听得凯蒂和玛丽频频翻白眼，却总能让狄更斯笑逐颜开。多尔毕似乎对麦克雷迪那些晦涩难懂的言语最感兴趣，总是耐心地等待那一连串"……呃……呃……"之后的结语"我的天"再哈哈大笑。

这天晚上的交谈时间接近尾声，孩子们和孙辈都过来向"敬爱的"和他们的父母道晚安，众人的谈话暂时停顿，连多尔毕仿佛也在沉思，甚至有股淡淡的哀伤。凯蒂和玛丽不再翻白眼，也不再表现出对大家的反感。幸好女士们即将撤退到任何她们将撤退的地方，男士们也将要移驾到图书室或撞球房喝杯白兰地或抽根雪茄。狄更森小子却开口了："抱歉，狄更斯先生。恕我冒昧，能不能请问您目前在写什么？是不是开始新小说了？"

狄更斯听见这个唐突话题非但没皱眉，反倒露出笑容，仿佛他等这个问题已经等一整晚了。

"事实上，"他说，"我暂时搁笔了，不知道什么时候才会再拿起来。"

"父亲！"玛丽装出紧张表情，"您不写了？您不再每天窝在书房里写作了？接下来是不是有人要说明天太阳不会从东边出来了？"

狄更斯又笑了："其实未来几个月，或许几年，我打算从事一种更有益的工作。这种创意工作无论在艺术性或财务上都对我更有利。"

凯蒂露出遗传自她父亲的狄更斯式笑容："父亲，您要改行当画家了吗？要画插画吗？"她的目光望向隔着火鸡骸骨与她相对的沉默丈夫："查理，你最好当心点，又多一个竞争对手了。"

"不是那样。"狄更斯说。他经常被凯蒂激怒，可是今晚他面对她的奚落却是一派冷静。"我决定创造一种全新的艺术形式，某种世人还没有体验过——想都没想到过的东西。"

"另一种……呃……呃……新的……呃……呃……也就是说……我的天！狄更斯！"麦克雷迪说。

狄更斯上身靠向左边，柔声对希西儿说："亲爱的，在这张餐桌上，你先生最能了解几星期后我即将从事的这项艺术的力与美。"

"父亲，您打算变成全职演员吗？"亨利尖声问道。亨利从小看着自己的父亲业余演出，自己也在之前我的《冰冻深渊》里被他父亲抛来扔去。

"不是的，孩子。"狄更斯依然面带笑容，"我敢说我对面的威尔基也许知道一点儿我心里的想法。"

"我什么都不知道。"我坦白回答。

狄更斯把双手搁在桌上，手臂摊开来，让我想起达·芬奇的名画《最后的晚餐》。这个念头才刚浮现，另一个想法紧随而至：如果这是最后的晚餐，那么在座哪个是叛徒犹大？

"我已经授权威尔斯代表我去跟新庞德街的查培尔公司洽谈总共三十场的朗读合约，"狄更斯说，"虽然协商才刚开始，但我很有把握事情会成，这将会开启我的职业生涯与大众娱乐和教育的新篇章。"

"可是父亲，"玛丽无比震惊，"您也知道上一次生病时毕尔德大夫说的话，他说您心脏某些功能衰退，需要多休息。您之前朗读时间太长，害您累过头……"

"没那回事，"狄更斯笑得更灿烂了，"我在考虑聘请这位多尔毕先生……"

多尔毕脸上现出红晕，微微欠身。

"……担任我的经纪人陪我出去表演。查培尔公司负责处理相关业务和行政事宜，支付我个人和多尔毕旅途上的一切费用，也许还要加上威尔斯先生。我什么都不必做，只需要带着书，在排定的时间地点出场朗读。"

"可是朗读您的书根本称不上……父亲，您刚刚是怎么说的？全新的艺术形式。"凯蒂说，"您做过很多次了。"

"的确是，亲爱的。"狄更斯说，"但我这次或未来的做法有所不同。你也知道，虽然我表演时偶尔会假装拿着书念，但我从来不会只是……念我的书。我所有的表演都是凭记忆朗诵，而且我保留大幅度编辑、合并、改编以及重写部分情节的权利，甚至会临场即兴编造，正如在座的麦克雷迪，即使演出莎士比亚，也经常临场改编出更好的作品。"他拍拍麦克雷迪的手臂。

"呃……是……我，当然……可是，如果是利顿的作品，我会随心所欲插科打诨，"麦克雷迪苍白的肤色和皱纹底下泛起红晕，"可是……呃……呃……莎翁。我的天……从来没有！"

狄更斯笑了。"我的文章反正不是莎翁的，也不像摩西十诫刻在哪块石板上。"

"可是，"我弟弟问，"新的艺术形式？朗读算得上吗？"

"从我的这次巡回演出开始就是。"狄更斯厉声回答，脸上的笑容消失了。

"先生，您的朗读在音调与技巧上早已经是新的艺术形式了。"狄更森小子说。

"谢谢你，爱德蒙。感谢你的美言。不过如我所说，在这次巡回演出和未来……也许很多年……的朗读会上，我打算结合对动物磁力学的操控的透彻理解，把朗读带向一个史无前例的表演层次。"

"磁力学，天哪！"多尔毕说，"先生，莫非您打算在娱乐观众的同时催眠他们？"

狄更斯边笑边摸嘴边的胡须："多尔毕先生，我猜你也常读书，我是指小说。"

"我确实常看书，先生！"多尔毕笑着说，"我很喜欢您所有的作品，还有柯林斯先生的……我指的是我右边桌子尽头那位柯林斯先生。"他转头对我说，"柯林斯先生，狄更斯先生的出版社为您出版的那本书《阿玛达尔》棒极了。里面的女主角，我记得她叫莉迪亚·桂欧。不得了的女人！太棒了！"

"我们没那份荣幸连载柯林斯先生的那本书。"狄更斯正色说道，"将来也没那份荣幸出版那本书。那本书预计明年5月由另一家出版商出版。不过我很开心地宣布我们正在努力说服威尔基在《一年四季》连载他的下一本小说。"

"啊，太好了！太好了！"多尔毕说得欢天喜地，却不知道自己的恭维其实是失言。

确实，我最新的小说《阿玛达尔》顶着《白衣女人》——在狄更斯的《家常话》连载的胜利光环，以更高价码在《康希尔》杂志连载，书本不久后也将由发行《康希尔》杂志的史密斯艾欧德公司出版。

可是多尔毕的失言不止如此。此时狄更斯的脸从刚刚的笑容可掬、轻松又热切变成苦恼且苍老。我相信惹狄更斯心情不好的原因正是多尔毕冒冒失失提到的莉迪亚·桂欧。

我那本书里写了一段莉迪亚的话。她对病痛并不陌生，包括她自己和她身边那些人的。她说：

> 鸦片酊是谁发明的？不管他是谁，我由衷感谢他。如果那些身心遭受痛苦又拜他所赐得到缓解的可怜人都能聚在一起为他唱颂赞美诗，那会是多么盛大的合唱曲呀！我度过了甜美的六小时，忘怀一切；醒来以后内心无比平静。

我通过很多传话的中间人（包括我弟弟和凯蒂）得知狄更斯不喜欢那段文字，也不喜欢那本小说里对鸦片酊和其他鸦片制剂的接纳语调。

"你刚刚正要告诉我们读小说的过程跟你计划中的这种新

艺术形式的朗读之间的关系。"我隔着觥筹交错的长餐桌对狄更斯说。

"没错。"说着，狄更斯对希西儿笑了笑，仿佛为刚刚的谈话中断致歉，"你们都知道阅读的时候那种无可比拟性，甚至可以说，独一无二的体验，也就是我们沉浸在一本好书里那种全神贯注，除了接触文字的眼睛，其他感官全部停止接收信息的感觉吧？"

"当然！"狄更森小子说，"周遭的世界消失了！所有思绪也都消失了！只留下作者为我们创造的影像、声音、人物和世界！对尘世的感觉等于麻痹了。每个读者都有过那种经验。"

"完全正确，"狄更斯的笑容恢复了，双眼绽放光彩，"接受催眠治疗的人也必须进入那种状态，催眠才能成功。所以它是通过语言、词汇、叙述、对白的审慎运用，让读者的心灵进入被催眠的人感受到的那种接收状态。"

"我的天！"麦克雷迪大声说道，"戏院的……呃……观众就会进入这种……呃……呃……恍惚状态。我经常说观众……呃……呃……跟剧作家和演员是组成剧场的三种要素。"

"完全正确，"狄更斯说，"这就是我这种全新表演形式有别于单纯阅读的关键。借由观众这种接纳性的心理状态可以达到的效果，比他们独自在家中、在马车上或在花园里阅读的状态深沉得多，我打算运用初级催眠术，结合我的声音和言语，将他们带到一种比书或戏剧所能引发的更深度的接收、欣赏与合作的状态。"

"只靠文字？"我弟弟问道。

"加上明智且谨慎设计过的手势，"狄更斯说，"在恰当的背景里。"

"背景就是舞……舞台。"多尔毕说，"没错，天哪！一定不同凡响！"

"不只舞台，"狄更斯微微点头，仿佛准备鞠躬，"还有阴暗的光线；用煤气灯精准而科学地照亮我的脸和双手；仔细安排观众的座位；每个人都要能直接接触我的目光……"

"我们巡演时会带自己的灯具和灯光师，"多尔毕打岔道，"威尔斯把这点列为协商的核心议题。"

麦克雷迪用力拍桌大笑："观众从来都不知道煤……呃……呃……煤……呃……呃……煤气灯是一种麻醉法。麻醉，我的天！它们会消耗房间、剧院和任何空间里的氧气！"

"确实没错，"狄更斯露出淘气的笑容，"而且我们要善用这点，好让朗读会的——我谦卑地希望——庞大观众群进入适当的接收状态。"

"进入适当的接收状态做什么？"我冷冷问道。

狄更斯用他的催眠眼神紧盯我，话声轻柔："那就留待这些朗读会——这种新的艺术形式——去决定。"


晚餐结束后，我们男士带着白兰地和雪茄撤退到狄更斯书房后面的撞球室。这个房间十分舒适，灯火通明，有半面墙贴了瓷砖，免得被我们手中挥舞的撞球杆敲破，我在这里面度过许多愉快时光。狄更斯打起撞球十分认真严肃，他总爱说，"撞球运动可以看出男人的毅力"。然后，他经常会瞄我弟弟一眼，补上一句，"或没有毅力"。无论是哪一种情况，我总会看见他上身俯在绿色撞球台上，没穿外套，戴着那种双层大眼镜，给人一种古怪的匹克威克式旧时代老男人印象。

狄更斯喜欢波希的原因之一在于，波希也很认真看待撞球运动，而且技术不差，至少好得可以让我和狄更斯尽情发挥。就像任何喜爱这项运动的单身汉一样，我的撞球技术也算水平不错。可是这天晚上我惊讶地发现，我们的年轻孤儿狄更森打起撞球来竟像是靠赢球的奖金过日子似的。也许真是这样，毕竟我对他所知不多，只听狄更斯说过他手头很阔绰。

麦克雷迪下场咋咋呼呼地敲了几杆后，就被他太太扶回房间喝温牛奶就寝。狄更斯未来的业务经理兼巡演旅伴多尔毕负责炒热今晚的球赛气氛：时而哄堂大笑，偶尔说个趣味十足的小故事，而且一点儿也不结巴。他光秃秃的头皮和冒汗的额头在上方灯光照射下闪闪发亮。他轮番收拾了波希、我、狄更斯，最后是那个颇为棘手、球技甚佳的狄更森。狄更森的撞球技巧充分显示他精通弹道学，也善用迂回策略，光看他外表实在难以想象。

狄更斯依照平日习惯，午夜时分先行告退，但他要我们继续玩。通常如果还有风趣的男宾客在场，我会留下来边玩边享用主人提供的白兰地直到破晓。可是狄更斯离开不久后，多尔毕也放下球杆跟大家道晚安——或许初次在盖德山庄做客，不敢造次——球赛就结束了。波希由一名仆人提着灯笼送他前往法斯塔夫旅馆，我跟狄更森上楼回到各自的房间。

虽然我早先已经服用过我的药剂，等我准备上床时，风湿痛却又开始折腾我。我评估了便携型药瓶里剩余的剂量，又喝下两杯这种提神又助眠的药水。亲爱的读者，我之所以说"提神又助眠"，是因为鸦片酊这种东西正如活在医学知识更为充实的未来的你所知，既能安定神经、帮助睡眠，也可以提振感知能力，让

267

人一鼓作气长时间工作，专注力也会随之提升。我不明白，也许没有人知道，为什么同一种药物可以满足两种完全相反的需求，我却对此深信不疑。今晚我需要它的助眠功效。

我混乱的大脑想要专心思索狄更斯举办"全新艺术形式"朗读会的计划，也想分析他那些有关催眠和磁力学之类的胡言乱语跟他据传屡次去见深居地底那个祖德之间的相关性，幸好鸦片酊让我摆脱了这些虚幻的疑问。

那天晚上我忙碌的大脑入睡前最后一个念头，是菲尔德探长几星期前提供给我的信息。

秋天以来爱伦·特南似乎多次被跟踪到附近地区，甚至造访过盖德山庄。菲尔德说，当然，特南小姐有亲戚住在罗切斯特区，所以她出现在附近地区并不会让人联想到狄更斯。但她确实也数度到盖德山庄做客，9月至今至少已经留宿过五个晚上。

我不禁纳闷儿，玛丽和凯蒂如何看待这个篡夺了她们母亲地位的女人。我不难想象玛丽如何追随乔吉娜的脚步欢迎这个入侵者，因为她们知道狄更斯也跟她们自己一样饱受寂寞之苦，也知道唯有爱情的滋润，才能带给身心日益衰老的狄更斯一点儿永葆青春的假象。可是凯蒂呢？她自己显然也寂寞难耐，因为10月她父亲曾经告诉我，她"如此不满足……如此急于寻找情人，以至于她的性格和健康缓慢地、持续地耗弱"。情感上她似乎还忠于她那位遭罢黜的母亲。我无法想象凯蒂能大方接受她父亲这个年龄与她相仿的情妇人选。

向你女婿的哥哥透露你女儿婚姻生活未获满足而且积极物色情人，想必不是件容易的事。我猜狄更斯跟我说这些是希望我传话给查理。我当然没这么做。

然而，凯蒂想必没有说过她不欢迎爱伦·特南，否则爱伦不会继续拜访盖德山庄。

我带着这些思绪入眠，睡得香甜无梦。


有人在猛力摇我，还嘶嘶地喊我名字。

我昏沉沉地翻身。房间里黑漆漆的，只有一抹诡异光线，似乎发自床边地板。失火了吗？有个阴暗形体隐约俯在我上方，在摇晃我。

"醒醒，威尔基。"

我定神凝视那个身影。

是狄更斯，穿着睡衣，肩上草草披着毛呢外套，一只手拿着双管猎枪，另一只拿着皱成一团的裹尸布。

时候到了，我心想。

"起来，威尔基。"他再次低声叫唤，"快。把鞋子穿上，我帮你把外套拿来了。"

那个身影把裹尸布扔在我腿上，我发现那是我的大衣。"怎么……"

"嘘，别吵醒其他人。起来，快点儿，免得他跑掉。没时间了，穿上大衣和鞋子就好。这就对了。"

我们从后侧楼梯下楼，狄更斯拿着猎枪和提灯走在前面，我们两个都尽量不发出一点儿声响。

那头凶猛的爱尔兰猎犬苏丹被绑在后门玄关，戴着嘴套系着狗链，急切地想冲出门去。

"怎么回事？"我悄声问狄更斯，"出了什么事？"

狄更斯的头发一绺绺披在头顶上，嘴边的长须像刚起床的模样东卷西翘，有些甚至竖直起来。换在别的情境里，这幅画面会相当有趣，今晚却不然。他眼中有一股真正的恐惧，是一种我从来没见过的眼神。

"是祖德，"他悄声说，"我回房后睡不着，一直在想一些该提醒威尔斯的事，所以起床打算下楼到书房写字条，然后我看见……"

"老兄，看见什么？"

"祖德的脸。那张惨白扭曲的脸飘在窗子外，抵着冰冷的窗玻璃。"

"你书房的窗子吗？"我问。

"不，"狄更斯的眼神狂野得像奔逃的马匹，"是我卧室的窗子。"

"可是狄更斯，"我低声回应，"那不可能。你的卧房跟客房一样都在二楼。祖德必须站在二点五到三米的梯子上，才能在你窗外窥探。"

"我确实看见他了，威尔基。"狄更斯厉声说。

他唰的一声打开门，一手拿提灯和狗链，一手抓猎枪，被急躁的苏丹拖着冲进夜色里。


盖德山庄后院漆黑寒冷，天上没有月亮和星星，屋里也没透出任何灯光。冷风一秒内就穿透我匆匆披上的大衣，我扑扑翻飞的睡衣底下的身躯冻得不住颤抖。我的脚踝和小腿在大衣和鞋子之间露出一大截，冷冽的夜风吹在我皮肤上，冰冻的草叶像小小刀片般凌厉挥砍着我的脚。

苏丹一面嗥叫一面往前冲。狄更斯让苏丹带路，仿佛我们是二流奇情小说里追踪杀人犯的愤怒村民。

也许真是这样。

我们在黑暗中快步绕过屋子，来到狄更斯卧室窗子下的花园里。苏丹又扯又吠，急着想往前跑。狄更斯停下脚步，拉开小提灯屏罩，把灯光照向花圃的冰冻泥土。那里没有任何可疑脚印，显然也没有人在这里架过梯子。我们一起抬头仰望他卧房的漆黑窗户。几颗星星从快速移动的云朵之间露脸，马上又被遮蔽。

如果祖德不用长梯就能望进窗子里，那表示他飘浮在离地三米的空中。

苏丹大声吠叫猛扯狗链，我们尾随它往前走。

我们回到屋子后侧，停在1860年狄更斯焚烧信件那块小田地。冷风吹得凋零的枝丫像骸骨般咔嗒乱响。我悄声问狄更斯："怎么可能是祖德？他怎么会在这里？他又为什么会来这里？"

"有一天早上他从伦敦跟踪我回来。"狄更斯低声回答。他缓缓绕一圈，双管猎枪搁在右手臂弯里。"我敢肯定。我已经很多次在晚上看见一个黑影站在马路对面的小屋旁。狗对着那影子吠，可是等我出来，人影已经不见了。"

比较可能是菲尔德探长的手下，我差点儿说出心里的想法。但我没有，只说："祖德又为什么要在圣诞节晚上跑来这里，在你的窗外偷窥？"

"嘘……"狄更斯挥手要我噤声，并且伸手合上苏丹的下颚，不让它吠叫。

尽管地上没有一点儿积雪，但我一度以为有雪橇驶过来。而后我意识到那微弱的铃声来自黑黝黝的马厩：纽曼诺格的挪威铃铛挂在马厩的墙壁上。

"来。"狄更斯说完快步跑向马厩。

马厩门开着，里面是一块比周遭近乎漆黑的夜色更黑的矩形。

"你有没有……"我低声问。

"门向来都关着，"狄更斯用气声回答，"傍晚太阳下山时我才检查过。"苏丹突然安静下来，狄更斯把狗链交给我，放下提灯，举起猎枪。

马厩里又传来最后一声细微铃声，而后戛然停止，仿佛被人用手捂住。

"解开苏丹的嘴套，再松开颈链。"狄更斯用极低的声音说道，手上的长枪依然指着马厩门。

"它会把那人撕成碎片。"我低声回应。

"解开它的嘴套，再松开颈链。"狄更斯用气声说。

我单膝跪地摸索狗嘴套的钩子，心脏狂跳，冷得直打哆嗦。我几乎相信我一旦解开苏丹的嘴套，这条绷紧狗链目露凶光、体重几乎跟我一样的狗，马上会把我的四肢撕扯开来。

但它没有。我把嘴套扔在地上，继续摸索颈链，苏丹停止吠叫和拉扯。

"去！"狄更斯一声令下。

苏丹箭也似的往前冲，仿佛它的身体是金属弹簧组成，而非血肉之躯。但它没有跑进漆黑的谷仓，而是向左转一口气跳过树篱，消失在田野间，往树林和遥远大海的方向奔去。

"该死的狗。"狄更斯骂道。我发现我很少听见狄更斯咒骂。"来吧，威尔基！"他断然喊道，仿佛我是他事先预备好的第二条猎犬。

他把拉下屏罩的提灯交给我，往前跑到马厩门口。我快步跟上去，差点儿在冰冻的草地上滑倒，狄更斯却已经跑到门口冲了进去，没有等我手上的灯。

我进入阴暗的马厩，凭感觉而非视力得知狄更斯就在我左手边大约一米处。我知道（也许靠灵视）他举着猎枪站在那里，瞄准谷仓长廊。与此同时，我也意识到，而非看到，厩舍里的马匹和小马在骚动吐气。

"灯光！"狄更斯大喊。

我笨手笨脚地拉开提灯屏罩。

马匹都醒着，却默默待在各自的畜栏，不安地挪来动去，它们吐出的气息在冷空气中像一团团雾气。紧接着，有个白色形体在前方暗处游移，就在铃铛和挽具再过去的地方。

狄更斯把猎枪举高，准备扣下扳机，我看见他的眼珠子在灯光中变成白色。

"等一等！"我大叫一声，马匹都吓得后退，"天哪！别开枪！"

我奔向那团白色形体。即使我大声叫嚷，但如果我不挡在狄更斯跟他的目标之间，我相信他还是会开枪。

站在没有出路的另一端暗处那团白影在我提灯的光线中现出原形，是爱德蒙·狄更森，他双眼圆睁，却茫然无神，没看见我们，也没听见我们。他穿着睡衣，苍白的赤脚踩在马厩冰冷的黑卵石地板上。双掌像小小的白色星辰般挂在无力下垂的手臂末端。

狄更斯走上前来，纵声大笑。马儿听见响亮的笑声更受惊吓，狄更森却无动于衷。"梦游症患者！"狄更斯大声说道，"老天，梦游症患者，这个孤儿半夜到处跑。"

我把提灯举向狄更森的苍白脸庞。他的眼珠子映出明亮火光，但他没有眨眼，也没意识到我的存在。站在我们面前的确实是个梦游者。

"你一定是看见他在你窗子底下的花园里。"我轻声说。

狄更斯气冲冲地瞪着我。我几乎以为他要像咒骂他那条蠢猎犬一样诅咒我，可是等他开口说话，声音却十分轻柔。"亲爱的威尔基，绝对不是。我没看见任何人出现在花园里。我从床上起来，看向窗子，清楚看到祖德的脸……他被削平的鼻子贴在玻璃上，没有眼皮的眼睛盯着我。威尔基，他贴在窗玻璃上，我二楼卧房的窗子外，不是在花园里。"

我点点头，仿佛赞同他的说法，心里却认定狄更斯当时一定是在做梦。也许他也喝了鸦片酊助眠，我知道秋天时狄更斯无法成眠，毕尔德医生曾经劝他服用一点儿鸦片酊。尽管寒气冻得我拿灯的手像中风似的颤动不已，我仍然感觉得到鸦片酊的作用在体内起伏。

"我们拿他怎么办？"说着，我的头朝狄更森的方向一点。

"亲爱的威尔基，就跟照料重症梦游患者的方法一样。我们要慢慢带他回屋里，之后你再送他回到房间床上。"

我望着敞开的马厩门口那块稍微明亮些的矩形。"那么祖德呢？"我问。

狄更斯摇摇头："每次苏丹晚上跑出去，隔天回来嘴上总是带着血迹，但愿明天早上它一样带着血回来。"

我有点儿想问狄更斯这话什么意思。（菲尔德探长一定会希望我问）难不成他跟他的埃及催眠师父闹翻了？莫非他希望那个幽灵死掉，死在自己的杀人犬利齿下？难道他已经不再是那个地底城头头的学徒？（根据前苏格兰场侦缉局头头所说，那人派手下杀害超过三百名男男女女。）

我不发一语。天气冷得不适合聊天。我的痛风又发作了，阵阵抽痛直蹿上我的眼睛和大脑，这往往是剧痛来袭的前兆。

我们拉起狄更森软弱无力的手臂，慢慢领他走出马厩，横越广阔的庭院抵达后门。我发现等会儿我必须用毛巾帮这个白痴梦游患者把双脚擦干净，再送他上床帮他盖好被子。

我们走到门口时，我回头凝视漆黑的后院，有点儿期待苏丹奔进提灯的光线范围里，嘴里咬着苍白的手臂或白化病脚踝或断掉的头颅。可惜除了冷风，四周没有任何动静。

"盖德山庄另一个圣诞节就这么结束了。"我轻声说道。我们一走进温暖的屋子，我的眼镜立刻起了一层薄雾。我松开狄更森的手臂，摘下眼镜用我的大衣袖子擦镜片。

等我把眼镜的金属框镜脚塞到耳后，重新看清楚眼前景物，我发现狄更斯嘴角上扬，露出相识十四年来我见过无数次的那种孩子气笑容。

"上帝祝福我们，祝福大家。"他用幼稚的假声说道。我们一起放声大笑，声音响亮得足以吵醒屋里所有人。

# 第十四章


我看见发光球体⋯⋯不，称不上是球体，是个拉长了的蓝白发光椭圆⋯⋯阴暗背景上衬着黑色条纹。

那些条纹在天花板上，是多年烟气熏染而成。那个蓝白发光椭圆就在我面前⋯⋯比面前更接近，是我的一部分，是我思绪的延伸。

那也是一轮明月，受我支配的苍白卫星。我转向左边，略微翻身面向左边，对着那颗太阳。那是一颗太阳，色泽橙白而非蓝白，在黑暗的宇宙里发出闪烁光束。正如那颗蓝白发光椭圆是我的卫星，我是这颗在黑暗时空中燃烧着的太阳的卫星。

某种东西遮蔽了我的太阳。我感觉——不是看见——那个蓝白椭圆与连接在我和它之间的长管被夺走。

"黑彻利，在这里，拉他出来，扶他站起来。"

"哎，哎，哎，"有个全然陌生却又彻底熟悉的声音在尖叫，"这位先生付了一整晚的钱，不想被打扰，别这么蛮横⋯⋯"

"闭嘴，萨尔！"另一个熟悉的声音吼道，是失踪巨人的声音，"敢再鬼叫一声，这位探长就会在天亮以前把你扔进纽盖特监狱最黑暗的洞里。"

鬼叫声停了。我飘浮在流动色彩顶端的云朵上。我在太空中转动，绕着嘶嘶响喷着火的星星太阳，我的蓝白卫星——如今消失了——也绕着我打转。现在我意识到强壮的手把我从宇宙太空中往下扯，落在干草四散的崎岖泥地上。

"让他站稳，"那个在我脑海里与跛尵食指相联结的声音粗哑地说，"真不行就扛着走。"

我又浮起来了，飘在嵌入阴暗墙壁的阴暗床架之间，嘶嘶响的太阳退到我背后。有个细瘦的巨大形体出现在我面前。

"萨尔，叫阿喜别挡路，不然我把他卡满鸦片烟的骨头拆下来，刮掉上面的陈年烂肉，一根三便士当成笛子卖给那些野孩子。"

"哎，哎。"我又听见那声音。眼前出现黑影，其中一道被领回棺木里。"这才对，阿喜，好好休息。希比殿下，这位绅士还没付清，你现在带他走，等于是在抢我的钱。"

"你骗人，丑老太婆。"那个负责发号施令的男人说道，"你刚刚说他今晚的费用和鸦片钱全付过了。他烟管里的货够他昏沉到天亮了。算了，黑彻利探员，再多给她两枚硬币好了，不必多给。"

之后我们来到户外。我注意到凛冽的空气——空中有还没降下的雪的气味——还注意到我的大衣、圆顶帽和手杖不见了，也发现一个小小奇迹：我慢慢飘向前方远处的摇晃街灯，双脚竟然没有碰触路面的鹅卵石。我这才醒悟到，此时还走在我身边那两个身影之中比较大那个把我扛在手臂上，仿佛我是他从乡村市集赢来的猪。

我的意识已经够清醒，足以出声抗议。可是带路的那个幽暗形体——我自始至终都知道他就是我的天谴菲尔德探长——说道："柯林斯先生，安静点儿。虽然时间很晚了，不过附近有家酒馆会肯为我们开门，我们会弄点儿东西让您醒醒脑。"

　　这个时间还肯开门的酒馆？就算我的视线雾茫茫（我发现这天晚上的冷空气本身就是雾茫茫），也知道在这种破晓前冷飕飕的料峭春寒里，绝不会有店家肯开门做生意。

　　我听见身影模糊的菲尔德砰砰砰地敲一扇门，门上挂着一块招牌：六个快乐脚夫。我明白了。虽然我被黑彻利像扛乡间市集的猪似的扛得腰腹发疼，但我其实并不是真的跟这两个人一起置身这冰冷漆黑的夜色中。我一定是在萨尔鸦片馆的木床上享用蓝瓶里仅剩的大烟。

　　"别敲别敲！"女人的微细说话声几乎被连串拉门闩的咔嗒声和老旧木门的咿呀声淹没，"呦，是你呀，探长！还有你，黑彻利探员。这么糟的天气还出门？希比，你胳膊旦那人溺水了吗？"

　　"不，艾比小姐，"扛着我的那个巨人答道，"只是一位需要清醒的绅士。"

　　我被扛进挂着红色窗帘的酒馆里。迎面扑来的暖意让我顿觉舒坦，因为酒馆大厅壁炉里还留有余火。但我知道这只是一场梦，"六个快乐脚夫"和它的女店主"艾比小姐"是狄更斯在《我们共同的朋友》里虚构的地点与人物。伦敦码头附近这地区虽然有很多酒馆可供狄更斯选用，却没有哪一家名为"六个快乐脚夫"。

　　"这里的热雪莉风味绝佳。"菲尔德探长说。艾比小姐忙着点起各处的灯，还使唤一个睡眼惺忪的男孩往微弱的炉火里添加柴薪。"这位绅士要不要来一瓶？"

我很确定这段对话也是直接取自《我们共同的朋友》。到底是谁说的？为什么我迷幻状态的脑袋会建构出这一幕？我发现书中所谓的"探长"正是狄更斯根据眼前这个坐在舒适包厢里的菲尔德探长构思出的另一个人物。

"这位绅士倒希望能头上脚下、脚跟着地。"梦中的我说道。我的血液直冲脑门，一点儿都不好受。

黑彻利把我举起来转正，轻轻放在探长对面的长椅上。我环顾四周，几乎确定可以看见浪荡子律师尤金·瑞伯尔尼和他朋友莫提摩·莱特伍。可惜除了已就座的探长和站在一旁的黑彻利、忙进忙出的男孩和来来去去的艾比小姐，酒馆里没有别人了。

"好，来点特制雪莉，谢谢。"菲尔德说，"三杯，好驱走寒气和迷雾。"艾比小姐和男孩匆匆走进里屋。

"没用的，"我对探长说，"我知道我在做梦。"

"哎呀呀，柯林斯先生，"说着，菲尔德掐我的手背，疼得我大叫，"萨尔烟馆不是您这种绅士该去的地方。如果我和黑彻利没有及时把您弄出来，再过个十分钟他们就会抢您皮夹敲走您的金牙。"

"我没有金牙。"我仔仔细细把每个字都讲清楚。

"只是打个比方，先生。"

"我的大衣，"我说，"帽子和手杖。"

黑彻利变魔术似的弄出那三样东西，放在我们对面的空包厢里。

"柯林斯先生。"菲尔德探长又说，"像您这样的绅士最好只用街角那个正直药剂师考柏先生合法贩卖的鸦片酊，别碰其他东西。把黑暗码头附近那些鸦片窟留给那些异教徒中国人和黑不溜秋的东印度水手。"

他说出我鸦片酊主要供货商的名字，我一点儿都不惊讶。毕竟这只是一场梦。

"先生，我已经几星期没听见您的消息了。"菲尔德又说。

我用双手撑住隐隐作痛的脑袋。"我没消息可提供。"我说。

"柯林斯先生，这就是问题所在。"菲尔德叹口气，"因为您违反了我们协议的精神和确切内容。"

"协议个鬼。"我喃喃应道。

"哎呀，先生，"菲尔德说，"等会儿先喝点儿雪莉酒，好让您想起作为一名绅士该有的责任和言行举止。"

男孩——我很肯定他名叫鲍勃——带着一个香气四溢的壶回来，他左手拿着个金属锥形帽，把壶里的液体全倒进去。我记得狄更斯描写过这种金属锥形帽，我还特别细读一番，其实我跟他老早一起品尝过这种特殊酒品几千次了。而后男孩把满溢的"帽子"尖端深深埋进壁炉的新旧火焰里，一转身就消失，不一会儿又拿着三只干净酒杯跟着女店东一起出现。

"达比小姐，谢谢你。"菲尔德探长说。男孩把酒杯放在桌上，再将火里的金属容器夹出来，轻轻晃动一下。里面的液体嘶嘶地冒出蒸汽。男孩把热腾腾的液体倒回原来的酒壶。这一套小规模的圣餐礼的倒数第二个动作就是鲍勃把我们的酒杯拿在冒着热气的酒壶上方，直到清透的杯子呈现令他满意的雾气，最后在菲尔德探长和他的探员喽啰的赞赏声中把酒杯斟满。

"谢谢你，比利。"菲尔德说。

"比利？"即使我把头往前探，方便吸入酒杯冒出的温暖香气，我还是觉得一头雾水。"达比小姐？你是说鲍勃和艾比小姐吧？她不是艾比·波特森小姐吗？"

"当然不是，"菲尔德说，"我说的是比利，就是你刚刚看到的那个好孩子比利·蓝柏。还有他的老板伊丽莎白·达比小姐。她是这家酒馆的店东，已经在这里经营二十八年了。"

"这里不是六个快乐脚夫酒馆吗？"说着，我谨慎地啜饮一小口酒。我全身上下刺刺麻麻的，仿佛是一条在我默许下入睡的胳膊或腿。只有我的头例外，我的头在抽痛。

"据我所知伦敦没有那样一家酒馆。"菲尔德探长笑着说，"这家酒馆叫'环球与鸽子'，已经很多很多年了。作家克里斯托弗·马洛也许曾经在后面的房间跟女人胡搞，或者在对面更危险的白天鹅酒馆。不过柯林斯先生，白天鹅不适合绅士出入，即使您这种富有冒险精神的绅士也不妥当。那里的店东也不会像我可爱的伊丽莎白一样开门让我们进来，还帮我们温雪莉酒。干杯，先生。也请您说明一下为什么这么长时间没提供消息。"

温热的雪莉酒让我昏沉沉的脑袋慢慢回神。"探长，我再说一次，我没有消息可以提供。"我的口气有点儿尖锐，"狄更斯忙着准备到各地的胜利巡回朗读会。我只见过他几次，过程中都没提到你们共同关注的那个幽灵祖德。从圣诞夜以后再也没提过。"

菲尔德探长上身前倾："也就是祖德飘浮在狄更斯先生二楼卧室窗外那件事。"

这下子换我发笑，但我马上就后悔了。我一手揉捏发疼的前额，另一只手举起酒杯。"不，"我说，"是狄更斯先生宣称他看见祖德的脸飘浮在他窗子外。"

"柯林斯先生，那么您不相信飘浮这种事？"

"我觉得……可能性不大。"我绷着脸说。

"您却好像在文章里表达过截然不同的见解。"菲尔德探长说。他肥胖的食指动了一下，男孩比利连忙过来重新斟满我们还在冒热气的酒杯。

"什么文章？"我问。

"我记得那些文章都收录在一本叫"居家磁力之夜"的书里，每一篇都清清楚楚署名W.W.C，也就是威廉·威尔基·柯林斯。"

"天哪！"我叫得有点儿大声，"那些东西应该有……多久？有十五年了吧？"他说的那些文章是我在1850年早期为怀疑论者乔治·刘易斯的周刊《领导者》写的。我只是报道当时非常流行的一些客厅实验：比如男人或女人接受催眠；无生命物体——比如杯子里的水——被催眠师催眠；灵敏体质者表演读心术或预测未来；跟亡者沟通等。对了，现在我撇开鸦片、酒精和头痛想起来了，有个女人让自己和她坐着的高背椅一起飘浮在空中。"

"柯林斯先生，过去这段时间以来有什么特别原因让您改变想法吗？"我发现菲尔德霸道又含沙射影的声音一如既往地惹人厌。

"探长，那些不是我的观点，只是当时的专业观察。"

"可是您不再相信男人或女人——比如说某个学习一个久被遗忘的社会的古老技艺的人——能够飘离地面三米，在狄更斯先生的窗外窥探？"

够了，我受够了这些鬼话。

"我从来就不相信这种事。"我拉高嗓门儿，"十四五年前，我以一个年轻人的眼光报道发生在某些人家客厅里的不可思议……事件……以及在场目睹这些事的人信或不信的态度。菲尔德探长，我是个现代人，这句话在我这个年代的人的解释就是'不信鬼神的人'。比方说，我甚至不认为你那位神秘的祖德真的存在。或者我用更明确更肯定的方式表达：我相信你跟狄更斯基于各自不同的目的，利用了某个人物的传奇，而你们都把我当成你们游戏里的棋子，不管那是什么游戏。"

以我当时的状态，时间又是天将破晓，这段话实在太冗长，说完后我把脸埋在热乎乎的雪莉酒杯里。

菲尔德探长碰碰我的手臂，我抬起头。他布满皱纹的红润脸庞表情很严肃："柯林斯先生，是有人在玩游戏没错，可是被耍弄的却不是您。这其中确实也有棋子遭人摆布，而且是更重要的棋子，但您不是棋子。我几乎可以确定您的朋友狄更斯先生是。"

我抽走被他按住的衣袖："你在胡扯什么？"

"柯林斯先生，您有没有想过我为什么这么执意要找到这个祖德？"

我扑哧一笑。"你想要回你的退休金。"我说。

我以为这句话会惹他生气，所以很意外他竟然露出轻松笑容："柯林斯先生，确实是这样。但那是我在这个特殊棋局里的最小目标。您的祖德先生和我年纪都大了，都决定要结束这场我们玩了二十多年的猫捉老鼠游戏。没错，我们各自在棋盘上都还有足够的棋子可以规划最后一步棋，但我相信您一定没办法理解我们这场游戏最后的结果必然……势必……是某一方的死亡。不是祖德死就是菲尔德探长亡。不会有别的可能。"

我眼皮连眨好几下。最后我问："为什么？"

菲尔德探长上身再次靠过来，我闻到他呼吸里的温热雪莉酒。"先生，当初我说自从二十多年前祖德从埃及来到英国以后，他本人或他那些被催眠的爪牙已经杀害超过三百条人命时，您可能觉得我在夸大其词。可是柯林斯先生，我并没有夸大其词。正确的数目是三百二十八条人命。不可以再这样下去了，必须有人阻止这个祖德。这么多年来，无论是在伦敦警察厅服务或私人执业期间，我不断跟这个恶魔发生小冲突，在这场经年累月的棋局当中，我们都折损过士兵和城堡，却也都精进了棋艺。可是柯林斯先生，真正的终局到了。如果不是那个恶魔将我的军，就是我将他的，不会有第三种结果。"

我凝视菲尔德。过去这段时间以来我一直认为狄更斯精神失常，此刻我相信还有另一个疯子在左右我的人生。

"我知道我请求您协助的报酬只是帮您对您的卡罗琳隐瞒马莎小姐的存在，"菲尔德探长说，我觉得他把对我的威胁描述得真够文雅，"但我还可以用别的东西来交换您的协助。实质的东西。"

"是什么？"我问。

"柯林斯先生，您目前生活上最大的困扰是什么？"

我很想回答"你"，借此跟他摊牌，却讶异地听见自己说出"疼痛"两个字。

"没错，先生……您提到过您承受着风湿和痛风之苦，恕我直话直说，从您的眼睛就明显看得出来。持续性疼痛对任何人来说都不是小事，尤其是像您这样的艺术家。先生，如您所知，警探凡事依赖推理，您在这个天气恶劣的3月夜晚造访萨尔烟馆和这个污秽地区，就是为了舒缓疼痛。我说得对吗？"

"没错。"我说。我没有多此一举地告诉菲尔德，我的医生毕尔德最近告诉我，我罹患的"风湿性痛风"很可能是一种非常难缠的性病。

"柯林斯先生，我们谈话过程中您也在忍受剧痛，对吧？"

"我觉得眼睛像两袋血。"我据实以告，"每次我睁开眼睛，就觉得可能会有几品脱鲜血冒出来，流到脸上和胡子里。"

"太糟了，先生，真糟。"菲尔德探长边说边摇头，"我完全能谅解您必须靠鸦片酊或鸦片烟管寻求片刻解脱。可是先生，希望您别介意我这么说，萨尔烟馆的鸦片等级对您根本没有效果。"

"你这话什么意思？"

"我的意思是萨尔的鸦片纯度被大幅稀释过，对您这种疼痛起不了作用。那根本就不是纯鸦片。没错，审慎搭配您的鸦片酊和鸦片烟，对您的病痛确实会有帮助，甚至可能出现奇效。可是蓝门绿地和齐普赛街的鸦片馆根本没有您需要的高质量鸦片。"

"那么哪里才有？"话一出口，我已经猜到他的答案。

"拉萨里王，"菲尔德探长说，"那个中国人开在地底城的隐秘烟馆。"

"那些地窖和墓室底下。"我呆滞地说。

"没错。"

"你只是想让我重回地底城。"我跟他四目对望。环球与鸽子的红色窗帘渗进了暗淡的冷光。"让我带你去找祖德。"

菲尔德探长摇了摇他那颗日渐童秃、鬓角花白的脑袋。

"不，柯林斯先生，那个方向找不到祖德。去年秋天狄更斯先生告诉您他经常回去祖德的巢穴，他说的无疑是实话，但他不是从附近的坟场进去的。我们派人在那里看守几个月了。祖德提供了其他通往他的地底王国的秘道。否则就是他这段时间以来一直住在地表，并且向狄更斯先生透露他某个住处的地点。所以狄更斯先生才不需要再走那条路进地底城，但如果您想靠拉萨里王的纯鸦片对抗病痛，您还是可以走那条路。"

我的酒杯空了。我抬起头用突然湿润的眼睛望着菲尔德。

"我办不到，"我说，"我试过了。我没办法移动地窖里的棺木基座，进不了那层阶梯。"

"我知道，先生。"菲尔德说。他的声音流畅中带点哀伤，像个十足专业的送行者，"只要您想去，不管白天或黑夜，黑彻利都会乐意协助您。希比，你说是吗？"

"乐意之至，先生。"始终站在近旁的黑彻利答。坦白说我几乎忘了他也在场。

"那我要怎么传话给他？"我问。

"那孩子还在您家街角等着。让我的醋栗传话，黑彻利探员一小时内就会赶去护送你穿越那些危险地区，帮你移开楼梯上方的障碍，在原地等您回来。"魔鬼般的菲尔德露出笑容，"他甚至愿意再把手枪借给您。您不必害怕拉萨里王和他那些顾客。有别于萨尔那些奸诈的顾客，拉萨里和他那些活干尸很清楚他们是靠我的容许才能存在的。"

我迟疑不决。

"我还能做些什么来感谢您协助我们通过狄更斯先生找到祖

德吗？"菲尔德又问，"比如说家里的问题？"

我斜睨菲尔德。他又知道我家里什么问题了？他怎么会知道我去找萨尔除了缓解病痛，也是为了逃避跟卡罗琳之间的日夜争吵？

"柯林斯先生，我结婚超过三十年了。"他轻声说道，仿佛读出我的心思，"我猜您那位女士——虽然过了那么久时间——吵着要您给她名分，而您在雅茅斯的另一位女士吵着要回伦敦来见您。"

"该死的菲尔德，"我骂道，拳头重重捶在桌子老旧的厚实木板上，"这些事跟你一点儿关系也没有。"

"当然没有，先生。当然没有。"菲尔德油滑地说，"但这些问题可能会影响您，也影响到我们的共同目标。我基于朋友的立场正在设法提供必要的协助。"

"这些事谁帮也不上，"我吼道，"而且你不是我朋友！"

菲尔德探长点头表示理解。"可是先生，您不妨听听结婚多年的老头子的建议，有时候换个环境可以换来一段时间的和平与宁静，有效化解这种家庭困扰。"

"你是说搬家？我和卡罗琳讨论过。"

"我猜您跟您那位女士多次步行到格洛斯特街看过一栋不错的房子。"

有关菲尔德的属下跟踪我们这件事，我已经没有丝毫的惊讶或震撼。就算他在我们梅坎比街的家墙壁里偷藏了小矮人，记录我和卡罗琳的争吵，我也毫不意外。

"那栋房子还不错，"我说，"可惜目前的住户山渥德太太不想卖房子。反正我现在手头很紧，也买不起。"

"柯林斯先生，这两项困难都可以解决。"菲尔德探长开心地宣布，"如果我们继续合作，我保证您跟您的女士和她女儿可以在一两年内搬进那栋房子。您愿意的话，您的马莎小姐也可以重新回到波索瓦街的公寓。由我们提供她旅费和其他实时开销。"

我眯起眼看着菲尔德。我头很痛，只想回家吃早餐然后上床，盖上棉被睡个一星期。我们已经从威胁进展到贿赂。整体来说，我觉得我比较喜欢被威胁的感觉。

"那我需要做些什么？"

"就跟我们之前的协议一样。利用您跟狄更斯先生的友好关系查出祖德的行踪和他最近的计谋。"

我摇摇头："狄更斯全心全意在准备近期的朗读会。我相信他从圣诞节以后就没有跟祖德联络。一方面是因为他被那天晚上自以为在窗外见到的景象吓到，另一方面是因为他忙得不可开交。你没办法了解这种巡回演出需要做多少行前准备。"

"我的确无法了解，"菲尔德探长说，"但我知道狄更斯先生的首演就在未来一星期内，3月23日，地点在切尔滕纳姆的大会堂。接着，4月10日他会在伦敦的圣詹姆斯厅登场，之后马上移到利物浦，然后是曼彻斯特、格拉斯哥、爱丁堡……"

"你拿到了行程表吗？"我打断他。

"当然。"

"那你应该知道巡演途中他不可能有时间理我。所有作家的公开朗读会都会累垮那位作家，狄更斯的朗读会却能累垮他自己和身边所有人。世上根本没有任何事比他的朗读会更累人。何况他说过这次巡演行程更紧凑。"

"我也听说了，"菲尔德探长轻声说道，"只不过，狄更斯先生这次巡演也牵涉祖德。"

我笑了："怎么可能？像他那种外形的人如果跟狄更斯一起旅行或出现在朗读会上，一定会吸引异样目光。"

"祖德很擅长易容改装。"菲尔德说。他压低了嗓音，仿佛黑彻利或达比小姐或比利男孩可能是埃及罪犯假扮而成。"我敢说您的朋友狄更斯这趟巡演是在替祖德办事，不管他有没有察觉，蓄意或被人利用。"

"他怎么会……"我突然打住。我想起狄更斯极不寻常地坚持要在朗读会上对全场观众催眠。他到底有什么阴险目的？

整件事简直荒谬。

"可是，"我疲倦地说，"你很清楚狄更斯的行程，也知道随行的人并不多。"

"包括多尔毕先生，"菲尔德探长说，"还有狄更斯先生的代理人威尔斯。"菲尔德继续念出负责管理煤气和灯光的专家的名字，连那些事先派出去勘查地点、接洽售票和宣传事宜的先遣部队都没遗漏。"不过，狄更斯先生在如此耗费体力的演出中如果能见到好朋友，一定会很开心。我知道他在切尔滕纳姆首演那天会跟麦克雷迪见面。您难道没办法花几天时间陪您的名人朋友出门，观赏一两场表演吗？"

"你只要我做这些？"

"您在这些小事上的协助，比如从旁观察、跟他聊几句再报告结果，可能很有价值。"菲尔德探长愉快地说。

"关于格洛斯特街90号那栋房子，就算等到明年也没用，山渥德太太要把房子留给她的传教士儿子，执意不卖。你打算怎么让我们住进去？"

探长露出笑脸，我几乎以为他的猪肝色嘴唇之间会跑出一根金丝雀羽毛[1]。"那是我的问题，但我认为一点儿问题都不会有。能够为协助我们铲除伦敦最不为人知的头号连续杀人犯的人办点事，我深感荣幸。"

我叹息着点点头。如果菲尔德探长此时伸出手来确认我们的黑暗交易，我不敢确定我愿意碰他。或许他也意识到这点，所以只点点头——交易敲定——就转头望向别处。

"要不要让达比小姐和比利再帮我们热些雪莉？可以助眠。"

"不了。"我说。我挣扎着起身，却突然感觉黑彻利的巨掌抓住我的手臂，不费吹灰之力就拉我出了包厢。"我要回家。"

---

1　此处比喻菲尔德像偷吃了金丝雀的猫，沾沾自喜又心怀鬼胎。

# 第十五章


我选择在狄更斯巡回表演接近尾声时陪他一程。

菲尔德探长猜得没错，狄更斯听到我要去的消息果然很高兴。我派人送了短笺给威尔斯。这段时间威尔斯跟着狄更斯走南闯北，想必够累的了，他每隔几天还得匆匆赶回伦敦处理他自己的事，再到杂志社协助彻底反对巡回朗读会这个点子的福斯特处理狄更斯的生意。我一天之内就收到回信，而且是以我非常难得见到的形式发出，是一份电报：


> 亲爱的威尔基，巡回真是太有趣了！谁能料到我们的多尔毕竟是这么棒的旅伴兼经理。你一定会喜欢他的搞笑功夫，我就很喜欢。随时加入我们，想待多久就待多久。当然，旅费你自行负担。期待你的到来！
>
> 狄更斯


我一直很好奇火车事故后遗症对狄更斯目前每天搭火车的行程有什么影响，我们在布里斯托车站搭上往伯明翰的列车，短短几分钟内我就找到了答案。

在包厢里我坐狄更斯正对面。狄更斯独自坐一张长椅，多尔毕和威尔斯跟我坐同一边，但他们忙着聊天，所以当火车速度渐渐加快，想必只有我发现狄更斯愈来愈焦虑。狄更斯的双手先是死命抓着手杖握把，而后又去抓窗框。火车震动加剧时，他会瞥向窗外，然后迅速别开视线，又再一次瞄出去。他的脸因为白天走路晒多了太阳，比一般英国人都来得黝黑，此时转趋苍白，而且开始冒汗。接着他从口袋里拿出随身小酒瓶，喝了一大口白兰地，深深吸口气，再喝一口，才把酒瓶放下。这时他点起一根雪茄，转身跟我、多尔毕和威尔斯聊天。

狄更斯外出旅行时偏好抢眼的服饰，甚至古怪，也许还要时髦华丽。此时他穿着厚呢短大衣，外面罩着昂贵的奥赛伯爵式斗篷。他须发花白的疲惫面容和布满皱纹的古铜肤色（白兰地几乎驱走了原本的苍白）从一顶俏皮地斜戴在头上的毡帽底下往外窥探。我在布里斯托车站无意中听见虎背熊腰的多尔毕告诉细瘦稻草人似的威尔斯，那顶帽子"让老大看起来像个现代化的绅士型海盗，一双眼睛里既有恶魔的钢铁意志，也有天使的温柔怜悯"。

我猜那天早上多尔毕也喝多了白兰地。

我们聊得挺开心。这个头等车厢没别的乘客，其他工作人员已经先行赶到伯明翰去了。狄更斯告诉我，巡回表演刚开始那天，威尔斯对多尔毕进行了非常彻底的交叉检验，测试他的办事能力。在最初几天的都会区朗读会过程中，多尔毕跟煤气和灯光人员先走，只剩威尔斯陪狄更斯搭车。如今利物浦、曼彻斯特、格拉斯哥、爱丁堡和布里斯托的场次都已经完成，多尔毕果然有两把刷子，那些地方都没有出大纰漏，所以就留下来跟狄更斯同行，狄更斯显然非常开心。后续的巡演城市包括伯明翰、阿伯丁、朴次茅斯，之后就回到伦敦做最后几场表演。

被日后另一位客户——某个名叫马克·吐温的美国作家——形容为开心大猩猩的多尔毕带了一个大型柳条篮上车，此时他从篮子里取出桌布，铺在他带来架在车厢中央的小型折叠桌上。接着他张罗了一桌自助式午餐，菜色包括鳗角水煮蛋三明治、鲔鱼蛋黄酱、冷禽肉和牛舌、罐头牛肉，甜点则有羊乳干酪和樱桃馅儿饼。他帮大家倒了风味挺不错的红酒，还在洗手槽倒满冰块，用来冰镇鸡尾酒。我们其他人还在享用午餐，多尔毕已经开始用酒精灯加热咖啡。无论这个笑容极具感染力、说话带点讨喜的结巴的大块头美髯公私底下是个什么样的人，至少他办事效率极高。

等到冰镇鸡尾酒喝完，又开了第二瓶红酒，我们大家开始欢唱旅行歌曲。过去十年来我跟狄更斯一起在英国或欧洲大陆旅行时，也唱过其中几首曲子。这天火车接近伯明翰时，狄更斯在众人鼓舞下跳了一支欢乐的水手号角舞，我们大家吹口哨为他伴奏。等他跳完已经气喘吁吁，多尔毕为他斟了最后一杯鸡尾酒。接下来狄更斯教我们大家唱德国歌剧《魔弹射手》（Der Freischütz）里的饮酒歌。这时有一列特快车轰隆隆地奔驰而过，驶往相反方向。强大的气流掀走狄更斯日渐童秃的头颅上那顶可爱的毡帽。平时病恹恹、看似缺乏运动细胞的威尔斯长手臂咻地伸到车窗外一捞，赶在那顶帽子永远遁入乡间之前及时抓住它。我们大家齐声鼓掌，狄更斯满怀感激地拍拍威尔斯背部。

"巡演刚开始时，我在几乎一模一样的情况下损失了一顶海豹皮帽。"狄更斯从威尔斯手中接过帽子戴回头上时对我说，

"如果这顶也掉了，我会很舍不得。幸好威尔斯是板球外野守备高手，我不记得他最擅长的是后外野还是后内野，总之他的守备能力是板球界的传奇。他的书架几乎被奖杯压垮了。"

"我从来没打过板……"威尔斯连忙否认。

"无所谓，无所谓。"狄更斯笑着说，又拍拍威尔斯的背部。多尔毕哈哈大笑，那笑声恐怕传遍了整列火车。

到了伯明翰，我算是体验到了这次巡回演出的组织结构和时间掌控。

我住过的旅馆不算少，这类旅行虽然通常都很宜人，但我非常清楚过去这个冬天和春季狄更斯健康状况不太理想，也从个人经验确知这种舟车劳顿晓行夜宿的生活无助于病体的康复。狄更斯曾经对我透露，他左眼始终视力模糊、疼痛不堪；肚子整日发胀，一路上饱受胀气之苦；火车的震动让他作呕眩晕；他在每一站表演时只做短暂停留，往往还没休息够就得上路。这种几乎天天搭车、晚上还有累人演出的日子简直把狄更斯的耐力推向极限，甚至超越了他的承受力。

火车抵达伯明翰，狄更斯一到旅馆还没休息，也没打开行李，就急忙赶往戏院。威尔斯有别的事要处理，我跟多尔毕陪狄更斯过去。

狄更斯在戏院老板陪同下巡视一圈，立刻要求做些调整。戏院早先已经依照他的指示拆除或围起舞台两侧和一部分包厢的座位。此时狄更斯站在他特制的讲台上，又要求撤掉舞台两侧更多座位。全场每一位观众都得在他的直视范围内，不受任何阻挡。根据我的理解，观众不但要能清楚看见他，他也要能跟他们一一对望。

他的先遣人员已经在舞台上架起一块紫红色隔屏，作为他朗读时的背景。那块隔屏高两米，宽四点五米，隔屏跟讲台之间铺了跟隔屏同色的地毯。特殊灯具也已经架设完毕。狄更斯的煤气专家和灯光师在讲台两侧各架设一根高三点五米的直立导管。两条导管上方架着一排横向的煤气灯和锡制反光板。这排灯光被另一块紫红色隔屏遮住，观众看不到。除了这些强力照明之外，两条导管上面还各安装了一盏煤气灯，用绿色灯罩遮挡，光线直射向表演者脸部。

我在这些巧妙灯具和那两盏投射灯底下站了短短一分钟，就觉得那强烈的光线很震慑人。在那种强光照射下朗读，就算我做得到，一定也极度困难。但我知道狄更斯在台上只是假装阅读，几乎从来不看面前的书本。他早已经把他要表演的那数百页文字背得滚瓜烂熟，每一段故事都至少阅读、记诵、修改、增删与排练不下两百次。他开始朗读以后，就会直接合上手边的书，或者在过程中心不在焉、象征性地翻个几页。演出的大部分时间里，他的视线多半穿过那块矩形强光射向观众。然而，尽管台上灯光明亮刺眼，他仍然看得清观众席里的每一张面孔，因为他刻意让戏院内的灯光维持在足够明亮的程度。

我离开狄更斯的阅读桌之前，花了一点儿时间端详这个讲桌。桌面由四根优雅细长的桌脚支撑，高度大约在狄更斯的肚脐位置。这天下午水平桌面上盖着一块红布。桌面两侧设有突伸的小平台：右边那个用来摆玻璃水瓶，左边那个用来放置狄更斯的手帕和昂贵的小羊皮手套。桌面左边还有一块矩形木头，以便狄更斯上身前倾时可以把右手或左手手肘搁在上面，而他也经常这么做。他朗读时通常都站在讲桌左边，根据我过去在伦敦看他朗读的经验，他偶尔会有点儿孩子气地突然往前倾身，右手手肘搁在那块木头上，表达力十足的左手在空中比画着。这么做的目的是让观众感受到跟他之间一股更私人、更亲密的联结。

此时狄更斯清清喉咙，我离开讲桌走下舞台，挨他站到讲桌后面，用当晚准备表演的几个片段测试音效。我走到楼上包厢最后一排，跟多尔毕坐在一起。

"老大用他的圣诞故事《马利高德医生》当开场表演。"尽管我们离狄更斯很远，多尔毕还是压低声音说话，"可惜观众反应不够热烈，至少没让老大满意。我应该不必提醒你他是个终极完美主义者。所以他换成其他接受度比较高的作品：比如《董贝父子》里保罗死亡那一幕，还有《尼古拉斯·尼克贝》里的史贵儿先生、太太和小姐的场景；《匹克威克外传》的审判场景；《大卫·科波菲尔》里的暴风雪；当然还有观众永远听不腻的《圣诞颂歌》。"

"是啊，确实听不腻。"我淡淡地说。我发现自己对所谓的"永远听不腻的圣诞故事"有一股前所未见的鄙夷。我还注意到多尔毕悄声说话时不会结巴，多么古怪的恼人病症呀。想到恼人病症，我从口袋里掏出装着鸦片酊的随身小酒瓶，喝了好几口。

"很抱歉我不能请你喝这个，"我用正常音量对多尔毕说，一点儿都不担心狄更斯正在遥远的舞台上背诵这段或那段故事，"是药水。"

"我完全了解。"多尔毕低声说。

"《马利高德医生》竟然不受欢迎，我很意外，"我说，"我们刊载那篇故事的圣诞节特刊卖出了超过二十五万本。"

多尔毕耸耸肩。"现场有笑声也有泪水，"他轻声说，"可是老大觉得笑声和泪水不够多，而且没有出现在最恰当的时机。所以他不再用那一段。"

"真可惜，"我一面说，一面感受鸦片酊进入体内时那股轻松暖意，"狄更斯排练了三个多月。"

"老大什么都排练。"多尔毕低声说。

我不太确定自己对多尔毕称呼狄更斯"老大"这件事有什么想法，狄更斯本人似乎很喜欢。根据我的观察，狄更斯非常中意这个高大魁梧的结巴熊经理。我当狄更斯的至交好友已经不下十年，如今我十分肯定这个平凡无奇的戏剧从业人员正在慢慢取代我的地位。我已经不是第一次——也不是第一次在鸦片酊带来的清明思路下——意识到我、福斯特、威尔斯、麦克雷迪、多尔毕和波希只是一群小行星，争先恐后地抢夺最靠近须发花白、肠胃胀气、满脸皱纹、日渐暗淡的太阳狄更斯的轨道。

我不发一语起身走出戏院。


原本我想回旅馆。我知道狄更斯表演前会回旅馆休息几个小时，可是那段时间他会自我封闭，等到漫长的朗读夜结束后，他才会跟人说话。我发现自己在伯明翰被煤灰覆盖的阴暗街道上游荡，纳闷儿着自己为什么在那里。

八年前，也就是1858年秋天，我陪着狄更斯像傻瓜似的北上疯狂追逐爱伦·特南（狄更斯说我们要为一本共同创作作品《两个懒散学徒的漫游》搜集资料，我信以为真），差一点儿在卡里克山丧命。回到伦敦之后我决定往剧本创作发展。前一年我的《冰冻深渊》大放异彩，名演员费德列克·罗伯森买了我更早的剧本《灯塔》（正如《冰冻深渊》，狄更斯也曾演出此剧）。1857年8月10日这天，我成为专业剧作家的梦想终于实现。狄更斯跟我一起坐在作者专属包厢里，跟所有观众一起鼓掌。我坦承在掌声雷动过程中起身鞠躬致意。不过，"掌声雷动"也许有点儿形容过当，观众的掌声听起来更像是出于礼貌而非热情。

《灯塔》的剧评同样客客气气，语调温和。就连《泰晤士报》一向温和的约翰·奥森佛德也写道："吾人不得不做此结论，《灯塔》一剧尽管有诸多优点，却比较像是戏剧性的逸闻趣事，而非真正的戏剧。"

尽管外界评语不冷不热，1858年我还是花了好几个月时间——套句当时我跟狄更斯都常用的语词——耗尽脑力撰写剧本。

当时狄更斯的儿子查理刚从德国回来，谈到法兰克福一个叫"死屋"的恐怖地点，这激发了我的灵感。我马上动笔，一口气写成一部叫"红色药瓶"的剧本。剧中的两个主要角色分别是疯子和下毒的女人（我向来对毒物和下毒者很着迷）。《红色药瓶》的主要场景就在"死屋"里。亲爱的读者，坦白说我认为这样的场景和布景奇妙至极，满屋子都是盖着床单躺在冰冷石板上的尸体，每具尸体都有一根手指缠绕绳线，线的另一端往上连接到一个挂在上方的铃铛，以免某个"亡者"还没死透。这幕阴森场景会勾起我们对于遭到活埋或遇见活死人这类事情的最深沉恐惧。

我撰写剧本前先跟狄更斯分享构思，写成之后还念了几段给他听，但他都没说什么。不过，他倒是去了一趟伦敦的精神病收容所，搜集一些能够让我剧本里的疯子角色更具说服力的细节。在《灯塔》里有杰出表现的罗伯森答应在奥林匹克剧院演出那个疯子角色。看排演时我非常开心，所有参与的演员也都信誓旦旦地告诉我剧本无比精彩。他们都赞同我的论点：虽然伦敦的观众已经变得迟钝又莫衷一是，一剂强心针或许可以唤醒他们。

1858年10月11日，狄更斯陪我出席《红色药瓶》首演，并且敲定演出结束后在他少了女主人的塔维斯多克寓所为我和我的朋友举办晚宴，我们一群大约二十个人一起坐下来观赏演出。

结果奇惨无比。虽然我的朋友们为剧中那些病态惊悚情节战栗发抖，大多数观众却低声窃笑。最大的笑声出现在"死屋"那一幕的高潮，因为——正如事后的剧评所言：太过明显——有一具死尸拉响了铃声。

那出戏没有加场。演出后在塔维斯多克寓所的晚宴显得长夜漫漫，虽然狄更斯尽心尽力炒热气氛，甚至不惜取笑伦敦的剧院观众，我还是觉得如坐针毡。因为我后来无意中听见波希这个坏家伙说：那是如假包换的葬礼烤肉[1]。

尽管《红色药瓶》悲惨收场，我并没有打消用作品让我的同胞同时体验到不安、着迷和反感等情绪的决心。在《白衣女人》造成轰动之后，有人问我成功的秘诀，我谦卑地告诉对方：

      1. 找到一个中心思想

      2. 找到人物

      3. 让人物去发展情节

      4. 开门见山切入核心

---

1　funeral baked meats：典出莎士比亚名剧《哈姆雷特》。哈姆雷特的父亲死后，母亲迅速改嫁，哈姆雷特讽刺道，葬礼上的烤肉还够新鲜，可以拿到婚礼上宴客。

你不妨拿这些几乎科学化的艺术原则比较狄更斯数十年来撰写小说过程的潦草手法：人物无中生有，通常用他自己生活中的人们乱七八糟拼凑而成，完全不去思考那些人是否适合小说的中心目标；把过多的随机想法胡搅一气；让人物随意发展出一些跟主题毫无关系的琐碎枝节；故事总是从半途开始，于是违反了"切入核心"这个重要的柯林斯原则。

我跟他能够合作那么多次实在是奇迹。我跟他合作撰写剧本、故事、旅游见闻和其他长篇作品的大纲或内容时，总是靠我确保作品的连贯性，为此我很引以为荣。

所以，在伯明翰这个下着雨又异常寒冷的5月夜晚，我想不通自己为什么跑来看狄更斯在英格兰和苏格兰这一系列听起来出奇成功的朗读巡演最后几场。剧评家老是抨击我的才华，说我的作品"惊悚夸张"，那么狄更斯这天晚上在舞台上表演的这种文学与狂乱戏剧表演新奇又古怪的结合又该称作什么？在此之前文艺圈人士没有人见过这种表演；在此之前地表上没有人见过或听说过这种东西。它贬低了作家的身份，把文学变成索价半先令的嘉年华会。狄更斯在舞台上竭力取悦观众，活像牵着小狗的丑角。

我走在一条没有窗子的阴暗街道，坦白说更像一条小巷弄，朝旅馆的方向往回走，脑子里就是想着这些事，却发现前方有两个人挡住我的去路。

"麻烦让个路。"我不悦地说道，挥动金色握把手杖示意他们让路。

他们一动也不动。

我转向窄巷右边，他们却跟着移过来。我停下来，转头往左边去，他们却也走向他们右边。

"这是干什么？"我问。他们用行动回答，朝我走过来。他们俩的手都插在破烂外套的口袋里，等他们把结满老茧的脏手伸出来时，已经各自握着一把短刀。

我迅速转身，开始快步走向大马路，前方却出现第三个人挡住去路。那人的壮硕体格衬着背后较为明亮的黄昏光线，形成令人丧胆的暗影。他的右手也拿着东西，在渐渐昏暗的光线中闪闪发亮。

亲爱的读者，在此我不得不承认，当时我的心脏开始怦怦狂跳，肠道的液体似乎急于排出。我不喜欢把自己想象成懦夫——哪个男人喜欢？——可是我个子不高，性情温和，虽然我描写过暴力、斗殴、重伤和谋杀之类的情节，但那些事我都没亲身经历过，也不想经历。

当时我只想跑，我有一股荒谬却真实的冲动想大声喊妈妈，虽然她远在几百公里外。

尽管那三个人始终没有说话，我还是伸手进口袋里拿出长皮夹。我很多朋友和熟人（当然包括狄更斯）都认为我有一点儿视财如命。但狄更斯和他那些朋友多年来手头宽裕，他们无视我需要撙节度日的事实，把我看成那种吝啬小气、一毛不拔的守财奴，也就是《圣诞颂歌》里迷途知返前的斯克鲁奇。

可是当时我愿意放弃我身上每一分钱，包括我那只虽非纯金却挺堪用的怀表，只要这些暴徒肯让我离开。

我说过了，他们并没有开口要钱，也许这才是最令我害怕的一点，又或者是他们的络腮胡面容上那无比严肃又野蛮的表情。

尤其是块头最大那个的灰色眼眸中那份机敏嗜血掺杂着某种欢欣的期待，那人此时举起刀子朝我走来。

"等等！"我无力地说。然后又说："等等……等等……"

那个穿着破烂衣裳的大块头举起刀子，刀刃几乎碰触我的胸膛和脖子。

"等等！"有个更洪亮更有力道的声音从我们四个人背后靠近大马路的地方——那里还有一点儿光线和一丝希望——传来。

我跟那些凶徒一起转头察看。

有个穿着褐色西装的小个子男人站在那里。尽管话声铿锵有力，他的身高却跟我不相上下。他没戴帽子，我看得见鬈曲的花白短发被细雨淋湿，厚厚贴在他脑门上。

"走开！"拿刀架在我脖子上那人喝道，"别惹祸上身。"

"我不介意。"说着，矮个子朝我们跑来。

那三个恶煞一起转身面向他，但我双腿发软，没办法趁机逃跑。我十分笃定短短几秒内我和那个当不成我救命恩人的家伙都会横尸这条无名漆黑小巷的肮脏石板上。

原本以为那个穿褐色西装的男人跟我一样矮胖，可是现在我发现他尽管矮小，肌肉却像小个子特技演员般结实。他的手伸进花呢外套里，迅速抽出一根明显沉甸甸的短木棍，造型介于水手的鱼枪和警探的警棍之间。这根棍子一端又钝又重，显然内部加了铅或其他等重的金属。

其中两名歹徒一起向他发动攻击。褐色西装那人的木棍迅速挥动两下，打断第一个人的手腕和肋骨，又朝第二个人脑袋猛敲一记，发出我从来没听过的声音。那群暴徒之中最壮硕那个，也就是那个有着嗜血眼眸和络腮胡、一秒前拿刀想割我喉咙那个，一刀刺出。他拇指按在刀刃上，先是一记佯攻，再转身往前扑，刀子一挥，过程流畅自然，优雅的肢体动作有如猫儿般灵巧，我相信那是上千回暗巷械斗磨炼而来的。

恶棍的刀子先是砍向右边，又恶狠狠地往左后方回劈。那褐色西装男子往后一跃。如果他身手不够敏捷，恐怕已经肚破肠流。接着，我的救命恩人往前跳，手上的小棍棒猛力往下一砸，打断那狂徒的右前臂。紧接着他反手又是一击，敲碎那坏蛋的下颚。光看他冷静的外表，实在难以想象他身手竟然如此灵活。那个大块头倒地之前，他棍子对准敌人胯下又是一击，力道之猛连我都吓得叫出声来。那恶徒先是双膝着地，而后扑倒在泥地里。棍子又朝他后脑勺补上一记。

现场只剩肋骨和手腕被打断的那个歹徒还清醒着，这时跌跌撞撞朝暗巷深处走去。

褐色西装男子追上前去，将那人转过来，用手上那根致命短棍猛敲他的脸两下，又使劲将他踢倒。等对方躺在地上呻吟，又对准脑袋补上凶狠的一击。呻吟声就此断绝。

那个健壮的褐色西装男子转向我。

我承认当时我举起双手后退几步，手掌心求饶地摊开来向着那个朝我走来、矮小却致命的身影。我几乎……几乎拉一裤子，所幸我刚刚目睹的暴力场面过程不可思议地（应该说不可能地）短暂，让我避开彻底又完全的恐惧反应。

我多次描写过激烈的争吵场面，可是那些肢体冲突都经过精心安排，以缓慢而深思熟虑的动作呈现。我刚刚目击的那些真正暴力——当然是我见过最激烈也最残忍的——费时顶多七八秒。我发现，如果那个褐色西装男子此时不杀了我，我可能真的会吐出来。我高举双手，努力想说点什么。

"没事，柯林斯先生。"说着，那人把短棍塞进外套口袋，牢牢抓住我的手臂，拉着我朝我来时的方向走去，来到光线明亮的大马路。篷车和出租马车来来往往，一番太平盛世的景象。

"你……你……是谁？"我总算挤出话来。他的手指毫不留情扣住我的手臂，活像老虎钳的铁爪。

"我姓巴利斯，在此为您效劳。我先送您回旅馆。"

"巴利斯？"听见自己颤抖结巴的声音，我有点儿难为情。过去不管在海上或陆地上，我都以自己面对困境时的从容不迫而自豪。只是，最近这些年来，我的冷静或许多多少少要归功鸦片酊。

"是的，我叫雷吉诺·巴利斯。雷吉诺·巴利斯探员，朋友都喊我雷吉。"

"你是伯明翰的警探？"我问。我们转向东行，脚步也跟着加快，他依然抓着我的手臂。

巴利斯笑了："不是，先生，我是菲尔德探长的手下。从伦敦经过布里斯托来到这里，跟您一样。"

小说里经常用"摇摇晃晃"来形容走路的模样，真是陈腔滥调。当你的双腿真的摇晃不稳没办法走路，那是一种非常怪诞的情境，尤其是对我这种喜欢航行、即使在惊涛骇浪中也能安稳走在高低起伏的甲板上的人而言。

我又说："我们不回去看看吗？那三个人可能受了伤。"

巴利斯（如果这真是他的姓氏）呵呵笑："哈，我保证他们都受了伤，而且有一个死了。不过我们不回去，别管他们。"

"死了？"我白痴地复诵一次。我不敢相信，我不愿意相信。"我们必须报警。"

"报警?"巴利斯说,"不行,先生。最好不要。如果我的名字和我们侦探公司的名字登上伯明翰和伦敦的报纸,菲尔德探长会炒我鱿鱼。而且您也可能会在这里耽搁好几天,还会被召回来出席没完没了的审讯和听证会。为了三个想割您喉咙抢您钱包的街头流氓,值得吗?拜托,快别那么想。"

"我不明白。"我喃喃说道。此时我们又转向,来到一条更宽敞的街道。到这里我已经知道回旅馆的路了。这条繁忙街道两旁的街灯都点亮了。"菲尔德派你来……监视我?来保护我?"

"是的,先生。"巴利斯终于松开我的手臂,我感觉得到血液迅速流过刚刚被阻断的部位。"没错。我们有两个人,呃……陪同您跟狄更斯先生巡演,以防祖德先生或他的手下现身。"

"祖德?"我说,"手下?你认为那三个人是祖德派来杀我的吗?"不知为何,这个念头让我的肠道又开始失控。到这个阶段,这个祖德游戏虽说高明,却变得有点儿累人。

"那些人吗?不,不是。我敢确定那些恶棍跟探长追捕的这个祖德没有关系,一点儿关系都没有。这点您不必怀疑。"

"怎么说?"我问。旅馆已经映入眼帘。"为什么?"

巴利斯淡淡一笑:"因为他们是白种人。祖德几乎没用过白种人,虽然听说他手底下偶尔会有德国人或爱尔兰人。不是的。如果他要在这里或布里斯托取您性命,会派中国人或东印度水手或印度人,甚至刚下船的黑人来。先生,您跟狄更斯先生的旅馆到了。我们有个同事在里面,等您进了大厅,他会照顾您。我就站在这里看着您进旅馆。"

"同事?"我重复一次。可是巴利斯已经后退一步,隐身黑暗巷弄里。此时他把手伸到额头，仿佛在拉着隐形圆帽致意。

我转身摇摇晃晃走向旅馆灯光明亮的玄关。

经历这么恐怖的事件后，我一点儿都不想出席狄更斯的朗读会。但泡过热水澡、再喝下至少四杯鸦片酊——我喝光了随身瓶里的存量，又拿出小心翼翼包裹好藏在行李里的大瓶子，倒满随身瓶之后，我又决定打扮整齐去参加。毕竟这是我来到伯明翰的目的。

我从多尔毕和威尔斯口中得知，演出前那一两个小时我见不到狄更斯。他跟多尔毕走路前往戏院，我晚一点儿才搭出租马车过去，我再也不想天黑后独自走在伯明翰街头。我不清楚巴利斯探员和他同事是不是在外面监视我，但我在戏院侧门走下小马车的时候，并没有看见他们。

时间是七点四十五分，观众陆续抵达。我站在戏院后侧看着狄更斯的煤气和灯光专家出现，在戏院两侧分别端详一下漆黑的导管和上面还没点燃的灯具，之后就离开。一段时间以后煤气技师单独出现，对上方藏在紫红隔屏后的灯具做了些调整，然后又消失了。几分钟后煤气技师第三次出现，打开煤气。此时光线虽然稍微调暗，却还是清楚照亮了狄更斯的讲桌。灯光乍亮的那一刹那效果非常惊人。这时已经有数百名观众就座，他们全都静下来，伸长脖子盯向舞台，一股强烈的好奇心充盈空中。

多尔毕缓步走上舞台，视线先是往上瞄了一下低挂头顶上那排灯，再往下望向讲桌，又往外看着徐徐入场的观众，仿佛多么了不起似的。他微幅调整狄更斯讲桌上的水瓶，点点头，仿佛对这关键又必要的调整非常满意，然后才慢慢走进从挂着布帘的舞台侧面延伸到舞台中央的高耸隔屏里。我朝舞台侧面走去，进了后台。多尔毕跟在我后面进来，我脑海中浮现莎士比亚最知名的演出说明：《冬天的故事》里的"退场，被熊追"。

狄更斯在他的休息室里，他身上穿着正式晚宴服。我很庆幸自己也穿着晚宴服。虽然大家都知道我不喜欢穿着太正式，也不太在乎场合不场合的事，可是这天晚上我的白领带和燕尾服似乎很合宜……或许还很必要。

"亲爱的威尔基，"我进去时狄更斯说，"你今晚能来真是太感谢了。"他表面上一派冷静，却好像忘了我当天跟他一起搭车到伯明翰。

他的化妆台上有一大束鲜红天竺葵，这时他剪下一朵插在扣眼里，又剪下另一朵插在我的翻领上。

"来，"他边说边整理金表表链，又在镜子前最后一次检视纽扣、胡子和抹了油的头发，"我们去偷看一眼那些本地观众，希望他们已经开始焦躁不安。"

我们走到舞台上，多尔毕还在隔屏后面徘徊。狄更斯指着隔屏上一个小孔洞，只要移开上面的布块，就能窥视此时已经大致到齐、在座位上扭动不安的观众。他让我先看一眼。当时我内心涌起一阵焦虑，尽管我有丰富的舞台表演经验，我还是纳闷儿自己有没有能力从容自若地在这种场合朗读，狄更斯却似乎一点儿都不紧张。煤气技师朝他走来，狄更斯点点头，上身靠向隔屏上那个洞。煤气技师冷静地走到台上再次调整灯具。狄更斯悄声对我说："威尔基，整个演出我最喜欢这个时刻。"

我离他很近，我们一起偷窥观众时，我能闻到他侧脸那些鬓发上的发油。灯光戏剧性地大放光明，大约两千张面孔被反射的光线照亮，观众席传来"哦……"的期待声。

"威尔基，你也该入座了。"狄更斯低声说，"我再等个一分钟左右，吊吊他们的胃口，之后我们就开始了。"

我正要转身离开，他又挥手要我回去。他贴在我耳旁说道："留意祖德的行踪，他随时会出现。"

我看不出来他是不是在开玩笑，于是我点点头，在黑暗中离开，找到侧梯爬上去，跟最后一批入场的观众逆向而行走到戏院后侧，再往下朝舞台方向移动，沿着走道往回走大约三分之二距离，去到我的座位。我要威尔斯帮我留这个位子，方便九十分钟后中场休息时溜到后台休息室看狄更斯。舞台上的紫红色隔屏、简约讲桌，甚至那瓶水，此时都沐浴在强光下，在最后这一分钟里似乎意味深长。

狄更斯瘦削的身材走向讲桌，全场突然爆发出热烈掌声。掌声响起后又震耳欲聋地持续着，狄更斯却是充耳不闻，拿起水瓶帮自己倒了杯水，默默等着如雷掌声停歇，就像过马路时等马车驶过似的。等戏院终于沉寂下来，狄更斯……什么也没做。他只是站在那里望着观众，像是在——跟台下所有男女老少四目相对……而此时戏院里至少挤了两千人。

几个晚到的观众在戏院后方找位子，狄更斯继续以他那种全知全然、有点儿令人不安的冷静等他们坐定。然后他似乎用他那冷淡、严肃、专注却带点儿质疑的眼神凝视儿他们几秒。

然后他开始了。

多年以后，多尔毕告诉我："当时看老大最后那些年的表演，感觉不像在看表演，而像参与了某种奇观。那根本不是去娱乐，而是被鬼魅纠缠。"

被鬼魅纠缠。嗯，也许是吧，或者说被附身。亲爱的读者，就像我们这个时代很流行的招魂术士在他们请来的鬼魂引导下去到冥界。但在那些朗读会当中被附身的不只是狄更斯，全体观众也一样。等会儿你就会知道，你很难抗拒他。

亲爱的读者，我觉得很遗憾，因为你们那个未来时代没有人能看见或听见狄更斯朗读。到了我写这份文稿的这个时代，已经有人尝试用各种圆筒收录声音，几乎就像摄影师用感光版捕捉人像一样。但这些都是狄更斯死后的事。你们的年代里没有人听得到他那尖细、微微大舌头的语调，也没人能看见这些表演过程中狄更斯和他的观众出现的古怪变化。据我所知他的朗读会从来不曾以银版照相术或其他摄像法记录过，何况在狄更斯那个年代那些技术速度太慢，任何人只要轻微移动，就无法摄录，而狄更斯总是处于动态中。他的朗读会在我们的年代独一无二，而且恕我大胆猜测，假设你们生活的这个未来里仍然有作家在笔耕的话，恐怕也无人能出其右，更没有人有能力模仿。

即使在强烈煤气灯的照射下，狄更斯朗读他最新的圣诞故事时，周遭似乎仍盘旋着一团诡异的七彩云朵。我相信那朵云是狄更斯创造的那许多角色的气场的展现，此时逐一奉他召唤而来，在我们面前说话兼表演。

当这些灵魂进入他的身体，狄更斯的姿势旋即改变，他会随着主宰的那个角色的灵体猛然一惊，或因为沮丧或懒散而萎靡不振。他的表情也会立刻而彻底地改变：他经常使用的脸部肌肉松弛了，其他那些则开始活动。微笑、睨视、蹙额、勾结的眼色，诸如此类从未出现在狄更斯脸上的神态，一个个飞快闪过我们眼前这个被灵体附身的躯壳。他的声音每一秒都在改变，即使他连珠炮似的读着你来我往的对话，也好像同时被两个或更多恶魔附身。

在过去的朗读会上，我听过他的声音一眨眼就从费金那沙哑粗嘎口齿不清的急切低语——"啊哈！我喜欢那家伙的长相，你可以用得上他。他已经知道怎么收服那女娃儿，亲爱的，别出一丁点儿声，我听听他们说什么，让我听听……"——换到董贝先生的忧郁男高音，再到史贵儿小姐愚蠢的装模作样语调，最后再完美切换成伦敦劳工阶级口音，惟妙惟肖的程度在英国戏剧界无人能及。

可是那天晚上令我们大家入迷的不只是声音和话语。当狄更斯从一个角色换到另一个角色，或者一个角色离开他的身体、换另一个进驻，他会像变了个人似的。当他变成犹太人费金，他那永远挺直、几乎像军人般的体态转眼间便变成那奸佞小人弓背缩肩的佝偻身躯。他的额头会耸起拉长，眉毛似乎也变浓了，一双眼睛往后遁入两口暗井，在明亮的煤气灯下似乎自己放出光芒。还有他的双手，当他诵读叙述段落时显得沉着又自信，一旦变成费金的手，却会颤抖、互抓、不时搓摩，还会因渴望金钱而抽搐，或自己躲在衣袖里。狄更斯在朗读时偶尔会走到他的特制讲桌一边，再朝反方向走个几步。如果站在那里的是狄更斯本人，他的步伐就会顺畅而自信，当他被费金附身，就变得阴柔诡诈，几乎像条蛇。

"这些角色和变化对我而言就跟在观众眼中那么真实，"狄更斯在这次巡演开始前曾经告诉过我，"我那些虚构人物在我心目中太过真实，我并不是回想他们，而是看见他们栩栩如生地在我眼前，因为那些事都发生在我眼前。观众也将看见这个事实。"

那天晚上我确实也看见了。不管那是因为氧气被煤气灯消耗掉，还是因为狄更斯的脸部和双手在特殊设计的灯光照射下鲜明映在紫红色隔屏上那种具体的催眠效果。我一直觉得狄更斯的目光注视着我，也注视着观众，即使那目光属于他笔下的角色也一样，我跟观众一起进入某种恍惚状态。

当他重新变回狄更斯，读着解说或描述文句，而不是念诵角色的对白时，我听得见他声音里那份毫不游移的坚定，可以感觉到他眼睛光芒中那份喜悦，还能察觉到一股侵略性——在绝大多数观众面前伪装成自信——只因他知道自己有能力催眠这么多人这么长时间。

圣诞故事和一小段的《雾都孤儿》结束了，那天晚上全部两小时表演已经进行一个半小时，中场休息时间到了，狄更斯转身离开舞台，就跟他登台时一样无视观众疯狂的掌声。

我摇摇头，仿佛从梦境中苏醒，起身走到后台。

狄更斯整个人瘫在沙发上，显然累得无法起身或移动。多尔毕忙进忙出，监看侍者摆放一杯冰镇香槟和一盘十二只牡蛎。狄更斯起身啜饮香槟，吸食牡蛎。

"老大晚上只吃得下这个。"多尔毕低声告诉我。

狄更斯听见后抬起头来，说道："亲爱的威尔基……你能在中场休息时间进来看我真是太好了。你喜欢今晚上半场的表演吗？"

"当然，"我说，"无比……出色……一如往常。"

"我应该跟你说过，今年秋冬我如果应邀表演，就不再朗读《马利高德医生》。"狄更斯说。

"可是那段很受欢迎呀。"我说。

狄更斯耸耸肩:"不如董贝或斯克鲁奇或尼克贝。我等会儿要读尼克贝。"

我很确定节目表下半场三十分钟排的是《匹克威克外传》里的审判场景。狄更斯向来喜欢以伤感与笑声结束表演,可是我不打算纠正他。

中场十分钟几乎结束了,狄更斯有点儿费力地起身,把在热气中凋萎的鲜红天竺葵扔进垃圾桶,重新在扣眼上别上一朵新鲜的。

"那就表演结束后再见了。"说完我就回到急切的观众中。


等掌声结束,狄更斯拿起书,假装大声诵读:尼古拉斯·尼克贝到史贵儿小姐的学校……第一章。所以他要念尼克贝。

我刚刚在后台看见的疲累消失无踪,狄更斯反倒变得比上半场那九十分钟更生龙活虎、精神焕发。他朗读的力道再次像磁流般往外探索,去唤回并校准观众的注意力,仿佛观众的眼睛和心灵是罗盘上的无数指针。同样地,狄更斯的眼神似乎凝视着我们每个人。

虽然那股磁流吸力极强,但我的思绪开始游走。我开始想起其他事,比如未来一星期里我的书《阿玛达尔》即将以上下册形式出版。我又想到我得敲定我下一本小说的情节或主题。也许篇幅短一点儿,内容更奇情些,不过要比曲折离奇的《阿玛达尔》单纯些……

突然间我回过神来。

偌大的戏院里一切都改观了。灯光似乎变得更浓稠、更缓慢、更暗淡，几乎像凝胶。

周遭阒然无声。不是几秒前两千一百人专注聆听那种肃静，那时会有压抑的咳嗽声、偶尔打断寂静的笑声和许多人端坐两小时后不自主挪动身子的声音。现在却是绝对死寂。感觉像是两千一百名观众刹那之间全都死了。没有一丝呼吸声，也没有半点动静。我发现我听不见也感觉不到自己的呼吸，也察觉不到自己的心跳。伯明翰大会堂变成了一座巨大墓室，而且一如墓室般静寂。

就在那个时刻，我发现数以百计又细又白、肉眼几乎难以辨识的细线往上升，线头系在每一名观众的右手中指。戏院里光线太暗，我看不清这两千条线究竟在我们上方什么地方会合，但我知道它们都联结到上面的一口大钟。我们所有人都在"死屋"里。那些线——现在我看清楚那是丝线——绑在我们手上，以防我们之中还有人活着。我直觉知道那口钟的音色与响声肯定恐怖至极，它是在那里提醒（某人或某种东西）有人醒过来了。

我知道自己是两千一百名观众之中唯一的存活者，只得强自镇定不敢移动，全神贯注不去扯动绑在我右手中指上那根线。

我抬头一望，发现在阴暗的舞台上那浓稠缓慢的煤气灯中闪闪发光的不再是狄更斯的面孔、双手和手指。

祖德在台上看着我们。

我一眼就认出那白皙的肤色、残缺耳朵上方那一簇簇短发、没有眼皮的眼睛、充其量只是头骨某个孔洞上方两块一起一伏薄膜的鼻子、细长歪扭的手指，还有转动不停的淡色眼眸。

我的手颤抖了。在观众席那些尸体的头颅上方大约三十米处那口大钟开始震动。

祖德的头猛地四处张望，那双淡色眼珠锁定我的目光。

我开始浑身发抖。钟轰隆隆地，然后当地响起。没有任何一具尸体呼吸或骚动。祖德从狄更斯的讲桌后方走出来，再走出那夸张的矩形灯光。他从舞台上跳下来，滑上走道。此时我的手脚抖得像得了疟疾，可是我全身动弹不得，连头都无法转动。

祖德靠近时，我已经闻到他的气味。他臭得像猛虎湾附近的泰晤士河，那里每当河水退潮污水上涨时，就会散发出难闻的恶臭，萨尔的烟馆就在那里日渐破败。

祖德手里拿着东西。等他来到走道离我大约二十步的地方时，我看出来那是一把刀，却有别于任何我拿过用过或看过的刀子。刀刃是深色钢铁打造，上面明显刻有象形文字。刀柄几乎完全被祖德苍白细瘦的指关节包覆，以至于那截至少二十厘米长、极为细薄的弯曲刀刃像仕女的扇子般从他手中伸出来。

跑！我命令我自己。快逃！尖叫！

但我动弹不得。

祖德停在我上方，在我眼角余光最外围。当他张开嘴时，一股泰晤士河泥沼的臭气将我包围。我看见他的淡粉红色舌头在细小牙齿里舞动。

"你……看。"他嘶嘶地对我说。他的右手臂将刀刃往回带，准备挥刀斩首。"很容易……吧？"

他朝水平方向凶残地挥动刀刃。那弯刀的利刃划过我的胡子，像切奶油似的割断我的领巾、衣领、皮肤、喉咙、气管、咽喉和脊椎。

观众疯狂鼓掌。凝胶状的空气恢复正常亮度，丝线不见了。

狄更斯没有理会观众的掌声，转身离开舞台，多尔毕站在幕布边缘。片刻之后，掌声还在空中回荡，狄更斯重新回到明亮的煤气灯下。

"亲爱的朋友们，"他高举的手止住掌声之后说道，"今晚好像出了一点儿错，其实是我搞错了。我们的节目表上写的是《匹克威克外传》审判场景，我却不小心错拿了尼克贝上台，还一路念下去。各位非常仁慈地宽容了我的错误，更仁慈地赐给我掌声。时间晚了，我的表显示现在十点整，正是我们今晚节目结束的时间。可是我承诺要读审判场景，如果你们大多数人想要听我读审判那一段，请举手或用掌声告诉我，那么我会很乐意为大家补读。"

观众确实想听。他们鼓掌喝彩，大声鼓励。没有人离开。

"传山姆·维勒！"狄更斯用法官的声调大喊一声，观众的掌声与喝彩更响亮了。随着每一个经典人物依序登场：甘普太太、史贵儿小姐、布兹……观众的欢呼声就愈加洪亮。我伸手碰触太阳穴，发现我的额头冰冷，汗水淋漓。狄更斯还在读着，我步履蹒跚地走出戏院。

我独自回到旅馆，又喝了一杯鸦片酊，等狄更斯和他的工作人员回来。我的心脏在狂跳。我饿坏了，浑身不住颤抖，很想在我自己房间里吃顿大餐。可是尽管狄更斯演出后不会再吃东西，他还是邀请威尔斯、多尔毕和我在他房间用餐，陪他慢慢放松心情。他在一旁来回踱步，聊着接下来几天的表演，也谈到他接受了另一场巡回演出的邀请，大约圣诞节期间开始。

我点了野雉、鱼、鱼子酱、肉派、芦笋、蛋和无甜味香槟，当侍者带着这些东西和威尔斯的简单餐点以及多尔毕的牛肉与羊肉进来时，狄更斯从他站着的壁炉旁转身过来，说道："亲爱的威尔基！你领子上那是什么东西？"

　　"什么？"坦白说我脸红了。我刚刚匆匆洗了个澡，又喝了鸦片酊才上楼来到狄更斯房间。"什么？"我双手举到长满胡子的下巴，在我丝质领巾上方摸到某种厚厚的结痂物。

　　"我来，你手拿开。"威尔斯说。他把灯照过来。

　　"天哪！"多尔毕惊呼一声。

　　"我的天，威尔基！"狄更斯的语气里感兴趣的成分多过震惊，"你的衣领和脖子上到处都是干掉的血迹。你简直就像《雾都孤儿》里刚被比尔·塞克斯杀死的南希。"

# 第十六章

1866年的夏天很累人。

我的小说《阿玛达尔》按照原定时间在6月出版，而那些迂腐又讨人厌的批评家发表的评论也一如预期。《雅典娜神庙》杂志那个老迈的乐评人兼书评亨利·乔利就写道："我们很不乐意如此评论一部这么有张力的作品，然而，考虑到生命、诗歌与艺术中所有值得珍视的事物，批评言论必须知无不言、言无不尽。"

他的评语是，我的书伤风败俗。

《旁观者》杂志的评论家也做出同样结论，而且在语词上直接跳过那些刺耳负评，沦为近乎歇斯底里的叫嚣。

尽管世上确有他笔下描绘的那些人物，也存在他叙述的那些举止，但这不能作为他逾越礼法、激起读者反感的理由。《阿玛达尔》正是如此。书中女主角是个比街头废弃物更污秽的人物，活到三十五岁熟龄，做过的劣行罄竹难书，比如伪造、谋杀、窃盗、重婚、寻短等，原本的美貌荡然无存……这一切都以日记的方式呈现。幸亏这本日记太不真实，否则就会令人憎恶。日记本身的文字则有赖威尔基·柯林斯先生的流畅笔调与晦涩辞藻来隐藏其中的真实意义。

这类的恶意攻讦我毫不在意。我知道这本书会大卖。亲爱的读者，或许我告诉过你，这本书还没动笔之前，出版商就给了我五千镑，当时乃至之后许多年这种高价都是无人能及。这本书也在美国的《哈泼月刊》连载，不仅大受欢迎，杂志主编还写信告诉我，我的小说独力扭转了他们的倒闭命运。英国的《康希尔》杂志连载这本书同样造成疯狂抢购，理所当然地引发了狄更斯去年圣诞节那些酸溜溜的言论。我相信我可以把《阿玛达尔》改编成剧本，为我带来比书籍本身更多的利益。

尽管《阿玛达尔》上下册销售漂亮，史密斯艾欧德出版社的乔治·史密斯却因为预付给我大笔金额而宣告破产，但这不关我的事。然而，我还是有点儿失望，因为如此一来，我的下一本小说（不管内容是什么），势必要回到狄更斯的杂志《一年四季》，正如狄更斯去年圣诞节晚餐时所预测。我的失望不只在于预付款数目会大幅减少，因为在付钱给狄更斯以外的作家时，狄更斯、福斯特和威尔斯都无比悭吝，还在于狄更斯又会变成我的编辑。

不过，我仍然保持沉着自信，我相信一时的评论不代表什么。批评家和中产阶级评论家还没有培养出欣赏《阿玛达尔》女主角——我的美艳妖姬莉迪亚·桂欧——的眼界。莉迪亚非但以我同时代的小说女主角前所未见的气势主宰本书，她在书中突出的个人色彩更是狄更斯过去和未来所有小说里的女性所不能及的。尽管她在草率愚蠢的读者眼中显得诡计多端又阴狠歹毒，但我对这个女人全方位三度空间的描写可谓旷世绝技。

对了，说到阴狠歹毒的女性，卡罗琳竟然选在这年闷热的夏天无端找碴儿。

"威尔基，你为什么不肯结婚？你在上门拜访的朋友面前几乎把我当成你太太。我身兼你家的女主人、你的校稿员、管家和情人。所有人都知道我们早有夫妻之实，我们早该让这个现象名实相副了。"

我说："亲爱的卡罗琳，如果你有那么一丁点儿了解我，就该知道我根本不在乎什么名不名的，也不管别人怎么想。"

"可是我在乎呀，"这个跟我共同生活十年的女人大声嚷嚷，"哈丽叶已经十五岁了，她需要个父亲。"

"她有父亲，"我冷静地回答，"他死了。"

"当时她才一岁！"卡罗琳大叫。她显然处于愤怒与泪崩、理性与抓狂之间那条微弱细线中。女人经常会落在那条线上，或故意踩上那条线。"她就快成年了，马上要出社会，她需要你给她名正言顺的身份。"

"胡扯！"我笑道，"她本来就有名正言顺的身份，也有个健全的家庭。她永远都能拥有我的支持和我们的爱。除了这些，聪明的少女还需要些什么？"

"你答应过今年或明年内要买下或租下格洛斯特街那栋房子。"卡罗琳发牢骚。我痛恨并鄙夷女人发牢骚。亲爱的读者，全天下的男人都痛恨也鄙夷女人发牢骚，自古皆然。只是男人对发牢骚的反应有所不同，只有极少数人——比如我——拒绝屈服于这种听觉与情感上的勒索。

我的视线越过镜片上方看着她:"小乖乖,我说过我们迟早会搬进那栋房子,我说到就会做到。"

"要怎么做到?"卡罗琳继续追问,"你跟狄更斯在伯明翰快活的时候我去找山渥德太太谈过,她说她原本愿意考虑把房子租或卖给我们,只可惜她那个还没成家的儿子一两年内就会从非洲回来,她已经答应要把房子留给他了。"

"亲爱的卡罗琳,你要相信我。"我说,"我承诺要搬进那栋房子,那么我们就会搬进去。甜心,我什么时候让你失望了?"

她恶狠狠瞪着我。卡罗琳尽管有点儿年纪了(她从来不肯透露年龄,但菲尔德探长告诉过我,她很可能出生在三十六年前,也就是1830年),相貌依然清秀,甚至有人说她是个美人。可是她瞪人的时候既不清秀也不美丽。虽然浪漫文学连篇累牍地赞美盛怒中的女性,但是亲爱的读者,请相信我,女人发牢骚或怒目瞪人的时候就会魅力尽失。

"你不肯娶我,不肯当哈丽叶的继父,就让我失望了。"她简直在对我尖啸,"威尔基·柯林斯,别以为我找不到肯娶我的男人,千万不要有这种想法!"

"我一点儿都没有那种想法,小亲亲。"说完我把视线转回报纸上。


尽管狄更斯病体未愈,也愈来愈害怕搭火车,但那年夏天他好像过得挺轻松自在。我在《一年四季》办公室无意间听见威尔斯告诉福斯特,狄更斯春天那场巡演总共为他赚进四千六百七十二英镑。查培尔公司对他们的获利十分满意,因此狄更斯6月12日结束伦敦最后一场表演，刚回到盖德山庄"……休息，听听鸟叫"，他们就提议冬天再办一场巡演，总共五十个场次。狄更斯曾经告诉我那些人都是"投机分子，威尔基，如假包换的投机分子。不过，当然是最可敬也最高尚的那种"。威尔斯告诉福斯特，狄更斯原本打算一场拿七十英镑，他认为门票收入足以支应，不过最后他开给查培尔公司的条件是四十二场共两千五百英镑，对方一口答应。

六七月间的盖德山庄宾客盈门，狄更斯也在当地市集担任各项比赛评审，从馅儿饼比赛到板球比赛，不一而足。当然，也有处理不完的公务。那段时间他没有写小说，只依照原订计划开始重新出版旧作，也就是所谓的"狄更斯新校版"。他的每一本小说都重新排版，每个月出版一本。当然，尽管这些作品都已经够好了，他还是忍不住技痒，主动提议要为每一本书撰写新的序文。

结果，这套书不仅在狄更斯小说各种版本之中最受欢迎，也是他个人经手的最后一版。

那年夏天我经常跟狄更斯见面，有时在盖德山庄（他家好像永远都有至少五六个客人），有时在伦敦（他每星期至少进《一年四季》办公室两次，我们通常会一起吃午餐或晚餐）。除了开始构思杂志的下一篇圣诞故事、排练冬天的巡演和撰写旧作的序文，狄更斯告诉我他脑子里已经有了下一本小说的雏形，他希望可以在1867年春天开始连载。他问我最近在做什么。

"目前有几个点子，"我说，"一两根线，还有几颗等待穿起的珠子。"

"有没有杂志可以连载的？"

"有此可能。我在构思一部里面有个探员的作品。"

"苏格兰场侦缉局的警探吗？"

"或者在私人侦探社任职的人。"

"嗯，"狄更斯笑了，"像是对贝克特探长的深入探索。"

我摇摇头："我想用'卡夫'这个名字。"我说，"卡夫探长。"

狄更斯笑开了。"卡夫探长。太好了，亲爱的威尔基，真的非常好。"


我告诉等在我家街角那男孩我要跟菲尔德探长见面。我们很久以前就约好时间和地点，隔天下午两点，我看见他的五短身材匆匆朝站在滑铁卢桥上的我走来。

"柯林斯先生。"

"探长。"我对着桥下的暗影点点头，"'两星期没有家具的住处。'"

"你说什么？"

"是《匹克威克外传》里山姆·维勒对匹克威克说的话。"

"哦，没错。当然，狄更斯先生向来很喜欢这条桥。几年前我为他引见这座桥的夜间收费员，帮他搜集《随波逐流》的素材。我听说狄更斯先生对被潮水带进来的那些自杀或凶杀的死尸很感兴趣。"

"十三。"我说。

"什么？"

"十三年前，"我说，"1853年2月狄更斯在《家常话》发表《随波逐流》，是我编辑的。"

"原来如此。"菲尔德探长说。他用拇指抹了下巴一下。"柯林斯先生，您找我来有什么事吗？有什么消息吗？"

"应该说没有消息。"我说，"你没有回复过我的书面报告和询问。"

"很抱歉。"菲尔德说，但他沙哑的嗓音里没有一丝歉意，"我很感谢您写的那篇有关狄更斯伯明翰朗读会的报告，虽然我们的朋友祖德并没有出现。您有什么问题要问我吗？"

"你可以告诉我那三个人是不是都死了。"我说。

"三个人？"菲尔德那张血管密布裂纹斑斑的红润脸庞一派无辜。

"暗巷里那三个人，也就是攻击我、后来被你那位'叫我雷吉'的巴利斯探员击倒的那三个人。巴利斯说他们之中至少有一个人死在他棍下。隔天早上我离开伯明翰之前回那条小巷察看时，他们却都不见了。"

菲尔德探长此时边笑边点头，食指搁在鼻翼："是，是，当然。巴利斯是向我报告过小巷里那起事件。我相信那些暴徒顶多就是头疼外加盗贼的自尊心受损。柯林斯先生，您得原谅巴利斯，他老爱渲染夸大。有时候我觉得他喜欢演员这个职业胜过私家侦探。"

"探长，你为什么派他跟踪我？我以为你只是要跟踪狄更斯，以防祖德跟他联络……而不是追查我的行踪。"

菲尔德一双浓眉耸起，向仅剩的发际线靠拢："先生，这点巴利斯探员应该跟您解释过了。我们担心这个祖德可能会加害于您。"

"巴利斯说那三个人只是一般的恶贼。"我说。

"是，"菲尔德又点点头，"他们是白人，所以这点几乎可以确定。可是你不能否认当时幸好有巴利斯探员在场，你说不定会受重伤，你的财物肯定会被洗劫一空。"

这时候我们已经在滑铁卢桥上来回走了两趟，这趟我们直接往北朝河岸街走去。华伦鞋油厂就在这段河道西岸某处。凯蒂·狄更斯告诉过我，她父亲年幼时曾经被送进那家工厂打工。狄更斯是以开玩笑的口吻告诉她这件事的，但凯蒂偷偷告诉我，她觉得那应该是她父亲生命当中最痛苦、最深刻的事件。

"探长，我知道你的祖德在哪里。"我说。我们向右转进河岸街，朝萨莫塞特府和德鲁巷前进。

菲尔德停住脚步："是吗，先生？"

"确实。"在往来车辆的嘈杂声响中，我沉默了半晌，然后才说，"狄更斯就是祖德。"

"你说什么？"菲尔德问。

"狄更斯就是祖德。"我重复一次，"根本没有祖德这个人。"

"柯林斯先生，您这话叫人很难相信。"

我屈尊俯就地笑了笑："探长，先前我已经说过，祖德显然是狄更斯虚构出来的人物，如今我可以确定事实正是如此。狄更斯基于某种私人目的创造了祖德。"

"请问会是什么样的目的呢？"

"为了权力，"我说，"一种将别人玩弄于股掌之上的权威感。我告诉过你，狄更斯操弄磁流作用力和催眠术已经很多年。如今他捏造出这个催眠大师，说穿了就是他的第二个自我。"

我们此时又朝东走，菲尔德用他的沉重手杖敲敲人行道：

"柯林斯先生，祖德不可能是他捏造的，毕竟到今年8月为止，我已经追捕这个恶徒整整二十年了。"

"探长，那么你亲眼见过他吗？"我问，"我是指祖德。"

"见过他？"菲尔德重复我的话，"当然没有，先生。我说过我从来没见过那个杀人犯本尊，但我逮捕过他手下，我也亲眼见识过他凶残的手法。过去二十年来他已经犯下超过三百起命案，包括1846年路肯阁下的惨死。您自己也告诉过我狄更斯从祖德那里听来的故事：路肯阁下的身份，以及传闻指出他在埃及有个儿子，完全吻合。"

"太吻合了。"我沾沾自喜地说。

"您这话什么意思，先生？"

"菲尔德探长，你是个警探，"我说，"可是你从来没有设计过或写过侦探小说。我就有。"

菲尔德继续大步往前走，沿路敲着地砖。他的脸转过来望着我，专注聆听。

"二十多年来确实有这么个姓祖德的杀人狂魔传闻，"我向他说明，"行踪飘忽的码头杀人犯；幽灵般的东方催眠大师，派他的手下到处抢劫杀人；一个真实地底城的虚假居民。但他只是个传言，他的故事只是捕风捉影，他本人也虚无缥缈。多年来狄更斯经常在附近的河岸和码头闲逛，肯定听过这个祖德的故事，也许甚至比你早听说。他基于私人理由，把路肯阁下命案这种真实事件融入他为那个虚幻人物编造的自传里，毕竟路肯命案中心脏被人挖出这一点是很巧妙的元素。"

"那么他这么做又是为了什么？"菲尔德问。我们刚经过萨莫塞特府。这栋比较新的建筑曾经是王室成员的府邸，过去三十

325

年来已经改为政府机关。我知道狄更斯的父亲和舅舅曾经在这里任职。

我们横越河岸街，抄小路走小巷往德鲁巷的方向前进。狄更斯笔下的虚构人物大卫·科波菲尔曾经在德鲁巷的某家餐馆点了一份牛肉，而真实世界的威尔基·柯林斯希望短时间之内他的《阿玛达尔》能够在那里的剧院大放异彩。

"为了什么呢，先生？"小巷里没有其他路人，菲尔德又问一次，"狄更斯先生为什么骗您世上有祖德这个人存在？"

我笑着挥动我的手杖："探长，我来跟你分享一段狄更斯巡演过程中的小故事。多尔毕上星期才告诉我的。"

"请说，先生。"

"巡演的外地场次最后一站是朴次茅斯，时间落在5月。"我说，"狄更斯有了一点儿空闲时间，所以他带着威尔斯和多尔毕出去散步，最后去到了兰德港大街。'天哪！'狄更斯叫道，'这就是我出生的地方！一定是在这些房子其中一栋里。'于是他带着威尔斯和多尔毕一间一间找过，一路不停地说：肯定是这间，'因为它看起来很像我父亲的风格'。又说，不对，另一间才是，'因为它看起来像是被出生在这里的人抛弃的住宅'。可是也不对，第三间一定是，因为它'最像孕育体弱多病幼儿的摇篮'……就这么看遍一整排屋子。

"然后他们走到一个开放式广场，周遭都是装点着白色窗框的红砖房，狄更斯开始模仿格里莫迪扮演的丑角。"

"格里莫迪？"菲尔德问道。

"英国哑剧演员，狄更斯非常崇拜他。"我说，"于是，在威尔斯和多尔毕注视下，狄更斯走上其中一间屋子的门前台阶，在装饰铜片的绿色大门上咚咚咚敲了三下，然后躺在最上面一级台阶上。片刻后有个矮胖妇人打开门，狄更斯见状一跃而起拔腿就跑，威尔斯和多尔毕跟在他后面仓皇奔逃。狄更斯还边跑边回头指指他们背后，假装警探在追他们，于是他们愈跑愈快。后来有一阵风把狄更斯的帽子卷走，帽子快速往前飞去，他们三个人弄假成真，演哑剧似的狂追那顶帽子去了。"

菲尔德探长停下脚步，我跟着停下来。半晌之后他问道："柯林斯先生，您想说的是？"

"探长，我想说的是，狄更斯实际虽然已经五十四岁，他却是个孩子，一个淘气的孩子。他创造一些他喜欢的游戏，玩得不亦乐乎，基于他的名气和强势性格，也逼迫身边的人陪他玩。你跟我都被卷进狄更斯的祖德游戏里了。"

菲尔德站在原地搔着鼻翼，仿佛陷入沉思。他一下子老了很多，而且精神萎靡。最后他说："柯林斯先生，6月9日您人在哪里？"

我听得猛眨眼，而后笑着问他："探长，你的探员没向你报告吗？"

"没错，先生，他们的确向我报告了。那天中午前您去了出版社，那天您的新书出版。之后您逛了几家书店，从帕摩尔街沿着河岸街到弗利特街，去为几个朋友和仰慕者签了几本书。那天晚上您在……那里……用餐。"

菲尔德用他的手杖指着德鲁巷皇家剧院对面的艾伯塔恩餐厅。

"……跟几位艺术家一起，包括那位跟您父亲熟识的老先生。"菲尔德接着说，"您回到家的时候午夜刚过。"

听完这些我再也笑不出来，也因此更生气了。"你报这些侵犯隐私又于法不合的流水账想说明什么呢，探长？"我冷冷地问。

"我想说的是，您跟我都知道6月9日那天您在哪里，可是我们却都不知道那个重要纪念日狄更斯身在何处。"

"重要纪念日？"我说。我想起来了。那天狄更斯的火车意外事故刚好满周年。我怎么会忘记这件事？

"那天狄更斯先生人在盖德山庄，"菲尔德没有看笔记，"后来搭下午四点三十六分的特快车来伦敦。到达以后他开始平时的散步，但这次都在蓝门绿地附近打转。"

"萨尔烟馆，"我说，"还有他称为圣阴森恐怖教堂的墓园地下室那个通往地底城的入口。"

"这回不是，先生。"菲尔德说，"我派了七个最好的手下跟踪他。我们认为他跟祖德极有可能约在相识一周年这天见面。您的朋友把我那些属下和我本人——当天晚上我也参与了跟踪行动——耍得团团转。每次我们确认他已经进入地底，他又会从某个废墟或贫民窟冒出来，招架出租马车扬长而去。最后，他离开蓝门绿地和附近的码头区域，来到离我们此时位置很近的地方……正确地说，到河岸街北边靠近克莱门特酒馆东侧入口的圣伊侬礼拜堂。"

"圣伊侬礼拜堂，"我复诵一次，好像有点儿印象。想起来了，"现代各各他[1]！"

"正是，先生。是一间藏骸所。圣伊侬的地窖堆满无主尸骸，1844年下水道官员在礼拜堂底下开凿污水道时将它封闭起

---

1　Golgotha：即耶稣受难地，意译为髑髅地，引申为墓地或埋骨所。

来。当时我已经在警界任职，但还没升上侦缉局长。那些尸骸继续在那里发臭多年，直到1847年有个外科医师买下那片产业，为的是把那些尸骨移到'更合宜的地点'，我记得他当时是这么说的。掘尸工作花了将近一年时间，柯林斯先生。地窖上方的巷道堆积出高高的两座小山，一堆是人类骨骸，另一堆是腐烂的棺木。"

"我年轻时也来看过。"我微微转身望向圣伊侬。我还记得我去看那幕恐怖景象那个2月天里弥漫空中的恶臭。我无法想象如果是像这天一样潮湿又闷热的夏日，那味道会有多惊人。

"当时来参观的伦敦人总共大约有六千人。"菲尔德说。

"圣伊侬礼拜堂跟狄更斯和6月9日有什么关联？"

"他在那附近摆脱了我们的追踪。"说着，菲尔德愤怒地用他那根沉甸甸的黄铜握把手杖咚咚咚敲着地上的卵石，"我手底下最优秀的七名探员加上我本人，个个都是伦敦少有的顶尖干探，竟然被他甩掉了。"

我忍不住又笑了："探长，他乐在其中。我说过了，狄更斯内心是个长不大的孩子。他喜欢神秘事物和鬼故事。偶尔会展露残酷的幽默感。"

"说得对，先生。不过言归正传，狄更斯不知怎的知道一个秘密入口，可以通往1844年那些腐烂渗血的尸体还没移走前挖掘的那条污水道。我们最终还是找到那条地道，这条地道有无数滴着水又臭气熏天的洞穴，里面住着几百个生活在伦敦地底下的穷人，那条隧道本身又通往更多迷宫似的隧道、下水道和洞穴。"

"但你找不到狄更斯？"

"我们找到了。他的提灯出现在我们前方的迷宫深处，可惜当时我们遭受攻击，被人徒手或用弹弓投掷来拳头般大的石块。"

"野男孩。"我说。

"正是。黑彻利探员不得不朝他们开了两枪。他们都只是暗影，从侧面的地道冒出来丢石头，马上又躲进更暗的地方。听到枪声后他们四散逃逸，我们才能继续跟踪，可惜为时已晚。他在那地底迷宫里把我们给甩了。"

"听起来很叫人灰心，"我说，"也很刺激。不过你到底想说什么？"

"我想说的是：很难想象狄更斯，名闻天下的狄更斯，夜游伦敦地底城的过程中会无聊到花这么大把精神来甩掉我们，除非确实有个姓祖德的人在等他。"

我笑了，我没办法不笑："探长，我的看法恰恰相反。正是这种你追我跑的乐趣和他自己一手捏造的谜团，让他花这么多时间带着你们在伦敦地底下的隧道大玩捉迷藏游戏。我跟你保证，如果他不知道你的手下会跟踪他，那天晚上他根本不会进城来。世上没有祖德这号人物。"

菲尔德探长耸耸肩："随您怎么想，先生。我们还是很感谢您一直以来协助我们追捕这个您不认为他存在的杀人犯兼大恶人。我们警界那些跟祖德或他爪牙交过手的人都知道他是个真真实实又令人丧胆的人物。"

对此我无话可说。

"柯林斯先生，您找我来只是为了询问伯明翰那些抢匪的事吗？"

"不，事实上，"我有点儿尴尬，不自觉地挪挪脚，"我希望你兑现早先的承诺。"

"格洛斯特街90号和山渥德太太吗?"菲尔德问,"我正在处理。我还是很有把握您跟您的……G太太……明年此时就能搬进去。"

"不是。"我说,"另一个承诺。你说如果我想回到圣阴森恐怖教堂,可以请黑彻利帮我移开地下室的石板,下去墓室区找到拉萨里王和他的鸦片烟馆。最近几星期我的风湿性痛风实在无法忍受……鸦片酊几乎起不了作用。"

"黑彻利探员随时等候您差遣。"菲尔德答得爽快,口气里没有一丝谴责或得意,"柯林斯先生,您希望他什么时候为您服务?"

"今晚,"我感觉得到我的心跳加速,"今天午夜。"

# 第十七章

1866年10月，天气格外凄冷多雨。我把白天和夜晚的时间分配在俱乐部、家和拉萨里王的地底烟馆之间，周末经常到盖德山庄做客。

某个下着雨的周六午后在盖德山庄，我处于鸦片酊带来的微醺状态，跟狄更斯分享我下一本书的点子。

"我想写些超自然现象的东西。"我说。

"你是指鬼故事吗？"狄更斯问。我们在他书房享受温暖的炉火。他已经完成当天的圣诞节故事，而我告诉他外面的雨太冷，不适合出门散步。雨水被强风吹刮，斜打在他书桌后方的凸窗上。"比如通灵之类的？"他微微皱眉。

"不是那种。"我说，"我想的是巧妙融合我不久前跟你提起的那些主题，比如侦查、窃盗和神秘事件，加上某种受诅咒的物品。当然，诅咒是真是假就由读者去断定了。"

"什么样的物品？"狄更斯问。我看得出来我已经挑起他的好奇心。

"应该是宝石。红宝石或蓝宝石，甚至钻石。我已经看到情节随着诅咒，在所有接触那块宝石的人身上产生的作用开展。不管取得手段是不是正当，没有人能幸免。"

"有意思，亲爱的威尔基。有趣极了。那块宝石或钻石是不是带着古老家族的诅咒？"

"或宗教性质的诅咒。"我说。午间鸦片酊加上狄更斯的赞赏，让我心里暖洋洋的。"也许是某个信仰鬼神的古老社会遗失的宝石……"

"印度！"狄更斯叫道。

"其实我想的是埃及。"我说，"不过印度也可行，应该很适合。至于书名，我暂定'灵蛇之眼'或'蛇眼'。"

"有点儿耸人听闻。"说着，狄更斯十指竖成尖塔状，双脚往前伸向炉火，"但还是很吸引人。你会把你的'卡夫探长'放进去吗？"

我两颊微热，只耸耸肩。

"鸦片也会是这本小说的重点吗？"他问。

"有可能。"我不服气地说，早先他的好奇带来的暖意消失殆尽。我听几个朋友提到过，狄更斯对我的《阿玛达尔》里莉迪亚称颂鸦片那段很不以为然。

狄更斯改变话题："我猜你是以1850年6月在水晶宫的万国博览会展出、后来献给女王那颗钻石'光之山[1]'为范本。"

"关于那颗钻石我也做了些笔记。"我口气很僵硬。

"亲爱的威尔基，当年'旁遮普雄狮'——也就是那个异教徒兰吉特大君——抢到'光之山'献给女王后，确实传出诅咒之

---

1  Koh-i-noor：产自印度安得拉邦的钻石，曾经是世界最大钻石，19世纪辗转落入英国东印度公司手中，被献给当时的维多利亚女王。后来皇室将钻石送往荷兰切割，目前镶在伊丽莎白女王皇冠上。

说。当时印度总督达尔豪斯阁下在叛军持续作乱的情况下亲自把钻石从拉合尔偷渡到孟买，光是这段真实故事，写出两三本精彩小说还绰绰有余。据说达尔豪斯夫人把钻石缝在腰带里，达尔豪斯阁下连续几星期腰带不离身，这才顺利把钻石送到孟买港，交给英国军舰的舰长。据说他每天晚上在营地床铺旁绑两条凶猛的军犬，万一有小偷或刺客进他的帐篷，他马上会察觉。"

"我没听过这些。"我坦言。我原本构想的是一颗被某个古埃及教派视为圣物的红宝石或蓝宝石。但狄更斯这段"光之山"的真实故事听得我手发痒，很想马上拿笔记下来。

当时我们被急促的敲门声打断。

是乔吉娜，她泪流满面，整个人显得心烦意乱不知所措。经过狄更斯安抚后乔吉娜情绪渐趋稳定，她说那条爱尔兰猎犬苏丹又攻击了另一名无辜受害者，这回是家里某个女佣的年幼妹妹。

狄更斯派她去安慰伤者。然后他叹了一口气，打开柜子门，拿出两个月前的圣诞夜我见到的那把双管猎枪。他又走到书桌前，从右边底下的抽屉里取出几颗大型子弹。外面的雨水已经停止敲打窗子，但我看得见落叶中的树林上方一朵朵乌云在飞快移动。

"看来我不能再纵容这条狗了。"他轻声说道，"苏丹心肠很好，而且对我忠心耿耿，可惜它的侵略性是在地狱之火中炼造而成。它拒绝学习。不管狗或人，我什么都能忍受，就是不能忍受没能力学习或拒绝学习。"

"不再给它警告？"我起身随他走出书房。

"不了，亲爱的威尔基。"狄更斯说，"早在这条猎犬还没离开妈妈的奶头之前，已经有某种远高于我们的力量宣判了它不可避免的死刑。现在只剩下刑罚的执行了。"

行刑队理所当然都是男性:除了苏丹、狄更斯和我,十四岁的普洛恩也被从房间里叫了出来。我弟弟查理陪着他太太凯蒂刚到不久,他婉拒参与。马路对面那个满脸沧桑的铁匠正巧在马厩里帮狄更斯的两匹马换铁蹄,于是也加入我们的行列。原来这位铁匠跟苏丹相识已久,苏丹小时候他常逗它玩,所以一干人马还没出发,他已经拿着手帕哭得一把鼻涕一把眼泪。

再来是狄更斯的长子查理和两名男仆,其中一个正是被咬的小女孩的姐夫。两名仆人一个推独轮车,准备运苏丹的尸体;另一个轻手轻脚拿着粗麻袋,几分钟后要充作受刑者的裹尸布。家里的女眷和其他用人都在窗口观看我们一行人走过后院、经过马厩,去到六年前狄更斯焚烧信件那块田地。

起初苏丹开心又兴奋地左蹦右跳,它的新嘴套好像对它一点儿影响都没有。它显然以为它要去打猎。嗅到鲜血了!苏丹在一个个穿高筒靴披过蜡棉外套举步维艰的男人之间跳来跳去,脚掌踩中小水坑溅起水花,还扬起湿泥。可是没有人愿意正眼看它,它站在查理拉着的狗链另一端,好奇地观察狄更斯腋下的猎枪,也看着那部过去猎松鸡行动中没出现过的推车。

行刑队走到距离马厩大约一百米处停下。苏丹的眼神像在沉思,甚至有点儿阴郁,它望着持枪主人的眼神先是探询,又变成哀求。

查理放开狗链后退一步。我们其他人也跟着退到狄更斯背后,狄更斯仍然站在那里跟苏丹对望。苏丹头歪向一边,为它的无声疑问句补上问号。狄更斯将两枚子弹装填妥当,沉重猎枪咔嗒一声。苏丹的头愈向左倾，目光始终锁定主人。

"约翰，"狄更斯轻声对站在我们新月形队伍最左端的铁匠说，"我想让它转头。能不能请你扔一块石头到它后面。"

铁匠约翰咕哝一声，又擤了最后一次鼻涕，把手帕塞进雨衣外套的口袋，然后弯低身子捡起一块通常会拿来打水漂的扁平石头，扔向苏丹的尾巴。

苏丹转过头去。狄更斯趁它还没来得及回头，轻巧地举起猎枪，射击两发。尽管我们心中早有预期，那两声枪响在潮湿、寒冷又浓密的空气里仍然特别响亮。苏丹的胸腔爆出模糊的鲜红血丝条状肌肉和破裂骨头。我相信它的心脏瞬间粉碎，没有任何神经末梢的信息有时间传递到大脑。强大的冲击力将它震得飞越湿漉漉的草地，落在我们几米外的地面上。它没有发出任何哀鸣或吠叫，我深信它落地前已经死亡。

仆人片刻间就把它庞大的尸骸装入麻袋送上推车。他们把独轮车推往屋子的方向。我们聚拢在狄更斯身边。狄更斯折弯枪管，取出两枚空弹壳，小心翼翼收进口袋里。

他一面收弹壳，一面抬头看我。我跟他紧盯彼此，就像几分钟前的他和苏丹一样。我真的以为他会开口对我这么说，也许用拉丁语："背叛我者必死。"但他保持沉默。

空中的血腥和弹药味似乎让小普洛恩特别兴奋，他突然大叫："太猛了，父亲！实在太猛了！"我记得前不久狄更斯才跟我聊起他这个儿子，说这孩子基于某种"天性上无可救药的懒散，欠缺明确而长远的目标"。

狄更斯没有回应。我们缓步走回温暖的屋子时，没有人开口说话。我们还没走到后门，风雨已经再度增强。

进屋后，我转身上楼，打算回房间换套干爽衣裳，再多喝点儿鸦片酊。此时却听见狄更斯喊我，于是我在楼梯上停了下来。

"开心点儿，威尔基。我也会这样去安慰波希。苏丹的两个孩子这个时候正在谷仓的草堆上打滚儿。血脉的遗传是铁一般的定律，那两只小狗之中肯定有一只会遗传到苏丹的凶猛，最后也肯定会遗传到子弹。"

我不知该说什么来回应，只能点点头，上楼喝我的止痛剂。

苏丹被处死之前两个月，也就是1866年8月底某个夏夜，我第一次重回拉萨里的鸦片馆，这位华裔鸦片活死人之王似乎在等我。

"欢迎您，柯林斯先生。"我拨开布帘，跨进他位于坟场底下的地下墓穴下方的墓槽之间的隐秘王国时，老拉萨里轻声对我说，"您的床铺和烟管已经准备好了。"

那个8月深夜，黑彻利探员把我安全地带到坟场，帮我打开大门和地窖门，移开棺木基座，再次将他那把离奇沉重的手枪借给我。他把牛眼提灯交给我，答应会在地窖里等到我回来。坦白说，这次穿过那些墓室和神秘通道到更底层的过程不像上次跟着狄更斯那么轻松。

这回拉萨里王的丝袍和头饰换了颜色，但仍旧跟我和狄更斯一起来那次一样干净鲜艳，熨帖平整。

"你知道我会来？"我问。此时我尾随他往内走向墓槽最深最阴暗的区域。

拉萨里王只是笑笑，招手要我继续往前。紧贴洞穴墙壁架设的三层木床上面似乎躺着我们第一次来的时候瞥见的那些老烟鬼。每具干尸都抱着一根装饰华丽的烟管，唯有喷在这灯火通明的狭窄通道里的缕缕青烟证明他们在活着。

所有床铺都有人，最里面这张以深红色布帘区隔的三层床铺却是空的。

"您是我们的贵宾，"拉萨里王用他那一口很不真实的剑桥英语流畅说道，"因此您将享有个人空间。可汗？"他打个手势，有个穿深色长袍的男人交给我一根末端附有漂亮陶瓷琉璃钵的烟管。

"那根烟管还没人用过，"拉萨里王说，"是您的专属烟管，永远都是。这张床铺也是您专用，永远都是。永远不会有别人躺上去。今晚您要体验的产品是国王、法老、皇帝和那些希望变成神明的圣人专用的。"我想说点什么，却发现嘴巴太干。我舔舔嘴唇，再试一次。"价格……"我说。

拉萨里王用他的黄色手指和黄色长指甲碰碰我，打断我的话。"柯林斯先生，绅士不谈价钱。今晚先好好体验，之后您再告诉我这产品的等级和独特性值不值其他这些绅士……"说着，他那些又长又弯的指甲往外一挥，指向那些沉默的床铺，"付给我的价钱。当然，如果您觉得不值，那就免费。"

拉萨里王滑进黑暗里。那个身披长袍、名叫可汗的人扶我爬上床铺，在我脑袋底下枕上一块凹陷的木头——感觉异常舒服——再帮我点上烟。然后可汗也走了，我侧躺着，吸着那股清香，让它驱走我的焦虑与烦忧。

亲爱的读者，你想知道这种终极鸦片的滋味吗？也许到了你的时代所有人都在使用这种物质。即使如此，我也不认为你的鸦片的功效赶得上拉萨里王的秘密配方。

如果你只是对普通鸦片的效果感到好奇，就让我为你引述狄更斯所写的最后一本书——一本他无法完成的书的第一段吧：

> 古代英国大教堂的塔楼？这里怎么会有古代英国大教堂的塔楼？古代英国大教堂那闻名遐迩的巨大灰色方形塔楼？怎么会出现在这里！不管从哪个具体角度看去，我的眼睛跟那塔楼之间都不该有生锈的尖铁。那么隔在中间的尖刺又是什么？是谁装设的？或许是苏丹下令装设，要一个接一个地刺穿一整群土耳其盗匪。确是如此，因为铙钹击响，苏丹声势浩大地经过，朝他的王宫而去。一万把短弯刀在阳光中熠熠生辉，三万名舞姬撒着鲜花。接下来是披挂千变万化艳丽色彩的无数白色大象与侍从。大教堂塔楼仍然高耸在背景里，在它不该出现的地方，无情尖刺上也还没出现痛苦挣扎的身躯。等等！莫非那根尖刺位置极低，就像崩塌歪斜的老旧床帷柱顶端的生锈尖铁？这种念头不能不伴随几段模糊的沉闷笑声。

就这样。黎明时分鸦片烟鬼在破落烟馆里挣扎着想恢复意识。一万把短弯刀在阳光中熠熠生辉。三万名舞姬。白色大象披挂着千变万化的瑰丽色彩。多丰富的诗意！多深刻的洞见！

多可笑的蠢话！

狄更斯对鸦片的威力和效果根本一无所知。他曾经对我吹嘘他第二次巡回朗读时——即将到来的1866年夏天与秋天——身体疼痛难忍，也无法入睡，所以他准许自己膜拜"鸦片酊睡神"。可是根据我进一步查证（我问的是多尔毕，不是狄更斯，因为我想要真相）的结果，我发现他臣服于睡神羽翼之下的方式，其实只是在很大一杯波特酒里掺入极微量的两滴鸦片酊。当时的我一口气至少都要喝几波特杯的纯鸦片酊，完全不需要葡萄酒送服。

狄更斯根本不了解鸦片酊的功效，更别提高纯度鸦片。

亲爱的读者，让我来为你描述一下拉萨里王鸦片的效力：

——那是一股从腹部和血管传来的暖流。有点儿像上等威士忌，但它与威士忌不同之处在于，它不会停止扩散或增强。

——它是一种仙丹，可以把原本娇小、天真无邪、通常很讨人喜欢，却总是不被看重的威尔基·柯林斯这个有着荒谬巨额、模糊视力、滑稽大胡子的家伙，这个"总会逗人发笑"、始终是美国人所谓"两肋插刀"好友的人，转变成他内心深处自我认定的那个自信满满的巨人。

——它是一种变身触媒，可以消除从幼年起就纠缠我、让我积弱不振的那种摧折心志的焦虑与深刻的自我认知。它更让你对人们、自己本身以及人际关系产生洞见，用一种想必是神灵目光的璀璨金黄光线，照亮最世俗最平凡的物体或情境。

这些词语恐怕还不足以说明，但我不敢放胆将那个中国老头子的鸦片的独到处与妙效描述得太过淋漓尽致。（有太多人可能会跃跃欲试，比如那些对于这种药物人尽皆知的负面作用欠缺我这种与生俱来的抵抗力的人，他们不知道在伦敦或其任何地方都不可能找得到拉萨里王那种等级的鸦片。）总而言之，那里的鸦片确实值拉萨里王几个小时后向我索取的价格。（之后我被那个名叫可汗的暗影扶下床铺，一路送到那道陡峭阶梯底下，忠心耿耿的黑彻利就在上面等我。）它也值未来那些年月里我支付的那几千又几千英镑。

谢天谢地，《康希尔》杂志的乔治·史密斯给了我大笔《阿玛达尔》的预付款。当然，这笔横财不是全花在鸦片上，我记得其中三百英镑拿来买酒，另外一千五百英镑投资基金，当然，还买了些礼物送卡罗琳和凯莉，寄了些给马莎。不过，史密斯给我的那五千英镑有一大部分确实落入了地底下那个蓄留黄色长指甲的中国人手中。

不管我回来得多晚（有时到下午），身材魁梧、相貌粗陋、戴着圆顶帽的黑彻利永远都在遥远上方的地窖里等我。每次他都会收回他的超大手枪（尽管我觉得拉萨里烟馆比其他任何地方都安全，但我在那里时还是习惯把手枪摆在床边）。黑彻利会扶我一路走出地窖、坟场和贫民窟，回到那些没有见识过拉萨里优质鸦片、忧伤哀怨、浑浑噩噩、视而不见的凡人之间。


我几乎跟我那个牢骚满腹的卡罗琳一样渴望搬进格洛斯特街那栋房子。我们目前在梅坎比街9号的房子尽管也够舒适，但如今卡罗琳成天吵闹，凯莉也慢慢长大，房子似乎变小了。

不过，主要还是因为那些不速之客让房子变得很拥挤。

楼梯间没点灯时，那个绿皮肤黄獠牙的女人就会伺机出没。但最让我胆战心惊的是另一个威尔基。

另一个威尔基从来不说话，他只会冷眼旁观、耐心等候。我看见他的时候无论穿什么样的衣服，他总是衣领、衬衫、背心、领带一应俱全。我知道即使我突然刮掉我满脸的大胡子，他也还会留着胡子（如今我的胡子几乎已经变成我的一部分，平时对着镜子时，除非修剪它，否则我很少注意到它的存在）。如果我摘掉眼镜，他会继续戴眼镜。他从来不会离开我的书房，而且只有晚上才出现，可是我碰到他的那些夜晚里，他的行为却愈来愈乖张。

每次我意识到书房里还有别人时，一抬头总会看见另一个威尔基静静坐在远处角落里那张黄色椅垫、网状靠背的椅子上。有时那张椅子会背面朝外（我敢说一定是他挪的），他张开双腿反向跨坐，双手搁在椅背上，低垂着头，眼神专注，灯光从他小小的眼镜片反射出来。我会低头继续工作，等我再次抬头察看，他已经悄悄往前移动，坐在我书桌附近供客人使用的弧形靠背木椅上。他那双小眼睛会全神贯注，在我看来有点儿饥渴，盯着我正在创作的手稿。他从来不眨眼睛。

最后，我会猛一惊地抬起头，看见或感觉到他站或坐得离我非常近，我们的手臂几乎互相碰触。那时我会无比惊吓或恐惧。如果他突然扑过来抢我的笔，情况就更糟糕。我百分之百肯定，他想要继续完成我的文稿，我先前也描述过这种争夺笔、墨水瓶和手稿的过程有多么暴力、结果多么惨烈。到后来我干脆放弃夜间工作，只选在他不会出现的白天里创作。

到了1866年秋天，即使白天里我都能听见另一个威尔基的呼吸和拖着脚步走路的声音从我紧闭的书房门外传来。那时我会蹑手蹑脚走到门后，希望门外是家里的仆人，或卡罗琳跟凯莉在恶作剧。等我霍地拉开门，走廊上通常连个人影都没有。但我总能听见跟我相同尺码的鞋子嗒嗒嗒走下阴暗的仆人用梯，也就是绿皮肤女人所在的地方。

当时我就知道，另一个威尔基白天跟我一起出现在书房只是迟早的事。于是我开始带着笔记本和书写用具到雅典娜神庙俱乐部，在那里的窗子旁找张舒适的皮椅和桌子，平静地写作。

问题在于，我根本没东西写。打从十年前狄更斯聘请我（大约在我跟他结识的五年后）加入《家常话》写作团队至今这么多年来，我的创作点子第一次没办法凝聚出故事情节。我跟狄更斯闲聊那本我打算命名为"蛇眼"的灵异探险小说之后，写下了一些点子。只是，事后我除了在俱乐部图书室查阅1855年出版的第八版《大英百科全书》，抄下一些印度珠宝的相关条目，别无进展。我又回头去探索早先那个前警探转行当私家侦探，也就是以卡夫探长面貌呈现的菲尔德探长。但我情有可原地想尽量避免跟菲尔德碰头，加上打从心底嫌恶侦探那种狡猾的侵略性调查，所以那条线发展也不顺利。

我其实根本没有心情写作。相较之下，我更喜欢星期四夜晚，可以在黑彻利探员陪同下前往圣阴森恐怖教堂，享受接下来那好几个小时的狂喜与突飞猛进的洞察力。最令人挫败的是，这种神灵般的洞察力无法诉诸笔墨，就算是全世界最顶尖的文字工作者都办不到。处于周四夜晚到周五早晨的才情焕发中的我十分确定，即使莎士比亚或济慈突然转世来到伦敦的鸦片烟馆，也无能为力。更别提狄更斯这个胆小男人兼想象力贫乏的作家。每星期我都能从拉萨里王的深色眼眸中看出他完全能了解我日渐增长的神性和愈来愈强烈的挫折感，只因文字这种死东西只能像墨渍斑斑的甲虫，被羽毛笔推着往前移动，根本不足以表达我的全新见地。如今我明白了，这种拙劣的书写文字，充其量只是描绘盘古开天以来那些寂寞人猿发出的哀愁声响的简略符号。

1866年那个晚秋，回旋在我身边的其他事物太过荒谬，根本毫无意义：祖德与非祖德这没完没了的鬼话；菲尔德、狄更斯和我之间这走不完的争权棋局；我生命中的女人们的诱惑与欢爱；我没办法在我下一本书的纸页中找到入口；我跟狄更斯之间没有说出口、胜负未定的竞争……

这一切转眼就要改变了，因为11月下旬某个星期五，我在拉萨里王的墓室里度过甜美的长夜，带着满身鸦片烟味回到家时，发现狄更斯跟卡罗琳正坐在我家客厅。卡罗琳闭着眼睛，头往后仰，脸上露出极为罕见的痴迷表情。狄更斯双手在她脑袋上方与四周挥舞着催眠手势，偶尔停下来碰触她的太阳穴或对她低语。

我还没出声，他们已经转过头来。卡罗琳张开双眼，狄更斯一跃而起，大叫道："亲爱的威尔基！我专程来找你，我们要马上出发到火车站去。我带你到罗切斯特观赏奇景，顺便见见某个人。"

# 第十八章

"我一定得杀个人。"狄更斯说。

我点点头，没有搭腔。这班往罗切斯特的火车刚经过盖德山庄。

"我很确定我需要杀个人，"狄更斯说，"这就是我的朗读会缺少的题材。其他各种情感反应都包括在我为接下来的巡演拟好的那一大张段落清单里了。只缺了……谋杀。"他上身重心按在手杖上，转头看我，"亲爱的威尔基，你觉得呢？把《雾都孤儿》里比尔·塞克斯杀死南希那一幕改编得更惊悚如何？"

"有何不可？"我答。

"说得对，"狄更斯边笑边拍他的外套，"反正只是一条人命。"

他唠叨个没停，主要是因为他搭这班车的过程中喝了三次白兰地。每回车厢摇晃或震动，他不是死命抓住前座椅背，就是伸手到口袋里拿随身酒瓶。

我问狄更斯为什么帮卡罗琳催眠，他笑着告诉我卡罗琳心情不好，说她告诉他我的风湿性痛风愈来愈剧烈，夜里愈来愈难入睡，而且据她观察我愈来愈依赖鸦片酊。狄更斯告诉她磁流作用可以让我陷入沉睡，而且没有鸦片酊的副作用。我进门时他正在教她催眠技法。

"她是个一点就通的学生。"他说。火车轰隆隆地驶向罗切斯特，窗外正是我跟狄更斯散步过许多次的那片湿地。"今晚你一定得让她帮你催眠，我保证你不需要鸦片制剂就能入睡，而且隔天起床不会倦怠。"

我不置可否地应了一声。事实上，摇摇晃晃的火车车厢和车轮在铁轨上滚动的单调节奏已经让我昏昏欲睡。我在拉萨里王的烟馆度过漫长的一夜，其间并没有真正睡着。庆幸的是，这个11月虽然天气异常舒爽，却刮着阵阵强风，在我们快步走向车站的路上吹走了我身上那些泄露我秘密的鸦片味。

"你说我们要在罗切斯特跟人碰面？"我问。

"正是。"狄更斯双手紧握手杖柄，"是两位女士。其中一位是我的老朋友，另一位女士可以陪你说说话。我们要在一个绝佳地点吃午餐，据我所知那里提供一流服务。"

结果，那个提供一流服务的绝佳地点是罗切斯特大教堂那一大堆古老灰色石材后侧的墓园。那两位女士是狄更斯不算隐秘的情人爱伦和她母亲。合理推论特南太太是我这次出游的"女伴"。

在那个11月昏暗的午后阳光中，我站在无数墓碑之间跟两位女士寒暄时，心里真的怀疑狄更斯是不是疯了。

不，狄更斯的行为背后永远隐藏着更复杂的动机。特南太太说她们来罗切斯特探望爱伦的叔叔，只能短暂停留。我们四个人缓步走进墓园时，我想到这次聚会完全符合狄更斯看待外界那种饱受折磨、疯狂扭曲、自我开脱的心态。他几乎对全世界的人隐瞒他跟爱伦之间的关系。我弟弟查理曾经告诉我，某个星期天玛丽在伦敦街头撞见她父亲跟爱伦走在一起，之后狄更斯才对他女儿和乔吉娜透露了一点儿真相。菲尔德探长也告诉过我，爱伦曾经数度造访盖德山庄。不过，显然狄更斯一点儿都不担心我会泄露他的私情。我又能对谁说？狄更斯不但从过去的经验得知我会保守秘密，也知道基于自己的家务事（马莎已经返回伦敦，所以过去这星期以来变得更为复杂），我几乎是伦敦社交圈的弃儿，根本没资格公开唾弃狄更斯的私生活，不管是通过文字还是耳语。

特南太太或许知道我跟卡罗琳的关系，因为野餐过程中她显得有点儿冷淡。据我所知她们母女目前住在斯劳镇由狄更斯付费承租的房子里，两个人都在家里开班教授演说术。我跟她们初相识是在《冰冻深渊》演出期间和演出后那段时间。这回再次见面，特南太太似乎更装腔作势地假清高，她故作高尚的模样像极了一艘爬满藤壶的老旧帆船。

我们漫步穿过墓园，直到狄更斯找到一块属意的墓碑。这块长方形大理石板两端各有更低矮的平板石块。狄更斯走到附近一堵石墙后方，消失不见。那堵墙高约一点五米，我们的马车就停在墙后面，车厢里坐着穿制服的侍者。狄更斯去跟车夫谈话时，我们只能看见他的头，再看着他们一起走到马车后面的行李厢。之后狄更斯带着四块坐垫回来，铺在长石板两端的平面墓碑上，然后招呼我们就座。

我们依序坐下来。铺着软垫坐在这种古怪——更别提阴森——的地方，爱伦母女明显有点儿慌乱。我们西边有棵树，那墨色描画般的枯枝阴影投在我们身上和我们特选的墓碑上。狄更斯又匆匆走出墓园大门，去到石墙后面跟他的仆人商谈。我们三个人找不到话说。

片刻后狄更斯带着一块方格图案的桌布回来，铺在长形墓碑上，墓碑顿时变成荒腔走板的家用餐桌。他另一只手臂上挂着一块白色餐巾，摆出自古以来所有自命不凡侍者都有的神态。几秒后他又不见了，而且几乎独力把好几只餐盘放在墙头上。我不得不说这一幕非常熟悉，感觉很像坐在巴黎餐馆的人行道座位上。狄更斯忙碌的身影又出现了，餐巾还挂在手臂上，俨然一个一流领班，逐一为我们大家服务，当然是女士优先。

墙头上摆着一只大食篮，狄更斯神奇地从中变出煎比目鱼与牙鳕佐虾酱、脆饼与馅儿饼，还有一对烤得香嫩的禽鸟。原本我以为是乳鸽，后来才发现是美味的小雏鸡。狄更斯花哨地在上面淋了酱汁。另外还有分量十足的烤羊臀佐炖洋葱和焦香马铃薯，最后再来一道布丁。佐餐的是一瓶冰镇白酒。狄更斯及时变身侍酒师，拔出软木塞，忙乱地为大家各斟一杯，然后嘟起嘴唇眨巴着眼睛等我们给他评价。此外，冰桶里还躺着一大瓶香槟。

狄更斯扮演侍者和酒侍，玩得乐不可支，几乎没时间吃东西。等他端出布丁和香浓淋酱（女士们婉谢淋酱，我则是毫不犹豫要了些），11月的午后暖阳已经慢慢添了黄昏的凉意，他却是忙得一张脸红通通兼汗涔涔。

亲爱的读者，即使是最温和的人，一生中偶尔也会意外得到某种工具——事实上是武器——有时候甚至是被人硬塞到手里。有了那件武器，他可以用一个简单的句子击垮一栋雄伟建筑。这就是我在罗切斯特墓园这场诡异野餐面临的处境，因为我已经发现这天的菜肴大多出自十五年前相当热门的一本食谱。那本书叫"今晚吃点什么"，根据出版商所说，里面的食谱是由一位笔名玛莉亚·克劳特的女士集结成册。

我眼前的特南太太和特南小姐愉悦地享用着白酒和香槟，如果她们知道这场愉快（虽然有点儿阴森）的墓园野餐的菜单都是狄更斯那个下堂妻凯瑟琳的杰作，恐怕会笑不出来。尽管凯瑟琳彻底被抛弃了（我弟弟查理告诉我，一个月前凯瑟琳为了他们儿子普洛恩的问题写信求狄更斯，她要求跟狄更斯面对面谈一谈，狄更斯连回信都不肯，只叫乔吉娜代他回了一封冷漠的短笺），但显然她的分身克劳特女士（1851年凯瑟琳收集出版那本食谱时体态还不算臃肿）在盖德山庄仍然很受欢迎，至少她的食谱是如此。

用餐与闲聊过程中，爱伦始终无视我的存在，但我还是冷眼观察她。我上一次见到她已经是八年前的事了，这些年来她的美貌并没有随着年岁增长。当年那个十八岁的天真少女还算有些青春魅力，如今勉强只称得上健美。她有着一双哀伤深情的大眼睛（这点对我毫无吸引力，因为哀伤眼神通常代表想象力丰富、性格忧郁不解风情）、下斜眉毛、细长鼻子、薄唇阔嘴。我喜欢的年轻女性恰恰相反：小鼻子、丰满双唇，嘴角最好往上形成勾人的微笑。爱伦的下巴线条很强烈，年轻时这个下巴给人一种充满活力朝气的印象，如今却只剩下二十多岁仍然待字闺中那份高傲的倔强。她的头发很迷人，不会过长，精心雕塑的波浪从净白的额头往下流淌，可惜这种发型露出一对在我看来过大的耳朵。她的耳环像三盏牛眼提灯似的往下坠，是她过去从事的演员行业残留的俗丽。她的谈吐字正腔圆却空洞乏味、她的矫揉造作暴露出腹笥甚窄，她甜美的发音和在舞台上磨炼出来的精准节奏掩饰不了内在的无知。光凭这点，这个青春已逝的纯真少女就不够格当英格兰最受推崇的作家的另一半。我在她身上也找不到一丝一毫足以弥补这些外显缺失的潜在热情天性……在这方面，我的威尔基触须可谓高度灵敏，可以在最正派、最端庄的女士身上找到这种微妙且私密的情色讯号。

爱伦·特南根本令人生厌。她就是那种乏味透顶的人，假以时日就会变成无趣的老女人。

午后的阴影斜斜落在我们身上，墓碑座椅的寒气也慢慢穿透椅垫爬上我们后臀。狄更斯侍者演腻了，狼吞虎咽地解决掉他的布丁和最后一口香槟，召唤他的侍者来收拾残局。餐盘、杯子、餐具、碟子以及桌布、餐巾和椅垫全都效率十足地收进食篮，送到马车后面。只剩下少许渣屑为我们的墓园飨宴做见证。

我们陪爱伦母女走到马车。

"谢谢您安排这么美好——虽然有点儿特别——的午后时光。"说着，爱伦戴手套的手拉了一下狄更斯冰冷的手，"柯林斯先生，很高兴再见到您。"她用冷淡的口气说，又草草点了一下头，充分显示她的言不由衷。特南太太粗着嗓子表达了类似意思，神态却更加冷漠。之后仆人重新爬上驾驶座，挥动马鞭，马车嗒嗒嗒地驶向罗切斯特，想必朝向等着她们的爱伦叔父而去。

从狄更斯色眯眯的眼神我看得出来，晚上他还会跟爱伦见面，最有可能是在斯劳镇他或她的房子单独相处。

"亲爱的威尔基，"狄更斯显得心满意足，边说边戴上手套，"你觉得我们的午餐如何？"

"我觉得很愉快，极端病态地愉快。"我答。

"只是序曲，"狄更斯笑着说，"只是序曲。为我们今天……应该说今晚……的严肃主题做好心理准备。啊，来了！"

有个人手拿软帽在渐趋昏暗的暮色中朝我们走来，他衣衫褴褛、身材矮小、浑身肮脏外加酒气熏天。他全身上下裹着几层灰色法兰绒衣物，上面仿佛撒了大量的碎石片和石灰浆。他把一个用肮脏帆布包裹的沉重包袱扔在脚边。我嗅得到他浑身上下蹿出的朗姆酒味，那种味道发自他的毛细孔、他的衣服，甚或他的骨头。我在嗅闻他的同时，他好像也在嗅闻我。或许他可以从自己满身酒气之外闻到我身上的鸦片味。我们像巷弄里的两条狗，站在那里盯着、嗅着对方。

"威尔基，"狄更斯说，"我来跟你介绍德多石先生，大家都喊他德多石。我在罗切斯特曾经听说过他名字叫花岗岩，我猜那是绰号。德多石是个石匠，主要是打造墓碑、墓穴和纪念碑之类的。他也受雇于大教堂做些基本的修缮工作，所以他持有大教堂塔楼、地窖、侧门和其他明显却被人遗忘的入口的钥匙。德多石先生，很荣幸为你介绍威尔基·柯林斯先生。"

这个粗糙法兰绒衣裳上有着残缺牛角纽扣、蓄着胡子的佝偻身影闷哼了一声，像是在打招呼。我欠身鞠躬，给他一个礼数更周到的回应。

"德多石。"我开朗地说道，"多么特别的姓氏！你当真姓德多石？或者基于某种原因伴随你的职业而来？"

"德多石就是德多石的姓名，"那矮个子咆哮道，"德多石也很纳闷儿，柯林斯真是你的姓，或者是基于某种原因捏造出来的？而且德多石没听过哪个基督徒叫威尔基的。"

我听得猛眨眼，挺直上身，这人话中带刺，我雄赳赳气昂昂的男子气概受到刺激，不自觉地握紧手杖。"我的名字来自知名的苏格兰画家大卫·威尔基。"我口气很僵硬。

"随你怎么说，大爷。"德多石咕哝着说，"只不过我还没听说过哪个苏格兰人能画得好马厩，教堂或房子就更不用说了。"

"威尔基的名字其实是威廉。"狄更斯说。他笑得倒挺开心。

"威廉·柯林斯。"德多石嘟囔着，"德多石小时候也认识一个威廉·柯林斯，是个讨人厌的爱尔兰小子，比一头羊更没大脑没常识。"

我把手杖抓得更紧，望着狄更斯，用眼神清楚明白告诉他：我非得要留在这里忍受这个乡巴佬酒鬼吗？

依然笑得合不拢嘴的狄更斯还来不及回答，突然有颗石子从我们之间飞过，几乎打中狄更斯的肩膀和我的耳朵，最后从德多石脏污右手抓着的那顶土黄色帽子上弹开来。第二颗小石子咻地飞过我左肩，不偏不倚打在德多石胸口。

德多石又咕哝一声，好像既不惊讶，也没受伤。

狄更斯跟我回过头，正巧看见一个小男孩，顶多七八岁，一头乱发、一身破衣裳、穿着没绑鞋带的靴子，躲在墓园与马路之间那道墙附近一块墓碑后面。

"时间还没到！时间还没到！"德多石说。

"骗子！"那个男孩大吼，又对德多石扔了另一块石子。我跟狄更斯连忙退开，免遭池鱼之殃。

"你这该死的臭小鬼！"德多石骂道，"德多石说时间还没到，时间就还没到。今天不喝茶！你自己滚到茅草屋与两便士去。别再扔石头了，不然今天别想拿德多石半毛钱！"

"骗子!"那小恶魔大声叫,又投了一颗石子,这回大了些。石块落在德多石膝盖上方,泥土、碎石、一团团陈年灰泥和石灰从他的长裤上飞散开来。小男孩尖叫道:"咿哟哎喂呀!我逮到他喝茶时间不回家!"

德多石叹口气说道:"德多石有时候花一分钱要那男孩拿石头扔他,免得他忘了回家喝下午茶或超过十点还没回家。我喝茶的时间到了,我忘了解除那个提醒装置。"

狄更斯听得哈哈大笑,开心得连连拍击大腿。又一颗小石子飞过来,差点儿打中德多石脸颊。

"别扔了!"德多石对那个在墓碑之间窜来窜去的小小暗影喊道,"否则接下来至少半个月你半毛钱都拿不到!德多石跟这两位绅士有事要办,他们不喜欢被人扔石头。"

"骗子!"男孩的吼叫声从灌木丛后方的古老墓碑之间的暗处传来。

"他不会再来吵我们了。"德多石说。他瞟了我一眼,而后用比较友善的眼神斜睨狄更斯一眼,"狄先生,今天你要德多石带你看些什么?"

"我跟柯林斯先生想看看底下你工作的地方有什么新玩意儿。"狄更斯说。

德多石对我们吐一大口朗姆酒气。"你的意思应该是老玩意儿。"他大声说,"地窖里没什么新鲜事。至少最近这些日子以来没有。"

"那我们看点旧玩意儿也行,"狄更斯说,"请带路。我跟柯林斯先生很乐意提供我们不算宽阔的背部,充当你跟你那位魔臂敌人之间的盾牌。"

"没这必要。"德多石含糊地说，"除了酒，石头是德多石的工作、生命和唯一的爱，几颗小石头他不会在乎的。"

就这样，德多石大步走在前面，我跟狄更斯肩并肩糊里糊涂跟在他后面，往大教堂走去，此时大教堂的阴影已经完全笼罩墓园。

墓园边缘有个高出地面的大坑，里面冒着烟气。德多石把他沉重的包袱捧在胸前，默不作声地走过去。狄更斯停下脚步，说道："这是石灰，是吗？"

"嗯。"德多石答。

"就是你们所谓的生石灰？"我问。

德多石回头瞅了我一眼："是啊，可以把你的西装、纽扣和靴子活生生给吞了，谁也救不了。威廉·威尔基·柯林斯先生。只要稍稍搅拌一下，还可以生吞掉你的眼镜、怀表、牙齿和骨头。"

狄更斯指着那个冒气的坑，露出难以捉摸的笑容。我摘下眼镜，揉揉流着泪液的眼睛，再跟上去。

原本我以为我们要爬上塔楼。狄更斯经常带朋友到罗切斯特来，这里离盖德山庄只有短短车程。几乎每次他都会安排让大家登上塔楼，观赏周遭旧城区灰扑扑的建筑物和暗影幢幢的街道，或眺望更远处的海洋，以及另一边的树林和蜿蜒向盖德山庄而去的马路和地平线。

今天不是。

德多石身上的法兰绒长裤、外套和背心每个超大口袋里似乎都藏着钥匙，他哐哐当当地翻出钥匙后，打开一道厚重的侧门，我们尾随他走进通往地窖的狭窄阶梯。

亲爱的读者，我可以告诉你，我实在非常害怕地窖。如果你也一样，我完全可以理解。前一天晚上我在一个充满鸦片烟味、跟地窖相去不远的地方过了一夜，而过去一年甚至更久以来，我跟着狄更斯到过太多这种潮湿的地方。

德多石没有带提灯，我们也不需要：午后的微光从上方老早没了玻璃的拱顶窗射下一道道幽暗光束。我们走在硕大的柱子之间，这些柱子像石造树根或树干，往上伸展到大教堂主体。柱子的阴影处几乎伸手不见五指，我们始终走在昏暗光线照明的窄小通道上。

德多石把他那个大包袱放在一处石壁架上，解开上面的系绳，伸手进去掏摸。我以为他会拿出一瓶酒，因为我听见液体晃动声，不过他拿出了一把小锤子。

"威尔基，仔细看！"狄更斯悄声说，"仔细听！学起来。"

我觉得这一天下来我学得够多了。不过，等德多石重新绑好包袱，走向更粗的石柱和更漆黑的暗影之间一条更窄小的通道时，我跟了上去。他突然开始敲内侧墙壁。

"听见了吗？"他边敲边问。我觉得简直荒谬，因为那声音几乎在整个地窖回响弹跳。"我敲，这里实心。"他低声说。"我继续敲……还是实心。再敲，还是实心。再敲……有了！空心！我们往前拐过这个弯，小心脚步，这里有几级阶梯。我们继续往前走，继续敲。德多石的耳朵一直能听到你们和其他人听不到也没办法听到的声音……啊哈！空心里还有实心！而且实心里还有空心！"

我们都停下脚步。拐弯过来以后四周变暗，这里应该有更多阶梯通往更深处的地窖。

"实心里还有空心？"我问，"这话什么意思？"

"当然是那里面有个老东西躺在那里烂掉，威廉·威尔基·柯林斯先生！"德多石吼道，"有个老东西躺在石棺里，石棺藏在墓穴里！"

我意识到狄更斯注视着我，仿佛这个叫德多石的家伙刚刚那番推论是多么了不起的成就似的，但我保留不大惊小怪的权利。这又不是那种我很感兴趣的法国奇观，也就是所谓的"天眼通"。我是说，这里毕竟是个教堂地下室，墙壁里面有骨骸再正常不过，不需要拿着锤子玩耍、醉醺醺的粗鲁石匠来告诉我们。德多石带着我们更深入地下室。现在我们需要提灯了，手边却没有。我用手杖敲着脚底下凸凹不平的石阶。这道石阶紧贴一个构筑地下室并支撑大教堂的桁架盘旋而下。我出门前换了适合这个格外晴朗暖和午后的衣裳，此时这地底的寒气冻得我直发抖，我好想回家烤烤火。

"对了，"德多石仿佛听见了我的心声，"这里的寒气比外面的冷天更糟，因为湿气的关系，渐渐增加的湿气，是在我们两边和底下、待会儿就会在我们上面那些老东西的冰冷气息。那些死尸的气息直蹿到上面的大教堂，熏染了上面的石材，漂亮的壁画褪色了，木头腐朽了，唱诗班的人个个冻得直打哆嗦。德多石听得见那一股股湿气从那些古老棺木的裂缝和破洞渗出来的声音，清楚得就像德多石听见那些死东西回应他的咚咚声。"

我正打算反唇相讥，可惜还没来得及开口，他的锤子已经又传来惊悚的咚、咚、咚。这回我想象自己也能听见那些复杂的回声。在这迂回曲折的地下室里，德多石的说话声显得特别响亮。

"往里面大约两米的地方有两个，两个都是老东西了，都是弓着背。我猜他们稀里糊涂撞在一起的时候应该刚好勾在一起。在那种只有蜡烛的年代，八成都是这么回事。他们被葬在很久以前在这里的地下礼拜堂，差不多就在打仗死了很多人，大家举杯祝贺帅气王子查理[1]的年代。"

德多石继续往下走了十多级，我跟狄更斯停在原地。上升的湿气拂过我的脚踝和颈子，冻得我寒毛直竖。

咚、咚、咚……咚、咚……咚、咚、咚、咚。

"有了！"德多石大叫，四周回荡着恐怖的回音，"听见没？"

"德多石先生，听见什么？"

我们听见刮擦声和滑行声。

"是我的卷尺，"德多石说，"德多石在黑暗中丈量。在黑暗中丈量就是德多石正在做的事。这里的墙比较厚……六十厘米的石块，再过去有一百二十厘米的空间。德多石听见一些碎石和垃圾的回音，是埋这个老东西那个人粗心大意留在石棺和石墙之间的。再往里面一百八十厘米有个老东西等在那些掉下来和没清理掉的东西之间，躺在那里等着，石棺没有盖子。如果我用大一点儿的锤子和十字镐破墙进去，这具老东西，不管是不是戴着主教帽子驼着背，肯定会坐起来睁开眼说：'哎呀，德多石老兄，我等你很久了！'之后他就会化成粉末。"

---

1　Bonnie Prince Charlie：指查尔斯·爱德华·司图亚特（1720—1788），英格兰国王詹姆斯二世之孙，企图起事争夺大不列颠王位失败，后世赋予浪漫英雄形象。

"我们离开这鬼地方吧。"我说。我压低了嗓门儿，可是在这黑暗的迂回通道和不停上升的湿气当中，我的声音显得异常洪亮。

走到这个11月天最后一抹夕阳光底下后，狄更斯给了那个无礼家伙几枚硬币道了谢，又跟他心照不宣地窃笑几声之后，将他打发走。德多石抓起包袱步履沉重地走开。他走不到六米，就传来一阵："咿哟哎喂呀！我逮到他五点没回家……咿哟哎喂哼！他不回家我就扔！"之后大批小石子像冰雹似的落在那个灰色法兰绒身影的周遭或身上。

"真是个活宝！"狄更斯叫道，此时德多石和那个疯小孩已经走出我们的视线，"多棒的人物啊！亲爱的威尔基，你知道吗，我第一次遇见德多石先生的时候，他正忙着在一块即将派上用场的墓碑上敲呀敲地刻着碑文。我记得死者是个做马芬蛋糕的糕饼师傅。我跟他自我介绍，他马上说：'狄更斯先生，在我的世界里我跟你很类似。'然后他挥手指向四周的坟墓、墓碑和他身边那些墓碑半成品，补了一句：'我是说我跟畅销书作者一样，被我的作品和文字围绕。'"

狄更斯又笑了。但我保持不感兴趣、不为所动的表情。已经点起灯的大教堂此时传出唱诗班合唱："羊群牧人望你说出，望你说出……"

"威尔基。"狄更斯说。虽然时间很晚了，气温也愈来愈低，他看起来心情还很愉快。阵阵冷风袭来，把枯干的叶片吹送过短短几小时前我们用餐的那块平坦墓碑。"我知道那个唱诗班指挥的名字。"

"是吗？"我的口气充分显示我一点儿都不感兴趣。

"没错。我记得他的姓贾士柏。好像是雅各布·贾士柏。不对，是约翰·贾士柏。没错。跟他感情最好的侄子喊他杰克。"

这样说一堆莫名其妙的话实在不像狄更斯的个性，至少他平时不会聊这么庸俗的话题。"不会吧？"我应了一声，口气就像对拿无聊话题打扰我读报的卡罗琳一样。

"就是这样，"狄更斯说，"亲爱的威尔基，你知道贾士柏先生的秘密吗？"

"我怎么会知道？"我有点儿不耐烦，"我一秒前才知道有这个人存在。"

"也对。"说着，狄更斯双掌互搓，"贾士柏先生的秘密是：他是个鸦片烟鬼。"

我脸上的皮肤一阵刺痛，我发现自己挺直了身上，而且暂停呼吸大约半分钟。

"最糟糕的那种，"狄更斯接着说，"有教养的白种人用来当药剂的鸦片酊或鸦片制剂已经不敷贾士柏先生的需求。贾士柏先生深入伦敦最脏乱的区域，找到那些最低劣地区里最险恶的贫民窟，寻求最下等，对他而言却是最上等的鸦片馆。"

"是吗？"我好不容易回应一句。我意识到渐浓的湿气悄悄沿着我的骨骼蹿上我的大脑和舌头。

"我们这位唱诗班指挥贾士柏先生也是个杀人犯。"狄更斯说，"一个冷酷无情、阴险狡诈的杀人犯。即使在鸦片幻梦里，都想着要杀害某个爱他又信任他的人。"

"狄更斯，"我终于说话了，"你到底在胡扯什么？"

他拍拍我的背，我们一起横越墓园，朝刚回来的马车走去。

"当然是在编小说呀。"他笑着说，"一个酝酿中的点子隐约模糊影影绰绰的轮廓，一个人物，一个故事的发端。亲爱的威尔基，故事不都是这么来的？"

我努力咽下一口气："当然，亲爱的狄更斯，所以这就是今天下午和晚上的目的？为你的新书做准备？打算要在《一年四季》发表的吗？"

"不是为了我的书呀！"狄更斯叫道，"亲爱的威尔基，是为了你的书！为了你的《蛇牙》！"

"是《灵蛇之眼》，"我纠正他，"或者《蛇眼》。"

狄更斯毫不在意地挥挥手。天色愈来愈暗，我几乎看不清楚他的表情。马车上的灯已经点亮了。

"无所谓，"他说，"重点是故事本身。你那个卡夫探长妙极了。只是，即使最优秀的警探，如果要有所作为，要吸引读者，就需要有个谜团供他破解。那才是我希望从今天的午餐和跟德多石的探险中得到的成果。"

"谜团？"我愚蠢地复诵，"今天有什么谜团？"

狄更斯摊开双臂和双掌，指向漆黑的大教堂、更漆黑的墓园和里面的无数坟堆与墓碑。"亲爱的威尔基，你想象一下，有这么一个坏蛋，生性邪恶又精明，他为了拥有杀人经验而杀害某个人。不是像你我非常感兴趣的罗德杀人案[1]那样杀害家庭成员。不是那样，这回是杀害陌生人，或者几乎不认识的人。一桩完全没有杀人动机的凶杀案。"

---

1　Road Case：1860年6月底，住在英国威尔特郡罗德镇罗德山庄一名四岁小男孩遭残忍杀害，警方逮捕了男孩的保姆，后来无罪开释。五年后男孩的同父异母姐姐坦承犯案。

"怎么会有人做出那种事？"我问。狄更斯说的话一点儿道理都没有。

"我刚刚说了，"他语气似乎带点恼怒，"只是为了获得杀人经验。想想看，这对身为作家的你，或我，是多么好的点子呀。对所有撰写虚构文章的作家都是，更别提像你这样以奇情小说闻名的作家。"

"所以你是在为将来在巡回朗读会上读谋杀案做准备吗？"我问。

"天哪，不是！我已经有可怜的南希等着要被终极恶徒比尔·塞克斯杀死。那是以后的事，不是现在。我已经针对杀人手法和血腥现场的描述做了一些修改。我现在谈的是你的小说。"

"可是我的小说主题是一颗为家族带来厄运的钻石……"

"哦，别管什么钻石了！"狄更斯叫道，"那只是初期的草案。所有专程去万国博览会观赏'光之山'的人都很失望，因为它是病恹恹的尿黄色，不是英国人心目中真正的钻石。威尔基，丢开你那颗没用的宝石，改采这条新线索！"

"什么线索？"

狄更斯叹了口气。他用戴手套的手扳着手指数了起来："元素一：有个人只为了得到杀人经验谋杀某个几乎不认识的人。元素二：天衣无缝的毁尸灭迹方法。保证让你的卡夫探长查到地老天荒！"

"你到底在说什么？"我说，"今天这场诡异的午餐和之后跟着酒鬼德多石那趟更诡异的探险，根本没看到什么妥当的抛尸方法呀。"

"当然有呀！"狄更斯提高音量，"首先是那个生石灰坑，你应该还没忘记那个坑吧！"

"我的眼睛鼻子还没忘。"

"也不该忘。我可以想象你的读者发现你的杀人犯——你那个跟《奥赛罗》里的伊阿古一样，仅凭一股没有动机的恶意就随机杀人的凶手——把某个可怜小子的尸体丢进生石灰坑里溶掉，会有多么毛骨悚然。整个尸体都溶化了，只剩最后几根骨头和珍珠纽扣，也许还有怀表，或头骨。"

"那也还剩下最后几根骨头。还有怀表和头骨。"我绷着脸说，"何况那个坑就在那里，卡夫探长或警探很难看不到。"

"绝不可能！"狄更斯说，"你没发现我为什么介绍德多石这么棒的角色给你？你的坏蛋需要征召德多石这样的人物，帮他把被害人可怜的残骸遗物埋葬在今晚我们见到或听到的那种墓穴或地窖里。当然，德多石知不知情，就由你根据小说家的专业能力去决定。那个被杀的男人，或女人，如果你想要更惊悚一点儿，仅剩的遗骸就得跟那些老东西葬在一起，直到你的卡夫探长循着一系列只有威尔基·柯林斯能提供的线索找到。"

我们站在原地，周遭一片静谧，只有马匹移动脚步和仆人坐在驾驶座上冻得发抖的声音打破寂静。最后我说："非常棒……非常有狄更斯风格……不过我比较喜欢我原来的点子，也就是一颗传说中的宝石，既是印度或某个异教社会的圣物，也为某些英国显赫家族带来厄运。"

狄更斯叹息道："好吧，既然你这么坚持，枉费我一番苦心。"接着我听到他压低声音说，"虽然宝石和印度人是我提供的点子，可是现在我觉得那些东西太单薄，撑不起一本小说。"

他又抬高音量问："要不要顺道送你去车站？"

狄更斯一反常态地没有邀请我到盖德山庄吃晚餐，这点进一步证实了我先前的猜测：今晚他要跟爱伦共进晚餐，晚上根本不想回盖德山庄。

"好啊，"我说，"卡罗琳在等我吃晚餐。"

狄更斯帮我拉开马车门时，悄声对我说话，可能不想让仆人听见："亲爱的威尔基，你跟美丽的女房东或可爱的管家吃晚餐之前，最好换套衣裳，甚至洗个热水澡。"

我踩上马车的脚停顿在空中，但我还来不及说出任何有关鸦片或别的东西的话，狄更斯又无辜地说："那些地窖会把湿气留在人身上……我们的朋友德多石今晚说得够清楚明白了。"

# 第十九章


"狄更斯要杀爱德蒙·狄更森。"

十八个月来我第二次从深沉的鸦片睡梦中坐起，喊出这句话。

"不对。"我在黑暗中说道。我还在半睡半醒之间，脑子里却充满我那个还没创造出来的卡夫探长那种坚定的判断力。"狄更斯已经杀了爱德蒙·狄更森。"

"威尔基，亲爱的，"卡罗琳也坐起来，抓住我的手臂，"怎么回事？你在说梦话。"

"别管我。"我昏沉沉地说。我甩掉她的手起身下床，披上晨袍走到窗子旁。

"威尔基，亲爱……"

"别出声！"我的心脏扑通扑通。我努力回忆梦中得到的启示。

我拿起五斗柜上的表，看看时间，接近凌晨三点。外面下着冻雨，地面一片光滑。我看看那盏街灯，视线在街灯对角那间废弃屋子的门廊上搜寻，看见蜷缩在那里的暗影。菲尔德探长的信差，是个眼睛异常的男孩，菲尔德叫他醋栗。他还在那里，距离我第一次见到他等在那里已经有一年了。

我走出卧室朝书房走去，却在楼梯间止步。另一个威尔基肯定在里面，想必坐在我的书桌前，眼睛眨也不眨地盯着书房门。我只好下楼走到客厅使用那张小写字桌，那里有卡罗琳和凯莉的文具。我戴好眼镜，提笔写道：

菲尔德探长：

　　我有充分理由相信查尔斯·狄更斯谋杀了某个在斯泰普尔赫斯特火车事故中逃过一劫的年轻人，那人叫爱德蒙·狄更森。早上十点请在滑铁卢桥跟我见面，我们需要讨论相关证据以及如何计诱狄更斯供认他的罪行。

你忠实的仆人
威廉·威尔基·柯林斯

我盯着这封信看了很久，点点头，折好放进晨袍的内侧口袋。我又打开皮包拿出几枚硬币，从大厅衣橱拿出外套，在拖鞋外面套上胶鞋，打开门走出去。

我才走到我这边的街灯，就有个影子从对面门廊屋檐底下暗处出来。不一会儿，那男孩已经越过马路到我面前。他没有穿外套，在雨水和低温下冻得全身发抖。

"你是醋栗？"我问。

"是的，先生。"

我的手碰到那封信，不知为何却没有拿出来。"你姓醋栗吗？"我问。

"不是，先生。菲尔德探长喊我醋栗。是因为我的眼睛，您也看见了。"

我是看见了。那孩子的眼睛很特别，不仅眼球异常凸出，两颗眼珠子更是转个不停，像圆底杯里的弹丸。我的手指紧抓住那封要给他主人的信，却仍旧犹豫不决。

"醋栗，你是扫街童？"

"以前是，现在不是了。"

"那你现在做什么？"

"我跟着伟大的菲尔德探长受训，将来要做个探员。"醋栗得意的神色里没有一点儿吹嘘。他边发抖边咳嗽，是那种来自肺部深处的咳嗽，小时候我和查理如果发出类似这种声音，我母亲就会惊慌失措。难得醋栗这个流浪儿还懂些礼仪，咳嗽时会掩住口鼻。

"孩子，你本名叫什么？"

"盖伊·塞西尔。"他冷得牙齿咔嗒响。

我放掉那封信，掏出五先令，放进盖伊·塞西尔匆匆举起的手掌。除了在伯明翰暗巷里被雷吉诺探员打倒的那些恶棍，我应该没有见过比此时的醋栗更惊讶的人。

"盖伊·塞西尔少爷，今天晚上或未来三天内我都不会要你送信。"我轻声说，"去吃顿热腾腾的早餐，找个有暖气的房间安顿下来。剩下的钱就拿去买件外套，或任何可以加在你这身衣服上面的英国毛料衣服。万一你冻死在这外面，对菲尔德探长或我就发挥不了作用了。"

那孩子醋栗般的眼睛转呀转地，好像从来都没停留在我脸上。

"去吧，快！"我严肃地说，"下星期二之前别让我看见你出现在这里！"

"是的，先生！"醋栗不可置信地答道。但他还是转身跑回对街，在门廊前放慢脚步，而后继续往前跑，去寻找温暖和食物。

我决定一肩扛起爱德蒙·狄更森谋杀案艰难的侦查工作。我灌下两杯半鸦片酊（如果要以滴计算的话，大约两百滴）提振精神，搭午间班车到查塔姆镇，再租一架运货马车快速送我到盖德山庄，考虑到马匹的年龄和车夫的冷漠，我想我只能用"极慢速"来形容。

随着我跟狄更斯这场重要面谈即将登场，我的新书《灵蛇之眼》（或《蛇眼》）里那个到目前为止尚欠具体的虚构探员卡夫探长慢慢成形。有别于狄更斯《荒凉山庄》里那个唐突、冷淡又粗鲁的贝克特探长（我认为从文学角度来看，那个角色怎么看都了无创意，因为完全是以年轻时的菲尔德探长这个真实人物为基础打造出来的）。我的卡夫探长高大瘦削、有点儿年纪、严肃正直、为人理性。他最重要的特质是理性，仿佛推理成瘾似的。我也想象我这个严肃正直、发色花白、脸形瘦削、酷爱推理、淡色眼眸、眼神犀利的卡夫探长已经接近退休年龄。他很期待退休后专心去养蜂。不，不是养蜂。养蜂太奇怪、太特立独行，对我而言也太难搜集资料。或者，种玫瑰好了，就是这个……种玫瑰。有关玫瑰的栽植和照顾我还懂一点儿。卡夫探长对玫瑰无所不知。

大多数探员调查命案都从案子本身着手，花大把时间追查一些不着边际的线索，卡夫探长和我却要反其道而行，从凶嫌着手，之后再去找尸体。

"亲爱的威尔基，真是意外惊喜！连续两天见到你太开心了！"狄更斯叫道。我走近盖德山庄时他正好走出来，边走边戴毛帽抵御寒风。"你会留下来度周末吧？"

"不，只是顺道过来跟你聊两句。"我说。他脸上的热情笑容充满他那种孩子气的真挚，像个小孩子看见玩伴无预警出现似的。我不得不报以微笑，内心却坚定维持住卡夫探长那深藏不露的冷峻表情。

"太好了！早上我已经把最后几篇序文和圣诞故事完成了，现在正要出门散步。亲爱的朋友，一起去吧。"想到要在这冷风飕飕、大雪欲来的11月天里跟着狄更斯的疯狂脚步走上二三十公里路，我就觉得右眼内侧隐隐抽痛，显然头痛就要发作。"亲爱的狄更斯，真希望我可以陪你去。刚好你提到圣诞节……有件事我想跟你聊一聊。"

"是吗？"他停下脚步，"讲到圣诞节就'呸，胡说八道'的威尔基·柯林斯，竟然对圣诞节有兴趣？"说着，他头往后仰，笑得无比痛快，"这下子我可以跟人说我活得够久了，什么怪事都见过了。"

我挤出另一个笑容："我只是好奇今年你是不是跟往年一样邀大家来热闹一下。时间也快到了。"

"是，是，确实快到了。"狄更斯说。突然之间他镇定又冷静地观察我。"不，今年恐怕不庆祝了。你也知道新的巡演12月初就开始了。"

"是啊。"

"圣诞节的时候我会回来一两天。"狄更斯说，"你当然会受邀，不过今年规模会小得多。很抱歉，亲爱的威尔基。"

"没关系，没关系。"我赶紧接腔。边说边构思接下来的对话，而且要能达到尚未成形的卡夫探长的专业水平。"我只是想知道……今年你会邀请麦克雷迪吗？"

"麦克雷迪？应该不会。听说他太太最近身体微恙。何况麦克雷迪愈来愈少出门了，这点你应该记得。"

"当然。那狄更森呢？"

"谁？"

啊哈！我内心一阵得意。查尔斯·狄更斯，天下无双先生，知名小说家，拥有超强记忆力的人，他不会、不可能、绝对忘不掉他在火车意外事故中拯救的那个年轻人的姓名。这是杀人犯——或者不久的将来的杀人犯——的藏头露尾。

"狄更森，"我说，"爱德蒙。查尔斯，你一定还记得去年圣诞节的事，那个梦游症患者呀！"

"哦，当然，当然。"说着，狄更斯挥开那个名字和那段记忆，"不，今年我们不邀请爱德蒙。今年只有家人，还有最好的朋友。"

"是吗？"我假装惊讶，"我以为你跟狄更森走得很近。"

"没那回事。"狄更斯边说边戴上他那双昂贵却薄得挡不了这天的寒气的小羊皮手套，"我只是在他复原那段时间照看他一下。威尔基，你应该记得他是个孤儿。"

"是啊。"我说。仿佛我会忘了他之所以选定狄更森下手的这个重要原因似的。"事实上，我还满希望能继续跟狄更森聊些我们去年聊过的话题。你有没有他的联络地址？"

这下子他用非常奇怪的眼神看着我："你想跟狄更森重拾一年前的旧话题？"

"没错。"我用最接近卡夫探长的权威口吻回答。

狄更斯耸耸肩:"就算我知道他的地址,我也很确定我已经记不得了。我记得他经常搬家,居无定所的单身男孩,老是换地方住。"

"嗯。"我应了一声。我眯起眼睛迎向一阵把狄更斯家刚修剪过的树篱吹得沙沙作响的北风,挂在枝头上的最后几片枯叶被冷风刮了下来,落在狄更斯的前院。但我眯着眼其实是因为嗅到了狄更斯话里的疑点。

"事实上,"狄更斯爽朗地说,"我刚想起来,狄更森夏天或秋天时离开了英格兰,到法国南部去闯天下,或南非,或澳洲。那类很有发展潜力的地方。"

他在耍我,我内心有如卡夫探长般笃定。但他不知道我也在耍他。

"太可惜了。"我说,"我真希望能再见到他。不过没戏唱了。"

"的确是。"狄更斯认同。他的声音被刚拉上来包住下半张脸的红色厚围巾给闷住了。"你真的不跟我去散步?这种天气最适合走路了。"

"改天吧,"说着,我跟他握手,"我的车和车夫还在等着。"

我等到狄更斯的身影消失,他手杖的嗒嗒声也完全消失,就转身敲门。我把帽子和围巾交给应门的仆人,快步走进厨房。乔吉娜坐在仆人餐桌旁正在检视菜单。

"威尔基先生,真开心看见你!"

"哈啰,乔吉娜,哈啰。"我亲切地回应。我寻思着是不是应该事先乔装打扮一番。探员通常会伪装。尽管卡夫探长外形异常高瘦严谨，我相信必要时他也会掩饰身份。卡夫探长几乎是乔装高手。话说回来，他不像我有这么多不利于乔装的特征，比如五短身材、大胡子、退缩的发际线、视力模糊离不开眼镜，以及巨大圆凸的前额。

"乔吉娜，"我轻松地说，"我刚刚碰见查尔斯正要去散步。我进来找你，是因为我跟朋友要筹办一场小小的晚宴，只有几个文艺界人士，我觉得狄更森应该会喜欢这样的场合，可惜我们没有他的地址。"

"狄更森？"她表情一片空白。莫非她也是共犯。"哦，"她说，"你说的是去年圣诞节晚上梦游那个很无趣的年轻人？"

"正是。"

"他那人乏味极了。"乔吉娜说，"根本不值得你邀他参加晚宴。"

"也许吧。"我赞同，"只是我们觉得他应该会喜欢跟大家聊聊。"

"嗯，我倒还记得去年圣诞节给他寄过邀请卡。档案收在小客厅的写字桌上，麻烦你跟我来。"

啊哈！卡夫探长出师告捷的灵魂发出胜利的欢呼。


乔吉娜收藏的几封狄更斯写给狄更森的短笺都寄给了葛雷旅店广场一个名叫马修·罗夫的律师，想必由那位律师转交到狄更森手中。那个地区我十分熟悉，因为我个人也攻读过法律。事实上，我曾经形容自己是"一个取得资格十五年，没接过任何讼案，甚至连假发和法袍都没穿戴过的律师"。我是在那附近的林肯律师学院[1]研读法律的，坦白说，那段期间我到餐厅用餐的时间远多过在房间里读书。不过，我确实为了取得资格认真读了六星期左右。之后我突然觉得法律书籍索然无味，对那里的餐点倒还兴趣浓厚。当时我的朋友大多是画家，而我个人则是致力于文学创作。那个年代的律师公会对那些从事律师行业志向不够明确的绅士十分慷慨大方，我尽管专注力不足，还是在1851年获得律师资格。

我没听过马修·罗夫这号人物，从他在葛雷旅店附近那间窄小、杂乱、灰尘遍布又偏僻的三楼办公室看来，应该也没有客户听说过他。他那间天花板低矮，小衣橱似的外间办公室没有职员，也没有门铃可以叫人。我看见有个人穿着二十年前流行的衣裳，坐在桌子后方啃排骨，桌子上堆满活页夹、各种证明文书、书册和其他杂七杂八的物品。我大声清清喉咙引他注意。

他把一副夹鼻眼镜放上弯钩似的鼻子，从他的纸张洞窟往外窥探，一双渗着泪液的小眼睛眨巴个没停。"啊？什么？是谁？进来吧，先生！上前接受指认！"

我上前了，却没被认出来，只好自报姓名。罗夫先生脸上始终挂着笑容，但他听见我的名字时并没有特别反应。

"我是在我朋友查尔斯·狄更斯那里知道了你的姓名和办公地址。"我轻声说道。这不完全是实话，却也称不上是谎言。"小说家查尔斯·狄更斯。"我补了一句。

这个牵线木偶般的干瘪老人顿时浑身抽搐晃动。"哦，我

---

1　Lincoln's Inn：是英国伦敦四所律师学院之一，负责授予英格兰及威尔斯的大律师执业认可资格。

的天，哦，是，我是说……太荣幸了。是，当然……那位查尔斯·狄更斯给我你的，呃，给你我的……哎呀，我真没礼貌！请坐，请坐……呃，先生贵姓？"

"柯林斯。"我答。他示意要我坐的那张椅子上面那些摊开的书册和一卷卷文件看起来年代久远，没有几十年也有几年了。我另选一张高凳坐下。"这张就行了。"我说。接着，我又画蛇添足（卡夫探长想必不屑为之）地补了一句："对我的背比较好。"

"是啊……嗯，是……你要不要喝杯茶，呃，呃……真糟糕，先生贵姓？"

"柯林斯。好，麻烦来杯茶。"

"史默利！"罗夫对着空荡荡的外间办公室大喊，"史默利！"

"罗夫先生，你的职员不在。"

"哦，是……不，我是说……"老罗夫在背心里掏摸，拿出一块表，皱着眉头瞪着，再拿到耳边摇了摇，说道，"柯林斯先生，现在应该不是早上九点刚过或晚上九点刚过吧？"

"的确不是。"我查看自己的表，"现在是下午四点刚过。"

"啊，难怪史默利不在！"罗夫大叫一声，仿佛解开了旷世谜团，"他通常三点左右回家吃下午茶，五点以后才会回来。"

"你们这个行业上班时间很长。"我冷冷地说。我很想喝他承诺的那杯茶。

"是啊，是啊……为法律服务比较像是……像是……嗯，我脑子里想到的词是'婚姻'。柯林斯先生，你结婚了吗？"

"没有，先生。幸福家庭生活与我无缘。"

"我也是！"罗夫大声附和，手掌使劲拍击桌上一本书的皮革封面，"我也是。柯林斯先生，你跟我是两个幸福家庭的逃兵。为了法律事务我得成天守在这个办公室，从早上灯亮起之前到深夜熄灯为止。当然，早上点灯的工作由史默利负责。"

我慢慢从外套口袋拿出一本全新的皮封套笔记本，是我专门为这波侦查行动买来的。我又拿出一支削好的铅笔，翻开笔记本的第一个空白页。

罗夫先生仿佛听见木槌声，顿时挺直背脊，双手交握。他那十根躁动不安的手指总算安静下来，展现出以他的高龄、性格和明显退化的感官来说最专注的神态。"是，没错。"他说，"柯林斯先生，现在来谈谈我们的事。请问你今天有什么贵干？"

"是为了爱德蒙·狄更森少爷。"我用坚定的口吻说道。我听见自己说出的字句里隐藏着卡夫探长那强硬又不失灵敏的口气。我心里清楚我构思中的这个人物会如何进行这次访谈。

"啊，是，那是当然……柯林斯先生，你帮爱德蒙少爷带口信来吗？"

"不，罗夫先生。我确实跟爱德蒙少爷熟识，但我是来跟你打听他的事的。"

"跟我？嗯……是，当然……柯林斯先生，我乐意协助你。如果狄更斯先生有任何需要，我也很乐意通过你提供协助。"

"嗯，罗夫先生，我代他谢谢你。不过是我本人想知道狄更森少爷的下落。你能给我他的地址吗？"

罗夫的脸垮下来："唉，柯林斯先生，我办不到。"

"不方便给吗？"

"不，不是那样。爱德蒙少爷向来很公开、很透明，就像……呃……一场夏季阵雨，请原谅我擅闯狄更斯先生的文学领域使用这个比喻。爱德蒙少爷不会介意我告诉你他目前的地址。"

我舔了一下小心翼翼削好的铅笔，耐心等着。

"可惜，唉，"罗夫先生说，"我办不到。我不知道爱德蒙少爷住在什么地方。过去他在伦敦有一套房子，从葛雷旅店广场这里走过去并不远。但我知道他去年就搬走了，我不知道目前他住哪里。"

"会不会住他监护人家？"我给他提示。卡夫探长没那么容易被老年人退化的记忆难倒。

"他监护人家？"罗夫重复我的话。他好像有点儿受到惊吓。"呃，这……也许，嗯……或许，有此可能。"

我展开这波调查之前曾经仔细回想并翻阅笔记，复习十八个月前我在查令十字旅馆跟狄更森谈话的内容。"那应该是住在北安普敦郡的华森先生，是吗？曾经是自由党国会议员？"

"是，没错。"罗夫显然很为我信息之充足折服，"可惜不是，亲爱的罗讷德·华森先生大约十四年前就过世了。之后爱德蒙少爷频频搬家，就看法院指定哪个人当他的监护人，有时候是肯特郡的姨母，或家在伦敦却四处奔走的叔伯。史拜海德先生担任爱德蒙少爷的名义监护人的期间人在印度，之后大约一年又换成他祖母健康不佳的表亲。爱德蒙等于是仆人带大的。"

尽管我的风湿性痛风不耐烦地用阵阵疼痛催促我，我还是耐心十足地等待着。

"后来爱德蒙少爷长到十八岁，"老罗夫又说，"我被指定为他的监护人，当然，这纯粹只是一个形式。在那之前很久爱德蒙少爷就已经开始在城里租屋独居，因为遗嘱里的规定十分大方又宽松。爱德蒙少爷年纪很小的时候就可以动用他的遗产，几乎不需要成年人监督。不过因为早些年我曾经经手过那些遗产，很久以前我为他过世的爷爷处理法律事务，而他已故双亲的遗嘱指定我保管遗产的账册，所以……"

"狄更森先生的父母是怎么过世的？"我问。我这句话在纸页上看起来仿佛打断了他的话，事实不然，因为罗夫先生正巧停下来喘气。

"过世？咦，当然是死于火车事故！"他喘过气来了以后回答。

啊哈！我听见卡夫探长在我耳畔大叫。狄更森是在严重的火车事故中引起狄更斯注意的，而他自己的父母也死在类似的情况下。这种巧合当然概率不高，但其中有什么含义呢？

"车祸发生在什么地方？"我边问边审慎地在我的小笔记本里记下相关线索，"应该不是斯泰普尔赫斯特吧？"

"斯泰普尔赫斯特！老天，不是！那是爱德蒙少爷自己碰到的事故，他受了伤，被你的主人查尔斯·狄更斯救了！"

"查尔斯·狄更斯不是我的……"我半途打住。就让这个老头子误以为我在为狄更斯工作好了。这样他口风也许不会那么紧，虽然他口风已经够松了。

"再来谈谈监护权的事，"说着，我举起小笔记本，"所以你是爱德蒙·狄更森现任的监护人兼财务顾问？"

"哦，天哪，不是。"罗夫说，"首先，监护人这个角色大约一年前已经从我这里移转到另一位更合适的人身上。再者，爱德蒙少爷今年成年，9月14日就是他二十一岁生日。每年我都要史默利寄给他一张诚挚的生日贺卡，只有今年除外。"

"为什么今年除外，罗夫先生？"

"我和史默利都不知道怎么跟他联络。"说到这里，老罗夫神情哀戚。我异常哀伤地肯定狄更森一定是这位老先生的唯一客户，是这位从日出以前灯光点亮起到看不见的太阳下山很久以后都在这里案牍劳形的、法律的忠诚丈夫的唯一客户。

"你能告诉我狄更森先生成年前最后那两个月的监护人是谁吗？"我问。

罗夫竟然笑了："柯林斯先生，你在逗我玩。"

我用卡夫探长最强硬的眼神凝视他："罗夫先生，我保证我没有。"

老罗夫的面孔闪过一抹疑惑的表情，就像乌云的阴影越过裸露的冬季田野。"柯林斯先生，你一定是在逗我。假使你如你所说代表狄更斯先生来，一定会知道，应爱德蒙少爷的要求，今年1月他的法定监护权和所有财务事项都从我这里转到了狄更斯先生手上。我猜这是你来这里的原因，也因为这样，我才会毫不保留地对你透露前客户的信息……柯林斯先生，你今天来有什么……"

我往多塞特广场的方向走回家，沿途几乎没有留意到路上的车辆或街道的景物，更没有发现走在我身边那个矮胖冷漠的人，直到他开口说话："柯林斯先生，你以为你在做什么？"

除了菲尔德还有谁，这该死的探长！他的脸色比平时更鲜红，不管是因为冷风或年纪大或喝了酒，我不知道也不在乎。他左臂底下夹着一个小包袱，由于风势太强，左手举高拉住他的丝质大礼帽。

我在熙来攘往、紧抓着帽檐的人潮中停下脚步，菲尔德探长暂时松开他的帽子，抓住我的手臂拖着往前走，仿佛我是他巡夜时查获的流浪汉似的。

"跟你有什么关系？"我满脑子还回想着在老律师办公室听来的消息。

"祖德跟我有关系。"菲尔德吼道，"也该跟你有关系！你到底为什么连续两天去见狄更斯，然后又跑回伦敦来见一个八十几岁的老律师？"

我很想一口气全说出来：狄更斯想方设法变成狄更森的监护人，然后杀了他！他必须在9月前下手，因为……但总算忍下来，只是干眼瞪视这个正牌探员。一阵冬风从泰晤士河的方向吹上来，我们俩都死命抓住帽子。

这整件事一点儿道理都没有。无论我是不是从鸦片酊得到的灵感，我原本非常肯定狄更斯杀害狄更森小子只是为了得到杀人经验，而不是为了金钱。狄更斯很缺钱吗？春天那一系列巡演他至少赚进五千英镑，而他刚完成序文的狄更斯特别版旧作想必也让他拿到了为数可观的预付金。

但如果他杀害狄更森不是为了钱，又为什么要当那孩子的监护人启人疑窦。这跟狄更斯在罗切斯特墓园告诉我的那番话自相矛盾。因为我判定他那番话其实是杀人后的自吹自擂，说什么随机杀人没有动机，所以不会被怀疑。

"怎么样？"菲尔德又问。

"什么怎么样？"我气呼呼地回应。那天早上的鸦片酊早已经失效，风湿性痛风折磨着我每一处关节和每一块肌腱。渐渐加深的疼痛和愈来愈强的冷风让我泪液直流。我没有心情接受指责，尤其不想听区区一个……退休警探指责。

"柯林斯先生，你到底在耍什么把戏？今天凌晨为什么叫我的醋栗去享用温暖的床铺和昂贵的早餐？昨天你跟狄更斯和那个叫德多石的家伙在罗切斯特大教堂的地窖里做什么？"

我决定让卡夫探长回答。让老警探拒绝老警探。"探长，每个人都有自己的小秘密，就连我们这些二十四小时被跟监的人也一样。"

菲尔德原本已经够红润的脸庞这下子涨成猪肝红，变成布满细小扩张血管的古老羊皮纸地图。"去你的'小秘密'。现在没时间搞什么该死的小秘密！"

我在人行道上停下脚步。在任何情况下，我都不允许别人这么跟我说话。我们的合作关系到此为止。我紧抓手杖握柄，借此缓和手部的颤抖，正准备开口跟他摊牌，他却突然把一个拆过的信封塞给我。"你读！"他粗暴地说。

"我不要……"我说。

"柯林斯先生，读！"这根本是吼出的命令，而非绅士的请求，完全不容商榷。

我从信封里抽出一张厚厚的信纸，信里的字迹线条很粗，几乎像用画笔写的，而且里面的字不像手写，反倒像印出来的。全文如下：

亲爱的探长：

截至到目前，我们在这场漫长又愉快的游戏里各自

获得或折损的只是士兵，如今终局来到，准备牺牲更多
更重要也更珍贵的棋子吧！

你忠实的对手，D

"这是什么意思？"我问。

"就是上面的意思。"菲尔德咬牙切齿地说。

"你认为那个'D'代表'祖德'？"我问。

"不可能是别人！"菲尔德气呼呼地答。

"也可能是'狄更斯'。"我轻描淡写地说，心里想着，或
"狄更森"或"德多石"。

"它代表'祖德'。"菲尔德说。

"你怎么这么确定？祖德曾经像这样写过信给你吗？"

"从来没有。"菲尔德说。

"那就可能是任何人写的，或者……"

菲尔德左臂一直夹着一个帆布皮革包裹，很像乡下人的行李
包，此时他打开那个包裹，从里面拿出破损又脏污的深色布料。
他把那堆布递给我，说道："那封信夹在这里面。"

我小心捏着那堆碎布条，我发现这些布块非但肮脏，而且像
是沾满了刚干掉的血液，原本十分破旧的布料仿佛被人用刀片割
成了破布条。我正要开口问他这些破布有什么值得看的，却及时
打住。

我猛然认出了那件血衣。

我上一次看见这些布块是超过十二小时以前，就穿在那个名
叫醋栗的孩子身上。

# 第二十章

1866年12月大部分时间我都待在我母亲靠近唐桥井的家。我决定在那里住到1月8日我四十三岁生日过后。跟自己的情妇们相处固然很好，可是，当你碰到不如意事，或过生日的时候，世上没有任何地方比自己母亲身边更自在、更让人安心的。这点请你务必相信我，太多男人都有相同看法，却没有几个够勇敢、够诚实愿意承认。

亲爱的读者，我发现我在这份文稿里很少提到我的母亲，我得坦承我是蓄意为之。1866年底到1867年这段时间我母亲身子骨还算硬朗，她的朋友和我的朋友都觉得她比年龄小她一半的人都更活跃、更精力充沛、更融入社会。不过，正如我的故事很快将要提到的，到了1867年底，她的健康会大幅衰退，并且在1868年（也是我自己的灾难年）3月辞世。至今我还不愿意去回想那段时间，更别提写下来。母亲的死亡想必是所有男人一生中最痛苦的事件。

不过，如我所说，这年冬天她还很健康，所以我叙述起这段时期还不至于哀痛逾恒。

我先前也提过，家母的教名是哈丽叶，她一直最受我父亲社交圈里那些知名画家、诗人和新秀艺术家的喜爱。1847年2月我父亲过世，我母亲才开始真正活出自己，摇身一变成为伦敦艺文界与骚人墨客的上流圈子里最受欢迎的宴会女主人。我母亲在我们汉诺威露台的家（紧邻摄政公园）举办各式派对宴会那几年，我家被喻为目前人们口中的前拉斐尔艺术运动据点之一。

那年冬天我在她家暂住之前，我母亲已经实践了她迁居乡间的愿望。她在肯特郡租了几处乡间小屋，经常搬来搬去。包括唐桥井的班特罕小屋、镇上的榆木小筑，以及最新在绍斯伯勒承租的希望山庄。我到唐桥井跟她同住几个星期，其间每星期四都赶回伦敦赴我跟拉萨里王和烟管的午夜之约。星期五晚上我又会搭火车回到唐桥井，跟我母亲和她的朋友们玩纸牌游戏。

我在如今人们所谓的"年节期间"长期离家，卡罗琳不是很开心，但我提醒她，我们反正从来没有认真庆祝过圣诞节。男人和他的情妇平常时间就不可能受邀到他那些已婚朋友家中，到了圣诞节，这些男性朋友更不可能应邀到我们家，所以这段时间往往是我们家的社交低潮期。然而，卡罗琳充分发挥女人拒绝接受单纯理由的特质，依然对我长期离家这件事耿耿于怀。相较之下，马莎听见我说我要离开伦敦去跟我母亲同住一个多月，乖巧地接受，暂时离开那间租给"道森太太"的屋子，回到雅茅斯的家人身边。

我愈来愈发现跟卡罗琳相处的日子既累人又复杂，跟马莎在一起却是既单纯又心满意足。

但那年圣诞节我在母亲身边那段日子才是最令人心满意足的。

母亲的厨子跟着她到处去，最清楚我从小到大喜欢什么食物。早晨或晚上餐点送到我房间以后，母亲偶尔会进来陪我，我就坐在床上一面享用美食，一面跟母亲闲聊。

由于醋栗那孩子的遭遇，我逃离伦敦时怀着满满的愧疚和不祥预感。在母亲的小屋住了几天后，那片阴霾消失了。醋栗那个很特别的本名叫什么来着？是盖伊·塞西尔。小盖伊被以那个外籍法师祖德为首的地底城黑暗势力谋杀了。简直胡扯！

我提醒自己，这是一场精密的游戏，狄更斯在一边操控大局，菲尔德在另一边呼应他，各自玩着不尽相同的一场游戏。可怜的威尔基·柯林斯被夹在中间。

醋栗被杀了，跟真的一样！菲尔德给我看几块沾了凝固血迹的破布块，以为这样我就会吓得魂飞魄散，还会比过去更勤奋为他办事。那说不定只是狗血，或者是醋栗生长的贫民窟附近几千只野猫其中一只身上的血。

祖德已经不只是一个鬼魂，如今他已经变成这场疯狂羽毛球对决当中那颗羽毛球，而那两名球员一个是沉迷演戏、心理不正常的作家，另一个是背后隐藏了数不清的动机、邪恶小矮人般的退休老警探。

那就让他们自己玩一段时间，我暂时不奉陪。12月和次年1月初这段时间，唐桥井和我母亲乡间小屋的温情再适合我不过。我健康好转了，虽然我持续饮用少量鸦片酊，但我的风湿性痛风症状在肯特郡竟奇迹似的减轻不少。夜里我更容易入睡，也比较少做噩梦。我开始构思我的《蛇眼》（或《灵蛇之眼》）里的精彩情节与迷人角色。正式的资料搜集工作还得等到我搬回伦敦使用俱乐部的图书馆时开展，现阶段我可以——也确实可以——先写下一点儿初步概念和大纲，我通常坐在床上书写。

偶尔我会想起自己的侦探职责：调查狄更森是不是被狄更斯

谋杀了。但我跟狄更森律师的那次会谈没有一点儿启发性，只是很震惊地发现狄更森在成年前最后几个月指定了狄更斯当他的监护人。我敏锐的小说家嗅觉完全嗅不出下一步的调查方向。我决定等我重新回到伦敦，就要偷偷地在俱乐部打听，看看有没有人听说过一个名叫爱德蒙·狄更森的年轻绅士的行踪，在那之前，我看不出来还有哪条线索值得去追踪。

到了12月第二个星期，唯一令我心烦的是：我迟迟没收到来自盖德山庄的圣诞节邀请函。

我不太确定那年我会不会应邀前往（之前那几个月我跟狄更斯之间的关系有些细微却明显的紧张，原因之一是我怀疑他杀了人），但我当然希望受到邀请。毕竟上回我见到狄更斯时，他多多少少也表达了会依往例请我过去做客的意愿。

可是没有任何邀请函送到我母亲的小屋。每个星期四下午或星期五中午，我去拉萨里烟馆前后都会回家检查邮件，顺便确认卡罗琳和凯莉生活费不虞匮乏，却依然没有狄更斯的邀请函。到了12月16日，我弟弟查理来看我母亲，顺便带来一封给我的信，信封上是乔吉娜的字迹。

"狄更斯跟你提过圣诞节的事吗？"我找拆信刀时问我弟弟。

"他什么都没说。"我弟弟口气不太好，我看得出来他的胃溃疡（当时我以为的胃溃疡）正在折磨他。我这个才华洋溢的弟弟无精打采又萎靡不振。"狄更斯跟凯蒂说家里会跟平常一样有些客人……我知道查培尔一家人会到盖德山庄住个几天，波希新年时才会去。"

"嗯，查培尔一家人。"我边说边打开信。查培尔是狄更斯巡回朗读的合作伙伴，我觉得他们是一群无可救药的土包子。我决定了，如果查培尔一家人要在那里留宿，我就不要像以往一样在盖德山庄住整整一星期。

你一定不知道我读信的时候有多惊讶，我把信件内容转载如下：

亲爱的威尔基：

这是什么世界！你像海伍德和库克船长的综合体似的在环游世界，我竟然窝在这里为圣诞节劳累！不过我无疑天生劳碌命，还有抛不开的人父职责，所以我觉得很可能马上会有人递给我围裙、皮裤和合金怀表，表扬我养育了一群为数最庞大却不肯自食其力的子女。

不过，虽然我们之中有些人不得不继续操劳，而其他人可以继续到处探险，我们还是要向你献上最真诚的圣诞祝福——如果这份祝福能追上你遨游四海的脚步，并祝你新的一年宏图大展。

你最忠实的朋友兼前任旅伴

查尔斯·狄更斯

我太惊讶，以至于信纸差点儿掉在地上。我把信扔给查理，他迅速瞄了一遍。我气急败坏地说："这是什么意思？狄更斯以为我搭船出国去了吗？"

"秋天的时候你人在罗马。"查理说，"也许他以为你还在那里。"

"我很快就回来了，去挽救《冰冻深渊》在奥林匹克戏院的惨淡演出。"我粗声粗气说道，"我回来以后也见过狄更斯，他不可能不知道我在英格兰。"

"也许他以为你又回罗马或巴黎去了，"查理说，"俱乐部里有这种传言，因为之前你跟几个朋友说你在巴黎有些事要办。或许狄更斯太忙，孩子的事就够他操心的了。你也知道，凯蒂心情一直很沮丧；玛丽在伦敦社交圈不受欢迎；还有他最小的儿子普洛恩让他失望透顶。狄更斯最近告诉凯蒂，他打算送普洛恩到澳洲去学习经营农场。"

"那些事跟邀请我去过圣诞节有什么关系？"我大吼道。

查理只是摇头。很明显狄更斯故意把我排除在宾客名单外。

"你等我一下。"我告诉准备赶早班车回伦敦的查理。我走进母亲的缝纫室，找到她那些印有唐桥井小屋地址的信封，开始写一封短笺：

亲爱的查尔斯：

　　我既没有像库克船长般环游世界，也不在罗马或巴黎。你应该已经知道，我目前在唐桥井附近我母亲家，所以今年有空……

我停笔，揉掉信纸扔进壁炉里，又到母亲的写字桌找来一张空白信纸：

亲爱的查尔斯：

　　我也祝你圣诞快乐，今年假期我不在府上，请代我向女士们欠身致意，并代我送小朋友糖果。很遗憾恐怕要到新年以后才能跟你见面。我并没有像库克船长一样环游世界，也不像流浪杂耍家似的在苏格兰或爱尔兰游历。你或许知道，我目前为了调查某个或某些失踪人口忙得不可开交，或许有重大发现。相信我的调查结果会让你大惊失色。

谨此对乔吉娜、玛丽、凯蒂、普洛恩及其他家人和你的圣诞贵宾献上我的爱与圣诞祝福。

你最忠诚的侦探

威尔基·柯林斯


我封好信，写上地址和收信人，交给正在穿大衣的查理。我以最严肃的表情告诉他："这封信你务必亲手交到狄更斯手里。"


在母亲身边欢度圣诞节和生日是我最愉快的时光，温暖舒适的唐桥井小屋里总是飘着饭菜香，没有咄咄逼人的女性。由于圣诞节和新年都落在星期二，所以那两个星期我都到星期四才跟卡罗琳见面。1月10日星期四那天我才带着所有行李、草稿和搜集的资料回到伦敦，不过那天刚好是我会见拉萨里王和我的烟管的日子，所以直到1月11日下午才真正搬回多赛特广场的家。

卡罗琳对我很不满，也用尽各种方法让我知道她在生气。不过，我暂住唐桥井那段时间学会了不去在乎她开心或不开心。

新年过后那几个星期，我愈来愈常待在俱乐部，在那里用餐，经常在那里过夜，把雅典娜神庙俱乐部藏书丰富的图书馆当成我主要的研究中心，因此也就愈来愈少待在梅坎比街的家，虽然卡罗琳和凯莉都还住在那里。另外，这段时间马莎还留在雅茅斯。

我因为工作的关系经常会去《一年四季》办公室，我在那里还有自己的办公室，只是偶尔要跟其他职员和撰稿人共享。我从威尔斯和其他人口中听了很多有关狄更斯巡演的事。装着未分页样稿和其他杂志社文章的厚信封一件件寄出去，追着狄更斯从列斯特到曼彻斯特到格拉斯哥到利兹到都柏林到普雷斯顿。神奇的是，狄更斯竟然能够每星期至少抽空回来伦敦一趟，在皮卡迪利的圣詹姆斯厅朗读，或进办公室送他的手稿、看看要出版的书或润饰别人的文稿。他通常来去匆匆，没时间回盖德山庄，有时候会在办公室楼上的房间过夜，也经常到他在斯劳的秘密租屋处（离爱伦·特南不远）。

这段时间我始终没碰见狄更斯。

各种旅途上的不幸与困顿，以及狄更斯的无比勇气（或运气）的消息陆续传回办公室，再由威尔斯或波希或其他人传到我耳里。

秋天我在罗马短暂停留期间，狄更斯发现跟了他二十四年的贴身男仆长期偷窃。那人名叫约翰·汤普森，（我觉得）个性阴郁又肠胃不好，却行事谨慎。威灵顿北街的杂志办公室有八枚金币不翼而飞，等到查明真相，金币也很快找了回来，汤普森后悔莫及，他多年来在主人家行窃东窗事发。狄更斯理所当然将那人解雇，却又不忍心给那个小偷"劣评"，于是写了一封闪烁其词，没有明显负面评价的推荐函让汤普森另觅新东家。事后狄更斯告诉波希："我必须比平时走更远的路，内心才能恢复平静。"但波希觉得这次事件对狄更斯打击很大，而且好像还没有完全恢复。

如果多尔毕和威尔斯近期以来的说辞可信，狄更斯内心愈来愈难得到平静。狄更斯比以前更常"神经疲乏"，这无疑与他频频搭乘火车有关。最近几个月以来，他的火车意外事故后遗症非但没有减轻，反而日益加重。这次巡演初期，也就是在利物浦的第二个晚上，他上半场表演后整个人虚脱，靠人搀扶才回到后台的沙发，直接俯卧在上面，直到他必须起身更换扣眼上的鲜花，出场进行下半场耗费体力的演出。

狄更斯在伍尔弗汉普顿（最初传回来的消息把地点说成伯明翰，所以我想象发生的地点是在那天晚上祖德的幻影威胁我的那间旧戏院里）朗读的时候，头顶上一条悬挂反光片的铜索烧得火红。那具把光线反射到前排座位的笨重反光片，用一根坚固的铜索悬吊。有个新来的煤气技师近期才加入团队，不小心把开着的煤气喷头对准这条铜索。

多尔毕看见那条铜索先变红再转白，焦急地左右挪移，一面悄声问正在朗读的狄更斯："你还要多久？"一面疯狂地比手画脚指向烈焰中的铜索。狄更斯想必深谙其中的危险性：万一铜索烧断，沉重的反光片会直接坠落在台上，但是在那之前会先穿过竖立在他周边铺着紫红色布料的朗读区和隔屏，结果就是瞬间大火。那些易燃的隔屏高度直达上面的老旧布帘。过热的铜索一旦断裂，整个舞台——恐怕连整间戏院一起——都会在短短几分钟，甚至几秒内陷入火海。

狄更斯一面一字不漏、表情十足地朗读着，一面冷静地伸手到背后对多尔毕比出两根手指。

心急如焚的多尔毕不明白狄更斯的意思。老大是在告诉他朗读将在两分钟后结束？或者铜索两秒内就会断裂？多尔毕和新来的煤气技师巴顿无计可施，只得来来回回上下舞台，提来细沙和一桶桶清水，做最坏的打算。

原来狄更斯朗读过程中已经发现那条铜索出状况，于是冷静地评估距离铜索烧断他还有多少时间，并且即席修改剩下的内容，边朗读边删减合并，就在铜索烧毁前几秒顺利完成那段表演。多尔毕对他比手画脚时，狄更斯估计在反光片掉下来之前他还有两分钟。演出结束后帘幕拉上，巴顿连忙奔上舞台移走那具错放的煤气喷头。当时的多尔毕（根据他事后对威尔斯所说）差点儿没晕过去。狄更斯走过来拍拍他的背，说道："根本一点儿事都没有。"而后平静地出去谢幕。

这些狄更斯巡演过程中扣人心弦的点点滴滴我一点儿都不感兴趣。没有人提到祖德，而我手边还有创作在进行。根据个人浅见，创作这件事远比到乡下地方去对那些土包子朗读重要得多。

如我所说，我开始在我的雅典娜神庙俱乐部进行初步阅读与资料搜集工作。俱乐部帮了很大的忙：把我最喜欢的沙发椅搬到冬末春初这段时间光线最明亮的窗子旁，还给我一张小桌子摆放书籍文件，更指定几名侍者从俱乐部庞大的图书馆找来我需要的数据。我也使用俱乐部的纸张抄写数据，一份份妥善收存在大型白色信封里。

我的首波任务是搜集信息，我多年的采访经验正好派上用场。虽然狄更斯也经常受益于相同的工作经验，但亲爱的读者，容我提醒你，我以前是正牌采访记者，狄更斯只是区区法庭速记员。

接连几个星期我抄录了1855年出版的《大英百科全书》第八版里许多有关印度、印度教派与珠宝的条目。我还发现某个叫C.W.金恩的作者撰写、1865年出版的新书《珍奇宝石博物志》，内容非常合用。至于我为《蛇眼》（或《灵蛇之眼》）设定的印度时空背景，我参考了詹姆斯·惠勒新近出版的《印度通史》和西奥多·胡克1832年出版的《戴维·贝亚德将军传略》。俱乐部那些勤奋的侍者也从最近几期《笔记与解答》杂志找出相关文章给我。

于是我这本旷世巨著的大纲慢慢成形。

早先我已经规划好，这本书的情节将以一颗被诅咒的美丽宝石为主轴。这颗宝石来自印度，是某个印度教阴狠教派的圣物，来到英国却消失无踪。我也决定故事情节要多线发展，从几个叙述角度缓缓开展。很类似狄更斯在《荒凉山庄》里的做法，不过我的《白衣女人》将这种创作手法表现得更完美。由于当时我持续关注——我觉得"分心"这个词更恰当——祖德这个议题，所以故事也会涉及东方神秘主义、催眠、催眠暗示的威力与鸦片成瘾等题材。这起窃案（我在构思初期就已经知道这是一起窃案）的真相肯定是侦探小说这片处女地最为惊心动魄、出人意表、巧夺天工、史无前例的杰作。必定能让所有英国与美国读者瞠目结舌，就连狄更斯这种所谓的奇情小说作家也不例外。

正如那些跟我和狄更斯有同样成就的作家，我手边从来都不会只有一项工作在进行。狄更斯在准备或出发巡演过程中，还循往例写了圣诞故事，编辑《一年四季》，为他的旧作再版撰写详尽序言，一面写他的作品《乔治·斯尔曼的理由》，还一面寻找小说的灵感。他曾经告诉我，《乔治·斯尔曼的理由》灵感来自他跟多尔毕在普雷斯顿和布莱克本之间见到的霍登城堡废墟。那座破落的古老宅邸正巧让当时已经在狄更斯脑海中浮沉一段时间的散乱片段串联起来。不过，这些灵感并没有发展成长篇小说（他的《一年四季》需要新的连载小说），反倒写成了这篇以近似于狄更斯自身欠缺关爱的童年为主题的古怪故事，或者该说是他自认渴望关爱的匮乏童年。

1867年春天，我自己在小说与戏剧方面的工作同样多方进行，也经常重叠。我重新编写的《冰冻深渊》前一年秋天在奥林匹克戏院票房奇惨。尽管如此，我仍旧认为我改写的版本比旧版更精彩，因为我重新阐释了理察·渥铎这个角色和他的热情，让他变得更成熟、可信度更高，摆脱了狄更斯——这里我原本打算写"演出"，后来想想，"霸占"这个词更为贴切——这个角色时那种感伤和过度深情的表现法。我还是高度期望自己能在戏剧创作上有所突破，那年春天在健康条件允许下，利用研究空当多次前往巴黎的法兰西喜剧院，跟十多年前我通过狄更斯认识的喜剧演员弗朗西斯·雷尼埃商谈。雷尼埃迫切希望改编我的《白衣女人》在当地推出，因为德文版已经在柏林造成轰动。

我自己却希望向雷尼埃和法国观众（顺水推舟地包括英国观众）推销《阿玛达尔》的改编剧本。尽管狄更斯认为书中有些争议性议题，我相信雷尼埃一定会热情又积极地接受。

卡罗琳喜爱巴黎的程度远超过她有限的词汇所能表达，她几乎哀求我带她一起去，但我立场坚定：我是为了公务，除了紧凑的剧院行程，没有时间从事购物、观光或其他社交活动。

那个月我在巴黎的旅馆写信给我母亲："今天早餐我吃了鸡蛋、奶油浓酱和圣默努尔德风味的猪脚，消化很理想。圣默努尔德光吃猪脚就长命百岁。"

我跟雷尼埃同去观赏一出新歌剧，剧院里挤满观众，剧情的强度很震撼人心，看完后我激情澎湃。更令人振奋的是那些"别致的小小长春花"——这是我跟狄更斯对那些迷人的年轻女演员和交际花的称呼。在跟食物一样丰富多彩的巴黎夜生活里，这些小花朵唾手可得。我羞红着脸承认，在雷尼埃和他朋友的引导下，我在巴黎那段时间不曾孤枕而眠，而且枕畔都不是同一朵长春花。回伦敦前我没有忘记帮马莎带一张巴黎景色的手绘卡片，她喜欢这种小东西。也帮凯莉买了件雪纺纱长袍，还为卡罗琳的厨房添购了些香料和调味酱。

我从巴黎回到梅坎比街住家的第二天晚上难以成眠，或许是因为喝了太多（或太少）鸦片酊。这天卡罗琳找了个借口回自己房间睡。我很想到书房工作，只是，想到不可避免地会见到另一个威尔基，尽管他近来并没有使用暴力抢夺我的纸或笔，我还是打消了念头。我走到卧房窗子旁站定，却看见街尾靠近广场的路灯下有个熟悉暗影。

因为气温很低，我立刻披上毛料长大衣，赶到那个街角。

我不需要招手，那孩子已经主动走出暗处，朝我走来。

"醋栗吗？"我问。我很高兴早先已经识破菲尔德探长的伎俩。

"不是，先生。"那孩子答。

等他走到灯光下，我才知道自己弄错了。这孩子比较矮，年纪更小，衣裳没那么破烂，他的眼睛尽管在他那张窄小的脸庞上显得太小又距离太近，即使是在穷人中都称不上俊俏，却并没有醋栗那种帮他换来绰号、暴突又打转的不幸。

"探长派你来的？"我恶声恶气问道。

"是，先生。"

我叹口气，搓搓胡子上方的脸颊："孩子，你能不能记住口信？"

"能，先生。"

"很好，你告诉探长柯林斯先生明天中午——不，换成下午两点——在滑铁卢桥等他。你记得住吗？下午两点在滑铁卢桥。"

"可以，先生。"

"今晚就把口信送到。你去吧。"

那孩子跑开时，一只不合脚的靴子脚跟脱落，�啪啪地打在卵石路面上，我发现自己刚刚没想到（其实是不想）问他姓名。


下午两点整，菲尔德快步走到滑铁卢桥中央。这是个湿冷有风的日子，我们俩都不想冒着恶劣天候在户外交谈。

"我还没吃午餐，"菲尔德粗声粗气说道，"附近有家馆子烤牛肉很不错，整个下午都供应。柯林斯先生，要一起去吗？"

"探长，这主意好极了。"我说。两小时前我在俱乐部吃了早午餐，现在有点儿饿。

我坐进包厢菲尔德对面的位子，昏暗光线下看着他猴急地啜饮他的第一杯麦芽酒。我发现他比上次见面来得苍老又不修边幅，眼神很疲倦，衣服有点儿凌乱，脸颊出现更多玫瑰图案似的细小血管，大胡子边缘冒出些许花白胡茬儿，整体看上去一点儿也不像曾经拥有苏格兰场侦缉局前局长身份地位的人。

"有什么消息吗？"我问。餐点已经送来，我们暂时把注意力转到面前的牛肉、酱汁与蔬菜上。

"消息？"说着，菲尔德咬一口面包，再喝一口紧跟着麦芽酒而来的葡萄酒，"柯林斯先生，您想听什么消息？"

"当然是那个叫醋栗的孩子的消息。他跟你联络了吗？"

菲尔德一声不吭地望着我，他那双躲在皱纹堆里的灰色眼眸极其冷漠。最后他轻声说道："我们的醋栗小朋友再也不会跟我们联络了。他残破的遗体已经在泰晤士河里，或者……更糟。"

我停止咀嚼："探长，你好像很肯定。"

"我是很肯定。"

我叹口气。我根本不相信什么盖伊·塞西尔少爷被杀这种鬼话。我又吃了几口牛肉和蔬菜。

菲尔德似乎意识到我沉默的怀疑。他放下叉子，继续啜饮葡萄酒，用粗哑的嗓音低声说道："柯林斯先生，你还记得我告诉过你我们那位地底城埃及人祖德和路肯阁下之间的关系吗？"

"当然记得。你说路肯阁下是那个后来变成祖德的伊斯兰教徒男孩失联的英国籍父亲。"

菲尔德把肥短食指竖在嘴唇前："柯林斯先生，别这么大声。我们这位我亲切地称呼他'地底朋友'的朋友到处有眼线。你还记得福赛特——也就是路肯阁下——死时的惨状吗？"

坦白说我一阵战栗："我怎么忘得了？胸膛被剖开，心脏不翼而飞……"

菲尔德点点头，打手势要我降低音量："柯林斯先生，那个年代——1846年——即使是侦缉局的时任局长也可以应聘担任权贵人士的'秘密探员'。1845年底到1846年我就是如此。我经常驻守路肯阁下位于赫特福德郡的魏斯顿庄园。"

我不太明白："路肯阁下的家属请你去缉凶吗？可是你已经以局长的身份调查这件……"

一直密切注意我表情的菲尔德此时点点头："柯林斯先生，看得出来你把事件的先后顺序弄清楚了。路肯阁下，也就是约翰·福赛特，那个后来变成秘教巫师的小杂种的父亲，被杀前九个月就雇了我，要我保护他的人身安全。当时我派我私下雇用的探员保护他。由于魏斯顿庄园已经有高墙、围篱、猛犬、门禁、仆人和经验老到又熟悉盗猎者或侵入者各种花招的看守人，我认为够安全了。"

"可惜不够。"我说。

"显然是这样，"菲尔德探长咕哝着说，"那件……惨案发生时，我有三名手下就在庄园里。那天晚上我自己也在那里待到九点，之后我有些要事必须赶回伦敦洽办。"

"不可思议。"我说。其实我完全搞不懂菲尔德到底想说什么。

"命案发生时，我没有到处宣扬我私底下受雇保护他，"菲尔德探长悄声说，"可是侦探界圈子很小，消息传回到我在警界的长官和部属耳中。那应该是我事业的巅峰期，我却过得很不愉快。"

"我明白。"我说。坦白说我只听懂这个男人亲口承认自己的无能。

"你不明白。"菲尔德悄声说，"路肯阁下被杀整整一个月后，我在苏格兰场的侦缉局办公室收到一个小包裹。当然，那时调查工作还在进行，女王陛下也很关切调查结果。"

我点点头，切下一大块牛肉送进嘴里。肉有点儿嚼劲，但滋味还不赖。

"包裹里装的是路肯阁下的心脏。"菲尔德愤怒地说，"好像事先处理过，用某种失传的埃及手法，所以没有腐败。但那肯定是人类心脏，好几个我请教过的法医都说，那几乎可以确定就是路肯阁下的心脏。"

我放下刀叉瞪大眼睛。最后我总算咽下嘴里那口顿失滋味的牛肉。

菲尔德上身隔着桌面靠过来，满嘴的麦芽酒和牛肉气味：
"柯林斯先生，有件事我没有告诉你，免得你听了难受。你知道
除了那封信和醋栗的血衣，我还收到什么？"

"他的……眼睛？"我低声问。

菲尔德点点头，重新靠回椅背。

这些话让我胃口尽失，也不想再说话。菲尔德探长继续喝咖
啡吃甜点，我喝着杯里仅剩的葡萄酒等他，陷入沉思。

踏出餐馆置身户外冷风中，我觉得轻松不少。我享受着扑面
而来的冰凉空气，心里不太相信菲尔德刚刚那番有关路肯阁下流
浪的心脏或醋栗被打包的眼珠子的话。奇情小说作家听见奇情小
说内容时，当然分辨得出。可是这个话题让我心情糟透了，眼
睛后方的风湿性痛风头痛也开始发作。

我们离开餐馆后并没有各分东西，而是一同朝滑铁卢桥的方
向走去。"柯林斯先生，"说着，菲尔德拿出手帕大声擤鼻涕，
"我猜你找我来不是为了打听我那个年幼手下的悲惨命运。你有
什么事？"

我清清喉咙："探长，我最近正在进行一本新小说，需要做
些最不寻常的研究……"

"那是当然，"菲尔德打断我的话，"所以我才付钱雇我手
下最能干的探员——也就是备受肯定的黑彻利探员——每星期
四在某个地窖里等你到隔天早上。你跟我说过你去找拉萨里王是
为了缓解疼痛，不是为了搜集资料。我不得不说，我付时薪给黑
彻利为你服务，黑彻利整整一天一夜不能替我办事（因为警探也

需要睡觉），跟你提供的狄更斯先生去向和活动等消息实在……
这么说好了……不成比例。"

我停下脚步，双手捏紧手杖："菲尔德探长，狄更斯又到外
地去巡演、离开我调查的有效范围，你认为这都是我的错！"

"我什么意思都没有，"菲尔德说，"但真相是狄更斯每星
期至少回伦敦一天一夜。"

"他去圣詹姆斯厅朗读！"我有点儿动气，"偶尔会到威灵
顿北街的办公室处理公务！"

"还会到斯劳看他的情妇，"菲尔德冷淡地说，"不过我手
下告诉我他打算在佩卡姆郊区为爱伦·特南——也许包括她母
亲——另觅住处。"

"这与我无关，"我冷冷地说，"我不道人长短，也不管其
他绅士的风流韵事。"话一出口，我就为自己的措辞后悔，往来
的行人开始投来好奇的目光。我又迈开脚步往前走，菲尔德快步
跟上来。

"柯林斯先生，我们说好你要尽量安排机会去跟狄更斯见
面，方便你搜集那个自称祖德的杀人犯的任何消息，再传达给我
们。"

"我已经照做了。"

"你确实照做了……却做得太少。你甚至没有跟狄更斯一起
过圣诞节。那段时间他在盖德山庄停留将近两星期，也经常进城
来。"

"我没有受邀。"原本我想用冷漠的口气，听起来却有点儿
抑郁。

"这你也很无奈。"菲尔德的语调充满同情，让我很想把

手杖砸在他愈来愈秃的脑袋瓜子上，"可是狄更斯出去巡演或回到伦敦期间，你也没有积极找机会去见他。先生，也许你会想知道，狄更斯仍然每两星期成功地甩掉我的手下，消失在贫民窟地下室或老教堂地窖，直到隔天搭火车回盖德山庄才又出现。"

"探长，你需要更能干的手下。"我说。

菲尔德咯咯笑，又拧着他的大鼻子擤了一次鼻涕。"也许吧。"他说，"也许吧。与此同时，我不想责怪你，也不想抱怨我们双方对协议内容悬殊的贡献度。我只想提醒你，查出这个祖德怪物的地底——或地上——巢穴是你我的共同目标，免得更多无辜的人死在他手中。"

我们走到滑铁卢桥。我在栏杆边停下脚步，看着一整排码头、货仓、起重机和穿梭来去的短桅河船。强风豪雨在泰晤士河水面掀起条条白浪。

菲尔德拉起他身上那件过时外套的厚绒衣领遮住后颈："柯林斯先生，麻烦你告诉我今天找我来的目的，我会竭尽全力协助你从事任何进一步的研究。"

"坦白说我的目的不单纯是做研究，"我说，"也想提供你一点儿意见，也许对你寻找祖德有莫大帮助。"

"是吗？"菲尔德一双浓眉往上挑起，挤到大礼帽边缘，"请接着说。"

"在这本我即将完成大纲的小说里，"我说，"有个段落需要一名熟悉如何追查失踪人口的探员，是个聪明绝顶又经验丰富的探员。"

"是吗？这在我过去和目前的工作领域都是很普通的业务，我很乐意提供你专业意见。"

"但我不希望你的协助只有我单方面受益。"我望着白花花的波浪，没有看须发花白的菲尔德，"我忽然想到，伦敦有一位人士行踪不明，他可能是你追查火车事故后狄更斯与祖德之间的联系过程中欠缺的那一环，假设他们之间确实有联系的话。"

"是吗？这位行踪不明的人士是谁？"

"爱德蒙·狄更森。"

菲尔德搔搔脸颊，拉了一下胡子，不可避免地把那根肥胖食指竖在耳朵旁，仿佛聆听着那根手指传递的信息。"那是狄更斯在火车事故里救的那个年轻人，也就是据你所说前年圣诞节在盖德山庄梦游那位。"

"就是他。"我说。

"他怎么失踪的？"

"那就是我想调查的。"我说，"也可能是你追捕祖德时需要知道的。"我交给他一沓笔记，里面有我在葛雷旅店广场跟律师罗夫的对话内容、狄更森在伦敦最后一个住处的地址，以及狄更森成年前最后几个月把监护权从罗夫移转给狄更斯的日期。

"太有意思了，"菲尔德说，"我能留下这些东西吗？"

"可以，这些是复本。"

"柯林斯先生，这些确实可能对我们的共同目标有所帮助。不管这个人是不是失踪了，我都谢谢你提醒我这件事。可是你为什么认为狄更森先生对我们的调查很重要？"

我把双手摊开，举在栏杆上方："即使以我这非探员的观点去看，事情都很明显不是吗？狄更森很可能是我们所知——经过狄更斯亲口证实——唯一一个在火车事故中近距离接触到祖德的人。事实上，根据狄更斯的说法，正是祖德指引狄更斯找到了狄更森。当时狄更森困在火车残骸里，如果不是狄更斯——还有祖德！——他恐怕已经死了。事故后那几个月狄更斯一肩扛起照料狄更森的责任，我认为这点也很难说得通。"

菲尔德又搓揉脸颊："狄更斯先生是出了名的慈善家。"

我笑了笑："当然。可是他对狄更森的关注有点儿……我可以用'过了头'形容吗？"

"或者说出于私心？"菲尔德问。强风从西边刮来，我们各自伸手抓住头上的帽子。

"此话怎讲？"我问。

"爱德蒙·狄更森去年成年以前，"菲尔德问，"他的监护人要帮他管理多少财产？柯林斯先生，你在调查过程中有没有顺道去狄更森的银行跟经理聊聊天？"

"当然没有！"我冷冷地说。这种想法根本超越绅士的合宜举止，无异于偷拆另一位绅士的信件。

"反正这事一点儿都不难查，"菲尔德边说边把我的资料塞进夹克，"柯林斯先生，你提供这些可能有助于寻找祖德的信息希望得到什么回馈？"

"不需要。"我答，"我不是商人，更不是叫卖小贩。等你查清楚这个不承认自己见过祖德的人——天晓得，或许他之所以失踪正是因为他见过祖德——我只希望听听你的调查经过，好让我小说里调查失踪人口的情节更逼真些。"

"我明白。"菲尔德后退一步，伸出一只手，"柯林斯先生，很高兴我们又开始并肩作战。"

我盯着那只手好几秒，最后终于伸手去握。我们都戴着手套，所以另当别论。

# 第二十一章

时值5月，我们在狄更斯的阿尔卑斯式小屋，感觉舒适极了。

熬过湿冷的迟来春季，5月底突然阳光明媚，花朵、树木、绿地、和煦的白天、变长的黄昏、柔和的香气和适合睡眠的温柔夜晚。我的风湿性痛风大幅改善，鸦片酊的剂量降到两年来最低。我甚至考虑停止每周四的拉萨里王国之行。

这天晴空万里，我坐在小屋二楼享受着从敞开的窗子吹拂进来的徐徐春风，对狄更斯述说我新书的局部故事。

我用"述说"这个词是有原因的。虽然我那四十页的大纲和故事梗概就摆在我膝头，可是狄更斯没办法读我的字。我的手稿一直有这个问题，我听说负责处理我小说手稿的排字工人常会大声尖叫，直嚷嚷着要辞职不干。我手稿的前半部分情况更严重，因为那个阶段我通常写得比较仓促，涂涂改改，重写在纸页上任何空白处，更会代换字词，直到所有字母挤成一团，不是一团晕染的墨水，就是狂乱的线条、箭头、指示符号和粗暴的涂画。坦白说，鸦片酊恐怕也难辞其咎。

我用"局部故事"也经过考虑。其实我还没决定故事要如何收尾，但狄更斯想先听听故事前三分之二的大纲。我们已经说

402

好，6月我再把整篇小说的大纲读给他听，届时他才会决定要不要在他的《一年四季》连载我的《灵蛇之眼》（或《蛇眼》）。

因此，在1867年5月底这个美好的日子，我花了一小时又读又说，告诉狄更斯我下一本小说的梗概。狄更斯果然值得敬佩，他听得非常专注，甚至没有提出问题打断我。除了我的声音，周遭只有偶尔驶过底下公路的马车，小屋两侧清风拂过树梢的声响，以及蜜蜂的嗡嗡声。

我念完以后放下手稿，从小屋常备的冰镇玻璃瓶倒出一杯开水，灌了一大口。

经过几秒的沉默，狄更斯整个人从椅子上跳起来，大叫道："亲爱的威尔基！这故事太棒了！很狂野，却又够生活化！里面充满出色人物，隐含精彩谜团！还有刚刚最后那个转折，哇，彻底出乎我的意料。亲爱的威尔基，像我这样的文坛老战将可是没那么容易吃惊的！"

"确实。"我害羞地应道。我总是渴望听到狄更斯的赞美，此时他那些肯定话语跟我每日服用的药剂一样，暖洋洋地流遍我全身。

"我们的杂志一定要连载这本书！"狄更斯又说，"我预测它带动的销售量会超越过去我们连载过的所有小说，包括你那本精湛的《白衣女人》在内。"

"但愿，"我客气地说，"你不想先听完最后那一部分大纲再决定要不要买这本书吗？我还没收拢那些零星细节，比方说那场罪行的重现。"

"没这个必要！"狄更斯说，"虽然我非常期待未来一两周内听你告诉我最后结局，但我已经知道这篇故事妙不可言。情节太出人意表！叙述者本身竟然不知道自己就是罪犯！太好了，亲爱的威尔基，可圈可点！我说过了，很少有作家的巧妙布局能让我这么赞叹！"

"谢谢你，查尔斯。"我说。

"我能不能提出几个问题，或做几个小小建议？"说着，狄更斯在敞开的窗子前来回踱步。

"当然！当然！"我说，"你不但是我在《一年四季》的编辑，我们也共同创作一起编故事这么多年。故事进行到这个阶段，我很需要你的点拨与加持。"

"那好，"他说，"首先是关键情节的转折。我们的主角弗兰克林·布莱克有可能在鸦片酊——虽然是被人偷偷下药——和印度教变戏法的人的催眠双重影响下去偷钻石吗？这样会不会太巧合？我的意思是说，他在草坪上遇见的那些印度教徒不可能知道我们的……另外那个人姓什么？"

"谁？"我问。我拿出铅笔匆忙地在手稿背面抄写笔记。

"那个最后死的时候脑筋糊里糊涂的医生。"

"坎迪先生。"我说。

"是啊！"狄更斯说，"我的意思是说，那天晚上在庄园里不经意遇见的那些印度教徒不可能知道坎迪先生恶作剧把鸦片酊偷偷掺到布莱克的酒杯里，对吧？"

"嗯……"我说，"应该不知道。不，不可能知道。"

"所以说，他既然不知情地喝了鸦片酊，却又被神秘的印度教徒催眠，这样会不会稍嫌叠床架屋？"

"叠床架屋？"

"亲爱的威尔基，我是说，只需要其中一个条件，就足以让布莱克半夜起来梦游进行偷窃，不是吗？"

"呃……嗯……好像是。"我边说边记。

"再者，如果可怜的布莱克先生从他爱人的梳妆台偷走钻石是为了保护那颗钻石，而不是因为受到邪恶的印度教徒摆布，这样读者不是会有更丰富的想象空间吗？"

"嗯……"这样一来我的大惊奇就变成某种离奇的巧合了。不过应该行得通。

我还没来得及开口，狄更斯又说话了："还有那个古怪的残疾女仆，抱歉，她叫什么名字？"

"罗珊娜·史皮尔曼。"我说。

"对，一个怪异又错乱的角色，名字倒挺美。罗珊娜·史皮尔曼。故事开始时你说她是范林达夫人从感化院聘来的？"

"没错，"我说，"我想象中罗珊娜来自某个类似你创立的乌兰尼亚庇护所的机构。"

"我大约二十年前在勃德考特小姐协助下设立的，"狄更斯依然笑嘻嘻地走来走去，"我也猜到了。我曾经带你去过乌兰尼亚，你应该知道那里的女子都曾经沦落风尘，得到重新出发的机会。"

"罗珊娜·史皮尔曼也是。"我说。

"的确。可是范林达夫人或任何跟她同等身份地位的人如果知道罗珊娜曾经……是烟花女子，很难想象她还愿意雇用她。"

"嗯……"我应了一声。让罗珊娜有一段不堪的过去正是我的目的。这点可以说明她对布莱克的一片痴心注定不会有结果，也赋予这场暗恋几许情色氛围。话说回来，像我的范林达夫人这么优雅的人物——也跟罗珊娜一样注定走向厄运——竟会雇用妓女，不管是不是洗心革面重新做人，确实很难说得通。我在纸页上多记了一笔。

"小偷好了，"狄更斯的语气里有着他平日的果断，"让可怜的罗珊娜有窃盗前科，那么卡夫探长认得她是因为他曾经逮捕她入狱，而不是因为她曾经在街头拉客。"

"偷窃的罪恶比街头拉客轻微吗？"我问。

"没错，威尔基。如果她曾经卖春，那么不管她如何从良，范林达夫人的家都会蒙上污名。给她窃盗前科，那么读者就能看出范林达夫人雇用她、给她机会重新做人，是多么宽宏大量的行为。"

"有道理，"我说，"很有道理。我会记下来，要修改罗珊娜的背景。"

"再来是盖德菲·亚伯怀特牧师的问题。"狄更斯接着说。

"我不知道亚伯怀特牧师也有问题。刚刚我读的时候你还哈哈大笑，说你很喜欢这个伪君子的真面目被揭发。"

"说得对，说得对！你的读者也会有同感。问题不在这个角色，你用高超的手法将他描写成一个伪善者，野心勃勃，还想窃取仕女的财富。问题在他的头衔。"

"牧师吗？"

"正是。亲爱的威尔基，很高兴你也看出问题所在。"

"查尔斯，我恐怕没看出来。身为一个道貌岸然的神职人员，私底下却虚伪欺骗，不是更有意思吗？"

"这话当然很对！"狄更斯说，"我们都见识过这类虚有其表的神职人员，表面上要大家认为他们急公好义，私底下却是汲汲营营求富贵。不过，如果我们把对象换成亚伯怀特先生，控诉的强度丝毫不会受影响。"

我正要抄录下来，却停住笔、搔搔头："这样好像减弱了，也稀释了，淡化许多。如果亚伯怀特牧师不是神职人员，他要怎么担任这么多妇女慈善团体的主席？再者，这样修改以后，就不符合我在大纲写下来的那段精彩对白：'他职业是牧师，天生有女人缘，选择当个热心公益的人。'不到一个小时前我念到这几句，你也笑得很开心。"

"是没错。可是如果你把'牧师'换成……比如说'律师'，效果一样好。如此一来，很多——也许数以千计——读者在欣赏精彩情节的同时，情感上不会产生冲突。"

"我不太……"我说。

"先记下来。威尔基，你只要答应我将来写作时会考虑我的建议就够了。任何像我们这种杂志的严谨编辑发现这类问题一定会跟作者提，否则就是失职。事实上，换成你在编辑别人的作品，也一定会建议把亚伯怀特牧师降级为亚伯怀特先生。"

"我不太……"我又说。

"还有最后一点，亲爱的威尔基，关于你的书名……"

"对了，"这回我的语气带点渴望，"查尔斯，你喜欢哪个？"灵蛇之眼"或"蛇眼"？"

"其实我都不喜欢。"狄更斯说，"亲爱的威尔基，关于书名的问题我已经思考了好一阵子。坦白说我觉得这两个名字都有点儿邪门儿，从市场的角度来看，不够吸引人。"

"邪门？"

"嗯，灵蛇的眼睛，不讳言带有圣经故事的意味。"

"也有印度教异端信仰的意味呀，亲爱的狄更斯。我对印度的各种教派做了透彻研究……"

"有哪个教派崇拜蛇吗？"

"到目前为止我还没发现，可是印度教徒……无所不拜。他们有猴神、老鼠神、母牛神……"

"所以肯定也有蛇神，这我同意，"狄更斯用安抚的口气说，"可是你的书名还是隐藏着伊甸园和里面那条蛇，也就是恶魔。更何况，你的钻石明显以'光之山'为范本，更加不能让人有这方面的联想。"

我完全一头雾水，不明白狄更斯究竟在说什么。但我没有急着争辩，而是帮自己再倒点水，慢慢啜饮，最后才说："亲爱的狄更斯，为什么不能有这方面的联想？"

"你的宝石，或钻石，或不管你最后决定它是什么，很明显是以'光之山'为范本……"

"是吗？"我说，"也许吧。所以呢？"

"亲爱的威尔基，你应该清楚记得，或者我相信你搜集资料时应该也查到了，'光之山'这颗钻石最初来自印度的光山地区。早在'光之山'来到英国之前很久，坊间一直传言任何来自那个地区的物品都带着厄运。"

"是吗？"我又说，""灵蛇之眼"或"蛇眼"不正最适合勾起这种埋藏在脑海深处的记忆？"

狄更斯停止踱步，缓缓摇头："如果我们的读者把这种厄运跟王室牵扯在一起就不太好了。"

"啊……"原本我希望这个字音里带着些许模棱两可的沉思意味，没想到说出口后连我自己都听得出来喉头仿佛卡着根鸡骨。

"威尔基，我相信你也还记得那颗钻石送到英国本土两天后——也就是献给女王陛下的六天前——发生了什么事？"

"不记得。"

"嗯，当时你还年轻。"狄更斯说，"有个叫罗伯·佩特的骑兵营退休中尉攻击了女王陛下。"

"天哪！"

"是啊。幸好女王没有受伤，可是大众马上把这起差点儿酿成悲剧的事件跟那颗将要献给王室的宝石联想在一起。当时的印度总督为此特地写了一封公开信到《泰晤士报》，强调诅咒传闻纯属子虚乌有。"

"没错。"我边说边抄笔记，"我在俱乐部图书馆查阅了很多有关那位总督达尔豪斯阁下的资料。"

"我想也是。"狄更斯说。如果我鸡蛋里挑骨头，会觉得狄更斯的口气有点儿漠然，"还有另一起更不好的事件也跟'光之山'有所牵连，就是阿尔伯特亲王的辞世。"

我停止抄写："什么？那不过才六年前的事，距离'光之山'送抵英国在万国博览会展出已经超过十一年。阿尔伯特亲王过世以前，'光之山'已经在阿姆斯特丹切割成很多颗小钻石。这两件事怎么能牵扯在一起？"

"亲爱的威尔基，你忘了。亲王是万国博览会的规划人和主要赞助者。正是他建议把'光之山'陈列在大展览厅那个奇怪的特别展示柜里。女王至今依然悲恸不已，根据她身边的人所说，有时候女王伤心过度，会认为是'光之山'害死她夫婿。所以说，我们的小说里如果书名或内容影射到'光之山'以及它对我们爱戴的王室造成的影响，就得审慎考虑。"

我没忽略他话里的"我们"和"我们的故事"。我用冷淡的语气说："如果不能用"灵蛇之眼"或"蛇眼",那么你认为一部描写镶嵌在印度教蛇神雕像眼睛的宝石的小说应该取什么名字比较恰当?"

"哦,这个嘛。"狄更斯轻快地说。此时他坐在书桌边缘,露出主编的得意笑容。"我觉得我们不妨把蛇神和眼睛一并舍弃。另外想个不那么煽情、更吸引年轻女性读者的名称如何?"

"我的书向来很受女性读者欢迎。"我口气硬邦邦。

"亲爱的威尔基,当然是这样!"说着,狄更斯双掌互击,"见识过你《白衣女人》的魅力之后,有谁比我更清楚这点?我那本成绩平平的《我们共同的朋友》连载时读者人数只有你《白衣女人》的百分之一。"

"也没那么夸张……"

"你看……"月亮宝石"如何?"狄更斯打断我的话。

"月亮宝石?"我愚蠢地说,"你意思是要我把宝石的出处从印度改成月球吗?"

狄更斯发出他那种洪亮的孩子气大笑:"亲爱的威尔基,这俏皮话太有趣了。不过说实在话,有时候像"月亮宝石"这样的书名更能吸引潜在的女性读者,至少不会让她们起反感。何况其中还隐含着神秘与浪漫氛围,不会有亵渎或邪魔的意味。"

"月亮宝石。"我喃喃复诵,只是想听听从我嘴里念出来的感觉。比起"蛇眼"(或"灵蛇之眼"),它听起来索然无味、毫无色彩。

"太好了,"狄更斯大声说,重新站起来,"我会让威尔斯起草合约,就用这个当建议书名。我再说一次,你的大纲太精彩了,感觉像在读完成后——或即将完成的作品。令人赞叹的故事，里面充满令人赞叹又可喜的转折。威尔基，你的主角服用鸦片后梦游偷走钻石，自己却不复记忆，这实在是神来之笔，神来之笔。"

"谢谢你，查尔斯。"说着，我起身收好铅笔。我道谢的口气比先前少了一点儿热忱。

"亲爱的威尔基，散步时间到了。"说着，狄更斯走到墙角拿起手杖，再从挂钩上取下帽子，"这么美好的5月天，我想一路走到罗切斯特再折回来。你最近看起来健壮又红润，要不要一起去？"

"我可以跟你走到罗切斯特，再从那里搭下午的火车回伦敦，"我说，"卡罗琳和凯莉会等我一起吃晚餐。"

这是谎话，凯莉到乡下去探望亲戚了，卡罗琳以为我会在盖德山庄过夜。这天晚上有另一个人等我一起用餐。

"有个朋友陪着走半程路也好过没人陪。"说着，狄更斯把自己的手稿收进手提箱里，快步走出门，"我们出发吧，趁马路和小径还没累积太多灰尘，一分钟都别浪费。"


6月6日星期四傍晚，我正沉浸在一件我在早春时节发展出的小小乐趣，那就是带庞然大物般的黑彻利探员到附近酒馆喝杯小酒、吃些点心，之后再由他护送走进码头贫民区，进入圣阴森恐怖教堂底下更黑暗的世界，去光顾那个如今被我比喻为"拉萨里王地下愉悦商场"的地方。

几次周四夜酒馆小酌下来，我对黑彻利有了更深入的认识。从他口中我惊讶地发现原来他并不是我第一次见到他时判定的那种绿叶角色。他住在离我住家不远的多赛特广场附近颇有水平的住宅区，虽然妻子几年前过世了，但他有三个他很疼爱的女儿，还有一个刚进剑桥读书的儿子。更令人诧异的是，黑彻利很爱读书，而且他最喜欢的书籍之中有些是我的作品，其中又以《白衣女人》居首。只是，他负担不起新书，所以只在几年前《一年四季》杂志连载时读过一遍。这天我带了精装本准备送给他，正在签名的时候，有个人突然走到我们桌边。

一开始我先认出那套褐色花呢西装，之后又看见扎扎实实塞在里面的粗壮臃肿身躯。那人脱掉帽子，我发现他花白的鬟发好像比在伯明翰时长了些，当时他的头发被雨淋湿了。

"柯林斯先生，"说着，他把两根手指在眉毛前一晃，仿佛碰触了一下已经不在头上的那顶帽子，"雷吉诺·巴利斯向您请安。"

我咕哝了一声。我不想看见巴利斯探员，那天晚上不想见到，任何晚上都不想见到。我脑海里伯明翰暗巷那几秒惊悚回忆才刚开始褪色。

巴利斯跟黑彻利打招呼。黑彻利一面接受我送给他的签名版《白衣女人》，一面跟巴利斯点头。或许是我不理性，可是这一幕让我有种遭人背叛的感觉。巴利斯甚至自作主张跟我们同桌，放肆地从旁边拉了把椅子过来，椅背向前、跨坐在上面，强有力的前臂搁在椅背上。他的粗鲁举止看得我目瞪口呆，一时之间误以为他是美国人，虽然他讲一口地道的剑桥英语。

"柯林斯先生，能在这里遇见您真是意外惊喜。"巴利斯说。

我不屑回应他的鬼话，只转头盯着黑彻利，用冷淡的眼神告诉他，我不喜欢他擅自让别人知道我们的行踪。之后我又无奈地想到，黑彻利是菲尔德的手下，几乎可以确定也听命于这个叫人难以忍受的巴利斯，毕竟巴利斯虽然年纪较轻，却好像是那个烦人的菲尔德的副手。于是我提醒自己，尽管近期以来我对黑彻利如此慷慨大方，但他跟我之间永远不会有真正的友谊。

巴利斯上身前倾，悬在前臂上方，压低声音说："先生，菲尔德探长在等您的报告。我主动告诉他如果碰见您，会提醒您这件事。时间不多了。"

"两星期前我才给菲尔德探长一篇报告，"我说，"什么东西时间不多了？"

巴利斯笑了笑，却迅速把手指竖在嘴唇前，他的眼珠子瞄瞄这边又看看那边，夸张地提醒我隔墙有耳。我老是忘记菲尔德和他那些手下认定那个幽灵祖德的爪牙无所不在。

"离6月9日不远了。"巴利斯悄声说。

"哦，"说着，我喝了一口酒，"6月9日，斯泰普尔赫斯特事故的神圣纪念日以及……"

"嘘。"巴利斯说。

我耸耸肩："我没忘。"

"柯林斯先生，您的报告写得不够清楚……"

"不够清楚？"我打断他的话。我的声音大得足以让酒馆里任何有兴趣听的人都听见，不过当时少数几名酒客中显然没人感兴趣。"巴利斯先生，我是个作家，当过多年记者，目前是专职小说家。我无法想象我写的报告会'不够清楚'。"

"是，是，是。"巴利斯连声附和，脸上挂着尴尬的笑容，"我是说，不，没错，柯林斯先生，是我措辞不当。不是不够清楚，而是……呃……非常清楚，只是有点儿简略。"

"简略？"我用最适合这个词的鄙夷语气重复一次。

"就好比简单几笔完美勾勒出全貌。"巴利斯愉快地说,上身更贴近他壮硕的前臂,"细节却不够完整。比方说,您在报告里提到狄更斯先生一直说他不知道爱德蒙·狄更森目前下落,可是您有没有——套句我们在警校和警界常用的词——对他使出撒手锏。"

我忍不住笑出来。"巴利斯……先生……探员。"我轻声说。我发现黑彻利对我跟巴利斯的谈话表现得漠不关心。"我何止对狄更斯先生……套用你的话……使出撒手锏,我十八般武艺全用上了。"

巴利斯指的是,狄更森失踪案背后的动机在于金钱。

那个天清气朗的5月天我状况好极了,尽管我得努力跟上狄更斯那要人命的速度,但从盖德山庄到罗切斯特那段路我走得挺舒畅。我们大约走完三分之二路程时,我开始对狄更斯发动攻击,把子弹、迫击炮和整个弹药箱都用上了。

"啊,对了,"我说,这时我们走在通往远处教堂螺旋塔的公路北侧的步道上,"几天前我碰巧遇见爱德蒙·狄更森的朋友。"

即使我预期狄更斯出现错愕或惊讶的表情,我观察到的也只是一道专横的眉毛略略扬起。"是吗?我以为爱德蒙·狄更森没有朋友。"

"显然他有,"我撒谎,"一个老同学,叫班纳比或班纳狄克或巴特兰之类的。"

"这些是那个朋友的姓氏或教名?"狄更斯问。他的手杖以平常的快速节奏敲击路面。

"那不重要。"我说。真后悔事先没有花更多心思设计这段引狄更斯入局的虚构性引言。"只是某个我在俱乐部遇见的人。"

"那也许很重要，因为你碰见的那小子说不定是个骗子。"狄更斯满不在乎地说。

"骗子？怎么说？"

"我很确定狄更森告诉过我他从来没上过大学，连中途辍学都没有，甚至没踏进过任何学校。"狄更斯说，"这个可怜的孤儿好像请过很多家教，一个比一个更不如。"

"嗯……"我加快脚步赶上狄更斯，"也许他们以前不是同学。总之这个班纳比……"

"或巴特兰。"狄更斯提醒我。

"对，这个年轻人好像……"

"或班纳狄克。"狄更斯说。

"对。查尔斯，可以让我把话说完吗？"

"亲爱的威尔基，当然可以。"狄更斯面带笑容，伸出摊开的手掌。几只灰色鸟儿——鸽子或鹧鸪——突然啪啦啦地从前方不远处的树篱飞出来，直冲上湛蓝的天空。狄更斯没有放慢脚步，直接把手杖像扛猎枪似的举到肩膀上，假装扣下扳机。

"这个年轻人好像是狄更森不知在哪里认识的朋友。"我说，"去年他听见狄更森说他——狄更森——在成年前几个月换了监护人。"

"哦？"狄更斯应了这一声，只是个不失礼的回应。

"是。"我等着。

我们默默走了大约一百米。

我终于使出撒手锏："这个年轻人……"

"班纳比先生。"

"这个年轻人，"我坚持不改口，"碰巧在狄更森的银行处理汇兑事宜，无意中听见……"

"是哪家银行？"狄更斯问。

"什么？"

"亲爱的威尔基，你说的是哪家银行？或者，你那个狄更森的朋友说的是哪家银行？"

"提尔森银行。"我意识得到这几个字隐藏的威力。感觉像是我移动了一枚骑士，准备喊出"将军"。我记得弗朗西斯·培根爵士说过"知识就是力量"，此刻我压过狄更斯的这股力量来自菲尔德探长提供的消息。

"啊，没错。"狄更斯说。他轻轻一跃，跳过落在地上的一根树枝。"亲爱的威尔基，我知道那家银行，老派又自傲，窄小阴暗又丑陋的地方，空气中还有股霉味。"

到了此时，我这场逼狄更斯露出马脚的侦讯几乎没了头绪。只是几乎。

"看来还算蛮可靠的银行，把两万英镑转进狄更森新监护人的账户里。"说着，我不免好奇我的卡夫探长会不会在这里补上一句"啊哈！"

"我应该在'老派又自傲，窄小阴暗又丑陋的地方，空气中还有股霉味'之外再加上'有欠慎重'。"狄更斯咯咯笑，"以后我再也不跟这家银行往来了。"

我不得不停下脚步。狄更斯继续往前走了几步，也停下来，皱起眉头，因为顺畅的步伐被打断了。我的心脏怦怦狂跳。

"那么你不否认收到这笔钱？"

"否认？亲爱的威尔基，我为什么要否认？你到底想说什么？"

"你不否认曾经担任爱德蒙·狄更森的监护人，也曾经把他继承的全部财产大约两万英镑从提尔森银行转汇到你自己的银行账户？"

"我既不能也不会否认！"狄更斯笑道，"这两件事陈述的都是事实，所以都是真的。好了，我们走了吧。"

"可是……"我赶上去，努力跟上他的步伐，"可是……不久前我问你知不知道狄更森在哪里，你说你听说他去了南非之类的地方，不知道他确实身在何处。"

"这话当然也绝对真实。"狄更斯说。

"但你是他的监护人呀！"

"只是名义上的，"狄更斯说，"而且只有短短几星期，后来那孩子就成年了，正式取得了他的全部遗产。他觉得他指派我当他的监护人是给我面子，我允许他这么想。除了我跟狄更森，这件事跟外人一点儿关系都没有。"

"可是那笔钱……"我说。

"提走了，应狄更森的要求。亲爱的威尔基，那是在他二十一岁生日的隔天，那时他已经可以随心所欲处置他的财产。当天我很荣幸签了一张两万英镑的支票给他。"

"是，可是……为什么要经过你的账户？根本没道理呀。"

"当然没道理，"狄更斯笑呵呵地认同，"那孩子一心一意以为我在火车事故中救了他的命，希望在那张开启他成年后全新人生的支票上看到我的签名。这当然是胡闹，不过反正我只不过接受那笔钱，再写张支票给他，一点儿也不费事。他以前的律师兼顾问罗夫负责跟双方银行洽谈相关事宜。"

"可是你说你不知道狄更森到哪儿去了……"

"我的确不知道，"他说，"他透露过想去法国，彻底展开新生活……或者南非，甚至澳洲。我没收到过他的信。"

我张口想说点什么，却发现已经无话可说。我在脑海里预演这场对质时，想象气势凌人的卡夫探长把嫌犯吓得俯首认罪。

我们走路时狄更斯似乎在观察我的表情，显得乐滋滋："亲爱的威尔基，你听这位神奇的无所不知的班纳比或班纳狄克或巴特兰先生说这些事的时候，该不会以为我想方设法让自己变成可怜的狄更森的监护人，然后谋财害命杀了他吧？"

"什么？！我……当然没有……太荒唐了……你怎么能……"

"因为这些看似详尽的线索就会让我做出这种推论，"狄更斯开朗地说，"一个年事已高的作家，或许遭遇财务困难，碰巧救了这个有钱孤儿的命。不久后又发现这个孤儿没有朋友、没有家人，连个相识的熟人都没有，只有一个垂垂老矣、总是不记得自己有没有吃过午餐的律师。于是那个作家设法让那个信任他的孩子指定他，也就是那个财务发生问题的贪婪作家，为监护人。"

"查尔斯，你财务发生问题了吗？"

狄更斯开怀地哈哈大笑，我几乎跟着笑出声来。

"威尔基，那么你认为我要怎么下手？在哪里下手？盖德山庄吗？那里日日夜夜都有宾客来来去去，一点儿隐秘性都没有。"

"罗切斯特大教堂。"我呆滞地说。

狄更斯的视线越过树梢去到另一端："是啊。我们就快到了。唷嗬！不对，等等。你是说……我会在罗切斯特大教堂杀狄更森。啊，没错。很合理。亲爱的威尔基，你真是推理天才。"

"你喜欢晚上趁着月色带朋友上去参观。"我不敢相信自己大声说出这番话。

"这话不假。"狄更斯笑道，"而且每次我带朋友来，德多石先生和大教堂的牧师——我在小说里要帮他取名为塞普缪斯·克瑞斯派克尔——就会把钥匙交给我，让我随时可以登上塔楼。"

"还有地窖。"我喃喃说道。

"什么？哦，说得对！很好。那些钥匙也可以让我进入地窖。所以我只需要邀请狄更森单独出游，让他站在大教堂塔楼欣赏月光下的罗切斯特。对呀，去年我才带你和朗费罗的妻舅和他女儿上去过。等时机成熟，我会鼓动那孩子把上半身探出围栏外，好看清楚远处海面上的皎洁月光，而我只要轻轻一推。"

"查尔斯，别再说了。"我粗哑地说。我感觉风湿性痛风悄悄爬到我右眼后方，像由鲜血与疼痛组成、被压抑的间歇泉。

"不，不，这太有趣了。"狄更斯叫道。他挥动手杖，仿佛带领游行大队。"不需要手枪，也不需要锤子、铲子或任何需要事后清理、弃置的脏污笨重工具。只需要地心引力，然后是深夜的一声惊叫。然后……然后呢？假设那孩子跌下圣器收藏室周边围篱上那些黑色铁桩，刺穿了身子，或把他数量有限的脑浆砸碎在某块古老墓碑上……然后呢？卡夫探长？"

"然后是生石灰坑。"我说。

狄更斯停下脚步，伸手拍向额头。他瞪大双眼，笑容无比灿烂，简直是喜笑颜开。

"生石灰坑！"他大喊。有个骑士骑着红褐色母马路过，转头过来张望。"没错！我怎么会忘了生石灰坑？然后……也许等个几天……就进地窖吗？"

我摇摇头别开视线，开始咬嘴唇，咬到嘴里尝到鲜血。我们继续往前走。

"没错。"狄更斯满不在乎地挥砍路边野草，"那我必须找老德多石当共犯，让他拆除再砌回地窖的墙。不过威尔基，很多谋杀案都是这样被侦破的，找人共谋几乎等于踏上断头台。"

"一点儿也不，"我的语调仍然单调又没有生气，"你对可怜的德多石运用了你的催眠能力，他不会记得自己曾经协助过你处理狄更森的尸体……骨骸……手表、眼镜和其他金属物品。"

"催眠！"狄更斯叫道，"妙极了！亲爱的威尔基，我们要不要再加上鸦片酊的作用？"

"查尔斯，我想没这个必要。光是催眠控制就足以说明共犯是不自觉参与的。"

"可怜的德多石老家伙！"狄斯大声说，他开心得几乎蹦起来，"可怜的狄更森小子！这世上少数几个知道他曾经活在人世的人都听信杀害他的凶手的一面之词，以为他到法国或南非或澳洲去了！没有人为他哀悼。没有人为他那跟人共享的封闭墓穴献上一朵花。杀人犯解决了自己的……财务问题……跟个没事人似的继续俯仰人世。亲爱的威尔基，这实在太精彩了。"

我的心脏又疯狂跳动起来。我决定引爆刚刚太早抛出的火药："的确是。不过，这一切的前提是，那个凶手确知他是杀人犯……知道自己杀了人。"

"他怎么可能不知道……"说着，狄更斯一只手狂暴地扒抓蓬乱的胡子，"对了！这个凶手，这个用催眠手段让他的墓穴管理人共犯听命于他的人自己也受到别人的催眠控制！"

我不发一语，边走边注视狄更斯的脸。

他摇摇头："威尔基，到这里恐怕说不通了。"

"怎么说？"

"我的第一位催眠老师约翰·艾略森教授——你自己也引用过他的话——以及其他我阅读过的文章或晤谈过的专家都主张，任何人即使被意志力比自己强大的人催眠，也不会做出他清醒状态下不会做或不赞同的行为。"

"但你还是让德多石帮你处理了尸骸。"我说。

"对，对。"说着，狄更斯脚步加快，手不停搔抓头发和胡子，绞尽脑汁思索这些情节。"把死者埋葬在坟墓或墓穴里，必要时移动尸首，而后再把尸体封闭起来，这些是德多石的职业。幕后操控他的那个催眠师只需要建构一个苏醒后的情境让他去执行。至于命令别人杀人……不，我认为这在我们的故事里说不通，如果那个杀人犯心智健全就不行。"

"所有心智健全的人都有见不得光的思想。"我轻声说，这时我们已经走进罗切斯特大教堂的阴影，"所有心智健全的人，包括格外理性、众所周知的人物，都有不想被人看见的阴暗面。"

"没错，没错。"狄更斯说，"但会到犯下杀人这种罪行吗？"

"如果背后那个催眠师本身是个催眠大师兼杀人无数的凶徒

呢？"我问，"也许他有各种不为人知的方法可以让受他控制的男男女女照他的话做，不管那是多么恐怖的行为。或许那些人以为自己在演戏，以为被他们杀害的那些人最后都会跳起来鞠躬谢幕。"

狄更斯用锐利的眼神望着我："威尔基，你编写奇情小说的本事比我想象中厉害得多。你这本新书《月亮宝石》一定会大受欢迎，毕竟大众对杀戮、血腥以及被摊在阳光下那些人类最深层最黑暗的病态思想的胃口永不满足。"

"但愿吧。"我轻声说。

我们已经来到镇上，距离罗切斯特大教堂只剩不到一条街。宏伟塔楼的阴影覆盖住我们和道路两旁灰扑扑的低矮房舍。

"你想上去看看吗？"狄更斯指着上面高耸的螺旋石塔，"我身上刚好有钥匙。"

"改天吧，"我说，"谢谢你，查尔斯。"

"那就改天。"狄更斯说。


"所以他提到那两万镑的时候没有明显罪恶感或懊悔。"巴利斯探员说，"那么纪念日呢？"

"抱歉，你刚刚说什么？"我一时晃神了。

"斯泰普尔赫斯特的纪念日，"巴利斯悄声说，"菲尔德探长要求您那天尽最大的努力争取陪狄更斯进城来，距离9日只剩三天了。您的报告完全没提到狄更斯答应或拒绝您当天在盖德山庄留宿，或者陪他进城造访伦敦地底城。"

我喝下杯中仅剩的麦芽酒，面带笑容望向黑彻利。大个子黑彻利不想旁听我们的谈话，正恭恭敬敬地翻阅我刚刚为他签名的那本《白衣女人》。"黑彻利探员，这本书你还满意吗？"

"柯林斯先生，这份礼物太贵重了。"黑彻利大声说道。

"柯林斯先生，纪念日的事？"讨人厌的巴利斯紧咬不放。

"星期天——9日——晚上狄更斯先生没有邀请我到盖德山庄过夜，或到伦敦地底下漫游寻找他的祖德。"我还是没有回头看巴利斯。

"那么，先生，"巴利斯说，"那就请您赶紧找个时间跟菲尔德探长见上一面。为了星期天晚上的跟监，他安排了二十三个人手……"

"相反地，"我顺畅地接着说，打断那傲慢家伙的话，"狄更斯答应星期天到我梅坎比街的家吃晚餐，而且……"我停顿短暂片刻，只为了营造最佳效果，"在我家过夜。"

巴利斯听得猛眨眼："斯泰普尔赫斯特纪念日那天狄更斯要去您家？"

我缓缓点头，充分享受着一股理直气壮的高姿态。

巴利斯一跃而起，咔嗒嗒地将椅子转正："我得马上跟探长通报这个消息。柯林斯先生，谢谢您。这真是……太了不起……的进展。"他碰碰头上的隐形帽子，又对黑彻利说，"希比，行动平安。"

之后巴利斯离开酒馆，我跟黑彻利踏上前往圣阴森恐怖教堂那大约二点五公里路程。到了目的地，黑彻利把他守夜的用品铺排妥当：一具小提灯、一只装着他凌晨三点消夜的油腻纸袋，我猜一定是他女儿帮他准备的。此外还有一小瓶开水和他刚拿到的《白衣女人》。

我走下通往古老地下墓室的阶梯时，又一次边走边赞叹人类适应环境的无限潜能。两年前我第一次跟狄更斯下来，这段路程对我而言既诡异又惊悚。如今根本稀松平常，就像每星期走到药房去采买鸦片酊。

中国佬拉萨里王和他的两名保镖在通往他们的凹室那块破烂布帘旁等我。我的烟管已经填好在等我。

八小时后我爬上阶梯迎向新的一天，黑彻利探员已经收拾好那本小说之外的其他随身物品。我到的时候，他正借着从微微开启的地窖门射下来的熹微晨光专注读书。

"先生，一切都顺利吗？"说着，他把小说塞进身上无数大口袋其中之一。

"黑彻利探员，一切都很好，非常顺利。看样子今天会是好天气。"

# 第二十二章

1867年6月9日，星期天，我比预计时间晚一点儿到家。

那天早上我告诉卡罗琳我要在俱乐部工作到傍晚，会赶在狄更斯抵达前回到家。亲爱的读者，你八成猜到了，其实那一整天我都跟马莎待在她波索瓦街的住处，一不小心忘了时间，匆匆赶回家时觉得有点儿狼狈又疲累。

我走进楼下客厅，发现狄更斯又在明显昏昏欲睡的卡罗琳头上比画催眠手势。

狄更斯先看见我。"啊，亲爱的威尔基。"他开心地叫道，"来得正是时候。"

卡罗琳睁开眼睛，说道："狄更斯先生在帮我催眠。"

"看得出来。"我冷冷地说。

"他在教我怎么对你催眠！"她说，"让你晚上更容易入睡，因为你有时候……你知道的。"

狄更斯笑着说："如果卡罗琳能用磁流作用力帮助你入睡，那么你夜晚就可以减少或停止对鸦片酊的依赖。"

"我根本不需要靠鸦片酊助眠。"我撒谎。

"威尔基，你明知道事情不是这样！"卡罗琳嚷嚷道，"两天前你才……"她看见我冰冷的眼神,赶紧打住,"我去厨房,"她说,"看看晚餐好了没。"

晚餐很快就上桌了,过程很圆满,餐点的口味和质量都够水平。这点很出乎意料,毕竟我们的"厨娘"就是我们家的女仆,是我们家三个仆人之一,另外两个一个是她丈夫乔治,另一个是她那个跟凯莉同龄的女儿埃格妮丝。用餐过程中大家也聊得很开心,笑声不断。

凯莉好像很喜欢亲近狄更斯(虽然那段时间他自己的女儿反而愈来愈少亲近他),这天晚上她脸蛋红通通,是个最讨人喜爱的女学生。凯莉跟她妈妈一样聪明,小小年纪已经懂得一些跟年长男士愉快相处又不流于卖弄风情的微妙技巧,就连卡罗琳也在谈天过程中表现得够优雅。狄更斯则显得既放松又和蔼可亲。

生活在我死后的未来的读者,我不知道这本七零八碎的回忆录里是不是已经正确又充分地说明清楚,狄更斯这个人虽然很可能是个恶徒,甚至是杀人犯,跟他相处其实还蛮愉快的。他的谈话向来很轻松宜人,不会自我中心,绝无处心积虑或虚伪不实。他向来被公认为风趣、健谈、有同理心的谈话对象,至少在我那些英国名士圈子里是如此。他从来不会说些陈腔滥调或话藏机锋。此外,他也很擅长聆听,经常开心地大笑,很容易感染别人。

1867年6月9日这天,狄更斯笑声连连,那天在晚餐桌旁的他仿佛没有任何挂虑或心事。

晚餐过后我们到我的书房抽雪茄喝白兰地。6月这段时间太阳下山得晚,虽然天气有点儿转坏,气温降低,外面还下着大雨,却仍然有淡淡光线从窗帘之间筛进来。不过天就快黑了,坦白说这时进书房我有点儿提心吊胆，我只能安慰自己另一个威尔基很少这么早出现在书房，而且有外人在时他也没有出现过。亲爱的读者，或许我早该告诉你，我其实从小就经常意识到或看见另一个威尔基的存在。

但这天晚上没有。

狄更斯告退出去方便，我拿起酒杯走到窗子旁，拉开窗帘凝视外面的夜色。

大雨持续落下，我不禁莞尔。菲尔德探长和他的二十三名手下都埋伏在外面，我看不见他们，但在这种雨势和低温里，肯定不太舒适。这星期我才得知，原来那二十三个人绝大多数都是这天晚上的临时雇员，因为菲尔德的私人侦探社竟然只有七名全职探员。凯莉和我们的小女仆埃格妮丝早就在我书房升起熊熊炉火，感觉无比温暖。

前一天的事有趣极了。菲尔德要求我用各种借口支开卡罗琳、凯莉和三个仆人，方便他、巴利斯和他们几个手下在我们梅坎比街住家展开地毯式检查。

菲尔德探长执意这么做，我不得已，只得跟在后面看着他们检视所有门窗，听他们大声讨论可不可能从附近的屋顶跳到楼上的窗子。他们也居高临下寻找附近地区的有利地点，以便监看巷道、后院和附近的小路。最后他们近乎狂热地严密检视地下室，甚至大费周章地搬移我储煤地窖里大约半吨重的煤炭。他们在经常堆有一两米高煤炭的内侧石墙上找到一个不到二十五厘米宽的洞。

探员们拿着牛眼提灯照进洞内，可是那内部起伏不平的洞穴直接弯入岩石与土壤之间，不知所终。

"那通到哪儿？"菲尔德问。

"我怎么知道？"我答，"我没见过这个洞。"

菲尔德于是找来巴利斯和他手下，他们竟然令人难以置信地带了砖块、灰泥和用来堵死这么一个无害孔洞的各色工具。由巴利斯亲自叠砖块抹水泥，他们不到十分钟就完成了任务，。我发现巴利斯做起这些事显得技巧纯熟，终于明白他那粗壮的前臂从何而来。即使巴利斯先生有一口标准牛津或剑桥腔，他过去肯定是下层阶级的工匠。

"你们怕我跟狄更斯先生被老鼠咬吗？"我笑着说。

菲尔德用他肥短又带点不祥的指头指着我："柯林斯先生，记住我的话。明天是斯泰普尔赫斯特这个事故重要的纪念日，要么狄更斯先生会找机会去见祖德，要么祖德会想办法见到狄更斯先生。不管如何，先生，万一他们在这里见面，您会身陷险境。"

我哈哈大笑，伸手指向那个被砖块多此一举地彻底封死的小洞。"你觉得祖德有办法从那里钻出来？"我又用双手比了一下那个洞口有多小，就算是全身涂抹了油脂的幼童也未必钻得过。

菲尔德一脸严肃："您喊他祖德的那个东西可以挤进比那个更小的缝隙，只要有人邀请他。"

"探长，你说到重点了。"我还在轻声笑着，"我并没有邀请祖德来我家。"

"没错，但或许狄更斯先生邀请了。"菲尔德说。之后他们继续检查我地下室每一个角落。


"我要去美国。"狄更斯说。

我们在书房放松地享用最后一点儿白兰地和雪茄，壁炉的火焰在我们脚边噼里啪啦地燃烧，外头的大雨啪啦啦地打在窗子上。一小时前吃晚餐时狄更斯有多开心、多健谈，此时就有多安静、多肃穆。

"你在开玩笑。"我说。

"我没有。"

"可是……"我连忙打住。原本我想说：可是你的身体状况不允许。幸好谨慎地打住。我从许多不同渠道听说狄更斯的健康出了大问题，消息来源包括毕尔德医师、我弟弟查理和狄更斯的女儿凯蒂（通常通过查理），以及几个我跟他的共同朋友。我知道狄更斯愈来愈容易疲倦，春天时他在苏格兰和英格兰朗读，到了中场休息时间往往浑身瘫软无力。他的左脚和左肾老是出毛病，还有消化不良、胀气与伴随而来的头痛，另外就是所有人都看得出来的急遽老化。如果狄更斯发现我知道他这些毛病，肯定要勃然大怒。

我大声说："可是你不喜欢美国和美国人，肯定不会想再次踏上那块土地。你在《美国纪行》和《马丁·瞿述伟》里清楚表达了你对那地方的不屑。"

"哎，"狄更斯伸手一挥，"亲爱的威尔基，我上一次去美国已经是二十五年前的事了。即使这样一个落后的国家，经过二十五年也该进步了。他们在处理英国作家作品连载的版权和付款方面也确实改善很多。这点你一定很清楚，毕竟你受益不小。"

最后这句话说得没错。我的《阿玛达尔》跟美国方面达成非常有利的交易，而我还没动笔的《月亮宝石》也即将完成协商，有望取得比《阿玛达尔》更优惠的条件。

"再者，"狄更斯接着说，"我在美国有不少朋友，其中有些人不是年纪太大，就是胆子太小，不敢渡海过来。我希望能在他们或我作古以前再见他们一面。"

狄更斯谈到死亡让我颇感焦虑。我啜饮杯中仅剩的白兰地，盯着炉火，脑海再次浮现笨蛋菲尔德跟他那些手下在外面雨中某处瑟缩着的画面。如果狄更斯一如菲尔德断言，打算找借口说他必须去某个地方开会，不留下来过夜，那么他最好快点儿，时候不早了。

"总之，"说着，狄更斯深深坐进他沙发椅的皮革坐垫里，"我决定8月初派多尔毕过去——套句美国人的用词——探路。他会带着我的两篇新作品：《乔治·斯尔曼的理由》和《假日罗曼史》。这两篇故事是受美国出版商委托写的，其中《假日罗曼史》会刊登在一本名为"年轻世代"的儿童杂志或其他类似刊物里。"

"嗯，你应该还记得几星期前你在盖德山庄把《假日罗曼史》拿给我看了……当时你说里面的故事和那些怪诞的念头都出自儿童的手笔，而我相信了。"

"亲爱的威尔基，我不太确定你这话是褒是贬。"

"当然都不是。"我说，"只是陈述事实。一如往常，只要你想用文字达到某个目标，成果肯定令人信服。不过我记得你告诉过我，二十五年前美国行的舟车劳顿和密集行程让你暂时失去了对文字的掌控力。福斯特也说过，直到今日那些美国人还是配不上你这样的天才。查尔斯，你当真打算再次考验自己的体力吗？"

狄更斯接受我的提议再抽一根雪茄，此时他正对着我的天花板吞云吐雾。"当年我确实比较年轻，可是当时我才刚完成《韩夫利少爷之钟》，身心俱疲。何况出发前几天我还动了一个挺重大的手术。再者，光是我在美国的演说行程恐怕就足以累垮一个不需要做其他事的国会议员。我也不得不承认，当年的我确实比如今迈入沉稳中年的我更没耐心、更易怒。"

　　我寻思着狄更斯所谓的"迈入沉稳中年"。菲尔德告诉过我，今年4月到5月爱伦·特南生病，于是身为英国最受瞩目作家的狄更斯屡次一连消失好几天，以便守在情妇病榻旁。狄更斯搞神秘的习惯并不局限于他跟祖德那个怪物之间号称的会面，遮遮掩掩几乎成了他的第二天性。据我所知他寄给我那些投递地址为盖德山庄的信件之中，至少有两封其实写于爱伦的住家或他在她家附近那个秘密住所。

　　"我必须离开英国其实有别的原因。"狄更斯轻声说，"现在是时候告诉你了。"

　　我微微挑起眉毛，抽着雪茄静心等候。我以为他又要开始编故事，所以他说出来的话着实让我吃了一惊。

　　"你还记得我提过的那个叫祖德的人吧？"他说。

　　"当然，"我说，"我怎么可能忘记你说的有关那个怪物的传说故事，更不会忘记两年前我们一起在地底下那些坑道里探险的过程。"

　　"的确。"狄更斯冷淡地说，"亲爱的威尔基，我认为我提到祖德这个人的时候，其实你根本不相信……"他挥手制止我急切的反驳，"不，你先听我说，拜托。

　　"威尔基，很多事我没有告诉你……很多事我不能告诉你……很多事就算我跟你说了，你也不会信。可是祖德千真万确存在，你在伯明翰差点儿就发现了这个真相。"

我再次开口想说什么，却发现自己说不出话来。他这话什么意思？我老早已经说服自己，一年多前我在伯明翰听狄更斯朗读时之所以发生那场清醒中的噩梦，是因为暗巷遭遇恶煞的恐怖经历加上服用鸦片酊双重作用的结果。至于事后我在衣领和领结发现的血迹，当然是那天下午那个暴徒拿刀抵住我脖子时造成的伤口事后裂开渗出的。

但他又怎么会知道我药物作用下的梦境？我没告诉过任何人，连卡罗琳或马莎都没有。

我还没想清楚该怎么问狄更斯，他又说话了。

"亲爱的威尔基，别再伤脑筋思考祖德是不是真的存在。你有没有想过你朋友菲尔德探长这么执著要逮捕或杀死祖德，到底真正动机是什么？"

听见他说"你朋友菲尔德探长"，我涨红了脸。我向来以为狄更斯对我跟菲尔德之间的往来所知不多或完全不知情。他怎么可能会知道？可是我经常诧异地发现狄更斯似乎略知一二，或者不知怎的猜中了某些事。

话说回来，如果真有祖德这个人——这件事我还无法相信——那么狄更斯的信息很可能来自祖德与他的爪牙，正如目前我靠菲尔德和他的手下取得消息。

过去这两年来，我不止一次像这样深深感觉自己是一场暗夜恐怖棋局里的一枚小卒。

"你跟我谈过菲尔德探长那份所谓的'执著'。"我说，"你说他认为他可以靠这次追捕行动争回退休金。"

"以菲尔德近期以来的雷厉风行……或者说铤而走险……的手段，这样的动机好像不足以说明。你说是吗？"狄更斯问。

我略加思索，或者该说我皱皱眉头、眯起眼睛，装出思考的表情。事实上，那个当下我的全副心思都集中在风湿性痛风在我右眼内侧渐渐聚集、悄悄绕过右耳的那股疼痛。随着时间一分一秒过去，疼痛的触须更往我头颅深处探索。"嗯，"我终于开口，"看来不行。"

"我了解菲尔德。"狄更斯说。壁炉的火一阵啪啦响，火红的煤炭向下崩塌。书房里热气逼人。"我认识菲尔德快二十年了，他的野心可说登峰造极。"

你在说你自己，我心想，却沉默不语。

"菲尔德探长巴望着重掌侦缉局。"狄更斯说，"他一心一意想夺回侦缉局长的宝座。"

我忍着痛笑出声来："这怎么可能？菲尔德年纪一大把……都六十几了。"

狄更斯气呼呼地瞪我："威尔基，我国的皇家海军有些将军已经八十多岁了。不，可笑的不是菲尔德的年纪，也不是他的野心，而是他追求目标的手段。"

"可是，"我发现刚刚提到"老"字得罪了狄更斯，连忙说道，"菲尔德因为担任私家侦探时的不恰当行为冒犯了伦敦警察厅。他们连退休金都不给他，他当然不可能在如今更新颖、规模更大也更现代化的伦敦警界重新掌权！"

"不无可能，亲爱的威尔基，不无可能。只要他将这个据说犯下数百起杀人案的庞大犯罪组织的首脑逮捕归案。多年前菲尔德就学会利用大众媒体，这回他肯定也会好好自我宣传。"

"那么你同意菲尔德的见解，认定祖德是个杀人犯，也是其他杀人犯的头儿？"

"我从来不认同任何菲尔德陈述或想象的事件，"狄更斯说，"我只是在跟你说明一些事。亲爱的威尔基，你说说，你喜欢柏拉图描述的苏格拉底吗？"

他突然改变话题害我听得头晕脑涨，我忍着愈来愈强烈的疼痛猛眨眼。众所周知，狄更斯的满腹学识靠的是苦读自学，尽管他终其一生勤奋求上进，却始终对学历这件事有点儿敏感。过去我从来没听他提起过柏拉图或苏格拉底，所以完全猜不透这些哲学家跟我们此刻的话题有什么关系。

"柏拉图？"我说，"苏格拉底？是啊，当然喜欢，太精彩了。"

"那么你应该会同意我在这场你我共同探讨并挖掘某个原始——或许不太明显——真相的过程中向你提出几个苏格拉底式的问题吧？"

我点点头。

"假设我们称为祖德的那个人不只是幻觉或某种乖戾心态下的产物。"狄更斯轻声说。他放下酒杯，双手十指竖成尖塔状。"亲爱的威尔基，你有没有好奇过这两年来我为什么持续跟他见面？"

"查尔斯，我不知道你一直在跟他见面。"我骗他。

狄更斯的双眼在他的十指尖塔后方半信半疑地望着我。

"不过纯粹讨论，如果你真的继续跟他联系，"我说，"那么我猜你是基于早先告诉过我的那个理由。"

"学习更精湛更高深的催眠术。"狄更斯说。

"嗯，"我说，"同时深入了解他的古老信仰。"

"这些都是值得追求的目标。"狄更斯说，"可是你认为这些小小的好奇心值得冒着重大危险去探索吗？还得被菲尔德那些狂热探员追逐？并且一而再再而三地深入地底城？最后，还得根据我们可敬的菲尔德探长所说，接近一个杀人如麻的狂人？"

我已经一头雾水，不知道狄更斯想问什么。我只觉脑袋瓜经历一阵鸦片酊式眩晕，但愿表面上我看起来像在沉思。之后我说："不……应该不。"

"当然不，"狄更斯又拿出他的小学老师口气，"亲爱的威尔基，你有没有想过，或许我在保卫伦敦免受那个怪物的怒火荼毒？"

"保卫？"我重复他的话。风湿性痛风已经散布到整个脑袋，我的双眼和整个头盖骨疼痛不已。

"你读过我的书，听过我演讲，更参观过我协助创办并赞助资金的那些穷人和失足女性的收容所。你很清楚我对社会议题的观点。"

"是，"我说，"那是当然。"

"那么你知道地底城酝酿着一股蠢蠢欲动的沸腾怒气吗？"

"怒气？"我不明白，"你是指祖德的怒气？"

"我是指那几千名，或许几万名，被迫潜入那些地底墓室、下水道、地下室和脏乱区域的男女老幼。"狄更斯的音量升高，恐怕连楼下的卡罗琳都听得见，"亲爱的威尔基，我是指那数以千计人民的怒气，那些人就连在伦敦地表最破落的贫民区都挣不到三餐温暖，所以不得不向下发展，像老鼠似的在漆黑恶臭的地域生活。像老鼠一样！"

"老鼠。"我复诵他的话，"查尔斯，你到底在说什么？你不会是在说这个……祖德……代表数万名伦敦最底层的百姓。你自己不是说过，这个祖德容貌诡异，还是个外国人。"

狄更斯咯咯笑，双手十指以一种疯狂的节奏连连碰触："亲爱的威尔基，如果祖德是个幻觉，那他也是伦敦上流社会最惊悚噩梦中的幻觉。他是灵魂深处的黑暗世界里最黑暗的幽灵。他代表那些在我们这个现代世界与现代城市里连最后一丝微薄希望都失去的人们的愤怒。"

我摇摇头："我听不懂。"

"我重来一次，时候不早了。像祖德这样的怪物为什么会在斯泰普尔赫斯特死难现场选中我还找上我？"

"查尔斯，我不知道是他找上你。"

狄更斯不耐烦地挥了一下右手，再度拿起雪茄。他在袅袅青烟中说："当然是他找上我。亲爱的威尔基，你要学习聆听。作为小说家兼好朋友，聆听是你最需要提升的特质。全世界我只对你透露过祖德的存在以及我跟他之间的关系。如果你想弄清楚这起……戏剧性事件……有多么重要，就一定得专心聆听。尽管菲尔德固执己见地把这起重大事件当成游戏或闹剧。"

"我在听呀！"我冷冷地说。狄更斯只不过是个近期销售量不如我的作家，他从出版商那里拿到的价码也从来达不到我的水平，我不喜欢他这样批判我。

"火车事故现场有那么多人，祖德为什么选择我？这个从棺材里爬出来的家伙为什么相中我？"

我一面思考这个问题，一面偷偷按摩我阵阵抽痛的右侧太阳穴。"查尔斯，我不知道。你肯定是当天火车上最有名的人。"

还带着情妇和她母亲，我默默补上一句。

狄更斯摇摇头："祖德之所以找上我，而且至今迟迟没有发动大规模杀戮行动，并不是因为我的名气。"他一面吐出长长的烟雾，一面说道，"是因为我的能力。"

"你的能力？"

"因为我是个作家。"狄更斯口气有点儿不耐烦，"因为……为了探讨问题核心，请容我夸口……我或许是英国最重要的作家。"

"我明白了。"我又说谎。接着，我终于明白了。至少看出了一点儿端倪。"祖德要你帮他写东西。"

狄更斯哈哈大笑。如果他的笑声里有挖苦或嘲笑意味，那么我会当场带着我的头痛回房睡觉去。然而，那只是狄更斯常有的那种小孩子似的前仰后合的真诚大笑。

"是这样没错。"说着，他把烟灰敲进他椅子旁那个玛瑙烟灰缸里，"他非得要我帮他写东西。亲爱的威尔基，至少要写他的传记，少说也得写个五大册，或更多。"

"他的传记。"我说。或许狄更斯已经听烦了我一再重复他的话，但我自己肯定比他更厌烦。这个以一顿美好料理和笑声揭开序幕的夜晚如今已经升高，或沦落到彻底疯狂的境地。

"基于这个原因，祖德才没有把他的满腔怒火发泄在我、我的家庭、该死的菲尔德、你，以及所有伦敦人身上。"狄更斯疲累地说。

"我？"我不明白。

狄更斯仿佛没听见我的话："我几乎每星期潜入炼狱般的伦敦地底城，"他接着说，"每星期我拿出笔记本聆听，记笔记，点头，提问，记下这些对谈的任何信息，尽我所能拖延不可避免的后果。"

"不可避免的后果？"

"亲爱的威尔基，万一那个怪物发现我根本没有写他那本可憎的'传记'，他的愤怒就是不可避免的后果。但我听了很多……太多了。我听见许多古老仪式，恶心的程度超出任何理性英国人的想象。我听见催眠的磁力作用被拿来达到无法无天又难以言喻的目的，比如诱惑、强暴、煽动、利用他人进行报复、恐怖与谋杀行动。我听见太多事了。"

"你不可以再到地底城去了。"说着，我脑海中浮现出圣阴森恐怖教堂地底深处拉萨里王幽静又令人愉悦的凹室。

狄更斯又笑了，但这回笑得不那么畅快："如果我不去，他就会来找我。我的巡回朗读会、火车站、苏格兰、威尔斯和伯明翰的旅馆、盖德山庄，任何夜晚。狄更森梦游那天晚上，在我二楼窗户外面的就是他的脸。"

"那么祖德杀了狄更森吗？"我把握机会出击。

狄更斯瞪着我猛眨眼，之后才缓慢又疲倦、或许带点儿罪恶感地回答："我不知道。狄更森要我当他名义上的监护人，只有几星期时间。他继承的遗产都通过我的账户和我的支票提领出去了。之后他就……离开了。我只知道这么多。"

"可是，"我乘胜追击，"祖德肯定既想要狄更森的钱，又想写传记，他会不会运用他的邪恶催眠能力教唆某个人杀死狄更森，窃占他的钱，用在自己的……图谋……上？"

狄更斯看我的眼光异常坚定又极端冷峻，我只得缩回自己的椅子里。

"嗯，"他说，"祖德什么事都做得出来。他有可能让我杀死狄更森，再帮他把钱带到地底城神庙，事后我什么都不记得。我会以为那是一场梦，很久以前某出舞台剧的片段记忆。"

听见他的自白，我心脏狂跳，呼吸几乎停止。

"或者，"他又说，"亲爱的威尔基，他也可能让你去做那些事。祖德当然也知道你，他也安排了任务给你。"

我呼出一口气，干咳几声，努力缓和心跳。"胡扯，"我说，"我没见过那个人，假使他真是人的话。"

"你确定吗？"狄更斯问。那抹邪恶笑容再次从他胡子之间露出来。

我想到刚刚狄更斯莫名其妙提起我在伯明翰的经历。正好可以趁这个机会，或许也是唯一的机会，问个清楚。可是在此刻窄小闷热的书房里，我的头抽痛的速率就跟我心脏的狂跳一样又快又急。于是我说："查尔斯，你说他到你家去？"

"是。"狄更斯拖长了尾音，叹口气往后靠向椅背。他掐熄只剩一小截的雪茄。"我很煎熬。要保守秘密，长期处于恐惧中，在他面前虚与委蛇演戏应付。经常到伦敦去，还有进地底城的恐怖经验的后遗症。总是担心乔吉娜、凯蒂、孩子们……还有爱伦的人身安全，我身心俱疲。"

"当然。"我喃喃应道。我想到菲尔德和他手下在外面的滂沱大雨中，守候着。

"所以我一定得去美国，"狄更斯轻声说，"祖德不会跟着我去。他没办法跟去。"

"为什么不？"

狄更斯猛地挺直上身，瞪大眼睛望着我，打从我认识他以来，第一次在他脸上看见全然的恐惧。"他就是办不到！"他大叫。

"对，他办不到。"我连忙附和。

"可是我离开以后，"狄更斯悄声说，"你的处境就很危险。"

"危险？我吗？查尔斯，我为什么会有危险？我跟祖德没有任何关系，跟你、菲尔德和他之间这场恐怖游戏更加没关系。"

狄更斯摇摇头，接下来好一段时间他懒得说话，也没抬头瞧我一眼。最后他说："威尔基，你会面临极大危险。祖德已经至少一次把你掌控在他的黑色羽翼之下，而且几乎可以确定不止一次。他知道你住什么地方，也知道你的弱点。对你最不利的一点是，他知道你是个作家，目前在英国和美国拥有广大读者群。"

"那又跟那些事有什么关……"我中途打住，狄更斯见状点点头。

"没错，"他低声说，"我是他的传记作者首选，但万一我死了，或者他发现我跟他耍手段，决定要把我处理掉，他很清楚他可以再找一个。我最快11月才会出发去美国，在那之前我还有很多事要做，还要想尽办法让他相信我去美国是为了洽谈他传记的出版事宜。在我出发以前你跟我要经常碰面讨论很多事，你先答应我你会提高警觉。"

"我答应你。"我说。在那个时候，我确定我朋友狄更斯已经疯了。

我们又聊了些别的事，可是我实在疼痛难忍，狄更斯显然也累了。我们互道晚安各自回房时还不到十一点。

我吩咐女仆熄灭家里所有灯火。

卡罗琳在我床上等我，已经睡熟了。我叫醒她，赶她下楼回自己房间。狄更斯的客房也在二楼，这样的夜晚她不适合留在楼上。

我换上睡袍，一口气喝下三大杯鸦片酊。在这个6月夜晚，平时药效显著的鸦片酊却无法平息我的疼痛或焦虑。我在黑暗中躺了不知多久，感觉我的心脏像某种砰砰重击的无声时钟的钟摆，在我胸腔里剧烈跳动。我起身走到窗边。

雨已经停了，不过，一阵夏季迷雾已然升起，悄悄蔓延过马路对面小公园的树篱与灌木丛。月亮被低挂的乌云遮蔽，匆匆掠过屋顶的云朵周边却似乎镶着一圈近乎液态的灰白光线。地上的处处水洼反射出街角路灯的昏黄灯光。这个夜晚街上空无一人，那个接替醋栗的孩子也不在。我试图猜测菲尔德和他那些探员都躲在哪些地方。在靠近街角那栋空屋里吗？或东边小巷的暗处？

一座真正的时钟——我家楼下大厅那座——缓缓敲了十二下。

我躺回床上闭上眼睛，努力放慢思绪。

从遥远的底下某处传来轻微的窸窣声，透过中空的墙壁与其间几道隔栅传送上来。是奔走声。一扇门打开来？不，听着不像。那么是窗子吗？也不是。或许是黑暗地下室里砖块在缓缓移动，或者在成堆成堆的煤炭之间审慎移动的脚步。但那肯定是奔走声。

我从床上坐起来，把被子拉到胸前。

我这该死的小说家想象力，或许在鸦片酊的助力下，在我眼前构筑出一幕清晰影像，有一只体形大如小狗的老鼠奋力从储煤地窖那个刚封死的墙洞里挤出来。这只巨鼠有张人脸，是祖德的脸。

某扇门嘎吱响。地板发出极轻微的咿呀声。

莫非一如菲尔德自信满满的预测，狄更斯打算摸黑溜出去？

我悄悄下床，披上晨袍，单膝跪地，极度小心地拉开衣柜最底下那个抽屉，尽量不发出一丁点儿声响。黑彻利探员给我的那把巨大手枪就藏在里面那些收折整齐的夏季被单底下。枪在我手里难以置信地巨大又沉重。我踮脚尖走到门口拉开门，铰链发出叫人头皮发麻的抗议声。

走道上没有人。但我听见说话声，在低声交谈。我猜是男人，却不敢肯定。

我很庆幸脚上穿了袜子。我踏上走道，站在漆黑的楼梯口。楼下除了时钟的钟摆摇晃声和嘀嗒声，没有任何异响。

那阵窃窃私语再次出现，就在走道另一头。

会不会是卡罗琳气我赶她下楼，又上楼来找狄更斯说话？或者是凯莉，狄更斯毕竟是她最喜欢的客人。

不对，那声音不是来自狄更斯的客房。我看见书房半掩的门里有一道垂直柔光，于是蹑手蹑脚走过去，沉重的手枪枪口朝向地板。

书房里有一根点燃的蜡烛。我把脸贴在门上，看见冰冷壁炉旁那三张椅子和坐在上面那三个身影。狄更斯罩着一件红色摩洛哥式长袍，坐在他早先坐过的那张沙发椅上。他上身向前俯在那根蜡烛上方，脸在暗处看不清表情，但他在急切低语的同时，双手在空中不停比画。坐在书桌后方椅子上聆听的是另一个威尔基。他的胡子比我稍短，似乎最近刚修剪过。他戴着我那副备用眼镜，镜片映着烛光，眼睛看起来像魔鬼。

一小时前我坐的那张高背椅此时椅背对着我，我只看到坐在上面那人的黑色衣袖、修长的苍白手指，以及阴暗皮革椅背上方似乎略显童秃的头皮。早在那个身影倾身向前进入烛光中、用他的嘶嘶低语回应狄更斯之前，我已经猜到他是谁。

祖德在我家里。我想起储煤地窖里那只老鼠，然后看见一阵盘卷向上的轻烟或雾气像触须般攀爬在地窖里那些砖块之间，再汇聚成一个男人的影像。

我一阵头昏眼花。连忙往后靠向门柱稳住身子，与此同时又想到我大可以打开门、大步走进去，开两枪收拾祖德，再把枪口指向另一个威尔基。然后，或许……再对准狄更斯。

不……我是可以对祖德开枪，但我杀得死他吗？至于射杀另一个威尔基，那不等于射杀我自己吗？等明天晨光初露，伦敦警察厅的警探被歇斯底里的卡罗琳唤来，会不会发现威尔基·柯林斯的书房地板上躺着三具尸体，其中一具正是威尔基本人？

我上身向前，想听听他们说些什么。但他们的低语声停了，狄更斯最先抬头看我，接着是另一个威尔基。他转过来凝视我，那张圆嘟嘟的苍白脸庞像兔子脸似的往上挤在他的大胡子和无远弗届的额头之间。最后祖德也转过来，很缓慢，很吓人。他那没有眼皮的双眼闪着阴森森的红色余烬。

我忘了自己手里还拿着枪，连忙咚的一声关上门，跑回我的卧室。我背后书房的紧闭门板里的交谈声恢复了，音量让我正好听得见，他们不再窃窃私语。

我关紧锁牢卧房门的时候，是不是听见了笑声？我永远不会知道。

马上扫二维码，关注"**熊猫君**"

和千万读者一起成长吧！

# 图书在版编目（CIP）数据

谋杀狄更斯：全 2 册 /（美）丹·西蒙斯著；陈锦
慧译 . -- 上海：上海文艺出版社，2019.1
（读客外国小说文库）
ISBN 978-7-5321-6856-9

Ⅰ . ①谋… Ⅱ . ①丹… ②陈… Ⅲ . ①长篇小说—美
国—现代 Ⅳ . ① I712.45

中国版本图书馆 CIP 数据核字（2018）第 249758 号

**DROOD**
Copyright © 2009 by Dan Simmons
Published by agreement with Baror International, Inc., Armonk, New York, U.S.A.
through The Grayhawk Agency
Simplified Chinese translation copyright © 2019 by Dook Media Group Limited.
All rights reserved.

中文版权 © 2019 读客文化股份有限公司
经授权，读客文化股份有限公司拥有本书的中文（简体）版权
著作权合同登记号 图字：09-2018-767

责任编辑：秦　静
特邀编辑：孙宁霞　　王　品
封面设计：辛国栋

## 谋杀狄更斯
（美）丹·西蒙斯　著

陈锦慧　译

**上海文艺出版社**出版、发行
地址：上海绍兴路7号
电子信箱：cslcm@publicl.sta.net.cn
网址：www.slcm.com

**新华书店**经销　三河市龙大印装有限公司印刷
开本 890毫米×1270毫米　1/32　28印张　字数 616千字
2019年1月第1版　2019年1月第1次印刷
ISBN 978-7-5321-6856-9/ I.5468
定价：128.00元

如有印刷、装订质量问题，
请致电010-87681002（免费更换，邮寄到付）

读客外国小说文库

熊猫君激发个人成长

# DROOD

# 谋杀狄更斯 下

[美] 丹·西蒙斯 著
DAN SIMMONS

陈锦慧 译

上海文艺出版社

# 图书在版编目（CIP）数据

谋杀狄更斯：全2册 / （美）丹·西蒙斯著；陈锦
慧译 . —— 上海：上海文艺出版社，2019.1
（读客外国小说文库）
ISBN 978-7-5321-6856-9

Ⅰ . ①谋… Ⅱ . ①丹… ②陈… Ⅲ . ①长篇小说—美
国—现代 Ⅳ . ① I712.45

中国版本图书馆 CIP 数据核字（2018）第 249758 号

**DROOD**
Copyright © 2009 by Dan Simmons
Published by agreement with Baror International, Inc., Armonk, New York, U.S.A.
through The Grayhawk Agency
Simplified Chinese translation copyright © 2019 by Dook Media Group Limited.
All rights reserved.

中文版权 © 2019 读客文化股份有限公司
经授权，读客文化股份有限公司拥有本书的中文（简体）版权
著作权合同登记号 图字：09-2018-767

责任编辑：秦　静
特邀编辑：孙宁霞　　王　品
封面设计：辛国栋

# 谋杀狄更斯
（美）丹·西蒙斯　著
陈锦慧　译
**上海文艺出版社**出版、发行
地址：上海绍兴路7号
电子信箱：cslcm@publicl.sta.net.cn
网址：www.slcm.com
**新华书店**经销　三河市龙大印装有限公司印刷
开本 890毫米×1270毫米　1/32　28印张　字数 616千字
2019年1月第1版　2019年1月第1次印刷
ISBN 978-7-5321-6856-9/ I.5468
定价：128.00元

如有印刷、装订质量问题，
请致电010-87681002（免费更换，邮寄到付）

# 目　录

# 第二十三章

同样在1867年夏天，我跟卡罗琳、凯莉和家里三个仆人（乔治、贝西和埃格妮丝）险些被赶出家门、流落街头。

当然，我们早就知道梅坎比街9号租约即将到期。尽管我经常跟房东起争执，但我还是有信心至少可以，也肯定会再续约一两年。原来我自信过了头，于是7月份我们忙着在伦敦东奔西走找房子。

不用说，一直到6月我都忙着创作《月亮宝石》，那时我已经写好前三章给狄更斯过目。6月以后狄更斯又交给我一个新任务，所以找房子的责任就落在了卡罗琳身上。

她四处忙碌奔走那段时间，我窝在宁静的俱乐部撰写《月亮宝石》前三章。

6月最后两天，我在盖德山庄度周末，把我完成的部分读给狄更斯听。狄更斯听完非常开心，当下决定用七百五十英镑买下连载权，预定12月15日起在他的《一年四季》发表。我马上利用这个消息跟美国的哈泼出版社谈条件，要他们以相同金额购买连载权。

7月1日我回到伦敦，卡罗琳像只饥饿的苍蝇在我脑袋周围嗡嘤嘤打转，要我去看她相中的几间出租或待售的合适房屋。我跟她去看，结果除了一间在康瓦尔街的房子，其余全是浪费时间。我指责卡罗琳不该到马里波恩区以外的地方找，表面理由是我很喜欢这个区域。事实是，我跟卡罗琳的新家不能离波索瓦街太远，因为"道森太太"等于已经在那里定居。

我梅坎比街9号那个爱吵架的房东强势要求我们8月1日以前迁出，我得知消息后心平气和，打定主意不予理会。卡罗琳却紧张得头痛欲裂，更加疯狂地到处看房子，每天晚上喋喋不休地发泄她的满腹牢骚。

那年5月狄更斯邀我跟他一起为《一年四季》1867年的圣诞特刊共同创作长篇故事，我同意了，当然事先与威尔斯在杂志社经过漫长、几乎像闹剧般的激烈协商。狄更斯也算英明睿智，从来不亲自跟我谈钱的事。我为自己的那半则故事开出四百英镑高价。亲爱的读者，实话跟你说，我之所以提出这个数目，纯粹因为那是我1855年投稿到狄更斯杂志第一篇大受好评的故事所获稿酬的十倍，我记得那篇故事叫"萝丝妹妹"。最后我同意接受三百英镑，并非我个性软弱或胆小怕事，而是因为我希望能再次跟狄更斯公开合作，也想借此机会抚平那个月的祖德事件留下的任何小裂痕。

那年夏天狄更斯心情显得好极了。7月我原本打算重新开始撰写《月亮宝石》，但我在盖德山庄度周末期间，狄更斯说服我立即着手共同创作圣诞故事。他建议写一篇以我们1853年在阿尔卑斯山区旅行——从各方面来看，那都是我们相对比较愉快的时期——的经历为背景的故事，连篇名都想好了，叫"禁止通行"。

卡罗琳听说我要暂停《月亮宝石》的创作，喜形于色；等听到我接下来几个月会经常待在盖德山庄，她又怒不可遏。

我从盖德山庄回到伦敦那个星期一，卡罗琳把自己锁在房里，哭哭啼啼地指控我把找房子的事丢给她一个人，一点儿忙都不肯帮。那天我收到狄更斯来信，当时他也进城来，在杂志社办公室工作：

> 本函旨在声明，本人（如署）早先宣布圣诞特刊共三十二页，可比一头满口胡言的蠢驴。本人特此郑重澄清，前述圣诞特刊应为四十八页，并且内容充实分量十足，一如本人过去以来亲自挥汗演示证明。

这就是1867年7月狄更斯打趣逗乐的情绪。

那年夏天马莎的心情比卡罗琳好多了，所以我结束在俱乐部的工作之后，经常步行到波索瓦街吃晚餐顺便过夜。由于我偶尔会在俱乐部的客房留宿，也频频搭火车到盖德山庄跟狄更斯讨论《禁止通行》，有时也在那里过夜，所以卡罗琳从不多问。

有天晚上我在俱乐部提早吃晚餐，用餐快结束时，我猛一抬头看见菲尔德横越餐厅大步走过来。他问也不问就擅自拉张椅子到我的个人餐桌旁，坐了下来。

我第一个反应很想告诉他："探长，这个俱乐部只接待绅士。"但他脸上挂着难得的笑容，挤出满脸皱纹，我于是拿起餐巾轻抹嘴唇，挑起单侧眉毛取代发问，默默等着。

"亲爱的柯林斯先生，好消息。我要第一个告诉您。"

"你抓到了……"我转头看看偌大餐厅里寥寥几名用餐客，

"地底那位绅士？"

"还没，先生，还没。不过快了！不，这件事关系到您目前寻找新住处的需求。"

我没告诉菲尔德我们房子租约到期，不过我对这个人掌握的任何信息已经不再感到诧异。我继续等着。

"您还记得山渥德太太制造的难题吗？"他轻声说着，眼神到处飘，仿佛我们两在共谋什么似的。

"当然。"

"难题消失了。"

我实在太意外了。"那位女士改变心意了吗？"我问。

"那位女士，"菲尔德说，"已经死了。"

我眨巴着眼，倾身向前，用比菲尔德刚刚更像共犯的口气悄声问道："怎么回事？"山渥德太太是个六十多岁、反复无常的干瘪老太婆，看上去大可以反复无常地活到更干瘪的九十多岁。

"她很识相，从楼梯上跌下来摔断了脖子。"

"太惊人了！"我说，"在哪里摔的？"

"她虽然死在格洛斯特街90号的房子里，不过是在仆人用梯。如果您搬进去，肯定不会有机会走到那里去回想起她的不幸。"

"仆人用梯？"我重复一次，脑海中浮现出我的绿皮肤黄獠牙女人。"山渥德太太跑到仆人用梯做什么？"

"这就不得而知了。"菲尔德笑呵呵地说，"时间搭配得刚刚好，不是吗？现在不会有人阻止您去租那栋房子了。"

"她那个传教士儿子呢？"我问，"他一定会从非洲或什么地方赶回来……"

菲尔德用他长满老茧的手挥走我的疑虑："原来山渥德太太买格洛斯特街90号的贷款一直没付清，她根本没有权利把房子留给谁。"

"那么屋主是谁？"

"是波特曼阁下。房子的产权一直都属于波特曼阁下。"

"我见过波特曼阁下呀！"我叫道，声音太大，好几个用餐客转过头来。我压低音量，又说："探长，我认识他，人很理性。我记得他在波特曼广场附近有不少产业，还有贝克街和格洛斯特街。"

"柯林斯先生，您说得没错。"菲尔德脸上带着那抹得意又格外邪恶的微笑。

"你知不知道他开价多少？"我问。

"这我倒是自作主张打听了一下，"菲尔德说，"波特曼阁下说他可以接受二十年期租金八百英镑。当然，这包含马厩里那些雅致的畜舍。承租人可以把马厩转租出去补贴租金。"

我觉得口干舌燥，于是喝了些波特酒。八百镑不是一笔小数目，当时我手边没有这么多钱，不过我知道等我母亲过世，我跟查理可以得到我母亲从她姑母那里继承的一笔大约五千英镑现金的遗产，至于我母亲的其他财产，碍于我父亲遗嘱的规定，我父母名下的资产我们都不能自由运用。再者，菲尔德说得没错，那个马厩确实可以转租出去。

菲尔德从外套口袋里掏出两支颜色深得可疑的雪茄。"你们俱乐部餐厅应该没有禁烟规定吧？"他说。

"没有。"

他剪开雪茄末端，递给我一支，然后点燃自己的，开心地喷了几口烟，再把火柴递过来作势帮我点。我上身前倾，允许他帮我点烟。

菲尔德挥手招来俱乐部年纪最大也最耿直的侍者巴托斯，说道："麻烦你给我一杯跟柯林斯先生一样的酒，谢谢。"

巴托斯皱着眉头匆匆离开，显然对这个衣着草率态度专横的陌生人很不以为然。我不禁再次感叹，我的人生怎么会跟这个古怪又霸道的警探纠缠不休。

"这雪茄够水平，柯林斯先生，您说是吗？"

那烟草根本就像种植在被遗忘的地窖里发霉的靴子里。"品质一流。"我答。

菲尔德的酒来了。我大脑里那些时时警觉、刻刻谨慎的节俭细胞不情愿地把这杯酒纳入我在俱乐部那张数额已经够庞大的账单里。

"先生，恭喜您好运上门。"菲尔德举起酒杯。

我也举起酒杯，一面跟他碰杯，一面想着这下子卡罗琳终于可以停止抱怨和鬼叫了。坦白说，当时或接下来那几天，我完全没想过可怜的山渥德太太和她始料未及的命运，唯一的例外是我编谎言瞒骗卡罗琳她的死亡原因与地点的时候。

生活在我死后的未来的读者，我想我该跟你聊聊另一个威尔基了。

我猜到目前为止你一直认为这个威尔基是我想象力的产物，或者是我不得不服用的鸦片酊的副作用。其实都不是。

我一生都摆脱不了第二个自我。从小我就以为自己有个双胞胎兄弟陪我玩，也经常跟我母亲提起这件事。长大一点儿之后，我经常听我父亲谈起他教"威尔基"画画，我很清楚他说的那个时间我其实不在家，在那些课程中受益的是我的化身。十五岁时我跟一个年纪比我大的女性初尝禁果，无意中转头看见另一个威尔基——跟当时的我一样有着明亮双眼、没有胡子，站在阴暗墙角兴趣盎然地瞧着。刚成年那段时间，那另一个我似乎遁入他来自的那个灰色地域。有好几年的时间里，我确定自己终于甩掉他了。

可是到了我这本回忆录里描述的那段时间之前几年，我的风湿性痛风引发的持续性疼痛必须仰赖鸦片制剂缓解，此时另一个威尔基回来了。我们分别的时间里，我的性格变得更温和、更愉快，对人更友善，另一个威尔基却变得更苛刻、更具攻击性。多年以前我初识波希（在他讨得狄更斯欢心之前）时，曾经对他说我"有种挥之不去的诡异感受，总觉得'有人站在我背后'"。

我从来不排除是鸦片酊将另一个威尔基召回。《一个英国瘾君子的自白》作者托马斯·德·昆西是我父母的朋友，他曾经写道："如果有个男人'开口闭口谈的都是牛'，哪天他成了鸦片吸食者，那么他大有可能会梦见牛，只要他不至于迟钝到连梦都不做。"双重身份一直是我在写作与人生方面的执著，我始终感觉有个化身盘旋在现实生活朦胧的边缘地带。鸦片酊这种药物经常被视为通往其他现实世界的有效利器，难怪我开始每天服用以后，我的童年玩伴另一个威尔基就应召前来。

亲爱的读者，如果你熟悉我的作品，就会发现我的大部分故事和所有小说都有这种身份认同问题。这种现象始于最早的《安东尼娜》（我着手创作这本书的时候才二十二岁），代表善与恶的双重身份游走在我故事的纸页中。我笔下的人物（我想到《白衣女人》里的劳拉·费尔莉和我下一部作品《无名氏》里的玛德莲·范斯东）被冷酷又残暴地剥夺真实身份，不得不寄宿在别的姓名、别的心灵、别的面貌的空洞躯壳里。

我小说里的人物即使获准保有原始身份，也经常不得不对外隐瞒，或冒用他人姓名，或者因为视力、听力、口语能力或肢体的丧失而失去自己的身份。我的人物经常会发展出全新性格，随着我鸦片酊剂量的增加，这种身份转换也愈加频繁。

狄更斯鄙视我作品里的这种特色，但我的读者显然很喜欢。附带一提，我并不是唯一一个执著于描写"另一个自己"或双重身份、双胞胎与身份混淆的作家：有个叫莎士比亚的摇笔杆家伙比我更常运用这类主题和创作手法。

早在祖德这场噩梦还没开始以前，我就经常纳闷儿：我是不是因为欠缺某些存在于另一个威尔基身上的特质，所以比较不被看重。比方说我的名字，或者该说别人如何称呼我这件事。

虽然菲尔德和他那些探员不嫌麻烦地称呼我"柯林斯先生"，但其他所有人好像都叫我威尔基。偶尔我会称呼狄更斯"亲爱的狄更斯"，但我的朋友们不会叫我"柯林斯"。他们就是直接喊我"威尔基"，仿佛我在大家心目中始终是个孩子。就连小孩子也不例外：凯莉从小就喊我威尔基；狄更斯很多孩子在成长过程中也都喊我威尔基，除非狄更斯或乔吉娜命令他们使用尊称。俱乐部里那些人即使彼此相识多年，也绝不会直呼对方的教名，却会在初见我时毫不见外地喊我威尔基。

这也太奇怪了。

那天晚上我偷窥狄更斯跟祖德和另一个威尔基谈话后快速逃离，隔天吃早餐时我对狄更斯说我梦见了那样的情景。

"那是真的呀！"狄更斯叫道，"亲爱的威尔基，你也在现场！我们聊了几小时。"

"我完全不记得谈话内容。"我感觉皮肤上竖起无数冰凉细针。

"也许这样比较好，"狄更斯说，"有时祖德会用他的催眠能力抹去谈话对象的部分或全部记忆，只要他认为这些记忆会让他或对方遭遇危险。当然，这种记忆抹除对我无效，因为我跟他一起施行这种催眠术。"

我心里挖苦地想着，跟真的一样！说出口的却是："如果那场梦是真的，那次会谈也是真的，那祖德怎么进来的？我记得所有门窗都关紧锁牢了。"

狄更斯笑笑，拿起第二片吐司开始抹柑橘果酱："亲爱的威尔基，这点他没有告诉我。根据我过去两年来的了解，祖德想去哪里就可以去哪里。"

"你是说他就像某种鬼魂？"

"不，威尔基，一点儿也不。"

"那么你能不能告诉我，"我口气不太好，"那'几小时'我们都聊了些什么？祖德要我忘掉的是什么？"

狄更斯略显迟疑，最后他说："我会告诉你，不过我觉得最好过些时候再说。亲爱的威尔基，有些迫在眉睫的事你暂时还是不知道比较好，还有些事为了你自己的声誉，最好也别知道……比方说，如果哪天你需要告诉菲尔德你没见过祖德，也不知道他有什么计划时，就不必说谎了。"

"那么昨天晚上，他，或者你，又为什么要告诉我？"我追根究底。我还没服用我的晨间鸦片酊，我的身体和脑袋都极度渴望。

"为了征求你的同意呀!"狄更斯说。

"同意什么?"我简直快翻脸了。

狄更斯又笑了,用一种叫人吃不消的神情拍拍我的手臂:"再过不久你就知道了。等这些事都过去,我就会把昨晚的谈话内容一五一十告诉你。我跟你保证。"

尽管我根本不相信狄更斯、祖德和另一个威尔基之间有什么秘密会谈,但我也只能暂时罢手。这件事很明显只是狄更斯在利用我的鸦片酊幻梦遂行他个人难以理解的目的。

或者另一个威尔基有他自己不为人知的目的或计划。想到这里,我的皮肤更加冰凉。


1867年9月初,我们搬进了格洛斯特街90号。为了付八百镑租金,我不得不向几个金主融资。但菲尔德说得没错,屋后马厩那批畜舍是可以转租获利的。我租给一名拥有四匹马的妇人,一年租金四十镑,只是她从不准时缴纳租金,害我伤透脑筋。

格洛斯特街这栋房子比我们在梅坎比街那间更为宽敞豪华。屋子本身远离大马路,是连栋的五层楼建筑,房间数量足以容纳比我们人口更多、仆役规模比我们那区区三名训练不足、效率不佳兼无处可去的可怜用人更大的家庭。如今我们有充足的房间可以接待为数众多的客人。一楼的用餐室比梅坎比街那间大上三倍,用餐室内侧有间舒适的房间,就充作我们家的私人客厅。我搬进去以后马上把一楼那间 L 形客厅据为己有,充作我的书房。虽然门外人来人往,干扰不免,比如客人路过、用人打扫或卡罗琳在邻近的客厅忙她的事,可是这房间有超大壁炉、挑高窗子,位置在整栋房屋正中央，空气流通，一点儿都不像我的梅坎比街书房，一关上门就无比阴暗。我只希望另一个威尔基不会跟着我们搬进来。

房子的整修工作到晚秋时节大功告成，成果令我十分满意。我理所当然拥有大量藏书和画作，这栋房子墙壁上那些镶板比梅坎比街那些糊了壁纸的阴暗壁面更适合展示我的收藏。

我有一张我母亲少女时代穿着一袭白洋装的画作，是画家玛格丽特·卡本特的手迹，我把它挂在书房。我母亲没见过它在我书房的模样，因为我不方便邀请她到我和卡罗琳同居的家。我在一封信里跟她提起那幅画，说："经过这么多年，现在的你跟画中的你没有两样。"这其实是假话，毕竟我母亲已经年过七十，岁月不饶人。

我书房里还有一幅我父亲的画像，以及一幅他描绘索伦托岛的作品。另有两幅巨型画作挂在我书桌左右两侧，也都出自我父亲之手。书房里另一面嵌有镶板的墙壁上悬挂着一幅我年轻时的肖像画，是我弟弟查理帮我画的，另一幅我的肖像画则是画家约翰·米莱斯的作品。至于我自己的作品只有一幅，是求学时期的作品《走私者的天堂》，我将它挂在用餐室。

虽然狄更斯和我们其他朋友很喜欢煤气灯这种时髦玩意儿，但我个人不太能接受。因此我在格洛斯特街的房间、书本、帷幔、写字桌和画作跟先前的住家一样，仍然利用蜡烛或煤油灯照明。我喜欢烛光和壁炉火光投射在所有物品上的那股柔光，尤其是照在坐在壁炉或餐桌周遭的人脸庞上时的效果，所以永远不会用煤气灯那种毫无人情味的强烈光线取代它。尽管在烛光或油灯下写作经常让我头痛欲裂，不得不服用更多鸦片酊，但为了营造家里的温暖氛围，这种代价很值得。

那栋房子尽管外表看上去格局宏伟，过去在已故的山渥德太太手上时却有点儿年久失修，因此需要一整组工人进行粉刷、维修或安装管线、拆掉隔板，还得重新镶墙板、贴瓷砖，把屋子内部的装潢提升到知名作家宅邸该有的水平。

我因应这场整修浩劫的第一步就是停止所有社交活动，不宴客也不接受邀宴。我的第二个步骤是暂时舍弃格洛斯特街90号的舒适生活，接连几星期在我母亲的绍斯伯勒小屋或盖德山庄留宿并创作，把又脏又烦的监督工作留给卡罗琳。正如我9月10日——也就是搬家隔天——写给我朋友费德烈克·雷曼的信上所说："我必须迁出旧居，还得寻找新房子，要谈妥新房子的租约，要咨询律师和资产管理人，要雇用装修工人，忙碌之余还得勤于笔耕，一日不懈怠。"

那年秋天气候挺暖和，我跟狄更斯那篇《禁止通行》的共同创作多半在他的小屋进行。狄更斯将他小屋二楼的长形工作台改成双人写字桌，可以容纳两人并坐。我们经常连续几小时伏案创作，周遭只有蜜蜂的嗡嗡声和我们偶尔提出意见或疑问的低语声打破安逸的秋日静谧。

早在8月底时，狄更斯寄给我一封短笺，其内容正足以说明我们共同创作过程中轻松自在的意见交流：

> 我有几点一般性看法，但愿可以提供我们都希望达到的那种趣味性。我们来安排一场冬季横越阿尔卑斯山的你追我跑高潮戏：不听劝告、孤军奋战。我们可以在这场冒险旅途上铺排最恶劣的自然条件，加入最毛骨悚

然、最危机重重的情节，可以是设法逃离，也可以试图追赶某个人，我倾向后者。故事中的恋情、事业或报应就取决于能不能逃离或追赶上那人。在那样的情境下，我们会有时空环境上的惊悚、美景与惊魂等各种要素，让剧情升高到任何令我们满意的震撼张力。如果你我创作时都把这些铭记脑海，鞭策故事朝那个目标前进，那么我们势必能从中获得雪崩般的威力，让它像雷击般轰隆隆地敲进读者脑海。

到了9月底雪崩仍然没有出现，狄更斯只得写信告诉我，"我跑得极慢，简直像养老院的退休老人推着独轮车，"以及"我跟你一样，进度也像蜗牛爬行"，不过，在盖德山庄的合作加速了我跟他各自独立却又交相融合的情节进展，提升了我们的创作热情。

10月5日我又回到我母亲的乡居小屋，一面享用美味餐点，一面开心地想着我跟狄更斯的共同创作即将完成。这时狄更斯又寄来以下信函：

　　我让玛格丽特前去救援，凡戴尔考虑到玛格丽特的立场，没有说出真相，只说那是暴风雨中的一场意外。顺道一提，如果你刚好希望欧宾莱泽有道伤疤，我安排他在刺杀凡戴尔的时候反被自己的刀刺伤。如果你不打算这么做，也没关系。我山区冒险那段的校样肯定错误百出，因为我的手稿很难读懂。不过你一定能明白我的意思。关于结局我的想法大致跟你吻合，只是还没细思量。至于欧宾莱泽的问题我会想一想（自杀如何？）。

我让玛格丽特全心全意为爱付出。你什么时候方便随时告诉我，我们约时间来这里一起收尾。

亲爱的读者，我不知道这种两个专业作家之间的工作手札经过一百多年以后会有什么重要性，想必一点儿都不重要。可是以狄更斯在我这个时代的名气，或许哪一天这些仓促写就、内容隐晦的书信会受到某个普通学者的青睐。我写给狄更斯的那些信件也是这样吗？唉，谁也不知道，因为打从1860年秋天狄更斯焚烧他所有信件之后，多年来他始终维持这个烧信的习惯。

同样在10月5日那天，也就是10月的第一个星期六，我回到格洛斯特街的新家。我没有事先写信或打电报告诉卡罗琳我会回去。我到家时天已经黑了，屋子里大多数房间都没点灯，卡罗琳跟一个陌生男人在厨房里吃晚餐。

坦白说，我吓了一跳，也许还有点儿生气。那天晚上仆人都不在，卡罗琳在餐桌旁对我微笑，但我看见一抹红晕从她颈子一路往上爬到耳朵，再绕回她脸颊。

"这是怎么回事？"我问那男人，"你是谁？"

那是个身材瘦小、面色蜡黄、獐头鼠目的不起眼男人，身上穿着最普通的斜纹布外套，全身上下毫无特色。他站起来准备回答我的话，但我抢先开口："等等，我见过你……我一个月前雇用了你。你姓克罗，对吧？或类似的姓氏。你是水电工。"

"先生，我叫乔瑟夫·克罗。"他的声音像在哀叫，也像淋巴腺肿大，"您说得没错，先生。我们今天完成了楼上的管线工程，您的管家好意留我吃晚餐。"

我用恫吓的眼神瞪了一眼我的"管家",但她只是回报我一个微笑。真是厚颜无耻!我跟人借了八百镑巨款为这个无耻的贱女人租下波特曼广场周边最雄伟的豪宅,没想到她竟然背着我在我家里跟个普通工人幽会!

"那很好,"说着,我给了卡罗琳一个"改天我再收拾你"的笑容,"我只是回来拿几件干净衣裳,等会儿要去俱乐部。"

"您的管家做的葡萄干布丁好吃极了。"那家伙说。如果我从中听出一丝丝无礼讽刺,肯定会当场揍他一拳,但他好像没别的意思。

"克罗先生的父亲是个制酒商,他本身也有股份。"卡罗琳依然不知羞耻,"他带来一瓶很香醇的雪莉酒庆祝完工。"

我点点头,转身上楼。我旅行箱里还有干净衣裳,我只是回来补充鸦片酊。我把鸦片酊倒进随身瓶,又喝下两大杯,转身走到衣柜旁拉开最底下的抽屉,在衣服底下摸索,找到黑彻利很久以前给我的那把填了弹药的手枪。

就算我枪杀了卡罗琳跟她那个留八字胡、瘦巴巴又脏兮兮的情夫又有什么错?那家伙说不定上过我房间那张我自己都还没躺过的床,至少他心里肯定很想。

但我又想到,在世人眼中卡罗琳确实是我的管家,不是我的妻子。我是可以枪杀非法入侵的克罗,但他毕竟只是应邀在仆人用餐室跟我的管家共进晚餐,恐怕没有陪审员或法官会认同我的杀人行为。就连那瓶该死的雪莉酒都可能被急于定我罪的检察官拿来当呈堂证供。

我冷冷一笑,把手枪藏回原处,收拾了一只行李袋做做样子,确认我的随身瓶藏在衣服底下,就从前门离开,去俱乐部过夜。我没有再到后面去看卡罗琳和她那个未来情人兼丈夫的獐头鼠目水电工。虽然卡罗琳已经三十好几，刚刚在烛光下的她看上去真是气色红润又美丽动人

我抵达俱乐部的时候，已经愉快地吹起口哨。在那个时候，我便已经预见将来可以好好利用这位克罗先生来达到我的目的。


10月下旬我跟狄更斯终于完成《禁止通行》，比我们预期的晚了好几个星期。我负责洽谈转载权，跟出版商查普曼协商了几回，最后史密斯艾欧德公司的史密斯提出了更优惠的条件，我于是二话不说马上同意跟他交易。

我跟狄更斯都看到了《禁止通行》的戏剧潜力，由于在那个时代任何拥有戏院和演员的窃贼都可以用抢先改编的手段窃取别人的文学创作，我们决定抢在那些潜在性贼人前头，自己动手改编。狄更斯急着要结束手边的工作，准备启程前往美国，匆匆忙忙对我们的共同朋友演员兼制作人费克特叙述了大致情节，然后要我在他出发后扛起改编剧本的艰巨任务。

到了10月底，我在格洛斯特街的豪华住宅已经整修完成，成果很令我满意，连水电工程也不例外。我跟卡罗琳办了一场乔迁晚宴，顺便为预定11月9日出发的狄更斯饯行。我特别为这场晚宴雇了一名手艺绝佳的法国厨子，还积极参与菜单的设计和各项准备工作的监督。附带一提，这个厨子日后会以半兼差方式为我们工作，但不跟我们同住。这场派对宾主尽欢，往后我在格洛斯特街的家还会举办无数场类似宴会。

几天后，也就是11月2日，我们在共济会大厅为狄更斯举办一场规模更大也更正式的送别会。总共有四百五十名宾客应邀出

席，都是伦敦艺术、文学与戏剧界的精英，当然都是男性，把主场地挤得水泄不通。另有大约一百名女士坐在僻静的楼座里，晚一点儿才会跟男士们一起享用咖啡。奸诈却迷人的卡罗琳、狄更斯的小姨子乔吉娜和女儿玛丽也都在场。卡罗琳的女儿凯莉快满十七岁了，那晚她也去了。早先我紧张万分地写了两封信给大会主办人员，确认我为卡罗琳和凯莉索取的两张入场券有着落。

当天晚上皇家禁卫军军乐队在另一处阳台演奏。狄更斯当船员的儿子悉尼是神秘嘉宾之一，他的船两天前才停靠朴次茅斯。主要用餐室缀满英美两国国旗，二十个拱门上面的木板装点着金色月桂叶，上面都写上狄更斯的著作名称。现年六十四岁、看上去却老了一倍的利顿阁下担任当晚的大会主席，他穿着一袭黑色晚宴服，像只目光炯炯的猛禽紧盯流程。

在接二连三愈来愈夸张的歌功颂德致辞之后，总算轮到狄更斯起身发言，他先是欲言又止，然后潸然泪下。等他情绪稳定开口说话，他的言辞尽管还算流畅，可很多人事后都认为他的眼泪比较有说服力。

那天晚上我也坐在主桌，几杯黄汤下肚，加上出门前为提振精神饮用了鸦片酊，我整颗脑袋天旋地转，不禁纳闷儿，在座那些名流宾客：首席法官科克本、查尔斯·罗素爵士、霍顿阁下，以及像鹅群似的咯咯乱叫的皇家艺术学院成员和伦敦市长阁下，如果跟我一样亲眼目睹狄更斯钻进地底城的下水道，会有什么反应，也好奇他们是不是曾经对某个名叫爱德蒙·狄更森的孤单年轻人的命运起过疑心。

也许他们根本不在乎。

到了11月9日，我带着卡罗琳和凯莉到利物浦去为即将搭船赴美的狄更斯送行。

狄更斯在"古巴号"上住的是二副的宽敞舱房。事后凯莉问我这趟旅程中二副睡哪里，我只能回答她我不清楚。那间舱房有别于船上大多数舱房，有门也有窗，窗子还可以打开来纳入海上的新鲜空气。

我们探望狄更斯那段时间里，他显得有点儿焦躁，精神也不集中，真正的原因只有我知道。我之所以会知道，是得益于我跟菲尔德的合作关系。

尽管狄更斯二十多年前亲自领教过美国人清教徒般的保守天性，他却迟迟不肯放弃带爱伦·特南赴美同游（或许假冒为多尔毕助理）的念头。当然，这种异想天开的事绝不可能成功，偏偏狄更斯在这方面是个无可救药的浪漫派。

这件事我原本不会知道，不过狄更斯决定自己先到美国探路，之后再发送暗语电报，由杂志社的威尔斯代他转发给爱伦，告诉她下一步行动。如果电报内容是"一切安好"，那么爱伦就立刻搭下一班船赶赴美国，旅费等一应开销由狄更斯交给威尔斯代管的账户支出。如果电报内容是怅然的"平安顺利"，那么爱伦就继续留在欧洲大陆，因为当时她跟她母亲正在欧洲大陆度假，顺便等狄更斯的消息。

我从菲尔德探长那里听到这个愚蠢计划的时候，就知道最后通过威尔斯送到爱伦手中的电报一定是那封代表"非常孤单，却被绷着脸、好打听又爱评论的美国公众目光团团包围"的"平安顺利"。在11月9日那个晴朗的好天气里，狄更斯的内心——"理性大脑"或许更为恰当——肯定也很清楚。

我跟狄更斯那场话别彼此都很感伤。狄更斯知道他留了很多工作给我，比如《禁止通行》的校样和修订，以及跟费克特一起改编剧本安排演出。可是我们情绪激动的原因不止这些。我跟卡罗琳和凯莉下船以后，我借口手套忘了拿，重新回到通风良好的二副舱房。狄更斯在等我。

"我向上帝祈祷祖德不会跟我去美国。"我们再次握手道别时，他在我身边低声说。

"他不会的。"我的口气带着一股内心感受不到的肯定。

我转身离开时，心里想着我或许，甚至大有可能，再也见不到狄更斯，这时他叫住我。

"威尔基……6月9日晚上我们在你书房跟祖德说的话……就是你记不得的那些内容……我觉得有必要提醒你……"

我无法动弹。我觉得全身血液都冻成了冰，那些冰侵入我的细胞。

"你答应祖德万一我出了什么事，就要帮他写传记。"狄更斯说。尽管"古巴号"此时还牢牢系在利物浦港的码头，船身不摇不晃，狄更斯却一副晕船模样。"如果你违背诺言，祖德会杀了你和你所有家人，正如他一再威胁要杀死我和我家人一样。如果他发现我去美国是为了避开他，而不是去跟那里的出版商洽谈他的传记……"

一分钟后我才能眨眼，又过一分钟后我才说得出话来。"查尔斯，别想了。"我说，"祝你在美国朗读表演顺利成功，平安健康地回来。"

我离开舱房走下步桥，去到静静等候的凯莉和生着闷气焦急等待的卡罗琳身旁。

# 第二十四章


狄更斯出发后那一个月里，我仿佛觉得我父亲又死了一次。那种感觉还不算太糟。

我史无前例地忙碌。狄更斯不只把《禁止通行》的校对与润饰工作丢给我，还要我负责整本《一年四季》圣诞特刊的编辑工作。我们的朋友威尔斯因此陷入困窘处境，毕竟他在杂志社向来是狄更斯的副手（也自始至终反对狄更斯的美国行），幸好他天性服从，很快就安于担任我的副手。随着11月接近尾声，我待在杂志社的时间也愈来愈长。另外，狄更斯也拜托我经常去盖德山庄看看乔吉娜、玛丽和凯蒂。我发现在那里修改或创作《月亮宝石》似乎顺手得多，加上我弟弟查理也常在那里，不久后我就暂停扮演威尔基，过起狄更斯的生活。

卡罗琳倾向赞同我的安排，却表现得不如我预期中的优雅大度，而且经常在我偶尔回到格洛斯特街短暂停留的日子里跟我吵架。随着12月脚步接近，我愈来愈少待在格洛斯特街的新家，也愈来愈常住在盖德山庄或在杂志社办公室楼上狄更斯的简朴房间里用餐及过夜。

那封"平安顺利"的电报送到威尔斯手上，再及时转发给跟母亲和家人在佛罗伦萨的爱伦的时候，我正好也在办公室。狄更斯怎么会认为爱伦有办法只身从意大利搭船横越大西洋前往美国，这点我实在无法想象。这种荒唐念头再度显示这段时期的狄更斯彻底迷失在他自己编织的浪漫情网中。不过，事后我倒是意外地从威尔斯口中得知，狄更斯早在出发前就已经猜到那些美国人不会赞成他的随行人员里有位单身女性的存在。多尔毕一到美国就发表了他对这件事的看法，而且用一封简洁有力的电报表达他对爱伦去美国这件事的看法："不行！"

早先我跟狄更斯已经建立共识，《禁止通行》改编剧本的上演要安排在阿代尔菲剧院，时间则是愈接近圣诞节愈好，剧中的反派角色欧宾莱泽就由我们共同的朋友费克特担纲。早在十五年前我就很为费克特的演技折服，1860年他来伦敦演出法国浪漫派作家雨果的剧本《吕布拉斯》时，我才认识他。我们俩一见如故，那次见面后直接省略朋友交往的试探阶段，变成往来密切的好友。

费克特在伦敦出生，母亲是英国人，父亲是德国人，在巴黎成长，如今又选择回到伦敦定居。他是个充满魅力又真诚的男人，他送给狄更斯那栋瑞士小屋就是他个性慷慨又冲动的最佳写照，可惜他的生意头脑连个孩子都不如。

费克特在伦敦的住家恐怕是唯一一个比我家还随性的聚会场所。如果我必须赶到戏院赴约之类的，就会把一桌客人丢给卡罗琳招待；费克特则会穿着晨袍和拖鞋出来见客，还让客人挑选喜欢的葡萄酒，自行带到餐桌享用。我跟他都酷爱法国料理，曾经两度考验法国博大精深的烹饪技术，选定单一食材叫人做出一整套餐点。我记得我们吃过六道菜的马铃薯大餐，另一次是八道菜的蛋料理。

身为一名演员，费克特有个毛病，那就是登台前他会严重怯场。大家都知道舞台幕布升起以前，他的服装师都得端着呕吐盆在后台随侍在侧。

这年11月底到12月初，我急急忙忙撰写《禁止通行》的舞台剧本，直接把大样寄给费克特。费克特回信说他"疯狂爱上了这个故事"，而且立刻跟我一起构思激情场景的点子。费克特会喜欢剧中那个反派角色欧宾莱泽我一点儿都不意外，因为当初我跟狄更斯创造这个人物时，就是以他为范本。

每回我搭火车经过罗切斯特前往盖德山庄时，总不免想象狄更斯再也不会回来了。以他当时不太乐观的健康状态（尽管对外隐瞒）加上美国密集的朗读行程，这点不无可能。而我取代他的地位非但指日可待，而且已经成真。

《禁止通行》预定12月初随着《一年四季》圣诞特刊面世，我毫不怀疑这篇小说会带动抢购热潮。狄更斯的名气当然有推波助澜之效，毕竟这二十年来他的圣诞故事都能吸引大众争先恐后购买他先后创办的两本杂志。然而，我《白衣女人》的成绩也确实比他某些连载小说来得出色，我有信心，预定在1868年出版的《月亮宝石》会更耀眼。我坐在盖德山庄晚餐桌旁，左手边是乔吉娜，右边是我弟弟查理，凯蒂坐在对面，狄更斯其他的孩子也在场，我感觉我已经稳稳当当、轻轻松松又彻彻底底取代了狄更斯，正如乔吉娜取代了凯瑟琳·狄更斯一样。

至于我《月亮宝石》的资料搜集工作，我为了搜罗有关印度以及印度教、伊斯兰教仪式的第一手数据，向很多人打听过，最后找到了这个约翰·威利。他在印度担任文官期间，曾经在西北部的卡提阿瓦省任职。

"印度没有哪个地方……有更激进的印度教信仰，更残暴的未开化道德观。"威利一面说，一面开怀畅饮白兰地。他介绍我去看"詹姆斯·惠勒在《英国人》杂志里发表过的书信和文章……跟当地那些丑恶行为比起来，艾琉西斯秘密仪式[1]根本是个笑话"。

我告诉他我《月亮宝石》里那一小群印度教徒本性确实凶恶，但他们也怀有某种高贵烈士情操，因为他们违反了种姓制度不得跨越"黑水[2]"的规定，于是花了几十年时间寻求神明的宽恕。威利听完扑哧一笑，不客气地说，那些人想恢复种姓只需要贿赂某些婆罗门团体，而不是像我故事里那样用一辈子的时间赎罪。

我舍弃了印度前任文官约翰·威利提供的大多数意见，转而听从我缪斯女神的口授。有关小说里的英国场景，我翻出记忆深处的约克夏海岸。至于那些历史事件——小说的主要事件从1848年开始——我继续利用俱乐部丰富的藏书。约翰·威利给我的那些建言，我只保留了卡提阿瓦省的蛮荒地域，由于曾经到过当地还能活着回来对别人说起的白人少之又少，我决定自行编造当地的环境、地形以及印度教的特殊支系。

我持续每天创作《月亮宝石》，即使在处理《禁止通行》吃重的改编工作过程中也不例外。

这出新戏的消息比它的原著小说共同创作者狄更斯更早抵达美国。我收到狄更斯的来信，信中说他一到纽约就有当地剧院经理找上他。那些人似乎误以为《禁止通行》的剧本就在他口

---

1　Eleusinian mysteries：艾琉西斯（Eleusis）为古希腊宗教中心，当地的神秘仪式为古希腊最有名的秘教仪式。

2　即大海。过去印度教以跨越大海为禁忌，违者将失去种姓地位。

袋里。狄更斯要求我每写完一幕，就把复本寄送给他。他还说，"亲爱的威尔基，我很有信心那出戏票房一定大卖"。

接下来是频繁的信件往来，狄更斯说他急着要找个美国人把手稿委托给对方，确保这出戏在美国的演出权，与此同时也确保演出的获利能回归我们口袋。到了圣诞节前夕，狄更斯收到剧本的最终复本，立刻在波士顿回信给我："剧本完成了，看起来你花了不少心力，也用了不少巧思。可惜我担心它有点儿太长。最后结果会在你收到这封信之前揭晓，但我并不看好……"接下来的内容都是关于他如何忧心美国人剽窃我们的故事。不过，坦白说我看到"……但我并不看好"之后，就没兴趣读下去了。

尽管繁重的工作耗去我大部分时间与体力，12月中旬我还是应菲尔德探长来信要求，拨冗到滑铁卢桥见他一面。我早料到他想跟我说些什么，事实证明我猜得八九不离十。

菲尔德那自鸣得意的脸色真叫人受不了，他这种表情一开始显得很怪，毕竟自从我告诉他6月9日我家一切平静之后，祖德似乎自此销声匿迹。我们横越滑铁卢桥，迎向一阵夹带点点雪花的冷风。我们都拉高了衣领，菲尔德的厚毛料披风在他肩膀上啪啦啦翻飞，活像蝙蝠的双翅。菲尔德边走边告诉我，伦敦警察厅最近逮捕了一名马来籍命案凶嫌，事后发现正是祖德的手下。就在我们散步的同时，那人正在某个隐秘的牢房接受"麻利的"审讯。初步侦讯结果显示，祖德有可能已经离开地底城，藏身地表某处贫民窟。菲尔德信心满满地告诉我，他们再过不久就能取得二十多年来追踪祖德的艰困行动中最有力的线索。

"这么说警方也跟你互通消息。"我说。

菲尔德咧着嘴笑，露出一口黄板牙。"柯林斯先生，审讯工作由我和我的手下亲自进行。虽然政府和警界高层没有给予我应得的尊重，我在警方还是有很多人脉。"

"现在的侦缉局长知道祖德的手下大将被捕了吗？"我问。

"还没。"说着，菲尔德把肥短食指竖在鼻翼，"柯林斯先生，您可能想知道我为什么在这么恶劣的天气里还把您找出来？"

"是啊。"我骗他。

"先生，我很遗憾地宣布，我们长期的合作关系到此为止。我很不愿意这么做，可惜我的资源有限，这点想必您也清楚。从现在起，我必须把所有资源都投注在这场我跟怪物祖德之间的最终局。"

"我很……意外。"我边说边把红色围巾拉高，隐藏脸上的笑容。这正如我的预期。"所以往后不会再有男孩等在我家附近传递你我之间的消息了吗？"

"唉，是这样没错。说到这里，我又想到可怜小醋栗的悲惨命运。"令我惊奇的是，菲尔德竟然从外套口袋里掏出一块大手帕，连番擤着他红得发亮的鼻子。

"既然我们的合作关系必须结束……"我说得仿佛百般不舍。

"柯林斯先生，恐怕是这样没错。我个人认为，我们的共同朋友狄更斯先生在祖德眼中已经没有利用价值了。"

"是吗？"我问，"你是怎么推论出来的？"

"首先，6月9日火车事故纪念日那天，祖德显然没有跟狄更斯先生联络，反之亦然。"

"你那些训练有素的探员布下天罗地网，祖德当然没有机会见狄更斯。"此时我们转身背对强风，重新走回桥上。

菲尔德呵呵笑："没那种事，先生。祖德想去哪里就能去哪里。那天晚上只要他想见狄更斯，即使有五百名伦敦警察厅最优秀的警力，照样无法阻止，必要的话他会闯进您家。这就是那个外国怪物恶魔般的特质。可是让我确定祖德不再需要狄更斯的关键因素再简单不过，就是狄更斯此刻人在美国。"

"那怎么会是关键因素呢？"

"祖德如果还用得着狄更斯，绝不会容许他去美国那么远的地方。"菲尔德说。

"有意思。"我喃喃说道。

"柯林斯先生，您知道祖德要狄更斯做什么事吗？我们之前没讨论过。"

"探长，我从来没想过这件事。"我很庆幸刮在我脸上的凛冽寒风正好掩饰了我说谎时泛起的红晕。

"祖德想要狄更斯先生帮他写东西。"菲尔德用揭发大秘密的口吻宣布，"甚至不惜强迫狄更斯就范。也许斯泰普尔赫斯特火车事故就是祖德一手造成的，目的在于操控英国最知名的作家。"

这当然是胡扯。菲尔德想象中那个"外国怪物"又如何确定头等车厢从残缺桥梁坠落深谷后，狄更斯能侥幸生还？但我只回应了一句"有意思"。

"柯林斯先生，您猜不猜得到祖德要狄更斯先生帮他撰写出版的内容是什么？"

"他的传记吗？"我回答，让菲尔德老家伙知道我也不是一无所知。

"不是，"菲尔德说，"他要编一本有关古埃及异端信仰所有邪门仪式与祭典和巫术的书。"

这下子我真吃了一惊。我停下脚步，菲尔德也在我身边站定。尽管还在午后时分，往来的密闭马车纷纷点亮侧灯。附近河边那些高耸建筑看上去只是蓝黑色暗影，里面也都点了灯。

"祖德为什么要找个小说家帮他记录一个已经消失的宗教的细节？"我问。

菲尔德乐呵呵地敲敲鼻子："对祖德而言那个宗教还存在，对伦敦地底城那些祖德的追随者而言也是，如果您明白我的意思的话。先生，你看见那边了吗？"

我望向菲尔德指的方向，是河岸的西北边。

"阿代尔菲剧院吗？"我问，"或是华伦鞋油厂的旧址？或者你指的是苏格兰场？"

"全部都是，而且不止那些，包括更远的圣詹姆斯厅、绕回来到皮卡迪利大道和特拉法加广场再过去那些地方，比如查令十字街和列斯特广场，再沿着河岸街到柯芬园。"

"然后呢？"

"想象那些地方变成一座巨型玻璃金字塔。想象整个伦敦从比林斯门到布伦斯伯里到摄政公园，到处都是巨型玻璃金字塔和青铜人面狮身像……可以的话，请你想象一下。因为祖德一定想象得出来。"

"太疯狂了。"我说。

"是啊，疯得像制帽工人[1]碰上星期天。"菲尔德笑道，

---

1 早期制帽工人使用含汞溶剂处理毛皮，在通风不良的环境导致如发抖、口齿不清、沮丧等症状，被称为疯帽匠症（The Mad Hatter Syndrome）。

"可是那就是祖德和他那些匍匐在地窖里膜拜埃及神祇的追随者奢望的景象。而且他们决心要实现，如果这个世纪办不到，就等下个世纪。想象一下，到了20世纪，你眼前那些地方到处都是玻璃金字塔和神庙，还有神庙里的秘密仪式，以及催眠巫术和被他们催眠的奴隶。"

"疯狂。"我说。

"是啊，"菲尔德说，"但祖德的疯狂并不会减低他的危险性，只会助长。"

"好吧，"这时我们又走回桥头，"反正跟我没关系。菲尔德探长，感谢你这段时间以来的照顾和保护。"

菲尔德点点头，却以手掩口咳了一声。"还有最后一件小事，算是我们结束合作关系的一个不幸后果。"

"什么事呢？"

"您的……呃……研究。"

"我不太明白。"我说。其实我明白得很。

"先生，您在地底城那个鸦片馆做的研究。准确地说，就是您每星期四夜访拉萨里鸦片馆的事。很抱歉，我不能让黑彻利探员继续担任您的向导兼保镖。"

"哦……"我说，"原来如此。探长，别放在心上。反正我也打算中断那方面的研究。毕竟我还得忙着改编剧本，小说也完成近半，现在我既没时间，也不需要继续那项研究。"

"是吗？嗯……坦白说我松了一口气。我很担心撤回黑彻利探员会造成您的不便。"

"一点儿也不。"我说。事实上我每星期进入拉萨里烟馆前跟黑彻利的小酌早已经发展成共进晚餐。11月某天我们一起吃晚餐的时候，如今已经变成我的密探的黑彻利提醒我，菲尔德不打算让他继续担任我每周一次的护卫。

当时我也早有心理准备，于是婉转地询问他能不能利用上班以外的时间私下接案子做。

他说他可以。他确实可以，事实上，他也早做安排，确保他在菲尔德侦探社固定周四晚上轮休。"我告诉他要陪女儿。"黑彻利跟我抽雪茄喝咖啡时说道。

我开出相当优渥的价码让他瞒着菲尔德继续护送我。黑彻利爽快答应，我们握手成交，他的巨掌完全包覆住我的手。

因此，1867年12月中旬这一天，我跟菲尔德也握了手，然后在滑铁卢桥上分道扬镳，理所当然地认为我们永远不会再见面。


我把菲尔德赶出我的生命的同一个星期，纡尊降贵赴了另一个约。这回是我主动约对方到弗利特街的考克与柴郡起司用餐。我故意晚到，进门时看见乔瑟夫·克罗已经坐在位子上。他穿着一套不合身的哔叽西装，置身在这家想必比他这个水电工兼酒商儿子平时出入的场所豪华且昂贵许多的餐厅，整个人显得坐立难安。

我举手招来酒侍，点了酒。我还没来得及对畏畏缩缩的小个子克罗说话，他就嗫嗫嚅嚅地抢先开口："先生……柯林斯先生……如果是因为10月那个晚上我留下来用餐，我向您道歉。我只能说您的管家G太太主动邀我，说是感谢我提前完成楼上的管线工程。如果这件事我做得不妥当，我想在这里向您说声抱歉……"

"没事，没事。"我打断他的话。我把手搭在他的粗布衣袖上，赶紧缓和气氛。"克罗先生……我可以喊你乔瑟夫吗？我今天邀请你来是为了向你道歉。两个月前我看见你时的惊讶表情可能——想必——让你误以为我在生气。所以我希望今天这顿可口料理能有所弥补。"

"不需要，先生，不需要……"克罗又说话了，但我又打断他。

"克罗先生……乔瑟夫……我今天是以G太太的长期雇主身份跟你谈话。她应该跟你说过她在我家帮忙很多年了。"

"是的。"克罗说。

侍者走过来，我们的谈话中断。侍者认出我来，过度热情地问候我。我发现克罗不知道怎么点菜，于是主动帮我跟他点好餐。

"是，"我接着说，"我的管家G太太虽然年纪不大，可她跟她女儿已经在我家工作很多年了。其实是从哈丽叶，也就是她女儿，很小的时候就开始了。克罗先生，你多大年纪？"

"二十六岁，先生。"

"请你喊我威尔基，"我爽朗地说，"我也喊你乔瑟夫。"

这番话听得克罗猛眨眼。他显然不习惯跨越阶级障碍。

"乔瑟夫，我非常关心G太太，所以我自认有绝对的义务照顾她和她的可爱女儿。"

"是的，先生。"

酒来了，也确认过了。我让侍者斟满克罗的酒杯。

"乔瑟夫，G太太告诉我她很欣赏你的时候，我很惊讶……坦白说我真的很讶异，因为我跟卡罗琳……G太太……主雇这么多年来，从没听过她赞美任何男士。她的情感和心愿永远是我优先考虑的事项，这点你务必相信。"

"是的，先生。"克罗又说。他看起来就像被他某件沉甸甸的工具狠狠敲到头。

"乔瑟夫，G太太还很年轻，"我又说，"她来到我家受雇的时候也还是个小女孩。虽然她在我家有很多责任和职务，但她还是很年轻，跟你的年纪相差不远。"

事实上卡罗琳明年2月3日就要过三十八岁生日了，距离当时不到两个月。

"她父亲留给她的妆奁很丰厚，我也很乐意贴补她一笔钱。"我说，"除此之外，她当然还继承了一小笔遗产。"卡罗琳的父亲1852年1月在巴斯过世，没有给她嫁妆，也没有遗产，我也不打算为那个加起来等于零的金额贴补半毛钱。

"呃，先生……威尔基……先生，那真的只是单纯的晚餐，因为G太太说我很努力把工作赶完。"克罗说。餐点陆续送来，他看见食物的质量，震惊得目瞪口呆。我们的谈话渐渐变成单方发言，我一面帮他倒满，一面向他推销我那古怪、微妙、看似无私却彻底虚假的想法。


当时我母亲也频频诉苦，一再要我回去看她。她说她全身不明原因剧痛。我忍住冲动，没有告诉七十七岁高龄的她，不明原因疼痛（或许偶尔难以忍受）本来就是长寿的代价。

我母亲总是怨声载道，身子骨却也总是健康硬朗：比她英年早逝的丈夫更健康；比她多年来承受最后证明是胃癌的胃疾之苦的儿子查理健康；当然也比她那个时时忍受风湿性痛风之苦、有时疼得不能视物的可怜儿子威尔基健康。

但我母亲叫苦连天，要求（几乎是命令）我圣诞节期间拨空到唐桥井陪她几天。我当然办不到，原因之一在于卡罗琳也要我圣诞节当天或那几天留在家里陪她跟凯莉。这也不可能。

《禁止通行》的首演敲定在节礼日，也就是圣诞节隔天。

12月20日我写了封信给我母亲：

亲爱的母亲大人：

我在筹备新戏的忙乱中抽空写这封信给您，让您知道我最晚圣诞节当天会回到您身边。

这出新戏一再拖延、困难重重，实在伤透脑筋。我不得不重写第五幕——今天总算完成——新戏必须在下星期四上档，中间还得扣掉星期天和圣诞节！

只要找得到时间，我会再写信给您。目前我先答应您，圣诞节当天我一定会回家。如果下星期一或星期二的排演不需要我在场，我就会提早回去。您俗事缠身的儿子我几乎没有片刻自己的时间。不过至少剧本写出来了，所以我的主要烦恼已经排除。我多么盼望跟您共度一段恬静时光！

圣诞节前再写封信给我。我帮您拿了治疗胸口灼热的药锭，也会带查理从巴黎买回来的巧克力给您。还有什么别的东西要我带的吗？

永远敬爱您的儿子W. C.

查理计划圣诞节那个星期五从盖德山庄去看您。


就这样，圣诞节那天下午和晚上我在唐桥井陪母亲度过，我们相处的时间里她不停诉苦，说她神经衰弱、胸口灼热，住家附近还出现看着叫人发毛的陌生人。隔天我搭最早的班车赶回伦敦。

演出前那几个小时，费克特一如既往地凄惨。开演前两小时紧张得持续呕吐，他可怜的服装师光是拿着盆子跑来跑去就累瘫了。

最后我建议他服用几滴鸦片酊平稳情绪，费克特无法言语，直接伸出舌头。在精神极度紧绷的情况下，他的舌头已经变成鹦鹉舌头般的金属黑。

布幕一起，费克特摇身一变，嗓音和步态活脱脱就是坏透了的欧宾莱泽。

附带声明，我一点儿都不紧张，我知道那出戏会一鸣惊人，事实也是如此。

12月27日我在威灵顿街26号的《一年四季》办公室写信：

亲爱的母亲大人：

我无比兴奋地告诉您，昨晚的首演盛况空前。观众欢声雷动，演员的表现也有声有色。

您寄回来给我的大样已经平安送达。

我估计查理今天在您那里。

如果您能写信，请告诉我您过得好不好，下星期您希望我哪一天回去探望您？我真心希望也相信您目前的健康状态比上次我见到您时更有起色。

问候查理。

永远敬爱您的儿子W.C.

首演那天晚上是1867年唯一一个我没办法赶赴拉萨里地下烟

馆的星期四夜晚，但我事先做了因应，改在隔天12月27日晚上前往，正因如此我才会在杂志社办公室写信给母亲，因为我告诉卡罗琳和马莎我会在办公室楼上过夜。黑彻利也好心地配合我调班，把护送我的时间从星期四改到星期五。

卡罗琳想要婚姻，这我绝不考虑。马莎只想要一个（或几个）孩子，不要求我娶她。纵使她的另一半"道森先生"四处经商，很少回到波索瓦街陪她，但她只要有个虚构的"道森太太"头衔就够了。

大约就是在这段期间，也就是《禁止通行》出师告捷，加上《月亮宝石》撰写进入尾声，尤其在我跟乔瑟夫·克罗在一家价格稍微低廉的餐厅进行第二次秘密会面之后，我开始考虑让马莎如愿。

1868年最初那两星期在忙乱中度过，我觉得那可能是我人生中最快乐的一段时期。我寄给母亲和几十个朋友熟人的信件丝毫没有夸大，尽管在遥远异乡的狄更斯不看好，《禁止通行》的演出确确实实非常成功。我照常每星期造访盖德山庄两次，在那里享用美味晚餐，一起用餐的人包括乔吉娜、查理和凯蒂（他们在的时候）、狄更斯的儿子查理和他妻子（他们经常都在）、狄更斯的女儿玛丽（她天天在），以及偶尔到访的客人波希或麦克雷迪与他美丽的第二任妻子。

我邀请大家一起来伦敦观赏《禁止通行》，与此同时也写了许多信邀请其他朋友共襄盛举，比如画家威廉·亨特、T. H. 希尔斯、妮娜·雷曼、艾德华·兰西尔爵士和约翰·福斯特。

我邀请大家和更多人1月18日星期六到我家用餐——我特别

强调不必穿晚宴服，餐后再一起出发前往剧院，在我宽敞的剧作家包厢欣赏表演。卡罗琳非常兴奋，开始指挥调度三名仆人打扫屋子，并且花了几小时跟法国厨子讨论菜色。

母亲写信——事实上她口述内容，由当天前去探望她的查理代笔——来告诉我有个蓝塞斯医生去看过她。这位蓝塞斯医生碰巧到村子里探望亲人，听说母亲身体不适。经过详细检查，他诊断母亲心脏充血，帮她开了三种药物，母亲服用后觉得效果不错。蓝塞斯医生还建议母亲搬离村庄里的小屋，因为那里的装修工程敲敲打打不利养病。母亲跟他提起她在村庄外的班特罕小屋，蓝塞斯医生鼓动她立刻搬过去。查理在信后附言告诉我，母亲也找来她以前的管家兼厨子兼偶尔的邻居韦尔斯太太跟她一起搬进班特罕小屋。如此一来母亲养病期间身边随时有人照料，我跟查理都放心不少。

母亲还说，蓝塞斯医生认为她需要彻底静下心来休养，而他会尽他所能通过药物和未来的照料确保这点。母亲自己的附言提到，蓝塞斯医生多年前在火灾中遭到严重灼伤，终生与疼痛和伤疤为伍，因此决定尽最大的努力为别人减轻痛苦。


《禁止通行》剧本在美国卖个好价钱的希望彻底落空，因为狄更斯来信说：到处都有盗版者自行改编的蹩脚作品在上演。

狄更斯指天誓日地说，他想尽办法要找个可靠的人托付我的剧本，或者至少我们合作的故事，为此，他甚至把《禁止通行》的版权注册在他波士顿的出版商提克诺与费尔兹公司名下。但我对他行动的诚意（或速度）抱持怀疑态度，毕竟他在早先的信里批评我的剧本"太长"，甚至更气人地说："恐怕逾越界限，只剩洒狗血。"所以我有点儿怀疑狄更斯是想等到自己有时间再修改我的剧本……或者自己重新改编。我这个猜测到了来年6月得到证实，因为狄更斯在费克特协助下为巴黎的首演亲自重写了剧本，结果观众反应冷清。

狄更斯信中还说，我们的故事抵达美国短短十天后，波士顿的博馆剧院就匆匆推出改编过的剧场版。这根本就是剽窃。狄更斯说他催促出版商以诉诸法律威胁对方。可是那些盗版者也算准了，毕竟美国人对这种剽窃行为接受度较高，如果狄更斯执意追究，势必引起反感。所以他们认定出版社只是虚张声势，更肆无忌惮地上演他们的低劣版本。"然后，"狄更斯写道，"雅盗大举出击，偷窃改编，支离破碎的版本四处流窜。"

嗯，好吧，我对遥远异国的那场灾难不太感兴趣，正如我在12月30日写给母亲的信里所说："这出戏获利可观。观众真的很喜欢，我们要发财了。"

1月2日我前去探望母亲，带了法律文件让她签署。如此一来，万一哪天她比我们先去世，我跟查理就可以平分她从戴维斯姑母那里继承到的五千英镑（那是母亲目前的主要收入来源），我们愿意的话也可以把这笔钱设定给任何人。

时光匆匆奔向1月18日的格洛斯特街晚宴和餐后戏剧欣赏。卡罗琳和凯莉把偌大的房子布置得仿佛要举办王室加冕典礼似的，我们那星期采买食物的开销等于平时半年的额度。无所谓，这种时候本来就该好好庆祝。

那个星期四我写了这封信：

格洛斯特街90号，波特曼广场西侧

亲爱的母亲大人：

听说您已经搬了家，韦尔斯太太也来照顾您，我跟查理都如释重负。您说搬家后疲惫不堪，我一点儿也不意外，等您静养一段时间以后，定会发现换个环境大有好处。我想知道您恢复得如何，也想知道我（或查理）什么时候可以到新居探望您，请您简单写几句话来告诉我。暂时远离伦敦的杂事对我的工作绝对有好处。还有，我想寄些白兰地和葡萄酒过去，等您能写信的时候，请来信告知什么时候方便寄过去。

新戏演出非常顺利，剧院每晚客满。我对观众喜好的准确预测如今得到每星期五十到五十五镑的回报，而且想必会持续很长一段时间，所以别怕花钱，尽情享受生活。

《月亮宝石》已经完成近半。

暂时没有别的消息。保重。

永远敬爱您的儿子W.C.

1868年1月16日

我完全没想到，这会是我写给母亲的最后一封信。

新年的第二个星期，《月亮宝石》的创作和戏院的事忙得不可开交，我不得不再次把拉萨里王烟馆之夜延到星期五。黑彻利探员好像不介意，他说星期五他更容易排开菲尔德探长那边的工作。所以我再次请我的大块头保镖享用美味晚餐，这回选在库克街的蓝桩酒馆。之后他带我走进阴暗的码头贫民窟，安全地护送我走过狄更斯很久以前命名为圣阴森恐怖教堂那片令人毛骨悚然的花岗岩与坟墓。

黑彻利那天晚上带了另一本书去打发时间，我注意到那是萨克雷的小说《亨利·埃斯蒙德》。狄更斯曾经告诉我，他很欣赏萨克雷率性地把这本长篇小说分成三"部"，他自己后来的书也都采用这种方式。但我急着深入地底，所以没有跟黑彻利分享这个小小的业内逸闻。

拉萨里王跟往常一样热情欢迎我。前一周我已经告诉过他，我有可能改在星期五过来，当时他用字正腔圆的英语告诉我他随时欢迎我。拉萨里和他的大个子中国守卫循往列带我到我的床位，把填好点燃的烟管递给我。当时的我春风得意满心欢喜，也相信接下来几个小时的吞云吐雾会将这份喜悦与满足放大一百倍。我躺在安全隐秘的便床上闭起双眼，第无数次允许自己乘着那放大感官的盘旋烟雾往上飘，不知所终。

我过去的人生就这样走到尽头。

# 第二十五章

"你可以醒了。"祖德说。

我睁开眼睛。不，我说错了。我的眼睛原本就睁着，有了他的允许，我才能看见东西。

我的头抬不起来，也没办法左右转动。我仰躺在某种冰凉的平面上，眼前的景物告诉我这里不是拉萨里的鸦片馆。

我一丝不挂，我不需要转头就能看出这点。我背部和臀部的冷冰冰大理石触感说明我躺在某种石板或低矮祭坛上。我意识得到凉风拂过我的腹部、胸腔和生殖器。我右上方有一尊巨大的黑玛瑙雕像，至少三点六米高，是个上身裸露、腰腹围着金色短裙的男子，雄壮的双臂末端那双肌肉虬结的手掌握着金色长矛或长枪。雕像的人类形体到颈部为止，颈子上是一颗狰狞的狼头。左边有尊高度相当、握着鱼叉的类似雕像，但有别于刚刚那尊的狼头，这尊换成某种鹰钩嘴鸟头。两颗头都向下俯视我。

祖德进入我的视野，同样低头默默俯视我。

祖德这个怪物依然苍白可憎，一如我在伯明翰梦见他或6月在我家瞥见他时一样，除此之外他似乎变了个人。

他上半身裸露，只有脖子上挂着沉甸甸的宽版项圈，显然是纯金锻造，其间镶着一颗颗红宝石和条状天青石。他死白的赤裸胸膛上有个颇有重量的纯金坠子，乍看之下我以为是基督教的十字架，后来发现它顶端有个拉长的圆圈。我在伦敦博物馆的玻璃柜里看见过类似物品，知道那叫"安卡[1]"，却不明白它代表的意义。

祖德的鼻子依然只是活骷髅头正面两道狭长裂缝，依然没有眼皮，可是他深陷的眼窝周遭涂了一圈圈深得几乎泛黑的深蓝色螺纹，几乎像长在他太阳穴旁的猫眼。一道血红色条纹从他消失的双眉正中央越过他的前额，将他那苍白童秃、仿佛没有皮肤的头颅一分为二。

他手里拿着一把缀满宝石的匕首，刀尖有新沾的红漆或鲜血。

我想说话，却不能言语。我没办法张嘴，连舌头都动不了。我感觉得到我的双臂、双腿、手指和脚趾，却没办法移动它们。只有我的眼睛和眼皮受我控制。

他手持匕首面向我右边。

"愿创造之神卜塔赐我嗓音，移除遮蔽物！移除其他低阶神祇覆盖在我嘴上的遮蔽物！

"智慧之神托特，神力的拥有者，充满神力，移除遮蔽物！移除恶魔苏提掩蔽我口的遮蔽物。

"愿创世神阿图姆驱走那些意图限制我者。

"赐我嗓音！愿风神舒以赐予众神嗓音那把铁制神器开启我口。

---

1  ankh：即♀，埃及象形文字字母，代表生命，又称生命之符。埃及的墓地与艺术作品中常见此符号，为古埃及人的护身符。

"我是战神塞克迈特！我守护西方天堂。

"我是舒！我守护安努古城里的灵魂。

"愿诸神与诸神子女听见我的声音，斥退那些意图使我噤声者。"

他举起匕首，在我右侧空中画一条垂直线，以平稳的致命狠劲儿往下劈砍。

"凯布山纳夫[1]！"

听起来仿佛有另外一百个人——都在我看不见的地方——齐声大喊。

"凯布山纳夫！"

他转向我双脚正对的方位，同样在空中画一条垂直线。

"艾姆谢特！"

那些没有形体的声音呼应他：

"艾姆谢特！"

祖德转向我左边，用匕首在空中画一道直线。

"多姆泰夫！"

"多姆泰夫！"众人齐声喊。

祖德将匕首举向我的脸，又在空中画直线。现在我发现空气中布满浓浓的烟气和焚香。

"哈碧！我是照亮永恒开端的火焰！"

隐形唱诵团以整齐划一的延长音高喊着，听起来像极午夜时分在尼罗河岸嗥叫的胡狼。

---

1 凯布山纳夫（Qebhsennuf）与下文的艾姆谢特（Amset）、多姆泰夫（Tuamutef）、哈碧（Hapi）均为埃及法老守护神荷鲁斯（Horus）的四个儿子。相传他们四人分别负责保管装有死者内脏的四个罐子。

"哈碧！"

祖德极其温柔地对我微笑："威尔基·柯林斯斯斯先生，你可以转动你的头。只有头。"[1]

我突然能动了。我肩膀抬不起来，头倒是可以左右转动。我的眼镜不见了，三米外的事物一片朦胧。我隐约看见大理石柱笔直伸向上方暗处，嘶嘶响的火盆冒出浓烟，还有几十个披着长袍的身影。

我不喜欢这个鸦片幻梦。

我应该没有说出声来，祖德却仰头大笑。烛光闪耀在他细颈上的黄金镶天青石项圈上。

我挣扎着想挪动身体，却无能为力，只有头部听从指挥，我挫败得流下眼泪。我使劲晃动脸部，泪水溅落白色祭台。

"威尔基·柯林斯斯斯斯先生，"祖德嘶嘶嘶地开心说道，"赞扬真相之主，他的神庙隐匿无踪。人类从他的眼诞生，神祇从他的嘴成形。他像天一般高、像大地一般辽阔、像海洋一般深邃。"

我想尖叫，但我的下颚、嘴唇和舌头还不肯听我使唤。

"你可以说话，威尔基·柯林斯斯斯斯先生。"那张惨白的脸说。现在他已经绕到我右边，双手握住那把尖端血红的匕首，紧贴在胸前。周遭那些头戴兜帽的身影靠上前来。

"你这卑鄙下流的畜生！"我大叫，"你这东方杂种！你这臭死人的外国屎！我只是在做梦，该死的家伙！我的梦不欢迎你！"

---

1　祖德说话时带有嘶嘶声，会拖长包含"s"的词的发音。

祖德又笑了。

"威尔基·柯林斯斯斯先生，"他悄声说。火盆和香炉飘出的烟在他脸部周遭盘旋。"天空女神努特伸展在我头顶上；大地之神盖布躺在我脚下；在我右手边的是是生命女神阿丝丝丝特；我左手边的是是永恒之主阿萨尔。受钟爱的孩子兼隐藏之光荷鲁从我，和你，面前升起；拉神在我背后和我们大家上方发出光芒，他的名连众神都不得而知。你可以闭嘴了。"

我想尖叫，却又开不了口。

"即日起，你是是是我们的抄写员。"祖德说，"在你有生之年，你要来向我们学习我们宗教的古代历史、古代仪典和永恒真理。你要用你自己的语言记录下来，以便未来无数世代认识我们。"

我连连摇头，却不能操控我的肌肉和舌头发言。

"你想说话就说。"祖德说。

"狄更斯才是你们的抄写员！"我嚷嚷道，"不是我！狄更斯才是你们的抄写员！"

"他也是是是其中之一，"祖德说，"可是是是他……抗命。狄更斯斯斯先生以为他的地位当于睡眠神庙的祭司司司或女祭司司司，他以为他的意志力与我们相等。为了免除全职抄写员职务，他选择接受古老的挑战。"

"什么挑战？"我大声问。

"在众目睽睽之下杀害一名无罪之人。"祖德嘶嘶嘶地说。他面带微笑，露出尖细的牙齿。"他意图运用他的想象力提供同等服务，以为神会被他蒙骗。可惜到目前为止他……以及他过度吹嘘的想象力……失失失败了。"

"不！"我叫道，"狄更斯杀了狄更森，爱德蒙·狄更森，我很确定！"

如今我总算明白狄更斯的行凶动机，是某种古老异端信仰的排除条款，可以让狄更斯免受祖德这个醍醐僧侣完全控制。他用年轻孤儿狄更森的命为自己换得祖德掌控下的部分自由。祖德摇摇头，挥手从围在我周边那些模糊身影之中召唤出一名穿长袍戴兜帽的追随者上前。那人把兜帽往后拉下。是狄更森，他剃光了头发，眼眸里也有一抹邪教的蓝色阴影，但那的确是狄更森没错。

"狄更斯斯斯先生好意把这个人引进我们的小团体，也让这人认识我们的小团体。"祖德说，"我们竭诚接纳狄更森兄弟的财富和他的信仰。狄更斯斯斯先生让狄更森皈依本教大家庭，他自己因而获得……小小特赦。"

"醒醒！"我对自己大叫，"威尔基，拜托你醒醒！适可而止！威尔基，醒来！"

狄更森和那一圈穿长袍的形体往后退入阴暗处。祖德说："威尔基·柯林斯斯斯先生，你可以安静了。"

他把手伸到石板底下，超出我转头看得见的范围。等他直起身子，右手抓着一件黑色物体。那东西体积不小，几乎填满他的苍白手掌，那东西有一端是更大的半月形，几乎占满他那长得出奇的死白手指。

我盯着看，那东西突然动了起来。

"是是是的，"祖德嘶嘶嘶地说，"这是是是甲虫。我的族人称这种东西的图像为圣甲虫，在各种宗教仪式式式里敬拜它。"

那只黑色大甲虫挥动六只脚，企图爬出祖德的手。他收拢五指，那大虫子落回他手中。

"我们的圣甲虫图像是是是依据圣甲虫科几种不同甲虫绘制而成，"祖德说，"但大多数都是是是以普通的粪金龟为范本。"

我试着扭动身体、踢脚、举起未被绑缚的手臂，但我只能转动我的头。我体内涌起一股作呕感，只得放松躺在石板上，专注别让自己吐出来。我张不开嘴，如果这时候呕吐，肯定会呛死。

"我的祖先以为所有的甲虫都是是是雄性。"祖德嘶嘶地说，举起手就近观察那只恶心的昆虫，"他们以为粪金龟不停滚动的那颗小球是是是公甲虫的精液。他们弄错了……"

我疯狂地眨眼睛，因为那是我能做的少数动作之一。或许如果我眨得够快速，这场梦就会被另一场取代，而我会清醒，重新回到拉萨里烟馆内侧温暖凹室里那张熟悉的便床上，离他们持续添加炭火那个小煤炉不远。

"事实实实上，正如你们英国科学向我们揭示的，推粪球的是是是母甲虫。它们把受精卵产在地上之后，会用粪便将它们覆盖起来，再滚着这颗软球往前走。那些粪便就是是是幼虫的食物。威尔基·柯林斯斯斯先生，那个粪球会沾染细沙和尘土，愈滚愈大，所以我那些曾曾祖父的曾曾曾祖父们把这种甲虫跟太阳每天的出现与移动……以及伟大的太阳神联想在一起，我是是是指日出之神凯布利，不是日落之神。"

醒醒，威尔基！醒醒，威尔基！醒来！我无声地对自己呐喊。

"我们埃及语言称一般的粪金龟为'哈帕尔'，"祖德用沉闷的嗓音说道，"意思是是是'源于自身或自生自长'。很接近我们另一个词'哈帕'，意思是是是'变成，改变'。你不难看出，这个字稍微变化一下就成了'哈帕利'，也就是是是'凯布利'这个神圣名讳，代表旭日初升的年轻儿子，我们的创造之神。"

闭嘴！去你的！我在脑海里咒骂祖德。

他仿佛听见了，停下来笑了笑。

"威尔基·柯林斯斯斯先生，对你来说，这只圣甲虫代表不可扭转的变化。"他轻声说道。

周围那些戴兜帽的人影又开始诵念。

祖德把手掌移到我裸露的腹部上方，我挣扎着抬起头来看。

"这不是是是一般的粪金龟，"祖德嘶嘶嘶地低声说，"这是是是你们欧洲品种的锹形虫，所以才有那一对巨大的……柯林斯斯斯先生，你们英文是是是怎么说的？大颚吗？或是是是螯？这是是是甲虫家族里体形最大也最凶猛的一种。但是是是这只'哈帕尔'，也就是是是圣甲虫，已经净化过，可以执行它的神圣任务。"

他将那只手掌般大小的黑色昆虫放在我绷紧的肚皮上。

"愿创造之神卜塔赐我嗓音，移除遮蔽物！移除其他低阶神祇覆盖在我嘴上的遮蔽物！

"智慧之神托特，神力的拥有者，充满神力，移除遮蔽物！移除恶魔苏提掩蔽我口的遮蔽物。

"愿创世神阿图姆驱走那些意图限制我者。"众人用埃及语唱诵。

圣甲虫六条长了倒钩的腿在我畏缩的肚皮上抓扒，往上爬向我胸口。我拼命想抬起头，脖子差点儿没折断。我瞪大眼睛看着那只一对大螯长度超过我手指、黑乎乎的玩意儿朝我胸腔和脑袋爬来。

我必须尖叫，我一定得尖叫，但我做不到。

香烟缭绕的幽暗空中又传来众人唱诵声：

> 赐我嗓音！愿风神舒以赐予众神嗓音那把铁制神器
> 开启我口。
> 我是战神塞克迈特！我守护西方天堂。
> 我是舒！我守护安努古城里的灵魂。

锹形虫那对大螯刺穿我胸骨下缘的皮肤，那种痛楚比我经历过的任何疼痛都来得强烈，我奋力把头拉得更高想看仔细，只听见脖子的肌腱啪啪地抗议。

圣甲虫的六条腿在我肌肉上挥动，上面的倒钩找到施力点，将那对黑色新月形大螯和它的头部先后推进我上腹部柔软的肌肉里。不到五秒那只大甲虫就消失了，完全没入。我皮肤上那道伤口重新闭合，就像被黑色石头划破的水面重归平静。

老天！上帝！不！亲爱的耶稣！上帝！我在自己静默的脑海里喊叫。

"不，不，不。"祖德仿佛读出我的思绪，"'因为墙壁里的石石石头必哀鸣，梁木中的甲虫必回应。'[1]可是是是威尔基·柯林斯斯斯先生，尽管你们那位冒牌神祇曾经因为羡慕真正

---

1　语出《旧约圣经·哈巴谷书》第二章第十一节古希腊文译本。

的凯布利而大喊，'我只是是是一只甲虫，不是人。'[1]但真正的'独生子'是是是圣甲虫，不是你们神格化的凡人耶稣。"

我感觉得到那只大甲虫在我身体里。

穿黑袍的念诵团又开始唱诵：

> 愿诸神与诸神子女听见我的声音，斥退那些意图使我噤声者。

祖德将他的空手掌翻转朝上，闭上眼睛念诵："来吧，阿丝丝丝特！生命真相降临此陌生人，正如它降临我辈先民。哦，永恒的开启者，将这个灵魂纳为己有。用代表死亡女神纳贝哈的上升火焰洁净他昔日的灵魂。扶持这个工具，正如你在芦苇丛隐秘处喂养并扶持荷鲁。哦，阿丝丝丝特，你的呼吸是是是生命，你的声音是是是死亡。"

我感觉得到那玩意儿在我身体里移动！我的嘴张不开。我痛苦难耐，泪水已经变成鲜血。

祖德举起一根金属长杆，末端有个类似圆钵的东西。

"愿大气之神舒以赐予诸神嗓音的神圣铁器开启此抄写员的嘴巴。"祖德诵念道。

我的嘴开了，张得更开，继续打开，直到下颚咔嗒嘎吱响，但我仍然无法尖叫。

圣甲虫的腿在我肚子里沿着肠道扒抓前进，我感觉得到那些

---

1 语出《圣经·诗篇》第二十二章第十六节，原文为"But I am a worm, and no man"。此处将"worm"改为"scarab"。

倒钩在寻找施力点，我的肠子感觉得到它那坚硬外壳的触感。

"我们是是是战神塞克迈特，"祖德大声喊，"我们守护西方天堂。我们是是是舒！我们守护安努古城的灵魂。愿诸神与诸子听见我们的声音，透过这名抄写员的文字听见我们的声音，让所有意图压制我们的人都死去。"

祖德将铁杆末端的圆钵挤进我张开的嘴巴，圆钵里有某种毛茸茸的柔软球体。祖德翻转铁杆，那团毛球落入我喉咙深处。

"凯布山纳夫！"祖德叫道。

"凯布山纳夫！"那隐身一旁的念诵团齐声呼应。

我无法呼吸，我的喉咙完全被那颗毛球堵住。我快死了。

我感觉那只甲虫停在我下腹部，尖锐的腿扒抓我的肠壁，撕扯我胃部的外侧，在我肋骨下方往上爬，朝我的心脏前进。

我拼了命想吐出那团异物，却连这件事都办不到。我的眼球暴凸，几乎就要爆出我的脑袋。我心想，知名小说家威尔基·柯林斯就是这么死的，永远不会有人知道。最后，我肺脏里仅剩的一口气呼不出去，也发挥不了作用。我的视野开始缩小，变成两条黑暗隧道，脑海也一片空白。

我意识到那甲虫的腿在我右肺舞动，它的大螯拖曳过我心脏的表面。我察觉到它爬上我的喉咙，我的脖子随着它的爬升而肿胀。

甲虫抓攫我喉咙那团物事，拖着往下移动，重新爬进我的咽喉和上腹部。

我能呼吸了！我又咳又喘，大口大口吸气。我干呕几声，重新开始呼吸。

祖德拿着一根点燃的蜡烛在我胸膛和脸部上方绕圈子。热蜡滴在我皮肤上，相较于甲虫在体内移动造成的疼痛，那根本是小巫见大巫。甲虫又开始爬行了。

"我飞升时是是是鸟儿，飞落时时时化身甲虫。"祖德一面唱诵，一面故意往我胸口和喉咙滴下更多蜡油，"我飞升时是是是鸟儿，飞落时时时化身甲虫，落在你太阳舟上的空荡荡宝座上。哦，太阳神拉！"

那只巨大昆虫坚硬得难以想象的外壳填满我喉咙，又钻进我软腭，轻易得像钻进沙堆。我感觉得到它现在挤进我鼻腔后侧的鼻窦，到了我眼睛后方。它一路往上攀爬，长满倒钩的腿连连击打我眼球后侧。它穿过我头骨的软组织时，我听得见那对巨螯刮在骨头上的声响。

那份疼痛剧烈至极，无法言喻，难以承受。可是我能呼吸了。

我仍然只看得清楚祖德，旁边的狼头和巨鸟头雕像模糊难辨，那些身披暗色长袍的形体交织成一大片影子。我隔着从我眼睛流出的鲜血目睹这一切。

我感觉那只巨大的锹形虫钻过我大脑的柔软表层，愈钻愈深。这种情况只要再持续一秒，我一定会疯掉。

那只甲虫来到接近我大脑正中央时停住了。开始进食。

"你可以闭上眼睛了。"祖德说。

我使劲闭上双眼，感觉鲜血和恐惧的泪水流过布满点点蜡油的脸庞。

"现在你是是是我们的抄写员了，"祖德说，"永远都会是是是。你接到命令就得工作，受到传召就要过来。威尔基·柯林斯斯斯先生，你属于我们。"

甲虫进食的时候，我居然听见它的巨螯和上下颚发出咔嗒声响。我想象得到那甲虫将我半消化的脑组织滚成血淋淋的灰色球体，推在它前方。

但它没再往前移动，还没有。它在我大脑下半部中央安顿下来。它的六条腿一抽动，我就觉得奇痒无比，不得不强忍一股直冲喉头的作呕感。

"赞扬真相之主。"祖德说。

"他的神庙隐匿无踪。"念诵团齐声喊道。

"人类从他的眼诞生。"祖德诵道。

"神祇从他的嘴成形。"众人唱诵着。

"此刻我们送上这名抄写员，叫他服侍侍侍挚爱之子与隐藏之光。"祖德大声喊。

"拉神在他背后放光芒，他的名连众神都不得而知。"其他人齐声念。

我想张嘴却办不到，我也听不见，感觉不到。

此时我的世界里仅存的声响或感觉是：那只甲虫在扭动、钻得更深、继续进食发出的嘀嗒声与搔抓感。

# 第二十六章

我从鸦片噩梦中醒来的时候，发现自己瞎了。

四周伸手不见五指，拉萨里王向来保持烟馆每个房间都有光线：主厅的火光总是透过红布帘洒过来，在我专用凹室入口附近的煤炭炉永远散发温暖的橙色光芒。此时却只有绝对的黑暗。我伸手触摸双眼，确定我的眼睛张开着。我的手碰到眼球表面，疼得往后缩，却看不见自己的手指。

我在黑暗中大叫。有别于梦中情景，我能清楚听见自己的喊叫声。声音在岩石之间回荡。我高声呼救，大声叫喊拉萨里和他的助手，却无人回应。

我慢慢回过神来，发现自己并不像平时在拉萨里烟馆时一样躺在铺了厚软垫的便床上。我躺在冰冷的石地板或密实的泥地上，而且全身一丝不挂。

正如梦中的我一样，或者该说正如在真实世界里被祖德绑架的我一样。

我在酷寒中冻醒，战栗不已。但我还能动，不到一分钟我已经四肢着地在黑暗中摸索，看看能不能摸到任何一张便床，甚至摸到煤炉或玄关边缘。

然而，我的手指碰到的是粗糙石块和木头。我用双手探索，猜想着那石块会不会是一面墙，而那木头是某张便床的床脚。可惜不是。那石块和木头都很古老，有陈年霉味。石块本身已经多处塌陷。我摸得到石块里的冰凉木头，周遭的一切充满老旧腐败的气味。

我在某个墓槽里，在无数层地下墓穴里无数个墓室其中之一。这些都是石棺或水泥棺，里面摆放木头棺材，木棺里有铅条内衬。我跟地底下的死人在一起。

他们把我移到别处了。

他们当然把我移走了，他们把我往下抬，穿过那个半圆形壁龛，经过十字屏，进入地底城。他们抬着我顺流而下，去到祖德的神庙。此刻我说不定离拉萨里的鸦片馆几公里远，说不定深藏在伦敦地底一千多米的地方。没有提灯，我绝不可能找得到回去的路。

我又大声尖叫，开始沿着那一排堆叠的棺木和棺架胡乱摸索。我站了起来，不一会儿再度趴伏在地，伸长了双手到处抓扒，想找到我每次造访拉萨里烟馆时总是带在手边、用来找路回到地表的牛眼提灯。

但这里没有提灯。

最后我停止乱抓，直接蹲伏在黑暗中，仪态尽失，像极了惊慌的野兽。

要去到通往下水道或地底河的隧道，得先经过十多层这种地下墓穴。而这十几层墓穴里的笔直或弯曲走道两旁有几百个墓槽。这些墓穴最上面一层的阶梯就在通往拉萨里烟馆那条弯曲走道左侧，离烟馆大约十米。走道就在圣阴森恐怖教堂墓园下方，黑彻利探员此刻想必还在那里等着我。我下来多久了？只要走上阶梯，低头穿越某个墓槽残破的墙垣，经过最后几层棺木，到达最后那条走道再右转，往上走十阶就是那间地窖，之后应该就能——或许可以——见到阳光。我在鸦片之夜后走那条路回去已经不下百次。

我伸手探进外套口袋，仿佛想掏出怀表看时间。但我摸不到表，也摸不到外套，摸不到任何衣物。

我发现自己快冻僵了，牙齿猛打战，咯咯声响从看不见的石墙弹回来。我颤抖得太厉害，手肘和前臂在我摔倒时碰着的半空石棺上敲打出某种节奏。

我刚刚盲目地到处乱闯，已经失去方向感，此时就算我置身拉萨里烟馆所在的那个壁龛里，想必也分不出前后左右了。

我还在剧烈颤抖。我把手臂往前伸直，撑开僵硬的手指，开始沿着那排棺架、石棺和木棺跌跌撞撞往前走。

尽管我双臂在前方摸索，却还是一头撞上某种东西，整个人向后跌坐。我感觉太阳穴的伤口在流血，立刻伸手抚摸前额，又白费心思地把手伸到眼前，仿佛我突然能看见似的。我什么都看不到。我又摸一次，伤口不深，只流了一点儿血。

我怯生生地重新站起来，大幅度挥舞双手，终于找到那个差点儿撞晕我的障碍物。

是冰冷的金属，严重锈蚀，格栅上的三角形孔洞几乎填满了。

是铁栅门！地下墓穴走道上的每个墓槽入口都有一扇这种古老铁栅。如果我找到了铁栅，我就找到了走道，或者说某一条走道，毕竟这底下各层墓穴总共有几十条走道，其中绝大多数我都没见过，也没探索过。

万一这道铁栅关着又上了锁怎么办？那我永远到不了走道。经过二十年、五十年或一百年后，也许会有人在那些石棺和棺木之间找到我的骨骸，以为我只是另一具"老东西"——套句罗切斯特大教堂石匠德多石的说法。

我又是一阵惊慌，手掌、手肘和膝盖用力撞击铁栅，感觉铁栅生锈的边缘刮掉我的皮肤。最后我总算找到一处空缺，是一个开口！是铁栅上某块直立结构锈掉之后留下的缝隙。

它的宽度大约只有二十五厘米，而且周围呈锯齿状，我还是硬挤过去。锐利的边缘刮破我的胸膛、背后和收缩的生殖器。

然后我站在走道上，这点我很确定！

除非你刚刚钻的是棺木后方的铁栅，那样的话你就进入了深不可测的无尽迷宫，比早先更迷失方向。

我趴在地上，用手掌和膝盖辨识底下石板的质感。不，这是某一条主要通道。我只要顺着往前走到某一道半隐藏的阶梯，爬到上面那层，再走上另一道阶梯，就可以去到黑彻利等候我的那间地窖。

往哪个方向呢？这里黑黝黝的，我要怎么找到阶梯？该往哪边呢？

我爬向左边，找到我刚刚钻过来的那道铁栅，慢慢站起来。我甚至不知道这条走道天花板有多高。两年前那个夜晚我跟随狄更斯走向地底河的沿途，某些走道有三米高，有些却只是坑道，如果不想撞得脑浆四溅，就得蹲低身子。当时手边有提灯，走起路来多么轻松。

该往哪儿走？

我转转头，却察觉不到空气的流动。如果我有蜡烛，或许可以察觉得到气流……

如果我有该死的蜡烛，马上就能找到路，还嗅什么气流！我对自己吼叫。

我发现自己喊得很大声，回音消失在走道两端。亲爱的上帝，再这样下去我一定会疯掉。

我决定依循我旧有的本能，像我每次离开拉萨里烟馆那样往前走。即使我少了视力辅助的大脑一口咬定自己不认得路，我的身体仍然记得我走过无数次的那段回程。

我用左手充当向导，开始沿着通道往前走。我碰到其他铁栅，其他出入口，却没有任何一个挂着区隔拉萨里烟馆和走道的破败布帘。每碰到一个没有铁栅门的缺口，我就跪在地上摸索，寻找阶梯或另一段走道。可惜那些都只是倒塌的铁栅、更多棺木，以及空无一物的壁龛。

我继续往前，气喘如牛又颤抖不已，牙齿仍旧冻得咯咯作响。我的理智说我不至于在这底下冻死，洞窟不都维持十几摄氏度恒温？那又怎样，我破皮流血、伤痕累累的颤抖身体快冻僵了。

走道是不是微微向左弯？从地下墓穴的第一层走下那道隐秘阶梯、朝拉萨里烟馆前进的时候，走道会略略向右弯。如果我在那一层，置身阶梯右边，那么这里的墙壁就会稍稍弯向我左边。

我不知道，根本无从判断。有一点我很确定：我已经走了从底层入口到拉萨里烟馆的两倍路程。

我继续往前走。右边两度吹来冷风，凛冽的空气拂在我身上，我的皮肤不自主地皱缩起来，仿佛某种没有眼睛的死尸用惨白无骨的手指在抚摸我。

我打了个冷战，继续往前。

我跟狄更斯一起找到拉萨里烟馆那次，左手边有两条走道（现在应该在我右手边）。在那之后我曾经无数次经过那两条走道入口，却没有转头看一眼，也不曾拿提灯照一下。其中一条走道下方就是那条通过更多墓槽去往祭坛和十字屏的圆形壁龛走道，那里的隐秘阶梯可以通往更深处的地底城。

祖德就在那里等着。

但我也可能置身那个房间底下的某一层。

我两度停下来呕吐。我的胃已经空了，我依稀记得曾经在我醒来的第一个墓槽作呕。现在强烈的恶心感仍然逼得我弯低了腰，不得不靠在冰凉的石板上等待痉挛消退。

我走过另一个没有铁栅的壁龛，里面只有瓦砾碎石。我又摇摇晃晃往前走了大约二十步，突然撞上一堵墙。

前面没路了。这堵墙很结实，走道在我背后向我的来时路延伸回去。

我忍不住尖叫，不停地尖叫，回音都在我背后。

他们把我抬进来以后就砌墙封闭走道，不让别人找到我的骨骸。

我的手指疯狂扒抓墙面，感觉古老的灰泥、石头和砖块掉落下来。我意识到指甲已经脱落，胡乱搔抓着的手指末端扯成了碎肉条。

没有用，砖墙里面还是砖墙，砖墙后面是更厚重的石块。

我又喘又呕地跪下来，之后开始往回爬。

刚刚最后那一个壁龛——堆满碎石那个——现在在我右边。这回我爬了进去，我已经破损的膝盖和手掌在乱石堆上磨破更多皮。

那些不只是石堆，而是嵌在冰冷松散泥土上的石阶。

我慌忙往上爬，完全不理会任何可能让我迎头撞上的障碍。

我撞上一面墙，几乎往后摔落看不见的阶梯，但我抓住某个洞口边缘。确实有个洞口，我几乎看得见另一边的锯齿状石块。

我连滚带翻钻过去，右侧脸颊和太阳穴在粗糙的石头上磨破了皮。这是另一座棺架。我站起来，发现那凿空的石棺或水泥砌成的棺椁里堆了更多棺木。我来到另一座墓槽。我的牙齿咯咯作响，我转头望向左边，似乎在那个方向看见隐约的光线。

我又撞上另一道铁栅，双手忙乱地在上面摸索，残破指头上看不见的鲜血抹在铁条上。我找到一个缺口，跨了过去，蹒跚地踏进另一处空间。想必是另一条走道。

这里的确有光线，微弱阴森的灰暗光线，在我右边不到二十米的地方。

我的光脚丫啪啪啪踩在这条宽敞走道的石头或砖造地面上。我几乎是跑向那抹微光的。

没错。我突然看见伸在面前的双手和双臂。我的十指鲜血淋漓。

前面有阶梯，高大的石阶往上升，弯出我的视线外。

我认得这道阶梯。

我流下眼泪，大声向黑彻利探员求救。我脚下打滑，摔下去，又站起来，继续往上攀爬。我爬到顶端，从那个熟悉的楔形洞口挤出去。

事后我发现，当时地窖里的光线只不过是1月黎明前最微弱的夜色，亮度肯定不足以阅读，却刺得我什么都看不见。

我摇摇晃晃走到悬在地底城入口上方那座石造棺架旁。我得扶住那座空棺架，否则就会瘫倒在地。至于那个入口，我当场对天发誓，这辈子再也不接近它。

"黑彻利！拜托，救命！黑彻利！"

我被自己的声音吓了一大跳，差点儿没尿失禁。当时我也的确低头往下看，检视我赤裸的苍白身躯。我发现我盯着自己的腹部胸骨以下的位置。

那里有一道红色伤口或破皮。

圣甲虫钻进去的地方。

我摇摇头，甩掉鸦片噩梦的画面。我全身到处都有破皮和伤口，双脚、膝盖和手指最是惨烈。我头痛欲裂。

因为甲虫在移动……在往里钻。

"别想了！"我大叫一声。

黑彻利为什么不在这里？他为什么选在我最需要他的时刻背弃我？

威尔基·柯林斯，也许你已经在底下待了好几天了。

我疼痛的脑海里出现"威尔基·柯林斯斯斯先生"的嘶嘶回音。

我笑了。无所谓。他们想杀我，不管他们是谁，想必是拉萨里王和他那些异教徒外国杂种同伴和鸦片鬼。总之他们失败了。

我自由了；我逃出来了；我还活着。

我猛地抬头，惊讶地发现有人用闪闪发亮的彩带布置了这间地窖高处。几小时前，或者几天前？几星期前？我跟黑彻利进来的时候，那些亮晶晶的条状物并没有挂在上面，这点我敢肯定。圣诞节已经过了两星期了。更何况，为什么要布置一间废弃地窖?

无所谓。我什么都不在乎，甚至不在乎我疼痛颤抖的身躯，不在乎我的剧烈头痛和极度饥渴。我只想永远离开这鬼地方。

我绕过棺架，避开地板上那个通往地底城的冰冷黑暗洞口。我作家的想象力幻想一只有着惨白无骨指头的灰色长胳膊，像蟒蛇似的突然从那个洞里伸出来，把惊声尖叫的我拉回那片黑暗中。我连忙加快脚步，却又被迫停下来。

我别无选择。

躺在地窖地板上那具尸体挡住我的去路。

是黑彻利探员，他褪尽血色的面孔歪扭着，张大嘴巴发出无声尖叫。他双眼只露出白眼球，视而不见地盯着小小地窖天花板角落那些装点着彩带的滴水兽和浅浮雕。他凌晨三点的夜宵、随身瓶、圆顶礼帽和萨克雷那本小说散落在他尸体周遭的石地板上。从他敞开的肚皮往上延伸的是他那些被拉扯开来、不是彩带的闪亮灰色彩带。

我连叫都叫不出来，直接跳过他的尸体，蹲下来闪躲那些紧绷的灰色条状物，光着身子大步奔向破晓前的圣阴森恐怖教堂墓园。

# 第二十七章

两小时后我回到另一家鸦片馆，默默等待。

我运气好还活着。毕竟我刚刚全身赤裸大呼小叫地跑过码头后方蓝门绿地最凶险的贫民窟，甚至不知道自己究竟奔向何方。不过，那个时间点本来就很冷清（在雪花纷飞的1月的严寒清晨，就连恶棍也躲在屋子里睡觉），更何况，再怎么凶狠的人，看见满手鲜血鬼哭鬼叫的疯子，只怕也会退避三舍。这就足以说明为什么我仓皇逃命的过程中碰见的第一个人恰恰就是正在廉价住宅区巡逻的警探。

警探也被我的模样和举止吓到。他从腰间拔出灌过铅的短警棍，我猜如果我多跟他说些不着边际的废话，他就会一棍把我打晕，扯着我的头发把我拖近距离最进的警局。

他听我说完后问道："你刚刚说什么？你是说……'黑彻利的尸体'吗？是希伯特·黑彻利吗？"

"前警督希伯特·黑彻利，目前是私家探员。没错，警督。他们掏出他的内脏，挂满整间地窖。哦，天哪！哦，上帝！当时他受雇于我，不是菲尔德，那是不公开的。他是菲尔德探长的私家侦探，那是公开的。"

警探摇晃我的身体："怎么又扯到菲尔德探长？你认识菲尔德探长？"

"我认识，当然认识。"我说完笑了笑，然后又哭了。

"你是谁？"这位留着浓密八字胡的警探问道。他的深色安全头盔上覆盖了一层白色雪花。

"威廉·威尔基·柯林斯，"我冷得牙齿直打战，"在我的几百万名读者心目中我是威尔基·柯林斯，我朋友和其他所有人都喊我威尔基。"我又呵呵傻笑。

"没听过。"那警探说。

"我是查尔斯·狄更斯先生的朋友兼合作伙伴。"我说。我的下巴抖得太厉害，"合作伙伴"这四个字说得含糊不清。

警探就让我光溜溜站在刮风下雪的户外，警棍啪啪啪地拍着另一只手的掌心，两眼专注地打量我，帽檐底下那双眉毛之间挤出一条深沟。

"好吧，跟我来。"说着，他抓住我伤痕累累的苍白手臂，拉着我走进排屋区。

"外套，"我牙齿猛打战，"或毛毯，什么都好。"

"马上就到，"警探说，"马上。走快点，快。"

我想象他要带我去的那间警局里有个大壁炉，炉火烧得正旺。我被警探抓住的上臂不住颤抖，我又悲从中来。

他没有带我到警局。我依稀认得他带我去、推着我往上爬的那道衰朽楼梯和玄关。我们进到屋里，我认出那个绕着我打转的干瘪妇人。她的鹰钩鼻从破烂的黑色头巾里突伸出来。

"萨尔，"警探说，"把这位……绅士……安顿在暖和的地方，给他找些衣裳，虱子愈少愈好，不过也无所谓。别让他走掉，叫你的马来人看住他。"

烟鬼萨尔点点头，在我身边蹦蹦跳跳，还用长指甲戳戳我裸露的腹胁和发疼的肚子。"警探大人，我见过这人。以前光顾过我这儿，就在那边那张床上抽大烟，是真的。有一天晚上菲尔德探长把他带走。在那之前我第一次看见他时，他是跟希比·黑彻利和一个听说很重要的人物一起来的。那时这家伙多了不起似的，真的，绷着个臭脸，戴一副现在没看见的眼镜，隔着那只又肥又小的鼻子瞧扁我。"

"那个重要人物是谁？"警探问道。

"叫狄更斯，写《匹克威克》那人，是他没错。"萨尔兴奋地叫嚷，仿佛花了好大工夫才从她被鸦片熏糊涂的脑袋里挖出这些信息。

"看住他，"警探咆哮道，"帮他找些衣裳，就算要派你那个白痴手下出去也得给我找来。叫那个马来人盯住他，别让他跑掉。让他待在你烧着一块煤炭那个小炉子旁，在我赶回来之前别让他冻死。听见了吗？"

那老太婆闷哼几声，接着又呵呵笑。"我没看过男人的老二和卵蛋缩成那副德行。警探大人，你呢？"

"照我的话做。"警探说完转身离开，一阵冷风顺势扑进来，像死神的呼吸。


"亲爱的，衣裳还合身吗？"萨尔问。此时我坐在她烟馆客厅后侧的空房间里。有个脸上有宗教疤痕的大块头马来人坐在门外看守。这里的窗子遮了百叶，还用钉子钉牢，只是，即使在这个1月的冷天里，泰晤士河的臭气依然伴随着阵阵寒风钻了进来。

"不合身。"我答。衬衫太小太脏又太臭，粗厚的工人长裤和外套气味也好不到哪儿去，穿在身上更是让我发痒。我感觉得到有小虫子在衣服里钻来动去。我没有内衣，也没有袜子。她给我的那双旧靴子比我的脚大上一半。

"你有那些衣服就该偷笑了，"萨尔那疯女人呵呵笑道，"如果不是老阿喜两天前突然在这里翘辫子，没人来收拾他的东西，你现在哪儿来的衣服穿。"

我默默坐着，星期六早晨的清冷光线夹带臭气从百叶窗缝隙渗进来……

等等。这天是星期六吗？是我夜访拉萨里烟馆的隔天清晨吗？或者已经过了好几天了？感觉好像过了很多天，或很多星期了。我原本想大声叫萨尔进来问个清楚，不过我猜那老太婆多半也不会知道。我也可以问门口那个疤面马来人，但他好像听不懂，也不会说英语。

我轻声笑了笑，又压抑住啜泣声。今天星期几又有什么关系？

我头疼得不得了，我担心自己可能会痛晕过去。我感觉得到痛点埋得很深，在我眼睛后方，疼痛的程度根本不是过去让我痛得死去活来那种风湿性痛风所能比拟。

那只锹形虫圣甲虫正在帮自己挖掘更大的洞，它推着一颗闪亮的灰色圆球钻进自己挖的坑道……

我坐在污秽床铺边缘，头弯低在膝盖上，努力抑止作呕感。我知道胃里已经没有东西可吐，可是连番干呕让我的五脏六腑阵阵抽痛。

从地板延伸到天花板的亮晶晶灰色彩带。

我摇摇头甩掉那个画面，可是这个动作让我头痛加剧，恶心感卷土重来。空气中弥漫着鸦片烟味，廉价、腐坏、稀释过的脏污鸦片。我不敢相信自己曾经连续几个星期来这里吸食萨尔的劣质产品，在这些藏污纳垢、爬满虱子和寄生虫的便床上跟其他烟鬼一样昏睡。当时我到底在想什么？

昨天晚上，或者不管多少个晚上以前，我钻到地窖底下，去到那另一家鸦片馆加入那些中国干尸行列的时候，到底在想什么？

好几个月前是菲尔德探长和黑彻利来这里拉我出去，也是菲尔德提议让黑彻利护送我去拉萨里的烟馆的。这一切会不会从一开始就是一场诡计？杀害黑彻利的会不会是菲尔德？也许他气黑彻利私下接受我的聘雇。

我又摇摇头。这些事根本一点儿道理都没有。

我感觉得到我头骨内部深处有某种东西在移动，那东西有六条尖锐的腿和锹形虫般的巨螯。我受不了了，干脆放声大叫，恐惧与疼痛参半。

菲尔德探长和巴利斯探员冲进门来。

"黑彻利死了。"我的声音从再度咔嗒打战的齿缝之间挤出来。

"我知道。"菲尔德厉声回答。他一把抓住我的上臂，手法就跟那天早上抓我的那名警探如出一辙。"走，我们要回那里去。"

"谁也别想逼我回去！"

我错了。菲尔德力道十足的手在我前臂找到一条我不知道它存在的神经。我痛得失声大叫，不得不站起来，夹在巴利斯和更胖更老的菲尔德之间，被他们半推半搡着，跌跌撞撞地走下楼，街上有另一群人等着我们。

包括菲尔德和巴利斯，他们总共有七个人，个个魁梧健壮。

尽管他们身上穿的都不是警探制服，但我一眼就看出他们都在警界服务过大半辈子。其中三个带着某种类似猎枪的武器，另一个公然握着一把大型骑兵手枪。我向来对军事武器或人员没有多大兴趣，忽然在伦敦街头看见这么多枪械，震惊不已。

当然，那里称不上是伦敦，那是蓝门绿地。我们离开新庭区，走过两年来我见识到它们各种季节风貌的连串肮脏巷道，比如乔治街、罗斯玛利巷、电缆街、纳克佛格街、布雷克巷、新建路、皇家铸币厂街。我发现我们路过时，窝在各处庭院或排屋门外那些裹着破布的可悲形体，无论男女全都缩回暗处或躲进阴暗玄关深处。他们看见这群人冷酷无情地大步走过他们的破落地盘，想必也以为那七名极端严肃的持枪男人都是警探。

"出了什么事？"菲尔德问我。他的铁爪依然紧扣我颤抖的手臂。我多带了一床毛毯充当披肩，围在那件肮脏夹克外面，可惜那种廉价毛料抵挡不了寒风。天空又开始飘雪了。

"出了什么事？"菲尔德轻轻摇晃我，"仔细说清楚。"

那时我做出了一生中最重大的决定。

"我什么都不记得。"我说。

"你说谎。"菲尔德怒气冲冲，边说边摇晃我。过去他以劳工阶级探员身份对我的绅士地位装出来的表面服从彻底消失。此时的我跟他几十年来在史密斯费德或莱姆豪斯用类似铁爪对付的那些重犯没有两样。

"我全忘了。"我又说了一次谎，"只记得昨晚接近午夜的时候在拉萨里鸦片馆拿起我的烟管，之后就什么都不知道了。几个小时后在黑暗中醒来，自己找路出来，然后发现了……可怜的黑彻利。"

"你在说谎。"菲尔德又说。

"他们下药迷昏我。"我用平淡的语调说。这时我们已经进入通往圣阴森恐怖教堂墓园的最后一条小巷。"拉萨里或别人把药掺在我的鸦片里。"

巴利斯听得哈哈大笑，菲尔德瞪他一眼让他闭嘴。

有个穿着短大衣的高大男人拿着猎枪守在圣阴森恐怖墓园入口。我们走近时他碰了碰帽檐。我们走到大门口时，我往后退，菲尔德却把我往前推，仿佛我是个小孩子似的。

积雪覆盖了墓碑和雕像，也堆在地窖的平面屋顶和壁架上。耸立在最后一间地窖上方那棵枯树衬着乌云密布的天空，像一道道喷溅开来的漆黑墨渍，周围有白色粉笔描边。

地窖里有另外三个人在等候。冷天里他们呼出的热气盘旋在头顶上空，像极了受困的灵魂。我赶紧别开视线，却已经看见他们用某种防水帆布盖住黑彻利被掏空内脏的尸身。那些闪亮的灰色彩带已经消失，但我注意到角落有一块小一点儿的帆布，盖着一堆体积小于黑彻利尸体的东西。即使在这样的冷天里，小小地窖仍然充斥屠宰场的血腥味。

刚刚陪着我们走过来的大多数人都等在地窖门口探头探脑。地窖空间原本就不大，我们六个人在里面显得异常拥挤，因为谁也不想靠近黑彻利的尸体。

我赫然发现原先等在地窖里那三个人之中有一个不是警探或侦探，而是个特别高大的马来人。马来人一头黑发又长又脏，直垂到颈部，双手背在后面，手腕被铁手铐残酷地铐住。我一度误以为他是萨尔烟馆那个马来人，后来发现这人年纪大些，脸颊没有疤痕。他直盯着我看，冷淡的眼神里没有一点儿好奇，那种呆滞眼神像极了我看见过的那些死刑犯被绞死前后的模样。

菲尔德探长把我推向地板上那个洞口，我用尽全身的力量往后退。"我不能下去，"我喘着气说，"我不要。"

"你要。"说着，菲尔德又推我。

负责看守马来人的探员递了一盏牛眼提灯给菲尔德，巴利斯也拿到另一盏。巴利斯带路，菲尔德紧抓我手臂推着我往前走，我们三个人一起走下那道狭窄阶梯。只有另一个拿着猎枪的陌生探员跟我们一起下去。

亲爱的读者，坦白说，接下来那半小时左右，大部分的过程我都记不清了。当时的我极度惊恐、疲倦与疼痛，脑子一片混沌，像处于将眠未眠的状态，忽而意识到周边的景物，忽而又进入梦乡，然后又被某种声音、感觉或刺激唤醒。

我印象中次数最频繁的刺激来自菲尔德扣在我手臂上那坚持不懈、毫不放松的铁爪，他扯着我在提灯照明下的黑暗洞窟里左弯右拐。

在提灯的光线下，往拉萨里鸦片馆那段短短路程就像一场重复出现的梦境，完全没有我在黑暗中慌忙奔逃时感受到的那种惊悚感。

"这里就是鸦片馆吗？"菲尔德问道。

"对，"我说，"呃，不对。对。我不知道。"

入口处没有红布帘，反倒多了其他墓槽都有的锈蚀铁栅。牛眼提灯照见里面成堆成堆的棺木，而不是一排排三层铺位。棺架上也少了像佛陀般端坐的拉萨里王。

"这道铁栅不像其他栅门一样固定在墙壁上。"说着，巴利斯抓起生锈的铁栅，往里一推。铁栅撞上地板，发出丧钟般的声响。我们走进里面的窄小空间。

"这里的天花板没有灰尘。"巴利斯说。他手上的提灯照前照后。"有人扫过了。"

那个陌生探员拿着猎枪留在走道。

"没错，这里是拉萨里烟馆。"我说。我看见灯光照出更多熟悉的走道和壁龛。不过什么都没留下，连石板上标出床铺和小铁炉的位置的记号也都不见了。拉萨里穿着亮丽长袍端坐其上的那座棺架，如今只剩一口古老石棺。里面我专用的那间凹室也只是另一处堆满棺木的壁龛。

"但你在黑暗中醒来的时候不是在这里。"菲尔德说。

"不是。应该是走道更里面的地方。"

"我们去看看。"说着，菲尔德挥手要巴利斯走在前面。拿猎枪那人举起他自己的提灯跟了过来。

我想到狄更斯。他的美国朗读行程走到哪一站了？他写给我的上一封信是新年前从纽约寄出来的，信里说他因为"心脏跳动缓慢"感到不适，还说他在那里待得很不开心，每天都在旅馆床上躺到下午三点，才百般艰难地催促自己起床准备晚间的朗读。

狄更斯体内也有圣甲虫吗？如果他做出任何意图脱离祖德掌控的事，那只甲虫是不是会从他的大脑爬到他的心脏，将它那对大螯深深刺进去。

我看过狄更斯的朗读行程和他发回杂志社给威尔斯的电报，知道他1月要在纽约、波士顿、费城、巴尔的摩和布鲁克林朗读，每一场六千到八千张入场券销售一空。但他目前究竟走到了那些名称古怪的城市中的哪一站？

我太了解狄更斯，很清楚他肯定已经摆脱身体不适和情绪低迷，兴高采烈地利用朗读空闲在火车上逗逗小孩子和旁人，再把所有精力和生命力全都灌注在午后和夜间的朗读。与此同时我也知道他过得无比悲惨，天天数着日子等待4月搭船回英国。

他能活到那时候吗？如果圣甲虫察觉出他的背叛，会允许他活下去吗？

"你醒来的时候人在这里吗？"菲尔德问道。

他使劲摇我，把胡思乱想的我拉回现实。我眼前的墓槽跟其他墓槽没有两样，差别在于这个窄小壁龛地板厚厚的灰尘里有脚印，娇小脆弱裸露的光脚丫子。锯齿状的铁栅上也有血迹，那是我在黑暗中从那个裂缝中硬挤出来时留下的。我伸手摸摸此时遮盖住我胸肋和臀部的新伤的衣物。

"没错，"我呆滞地回答，"应该是。"

"你能摸黑钻出来真是奇迹。"巴利斯说。

我无言以对。我全身抖得像得了疟疾，除了离开这个黑洞，我什么都不想。菲尔德却还不放过我。

我们往回走向入口。三盏提灯的光线在墙壁和所有墓槽入口舞动，看得我头昏眼花。仿佛现实与虚幻、生与死、光与无光都在旋转盘绕，像一场疯狂的死之舞。

"这条走道通到十字屏和更低楼层吗？"菲尔德问。

"对。"我答，当时我完全搞不懂他到底在说什么。

我们沿着通道往前走，经过许多黑漆漆的墓槽，来到过去圣阴森恐怖教堂的半圆形壁龛底下那个房间。狄更斯就是在这里找到了通往地底城那条狭窄阶梯。

"我不下去。"我挣脱菲尔德的搀扶，差点儿跌倒，"我没办法下去。"

"你不必下去。"菲尔德说，听得我差点儿流下眼泪，"今天不必。"他补了一句。他转身对拿猎枪那人说："把那个马来人带下来。"

我呆呆地站在原地，跳脱时空，意识到圣甲虫在我脑袋深处的移动。我努力不让自己作呕，可是那底下的空气弥漫着烂土和坟墓的腐败臭气。那个拿猎枪的探员回来的时候带着另一个探员，这个人身穿鞣皮大衣，手握步枪。那个戴手铐的马来人走在他们中间。马来人走进这个地底半圆形壁龛时盯着我瞧，扁平鼻子两侧的细长黑眼睛几乎跟我一样因痛苦与绝望而黯然失色，却比我多了点控诉。他始终没去看菲尔德或巴利斯，只盯着我，仿佛我才是迫害他的人。

菲尔德点点头，那两个带枪的男人于是领着囚犯穿越破败的十字屏，走下窄小通道。菲尔德和巴利斯带我沿着甬道往回走，回到阳光下。

"我不明白。"我气喘吁吁地说。我们刚踏出地窖，走进冰冻的1月冷空气里。雪停了，却起了一阵浓密的冬雾。"你们通知警方了吗？为什么有这么多私家探员在这里？你们肯定报警了。警方的人在哪里？"

菲尔德带我走到等在街上的一架门窗紧闭的黑色马车旁。那马车让我想到灵车，马匹呼出的热气让空中的雾气更浓了。"警方很快就会得到消息。"菲尔德说。他的声音听起来很温和，但我从中嗅到一股怒气与决心，力道比起他抓我手臂的铁爪毫不逊色。"这些人都认识黑彻利，很多人都跟他同事过，也有人很喜欢他。"

巴利斯和菲尔德把我推上马车，巴利斯自己绕到另一边也上了车。菲尔德还抓着我的手臂，站在敞开的门边。"祖德以为我们今天会大举冲进地底城，以为我们只有十几二十个人。他希望我们这么做。不过，等到明天就会有上百个私家探员过来，他们不是认识黑彻利就是痛恨祖德。我们明天下去，明天就会找到祖德，会用烟把他熏出他的贼窝。"

他砰的一声关上车门："柯林斯先生，把明天的时间空出来，我们用得着你。"

"我不能……"我才开口就看见那两个带枪的探员从地窖出来。那个马来人没跟他们一起。我震惊地瞪大眼望着高个子那人的右手衣袖：他的昂贵鞣皮大衣袖口以上一片殷红，仿佛鲜血沿着毛料往上浸染到手肘位置。

"那个马来人……"我努力挤出这几个字，"应该就是被警方扣留的那个，也就是伦敦警察厅移交给你侦讯的那个。"

菲尔德不发一语。

"他人在哪里？"我低声问。

"我们送他下去当作口信。"菲尔德说。

"你是说派他去送口信。"

"我们送他下去当作口信。"菲尔德用平直的语调重复一次。他敲敲马车侧边，马车于是带着我和巴利斯穿越蓝门绿地那些狭窄街道。


巴利斯一声不吭地把我丢在我格洛斯特街90号的家门口。我不急着进门，打着哆嗦站在浓雾里目送那架黑色马车消失在街角。另一架马车驶了过去，侧灯都点亮了。这架马车也在街角右转。我听不见两架马车是不是都停了下来，浓雾和降雪将马蹄声和车轮声都给淹没了。不过我猜马车都停下来了。巴利斯会指派手下盯梢，下达指令。我敢说菲尔德的部下会严密看守我家前后门，只是人数不会像6月9日那么多。

外面的浓雾里有我的几个新任醋栗。要摆脱他们一点儿都不难，我只要走下我的储煤地窖，敲掉几块砖，爬进那个窄小洞口，去到地底城靠近地面的某一层。届时整座城又可以任我遨游，至少在地底下是如此。

想到这里我不禁嘻嘻窃笑，可是那歇斯底里的窃笑很快变成眩晕：我脑袋里的圣甲虫移动了。


我踏进我家门厅时，吓得张开嘴巴准备大叫。

黑彻利的肠子从门楣挂到水晶灯，从水晶灯再到楼梯，从楼梯拉到墙壁上的烛台。没完没了的潮湿闪亮灰色条状物，跟在地窖里相去无几。

我没有叫出声，片刻之后我像个小孩子般剧烈颤抖。我发现那些"肠子"原来只是彩带，灰色银色的丝质彩带，有些打了蝴蝶结。是很久以前我们在旧家办过的疯狂派对剩余的装饰品。

屋子里充满烹煮食物的味道，香煎和煨炖的牛肉，还有刚下锅的香浓法式海鲜什锦。我又开始作呕。

卡罗琳从用餐室快步走出来。

"威尔基！你到底上哪儿去了？你怎么可以每天晚上都不在，也不……天哪！你那身恶心的衣服从哪儿弄来的？你那些好衣裳呢？那是什么味道？"

我没理她，只大声召唤我们的女仆。女仆快速冲进来，一张脸被厨房热气蒸得红通通的。我粗暴地说:"帮我准备热水,马上弄。水要很热,快,马上去。"

"威尔基,"卡罗琳气呼呼地,"你要不要回答我的问题,把话说清楚?"

"你才把话说清楚,"我一面咆哮,一面指着四面八方的装饰,"这些垃圾到底在搞什么?这是怎么回事?"

卡罗琳眨巴着眼,一副挨了耳光的模样。"什么怎么回事。过几小时就是你那个了不起的晚宴,餐后要去看戏。大家都会来。你特别交代过,我们要提早吃晚餐,因为饭后马上要出发去剧院……"她停顿一下,压低声音以免下人听见。接下来她的说话声像热水壶在嘶嘶响。"威尔基,你喝醉了吗?或者你鸦片酊喝太多脑子糊涂了?"

"闭嘴!"我说。

这回她的头猛地往后,红晕蹿上她的脸颊,像是当真被人打了一巴掌。

"取消,"我说,"派那孩子……派些信差……告诉大家宴会取消。"

她笑得几乎有点儿歇斯底里:"这根本不可能,你自己也很清楚。厨子已经开始准备晚餐;客人都已安排好交通工具;餐桌也布置好了,每个座位旁都有一张门票。根本不可能……"

"取消。"说完我快步从她身边走过,上楼去连灌五杯鸦片酊,把那些破烂衣裳交给女仆埃格妮丝拿去烧掉。我开始泡澡。

如果不是因为脑子里有东西在爬,我应该会在蒸腾的热水里睡着。

圣甲虫挤压的力量太大，我前后三次从浴缸里跳起来，跑到镜子前站定。我调整蜡烛的角度以便发挥最大照明效果，嘴巴张大到难以想象的地步，下颚的肌肉甚至发出抗议声。我第三次张嘴的时候，那只甲虫匆匆溜进暗处，我确定我看见了它黑色甲壳的微微反光。

我转身对着脸盆呕吐，可是我胃里已经没有东西可吐，何况那时甲虫也已经回到我的头骨里。我重新坐回浴缸，可是每次我快睡着的时候，就会重新回到地窖，看见那些发亮的灰色物质，闻到屠宰场的腥臭味。除此之外，我还闻到熏香的味道，听见念诵声，看见那只黑色大昆虫钻进我的肚皮，仿佛我的肉是沙子……

有人敲门。

"走开！"

"有你的电报，"卡罗琳在门外说，"送来的人说内容很紧急。"

我连声咒骂，浑身湿漉漉地站起来，反正水不够热了。我披上袍子，打开门从卡罗琳的纤瘦苍白手指里抢过那张纸，旋即又关上门。

我相信电报是费克特或剧院某个人发的，那些人有这种没事拍电报的奢侈习惯，仿佛一般信差送的信件显得不够重要似的。或者是狄更斯发来的，我灵光乍现：他会不会要跟我坦白他也有一只圣甲虫，并且告诉我他不知怎的知道我也有一只了？

电报里那六个字和署名我重复读了整整四次，我被异物进驻的疲惫脑袋才弄懂那上面的意思。

母亲病危，速来。查理

# 第二十八章

母亲的脸让我联想到刚断气的尸体，那躯壳里的沉默灵魂仍然拼命地想逃。

她的眼睛几乎只露出白眼球，厚重发红的眼皮下方只露出一丁点深色眼珠，眼珠子仿佛被内部某种惊人力道挤得向外暴突。她嘴巴大开，嘴唇、舌头和软腭像旧皮革般暗淡又干燥。她无法言语，也发不出声音，只有胸腔持续传出一种古怪的粗嘎嘶嘶声。我猜她看不见我们。

我跟查理惊恐地看着她盲目的凝视。我有气无力地问："天哪，怎么会变成这样？"

我亲爱的弟弟无奈地摇摇头。韦尔斯太太在旁边打转，患有关节炎的双手在黑色蕾丝披肩里啪嗒啪嗒拍动。长期为母亲诊治的唐桥井老医生艾肯巴克坐在房间另一端角落等候。

"韦尔斯太太说她昨天下午人还好好的。不，不算好，全身疼痛，有点儿咳嗽，但胃口还不错，吃了点东西，下午茶也喝得挺开心，到了晚上也可以听韦尔斯太太念书，还跟她聊了几句。"查理一口气说着，"今天早上……我从伦敦来想给她个惊喜……她却变成这样。"

“那些等待、期望、也想要离开这个世界的老人经常会这样，”艾肯巴克医生喃喃有词，“突如其来，没有预警。”

重度耳背的艾肯巴克医生在角落跟韦尔斯太太交谈，我焦急地低声告诉查理：“我要找我的医生来看她。毕尔德一接到通知会马上赶来。”

“我一直在想办法联络最近常来看她的那个蓝塞斯医生。”查理轻声说。

“你说什么？”艾肯巴克医生在靠近炉火的角落发问，“你要找……哪个医生？”

“蓝塞斯，”查理叹口气道，“这几个星期以来好像有个新来的本地医生主动跑来帮我母亲看病。我相信我母亲根本不需要去找他……毕竟已经有您这么专业的医生在照顾她。”

艾肯巴克医生皱起眉头。“蓝塞医生？”

“是蓝塞斯。”查理提高音量又用力咬字，有种对听力不佳的人说话时的挫败感。

艾肯巴克摇摇头。“唐桥井附近没有姓蓝塞或蓝塞斯的执业医生，”他说，“据我所知伦敦也没有，只除了查尔斯·蓝塞斯，可是他现在只帮雷顿阁下全家看病。再者，他专治花柳病，他只对这方面感兴趣，柯林斯太太不可能为那方面的问题大老远找他来。还有，怎么会有人姓蓝塞斯，听起来像委员会的名称。”

查理又叹气：“蓝塞斯好像是到附近来探望家人，听人说起家母的病。韦尔斯太太，我说得对吗？”

韦尔斯太太一阵慌乱，一双长满节瘤的手又在披肩里舞动。“查理少爷，说实话我不清楚。这个蓝塞斯我也只听您亲爱的母亲说起过。我没跟他说过话。"

"你总见过他吧？"我问。圣甲虫在我脑袋里挪动，与此同时，一只冰冷的手掐住我的心脏。

"只有一次，"忠心耿耿的韦尔斯太太说，"而且距离很远。上星期有一天下午我从穿过草地那条路走过来，他正要离开。"

"他长什么样子？"我问。

"威尔基少爷，这我说不上来。我只瞥见一个高高瘦瘦的男人往巷子那边走去。他的服装很正式，可是，年青一代却会觉得很老派，但我有什么资格说人家！那人穿着黑色大礼服，戴着旧式大礼帽，不知道您明不明白我的意思。"

"我不太明白，"我用最稳定的语气说道，"你说'旧式'是什么意思？"

"您应该懂的，威尔基少爷。就是帽檐宽一点儿、顶端低一点儿那种，比较像我年轻的时候男士们骑马时常戴的帽子。而且显然是用海狸皮做的，不是丝绸。"

"韦尔斯太太，谢谢你。"查理说。

"对了……还有他的面纱。"韦尔斯太太补充说道，"距离有点儿远了，不过我还是看到了他的面纱。您母亲事后也提到过。"

"她没跟我说过。"查理说，"蓝塞斯医生为什么戴面纱？"

"当然是因为烧伤疤痕，伤得很重，是哈丽叶……呃，柯林斯太太说的。也就是你们亲爱的母亲。蓝塞斯医生不想吓着路人。"

我别开头，暂时闭上双眼。等我睁开眼睛，我看见母亲紧绷的脸和她张开的干燥嘴巴，她同样干燥的舌头像一截放错地方的绳索，垂在外面。她暴凸的白眼球像两颗蛋，被强大外力硬塞进人类的眼皮里。

"韦尔斯太太，"查理轻声说，"能不能麻烦你把那个偶尔帮母亲跑腿的邻家男孩找来？我们要发个电报给伦敦的毕尔德医生。威尔基在这里写，让那男孩带去。"

"查理少爷，这么晚还发电报吗？电报局再过不到半小时就关门了。"

"所以我们才要赶快，不是吗？韦尔斯太太，感谢你的帮忙。可以的话，我母亲也会亲自感谢你。"


我出门前跟卡罗琳恶言相向。

她无可避免地、无理取闹地盘问追查，强逼我回答，就算我把电报内容给她看，她还是百般阻挠不让我出门。

"你昨晚上哪儿去了？"她连声追问，"你叫埃格妮丝烧掉的那些破烂衣服是从哪里弄来的？那些衣服上怎么会有那么恶心的味道？你什么时候才会从唐桥井回来？今天的晚宴怎么办？剧院门票又怎么处理？大家都很期待……"

"首先，把那些该死的彩带拉下来扔掉。"我大声吼叫，"晚宴你爱办就办，你想跟我那些男性朋友去看戏也请便。反正你也不是第一次趁我不在时花我的钱请客或享乐。"

"威尔基，你这话什么意思？你不愿意我帮你招待朋友吗？你不愿意我用你的门票去欣赏你写的戏吗？你不是答应十几个朋友今晚让他们坐在作家包厢里当贵宾吗？那你要我怎么做？"

"我要你……"我怒吼道，"下地狱去！"

卡罗琳愣住了。

"我妈妈快过世了，"最后我用单调又尖锐的语气说，"至于你想跟谁一起吃晚餐或看戏，就算你想跟魔鬼去我都不在乎。"我把所有怒气发泄在她身上，"跟你的水电工去也无妨！"

卡罗琳仍然一动不动，从胸口到发际线一片红晕："威尔基，你这话什么意思？"

我猛地打开门，门外的浓雾和寒气直蹿进来。我冷言嘲笑她："亲爱的，你他妈的很清楚我在说什么。我说的是乔瑟夫·克罗，爱文纽路上那家酒商的儿子，职业是水电工，兼职是爱情骗子，或爱情俘虏。也就是你背着我在我家款待他、圣诞节到现在偷偷见过他五次的那个'克罗先生'。"

说完我用力甩上门离开，留下满脸通红又失魂落魄的她。


那天下午查理驾着雪橇到火车站接我的时候，唐桥井沉寂得很诡异。当时下着大雪，令人惴惴不安的惨白浓雾笼罩四周。那天晚上十点，全身裹得密不透风的毕尔德乘着同一部雪橇穿过严寒雾气抵达时，空气中的静谧与浓雾几乎叫人窒息。这回同样由总是病恹恹却似乎从不倦怠的查理负责去接他。查理去接毕尔德时，我跟我母亲和已经入睡的韦尔斯太太留在家里。艾肯巴克医生老早就回家去了。

毕尔德默默握住我的手表达同情，之后就去诊察母亲，我跟查理在另一个房间等候。壁炉的火焰转弱，我跟查理决定不再多点蜡烛或灯。韦尔斯太太睡在另一边角落的沙发床上，我跟查理低声交谈。

"你上星期见到她的时候她不是这样？"我问。

查理摇摇头："她只说这里疼那里痛，呼吸不顺畅，你也知道她向来如此，抱怨个没停。不管这次是什么问题，当时没有一点儿征兆。"

片刻之后毕尔德出来，我们叫醒韦尔斯太太，让她一起听听医生怎么说。

"哈丽叶显然有严重脑出血。"毕尔德轻声说，"你们也看得出来，她已经失去语言能力，没办法控制随意肌，很可能连思考能力也丧失了。她的心脏好像也受到影响，在肉体上，她几乎等于已经……"

毕尔德停顿下来，转头问韦尔斯太太："柯林斯太太最近跌倒过吗？或者拿剪刀、菜刀甚至编织针时伤到过自己吗？"

"绝对没有！"韦尔斯太太叫道，"医生，柯林斯太太很少动，根本不可能发生那些事，我也不允许她碰那些东西。就算有她也会告诉我……不，不，她不可能受这种伤。"

毕尔德点点头。

"你为什么这么问？"查理问。

"你母亲这个位置有个新伤……"毕尔德边说边碰触胸骨正下方的横膈膜，"大约五厘米长。不严重，而且快复原了。但很不寻常，毕竟她已经不太……"他摇摇头，"不过无所谓，我相信那跟她昨晚发生的脑出血和神经症状无关。"

原本我一直站着，但此刻我双膝无力，不得不坐下来。

"那她……会复原吗？"查理问。

"没希望了。"毕尔德断然回答，"她的神经症状和脑部栓塞太严重。她很可能会再度恢复意识，过世之前神志甚至可能比以前清楚，但我很确定回天乏术了。短则几天，长则几星期。"

韦尔斯太太一副要晕倒的模样，查理和毕尔德扶她回到沙发床。

我坐在椅子上呆望着炉火。当时美国时间是中午刚过。狄更斯正在某个舒适明亮又干净的地方，被侍候得像国王，正准备度过另一个备受倾慕的夜晚。在一封最近威尔斯给我看的信件里，狄更斯写道："人们会转头过来，再转身面对我，仔细端详我……或者会告诉旁人：'你看！狄更斯过来了！'"信里还炫耀他每次搭车都会被认出来："……在火车上，只要看见有人明显很想跟我说话，我通常主动先去跟他们攀谈。"

多么高贵的举动！我这位过去的合作伙伴兼永远的竞争对手简直大方得难以形容！他在那里屈尊俯就地跟成千上万个爱慕他、不学无术又无比浅薄的美国人说话，那些人连他走过的土地都想跪下来膜拜。我却坐在这里面对痛苦悲戚与绝望，我母亲死状凄惨，而我脑袋里有个甲虫在钻动……

"我先离开了。我会在附近朋友家过夜，明天早上搭第一班火车回伦敦前会再来看哈丽叶一趟。"毕尔德在说话。已经过了一段时间，查理显然已经让哭哭啼啼的韦尔斯太太回房休息，现在他穿着大衣戴着厚实的艺术家便帽在门口等着送毕尔德离开。我一跃而起，用双手握住毕尔德的手连声道谢。

"我留下来陪妈妈。"我对查理说。

"等我回来换我陪她，"查理说，"威尔基，你好像累坏了。把炉火烧旺点，等我回来你就在长沙发上睡。"

当时我只是摇头，但我也不知道自己究竟是在说晚上我来陪妈妈，或我不累，或我不需要炉火。然后查理和毕尔德走了。他们的马车朝村庄驶去的时候，我听见马匹挽具上的铃铛虚伪不实的冬季欢欣铃声。

我走进母亲房间，坐在她床边那把硬椅子上。她的眼睛依然睁开着，但明显看不见，眼皮偶尔会快速开合。她的手臂和手腕弯折起来，像雏鸟摧折的羽翼。

"母亲，"我轻声唤她，"我很抱歉……"

我说不下去。我很抱歉……然后呢？抱歉我跟祖德之间的牵连害死了她。真是这样吗？

过去几个月来我写给她的信或跟她说的话都只绕着我自己的成就打转。我一直忙着写剧本、看排演、出席试演，抽不出时间来陪她。就连圣诞节也只吝啬地拨出几个小时，之后马上搭火车回城里去。去年夏天以来，我写给她的信不是聊我自己（虽然她真的很喜欢听到我有所成就），就是请她为将来留给我跟查理的遗产预做安排。

"母亲……"

她的眼皮又快速颤动。她想说什么吗？母亲向来是个爱热闹、健谈、自信、能干、社交关系稳固的人。多年以来，即使在我父亲故去后，她经常招待一屋子的艺术家和知识分子。她在我心目中永远精明干练、高贵得体，有种皇族般的沉稳自在。

如今却变成这模样……

亲爱的读者，我不知道自己在母亲的床边坐了多久，我却知道不知何时我开始啜泣。

最后，我必须弄清楚。我把蜡烛挪过来，上身俯在她死气沉沉的躯体上方，把被子往下拉。

母亲穿着睡衣，前襟只有几颗扣子，对我来说并不多。我还在低泣，一面用衣袖抹去止不住的鼻水，一面把被子往下拉，露出母亲布满青筋的苍白浮肿脚踝。我愈哭愈大声，一只手举着蜡烛，慢慢拉起母亲的法兰绒睡衣。

烛火烧着我的眉毛和头发，因为我用左前臂遮住眼睛，避免做儿子的看见母亲的裸体。但我承认我遮住视线时不慎把母亲汗湿的睡衣卷得太高，露出了她皱缩下垂的双乳。

在那对乳房底下，就在她撑起苍白肌肤的山形胸肋底下，有一道红色印记。

伤口的长度、色泽和形状看起来毫无轩轾。

疲累与恐惧交迫的我几近疯狂，使劲扯开自己的衬衫，迸落的纽扣掉在木地板上，滚到床底下不见踪影。为了看清楚我上腹部那道红色疤痕，我几乎弯折了腰，手上的蜡烛快速来回移动，比对我的圣甲虫伤疤跟母亲胸腔下方的疤痕。

如出一辙。

我背后传来木板咿呀响与一声惊呼。我连忙转身，看见韦尔斯太太瞪大眼睛惊慌失措地望着我，当时我衬衫下摆露在外面，纽扣敞开，母亲的睡衣仍然卷到领口。

我张嘴想解释，却无话可说。我把母亲的睡衣拉下来，帮她盖好被子，蜡烛放回床头柜，转身面对韦尔斯太太。她吓得往后缩。

前门传来惊人的砰砰声。

"你待在这里。"我对韦尔斯太太说。我快步从她身边走过时，她只是咬着指关节猛往后退。

我冲到前门。我脑子一片混乱，满心以为毕尔德奇迹般地带着修正过的乐观诊断结果回来了。走到门边时，我回头看了一眼母亲房间，韦尔斯太太不见踪影。

来人还在敲门，而且愈来愈狂暴。

我猛地拉开门。

四个高大男人站在午夜过后的降雪中，都是陌生面孔，穿着几乎一模一样的黑色厚大衣，头戴工人便帽。一架灵车似的马车在外头等候，车灯微弱幽暗。

"威尔基·柯林斯先生吗？"离我最近个头也最大那个男人问道。

我默默点头。

"时间到了，"那人说，"探长在等您。等我们回到伦敦，一切都会准备就绪。走吧。"

# 第二十九章


地底城着火了。

菲尔德说二十四小时内他会号召前警探或轮休警探共一百人，这些人都急着想进入伦敦地底为黑彻利探员报仇。

我不得不判定他的说法过于保守。在接下来那几个小时里，即使只是匆匆几瞥，我都看得出来参与者绝对不下百人。

菲尔德命令我登上的这艘宽敞平底驳船挤了十几个人。船尾倾斜的舵柄上挂着一盏明亮提灯。船头有两个人操作一盏强力探照灯，就是那种威尔士矿场发生坍塌时的救难灯具。探照灯安装在支轴上，它的白色锥形强光时而射向弗利特街水沟地下河段的黝黑河面，时而打在拱形砖造天花板，时而照亮两侧的弧形墙面与狭窄走道。

另一艘驳船跟在我们后面。我听说还有另外两艘从这条水道接近泰晤士河那端往北航行。我们前后还有十几艘窄小平底船随着我们的古怪船队快速前进，船头船尾的人擎着长竿，船中间的人举着步枪、猎枪或手枪。

我们这艘带头的驳船上也少不了步枪、猎枪或手枪。我知道这些身穿深色工人服的沉默男人都曾经是军方或伦敦警察厅的神枪手。我从来就不是个军事迷，因此也不曾在同一个地方看见过这么多武器。我万万想不到伦敦会有这么多人私下拥有枪械。

这条漫长的下水道地底河坑道又黑又臭，此刻充斥着各种光束或光圈，因为驳船和平底船上的人都用他们提灯的光线补充巨型探照灯的炽烈强光。此起彼落的叫喊声回荡在漫天恶臭里。除了搭船的几十个人，弯曲河道两旁狭窄的石板或砖块步道上也有几十个人大步奔跑，各自带着提灯和武器。

我们并不是从圣阴森恐怖教堂那个入口进入地底城这个区域的。亲爱的读者，坦白说，我觉得我恐怕没办法再钻进那个入口。有些新的通道和阶梯（我听说那是未来地下铁路系统所在），可以连接斯托克纽因顿的阿布尼墓园地下墓室。我们只需要走下照明良好的阶梯，穿过光线尚可的坑道，再走下更多阶梯，经过一小段错综复杂又臭气熏天的地下墓穴，然后爬下几段梯子，去到将来会连接克罗斯内斯的排污管道主线和未完工的河岸堤坝那条新建下水道，再爬下狭窄竖井与古老坑道，就到了真正的地底城。

我想不通他们是怎么把那些驳船、平底船和探照灯弄下来的。

我们的行动可说声势浩大。除了人们的喊叫声、脚步声和偶尔射杀成群结队游在我们船队前方的凶猛老鼠时发出的像阵阵棕色涟漪的枪响，我们前方还不时传来震耳欲聋的爆破声。我不得不捂住耳朵。

两侧的弯曲砖墙有许多呈不规则分布的下水道出水口，有些直径不到一百厘米，有些大得多，全是汇入或汇出我们这条弗利特阴沟主要河道的支流，多数出水口都设有一道严重锈蚀又卡满烂泥的格栅或护栏。菲尔德蛮横地命令手下用徒步或搭平底小船的先遣部队带下来的火药炸开那些铁栅。

惊天动地的爆炸声被下水道的砖造拱顶结构放大，每隔几分钟就轰然一响，几乎震破耳膜。我恍如置身克里米亚战争现场，左边有大炮，右边有大炮，正前方有大炮，以此类推。

对于已经被剥夺睡眠至少三天三夜的神经末梢、被人下了药后弃置黑暗中等死的肌肉与骨骼，乃至直到此刻仍然痛苦地嘶吼抗议的感官来说，那声音实在难以忍受。我打开从唐桥井带来的行李箱，又喝下四份剂量的鸦片酊。

恶臭味突然转趋浓烈，我用手帕捂住口鼻，却无助于隔绝那叫人泪水直流的呛鼻气味。

菲尔德手上没有武器，不过他全身裹着黑色保暖斗篷，头上的宽边村夫帽拉得很低，一条血红围巾在脖子上缠绕好几圈，遮掉半张脸。他那件斗篷底下的任何口袋都可能藏着武器。

打从那四个幽灵般的黑衣人把我交给巴利斯带下地底城登上驳船，菲尔德一句话都没跟我说过。不过他现在竟然在轰隆隆的背景音响中吟诵起来：

> 在如此炎热季节，
> 当人们吃着朝鲜蓟和豌豆、
> 助通肠的莴苣和致胀气的肉类，
> 当每个厕所马桶座，都被臀部填满，
> 墙壁也湿漉漉渗着尿液与灰浆，
> 你娇贵的鼻子竟敢闯荡这样的过道？

巴利斯和其他喽啰盯着他瞧，仿佛怀疑他精神失常了似的。

但我笑了笑说："探长，你跟狄更斯有个共同点。"

"是吗？"菲尔德红色围巾上方的深色浓眉拱起。

"你们好像都会背本·琼森的诗《在那闻名的航程中》。"我说。

"哪个读书人不会背？"菲尔德反问。

"说得对，"我感觉神奇的鸦片酊似乎重振了我几近萎靡的精神，"这些描写下水道的诗文好像多得足够独立为一个文类了。"

"用下水道的烂臭借代¹坐落在我们头顶上方那座城市的污浊。"菲尔德说起话来这么文绉绉，跟我过去认识的他简直有天壤之别。我看他八成喝多了。

"您有没有兴趣听听乔纳森·斯威夫特的《一场都市急雨》²？"他又说，"柯林斯先生，身为作家，您应该知道这首诗不是真的在描写大雨。或者您想听亚历山大·蒲柏《愚人志》³第二卷的排泄物文学，这篇应该比较适合我们今天在这臭烘烘的弗利特阴沟这段漫长旅程。"

"下回吧。"我说。

弗利特阴沟渐渐变宽开展，到最后变成真正的地下河。河面宽敞得足以容纳八到九艘驳船与平底船齐头并进。我们进入一处

---

1　synecdoche：修辞法的一种，或译为提喻法。指通过描写事物本身的各种现象来指称该事物，不直接说出名称。

2　指英国作家Jonathan Swift（1667—1745）于1710年创作的讽喻诗 Description of a City Shower，描述都市排水不良，暴雨后动物死尸与杂物充斥街头的景象。

3　指18世纪英国诗人Alexander Pope（1688—1744）于1728年以匿名方式发表的 Dunciad 。

真正的山洞四五百米后，原本的下水道砖造拱顶也消失了。崎岖不平的天花板高耸在上方，被几层浓雾或水汽或黑烟遮蔽。河道右边十多处设有铁栅的下水道水管将冒着热气的废水排入主线，其中最宽的直径约有三米。左边此刻出现低矮宽阔的泥土或碎石浅滩，像河堤或陆地。这些碎石堤坝往上发展大约三十米高，有各式岩架、洞口与壁龛，有坑道纵横交错的地窖若隐若现，也有古老洞穴。这些洞穴凹痕处处的墙壁上埋藏着层层叠叠的地穴，像极了河岸街旁的高楼大厦。

我们缓缓驶向碎石滩，我抬头望见上方有动静。衣衫褴褛的人们俯在矮墙后偷窥；篝火摇曳着；空中的晾衣绳挂着破烂不堪的衣物；梯子和简陋便桥连接着这些地底排屋。

狄更斯向来自以为已经把伦敦的贫民窟给摸熟摸透，已经深知我们首都那些穷人中的赤贫者的生活景况。可是在这里，在这地底深处，显然存在着比上面那些栖身疾病横行的破败陋巷的贫民更穷的人们。

现在我看到那些茅舍或岩架高处住着一户户人家。我猜那些披挂着五颜六色破布的小个子应该只是幼童，他们个个往外或往下窥探我们，好像我们是劫掠某些被历史遗忘又遭上帝遗弃的撒克逊人屯垦区的北欧海盗。墙壁高处的凹室里有许多用帆布破砖或泥块旧锡片搭建的破房子，这让我想起书本插图里美国西部或西南部某些峡谷悬崖上的废弃印第安人壁屋。差别在于，此处的壁屋绝非废弃的房舍。我粗估至少有数百人居住在城市地底深处这些岩洞里。

更多菲尔德的部下徒步从南边某些看不见的洞穴或阶梯或下水道两侧步道赶来。驳船和平底船驶上浅滩，发出钻筋透骨的嘎吱声。船上的黑衣人举着火炬、提灯和步枪向四面八方散开。

"全烧了！"菲尔德一声令下。巴利斯与其他副手把他的轻柔命令转变成音声回荡的吆喝。

弗利特阴沟的洞穴充斥各种咆哮与尖叫声。我看见菲尔德的手下爬上梯子和石阶，奔跑在坑道平台上，把那些裹着破布的躯体赶出一间间破落小屋。放眼望去没有人反抗。我纳闷儿为什么会有人跑到古老墓穴底下这些洞穴居住，转念又想到，这里至少能维持十几摄氏度的洞穴均温，而地面上那硬邦邦的卵石街道和颓圮的冰冷贫民窟却会降到冰点以下。

那些拥挤不堪的破败屋舍蹿出第一道火苗时，周遭响起惊呼声，像一二百个人体同时呼出一口气，声音盘绕在空中。那些晾干的破衣裳、漂流木、旧床垫或偶尔拾获的破沙发像火绒般燃烧起来。虽然大多数黑烟都往上升，从岩壁里的各处竖井、阶梯与走道排出去，两分钟内我们上方的洞壁却已经堆积出厚重的乌黑浓烟，它们马上又被新燃起的橙红火焰贯破。河道另一端菲尔德的手下持续爆破下水道出水口的格栅与护栏，现场的景象仿佛遭受夏季暴风雨的袭击。

有一团布包突然从高处平台坠落下来，一路啪啦啦地翻飞，碰触到地底河水面时嗞的一声，而后没入水底。

我向上帝祈祷那只是一团破布。我向上帝祈祷刚刚在空中拍动的只是布块，不是摔落时拍打飞踢的手臂或腿脚。

我的驳船此时停在浅滩上。菲尔德站在船头，我走到他身旁说道："你非得用火把这些人逼出屋子吗？"

"没错。"他面向眼前的火场，没有回头看我。偶尔他会打手势，那时巴利斯或某个他的得力副官就会去包抄一些奔逃的人，放火烧掉侥幸逃过第一场火劫的破屋子。

"为什么？"我进一步逼问，"他们只是一些连在街上都讨不到生活的可怜叫花子。他们在这底下又碍着谁。"

菲尔德转头面对我。"在这底下，"他轻声说，"这些半人半鬼的男男女女和他们的后代都不是女王陛下的子民。柯林斯先生，这里没有英国人。这里是祖德的王国，而这些是他的爪牙。他们对他尽忠，而且竭尽所能为他提供服务与协助。"

我不禁发笑，而且停不下来。

菲尔德挑起一道浓眉。"先生，我说了什么幽默的话吗？"

"祖德的王国，"我终于止住笑，"祖德的……忠诚爪牙。"我又笑了。

菲尔德转过身去。在我们上方，一群群高矮不等的破布团被赶出烟雾弥漫的壁屋和弗利特阴沟洞穴，朝上面不知何处或何人而去。


"麻烦您跟巴利斯先生一起去。"片刻之后，菲尔德对我说。

我对周遭的一切漠不关心，我记得我们离开了那绵延七八百米的洞窟与火势熊熊的悬崖壁屋，再次顺流而下来到另一处更窄小的隧道。我们前方的砖造拱顶水道分成两条主线，左边有某种矮坝或泄洪道，需要滑车组的各种配件才能把驳船拉过去，那些平底船已经率先往那个方向驶去。菲尔德的驳船走右边水道，前方有一条下水道主线，显然他们要我跟巴利斯一起搭平底船进去。

"您见过祖德的神庙，"菲尔德说，"我们推测神庙入口应该是一堵假墙或某个隐秘水道。"

"我没见过祖德的神庙。"我疲困地说。

"先生，您描述过，你说河边有几级阶梯往上，高耸的青铜大门，两侧有雕像，都是埃及圣物，人身狼首或人身鸟头。"

一阵寒战从我背脊蹿起，因为他的话让我想起不到三十六小时前的甲虫噩梦。是三十六小时吗？我在上面的漆黑地窖中醒来当真才是昨天的事吗？不过我说："探长，那是狄更斯说的。我从来没说我见过祖德的神秘庙宇，更没说我见过祖德本人。"

"柯林斯先生，昨天您就是在那里，你知我知。"菲尔德说，"不需要争辩，请您跟巴利斯探员一起去。"

爬上平底船之前，我问菲尔德："探长，你的搜索行动快结束了吧？"

菲尔德"哈"地一笑："先生，刚刚还只是暖身，至少还要八小时，直到我们跟从泰晤士河那头过来的人会合为止。"

听完我又是一阵眩晕欲呕。我真正好好睡上一觉是多久以前的事了，我不是指被拉萨里或祖德下药后那场昏迷，而是真正入睡。四十八小时吗？或七十二小时？

我笨手笨脚地爬上巴利斯和另外两个人搭乘的那艘颠簸摇晃的平底船。那两个人一个像操控意大利平底船似的在船头撑长竿，另一个在船尾控制掌舵的大桨。我们离开地下河，缓缓驶入一条砖造隧道。我坐在这艘长约五米的船只中央附近的座板上，巴利斯就站在近旁，用另一根长竿保持平衡。这条坑道里覆满青苔的拱顶压得极低，巴利斯伸手往上就能帮着把小船往前推。我看见他昂贵的鞣皮手套沾染了青色污渍。

船离开狭窄下水道来到六米宽的地下河时，我已经瞌睡连连。

"长官！"船头那个探员喊了一声，手里的提灯照向前方。

四名野兽般的野男孩站在深度及腰的水里，奋力搬移某件沉甸甸又湿漉漉的物体，像是刚从这条下水道弧形墙面高处一个小水管排出来的。

　　我们驶近了些，我发现那个"湿漉漉的物体"竟然是一具男尸。男孩们原本在翻找那具绿色尸体逐渐解体的外套和口袋。我们的灯光投射过去时，野男孩们顿时僵住，瞪大的眼珠子反射出充满野性的白色光芒。

　　一股叫人头昏眼花的似曾相识感袭来，然后我发现眼前这一幕正是系列惊悚小说《伦敦野男孩，又称黑夜之子——当代故事》描写的景象。大约两年前我跟狄更斯第一次下来的时候聊起这套书，也都尴尬万分地承认自己读过。

　　船更靠近的时候，我发现那死尸的脸好像有动静，闪着微光，仿佛那腐败中的惨白五官上覆盖着一层极细致的半透明丝绸。他的眼睛好像眨呀眨地睁开又合上，嘴角肌肉像是被牵动、要笑不笑的，或许在悲怜自己竟成了不入流奇情小说里的一景。

　　然后我看清楚了，原来不是尸体的脸部肌肉在抽动。那尸体的面孔、双手和全身所有暴露在外的部位都布满薄薄一层不停蠕动的蛆。

　　"站住！"巴利斯大叫。原来那些男孩将死尸重新扔回河道的烂泥里，转身逃跑。

　　船头那个探员把提灯光束照在四散逃窜的男孩身上，船尾那个则是把大桨在下水道烂泥里猛力一划，让平底船快速向前冲刺。撇开恶心的蛆虫那段不提，我其实还蛮享受这种虚幻荒诞的奇情小说桥段的。

　　"站住！"巴利斯又喊一声。他手里突然多了一把银色小手枪。当时——至今依然——我完全想不通他为什么要拦下那些野男孩。

其中两个男孩已经爬上高处的排水口。那排水口看起来太小，即使像他们那样瘦得不成人形的饥馑幽灵恐怕也挤不进去。不过他们奋力扭动挣扎，片刻后就消失无踪。当第二个男孩苍白裸露的脚后跟连番蠕动爬出我们的视线，我几乎以为那排水口会发出啵的一声，像软木塞被拔出香槟瓶。第三个男孩蹲低身子，一头钻进对面另一条水管。

第四个男孩把手探进他站着的河水里，挖起两把污泥朝我们节节进逼的平底船抛过来。拿着提灯那个探员连忙蹲低，连声咒骂。我听见烂泥啪啦啦地飞溅过我上空，命中巴利斯厚毛料大衣的翻领。

我哈哈大笑。

巴利斯连开两枪。狭窄坑道里的枪声响亮又吓人，我不自主地捂起双耳。

那野男孩脸朝前栽进水里。

平底船驶过蛆虫蠕动的男尸，来到男孩身边。撑竿那个探员伸手把男孩翻过来正面朝上，将他的上半身拉上船。发臭的脏水从男孩身上的破衣裳和嘴巴流进我们船上。

他顶多十或十一岁。有一颗子弹贯穿他的喉咙，切断颈动脉，伤口依然汩汩冒着血，只是血流疲弱。另一颗子弹打中他的脸颊，就在眼窝下方，男孩的眼睛圆睁瞪视，仿佛在斥责。他的眼珠子是蓝色的。

那名撑竿探员松手让尸体滑进乌黑的河水里。

我站起来抓住巴利斯厚实的肩膀："你杀了小孩子！"

"地底城没有小孩子，"巴利斯冷漠又无所谓地回答，"只有害虫。"

　　我记得当时出手攻击了他。撑竿的那个探员和船尾掌舵那人费了九牛二虎之力稳住晃荡不已的小船，我们四个人才免于落入漂着蛆虫尸体和被谋杀男孩尸体的污水里。

　　我记得出手攻击巴利斯时发出声音，却没有可辨识的语句，只是闷哼和半压抑的嘶吼，无意义的含混语音。我没有像正常男人般挥拳殴打巴利斯，而是像疯婆子似的把五指弯成爪子，指甲扒向他双眼。

　　我隐约记得巴利斯用一只手压制我，直到他发现我显然无意停止，最后肯定会害我们大家都摔进脏污的河水里。我隐约记得我的嘶吼声愈来愈密集，横飞的唾液喷溅在巴利斯俊俏的脸庞。我也依稀记得他对我背后那个探员不知说了什么，然后银色手枪出现，短小却沉重的枪管在摇晃的灯光中闪烁。

　　然后，值得庆幸的是，我什么都不记得，只剩下没有梦境的黑暗。

# 第三十章

我醒来的时候躺在自家床铺上，外面是大白天。我穿着睡衣，浑身痛苦不堪。卡罗琳在一旁兜转，悻悻然望着我。我的脑壳史无前例地砰砰抽痛，全身所有肌肉、肌腱、骨骼和细胞都跟相邻的组织相互摩擦，在绝望的疼痛中哼唱走音的曲调。我觉得我已经好几天或好几星期没服用过鸦片酊药剂了。

"马莎是谁？"卡罗琳问道。

"什么？"我几乎说不出话来。我嘴唇干燥龟裂，舌头肿胀。

"马莎是谁？"卡罗琳又问。她的语气单调又冷漠，像射过来的子弹。

过去两年来我经历过无数紧张场面，包括在地窖里醒来什么都看不见，但那些都不如眼前的局势来得危殆。我觉得自己仿佛心宽体胖无比安稳地乘坐在舒适车厢里，却发现车厢突然倾斜坠崖。

"马莎？"我勉强应了一声，"卡罗琳……亲爱的……你在说什么？"

"这两天两夜以来你在睡梦中一直喊'马莎'。"卡罗琳的神情和语气丝毫没有软化，"马莎到底是谁？"

"两天两夜！我昏迷多久了？我怎么回来的？我头上为什么缠着纱布？"

"马莎是谁？"卡罗琳又问。

"马莎是狄更斯《大卫·科波菲尔》里的角色。"我边回答边触摸裹在头上的厚纱布，假装对这个话题不感兴趣，"就是那个徒步走在脏乱堕落的泰晤士河畔的风尘女。我好像梦见泰晤士河。"

卡罗琳双手抱胸，眼睛眨呀眨的。

亲爱的读者，即使在当时那样岌岌可危的情势下，也千万别小看足智多谋的小说家处变不惊的本事。

"我睡多久了？"我又问。

"已经星期三下午了，"卡罗琳终于回答，"星期天中午我们听见敲门声，开门后发现你昏迷不醒躺在门廊上。威尔基，你到底上哪儿去了？查理跟凯蒂已经来过两趟，他说你母亲的状况还是一样，还说韦尔斯太太说你星期六晚上一声不吭就走了。你上哪儿去了？你的衣服为什么都是烟味，还有一种很难闻的味道，臭得我们不得不烧掉？你的头怎么受伤的？毕尔德医生来看过你三次了，他很担心你太阳穴那道伤口，更担心你会脑震荡。他以为你昏死过去，也担心你永远醒不过来。你到底上哪儿去了？你又为什么会梦见狄更斯小说里那个叫马莎的人物？"

"等会儿再说。"说着，我上身俯在床边，却发现我站不起来，就算勉强站起来，肯定也没办法走路，"我等会儿再回答你的问题，先让女仆拿个脸盆进来。快，我要吐了。"

生活在未来世界的读者，在你们那个一百多年后的遥远国度里，或许，甚至很可能，所有疾病都被消灭了，所有疼痛都被驱除了，我这个年代的人们承受的所有病痛也都变成历史传说的古老回音。然而，在我这个世纪里，尽管我们拿自己跟那些未开化民族相比时不可避免地骄傲自大，事实上我们治疗疾病或外伤的知识极其有限，我们应付疼痛这个人类最古老的敌人时也显得捉襟见肘，拿不出多少可堪使用的药物。

我的朋友毕尔德比大多数从事医疗这个不可信赖行业的人好得多。他没帮我放血，没在我肚皮上放水蛭，也没拿出他那些狰狞丑陋的钢铁器械帮我做个环锯手术。这种手术又叫颅骨钻洞术，是19世纪外科医生的特殊癖好，他们随性又变态地在病人疼痛的头骨上钻个洞，有点儿像用木匠的钻孔器帮苹果去核，以拉葡萄酒瓶塞的手法轻而易举地挖出一块圆形白骨，与此同时还表现得仿佛那是再正常不过的事。不，毕尔德只是频频探视，发自内心地忧伤愁闷，时时检查我发际线的伤口和瘀青，换换纱布，焦虑地询问我持续不断且愈形加重的疼痛，建议我多喝牛奶多休息，低声叮嘱卡罗琳，对我服用鸦片酊的事实不以为然，却没有命令我停用，最后，再以保守观察不造成伤害的疗法来彰显古希腊名医希波克拉底的精神。正如同面对他那位知名度更高的患者兼朋友狄更斯时一样，毕尔德只能替我担心，帮不了我什么。

于是我继续受苦。

我在自家床上勉强算是恢复意识的那天是1月22日，距离我最后一次前往拉萨里烟馆已经五天。尽管我迫切需要去探望母亲，但那个星期我太虚弱，根本没办法下床。多年来我承受着风湿性痛风之苦，但相较于此时的情况，那种疼痛根本不足挂齿。除了平常的肌肉、关节与腹部疼痛，仿佛有个巨大、阵阵搏动、炽热如火的痛点深深埋藏在我右眼后方。

或者某种巨型昆虫钻进我的脑袋。

此时我想起多年前狄更斯跟我说过的怪事。

当时我们泛泛地讨论现代外科手术，狄更斯随口提及"我几年前动过一个小手术，就在去美国前不久……"

当时狄更斯没有详述，但我从他女儿凯蒂和其他人口中得知那绝非什么"小手术"。当时狄更斯正在创作《巴纳比·拉奇》，只觉直肠的疼痛日益加剧。（他的疼痛程度比起我折磨人的头痛如何，我说不上来）医生诊断是"瘘管"，也就是直肠壁破了个洞，周边的组织挤了进去。

狄更斯别无选择，只能立刻接受手术，他指定十三年前发表过《直肠结构之实务》的费德列克·萨尔曼医生主刀。手术过程是先用刀片扩大直肠破洞，以各式夹钳固定，再用其他更凶险的器械扩大开口，然后谨慎缓慢地切除入侵组织，再把残余组织推出直肠腔，最后将直肠壁缝合。

手术过程中狄更斯没有使用吗啡、鸦片或任何现今人们称为"麻醉药剂"的物品。凯蒂说（消息来源当然是她母亲）手术中她父亲一直保持愉快心情，手术结束后不久就下床走动。没几天他又开始写作《巴纳比·拉奇》（当然是躺在沙发上靠着软垫），而他紧凑又疲累的第一次美国行迫在眉睫。

我扯远了。

狄更斯当初聊起这个"小手术"，旨在说明人类对疼痛的记忆何其有幸地不可靠。

"亲爱的威尔基，我经常感到很震惊，"他说，当时我们正搭乘一架有篷马车穿越肯特郡，"因为我们对疼痛确确实实没有真正的记忆。没错，我们会记得过去曾经疼痛，也清楚记得当时有多么难受、多么希望永远不必再经历那种苦。但我们没办法真正回想起那种痛感，对不对？我们记得那种状态，却记不住其中的细节，至少不像我们记住……比方说……一顿美味料理那样。我猜这就是为什么女人愿意重复经历生产的痛苦，因为她们忘记了产痛的具体感受。亲爱的威尔基，这就是我的论点。"

"什么论点？"当时我问，"生产吗？"

"不。"狄更斯说，"应该说是疼痛与享受的对照。对于疼痛，我们只有一般性（却不愉快）的记忆，却没办法真正回想起来；对于享受我们却能回想起每个细节。你自己想一下是不是这样。一旦品尝过最香醇的葡萄酒、抽过一流品质的雪茄，或在最高档的餐厅用过餐，甚至乘坐过像我们今天搭的这架华丽马车，更别提认识国色天香的美女，这些经历里的所有细节都足以让你回味几年、几十年……甚至一辈子！我们没办法真正回想起疼痛；至于享受，我们却忘不了那些奢侈放逸的细节。"

或许吧，不过亲爱的读者，我跟你打包票，1868年1月、2月、3月到4月我承受的疼痛有种摧心剖肝的具体特质，我永远也忘不了。


农夫生病时，有人会替他耕田；士兵生病时，他就到医务室报到，由别人代他上战场；生意人生病时，其他人，或许是他的妻子，会为他料理店铺的日常事务；女王生病时，会有数百万人为她祈福，王宫里她房间所在区域人人都会压低声音蹑手蹑脚。不过，在以上这些例子里，农场、军队、商店和国家的事务都能如常进行。

可如果作家生了重病，一切便都停顿了。如果他死了，他的"事业"从此结束。在这方面，畅销作家这种职业有点儿像知名演员，只是，就连知名演员都有替补者，作家却没有。没人能取代他。他独特的口吻无可取代。对于作品已经在重要全国性杂志连载的畅销作家而言更是如此。《月亮宝石》已经从1月开始分别在我们英国的《一年四季》和美国的《哈泼周刊》连载，虽然开始连载前我多写了几章，但那些已经送去排字，新的一批近期就得提交，那些内容目前却都只是初步的笔记和大纲，还没写出来。

这份压力在我的恐惧之上平添另一股恐惧，为那股在我脑壳和身躯里爬行探钻的疼痛压力添加另一股压力导致的疼痛。

在我全新悲惨人生的第一个星期，我坐不起身，握不住笔，终日卧床，承受着难以言说的剧烈痛苦。我设法口述下一个章节，先是由卡罗琳记录，接着换她女儿凯莉，但她们都无法忍受夹杂在我间歇语句之间不由自主的痛苦哀号与呻吟，她们会不停跑到我床边试图抚慰我，而不是坐在原处等我恢复口述。

到了周末，卡罗琳雇了一名男性誊写员坐在床边的椅子上抄写我的口述。但这位助理明显神经比较敏感，同样受不了我的呻吟、埋怨和不自主扭动。他工作一小时后就辞职了。星期一来的那第二个誊写员不在乎或不同情我的痛楚，但他好像也没办法从我的哭天抢地和痛苦呻吟中听出口述的文句和标点。他做完两小时后被开除了。

那个星期一晚上家里其他人都安然入睡，我自行服用了六杯鸦片酊，但那只硬螯怪物在我大脑里忙碌奔走，又沿着脊椎往下钻，弄得我痛苦不堪难以成眠，甚至没办法静静躺着。我只得下床，摇摇晃晃走到窗子旁，拉开死气沉沉的厚重窗帘，再拉起百叶帘，面向波特曼广场凝视窗外无尽的黑夜。

在外面某处，尽管菲尔德手下的巧妙伪装可以瞒过路人，我敢肯定他们依然在盯梢。如今他的行动我看见也知道得太多，他永远不可能放过我。

我接连好几天拜托卡罗琳拿报纸给我，还叫她去找我昏迷那段时间的旧报纸。但旧报纸已经都扔了，我读到的那些当日报纸都没提及任何前警探惨遭开膛剖肚弃尸贫民区墓园的消息。泰晤士河或弗利特下水道系统附近也没有任何火灾消息。我问卡罗琳那些地方有没有发生过火灾时，她只是一脸疑惑地望着我。

我也趁毕尔德或我弟弟查理来看我的时候向他们打听，可是他们都没听说过任何警探被谋杀或地底遭遇祝融之类的消息。他们俩都认为我那些念头肯定来自我的噩梦。的确，那段时间我断断续续入睡的那区区几个小时里噩梦连连，但我没有多做辩解。

显然菲尔德运用他的影响力让警方和媒体都对黑彻利探员的惨死三缄其口……可是为什么？

或许菲尔德和他那上百名深入地底城寻仇的手下根本没有向警方通报这起命案。

这又是为什么？

那个星期一晚上我紧抓窗帘，望向1月寒冷起雾的伦敦午夜，全身乏力，精神涣散，无法回答我自己的问题。我努力寻找菲尔德那些必然在外窥伺的探员，仿佛在黑暗中寻找救世主。

为什么？菲尔德有什么办法能帮我消除疼痛？

圣甲虫在我大脑底部挪移了三五厘米，我痛得大叫，赶紧抓起天鹅绒窗帘塞进嘴里，堵住第二声惨叫。

菲尔德是这恐怖棋局里的第二名棋手，他跟怪物祖德相抗衡的本事恐怕只有远在他乡的狄更斯足以匹敌，至于狄更斯在这场游戏里的动机就更讳莫如深了。我发现我开始想象老迈肥胖、满脸髭须的菲尔德拥有某种不真实、几乎带点儿神秘的力量。

我需要有人来救我。

却没有这样的人。

我哭哭啼啼又跌跌撞撞走回床边，一阵游移的剧痛袭来，我顿觉眼前一片黑暗，只得紧抓床柱站在原地，之后勉强移动几步去到我的五斗柜。最底下那个抽屉的钥匙藏在我放梳子的盒子里，就在内衬底下。

黑彻利给我的那把枪还在干净衣服底下。

我把枪拿出来，再次赞叹它的惊人重量。然后我又摇摇晃晃走回床边，坐在唯一一根点燃的蜡烛旁。我戴上眼镜，忽然意识到此时我的外貌八成跟我的内心一样疯狂：头发和胡子乱如飞蓬，面孔因持续张嘴呻吟而扭曲；眼神因疼痛与惊恐而狂乱；睡衣往上缩，露出苍白颤抖的小腿。

我对枪械一窍不通，只能尽我所能确认那些子弹还安稳躺在各自的圆柱槽里。我记得当时在想，这种痛永远不会结束，那只圣甲虫永远不会离开，《月亮宝石》永远完成不了。再过几星期就会有几万个人排队购买下一期的《一年四季》和《哈泼周刊》，却发现连载小说只有空白页。

那天晚上，"空虚"与"无益"这些念头盘踞我的脑海，挥也挥不去。

我把手枪举到面前，再将沉重的大口径枪管塞进嘴里。枪管滑进嘴里的时候，有颗小珠子撞到我的门牙，我猜那是瞄准器。

很久以前有人（可能是老演员麦克雷迪）对我们几个开心围坐餐桌旁的人说，饮弹自杀的人如果一心求死，最好把子弹由下往上射向软腭，而不是对准头骨坚硬的外壳。因为头骨常会让子弹偏向，结果非但寻短不成，还会变成生不如死的植物人，落人笑柄。

我的双臂颤抖不能自已，全身都在抖。我尽可能抓稳那把沉得像铁砧的手枪，举起一只手把手枪上的巨大击锤往后拉，直到它咔嗒一声就定位。我做这个动作时，忽然想到万一我汗湿的拇指稍一滑动，手枪这会儿就已经击发，子弹也已经弹跳穿过我脑部仅剩的脑浆。

然后那只圣甲虫就死了，或者它可以安心自在地进食钻洞，因为我再也感受不到那份痛楚。

我愈抖愈厉害，边抖边啜泣，却没有将恶心的枪管从我嘴巴里移开。一股强烈的作呕感袭来，若非那天下午到晚上我已经吐过五六次，很可能又会吐出来。因此，尽管我胃部痉挛、喉咙抽搐，我仍然把枪管朝上塞在嘴里，圆形枪口一如麦克雷迪所说，对准软腭。

我拇指扣住扳机，开始施压。我咔嗒有声的牙齿咬住枪管。我发现自己一直闭住气，此时却再也憋不住，深深吸了最后一口气。

我可以从枪管吸气。

有多少人知道这件事？我嘴里尝到擦枪油酸酸甜甜的味道，无疑是很久以前已故的黑彻利探员擦枪时抹上去的，味道还很强烈。我也尝到枪管本身冰冷隐约的铜腥味。不过就算我的嘴巴密密围住枪口，我还是能透过枪管呼吸，于是我咬牙忍痛大口大口吸气。我听得见我吸气呼气时，气流在中空的枪管里打转发出嘘声，而后在已经拉好就位的击锤附近的弹膛里回响。

那些自我了断的人之中，有多少人死前也跟我一样，用他们即将作废、溃散、冷却、空无的大脑思索如此无关紧要的念头。

这种小说家敏锐天性嗅到的反讽比甲虫引发的疼痛更折磨人，我哑然失笑。那是种诡谲、压抑、离奇病态的笑声，因包覆着枪管而扭曲。片刻之后我把手枪移出嘴巴，原本晦暗的枪管沾了唾液，在摇曳的烛光中闪烁。我拿起蜡烛走出房门，手里还无所事事地举着开了保险的手枪。

楼下书房门关着，但没有上锁。我走进去，关上双扇门。

另一个威尔基侧身坐在书桌后面，在几近无光的环境下读着书。我进门时他抬头看我，推了推映着烛光的眼镜，将他的双眼藏在不住晃动的两道竖直黄色火焰下。我注意到他的胡子比我的短，也没我的这么花白。

"你需要我的协助。"另一个威尔基说。

打从我孩提时期第一次隐约意识到另一个自我的存在以来，另一个威尔基从来不曾对我说过话，不曾在我面前发出过任何声音。听见他略显娘娘腔的嗓音，我有点儿吃惊。

"对，"我沙哑地低声说，"我需要你的协助。"

我愚蠢地发现那把上了膛开了保险的手枪还在我手里。现在我就可以举起枪，对着那个嚣张地坐在我书桌后面、看起来太过具体的肉体连开五或六枪？

如果另一个威尔基死了，我会不会死？如果我死了，另一个威尔基会不会死？想着想着，我呵呵傻笑，笑声听起来却像啜泣。

"今晚就开始吗？"说着，另一个威尔基把书放在我的吸墨纸上。他摘下眼镜，用手帕擦镜片。他放手帕的习惯跟我一样。我发现即使已经没有镜片反射烛光，他的眼睛还是两道猫眼般的垂直火焰。

"不，今晚不要。"我说。

"很快吧？"他重新戴上眼镜。

"对，"我答，"很快。"

"我会来找你。"另一个威尔基说。

我只剩下点头的力气。我依然光着脚，依然带着手枪，转身走出书房，关上那两片沉重门板，缓步走上楼，回到卧房瘫倒在床上，躺在凌乱的被子上沉沉睡去。我手里还握着枪，手指还紧紧扣住冰凉弯曲的扳机。

# 第三十一章

多年来我一直告诉卡罗琳，我之所以不能跟她结婚，是因为我母亲神经极度敏感。我母亲情绪容易激动，如今也因此（根据毕尔德的诊断）一病不起。我告诉她我母亲永远无法理解，或同意我娶一个有过婚姻而且跟我同居多年（这件事婚后势必会曝光）的女人。我说我不能让我脆弱的老母亲（其实她只是容易激动，并不是那么脆弱）受此惊吓。卡罗琳从来没有真正接受过这个理由，可是经过几年以后，她也懒得再争论了。

如今母亲即将撒手人寰。

1月30日星期四，也就是我经历地底城火灾和巴利斯的袭击后在自己床上醒来后一星期又一天，卡罗琳帮我换了衣裳，查理几乎直接把我抱上那架要带我们去火车站的马车。我平时习惯大量使用鸦片酊，有时直接整罐畅饮，这天我出门前服用的剂量比平时多出一倍，好让圣甲虫昏睡过去。

我计划维持这种高剂量，并且在母亲的小屋创作，直到她与世长辞。等母亲仙逝后，我再想办法应付卡罗琳、我脑子里的甲虫和其他问题。

搭火车前往唐桥井途中，我过度虚弱浑身颤抖。可怜的查理忍着胃痛一手环抱我，侧身坐在靠走道的座位遮挡住旁人的异样眼光。我很努力地压抑呻吟声，只是，尽管火车引擎、铁轨与我们奔驰过乡间冷空气的车厢争相发出各种巨响，其他乘客偶尔还是能听见我的叫声。如果我没喝大量鸦片酊，天晓得那只甲虫和我会制造出多么恐怖的号叫。

刹那间我惊愕地醒悟到，火车意外事故后这两年半以来狄更斯过着多么悲惨的日子，尤其在那些行程疲累又吃重的巡回朗读会期间，包括此刻正在进行的美国巡演。因为他几乎日日夜夜强迫自己搭乘震动颠簸、酷寒或窒闷、浓烟密布、摇摇晃晃又充满煤烟与汗臭的火车来去奔波。

狄更斯也有过圣甲虫吗？他现在还有圣甲虫吗？

火车晃荡前行时，我满脑子都是这些问题。如果狄更斯也有一只祖德施放的甲虫，不知事后他是怎样成功摆脱了——借由公然杀害一名陌生人吗？那么他是我唯一的希望。如果狄更斯体内还有一只甲虫怪，却学会跟它共存，维持正常生活作息与工作，那么他仍然是我希望所寄。

车厢抖动了一下，我痛苦呻吟。乘客纷纷转头察看。我把头埋进查理的大衣寻求抚慰与逃避，那湿毛料的气味让我想起小时候在寄宿学校我也曾躲在衣物间里这么做。

我写了封信给美国的《哈泼周刊》，我自认信的开头完美融合了充满阳刚气息的哀伤与专业素养：

家母病入膏肓，此刻我在她的乡间住处，除了在病榻旁陪伴她，我也尽可能提笔创作。

我继续用专业口吻提及小说的第十二章与第十三章的校对与递送。我花了点时间先是赞扬而后修正他们寄给我的插图校样。我一连串书信体叙述者的第一个，也就是总管加布里埃尔·贝特里奇，在插画家笔下穿着一身男仆制服。我告诉那些美国人这样不对，因为在他任职的那种豪门大宅里，总管都穿朴素的黑色衣服，搭配他的白色领巾和花白头发，整个人看起去就像上了年纪的神职人员。信件的结尾在我看来是相当巧妙的自我营销：

> 我一定会竭尽全力避免造成贵社困扰，毕竟贵社已
> 经尽可能给我方便。我很欣慰贵社喜欢这本小说。更精
> 彩的还在后头，如果我没记错，那应该是小说界的创新
> 之举。

我承认最后一句略嫌大胆，甚至有点儿自命不凡。不过，根据我的构思，《月亮宝石》的失窃疑案需要连篇累牍地精准描述一个男人三更半夜在鸦片药效驱使下的行为举止，他会做出一些隔天清醒后乃至往后的日子里都不复记忆的复杂动作，最后必须仰赖某个更有自觉的鸦片使用者协助，才能找回那段记忆。我认为这种情节和题材在英国小说界确实首开先例。

至于在病榻旁陪伴母亲之余努力创作，我觉得没有必要也不适合多做说明。尽管我住在母亲的小屋里，但我很少去探视她，每次探视的时间都极短暂。实际的情况是，母亲无法忍受我待在她旁边。

早先查理提醒过我，在我离开那将近两个星期里，母亲已经恢复语言能力。只是，每当有人，尤其是我，走到床边时，她发出的那些尖叫、呻吟、断断续续叫嚷与动物般的声音实在称不上"语言"。

1月30日星期四下午，我和查理第一次去到母亲床边。我看见母亲的样貌，震惊得几乎眩晕。母亲瘦得只剩皮包骨，躺在床上那个依然歪扭的躯体几乎只是斑驳的皮肤覆盖在骨骼和肌腱上。她让我想到（我无法不做这种联想！）小时候在花园里发现的雏鸟尸体。如同那具光秃无毛、双翅收折的鸟尸，母亲暗沉斑驳的皮肤也呈半透明状，暴露出底下那些原本应该隐藏起来的组织。

她半闭的眼皮底下勉强露出的少许虹膜依然像受困麻雀似的扑扑振翅。

不过她确实恢复了发声能力。那天下午我站在她床边时，她不住扭动，收折的鸟翼拍打振动，歪扭的手腕狂乱地甩动屈成爪状的手。她也大声嘶吼。那声音既是嘶吼，也是号叫，像汽笛风琴释出惊人气压。那声音让我后脑勺仅剩的稀疏毛发全都惊吓得绞拧一气。

母亲扭动哀号时，我也跟着扭动哀号。抓住我手臂扶着我的查理一定很难受。我一进门韦尔斯太太就慌忙走避，我在母亲住处那三天，她始终躲着我。我没办法，也没有理由，跟她解释那天晚上我掀起母亲睡衣检视甲虫入侵伤口的举动。雇主无须对仆人多做解释。

我在扭动哀号的同时，也能察觉到甲虫在我脑子里来回奔走。我意识到——我确知——母亲体内有只一模一样的甲虫在回应我和我的寄生虫。

我百般无助，只能呻吟着躺进查理的怀抱。他半拖半抱地把我送到隔壁房间的沙发。我们离开后，母亲的尖叫声似乎平息了些，我的甲虫也安静下来。查理扶我坐进母亲客厅壁炉旁的沙发时，我眼角瞥见一道影子，韦尔斯太太匆匆走进母亲卧房。

我待在母亲——或者该说曾经是我母亲那个五爪抓扒、尖叫蠕动、痛苦不堪的形体——的唐桥井小屋那三天的情形就是如此。

那三天查理都在。多亏如此，因为如果没有他居间缓冲，韦尔斯太太肯定不愿意继续留在那里照顾母亲。就算查理想不通我跟韦尔斯太太为什么想方设法避开对方，一刻也不愿意同处在一个房间里，他也没问过。星期五毕尔德来到，再次宣布母亲复原无望。他为母亲注射了吗啡，让她睡上一觉。那天晚上他离开以前也帮我施打了一剂吗啡。接下来那几小时里，韦尔斯太太负责照料母亲，自己也病痛缠身的查理才总算能安安静静睡上一觉。


我在母亲家曾经试图写作。我带了装在日式亮漆锡盒里的笔记和研究数据，尽最大的努力坐在母亲家前窗的小书桌旁。但我写字的手好像没有力气，我必须把笔换到左手，才能拿笔尖去蘸墨水。而且我写不出任何东西，整整三天时间我盯着干净的稿纸，上面没有虚构故事的墨迹，只有我草草写下的三四行蹩脚文句。

经过三天这样的日子，我们都不再假装母亲需要我的陪伴。母亲受不了我在她身边，只要我一进房间，她病情就加重，疯狂咆哮又剧烈挣扎。我的疼痛也会加剧，到最后不是昏倒就是离开。

查理帮我收拾行李，带我搭下午的快车回伦敦。他事先打了电报，通知毕尔德和我的仆人乔治到车站接我。他们三人合力把我抬上出租马车。我被抬进家门，上楼到房间的过程中，没忽略卡罗琳看我的眼神。她显得有点儿担忧，或许还有一丝情意，但其中也夹杂着尴尬与鄙视，那份鄙视或许已经接近憎恶。

毕尔德帮我注射了高剂量吗啡，那天晚上我睡得很沉。

> 安详地苏醒吧！
> 你自己安详清爽地苏醒！
> 埃德福神殿的荷鲁将自己唤醒！
> 众神复活来膜拜你的灵魂，
> 你是飞升空中备受崇敬的有翼圆盘！
> 因为你独一无二，是穿越天空的圆球太阳，
> 此刻瞬间洒遍东方大地，
> 每天随落日西沉，在约涅特度过黑夜。
> 埃德福神庙的荷鲁，
> 安详地唤醒自己。
> 天空的伟大主神。
> 下沉时缤纷多彩，
> 在地平线升起，
> 守护圣殿的伟大有翼圆盘！
> 你自身安详地苏醒！
> 伊锡，他安详地唤醒自己。
> 崇高的，哈托尔之子，

众神中的黄金之神使他高贵！

你自己安详地苏醒！

安详地苏醒！

伊锡，哈托尔之子，安详地苏醒！

黄金神祇的美丽莲花！

你自己安详地苏醒！

安详地苏醒荷鲁斯，奥西里斯之子！

未受强大神祇责备的继承者，

胜利之神乌乃内法尔所出！

你自己安详地苏醒！

奥西里斯安详地苏醒！

主掌约涅特的伟大神祇，

盖布的长子！

你自己安详地苏醒！

诸神和在塔尔的诸女神安详地苏醒！

围绕陛下的九柱神！

你们自己安详地苏醒！


我在黑暗中醒来，全身疼痛、困惑不解。

过去我从没做过纯文句的梦，何况还是念诵出来的语句。我也没梦见过陌生语言，但我的大脑，或甲虫，似乎能翻译。焚香的气味与火盆飘出的油烟还残留在我鼻腔里。石坟里那些死亡已久的人声在我耳畔回响。烧灼在我视野里的——仿佛凝视太阳过久、残留在视觉上的红点——是奈特鲁（亦即黑暗国度众神）的面孔与躯体：星辰女神努特；天国之后阿丝特，或称伊西斯；我

114

族先民之神阿萨尔，或称奥西里斯；非永恒死亡之女神纳贝哈，或称奈芙蒂斯；恶魔苏提，或称塞特；未来事物之神荷鲁，或称荷鲁斯；引魂者安普，或称阿努比斯；生命书守护者朱哈提，或称托特。

甲虫的骚动让我疼痛难忍，我在黑暗中大喊大叫。

没有人来。那是凌晨时分，我房门紧闭，卡罗琳和她女儿各自在楼下关着门的房间里。等我回响在疼痛脑壳里的惨叫声消逝，我发现房间里有别人，或别的东西。我听得见它的呼吸声，意识得到它的存在。不是那种我们在黑暗中隐约、下意识地根据人类体温察觉到身旁有别人的那种感觉。我察觉到的是那东西的冰冷，仿佛某种东西试图吸走空气中仅存的一点儿温度。

我在五斗柜上摸索，找到火柴，点燃蜡烛。

另一个威尔基坐在离我床尾不远处那张硬椅子上。他穿着我几年前丢弃的一件僧袍似的黑色大衣，膝上摆着小小写字板，上面有几张白纸。他左手握着铅笔，指甲明显被咬得比我的更接近指肉。

"你想做什么？"我低声问。

"我在等你开始口述。"另一个威尔基说。

我再次发现他的嗓音不像我的那么低沉，也不如我的洪亮。话说回来……人真的听得清自己的音色或音质吗？

"口述什么？"我勉强问了一声。

另一个威尔基默默等着。经过大约我的一百次心跳之后，他说："你想口述你梦境的内容，或《月亮宝石》的下一章节？"

我迟疑着。这八成是某种陷阱。如果我不口述那黑暗地域诸神的细节与仪式，甲虫会不会从我头骨或脸颊钻洞跑出来？我死前看见或感受到的最后一件事会不会是那对大螯划开我的脸颊或眼睛挤出来？

"《月亮宝石》，"我说，"不过我要自己写。"

我身子太虚，爬不起来。挣扎半分钟的结果只是笨拙地在枕头上垫高了些。甲虫并没有暗杀我，我满怀希望地想着：或许它听不懂英语。

"最好把门锁上，"我低声说，"我来锁。"但我仍然起不了身。

另一个威尔基站起来，拉上门闩，重新回到座位，铅笔悬在空中。我注意到他是左撇子，我用右手写字。

他拉上门闩锁了门。我发疼的大脑在告诉我：他……它……可以移动真实世界的物品。

他当然可以。那个长了獠牙的绿皮肤娼妇不也在我脖子留下清晰抓痕？

另一个威尔基等着。

我连连呻吟，偶尔痛得大叫，但我开始口述：

"第一篇故事，全是大写。克拉克小姐主述，姓氏也用大写，姓氏后接冒号。已故约翰·范林达爵士侄女，空三格。第一章，用罗马数字，空两格。我感恩我过世的双亲……不，改掉。上括号，我在天国的双亲，下括号。教会年轻时的我做事有条理有规律……不，克拉克小姐没有年轻过，改成……年幼时。句点。开始新段落。"

我哀号着重新躺回被汗水浸湿的枕头上。另一个威尔基依然举着铅笔耐心等候。

我总共才睡了噩梦连连的两三小时，房门就传来砰砰响声。我在床头柜上胡乱摸索，抓到我的表，发现已经快十一点了。敲门声又响起，伴随着卡罗琳严肃却关切的话声："威尔基，让我进去。"

"进来。"我说。

"我进不去，门锁着。"

我花了几分钟时间储备足够的力气拉开被子，蹒跚地走过去拉开门闩。

"门为什么锁着？"卡罗琳边说边往里冲，绕着我打转。我回到床上，拉过被子盖住双脚。

"我在工作，"我说，"在写东西。"

"工作？"她看见木椅上那一小沓纸张，一把抓起来。"这是铅笔字，"她说，"你什么时候用铅笔写过东西？"

"我躺在床上哪有办法用墨水笔。"

"威尔基……"卡罗琳抓着那沓纸，用古怪的眼神望着我，"……这不是你的笔迹。"她把那些纸递给我。

那的确不是我的笔迹。那匆忙写就的铅笔字往相反方向倾斜（我发现左撇子写的字确实会这样）。字母的构造也不一样，比较尖，更多锐角，无礼的唐突之中几乎带点侵略性，就连空格和空白处的预留也有别于我的习惯。半晌之后我说："你也看见门锁着。我痛得整晚睡不着，只好写写东西。你、凯莉或你找来的那些孬种助理都没办法帮我誊写，我只好自己动手写。新的期数一星期内就得送到美国和狄更斯杂志的办公室。我右手不听使唤，除了用左手拿铅笔熬夜工作，我还能怎么办？那些字能看得清楚已经很万幸了。"

自从1月22日我倒卧自家门口被发现至今，这是我说过的最长的一段话，卡罗琳却好像并不信服。

"这字迹比你平时的手稿还容易读，"卡罗琳说，她四处查看，"你写字的铅笔呢？"

荒谬的是，我竟然脸红了。天亮以后另一个威尔基离开时想必把笔带走了。穿过上锁的门和坚固的墙壁。我说："应该是掉了，可能滚到床铺底下了。"

"嗯，根据我刚刚读的几段，"卡罗琳说，"我必须说你这场病和你母亲的健康问题显然都没有影响到你的创作能力。从这些内容看来恰恰相反。克拉克小姐这段叙述有趣极了，我原本以为你会把她塑造成可悲又阴郁的角色，只是个讽刺性人物。不过从前面这一两页看来，她好像是个十足的喜剧角色。我希望很快能读到接下来的内容。"

等她离开房间去指示女仆帮我准备早餐时，我细读那沓厚得出人意料的手稿。第一个句子正是我口述的内容，其余都不是。

卡罗琳仓促间做出的评论很正确：这份手稿费了不少心思和技巧描绘"克拉克小姐"这个惹人嫌恶、好管闲事、信仰虔诚的撰文者。这些段落和叙述语句都是从克拉克小姐对自己的扭曲观点出发的。这是当然，毕竟她是叙述者。比起我夜里口述的那些千回百转的拙劣文辞，这些东西字里行间散发出作者的更多自信，也带着几许喜剧氛围。

去他的！另一个威尔基在帮我写《月亮宝石》，我却束手无策。

而且他写得比我好。

# 第三十二章

母亲3月19日过世。

她走的时候我没有随侍在侧。我没办法参加她的葬礼，所以请前一星期才跟我一起去剧院重看《禁止通行》的画家朋友威廉·亨特代我出席。我给他的信里写道："我相信他一定很欣慰……"这里的"他"指的是我弟弟查理，"能看到我母亲喜欢、我们也深爱的老朋友出现"。

事实上，亲爱的读者，我不清楚母亲喜不喜欢威廉·亨特，也不知道他是不是敬爱我母亲。但他曾经数度跟我和我母亲共进晚餐，所以我认为他很适合代替我送我母亲一程。

或许你会认为我冷血无情，毕竟我的病情也许（应该）不至于妨碍我为自己母亲送终，我却不肯去。然而，如果你能体谅我那段时期的情感与心理状态，就不会这么想。事情一点儿都不难理解：如果我跟查理一起到母亲的小屋见她最后一面，她和我各自的甲虫一旦彼此接近，会有什么反应？想到那只甲虫在母亲体内东钻西爬、左挖右戳、又扒又抓，我就难过得无法自拔。

再者，葬礼举行前母亲的遗体会暂厝她的小屋，棺盖掀开供亲友瞻仰。万一我看见（尤其如果只有我一个人看得见）那对大螯和那颗甲虫头与甲壳从母亲死白的嘴唇之间悄悄爬出来，后果会如何？如果它从其他管道爬出来，比如耳朵、眼睛或喉咙，又会如何？

我的精神势必无法承受。

至于葬礼本身，当她的棺木慢慢下降到我父亲墓穴旁那个冰冷洞穴，我就会是唯一一个上身前倾静候聆听，继续静候聆听，一直等到第一把泥土洒落棺盖的人。

有谁比我更清楚伦敦地底下处处有坑道，而那些坑道里潜伏着各种恐怖事物？又有谁知道那只甲虫受命于祖德么么吓人的控制方式与手法？那只甲壳昆虫鲸吞蚕食我母亲死前与死后的脑组织，此时此刻想必已经长到跟我母亲的脑部一般大小。

于是我留在家里，躺在床上生不如死。


到了2月底，我已经开始工作，精神好的时候就在书房的书桌上撰写《月亮宝石》，不过多半时间都是靠着抱枕躺在床上写。我独自在书房或房间创作时，另一个威尔基会守在一旁，用几乎带点儿责备的眼神默默盯着我。我忽然醒悟到，万一我死了，他可能会取代我，帮我写这本书和下一本，代表我接受赞扬，代替我上卡罗琳的床，承袭我在社会上的地位。有谁会发现真相？先前我不也打算用大致相同的方式取代狄更斯？

我也发现，《月亮宝石》里备受爱戴的范林达夫人（尽管不是主要角色，却始终是个可靠又高贵的人物）突然卧病而且骤然辞世，是出于我作家心灵深处的巧妙安排，也是我对已逝母亲的怀念。

我应该在此附带一提，那只甲虫显然没办法透过我的眼睛阅读文字。只要毕尔德帮我注射了吗啡，我就会梦见黑暗国度诸神和那些伴随而来的重要仪式，但我从来不曾扮演过祖德强加在我身上的抄写员角色，从来不曾描写过那些黑暗的异教神祇。

我写作的时候，脑子里的甲虫好像会安静一点，显然误以为我在记录梦中那些古老祭仪。事实上我一直在描写《月亮宝石》里的各个人物：比如古怪的老仆人加布里埃尔·贝特里奇（和他对《鲁滨孙漂流记》的着迷，那本书我个人也很推崇）；大胆（可惜固执得近乎愚蠢）的瑞秋·范林达；英勇（却出奇容易受骗）的弗兰克林·布莱克；注定万劫不复的残疾女仆罗珊娜·史皮尔曼；好管闲事、信仰虔诚的克拉克小姐（她那逗趣的坏心眼出自另一个威尔基手笔）；当然还有英明睿智（却不是破解疑案的关键人物）的卡夫探长。我体内那只寄生虫以为我抱病振笔疾书是在善尽抄写员职责。

笨蛋甲虫。

各界对我连载小说的前几章反应愈来愈热烈。杂志社的威尔斯告诉我，随着每一期新杂志出刊，愈来愈多人挤进威灵顿街的办公室。所有人都在讨论月光宝石这颗珍贵钻石，都好奇宝石如何失窃，又是被谁偷走。当然，有关这桩悬案的结局，没有人知道我葫芦里卖的什么药。虽然我还没写到那些章节，我却有十足信心没人能猜出背后的真相。《月亮宝石》声势如日中天，我的剧本也场场爆满。等狄更斯回来，一定会对我刮目相看。

如果他能活着回来。

我和威尔斯通过各种渠道（主要是多尔毕写给狄更斯女儿凯蒂，再由查理转述给我的坦率信件）得知狄更斯健康出现令人担忧的警讯。他在美国赶场之余罹患流行性感冒，被迫每天卧床到下午三点或更晚，无法进食。狄更斯巡演时向来坚持舍私人住宅而就旅馆，这回走到波士顿时却不得不借住朋友费尔兹夫妇家中，没有依原定计划入住帕克豪斯旅馆。我们获悉此事都甚感惊讶。

除了日益加重的流感与鼻涕浓痰，旅途劳累与左脚浮肿复发几乎让狄更斯倒下。我们听说每场表演多尔毕都得扶"老大"上台。不过，狄更斯一旦去到布幕前，就会迈开大步走向阅读桌，再次展现他一向的机灵与敏捷。等到中场休息或表演结束，多尔毕和其他工作人员就得快步上前抓稳累瘫了的狄更斯，免得他晕倒在地。费尔兹太太也写信告诉狄更斯女儿玛丽，4月8日狄更斯做波士顿最后一场朗读时，对大家夸口他的体力已经完全恢复，可惜朗读结束后他还是没办法自己换衣服，直接"疲累至极"地倒卧沙发三十分钟，之后才允许别人搀他回房。

我还特别注意到，多尔毕无意间在信里提到，狄更斯由于夜里难以成眠，每晚都得服用鸦片酊，但只是在葡萄酒里加个几滴。

在美国的狄更斯难不成也有一只永不餍足、需要被迷昏的甲虫？

总之，尽管狄更斯写回来的家书总是报喜不报忧，连连吹嘘他在美国所到之处都受到热情群众的包围与景仰，他的儿女都很担心他。随着3月、4月陆续过去，我的身体也慢慢慢慢有了起色，尽管偶尔恶化让我不得不连续卧床数日，疼痛与衰弱的情况确实日渐改善。我开始相信狄更斯再也回不了英国，即使回来，恐怕也是奄奄一息、半死不活。

生病那段时间我很难跟马莎联络。早先我自己病痛缠身，母亲又如风中残烛那段时间，我曾经以打听波索瓦街出租房屋为由，派乔治送了一封信给马莎。不过那太冒险，不能故技重施。

2月，我曾经三次告诉卡罗琳与凯莉我要跟查理去唐桥井探视母亲，到了火车站我又告诉查理我身体不舒服不去了，还说我要自己搭小马车回家。其中两次我在马莎那里过夜，或连住几天，可惜那时候我身子太虚，没能好好享受那段美好时光。这个计谋同样有风险，因为哪天说不定查理就会告诉卡罗琳（或在卡罗琳面前提起）那几次我探望母亲半途折返的事。

这期间马莎当然可以写信给我（信封上使用捏造的寄件人地址），但她宁可不写。事实上，当时的马莎几乎不识字，要到后来经过我的指导，她才勉强可以读些简单的书籍，写些基本信件。

到了3月下旬我能下床走动以后，才能想办法去看她。我告诉卡罗琳和医生我必须自己搭马车到处转转（我还没好到可以骗人我要自己出门散步几小时），反刍我的小说内容，或说我必须到俱乐部利用那里藏书丰富的图书室，多找几本书来搜集资料。可惜那几次到波索瓦街跟"道森太太"相处都为时甚短，顶多偷享贪欢几小时，我跟马莎都意犹未尽。

这段艰困时期里，马莎对我的怜惜既真诚又明显。相较之下，卡罗琳对我的照顾却是不情不愿又处处猜疑。

真理女神玛阿特赋予尘世意义。玛阿特为开天辟地之初的混乱宇宙建立秩序，持续维护规律与平衡。玛阿特操控星辰的运行，监督日升日落，掌理尼罗河的洪灾与水流，并以她广大无垠的身躯与灵魂为大自然奠定规范。

玛阿特是正义与真理的女神。

当我死去，我的心脏会被掏出，带到冥府的审判厅，在那里以玛阿特的羽毛称量。如果我的心脏几乎没有罪恶的重量——违背黑暗国度诸神的罪恶，违反祖德陈述过、由甲虫监督的义务的罪过，我就可以继续前进，或许可以去到诸神身边。如果我罪恶的心脏比玛阿特的羽毛重，我的灵魂就会被黑暗国度的魔兽吞食并消灭。

玛阿特赋予世界意义，至今亦然。我进入冥府审判厅的日子快到了，你也是，亲爱的读者，你也是。


清晨是我最难熬的时段。如今我已经停止在夜深人静时分对不可信赖的另一个威尔基口述《月亮宝石》，于是经常在半夜两点到三点之间从鸦片酊或鸦片酊加吗啡的梦境中醒来，就此呜咽干号，痛苦翻滚地挨过春日黎明。

我通常中午过后就能下楼到一楼的大书房，在那里写作到下午四点。之后卡罗琳或凯莉或她们两人会来带我出门（至少到花园）呼吸新鲜空气。如同我在写给某位那年4月打算来探视我的朋友的信里所说："如果你要来，最好在下午四点以前，因为四点以后我会被人扛到外头通通风。"

4月中旬某个这样的午后，也就是母亲过世整整一个月后，卡罗琳走进我的书房，站在我背后。

当时我暂时停笔，视线穿过宽大窗子盯着外头的街道。坦白说当时我正在思考该如何跟菲尔德联络。尽管我很确定菲尔德的手下还在外面盯梢，可是我无论多么仔细找，始终找不到。我想知道祖德后来怎么了。菲尔德和他那上百名正义使者对那个埃及大魔头的火攻是不是奏效了？是不是像巴利斯当着我的面打死那个野男孩一样，在下水道里把他当野狗一枪击毙？巴利斯后来怎么了？这个暴徒用枪管敲昏我，有没有被菲尔德惩戒？

可是就在前一天我突然想到：我不知道菲尔德的侦探社在什么地方。我记得他第一次到梅坎比街9号拜访我的时候递了一张名片，那上面应该会有地址。我翻遍书桌终于找到那张名片，上面却只有：

<br>

### 查尔斯·费德列克·菲尔德探长
#### 私人侦探社

<br>

我除了想知道地底城事件的后续，也希望菲尔德和他的探员帮我做些私人调查工作：比如卡罗琳跟那个水电工乔瑟夫·克罗都在哪里见面，因为我相信他们在偷偷交往。

当时我视线望向窗外，脑子里就在想这些东西。我听见卡罗琳干咳几声，却没有转身。

"威尔基，亲爱的，我一直想跟你讨论一些事。你亲爱的母亲过世也有一个月了。"

这些不是问题，不需要回答，所以我默不吭声。窗外有一辆收破烂的马车轰隆隆驶过，那匹老马的腹胁布满新伤旧痂，那个头发花白的车夫仍然持续抽它鞭子。我不禁纳闷儿，一架买卖破铜烂铁的马车有必要赶路吗？

"小莉已经到了出社会的年纪，"卡罗琳又说，"可以准备找对象了。"

多年来我已经归纳出来，卡罗琳如果想跟我聊她"自己的"女儿伊丽莎白·哈丽叶，就会说"小莉"如何如何。如果她把女儿视为我们俩共同关切的对象，就会称呼她"凯莉"。她女儿其实比较喜欢"凯莉"这个名字。

"小莉如果出自一个健全稳固的家庭，那么她将来不论找对象或被社会接纳都会轻松得多。"卡罗琳又说。我仍然没有转身看她。

对街人行道上有个年轻人停下脚步，转头看看我们家，又看看表，然后继续往前走。在这种多变的春季里，那人身上的西装颜色太浅，毛料也太薄。那人不是乔瑟夫·克罗。会不会是菲尔德的探员？我不认为菲尔德的探员会这么明目张胆，尤其我就坐在一楼凸窗里，从外面一眼就能看见。

"她应该冠她父亲的姓氏。"卡罗琳说。

"她确实冠了她父亲的姓氏。"我平淡地说，"你丈夫虽然什么都没有留给你们，至少给了她姓氏。"

亲爱的读者，我先前提到过，卡罗琳是我《白衣女人》的灵感来源。1854年夏天，我跟我弟弟查理和我朋友约翰·米莱斯在月夜里碰见一个穿着白袍的身影从北伦敦城郊某栋住宅的花园里冲出来。没错，那人就是卡罗琳。当时她告诉我她被迫逃离用催眠手段限制她行动的残暴丈夫。我们三个人之中只有我采取了行动追求她。当时我相信她丈夫乔治·G是个有钱的酒鬼恶棍，而她跟当时才一岁的凯莉不仅被囚禁，而且饱受精神折磨。

几年后，卡罗琳告诉我她丈夫死了。我不知道她从何得知这个消息，也没多问，尽管我明知她根本不可能收到任何有关她丈夫的消息，毕竟自从那天晚上她哭着横越查尔顿街之后，一直住在我家。多年以来我们始终假装她是被丈夫用催眠术和拨火钳虐待的伊丽莎白·G太太。她住进我家后我帮她改名卡罗琳。

当时我也猜测过，1854年那个夏夜里，卡罗琳逃离的可能是某个突然对她拳脚相向的皮条客或恩客。十四年后的今天我还没有理由改变想法。

"未来几年内我们女儿凯莉如果可以告诉别人她来自一个健全家庭，你知道这样对她很有好处。"卡罗琳继续对着我的后背说。现在她的声音已经轻微颤抖。

"我们女儿"这四个字让我光火。我一直把凯莉当自己亲生女儿般疼爱她，养育她，但她不是我女儿。这是某种持续性勒索，我有理由相信，早在我拯救她之前，卡罗琳就已惯用这种伎俩。我绝不吃这一套。

"威尔基，亲爱的，你以前总说你不能结婚是因为你母亲年纪大又精神衰弱，你一定看得出来我一直很体谅。"

"是。"我说。

"现在哈丽叶过世了，你自由了吧？"

"是。"

"你愿意的话就可以结婚？"

"是。"我的脸仍然朝向窗子与街道。

她等我再说点儿别的，可我没有。我们静默良久，其间我清楚听见走道另一头大时钟里钟摆的摆荡声。之后卡罗琳转身走出我的书房。

我知道事情还没完。她手里还握着最后一张牌，她认为那张牌无比可靠。我知道她很快会出牌，她却不知道我也留了一手好牌，袖子里还藏着更多。

"爬抓声，有爬抓声。"

"什么？"

我比平常更早被吵醒。我看看表，还不到九点。我被悬在床边上方的许多面孔吓到：卡罗琳、凯莉、我的男仆乔治、乔治的妻子贝西（她也是我们的女仆）。

"什么？"我又问，边问边坐起来。我无法忍受任何人早餐前未经许可闯进我的房间。

"家里有爬抓声。"卡罗琳又说。

"你在说什么？哪里有怪声？"

"在我们的楼梯上，先生。"乔治说。他被拖进我的房间，尴尬得满脸通红。这显然是卡罗琳的主意。

"在仆人用梯？"我边说边揉眼睛。尽管前一天晚上有吗啡助眠，我的头还是疼得不得了。

"每层楼都有怪声，他们听见一段时间了。"卡罗琳说。她的声音跟威尔士汽笛风琴一样嘈杂又刺耳。"现在连我也听见了。好像里面有只大老鼠，忽上忽下地爬抓。"

"老鼠？"我不解，"去年秋天我们装修房子整理水电管线的时候，不是顺便请人来灭过鼠？"我故意强调"水电管线"这四个字。

卡罗琳竟然知道要脸红，但她还没放弃："仆人用梯里有东西。"

"乔治，"我说，"你没进去检查过吗？"

"有啊，柯林斯先生，我进去过，跟着那个怪声跑上跑下。只是每次我一靠近它，它……我没找到。"

"你觉得那是老鼠吗？"

乔治原本就反应迟钝，但我还没见过他像这样绞尽脑汁还想不出该如何回答。"先生，听起来好像很大一只，"他终于答话，"不像有很多老鼠，倒像是……一只该死的大老鼠。女士们，抱歉。"

"太荒谬了，"我说，"你们都出去。我换好衣服马上下楼。我会把你们这只'大老鼠'找出来宰了。之后拜托你们让可怜的病人好好休息。"


我选择从厨房的门进入仆人用梯，这样她就不可能跑到我下面。

我很确定自己知道那是什么怪声。说老实话，我们搬进新家这八个月以来，我一直纳闷儿为什么还没见过那个绿皮肤黄獠牙女人。另一个威尔基不是轻而易举就从梅坎比街的旧家跑来了？

但为什么其他人也能听见她的声音？

那个绿皮肤女人盘踞我旧家仆人用梯阴暗处那么多年，只有我听见或看见过她，这点我很肯定。

难道是黑暗国度诸神把她变得更真实，就像另一个威尔基一样？

我撇开这个叫人心慌意乱的疑问，拿起桌上的蜡烛。我命令其他人别跟我进厨房，也别靠近每一层楼通往仆人用梯的入口。

早在祖德、圣甲虫和黑暗国度诸神进入我生命之前，那个绿皮肤黄獠牙女人就已经害我溅过血。如今我深信，只要让她接近我，给她机会，她一定可以杀了我。我一点儿都不想让她接近，更不愿意给她机会。

我轻轻打开门，从外套口袋里掏出黑彻利探员的沉重手枪。

关上门以后，仆人用梯几乎陷入黑暗。房子的这一边没有窗户，墙壁上少数几个烛台里的蜡烛都没有点亮。这里的阶梯非比寻常，也令人不安地陡峭狭窄，一路直达三楼，才有一个小小楼梯间，之后再从相反方向往上通到阁楼。

我上楼之前先屏息聆听。没有声音。我左手拿蜡烛，右手拿手枪，悄悄踏上阶梯。楼梯非常窄，我两边手肘都能碰到墙板。

我走到一楼跟二楼中间的时候，停下来点墙壁上的第一根蜡烛。

照理说我们的女仆应该经常补充蜡烛，可是烛台上没有蜡烛。我靠上前去，看见牢固的旧烛台上有刮纹和凿痕，仿佛某种东西用爪子或用牙齿，一把攫走里面的半截蜡烛。

我又停下来聆听。头顶上方传来极其细微的奔走声。

那个绿皮肤黄獠牙女人过去从来没有发出过声响，我寻思着。她向来都在楼梯上滑行，朝我过来或离我远去，一双光脚似乎根本没接触梯板。

但那是在我之前住过的其他房子里。这里的仆人用梯也许对这类邪灵更有共鸣。

山渥德太太是怎么死的？她摔下这些非常陡峻的阶梯，跌断了脖子。可是她为什么跑进仆人用梯？

进来调查老鼠的声音？

她又为什么摔下楼？

因为烛台上的蜡烛好像被吃掉了？

我继续往上爬到二楼，在门口驻足片刻。通往楼梯的门板古老又厚实，听不见另一边的声音。门缝底下有一道令人安心的光线。我继续上楼。

第二个烛台也没有蜡烛。

上面传来某种东西快速移动的声音与刮擦声，距离拉近了。

"哈啰？"我低声叫唤。我把手枪往前伸，觉得自己神勇威猛。如果那个绿皮肤女人真实得足以在我脖子上留下抓痕（她确实如此），那么她就真实得足以感受一颗（或很多颗）子弹的威力。

手枪里有几发子弹？

九发。我清楚记得我要进入拉萨里烟馆之前，黑彻利把手枪塞到我手里，告诉我最好带个武器防范鼠辈侵扰。当时他告诉我手枪里的子弹数量，还聊到这把枪的口径……

"那是点四二口径的子弹，先生。九发对付一般的老鼠应该绰绰有余了，不管是四条腿还是两条腿的老鼠。"

我压抑住喉咙发出的呵呵笑声。

我到了三楼门口，背后底下的楼梯现在只靠我摇曳的烛光照明，陡得几乎垂直往下，看得我头昏眼花。不过或许也是因为我还没吃早餐，外加早上喝的那三杯鸦片酊的药效。

我头顶上方传来异响，太像爪子抠抓灰泥或木板的声音。

"出来！"我对着暗处大叫。老实说我只是虚张声势，希望乔治、卡罗琳、贝西和他们女儿的埃格妮丝能听得见。不过他们此时应该在底下跟我相隔两层楼的地方，这里的门板又都特别厚实。

我开始往上爬，脚步放得更慢了。手枪举在我正前方左右晃动，像起风的日子里离奇沉重的风向计。

爬抓声不但变大，也好像来自固定方向。我听不出它是来自阶梯转往反方向的四楼楼梯口，还是来自我跟那个楼梯口之间。我暗暗记住日后要在这一堵厚实的砖块石材外墙上开个窗户，至少这个楼梯口一定得开一扇。

我又往上三步。

亲爱的读者，我说不上来那个绿皮肤黄獠牙女人来自何方，只知道我很小的时候她就出现了。我记得查理睡着以后她就会走进我们的婴儿房。我九岁或十岁的时候曾经鲁莽地去探索家里黑暗又布满蜘蛛丝的阁楼，也在那里面看见过她。

人家说熟悉能消除恐惧，这件事显然不是那样。每次我碰见那个绿皮肤坏女人，就会浑身战栗。然而，根据过去的经验，我知道如果她向我扑过来，我可以击退她。那女人的长相不像我认识的任何女人，只是，有时候我觉得她会让我想起我跟查理第一个家庭教师。

可是以前没有别人听过她的声音，过去她从来不曾制造过任何声响。

我又往上爬了三阶，然后停下来。

那种刮擦声和奔走声比先前大得多，虽然此时微弱的烛光几乎照到上面的楼梯口，那声音却好像就在我头顶近处。声音很响亮，也确实很像老鼠。现在我总算体会到乔治的恐惧了。爬抓、刮擦、静寂。爬抓、爬抓、爬抓、刮擦、静寂。爬抓、爬抓。

"我要给你个惊喜。"说着，我有点儿艰难地单手扳动大手枪的击锤。我记得黑彻利说过，底下那个比较大的枪管是某种猎枪，真希望他当时给我些子弹。

我又往上两步，看见了楼梯口。上面没东西。

爬抓声又出现了，好像就在我上面，甚至后面。

我把蜡烛高举过头顶，笔直往上看。

爬抓声变成了狂野的尖叫声，我僵在原地，听着那尖叫声整整一分钟或更久，这才发现那声音出自我的嘴巴。

我转身逃跑，砰砰砰奔下楼。到了三楼门口，我一面尖叫，一面使劲拉门。我回头看一眼，又开始尖叫。我至少开了两枪，却知道开枪也无济于事。果然没错。我又踉踉跄跄往下跑。二楼的门同样从另一边反锁。某种湿润又脏污的东西从……从上面滴下来。我放声尖叫。之后我又开始往下冲，撞上这面墙又弹向那片墙。蜡烛掉了，火也熄了。某种东西从上面拂过我的头发，沿着我后颈盘卷。我在漆黑之中急速转身又开两枪，而后绊倒，头下脚上摔落剩余的十几级阶梯。

直到今天我还想不通当时我的手枪怎么没有松脱，或者怎么没有射伤自己。我躺在阶梯底部惊声尖叫，死命捶打一楼的门。

某种又细又长却力道十足的东西缠住我右脚的靴子，猛力往后拔走。如果我进来之前扣牢了靴子，这会儿已经连人带靴被拖上去了。

我一面尖叫，一面朝黑暗的楼梯开了最后一枪，赶紧拉开门，在刺眼的光线下往前俯冲，扑倒在厨房木地板上。我双脚疯狂飞踢，把沉重的楼梯门踢回去关上。

虽然我早先下令任何人都不准留在厨房，乔治还是跑了进来。我看见卡罗琳和两名女仆惨白的圆脸躲在通往大厅的门口，目瞪口呆地张望。

我一把扯住乔治的翻领，几乎把他拉到地板上。我狂乱地低声告诉他："锁上！把门锁上！锁上！快！"

乔治照做，拉上那根明显毫无作用的细瘦门闩。门那边没有声响了，整个厨房里都是我的喘气与惊呼声。

我先双膝跪地，而后站起来。手枪依然举高，也拉起了击锤。我把乔治拉过来紧贴在我身边，低声在他耳朵旁嘱咐："去找木板，找人手，愈多愈好。半小时内把所有楼梯门都钉死，再用木板封起来。听懂了吗？你……听……明白了吗？"

乔治点点头，从我身边挣脱，跑出去找他需要的东西。

我倒退着走出厨房，目光始终盯住通往楼梯那扇有欠坚固的门。

"威尔基……"卡罗琳把手搭在我肩上，吓得我跳起来。她赶紧把手拿开。

"是老鼠。"我气喘吁吁地说。我松开击锤，手枪忽然变重，我几乎拿不住。我努力回想射击了几发子弹，却想不起来。晚一点儿再数剩下的子弹好了。"只是老鼠。"

"威尔基……"卡罗琳又说。

我甩开她，径自上楼回房间，在洗脸盆里呕吐一番，再去找我的鸦片酊。

# 第三十三章


4月29日星期三,卡罗琳终于祭出王牌。隔天搭载狄更斯和多尔毕踏上他们漫长旅程最后一站的"俄罗斯号"将会在利物浦皇后镇港下锚。

卡罗琳知道那天我心情很好,却不完全清楚原因。我开心的理由很简单。去年11月狄更斯出发去美国的时候,他是师父,我是急切的学徒。如今《月亮宝石》的连载在英国造成轰动,随着《一年四季》每一期的出刊,威灵顿街的杂志社办公室人潮愈来愈多。不论平民或贵族,个个手捧杂志,急着想看看到底是哪个人用什么手法偷了那颗钻石。我有十足把握与自信,即使最聪明的读者也猜不出来。

去年11月狄更斯搭船前往美国时,我的剧本《禁止通行》——那的的确确是我的剧本,毕竟我从去年秋天起就投入许多精力重写、校对并设计新点子——在初期的排演中看似一场空想,上演后声势却扶摇直上,阿代尔菲剧院已经连续一百三十多天爆满。巴黎方面也在积极洽谈法文版的演出事宜。

最后,母亲的死——尽管我备感哀伤,甲虫问题和她死因不明更让我饱受惊吓——也让我得到自由。四十四岁的我终于变成了真正的男人。

因此，尽管有仆人用梯那段插曲（事隔两星期，我仍然不愿意走进厨房，也不愿意靠近楼上那些用木板层层封死的楼梯门），尽管我不时旧病复发，身体持续疼痛，不得不服用大量鸦片酊和吗啡，才有体力每天工作几小时，卡罗琳依然察觉到我心情无比愉快，处于多年来的高峰。

去年11月狄更斯离开时以为他是师尊而我是门徒，等他回来的时候（根据各方消息，恶疾缠身又行动不便），我已经是个畅销小说作者、成功的剧作家，也是个完全独立的男人。等我们再次见面，至少会是势均力敌。

再者，我愈来愈相信我跟他脑袋里都有祖德的甲虫。单就这点，他跟我之间就有了一种残酷的平等新关系。


星期三早上我沐浴的时候，卡罗琳来找我。也许她认为那是我最放松的时刻，或者该说是最容易操控的时刻。

"威尔基，亲爱的。我一直在思考我们先前的对话。"

"什么对话？"我明知故问。我的眼镜雾茫茫，我伸手拿了毛巾，眯着眼睛把镜片擦拭干净。卡罗琳变成一大团粉红掺杂白色的模糊形体。

"关于小莉即将进入社交圈，也关于未来我们两个在这个屋檐下的关系。"她听起来很紧张。

相较之下，我十分冷静。我把镜片重新放回鼻梁上，应了一声："哦？"

"威尔基，我决定了。为了让我们的小莉……凯莉……的人生拥有更多优势，我必须结婚，必须让她有个健全家庭。"

"我太赞成了。"我说。热水的蒸汽飘上天花板，卷向四面八方。卡罗琳的脸被热气蒸得红通通的。

"是吗？"她说，"你赞成？"

"毫无异议，"我说，"亲爱的，麻烦你把毛巾递给我。"

她说不出话来，默默把毛巾拿给我。我把我十分愉悦的肥嘟嘟身体擦干。

"我没想到……这么久以来……我不敢确定……"卡罗琳急急忙忙说着。

"胡说，"我说，"你的幸福……当然还有凯莉的……始终是我的首要考虑。你说得没错，是该结婚了。"

"哦，威尔基，我……"她说不下去了，泪水扑簌簌滑下她发红的脸颊。

"你跟你的水电工应该还有联络。"说着，我把毛巾扔到一旁，披上天鹅绒袍子。"克罗先生。乔瑟夫·克罗是吗？"

卡罗琳怔住，脸上的红晕迅速消退："然后呢？"

"我估计克罗先生已经向你求婚了，亲爱的。事实上，我猜你这次找我谈话就是打算告诉我这件事。"

"没错。可是我不……我还没……"

我拍拍她的手臂。"我们这么久的交情了，不需要多解释什么。"我开心地说，"为了凯莉和你自己着想，你确实也该结婚了。何况我们的克罗先生也开口了，你一定要马上答应。"

卡罗琳整个人变得惨白，连指尖都没了血色。她震惊地倒退两步，撞上洗手台。

"我会叫贝西马上帮你收拾衣物。"我又说，"至于你其他的东西，比如书本之类的，我们改天会送过去。等你收拾好，我就让乔治去叫马车。"

卡罗琳的嘴唇动了两下，才勉强挤出话来："小莉……"

"凯莉当然会跟着我，"我说，"这点我跟她已经达成共识。是她自己做的选择，不会再改变。无论你的水电工……乔瑟夫·克罗先生……多么热情如火、乖顺听话，无论他已故的酒商父亲名声多么好，你的水电工充满希望却偶尔劳碌困顿的中产阶级生活不适合这个年纪的凯莉。正如你所说，她很快就要进入社交圈，她选择留在格洛斯特街90号这个舒适的家，继续与作家、艺术家、作曲家和伟大人物为伍。当然，她会经常去探望你，不过这里才是她的家。这些事我不但跟凯莉讨论过，也跟你目前的婆婆谈过，她们俩都同意。"

卡罗琳双手往下扶住背后的洗手台，全身的重量仿佛只靠那双僵直又颤抖的手臂支撑。

我经过她身边往外走时，没有伸手碰她。她看起来好像暂时抬不起任何一只手臂。

"亲爱的，我相信你做了明智抉择，"我在门口柔声说道，"我们俩永远都是好朋友。哪天你或克罗先生需要任何协助，我一定尽全力帮你们找到能够帮得上忙的人，只要那些人愿意伸出援手。"

卡罗琳继续盯着浴缸旁我原本站着的位置。

"我去叫贝西开始帮你打包，"我说，"我也会让乔治尽快到街上找出租马车。必要的话，我可以多花点钱让马车夫等你一下。像这样一大早神清气爽地出门是最愉快的事。"

我早先提过，狄更斯和多尔毕的船"俄罗斯号"4月30日抵达皇后镇港,可是没有人赶到利物浦去迎接他们。多尔毕事先来过电报,说狄更斯想要独自调适几天,之后才会开始工作,重拾旧习惯。

我自己的解释是:精疲力竭的狄更斯不会直接回盖德山庄,也不会在伦敦逗留(尽管他5月2日搭火车经过伦敦),而会直奔佩卡姆,投入爱伦·特南等候已久的怀抱。事实证明我的猜测完全正确。我也听过杂志社的威尔斯不经意提起,爱伦和她母亲两天前已经从意大利回来。

对狄更斯而言,这一切多么顺利。

又过了四天后,狄更斯才让威尔斯、毕尔德和我为他接风。他从佩卡姆搭火车来伦敦,提早跟费克特和我们大家吃晚餐,之后所有人陪狄更斯一起到阿代尔菲剧院观赏《禁止通行》。

我老早准备好要对狄更斯美国行之后的疲惫衰老状态表达由衷的关切甚至震惊。然而,毕尔德在火车站说出了我跟他的共同心声,他大叫道:"天哪,查尔斯!你年轻了七岁!"

这是实话。狄更斯的脚不像我们三番两次在信件里获知的那样浮肿不良于行。他在美国期间清瘦了些,整个人看起来却是更年轻、更健壮。为期八天的春季航行显然让他彻底抛开杂务、养精蓄锐。长时间待在甲板上也让他原本就容易晒黑的皮肤变成古铜色。就连他的头发和胡子好像也颜色变深数量变多。狄更斯眼神明亮、笑意盈然。他的洪亮笑声和滔滔不绝的说话声响彻我们五个人用餐的餐厅与餐后赶赴剧院搭乘的马车。

"天哪,威尔基,"我们把帽子、手套和手杖交给剧院的女孩时,狄更斯悄声对我说,"早先我就听说你病了,可是你的模样实在糟透了。你全身颤抖、面容苍白,跟过世前的萨克雷一样拖着脚走路。你到底得了什么怪病？"

得了什么怪病。多么聪明，多么……滑稽。我虚弱地对他一笑，没有答话。

稍晚看戏的过程中，我有种不平凡的体验。

我们这一小群人坐在作家包厢里。当然不包括费克特，他已经匆匆赶到后台化妆兼呕吐，准备粉墨登场。大家都知道他由于健康日趋恶化，可能下个月起就不会继续在英国演出坏蛋欧宾莱泽。过去五个月以来，我尽管病痛缠身，仍然来过这个包厢无数次。但这是狄更斯第一次到场观看这出他参与了初期改编工作的戏，理所当然地，帘幕拉开之前他接受全场观众起立鼓掌致敬。这点我早料想到了，因此心情丝毫不受影响。

不。给我不平凡体验的是那场戏。包括排演在内，《禁止通行》整部戏我已经看过至少三十遍。我背得出每一句台词和历次改写的台词。我能预测每一次进场、出场的时间，误差不到一秒。

可是这天晚上我好像第一次看这出戏。

亲爱的读者，坦白说那好像某一只眼睛第一次观赏这出戏。经常困扰我的头痛一如往常进驻我右眼内侧，疼痛程度无比强烈，我几乎以为我的眼球后侧会嘶嘶作响，就像酒吧男侍往一整壶好酒里投入烧得炽热的温酒棒发出的声音。我也感觉得到甲虫在那里。有时候我觉得它向前钻只是为了从我的眼睛往外探视。

就这样，我坐在那里，先用右手撑着太阳穴，而后换左手，偷偷地先遮住左眼，再蒙住右眼。仿佛第一次观赏这出我自己改编，又看过无数次的戏。

我马上看出来，尽管那些轻信的观众明显怜悯之心油然而生，但弃婴在孤儿院里被调换的那一幕根本就是鬼扯，毫无感染力。虽然当初构思这段乏味情节的时候，狄更斯提供不少意见，但这完全无助于减轻我的懊恼。

华特·怀尔汀的死（一则因为心碎；二则因为得知自己无意中冒用了另一个人的姓名与财富，深感愧疚）照样惹得观众痛哭流涕，我却看得很想吐。无聊透顶，根本是胡诌。我不禁纳闷儿，有哪个正经严肃的剧作家会编出这种桥段？

此时费克特装扮成坏蛋欧宾莱泽的模样，在舞台上目空一切地来回走动。多么荒谬的角色，多么荒谬的演出。

我还记得曾经翻出小说版《禁止通行》里的一段关键性文字给费克特看，帮助他理解他的角色的潜藏动机与心理特质，如今我悲叹地回想起那些文字：

> 欧宾莱泽最主要的特质在于，他的双眼会被一层无名薄膜覆盖，显然他自己蓄意为之。这不但彻底遮住他那双泄露真相的双眼，也遮住他整张脸，除了专注，不流露出任何其他表情。这并不代表他会把注意力放在跟他对谈的人身上，或周遭任何声响与事物上。相反地，那只是他对自己脑海中一切思绪，以及他知道或怀疑别人心里隐藏的念头的全面关注。

我仍然记得将近一年前写下这段文字的情景，也记得当时特别为自己有能力描写反派角色如此复杂的心理与行为特质感到沾沾自喜。当时我认为我在传达个人观点，告诉大家我如何看待周遭这个执意破坏我的计划与抱负的虚伪世界。

现在我发现，这些直接从《禁止通行》原著小说摘录下来的文字，这些所谓的欧宾莱泽角色的关键性文字，原来平淡无奇。平淡、愚蠢又空洞。费克特运用这些文字赋予他的角色一种鬼鬼祟祟的狡猾步态与神情，外加狂躁的瞪视（多半时候投向虚无），如今在我看来都不是精明反派人物的特征，而是头部受过严重脑震荡的乡下白痴。

观众爱死了。

再来是我们的新主角乔治·凡戴尔，他在原本的主角华特·怀尔汀死于无端的罪疚感之后接替主角位置。今晚我看出凡戴尔比那个鬼鬼祟祟、嘻嘻窃笑、眼珠子像白痴般骨碌碌转动的欧宾莱泽更愚蠢。三岁小孩都能看得出来欧宾莱泽没完没了的操控与谎言，但当晚戏院里几百名观众竟然接受我们的可笑假设，认定凡戴尔是个善良又毫无心机的人。

几千年前人类如果只繁衍出像凡戴尔这样善良又毫无心机的人，那么我们早就因为绝对的无知而灭种了。

我透过甲虫的视角清楚看到，就连瑞士阿尔卑斯山那一幕都是愚昧又多余。故事情节毫无意义地在伦敦和瑞士两地之间来回跳接，只为了加入我跟狄更斯1853年横越阿尔卑斯山时目睹的壮丽景色。剧本的最后一幕，凡戴尔的爱人玛格丽特·欧宾莱泽（那个大坏蛋美丽又无邪的侄女）说出一年前凡戴尔摔下冰河并没有丧命，而是一直由她照料，在同一条冰河底部一栋舒适的瑞士小屋里养伤。看得我几乎放声大笑。

至于最后精明的欧宾莱泽（一年前把凡戴尔拐骗到深渊上方那座冰桥）横渡险峻斜坡的行为根本毫无由来，纯粹只是剧本结束时需要牺牲他。这一段不只把我如梦初醒的质疑精神绷紧到极限，甚至让它应声崩溃。那天晚上我祈求上帝让费克特纵身扑向真正的无底深渊，而不是下坠二点五米后落在画着冰山的木板后方观众看不见的成堆床垫上。

最后一幕欧宾莱泽的尸体被扛到凡戴尔和玛格丽特正在举行婚礼的瑞士小村庄（老天，他们为什么不在伦敦结婚）的场景，让我不忍卒睹。一对新人幸福洋溢地从舞台右侧退场，欧宾莱泽的尸体被人用担架扛下舞台左侧。观众喜怒交加，一面对欧宾莱泽的葬礼发出嘘声，一面流着泪为男女主角的婚礼欢呼。当初我跟狄更斯在纸页上构思大纲时，这种并列手法显得十分高明。如今在我的甲虫洞察力下却变得幼稚肤浅。可是，当欧宾莱泽的尸体从舞台左侧离开，而一对新人乘着结婚马车从右侧离场时，观众依然又嘘又欢呼。

观众都是脓包。演这出戏的人也都是脓包。剧本更是某个脓包编写的煽情闹剧。

演出结束后来到剧院大厅，五百名观众蜂拥过来跟狄更斯握手，告诉他剧本写得有多精彩。看样子没有人记得我才是正牌剧作家，不过，在这个觉醒的夜晚，我一点儿都不在乎。观众离开后狄更斯对我说："哇，亲爱的威尔基，这出戏大获全胜，这点毫无疑问。只是，借一句你的《月亮宝石》中的语言，这还是未经琢磨的钻石。里面有很出色的内容……非常出色的内容！可惜还是有点儿拖沓。"

我盯着他看。他刚刚跟我看的是同一部戏吗？

"目前的演出遗漏了太多编剧手法，"狄更斯接着说，"这个版本错失太多强调戏剧性和突显欧宾莱泽邪恶本质的机会。"

我努力忍住，没有当着狄更斯的面笑出来。更多编剧技巧、更戏剧性、更邪恶的欧宾莱泽？这些恰恰是这堆硕大无比、冒着热气、演出过火的煽情马粪最不需要的东西。我倒觉得，它需要的是一把铁锹，以及千里之外用来掩埋它的深坑。

"虽然费克特再过不久就要因为健康理由辞演这出戏，"狄更斯说，"我们还是打算下月初在巴黎霍德瓦剧院推出新编《禁止通行》。但愿有朝一日费克特可以再次登台诠释欧宾莱泽。"

当时我脑子里唯一的想法是：再次登台大家一起当众摔个狗吃屎。

"我会亲自监督改编工作，或许在霍德瓦剧院担任舞台经理，直到演出上轨道。"狄更斯说，"威尔基，我很希望你能跟我们一起去，一定有趣极了。"

"查尔斯，恐怕没办法。"我说，"我的健康状况不允许。"

"啊，"狄更斯说，"真的很遗憾。"但他声音里听不出真正的惋惜，反倒有松了一口气的意味。"好吧。"他说，"表演结束，费克特想必累得没办法跟我们出去，所以我要去后台看看他，恭喜他在舞台上的精湛演出。毕竟这可能是他最后一次扮演欧宾莱泽……至少是在这个版本里。"

说完狄更斯匆匆走开，沿途接受路过的零星观众道贺。

晚一点儿要跟我们一起聚会的毕尔德正在跟别人聊天，于是我先行走到街上。空气中弥漫着马粪味，当马车与出租车载走衣冠楚楚的观众后，所有剧院外的空气都是如此。那种臭味似乎恰如其分。

结果狄更斯让我和毕尔德干等了半小时以上。事后我得知他借给哭哭啼啼的费克特两千英镑……听得我特别揪心，因为我两星期前才借给那个笨蛋演员我几乎负担不起的一千英镑。

我在谷仓臭气中独自等候时，拿出随身银瓶喝了一大口鸦片酊。我忽然想到，虽然狄更斯口沫横飞地大谈在法国的盛大演出，但他最多在那里停留到6月的第一个星期。

祖德和圣甲虫会在6月9日或之前把他带回伦敦。那天是火车意外事故的第三周年纪念日，我敢肯定那天晚上狄更斯有约。今年我发誓一定要跟他一起赴约。

我吞下最后一口鸦片酊，露出一个远比费克特饰演欧宾莱泽时所能做出更冰冷、更邪恶的笑容。

# 第三十四章

到了5月底，我从卡罗琳的婆婆口中得知，卡罗琳目前跟乔瑟夫·克罗的母亲，也就是酒商的孀居妻子同住。自从卡罗琳搬出去以后，她婆婆经常会来格洛斯特街90号暂住，因为凯莉独自住在单身汉家里，偶尔要有年长女士陪伴，才能符合社会观感。卡罗琳和克罗的婚礼定在10月初。这个消息完全没有影响到我的心情。相反地，这似乎是恰当的人在恰当的时机踏出了恰当的一步。说到恰当性的问题，卡罗琳紧张兮兮地写了一封信给我。我回信叫她放心，有关她的过去或她的家庭（更别提我跟她之间的关系），无论她对中产阶级、道德感强烈的克罗一家人编造了什么假话，我都乐意配合，而且至死都不会拆穿她。

与此同时，我帮凯莉找到一份轻松愉快的工作，在我认识的一户好人家里担任兼职家教。她很喜欢这份工作，也乐于赚取自己的零用钱。最棒的是，那户人家几乎把她当成自己的女儿介绍给外界。她除了在我家餐桌结识艺文界一流人才，也在她任职的家庭接触英国政商阶级最声名狼藉的贵族与外籍人士，凯莉已经做好进入社交圈的万全准备。

凯莉快十七岁了，马莎还没满二十三岁。最近马莎开心多了，因为我体力好得可以偶尔到波索瓦街看看她，当然是以她那个在外经商的先生"道森先生"的身份前去。马莎一直知道卡罗琳的存在，也许甚至知道卡罗琳不只是列名在我人口普查表上的女管家。然而，我告诉她卡罗琳搬出我家，秋天就会结婚的消息时，她并没有明显的情绪反应，也没有发表意见。

不过，向来情感浓烈的马莎那年春夏似乎热情如火。她也表示她想要个孩子，我一笑置之，开玩笑地告诉她，"可怜的道森先生"为了供养他的娇妻，必须经常在外奔波。如果家里有孩子，他却不能留下来享受天伦之乐，未免太不公平。


来吧，天国之后伊西斯！请下令让这孩子孕育在纳贝哈，也就是神圣的奈芙蒂斯，非永恒死亡女神的火焰里。带着我族先民之神奥西里斯之子躲藏起来吧。在隐秘的芦苇丛中喂养并扶持这孩子，如同你喂养并扶持未来事物之神荷鲁斯。这个新生儿的四肢会变强大，她的身躯与心灵亦然。她将被安置在她父亲的圣坛上，会服侍保有上下埃及真理的神庙。哦，奥西里斯，聆听我们！你的气息就是生命！聆听我们！


我从吗啡梦境中醒来，看到床边桌子上摆着写有这些内容和其他类似文字的纸张。是另一个威尔基的笔迹，但我不记得自己口述过这些东西。少了记忆中的梦境，这些文字根本毫无意义。

我的甲虫却好像很满意。

我第一次发现这些文字时，直接在我房间的壁炉生起火来，将那些纸页付之一炬。事后我躺在床上痛苦哀号整整两天。在那之后，每回毕尔德帮我注射吗啡，隔天早上我做了那些梦醒来之后，我就会收起那些写得密密麻麻的纸张，锁在盒子里，放进书房柜子上层，再锁上柜子。总有一天这些东西都要化为灰烬，也许等到我死后。我不认为到那时甲虫还能残害我。

那年5月我忽然想到，跟菲尔德断绝联系对我比较不利。

那天晚上在地底城河面上的经历触目惊心，至今我还经常梦见野男孩脸朝前扑倒在肮脏河水中，而我额头靠近发际线的地方依然留有被巴利斯用手枪枪管攻击的伤疤。然而，我跟菲尔德往来时，他提供给我的情报（关于狄更斯、祖德和爱伦·特南，关于发生在我们身边的大小事）远多过我给他的消息，这始终是个不争的事实。如今我认定我跟狄更斯之间已经到了最后摊牌阶段（在那之后所有人必定都会相信我跟他旗鼓相当，甚至更胜一筹），我发现我需要的正是菲尔德今年1月以前提供给我的各种信息。

所以5月起我开始到处找他。

身为前报社记者，我知道最有效的办法就是直接去找伦敦警察厅或里面的侦缉局高层。虽然菲尔德已经退休，那里肯定有人知道他目前的联络地址或他侦探社的所在位置。但我有一些不能找警方的绝对理由。首先，菲尔德持续跟警界闹得不愉快，原因除了他的退休金，还有多年前插手干预帕尔玛毒杀案，以及其他诸多问题。再者，经过1月我在地底城目睹的那场大规模暴动与烧杀行为，我担心菲尔德跟警方结下了更大梁子，我不想跟那种违法行为沾上边。最后，也是最关键性的考虑，我知道祖德跟狄更斯各自在伦敦警察厅都有眼线，我一点儿都不想让他们知道我在找菲尔德。

我也考虑过去找《泰晤士报》或其他报社。如果说有谁知道菲尔德侦探社办公室在哪里，那人必定是积极进取的街头记者无疑。

话说回来，这个策略的负面作用大于正面效益。我不想让警方知道我跟菲尔德有所牵连，更不希望给媒体这种印象。我脱离新闻圈太久，目前各家报社和杂志社里已经没有我能信任的熟人了。

因此我只能靠自己。整个5月我尽最大努力去找：体力足以负荷时就穿街走巷到处查看，否则就搭出租马车在市区打转，也派我的仆人乔治进入看起来可能性颇高的建筑物和巷弄里挨家挨户寻找。也许是因为我常跟菲尔德走上河岸街、穿过林肯酒馆绿地，或者因为爱德蒙·狄更森那个年迈律师就在那里，又或者因为我们总是在滑铁卢桥碰面，过去我一直认为菲尔德的办公室应该在查令十字街和弗利特监狱之间，最有可能是在德鲁巷和法院巷之间那些拥挤的旧大楼和律师事务所里。

可是我在那个区域搜寻几个星期却一无所获。之后我在俱乐部放消息，说我基于创作需要，想找狄更斯19世纪50年代中期描写过的那个前警探。虽然俱乐部里不少人记得菲尔德就是狄更斯笔下贝克特探长的范本（没有人把他和我正在连载的小说里那个大受欢迎的卡夫探长联想在一起），却没有人知道他的行踪。事实上，我打听的那些人之中，多数都以为菲尔德已经不在人世。

我依然坚定地认为，夏天结束之前菲尔德会跟我联络。尽管他很懊恼1月间他手下用手枪打昏我（我猜他担心我兴讼求偿），我相信他还是需要我的情报资源的。迟早有一天他的街头流浪儿或某个穿着褐色外套（但我不认为他会派巴利斯来执行这项任务）的不起眼男人会在街头主动找上我，届时我跟偏执狂菲尔德就会恢复旧有关系。

在那之前，我发现我只能用自己的密探来为我跟狄更斯的一决胜负做准备。

到了6月初，狄更斯几乎每天从他下榻的巴黎埃尔德旅馆写信给我。费克特也去巴黎陪同他督导排演，但一如狄更斯先前所说，真正的剧院经理仍然由他亲自出任。我的剧本到了法国改名为"深渊"，预定6月2日首演。他在信中还告诉我，根据费克特、狄更斯的翻译迪迪埃、狄更斯的巴黎友人和一些演员的看法，法文版《禁止通行》比起伦敦版有了大幅改善，势必一炮而红。他还说他几乎确定会在巴黎停留到6月中。

他预测他的剧本会马到成功，我精准地判断那只是痴人说梦。至于他说他打算再多留两星期，我认为那根本是谎话。不管狄更斯体内有没有甲虫，我相信祖德一定会要他在6月9日火车事故纪念日前回到伦敦，这点我百分之百肯定。

于是我启动个人单薄的密探网络。我写了一封机密信函给在巴黎的费克特，请他在狄更斯动身离开巴黎回英国时马上打电报通知我。我告诉费克特我为狄更斯安排了小小惊喜，所以必须事先掌握他回家的时间。我还提醒费克特别让任何人知道他发电报给我。由于费克特还欠我超过一千五百英镑，我相信他会答应我的要求。接着，我也指派我弟弟查理一项机密任务。查理因为严重胃痛，跟妻子凯蒂回到盖德山庄，打算在那里休养几个星期。查理和凯蒂自己的家里是有一名用人，可是那人既不可靠，烹调手艺也欠佳，比起他们在伦敦那个狭窄又过热的家，盖德山庄的舒适环境无疑更适合养病。至于查理在我的密探网络里扮演的角色，我只要求他在狄更斯回到盖德山庄时偷偷派人送信通知我，一旦狄更斯出发前往伦敦，也要知会我。因为我相信狄更斯回家后会马上转往伦敦。

我也知道，尽管狄更斯从法国回到盖德山庄后会立刻前往伦敦，但伦敦并不是他真正的目的地。狄更斯会前往佩卡姆探望爱伦。我确定6月9日当天他会直接从佩卡姆回伦敦跟祖德会面。

我自己也做了些侦探工作。我有个上了年纪的表姐住在佩卡姆，她的年纪比较像跟我母亲同辈。我跟她已经失联多年，却在5月里接连拜访她两次。表面理由是为母亲的过世前去安慰她，事实上每次我去佩卡姆，都会走路或搭出租马车经过爱伦家。你想必还记得狄更斯是以"查尔斯·崔林翰"这个化名承租林登路16号这栋房子的，我也花了点时间漫步经过新克洛斯的五钟旅店附近那栋狄更斯秘密承租自用的阴暗公寓。那个地方离林登路16号只有大约二十分钟脚程（以狄更斯的步伐估算）。

狄更斯为爱伦母女提供的那栋两层楼住宅十分宽敞，足以容纳经济阔绰的五口之家外加数量充足的仆役。那栋房子与其说是小别墅，更像一处庄园，周遭是井井有条的花园，花园外则是空荡荡的田野，为这栋近郊住宅增添一抹色彩缤纷的乡间风情。看来作为世界最知名作家亲近却秘密的友人有相当实质的报偿。我忽然想到，马莎如果看见狄更斯提供给爱伦和她母亲的住家，恐怕不会这么满意她在波索瓦街那些拥挤的小房间。

我到佩卡姆拜访表姐那两次，都走的是那条从爱伦家到火车站的最近路线。

我最后一个猜测是：狄更斯会在剧本首演后一两天内离开巴黎。

只有最后一项我猜错了。结果，6月2日《深渊》首演那晚，狄更斯和费克特都紧张到陷入半疯狂状态。狄更斯一度想踏进剧院，却发现自己办不到。因此，他没有进去看首演，反倒跟费克特搭着无顶出租马车在巴黎街头游荡一整晚，其间不时回到剧院附近的咖啡馆，等狄更斯的翻译迪迪埃在幕与幕之间跑出来通报：到目前为止观众看得如痴如醉。

到了最后一幕，狄更斯再次试图走进剧院，却又再次怯步，干脆要马车带他到车站，方便他搭晚班火车前往布洛涅。费克特跟狄更斯在火车站相拥道别，互相道贺新剧的成功，之后费克特独自回到旅馆，途中停下来发一封我拜托他发的电报。

隔天6月3日星期三，狄更斯回到盖德山庄，我弟弟查理派人送信告诉我狄更斯隔天早上会离家"去伦敦"。我事先派我的仆人乔治守在佩卡姆车站，要他谨小慎微地跟踪狄更斯（他在我家见过狄更斯多次），我还得跟他解释"谨小慎微"的意思。我还事先写了张给我那位表姐的字条让乔治带在身上，万一狄更斯发现，脑袋不太灵光的乔治也好有个托词。结果那段短短路程里狄更斯丝毫没有察觉自己被人跟踪。乔治遵照我给他的指示，看着狄更斯进了爱伦的家，在附近等候两小时（但愿谨小慎微），确认狄更斯没有回到他自己在五钟旅店附近的住家，之后就搭火车进城，直接回家来向我汇报。

当然，如果卡罗琳还跟我一起住在格洛斯特街90号，这些秘密行动就不可能进行。但她搬走了，她女儿凯莉大部分时间都出门去当家教。

然而，如果我打算在狄更斯去见祖德的途中拦截他，那么最后阶段的侦探推理工作就得靠我自己来完成。我一点儿都不愿意错过他们之间这场年度会面，此时的我多么渴望重新得到菲尔德和他手下探员的协助。6月3日星期三狄更斯回到盖德山庄时，时间已经很晚了，隔天星期四又到佩卡姆探望爱伦，之后应该会到9日（隔周周二）才会回来见祖德。

或者他会循往例提前一天进城，在威灵顿街杂志社办公室楼上的公寓过夜？

狄更斯是习惯的动物，如此一来他可能会在8日星期一上午进城。可是他早先在法国曾经写信告诉我他几乎确定会在巴黎停留到6月中旬。依此推论，他想必打算在爱伦家待到6月9日，不让我们大家——威尔斯、多尔毕及任何人——知道他已经回到英国或伦敦。

在查令十字车站想找到狄更斯恐怕不容易，如果还得假装意外碰见他，难度会更高。即使在星期二晚上，那里照样人来人往，混乱在所难免。我必须引诱狄更斯跟我一起去吃晚餐，然后才能展开我计划中那场对谈。在那场漫长谈话中，我会说服他带我一起去见祖德。要说动他跟我一起去吃那顿方便长谈的晚餐，前提是我得在晚餐前碰见他，这场巧遇如果不是在佩卡姆车站，就是在火车上。

话说回来，如果那天狄更斯不是住在爱伦家，而是从他在五钟旅店附近的房子出发，那么最靠近他的车站是新克洛斯。我必须冒个险，在佩卡姆车站和新克洛斯车站之间二择一……或者干脆去到更安全的第三选项查令十字站。

我决定选择佩卡姆站。

可是6月9日当天狄更斯几点才会搭车进城?

之前那两次火车事故纪念日,狄更斯甩掉菲尔德的探员,明显深夜才跟祖德见面。我看到他跟祖德和另一个威尔基在我书房说话的时间则是在午夜以后。

假如狄更斯在特南母女,或者该说爱伦家留到6月9日当天,我猜他会在大约接近傍晚或天黑以后搭火车到查令十字街,在他常去的餐馆吃晚餐,十点以后再钻进前往地底城的某个秘密入口。

那么我的最佳对策就是当天下午起在佩卡姆车站盯梢,直到狄更斯出现。

这又衍生出几个问题。我或许提到过,佩卡姆车站向来车少人稀,像我这么体面的人如果在那里一站就是七八个小时,始终不肯上火车,恐怕会引起官方注意,甚至惊动佩卡姆警方。另一个问题是,我要怎么在那里等狄更斯,又不会被他发现。我最不希望的事就是被狄更斯察觉我在跟踪他。

幸好,我先前的侦查行动让我找到了解决这些难题的方法。

佩卡姆车站后面,就在车站和那条通往郊区和林登路16号的马路之间,有一座小公园,里面只有几处乏人照料的花圃、中央喷水池和几条碎石子小径,其中一条绕行公园周边。为了提供公园和偶尔几个在车站或月台等烦了,进公园逛逛的乘客些许隐秘性,佩卡姆小镇的先民在公园周遭栽植了树篱,树篱最高的地方大约有两米,就在公园和那条马路之间。尽管公园有个出入口通往月台,只要走过穿越棚架的步道就可抵达,公园本身却是面对车站几乎没有窗子的后墙。

在小公园里消磨时间的旅客,远比在站台上连续逗留几个小时的人更难引人注目。特别是如果那是个戴着眼镜坐在阳光下修订手稿的上流绅士。这里所谓的手稿将会是《月亮宝石》最后一章的大样。

有两张石椅设在不甚高大的树木阴影下，而且——运气太好了——很贴近紧邻马路那道树篱。就连公园本身管理不善都变成我的优势：树篱之间有些缝隙，方便等候在那里的绅士盯住佩卡姆方向的马路，却不会被走路或搭马车过来的人发现。

于是我的计划拍板定案：在佩卡姆车站后侧的小公园等狄更斯，等他上了火车，我再偷偷溜上去，然后"碰巧"遇见他，之后邀他跟我一起在伦敦共进晚餐。

到了6月9日早上，我已经担心得焦躁不安，满脑子认定我的计划会徒劳无功，至少又得等上一年，才有机会再次设法让狄更斯带我去见祖德。更甚者，那顿晚餐和伴随而来的谈话也被迫延后。我原本打算在这天晚上永远终结威尔基·柯林斯过去的形象，不再是大文豪查尔斯·狄更斯身边那个顺服、友善却摇尾乞怜的徒弟。这天晚上狄更斯就算不承认我比他优秀，至少也要认同我跟他地位相等。

万一那天晚上他根本没进城呢？万一他已经离开爱伦家，从新克洛斯站上车呢？或者万一他确实在佩卡姆搭火车，我却不知怎的没看见他呢？或者……更糟的是，他看见我在那里监视他，当面质问我呢？

这些因素我思前想后不下百次，也变更策略不下百次，每次却都回到佩卡姆车站的原始计划。虽然计划不完美，成功概率却最高。

6月9日的午后时光十分宜人。接连下了几天雨之后，太阳露脸了，我家花园里百花争艳。空气无比清新，预告夏季脚步的接近，却没有带来伦敦标准夏季那叫人窒息的热浪与湿气。

为了打发旅途寂寥与无法预估的漫长等待，我在旧皮箱（用肩带侧背）里装进了《月亮宝石》最后一章校对稿，旅行用墨水笔和墨水组，萨克雷的最新小说（以防我提早完成校稿），简单的午餐和由奶酪、脆饼、几片肉、一颗水煮蛋组成的午后点心，一个装水的随身瓶；另一个装鸦片酊的随身瓶，最后是已故黑彻利探员的手枪。

早先我顺利查看了手枪的旋转弹膛。起初我很惊讶，因为所有子弹都在，所有黄铜圆圈都还在各自的槽座里，不禁纳闷儿在仆人用梯开枪那件事是不是一场梦。后来我才醒悟到，这种手枪的弹头击发之后，黄铜底座会留在原处。

九发子弹已经击出五发，还剩四发。

我寻思着究竟该将那些用过的弹壳取出来，还是留在原处，因为我根本不知道正确的操作方式。最后我决定把空弹壳取出来偷偷丢弃。但我又想到，我应该先确认等我下次扣扳机时，剩下的子弹会在击发位置上。所以我取出弹壳前先把弹膛转回原位，轻松解决了这个问题。

我好奇四发子弹是不是足以应付我当晚的需求。但这个问题没有实质意义，因为我根本不知道该上哪儿去买适合这把古怪手枪的子弹。

所以四枚必须够用。至少三枚给祖德。我记得黑彻利探员曾经告诉我，那是某个星期四我们结束酒馆小酌、前往圣阴森恐怖教堂的途中，他说即使是他给我的这种大口径（当时我还不知道"口径"指的是什么）手枪，警界为数不多的佩枪探员们都学过，如果射击目标是人，至少要瞄准对方躯干正中央开两枪。黑彻利当时悄声补了一句："我们这些私家探员会朝脑袋补一枪。"

那天晚上这番话听得我反胃打寒战，如今我却把它当成死者留下的忠告。

至少三发给祖德，两发对准躯干，另一发留给那颗诡异、童秃、苍白、可憎的卑鄙脑袋。

第四枚，也是最后一枚……

我晚点再做决定。

# 第三十五章

计划的前半段进展无比顺利。

那天下午到傍晚，我坐在佩卡姆车站和那条乡间道路之间的小公园里，沐浴在渐渐西斜的阳光中。马车和行人来了又走，我只需要透过树篱间隙瞄一眼，就可以确认来的人不是我的猎物。从车站车道连接月台的唯一一条人行道直接经过小公园搭有棚架的入口，离我的石椅不到三十步，我发现我只要走在树篱这边，就能轻易听见沿着人行道走向车站的人的对话。

如同我早先的希望与计划，树篱既能掩饰我的身影，也能让我透过那些有如垂直射击孔的狭长缝隙观察外界。亲爱的读者，套句我们这个时代英国那些擅长猎捕飞行中的苏格兰野鸭或丛林里的孟加拉虎的好手常用的行话：我有最佳掩护。

舒适的午后慢慢变成舒适的傍晚。我吃了午餐和点心，也喝掉随身瓶里三分之二的鸦片酊。我完成了《月亮宝石》最后一章的校对，把长长的大样收进皮箱，跟苹果核、饼干屑、蛋壳和手枪放在一起。时间一分一秒过去，我应该会焦虑得不知所措，满心以为狄更斯已经从新克洛斯站离开，或者当天根本就不打算回伦敦。

我等得愈久，心情却愈平静。那天甲虫好像钻到接近我脊椎底部的位置，不过，我心里那股愈来愈强烈的确定感安抚了我的神经，效果比任何鸦片药剂都好，就连甲虫移动时造成的疼痛也没能干扰我。我毫不怀疑这天晚上狄更斯会出现，我从来不曾对任何事如此深信不疑。我再度想起在印度某个地点那个狩猎老手，他守在高于地面的掩蔽射击台，上了油的致命武器牢牢地靠在他稳定的臂弯里。他确知他的凶猛猎物什么时候会出现，却无法告诉那些有色人种猎人他是怎么知道的。

到了晚间八时左右，6月的向晚斜阳慢慢变成凉爽暮色，我放下不太吸引我的萨克雷小说，探头望向树篱另一边。他出现了。

令人惊讶的是，狄更斯身旁还有别人。他跟爱伦·特南缓步走在遍地尘土的马路靠公园的这边。爱伦穿着午后外出服，尽管人行道已经处于西边那些树木与房屋的阴影中，她仍然撑着阳伞。他们俩后面的马路另一边有一架马车尾随他们慢慢移动，时而停住，时而徐徐前进。我意识到那肯定是狄更斯雇来把爱伦从车站送回林登路的车。这对鸳鸯决定散步到车站，方便女方为男方送行。

可是气氛不太对。我从狄更斯欲走还留的痛苦步伐和他们之间看似生硬的距离嗅到了异样。我从爱伦先是放下那把无用的伞，收折起来，用双手紧紧抓住，然后又重新打开的动作也看得出来。这不是一对鸳鸯，这是一对受伤的鸟儿。

马车最后一次停下来，在距离火车站大约三十米的车道旁等候。

狄更斯与爱伦来到高大树篱旁时，我突然吓得无法动弹。渐渐消逝的暮光和树篱阴影应该对我有利，可以让偶尔疏朗的树篱在路人眼中显得浓密又黑暗。可是有那么一刹那，我觉得他们俩一眼就能看见我。不出几秒，狄更斯和他的情妇就会看见一个熟悉的小个子男人——高额头、小眼镜、大胡子——缩在距离他们即将走过的步道不到六十厘米的石椅上。我的心脏怦怦狂跳，我相信他们一定听得见。我的双手往脸部的方向抬起，仿佛打算遮住自己，却卡在半空中僵住不动。在狄更斯眼中，我看起来肯定像只突然被猎人的提灯光束照到的兔子：柔软、苍白、双眼圆睁又满脸胡子的小兔子。

他们经过树篱时并没有看向我这边。他们压低声音在交谈，但我还是可以听得很清楚。火车还没到站，郊区马路上除了那架马车，没有其他车辆。四周唯一的声响是车站屋檐下鸽子在轻声咕咕啼叫。

"……我们可以抛开那段悲伤往事。"狄更斯说。

他讲到"悲伤往事"时明显加强了语气。他的语调里还潜藏着一丝恳求，我从来……从来……没有听过他用这样的口气对任何人说话。

"查尔斯，我们的悲伤往事已经埋葬在法国。"爱伦的声音极其轻柔。他们经过我身边时，她宽大的衣袖拂过树篱。"永远抛不开。"

狄更斯叹口气，听起来却像痛苦呜咽。他们在距离车站转角大约十步的位置停下来，经过我的掩护点不到六步。我一动不动。

"那么我们该怎么做？"他问。这些话语听起来悲惨至极，

160

仿佛出自饱受折磨的人。

"就像我们讨论过的，我们只剩这条正确的路可走。"

"可是我办不到！"狄更斯大声说。他听起来好像在哭。我只要把脸向树篱的方向移动十厘米，就能看见他，可惜不行。"我没有毅力！"他补了一句。

"那就拿出勇气。"爱伦·特南说。

忽然传来一阵窸窣声：爱伦的鞋子轻轻摩擦路面的声音；还有狄更斯更为沉重的脚步声。我想象狄更斯靠向她，她不自主地倒退一步，狄更斯重新跟她保持生硬的距离。

"是啊。"他终于说，"勇气。毅力弃我而去的时候，我可以召唤勇气；勇气枯竭的时候，再诉诸毅力。我的人生一直是这样。"

"这才是听话的乖孩子。"她轻声说。我想象她用戴手套的手抚摸他的脸颊。

"我们俩都要鼓起勇气。"她嗓音里有一股勉强挤出来的轻快旋律，不太适合她这种年近三十的成熟女人。"从今天开始我们的关系是哥哥跟妹妹。"

"永远不能……像以前一样相处了吗？"狄更斯问。他的声音像被送上断头台的人，平静又单调地复诵法官的判决。

"不行。"爱伦·特南说。

"永远不能当夫妻？"狄更斯又问。

"不行！"

之后是一段沉寂，持续得太久，我又很想探头从树篱之间偷窥，看狄更斯和爱伦是不是都凭空消失了。接着我听见狄更斯又叹了一口气。然后他音量提高了，语气变强了，说话声音听起来却无比空洞。

"那就这样吧。再会，我的爱！"

"再会，查尔斯！"

我相信他们没有彼此碰触或亲吻。至于我究竟是怎么知道的，连我自己也说不清。我一动不动坐在原地听着狄更斯的脚步声拐过树篱转角。那声音在转角处停了一下——我相信他回头看了她一眼，之后继续往前。

那时我才探头往前，脸靠向树枝，看着爱伦·特南穿越马路。马车夫看见了她，向前驶来。她的阳伞再次收折起来，双手掩住脸庞。她上车的时候没有回头看车站，留着八字胡的车夫扶她上车就座，轻轻关上车门。年老的车夫爬上驾驶座，马车在空荡荡的大马路上缓缓回转，朝佩卡姆的方向驶去，她始终没有转头望向车站。

这时我才把头转向左边，循着棚架望出去。狄更斯已经走过棚架出口，爬了四级阶梯登上月台，现在他停了下来。

我知道接下来会发生什么事。他会转身，他的视线会越过小公园和树篱，再次凝望爱伦·特南搭着无顶马车离去的身影。他不得不回头，那股迫切感明显写在他夏季亚麻西装底下拱起的紧绷肩膀，也写在他痛苦的低垂脑袋，更写在他往月台跨出半步中途停顿的身躯上。

等他转身过来——两秒内，或许更短——他会看见他过去的合作伙伴兼虚情假意的朋友威尔基·柯林斯展露出卑怯偷窥狂的本色，弓着身子躲在树篱另一边张望，那张惨白愧疚的面孔盲目地回望他，暗淡无光的镜片后面那双眼睛变成空洞的椭圆。

然而，不可思议地、难以置信地、不可避免地，狄更斯没有转身。他大步绕过车站转角，踏上月台，没有回头看一眼他情感丰富的浪漫人生中唯一也最美好的爱。

几秒后往伦敦的火车带着看不见的惊人蒸汽和金属碾磨声驶进车站。

我用剧烈颤抖的手从背心口袋中掏出怀表。火车准时到站，再过四分三十秒就会离开佩卡姆。

我颤巍巍地起身，拿起石椅上的皮箱。但我还是足足等了四分钟，让狄更斯上火车坐下来。

他会不会坐在靠这边的座位，在我匆匆走过时，正好望着车窗外？

这天到目前为止众神对我都很仁慈，我相信他们会继续善待我，至于为什么，直到现在我都无法解释。我把皮箱抱在胸前，快步跑过去上车，以免我过度慎重的计谋毁在一部没有思考能力、只知道赶时刻表的机器手上。


当然，车程并不长。这部快车从近郊的佩卡姆和新克洛斯驶向查令十字街。我花了大半车程的时间鼓足勇气从我匆匆奔上的列车后段往前走。我跟狄更斯一起搭过太多火车，很清楚他会选择哪一节车厢，也知道他在几乎无人的车厢里会选择哪个座位。

我抱着皮箱往前走，看见他独自坐在车厢里，盯着窗玻璃上自己的身影，我还是无比震惊。他看起来如丧考妣。

"查尔斯！"我叫道，装出惊喜的模样。我问也不问就坐进他对面的位子。"竟然在这里碰到你，太离奇了，但是很开心！我以为你还在法国！"

狄更斯的头猛然转过来，还往上抬，仿佛我用手套打了他的脸。接下来几秒内，狄更斯向来深不可测的面容快速闪过连串明显的情绪：先是纯粹的震惊，而后是濒临暴怒的气愤，然后是被侵犯的痛苦，再回到我在窗玻璃上看见的那种哀伤，之后……归于虚无。

"你在这里做什么？"他冷冷地问。没有假意问候，也没有装出一丝一毫的友好。

"哦，我来探望表姐。你应该记得我跟你提过她。她住在新克洛斯和佩卡姆之间。我母亲过世后，我觉得……"

"你在佩卡姆上车？"他问。他向来温暖灵活的眼神此时变成冷漠的探索，像检察官那种邪恶的刺探目光。

"不是。"我说。这个冒险的谎言像鱼刺般卡在我的喉咙里。"我表姐住在佩卡姆和新克洛斯之间，往盖德山庄的方向。我搭出租车到五钟旅店，在那里上车。"

狄更斯继续注视我。

"亲爱的查尔斯，"沉默片刻后，我终于开口，"你来信说你会留在法国，看见你出现在这里我很意外。你什么时候回来的？"

他继续沉默了让人忐忑不安、永无止境的十秒，然后他把脸转回去对着窗子，说："几天前。我需要休息。"

"那是当然。"我说，"那是当然。你刚从美国回来……又在巴黎忙剧本的首演！不过我能在这么重要的夜晚碰上你，真是太好了。"

他慢慢转过头来看我。我发现他比一个月前刚从美国回来大家为他洗尘时老了十岁。他右脸边看起来像蜡像般毫无知觉又松垮下垂。他问："什么重要夜晚？"

"6月9日，"我低声说道，我意识到我的心跳又开始加快，"第三个周年纪念日……"

"什么纪念日？"

"斯泰普尔赫斯特的灾难事故。"终于说出口，我的嘴唇异常干燥。

狄更斯笑了，很恐怖的笑声。

"还有什么地方比这个嘎嗒摇晃、排列组合跟那辆死伤惨重、在劫难逃的午后列车一模一样的车厢更适合度过这个周年纪念日。"他说，"亲爱的威尔基，我有点儿好奇……我们抵达查令十字站之前，需要经过几座老旧桥梁？"他用专注的眼神看着我，"先生，你想做什么？"

"我想邀你吃顿晚餐。"我说。

"不可能。"狄更斯说，"我还得……"他停顿下来，又看我一眼，"话说回来，有何不可？"

接下来的车程我们没再交谈。

我们在维埃里用餐。多年来我们一起在这里愉快地享用过无数餐点，这回显然不会再有过去的欢乐气氛。

早先我筹划这场谈判时，已经想好我要直接用"我必须见祖德。今晚你进地底城的时候，我必须跟你一起去"为这顿晚餐和辩论揭开序幕。

如果狄更斯问我理由，我就会告诉他那只甲虫造成我多大的痛苦与恐惧（我有理由相信他也因为同样的问题承受着痛苦与恐惧）。如果他没问原因，我就不多做解释，看他的回应见机行事。

我不打算告诉他我准备朝那个怪物的身体开两枪，再对准那颗丑脑袋补一枪。狄更斯或许会提醒我祖德在地底城有很多喽啰，比如东印度水手、马扎尔人、中国人、黑人，乃至剃光头的爱德蒙·狄更森，那些人会把我们生吞活剥。我的反应会是"那就这样吧"，只不过我觉得应该不会进展到那个地步。

　　然而，基于我在佩卡姆偷听到狄更斯跟他的演员（前演员）情妇之间的谈话，我觉得最好改用另一种更巧妙、更委婉的手段，那样比较有可能让狄更斯答应带我去见祖德。过去菲尔德和他手下的探员曾经见过狄更斯在地底城各个入口处附近徘徊，也亲眼见过他钻进伦敦市中心几处地窖和地下墓穴，却从来没办法真正跟踪他进入地底城。至今地底城的秘密入口和通道仍然只有狄更斯和祖德两个人知道。

　　我们跟餐厅领班亨利讨论菜单，谈话内容换成了酱料、肉汁和烹调法的外来语（我最喜欢的语言）。我们又慢条斯理地点了葡萄酒和葡萄酒之前的香甜酒。之后我们开始谈话。

　　如今维埃里的包厢只保留给团体客人使用，所以我们没有独立包厢。但我们用餐的位置也算得上是独立空间：在远离大厅的一个垫高的区域，餐桌靠向柔软墙面与隔板，周遭有厚厚的布帘，连其他顾客的说话声都被隔绝了。

　　"首先，"等亨利、其他侍者和酒侍全部离开，红色天鹅绒布帘重新合上，我说，"恭喜你《深渊》首演成功。"

　　我们举酒祝贺。狄更斯甩开脑海里的思绪，说道："是啊，首演很成功。巴黎观众比伦敦观众更懂得欣赏这部改编故事。"

　　仿佛你1月在伦敦亲眼见识到伦敦观众的反应似的，我心想。我说："伦敦的演出还在进行。不过，巴黎的新版本抢尽风头。"

"比伦敦版改善很多。"狄更斯咕哝回应着。

多亏费克特写给我的信，我才能忍受狄更斯的傲慢自负。虽然狄更斯幻想巴黎的首演大获好评，可是法国的剧评家和见识广博的观众都知道这出戏只是叫好不叫座。有个巴黎剧评家写道："幸好法国人天生富有同情心，本剧剧作家才没有跌入这个'深渊'。"

换句话说，狄更斯和费克特钟爱的《深渊》本身恰恰就是一个黑洞。

但我不能让狄更斯发现我知道这些。如果他知道我跟费克特私下联络，那么他也会发现我已经知道他首演当晚就离开法国，过去这一星期以来都躲在他情妇家。那么我在火车上看见他的时候假装惊讶的谎言就被拆穿了。

"祝你屡战屡胜。"我说。我们碰杯，又喝了一口酒。

又过了片刻，我说："《月亮宝石》写好了。我已经完成了最后一章的校对。"

"嗯，"狄更斯似乎心不在焉，"威尔斯把大样寄给我了。"

"你看见威灵顿办公室的骚动了吗？"我指的是每周五像暴民似的挤在办公室门口抢购新出刊杂志的读者。

"看过。"狄更斯冷淡地说，"5月底我出发前往法国以前，每次我都得把手杖当成开山刀用，才能杀出一条血路挤进办公室。很麻烦。"

"的确是。"我说，"每次我自己送校稿或其他文件给威尔斯时，都看到很多报童和脚夫背着等待递送的包裹站在各个街角读连载。"

"嗯。"狄更斯应了一声。

"我还听说街上和城里一些比较优质的俱乐部——包括我的雅典娜神庙——都有人在打赌钻石什么时候才能找到，小偷又是谁。"

"英国人无所不赌。"狄更斯说，"我见过打猎的男人赌一千英镑看下一只野鸭会从哪个方向飞过去。"

我们的悲伤故事埋葬在法国，爱伦·特南的声音萦绕在我脑海。胎儿是男的还是女的？我不免好奇。我被狄更斯没完没了的高姿态搞得烦透了，于是笑着说："威尔斯告诉我《月亮宝石》连载的销售量让《我们的共同朋友》和《雾都孤儿》相形逊色。"

到此时狄更斯才第一次抬头看我。一抹淡淡的微笑慢慢地，非常缓慢地，从他稀疏的小须子和渐渐花白的胡须之间浮现。"是吗？"他说。

"是。"我凝视着杯子里的琥珀色液体，说道，"查尔斯，你开始写新作品了吗？"

"还没。脑子里一直有源源不绝的点子或画面闪过，但我最近没办法动笔写新小说，连故事都不行。"

"是啊。"

"我……静不下来。"

"是啊。光是美国的巡演就足以打乱任何作家的创作计划。"

我刻意提起美国巡演，好引导狄更斯换个话题。毕竟他从美国回来以后最喜欢跟包括我在内的所有朋友畅谈他在美国的丰功伟业。可是他没有接下我抛出去的球。

"我读了你最后几章的大样。"他说。

"是吗？"我问，"你还满意吗？"我只是随口问问，认识这么久，我第一次这么问他。他不是我的编辑。他在美国那段时间，这个虚职就落在威尔斯头上。由于杂志社的关系，狄更斯名义上是我的出版商，不过，我其实已经为书籍版《月亮宝石》找到了真正的出版商威廉·丁斯利，预计初版要印一千五百套，出版商承诺付我七千五百英镑。

"我觉得这本书乏味至极。"狄更斯淡淡地说。

接下来那段时间我双手握着酒杯盯住他，说不出话来。最后我问："你说什么？"

"先生，你听得很清楚。我觉得《月亮宝石》叫人厌烦透顶。架构之粗劣叫人难以忍受。有一股顽强的自满贯穿整篇故事，把读者当敌人。"

我不敢相信我的多年好友竟然对我说出这种话。我尴尬地意识到血液冲上我的脸颊、太阳穴和耳朵。最后我说："查尔斯，如果这本小说让你失望，我真的很遗憾。但数以千计的急切读者显然并没有失望。"

"那是你说的。"狄更斯说。

"这故事的架构到底哪里让你觉得厌烦了？它的结构承袭自你自己的《荒凉山庄》……只是青出于蓝。"

亲爱的读者，或许我提起过，《月亮宝石》的结构可说出类拔萃。由一名始终不曾出场的角色为绝大多数主要角色搜集了一系列文书，那些角色就通过这些日记、短笺或信件诉说他们各自的故事。

狄更斯竟然有脸取笑我。

"《荒凉山庄》，"他轻声说，"是用为数不多的第三人称叙述组织起来的，背后始终存在作者观点。其中只有亲爱的艾瑟·萨莫森小姐以第一人称角度主述，整本书就像一部交响曲。《月亮宝石》听在任何读者的耳中都是做作不自然的杂音。那种没完没了的第一人称书信文件，我说过了，不但缺乏说服力，而且乏味到言语无法形容的地步。"

我听得猛眨眼，放下酒杯。亨利和另外两名侍者忙碌地端着第一道菜进来，酒侍也忙碌地带着第一瓶酒进来。狄更斯尝了酒，点点头，之后那些黑色燕尾和浆烫过的白领又忙碌地走掉。等他们全部离开，我说："那我就提醒你一句，克拉克小姐的记述和性格特征已经成了热门话题。前不久我俱乐部里有个人说，自从《匹克威克外传》之后，他很久没有这么开怀笑过了。"

狄更斯皱起眉头："亲爱的威尔基，把克拉克小姐拿来跟山姆·维勒或《匹克威克外传》里其他任何一个人物做比较，无异于拿跛腿塌背的骡子跟纯种赛马做比较。如果你有心想知道，那么几个世代的读者和观众都可以告诉你，《匹克威克外传》里的人物是以坚定的口吻和充满感情的视角描绘出来的。克拉克小姐却是二流卡通里尖酸刻薄的夸张人物。在这个世界上，或在任何理性造物者创造出来的地球上，都不可能存在克拉克小姐这种人。"

"你《荒凉山庄》里的杰利白太太……"我说。

狄更斯举起一只手："也别拿杰利白太太做比较。小子，二者无从比较，根本没法儿比。"

我低头盯着我的食物。

"还有你那个人物艾兹拉·詹宁斯，在最后几章凭空冒出来解决了所有悬而未决的疑问。"狄更斯接着说。他的声音单调稳定又无情，像在弗利特街作业的那些钻孔机。

　　"艾兹拉·詹宁斯怎么了？读者们觉得他是个非常吸引人的角色。"

　　"吸引人……"狄更斯露出那种讨人厌的笑容，"而且很熟悉。"

　　"什么意思？"

　　"你以为我不记得他吗？"

　　"查尔斯，我不知道你在说什么。"

　　"我在说1857年——天哪，将近十一年前的事了——9月我们碰见的那个医生的助手。当时我们到北部健行，攀登卡里克山岗，你滑了一跤扭伤脚踝，我还得背你下山，用推车送你到最近的村庄，让医生帮你的脚踝和脚打上绷带。那个医生的助手恰恰有着你那个叫'艾兹拉·詹宁斯'的怪物角色的杂色头发和皮肤。"

　　"作家不都取材自现实生活？"我问。我的声音听起来带着一丝哀伤，我讨厌那种感觉。

　　狄更斯摇摇头："是会从现实生活取材。可是你一定也注意到了，我已经创造过'艾兹拉·詹宁斯'这样的角色，就是那年我们共同创作的圣诞故事《两个懒散学徒的漫游》里的洛恩先生，史皮迪医生那个肤色斑驳的白化病助手。"

　　"我看不出来他们哪里像了。"我僵硬地说。

　　"是吗？太奇怪了。洛恩先生的故事在那则不算太出色的短篇故事里占了不少篇幅。他在拥挤的旅馆里跟年轻时的史皮迪医生共享一个房间，原本死掉，后来又活过来。同样的悲惨过去，同样的苦恼表情，同样的说话方式，同样的苍白面容和杂色头发。我清楚记得写过那些字句。"

"艾兹拉·詹宁斯和洛恩先生这两个角色差别相当大。"我说。

狄更斯点点头："本质上他们当然不一样。洛恩先生有悲伤的过去和悲剧性格。至于你的艾兹拉·詹宁斯，在你为了追求煽情而创造的那些不健全又不自然的角色里，就属他最让人反感、最扰乱人心。"

"我可以请问一句：哪方面扰乱人心？"

"亲爱的威尔基，你可以问，我也会回答。艾兹拉·詹宁斯不但是个最无可救药的鸦片鬼——亲爱的朋友，你笔下太多角色都有这个共同特质——而且彻底颠倒错乱。"

"颠倒错乱？"几分钟前我用叉子叉起了一些食物，到现在还没送进嘴里。

"我就直话直说，"狄更斯轻声说，"所有读《月亮宝石》的人都看得出来，艾兹拉·詹宁斯是个鸡奸变态。"

我的叉子依旧举在空中，嘴巴仍然张开。最后我说："胡扯！我没有这个意思！"

我有吗？我发现艾兹拉·詹宁斯的章节跟大多数有关克拉克小姐的段落一样，也出自另一个威尔基手笔，那是我处于吗啡与鸦片酊最深度痛苦时口述的。

"还有你所谓的发抖流沙……"狄更斯说。

"是颤抖流沙。"我纠正他。

"随你便。你该知道那种东西不存在。"

逮到他了，我可逮到他了！"它们确实存在，"我提高音量，"任何跟我一样的帆船运动爱好者都知道，泰晤士河口有一处沙洲就是名副其实的颤抖流沙，就在赫恩贝往北十五公里的地方。"

"约克夏海岸并没有你所谓的颤抖流沙。"狄更斯说。我发现他平静地切下餐盘上的肉送进嘴里。"所有曾经到过约克夏的人都知道，任何曾经在书本上读过约克夏相关信息的人也都知道。"

我张嘴想说话，想说点儿恶毒的话，脑袋却一片空白。这时我想到我座位旁皮箱里那把上膛的手枪。

"再者，我、威尔斯和很多人也都认为你的颤抖流沙颤抖的那一段近乎猥亵。"狄更斯说。

"天哪，狄更斯，有哪个正常人会把沙洲、浅滩、海滩末端的流沙看成'猥亵'的东西？"

"也许是因为作者的措辞与影射。我记得你是这么写的：你那个命运多舛、可怜的史皮尔曼小姐看见'它的褐色表层缓慢起伏，接着泛起涟漪，震颤地扩散出去'。亲爱的威尔基，那褐色表层，那褐色皮肤，'泛起涟漪，震颤地扩散'，而后，我记得你是这么写的：'把人吸进去。'被吸进去的就是可怜的史皮尔曼小姐。在明眼人看来，这根本就是公然却粗糙地描写女性性爱过程中的肉体高潮，不是吗？"

我又是瞠目结舌。

"可是，亲爱的小子，我觉得整本书雕琢造作的高潮落在你这个众所瞩目的疑案备受关注的解答上。"狄更斯又说。

我发现他可能会说个没停。我想象在其他隔间和大厅里几十名用餐客全都停止进食竖耳倾听，震惊却专注。

"你当真相信，"狄更斯继续聒噪，"或期待我们这些读者相信一个男人喝了掺了几滴鸦片的酒之后，会半夜起来梦游，走进他沉睡中的未婚妻房里——单就这个失态行为而言，这一幕已经不合体统——翻箱倒柜，偷走钻石藏到别处，事后却完全不记得？"

"我非常肯定。"我的口气冰冷又僵硬。

"是吗？亲爱的小子，你怎么这么确定天底下会有如此荒谬的事呢？"

"《月亮宝石》里提及的每一项使用鸦片酊、纯鸦片或其他药物后的行为，都是经过仔细研究或我个人亲身体验过，才形诸文字。"我答。

然后狄更斯笑了，笑得很久，很开怀，很轻松，也很残酷，而且持续太长时间。

我愤而起身，扔下餐巾，提起皮箱打开来。那把大手枪从卷曲的《月亮宝石》大样和我的午餐残渣底下露出来。

我合上皮箱，迈开大步走出餐厅，差点儿忘了拿帽子和手杖。我听见亨利匆忙走进餐厅内侧我们用餐的位子，询问"狄更斯先生"是不是菜色或服务出了问题。

我离开维埃里三个街区后停下脚步，依然气喘吁吁，依然像握铁锤似的紧抓手杖。无论路上的往来车辆还是这个美好6月晚间的忙碌街道或在对街暗巷里望着我的站街女郎，我一概视而不见。

"可恶！"我大声喊叫。惊吓到跟一名佝偻老先生走在一起的两位女士。"太可恶了！"

我转身跑回餐厅。

我奔过大厅时，所有谈话确实都停顿了。我拉开布帘走进我们的用餐区。

当然，狄更斯已经走了。我在斯泰普尔赫斯特事故三周年纪念日跟随他进入祖德巢穴的最后机会也跟着他一起消失了。

# 第三十六章


　　7月我弟弟查理由于健康问题，在盖德山庄住了一段日子。查理胃部绞痛，持续呕吐，病情严重。他太太凯蒂觉得在她父亲家里比在他们自己伦敦的家更方便照顾丈夫，我相信她也觉得她自己在那里有人侍候比较舒适。

　　这一天，查理觉得身子好了些，便在盖德山庄图书室跟另一个查理，也就是狄更斯的儿子聊天。当时狄更斯的儿子正好在图书室工作。亲爱的读者，我想我还没提过这件事：5月时《一年四季》的编辑兼狄更斯从不喊累的副编辑威廉·威尔斯打猎时不知怎的从马背上摔下来，头部严重挫伤。如今虽然复原了，却说他不断听见甩门声。他担任的编辑工作效率因此降低，也无法再胜任狄更斯的行政人员、会计、经纪人、营销主管和永远忠实的总管等职务。狄更斯5月时曾经问我要不要回杂志社任职，迟迟没得到肯定答复后，只好派他那个能力欠佳令人失望的儿子查理接下威尔斯的部分工作，其他工作就由狄更斯亲自处理。结果就是查理负责在办公室或家里回复信件，然而，即使这么一件小事都耗掉了查理微薄能力的百分之一百一十。

　　于是在7月的这一天，我弟弟查理跟查理·狄更斯一起在图书室，突然听见一男一女在叫嚣争吵，吵闹声来自底下屋子后侧他们看不见的草地。那声音很明显来自一场恶化为暴力冲突的口头争执。事后我弟弟告诉我，那女人的尖叫声让人头皮发麻。

两个查理连忙冲下楼跑出去，绕到屋子后侧。狄更斯的儿子比我病体康复中的弟弟提早整整半分钟抵达。就在后院和谷仓再过去那片草地上，也就是几年前的圣诞节我跟狄更斯目睹爱德蒙·狄更森梦游的地方。狄更斯在那里大步走来走去，用两种声音叫嚷着，一个是男声，一个是女声。过程中还狂暴地比手画脚，最后还追赶假想被害人，用一根巨大的假想棍棒攻击……攻击"那女人"。

狄更斯变成了《雾都孤儿》里恃强凌弱的恶霸比尔·塞克斯，正在失控地残杀南希。

她设法逃走，哭喊求饶。不可能，塞克斯大吼。她哭求上帝救她，上帝没有回应，塞克斯却回应了，他大声咒骂，用他沉甸甸的棍棒狠命打她。她想站起来，举起手臂格挡。狄更斯／塞克斯又使劲一击，再一击，打断她纤细的手指，砸碎她高举的前臂，再使尽全力一棒敲中她鲜血如注的脑袋。又一下，再一下。

比尔·塞克斯持续殴打，查理·狄更斯和查理·柯林斯几乎看得见鲜血和脑浆飞溅；几乎看得见俯卧在地奄奄一息的女人身体底下那摊渐渐扩大的鲜血；几乎看见血液喷在塞克斯尖叫着的扭曲面孔上。塞克斯的狗的脚掌和四条腿也都沾满鲜血。他继续痛殴她，直到她断气仍然不肯罢手。

狄更斯还蹲伏在那具假想女尸上方，双手握住的棍棒悬在草地上那具尸首上空。狄更斯抬头看见他儿子和我弟弟，脸上挂着狰狞扭曲的得意神色，瞪大的眼睛无比狂暴、理智尽失。事后我弟弟查理说，当时他很确定狄更斯志得意满的错乱眼神里有着致命的恶性。

狄更斯终于为他下一回合公开朗读找到了谋杀情节。

差不多就是在那段时间，我终于确定我必须杀了狄更斯。他会在舞台上当着几千人的面假装杀死假想的南希，我会在真实生活里杀死他。我们再来看看哪一桩杀人仪式更有助于把祖德的甲虫逐出脑袋。

为了铺路，我写了一封道歉信给他。事实上我没什么好道歉的，狄更斯却需要为当天的一言一行求我原谅。不过没什么差别。

格洛斯特街90号

亲爱的查尔斯：

我写这封信是为了向你致上毫无保留的真诚歉意，因为上个月我在我们最喜欢的餐厅维埃里挑起那场不愉快事件。我没能体谅你四处奔波外加公务繁忙过度劳累，才会导致我们之间那场无妄的意见冲突。也由于我一如往常地拙于表达，才会造成令人遗憾的结果。为此我再次道歉，也卑微地请求你的原谅。我不经意拿你无可匹敌的《荒凉山庄》跟我现阶段的低劣作品做比较，根本就是任性妄为且谬误至极。谁也不会混淆谦逊的徒弟和非凡的大师。

如今卡罗琳·G太太已经辞职离开我家，我在家设宴款待客人难免不便，但我还是希望你能在最近的将来到寒舍做客。另外，尽管我们可怜的朋友威尔斯请假期间你必须亲自处理杂志社业务，但你想必也注意到了，我们的共同成就《禁止通行》在阿代尔菲的演出终于落幕。我已经开始写另一部戏的初步笔记，我打算将它命名为"黑与白"，因为剧情可能会涉及一名法国贵族不知为何沦落牙买加拍卖市场，被当成奴隶贩卖。几个月前我们的共同朋友费克特提供了这个点子，我打算10月或11月间再跟他详谈，他很愿意领衔主演。筹划这个剧本的过程中，如果能得到你的建议或批评，以免我再次犯下早先改编《禁止通行》时那些重大疏失，我会感激不尽。总之，假使有朝一日这出普普通通的戏成功登上阿代尔菲剧院的舞台，首演当晚如果能邀请到贵府合家莅临，将会是我的莫大荣幸。

　　最后再次致上深深的歉意，衷心期盼能修复你我友好情谊里这个前所未见的不受欢迎裂痕。在此献上永远的……

敬爱与忠诚

W.C.柯林斯

1868年7月18日

我花了一段时间重新检视这封信，这里修修那里改改，全力表现出悔悟与屈从。等狄更斯突然不明原因死亡，我也不担心这封信会曝光让某个传记作者心生好奇。狄更斯仍然习惯每年焚烧他收到的信件，只要他办得到，肯定也会烧掉他寄出去的每一封信，不过，我们这些跟他通信的人绝大多数在处理信件上都没有他这种纵火狂倾向。

我派乔治将信件投递出去，然后出门去买一瓶上等白兰地和一只小狗。

隔天下午，我带着白兰地、一份当周的《一年四季》和那只没有名字的小狗出门，搭火车前往罗切斯特，再雇一架马车送我到大教堂。我把小狗留在马车上，带着白兰地和杂志穿越墓园走到那座雄伟笨重的教堂后侧。罗切斯特是一座沿海城市，许多红砖建筑矗立在狭窄街道两旁，相较之下，硕大无朋的古老石造灰色大教堂更显得气势惊人又充满压迫感。

狄更斯的童年时光就是在这里度过的。正因为有这栋大教堂的存在，多年前狄更斯才会告诉我，对他而言，罗切斯特反映出"无所不在的沉重、神秘、衰朽与死寂"。

这个潮湿闷热的7月天确实也无比死寂。我嗅得到临近海边湿地散发的腐败气味。即使附近有狄更斯所谓"潮起潮落的哗啦与扑通声"，这一天却听不见哗啦声，有一点儿轻柔的扑通声，没有一丝微风。天空中骄阳似火，炙烤着热烫烫的墓碑和有如斑驳金色毛毯的枯黄绿草地。

就连教堂尖塔的阴影也没能提供一丝凉意。我往后仰，凝视高空中的灰色尖塔，想起狄更斯说过，他小时候那座尖塔对他小小心灵产生的冲击："亲爱的威尔基，跟那尖塔的体积、高度、力道与生命长度相比，当时的我是多么微不足道的笑话。"

亲爱的读者，如果我能达成心愿——我下定了决心，那座大教堂或许会继续存在几百年或几千年，而那个从小男孩变成老头子的作家的生命几乎等于走到了尽头。

在墓园另一端，在那些墓碑再过去那个只有一条小径可以到达的地方，我找到了那个生石灰坑。依然未加盖，依然满溢，依然呛鼻如昔。我穿越墓园往回走时，眼睛仍然泪水直流，途中我经过很久以前我跟狄更斯、爱伦和她母亲共进阴森午餐的石块、墙垣和那块平坦墓碑餐桌。

我循着细微的叮锵叮锵声绕过大教堂，经过牧师寓所，走进遥远另一头的院子。在石墙和一栋低矮茅草石屋之间，德多石先生和一个长相愚蠢的年轻助手正在雕刻一块比他们俩都高的墓碑。那块大理石上已经凿出一组姓名与生卒年份：1789年至1866年，盖尔斯·布兰朵·金毕。

德多石先生转身面对我的时候，我看见他脸上有一层厚厚的石粉，被汗水冲刷出一条条痕迹，底下的皮肤红得几乎爆炸。我走过去的时候，他抹了抹额头。

"德多石先生，你可能不记得我了。"我对他说，"我先前来过这里，跟……"

"德多石记得你，威廉·威尔基·柯林斯先生，跟一个画房子的爵士或什么的同名。"德多石粗声粗气地说，"你跟写很多书那个查尔斯·D先生一起来的，他很喜欢躺在黑漆漆棺木里那些老东西。"

"对极了。"我说，"可是我觉得我们第一次见面时好像踏错了脚步。"

德多石先生低头俯视他那双破旧穿洞的靴子。我发现那双靴子"无法区分"，也就是没有左右脚的分别，像几十年前的制鞋习惯。"德多石只有这双脚，"他说，"错不了的。"

我笑着说："对，对。不过我担心你对我有所误解。所以今天给你带来这个……"我把那瓶上等白兰地拿给他。

德多石看看那瓶酒，又擦擦他的脸和脖子。拔出瓶塞，嗅了嗅，畅饮一大口，斜睨我一眼，说道："这酒可比德多石平时在茅草屋与两便士或其他地方喝的酒都好。"他又喝一口。他的助手由于在大热天里卖力操劳，脸色跟德多石一样红通通，此时傻傻盯着德多石，却没有讨酒喝。

"说到茅草屋与两便士，"我找话题闲聊，"我怎么没看见你那个扔石块的小恶魔。你叫他什么，副手吗？现在还太早，没到他扔石子叫你回家的时间吗？"

"那可恶的孩子翘辫子了。"德多石看见我的反应，呵呵笑道，"呃，不是德多石杀的，虽然德多石经常想那么做。是水痘害死他的，水痘来得好。"他又喝了一大口，再斜眼看我，"威尔基·柯林斯先生，从来没有哪个绅士会没事从伦敦送好酒来给德多石，连D先生也不例外。D先生要我用这里很多钥匙帮他开很多门，要我帮他敲敲那些中空墙壁里的老东西都在什么地方。这么个大热天，W.C.先生要德多石做什么？"

"你或许记得我也是作家。"说着，我把那份《一年四季》递给眼前的石匠兼大教堂墓穴管理人。"你看，这是上星期五出刊的杂志，里面有我的小说《月亮宝石》最后一章。"我将杂志翻到连载小说那一页。

德多石瞪着纸页上的文字，只咕哝了一声。我不知道他识不识字，我猜他不识字。

"正巧我最近也在做研究，需要了解这样一座大教堂，包括大教堂本身和附设的墓室。"

"德多石猜他想要钥匙，"德多石说，"他想要可以打开那些老东西的黑漆漆地窖的钥匙。"看起来他好像在对那个头发仿佛用羊毛剪剪出来、耳朵下垂的白痴助手说话，但那个助手好像又聋又哑。

"不是那样。"我轻松地笑道，"保管那些钥匙是你的职责，不可以有所改变。我只是希望偶尔来这里走走，或许请你发挥你的特殊才能敲敲那些中空墙壁。我一定不会空手来。"

德多石又喝一口。那瓶酒几乎去了一大半，德多石脏污的脸庞那层"马利死透了"[1]的石粉底下的皮肤比先前更红了（如果还能变得"更红"的话）。

"德多石老老实实工作，给自己赚点酒钱。"他嘟囔着说。

"我也是。"我笑着说。

他点点头，转身继续雕刻，应该说转身继续督导那个白痴男孩雕刻。显然这趟拜会已经结束，彼此也达成共识。

我抹了抹热得冒汗的脸颊，缓步走回马车。那只丑陋却热情如火、长腿短尾巴、毛皮有斑点的小狗一看见我，兴奋地在椅垫上又跳又叫。

"车夫，再一会儿就好了。"我说。那打着盹的老人含糊应了一声，下巴又垂到穿着车夫制服的胸前。

我抱着小狗重新穿越墓园，经过我们的野餐地点。想起狄更斯把毛巾挂在手臂上，惟妙惟肖地模仿效率颇高却过度殷勤的侍者，从墙头把一道道菜肴端到墓碑餐桌上，专业地为我们倒酒，逗得所有人哈哈大笑的场景。我面带笑容往前走，小狗安稳地窝在我臂弯里，偶尔忍不住摇摇尾巴，一双大眼睛充满爱意地望着

---

1　此处引自狄更斯的圣诞故事《圣诞颂歌》的第一句。

我。过去十多年来我跟卡罗琳、凯莉养过几只狗，我们最后一只狗几个月前才死去。教堂院子后侧边缘地带一棵盘根错节的老树掉落了一根长约一点二米的枯枝。我左臂仍然抱着小狗，与此同时用拇指随性地搓揉它的头颈部，弯腰拾起那根树枝，剔掉小树瘤，拿在手上充作手杖。

我走到墓园再过去的野草地，停下来环顾四周。这里看不见马车和马路，教堂墓地里没有任何东西或人的动静。教堂另一边远处传来德多石（或该说德多石的学徒）挥汗谨慎工作的叮锵叮锵声。除此之外，附近唯一的声响就是野草丛与往东连接到海边湿地那片草地上的唧唧虫鸣。在炫目阳光下，就连大海和汇入大海的河流都是一片静寂。

我利落地拧断小狗的颈子，我听见断裂声，但声音不大。狗儿的小小身躯在我手臂上无力下垂。

我再一次举目四顾，把狗尸投入生石灰坑。并没有出现剧烈的嘶嘶响声，也没有冒出泡泡。那个小小的黑白斑点身躯静静躺在那里，过半身子浸泡在生石灰浓稠的灰色液体里。我弯腰向前，用树枝小心翼翼把小狗的胸肋、头部和后臀往下戳，直到那小小尸身完全沉没。接着我把树枝抛进高大草丛，记住它落地的位置。

二十四小时吗？或四十八小时？我决定给它七十二小时再多一点儿，因为我打算等到天黑以后，再回来用同一根树枝拨出残骸，分析结果。

我轻声吹着口哨，是一曲那年夏天在音乐厅里颇为流行的乐曲，漫步横越墓园，走回等候我的马车。

# 第三十七章

三天后我收到狄更斯的短笺，他用愉快的口气谢谢我写信给他，含蓄地接受我的道歉，也邀请我一有空就到盖德山庄走走。他还殷勤地告诉我可以顺道看看我弟弟查理，因为查理身体依旧虚弱，还没回伦敦。

我接受了他的邀请，当天就出发前往盖德山庄。时机太凑巧了，因为那天傍晚我无论如何都要去罗切斯特墓园的生石灰坑查看。

如同多年以前，凯蒂在前院草坪上迎接我。天气很暖和，幸好有一股宜人的微风带来周遭田野的清新气息。那些经过细心照料的矮树丛、大树和红色天竺葵都迎风摇曳，凯蒂身上的夏日薄纱洋装也是。我发现她头发两侧用发夹固定，后面自然垂落：很少看见她梳这种发型，挺适合她的。

"查尔斯在睡觉，"她说，"昨晚他睡得很不好。我知道你很想见他一面，但我觉得最好别吵他。"

我知道她指的是我弟弟，不是她父亲。我点点头："我晚餐前就得赶回去了，在那之前查理也许会醒来。"

"也许吧。"凯蒂说，但她的表情好像不太认同。她挽住我的手臂。"爸爸在小屋里工作，我陪你走到隧道那头。"

我挑起眉毛："在小屋工作？我以为他暂时还没开始创作新小说。"

"是还没，他在整理未来朗读要用的恐怖谋杀案。"

"哦。"我们漫步走过修剪过的草皮，钻进隧道。即使在夏天里，长长的阴暗隧道里空气多半很凉爽，这天也是，一解湿热的暑气。

"威尔基，你有没有想过我父亲是不是说对了？"

没有，我心想，从来没有。我说："哪方面？"

"你弟弟的事。"

我顿时生起警觉心："你是指有关他病情的严重性？"

"有关各方面。"

我不敢相信她竟然问我这个。有关凯蒂和查理结婚至今还没有夫妻之实的谣言屡有所闻，都是狄更斯的刻薄言论助长的。假使狄更斯的含沙射影值得相信，那么我弟弟如果不是躲在衣柜里的鸡奸者，就是性无能，或二者都是。

这些问题不适合摊开来讲。

我拍拍她的手："凯蒂，你父亲不愿意失去你。你一直跟他最亲近，你的追求者或丈夫注定得不到他的欢心。"

"也是。"凯蒂说，谦虚向来就不是她的美德，"可是我跟查理大多数时间都在盖德山庄，感觉我好像根本没离开家。"

这点我无话可说。尤其所有人都知道只要查理一生病，她就带丈夫回娘家住。而查理多半时间都在生病。

"威尔基，你有没有想过，当初如果跟我结婚的是你，而不是你弟弟，结果会变怎样？"

我几乎停下脚步。我中午毫不节制地喝了大量鸦片酊，心脏原本就跳得很快，这时更是扑通扑通撞击我的肋骨。

过去我曾经考虑追求年轻时的凯蒂。那是在那场所有外人（除了狄更斯一家人）眼中的"分居事件"期间，狄更斯经历了一场难堪的分手过程，有效地将他妻子凯瑟琳永远逐出家门。这个完美英国家庭典范瞬间瓦解，在狄更斯所有子女之中，凯蒂似乎受伤最重，也最迷失。在那段困惑与混乱时期，凯蒂才十八岁（她跟我弟弟订婚时是二十岁），当时我确实觉得她隐隐约约有种魅力。即使在当时，我已经意识到她跟她姐姐玛丽一样，将来结婚后都不会变成像她们母亲那样的臃肿妇人。

可是我还没来得及展开行动，凯蒂已经爱上了我跟狄更斯的朋友波希·费杰拉德，或者该说为波希神魂颠倒。波希冷漠地拒绝了她的主动示好，凯蒂突然投向我弟弟的怀抱。我弟弟当时是狄更斯的插画家，经常造访盖德山庄。

亲爱的读者，早先我可能提到过，凯蒂情归我弟弟查理，可说出乎所有人意料。当时查理才搬出我母亲家几个星期，而且过去对女性从来不感兴趣，也没追求过任何人。

如今却变成这样。在那个隐秘的隧道里时，我也没有忘记凯蒂一定知道（至少她那个爱嚼舌根的爸爸会告诉她）我已经把卡罗琳送走，如今在他们心目中我又变成富裕且小有名气的单身汉，家里只有几名仆人和偶尔回家的"侄女"凯莉。

我笑了笑，表示我知道她在开玩笑："亲爱的，我们两个相处起来肯定很有趣，你无与伦比的意志力和我从不妥协的特质，吵起架来肯定非比寻常。"

凯蒂没有笑。隧道尽头出现弧形光线，她停下来转身面对我。"有时候我觉得我们每个人最后都会跟错误的人在一起，比如父亲和母亲、查尔斯和我、你跟……那个女人，大概只有波希和他那个忸怩作态的女人例外。"

"还有麦克雷迪，"我用愉快的口吻打趣说，"我们可别忘了那个老迈演员的第二任妻子。他们俩好像真是天造地设的一对。"

凯蒂笑了。"总算有个找到幸福的女人。"说着，她又挽起我的手臂，带着我走到阳光下，再放开我。


"亲爱的威尔基！你能来真是太好了！"我爬上小屋宽敞的二楼时，狄更斯大声叫道。他一跃而起，绕过简朴的书桌，用双手握住我的手。我以为他要来个拥抱，便略略退缩了。一个多月前维埃里餐厅那件事仿佛没发生过。

狄更斯的夏日工作小屋一如往常地舒适宜人，特别是这股从远处大海吹送过来的和风，拂动了敞开的窗子外那两棵雪松的所有枝叶。狄更斯在他的书桌对面加了一张曲背藤椅，此时他挥手示意我就座，自己也坐回那张看起来相当舒适的写作椅。他的手往桌上的盒子和水壶一挥："来根雪茄？或喝点冰水？"

"不用了。谢谢你，查尔斯。"

"我很高兴一切都已经被宽恕了，遗忘了。"他亲切地说，但他没有说明谁该宽恕，谁又该遗忘。

"我有同感。"

我瞄了一眼他桌上几沓纸张。狄更斯发现我在看，顺手抓了几张递给我。这个方法我以前见过。从他的某本书里——这回是《雾都孤儿》——撕下几页，把书页固定在硬纸板上，然后潦草地涂涂写写：修改、增补、删减、在空白处注记。之后直接送到印刷厂印出定稿，超大字体之间空三行，四周留下宽阔的空白，方便他补上更多有关舞台和朗读时的注意事项，以及特大字体誊写的注记。那就是他下一回合朗读的读本。

他在文本上做的修改趣味十足，把适合阅读的小说变成了适合聆听的脚本。不过最吸引我目光的是他匆匆写在空白处的舞台指示：

朝底下挥手……伸手一指……战栗……惊恐地四下查看……谋杀即将登场……

下一张硬纸板书页上：

……他对准那张仰头向上、几乎碰触他自己脸庞的面容挥了两拳……抓起一把沉重棍棒，一棒打倒她！！……那摊在阳光下颤抖舞动的血液……这样的血肉……这么多血！！！……那只狗的脚也都沾了鲜血！！！！……砸碎它的脑浆！！！！！

我看得猛眨眼。"它的"脑浆，我忘了塞克斯把南希和狗都杀了。

"惊悚到最后一秒！"在各个不同空白处至少出现了五次。

我把纸张放回桌上，对狄更斯笑道："终于找到你的谋杀案了。"

"终于。"狄更斯说。

"我还以为我才是惊悚作家。"

"亲爱的威尔基，这段谋杀要表现的不只是惊悚。我希望让那些观赏我最后一场告别朗读会的人都体验到某种非常激情，非常戏剧性的东西，某种用最精简的手段激发出的最复杂情绪。"

"我明白了。"我说。我真正明白的是狄更斯企图把观众吓得失魂落魄。"那么这回真的是最后一次巡回朗读了？"

"嗯，"狄更斯闷哼一声，"我们的朋友毕尔德这么说，多尔毕也这么说，伦敦甚至巴黎的专科医生也都这么说。就连威尔斯都这么说，不过威尔斯从来就不赞成我出去巡演。"

"威尔斯可以不必算进去。这些日子他的意见经常被他脑袋里的甩门声干扰。"

狄更斯呵呵笑，然后说："可怜的威尔斯，我很了解他，他是何瑞修[1]。"

"打猎的何瑞修。"我装出哀伤模样。仿佛得到提示，有个穿着鲜红猎狐装、洁白马裤和闪亮高筒靴的骑士跨坐在一匹绷紧马勒昂首阔步的灰色骏马上，从底下的格雷夫森德路经过。紧跟在高贵骑士后方，一架满载粪肥的运货马车辘辘驶过。我跟狄更斯瞥了对方一眼，同时哈哈大笑，仿佛又回到从前。

差别在于，现在我想置他于死地。

等我们笑声止歇，他说："威尔基，有关你的《月亮宝石》，我又仔细思考了一下。"

我全身肌肉顿时绷紧，勉强挤出一丝笑意。

狄更斯举起双手，掌心对着我："不，不，亲爱的朋友。我

---

1　指莎士比亚的剧本《哈姆雷特》里哈姆雷特的大学同窗好友。

是真心地赞赏与专业地推崇。"

我让笑容留在脸上。

"亲爱的威尔基，你或许还不知道，但你的《月亮宝石》很可能开创了一种全新的小说类别。"

"我当然知道。"我僵硬地说。其实我不知道他到底在说什么。

狄更斯好像没听见我的话："整部小说围绕着单一悬疑事件，一名饶富兴味、充满真实感的探员居于重要位置。这人如果是私家侦探，可能会比官方前警探更合适。从故事主轴那起案件的影响或余波之中，各个角色陆续发展，也衍生出貌似真实的日常琐事……哇，这是创举！"

我谦虚地点点头。

"我决定自己也来露一手。"他用了前不久在美国巡回时学会的粗俗美国话。

当时我对狄更斯深恶痛绝："你这本构想中的小说命名了吗？"我听见自己用颇为正常的口气问道。

"亲爱的威尔基，我想用比较直接的书名……比如说"爱德蒙·狄更森疑案"之类的。"

我得承认我吃了一惊："那么你有狄更森的消息了吗？"

"毫无音讯。可是去年你问起他，给了我这个点子：一个年轻人突然失踪，没有留下寻找他的线索，也没有离开的理由。如果再牵扯上谋杀，便有机会发展出错综复杂的精彩故事。"

我意识到心脏在狂跳，多么希望当时可以掏出胸前口袋里的随身瓶，喝点鸦片酊平抚情绪。"你认为爱德蒙·狄更森被人杀害了吗？"我问。

我想起剃了光头、满口尖牙、眼神狂热的狄更森穿着连帽长袍，在祖德将甲虫施放到我体内的仪式上唱诵。想到这里，那甲虫在我大脑后侧骚动起来。

　　"一点儿也不！"狄更斯笑着说，"狄更森当初告诉我他要带着所有的钱出去旅行，也许会到澳洲发展，我一点儿都不怀疑。我一定会换掉角色的名字和书名。我只是打个比方。"

　　"有意思。"我虚应一番。

　　"还有催眠术。"狄更斯说。他的十指竖成尖塔状，背往后靠，面带微笑看着我。

　　"催眠术怎么样？"

　　"我知道你也很感兴趣。你对催眠的兴趣几乎跟我一样久远，只是你没有像我一样亲自操作。你在《月亮宝石》里也微妙地提到了催眠，但只是象征性地，而不是真实执行。可惜你没能好好运用它。"

　　"怎么说？"

　　"有关那桩悬案的破解，"狄更斯又装出他经常对我使用的那种叫人抓狂的小学老师口气，"你让弗兰克林·布莱克在鸦片睡梦中不自知地偷走钻石……"

　　"我说过了，"我冷淡地说，"这件事很真实，可能性也很高。我自己亲自研究过，而且……"

　　狄更斯不以为然地挥挥手："可是亲爱的威尔基，那些精明的读者，或许所有的读者，不得不问，弗兰克林·布莱克为什么要偷走他未婚妻的钻石？"

　　"查尔斯，答案很明显，因为他担心有人会下手行窃，于是，他在不知情的状况下服用了鸦片，在鸦片梦境中梦游，偷走钻石。"连我自己都觉得站不住脚。

狄更斯笑了："正是如此。它会减弱可信度，危害到小说的真实感。但如果你让某个人物催眠弗兰克林·布莱克，命令他偷走钻石，然后又在他的酒里恶作剧地添加鸦片（不过，如果是我，就会把催眠和鸦片都安排成人为蓄意操作，变成阴谋，而非单纯巧合），亲爱的威尔基，这么一来所有环节都扣紧了，不是吗？"

我静静思索片刻。现在修改已经太迟。《月亮宝石》最后一章连载已经分别刊登在《一年四季》和美国哈泼兄弟的杂志上。而丁斯利出版上中下三册皮革装订版小说也已经印好，很快就会由信差送到狄更斯和其他人手上。

我说："查尔斯，我还是认为这样的安排违反催眠的基本原则。你我都知道艾略森教授和其他专家都教过，任何人即使在催眠力量影响下，也无法做出他意识清醒时不会做的事，亦即违反道德良知的事。"

狄更斯点点头："确实如此。可是艾略森也示范过——我自己也示范过，在催眠力量影响下，被催眠者可能会在一定时间内改变行为，只因为接受催眠时被告知某件真实的事为假。"

我没听懂，也将这一点坦白告诉了他。

"比如女人可能永远不会夜晚抱孩子出门，"狄更斯又说，"但如果你将她催眠，告诉她房子失火了，或者将会在晚上九点失火，那么即使她没看见火焰，仍然会抱着孩子冲出门外，也许是在被催眠的状态下，或者事后受到催眠暗示的影响。如此一来，你《月亮宝石》里那些印度教徒或许会在他们遇见弗兰克林·布莱克时将他催眠，而你那个多管闲事的医生……看地先生吗？"

"是坎迪先生。"我纠正他。

"坎迪先生就可以偷偷在弗兰克林·布莱克的酒里掺鸦片，进行一桩更大的阴谋，而不只是临时起意开一个有可能害自己锒铛入狱的恶毒玩笑。"

"你是说亲爱的老坎迪先生也被印度教徒催眠了？"我说。突然之间，我看见我小说里那些没有收拾妥当的零散线索全都兜拢起来。

"那样的话会很巧妙。"狄更斯依然挂着笑容，"或者也许是那个卑鄙的鸦片鬼艾兹拉·詹宁斯意图不轨想偷光之山。"

"是月亮宝石。"我心不在焉地纠正他，"可是我的艾兹拉·詹宁斯也算是个主角，就是他解开整桩疑案，并且在布莱克姨母在约克夏的家重建事件经过……"

"事件重建只是方便他解决故事里的疑案，"狄更斯轻声说，"却比其他任何情节更难让读者信服。"

"怎么说？"

"因为当天晚上的主客观条件无法重建，亲爱的威尔基。有个必要元素改变了，因而妨碍了梦游与窃案的再发生。"

"哪一个元素？"我问。

"在那个所谓的实验里，弗兰克林·布莱克清楚知道他被下了药；他知道詹宁斯认为他偷了钻石；他知道事件如何发生，也知道应该再发生一次。单就这点，同样剂量的鸦片并不能让他……"

"我让詹宁斯在酒里加入的量比坎迪先生当初加得更多。"我打断他。

"没有差别。"狄更斯又轻蔑地挥挥手指，实在很气人，"重点在于事件根本无法重建。你的艾兹拉·詹宁斯先生根本不够格接替弗兰克林·布莱克当主角。他很可能是个鸡奸变态、鸦片鬼……他对托马斯·德·昆西的《一个英国瘾君子的自白》的赞赏简直叫人作呕。实话说，你的弗兰克林·布莱克几乎像个白痴。但如果你好好运用那些印度教徒，在窃案中加入催眠这个元素，并且将鸦片的使用当成阴谋手段，而非单纯巧合……"

狄更斯就此打住，我也无话可说。一部载重的货车轰隆隆驶过底下的公路，听起来应该有四匹马在拉。

"不过我觉得最可圈可点的是你的卡夫探长这个角色。"狄更斯突然说，"正是这点让我也想动手写本悬疑小说，也许以这样的精明脑袋为主轴。卡夫这个人物太完美了，瘦削的身材，冷漠却洞悉一切的眼神，还有他近乎机械化的精准脑袋。完美的人物！"

"谢谢你，查尔斯！"我轻声说。

"可惜你没有好好利用他！"

"你说什么？"

"你把他描写得很出色、介绍得也很出色，他也表现得很出色……直到他中途偏离轨道，消失了很久，明明有充足证据，却往相反方向做假设，之后又找不到人，跑到布莱顿去养蜜蜂……"

"到多金去种玫瑰。"我又纠正他，脑海里却浮现似曾相识的异样感。

"当然。不过卡夫探长这个角色太精彩了。我说过了，用私家侦探而非官方警探当悬疑小说的主角，这个点子棒透了。如果再加强一点儿他的背景和角色刻画，我相信观众会对这个推理大师产生极大共鸣。他可能会像卡夫探长一样瘦削却威风凛凛，特立独行，几乎不带感情。如果我当真动手写这本《爱德蒙·狄更森疑案》，一定很乐于考验自己能不能创造出这样的角色。"

"你可以让《荒凉山庄》里的贝克特探长重出江湖。"我郁闷地说，"他很受欢迎。我们先前聊到过，香烟卡也有贝克特的画像。"

"我们是聊过，确实有那样的香烟卡。"狄更斯呵呵笑，"他应该算是那本书里最受欢迎的人物，我自己也很喜欢他出现的那些段落。可是贝克特探长是个世故型人物，是现实生活里的人……他欠缺你那位瘦削、冷漠又疏离的卡夫探长的神秘感与吸引力。再者，如今贝克特的原型菲尔德探长已经不在人世，我最好也把他的分身送进坟墓。"

仿佛有好长一段时间我说不出话来。我必须专心呼吸，避免我的表情泄露内心波涛汹涌的思绪与情感。最后我终于用最平静的语气问道："菲尔德探长死了？"

"是啊！去年冬天我在美国巡演期间的事了。乔吉娜在《泰晤士报》上看到讣闻，觉得我应该会想收在档案里，就帮我剪下来了。"

"我一点儿都没听说。"我说，"你记得他哪一天死的吗？"

"记得。"狄更斯说，"是1月19日。你应该还记得我有两个儿子——法兰克和亨利——生日是1月15日，所以我记得。"

"太神奇了。"我说，但我不知道我指的是狄更斯的记性还是菲尔德的死。"《泰晤士报》的讣闻有没有说他怎么死的？"

"好像病死在自己家床上。"狄更斯说。他显然对菲尔德这个话题不感兴趣。

1月19日应该是我们进攻地底城的隔天，或当天深夜。我昏迷到1月22日，之后好长一段时间都没办法仔细读报纸，难怪我错过了这则消息，也难怪接下来那几个月我没再碰见菲尔德的手下。菲尔德的侦探社想必已经关门大吉，探员也都鸟兽散各自谋生去了。

除非狄更斯在骗我。

我记得前一年我睿智地想到，狄更斯、祖德和菲尔德都涉入一场复杂的三方竞技，而我被当成马前卒困在其中。这会不会是狄更斯配合他某个策略撒的谎？

应该不是。我轻而易举就能通过我在《泰晤士报》的熟人打听讣闻的真假。如果菲尔德真的死了，那么他一定会埋葬在某个地方，我也可以朝这个方向查证。有那么疯狂的片刻，我纳闷着这会不会是菲尔德自己的计谋，装死逃避祖德手下的追杀。只不过，即使过去三年来我碰到的事无奇不有，装死这种事仍旧太牵强。我摇摇头甩开这个念头。

"亲爱的威尔基，你还好吗？你突然脸色惨白。"

"是痛风的关系。"我说。我们一起站起来。

"晚餐要不要留下来？你弟弟身体还没恢复，很少跟大家一起用餐。今晚如果你能留下来，也许他会……"

我看看表："下回吧，查尔斯。我得赶回城里去。晚上卡罗琳准备了特别料理，之后我们要一起去剧院……"

"卡罗琳？"狄更斯惊讶地问，"她回来了吗？"

我摇摇头，笑了笑，用三根手指敲敲额头。"我是说凯莉。"我说。这也是谎话，这星期凯莉都会留在她当家教的那个家庭。

"哦，好吧。那就近期内再聚。"狄更斯说。他陪我走到外面，下楼穿过隧道。

"我派仆人送你到车站。"

"谢谢你，查尔斯。"

"亲爱的威尔基，我很高兴你今天能来盖德山庄。"

"我也是，查尔斯。今天受益良多。"


我没有直接回伦敦。我在车站等到狄更斯的仆人和马车消失在视线中，就搭火车到罗切斯特。

我没带白兰地，所以等到大教堂墓园一切平静四下无人，墓碑的夏日午后阴影拉得长长的，才快步溜到生石灰坑旁。那灰色浓稠液体表面看不见小狗尸身。我不一会儿就在草丛里找出我用过的那根树枝，经过三四分钟的搅动与戳捅，就把狗儿遗骸打捞上来。多半只剩下骨骼、牙齿、脊椎和软骨，但还留有部分毛与皮。我发现光靠树枝很难把残余的狗尸捞上来。

"德多石觉得威尔基·柯林斯先生需要的可能是这个工具。"话声就在我背后。

我猛地跳起来，差点儿一头栽进生石灰坑里。

德多石用他坚如磐石的手抓住我的前臂，他另一只手拿着一根有倒刺的铁棒，看起来大约一点八米长。那可能原本属于大教堂前院的铁围篱，或是某个尖顶上的装饰，或某个螺旋塔上的避雷针。

德多石把铁棒递给我："先生，这个方便搅拌。"

"谢谢你。"我说。果然,铁棒比较长又有倒刺,太好用了。我把小狗的尸体翻过来,判定如果是更大的形体可能需要五天或六天。然后我用铁棒把狗尸的残骸重新压进坑里。有那么一秒我想象自己是个烹调高手,搅拌着亲手熬煮的高汤,努力憋住想笑的冲动。

我把铁棒还给德多石。"谢谢你。"我又说一次。

"德多石请先生不必放在心上。"浑身脏兮兮的德多石说。在这个凉爽的傍晚,他的脸似乎跟几天前在艳阳下工作时一样红。

"今天我忘了带白兰地,"我笑着说,"不过下回你去茅草屋与两便士的时候,我要请你喝几杯酒。"我给了他五先令。

几枚硬币在他污黑又结茧的手里叮当响,他笑咧了嘴。我数了数,总共四颗牙齿。

"谢谢你,威尔基·柯林斯先生。德多石去的时候一定会举杯祝你健康。"

"很好。"我笑着点点头,"我该走了。"

"狄更斯先生,那个有名的作家,一年前来这里的时候也用过这根铁棒。"德多石说。

我转身回去。生石灰坑的气体熏得我泪液直流,淌下脸颊,德多石却好像完全不受影响。"你说什么?"我问。

德多石又笑了:"他用我给他的那根工具拌那锅炖菜,先生。可是狄更斯先生,那个出名作家,带一只比较大的死狗,是这样。"

# 第三十八章

同一年（1868年）10月29日，我穿上最好的正式服装，搭出租马车到圣梅利本教区教堂去看卡罗琳下嫁乔瑟夫·克罗。

新娘的模样怎么看都有三十八岁，甚至更老。新郎看起来却比他的实际年龄二十七岁更年轻。如果哪个不认识这对新人的陌生人路过进来参观婚礼，想必会情有可原地误认卡罗琳是新郎或新娘的妈妈。

新郎的母亲倒是在场，地精般又胖又蠢的小老太婆，穿着过时十年的褐紫色可笑洋装。整场婚礼和之后的简短婚宴过程中她不停啜泣，新人乘车离开后，她得靠人搀扶才爬得上马车。至于那对新人，他们乘着马车并不是要前往精心安排的蜜月旅行，而是回到他们日后要与新郎母亲同住的小房子。

男女双方的宾客人数都少得可怜。那是当然，卡罗琳的前婆婆尽管一直希望媳妇再婚，却没有出席婚礼。不过，我瞄了一眼结婚证书后，卡罗琳的前婆婆选择不出席（假使处于昏聩状态的她头脑还清楚得有能力做选择）的原因一目了然：卡罗琳帮自己的父亲捏造了假姓名，变成了"约翰·科特涅，绅士"。这是她帮自己打造的全新身份的一部分，包括她的家庭、她的过去，乃至她的第一次婚姻，我这个"登记在案的前雇主"已经答应她在必要的时候全力配合。

为自己编造新身份这种事好像会传染。我发现以证人身份在结婚证书上签名的小凯莉帮自己签了"海丽叶·G"，取代了原来的"哈丽叶"。不过结婚证书上最大的谎言来自新郎，在职业栏里他只填了"绅士"。

如果一个耳朵后面有陈年积垢、指甲缝里有除不去的脏污的人如今都成了英国绅士，那么英国已经变成了那些医学界改革派大声疾呼极力追求的美好社会主义国家。

我不得不承认整场婚礼只有一个人看起来很开心，那就是凯莉，也许是由于年轻的少不更事，或基于对她母亲的全心奉献，她不只打扮得貌美如花，也表现得好像我们大家参加的是一场皆大欢喜的婚礼。不过，我这里的"我们大家"，其实只是屈指可数的几个人。男方那边只有两名宾客：一个是低声呜咽、衣裳皱巴巴的新郎母亲，另一个是满脸胡茬的不知名男人，也许是新郎的兄弟，或者只是另一个水电工，来参加婚礼只是为了典礼后吃点东西。

卡罗琳这边只有凯莉、毕尔德和我。宾客人数太少，毕尔德不得不担任凯莉之外的第二名必要证人。毕尔德原本建议我去签名，但我还没培养出欣赏这种荒谬闹剧的品位。

典礼过程中乔瑟夫·克罗似乎紧张害怕到全身麻痹。卡罗琳努力挤出开怀笑容，脸色涨红，我觉得她随时都会歇斯底里而泪崩。就连教区牧师也觉得婚礼不太对劲，不时从他的祈祷书上抬起头，用一双近视眼张望底下的稀疏宾客，仿佛等人告诉他这只是一场玩笑。

整场婚礼过程中，我感觉有一股怪异的麻木感传遍身体和大脑。可能是因为我为了熬过这一天多喝了鸦片酊，不过我觉得那应该更像一种真正的超脱感。新娘和新郎复诵最后一段誓词时，我承认我在盯着卡罗琳看。她穿着不合身的廉价新娘礼服，站得紧绷挺直。我回想着礼服下每一处柔软但如今太过柔软的凹陷与突起的触感与肌理。仪式过程中我没有任何特别感受，只有一种慢慢扩散的古怪空虚感。过去这个星期以来，每次我回到格洛斯特街90号，发现卡罗琳、凯莉甚至三个仆人（贝西娘家有人生病，他们常请假回去探病）都不在，这种空虚感就会浮现。那房子很大，少了人声人气，就显得太空荡。

婚礼结束后并没有供应餐点，也没有像样的婚宴，所有人只是在寒冷的教堂院子里不自在地来回走动一段时间，之后新人搭着无顶马车离开。那天天气太冷，根本不适合搭无顶马车，何况天空开始飘雨。但这对新婚夫妻显然没有能力负担有顶马车的额外开销。一对新人开心地奔向幸福未来的美好画面很快就幻灭，因为毕尔德提议用他的马车顺道送凯莉和新郎母亲回新人刚刚回去的家。卡罗琳很希望她婚后凯莉能跟她一起在那个狭窄拥挤、纪律严明的小房子里住几个星期，不过凯莉还得经常去当家教，而且很快就会搬回我家。

最后，等牧师带着满腹疑惑走回阴暗教堂里，10月底的严寒教堂院子里便只剩下我和另一个水电工（我后来确认他跟乔瑟夫没有亲戚关系）。我对那个饿着肚子的男人脱帽致意，徒步走到南奥德利街我弟弟查理的住家。

随着炎热的夏天结束，查理的病情也稍有起色。9月中旬起他跟凯蒂大部分时间都留在伦敦的家。查理身体好的时候就接些插画工作做，但他还是经常胃痛，没办法做事。

10月29日星期四我到他家敲门，没想到他竟然不在家。凯蒂在家，我们在他们家光线不足的小客厅谈话。她知道这天卡罗琳结婚，要我告诉她婚礼上"所有精彩片段"。她端了杯白兰地给我，我开心地接受了。我的鼻子、脸颊和双手都被冰冷的秋风刮得发红。我强烈感觉，我进来之前她在喝酒。

总之，我告诉了她婚礼的"所有精彩片段"，而且扩大解释了"精彩片段"，纳入我跟卡罗琳的过往情史。那些故事听在一般中产阶级耳里势必很震撼，但我向来知道凯蒂没有她父亲那些中产阶级幻觉。如果坊间的诸多谣言或说法值得相信，那么她老早就找到了情人（或多位情人）来填补我弟弟欠缺（或不善表达）的热情。她是个世故的女人，此时在关着百叶窗的幽暗小客厅里坐在离我太近的地方啜饮白兰地，客厅里的主要光源来自小小炭火。我发现自己对她和盘托出我跟卡罗琳的过去，这些事我从来不曾跟任何人提起，包括她父亲。

我娓娓道来的时候，发现自己跟凯蒂说这些，除了想倾吐闷在心里太久的事以外，还有另一个原因。

我内心已经同意狄更斯的无情预测，百般不愿又痛苦地相信我弟弟将不久于人世。查理的症状尽管偶尔减轻，整体看来却是持续恶化。如今就连我这个矢志爱护他的哥哥都觉得他可能只剩一两年寿命，届时这个年华渐渐老去（她今年二十八岁）却仍然迷人的女人将会变成寡妇。

凯蒂发挥她的轻率特质，脱口而出说道："你如果知道父亲怎么评论卡罗琳的婚姻，一定会很吃惊。"

"说来听听。"说着，我又靠她更近些。

她帮我跟她又斟了些酒，摇摇头："可能会伤到你。"

"胡说。你父亲说的任何话都伤不到我。我跟他已经是多年的知交好友了。拜托你告诉我，他是怎么评论今天这场婚礼的？"

"这些事他当然不是跟我说的。我只是碰巧听到他跟乔吉娜姨母聊天时说：'威尔基的事出乎大家意料。谁也不知道，这场婚事说不定只是那女人的谎话，想逼威尔基娶她，没想到结果不如她预期，计划失败。'"

我震惊地坐在原处。我的确受到了伤害，而且一阵错愕。真是这样吗？难道连那场婚礼都是卡罗琳企图套牢我的计谋？她是不是希望我感受到失去她的痛苦，会公然反抗并否认婚姻的一切束缚，追到乔瑟夫·克罗家求她回到我身边……求她嫁给我？我心里涌起强烈的作呕感，连皮肤都阵阵颤动。

我备受打击，只能勉强对凯蒂说："你父亲是个很有智慧的人。"

令人惊奇也令人振奋地，她伸出手来捏捏我的手。

喝着第三杯白兰地的时候，我听见自己哀怨地向凯蒂吐露心声，经过一段时间以后，我又会在另一个截然不同的场景几乎一字不漏地对查理重述这些话。

"凯蒂……别对我太苛刻。这一年我过得很苦，我生了病，母亲过世，一个人孤单寂寞。今天看到卡罗琳结婚，某方面来说我有种奇特的满足感，与此同时却又异常心烦意乱。毕竟她走进我的生命已经超过十四年，帮我料理家务也超过十年。亲爱的凯蒂，我认为任何男人碰到我这种状况都值得同情。我不习惯独自生活，很久以来都不习惯一个人。我已经习惯有个和善的女人陪我说说话，就像你现在这样。习惯有个人来照顾我，偶尔溺爱我。所有男人都喜欢这样，或许我更是如此。男人很容易习惯家里有个美貌的女人，习惯有个女人总是穿着漂亮衣裳，总是在屋子里走动，永远不会走远，为年老单身汉带来另一种光明与温暖。突然有一天，基于某些与他无关的原因他落得孤孤单单，被遗弃在寒冷的黑暗中。任何女人，或者像你这样的人妻，很难理解那是什么样的心情。"

凯蒂聚精会神望着我。我说这番话的时候她好像又靠得更近了些。她绿色长洋装底下的膝盖离我的膝盖只有几厘米。我忽然有股冲动，想跪在地板上，把头埋进她膝上，像个孩子般号啕大哭。那一瞬间我相信她一定会用双臂搂住我，会拍拍我的背和头，或许甚至把我泪湿的脸庞抬起来靠向她的胸口。

相反地，我坐在原处，只是靠得更近些。"查理病得很重。"我低声说。

"是。"这个单一字音里似乎没有特别的哀伤，只有赞同。

"我也病了，但我一定能康复。我的病只是暂时的，它始终没有影响到我的身体机能或我的……需要。"

她望着我，眼神里似乎有一股兴奋的期待。

于是我柔声却急切地说："凯蒂，我猜你不会嫁给一个……"

"不，我绝不会。"凯蒂斩钉截铁地说。然后她站了起来。

我一头雾水，跟着站起来。

凯蒂叫女仆帮我取来大衣、手杖和帽子。我还没来得及想到可以说的话，就已经出了门站在冷飕飕的门廊上，到那时我仍然无法言语。门砰的一声关上了。

我上身前倾迎向寒风，雨点打在我脸上。走了半个街区之后，我看见查理在对街的人行道上。他向我招手，但我假装没看见也没听见，快步往前跑，手抓帽檐，前臂挡住脸庞。

再走过两个街区，我招了一架双座小马车，叫车夫送我到波索瓦街。

马莎的仆人当时不在，她自己来开门，她毫无防备的表情显示她真心喜欢见到我。

那天晚上，我让她怀上了我们第一个孩子。

# 第三十九章


到了11月，狄更斯在近百名好友面前试演他的谋杀案。

过去一年来狄更斯持续跟查培尔公司协商另一回合的朗读巡演合约，狄更斯称之为他的"告别系列朗读"。查培尔公司提议七十五场表演，但病情日益加重、体力渐已衰弱、症状几乎每天加重的狄更斯却坚持要办一百场，索价八千英镑。

跟他交情最久的朋友福斯特向来反对举办朗读会，因为朗读会确确实实干扰狄更斯的创作，也给他带来疲倦、虚弱和疾病。福斯特直言不讳地告诉狄更斯，以他目前的健康状况，办一百场朗读会根本就是自杀行为。毕尔德和过去一年来狄更斯更常看的另一位医生完全同意福斯特的见解。就连靠这些朗读会留在狄更斯身边的多尔毕都觉得现阶段不适合举办朗读会，一口气办一百场更是极不可取的做法。

狄更斯的家人、朋友、医生和一些他信赖的人都不赞成他把南希谋杀案放进告别朗读会里。其中有些人，比如威尔斯和多尔毕，直觉认为那段情节太惊悚，不适合狄更斯这样声名卓著又备受爱戴的作家。

其他大多数人，比如毕尔德、波希、福斯特和我，都认为那场谋杀会要了他的命。

狄更斯却倔强地认为，未来旅途与演出的劳累，更别提每天搭火车的精神折磨，套句他对多尔毕说过的话，都是"我心灵的慰藉"。

除了我，没有任何人了解狄更斯的心情。我知道狄更斯是某种男版女妖，他不但要在这些朗读会上用个人的催眠力量掌控数百数千人，更要从那些人身上吸取精力。如果不是有这种需求与能力，我相信狄更斯多年以前就已经死于他罹患的各种疾病了。他是个吸血鬼，需要公开活动和观众来汲取他苟延残喘另一天的精力。

于是他跟查培尔敲定一百场八千英镑的条件。狄更斯的美国巡演——他告诉过我他累得几乎虚脱——原本排定八十场，其中几场因故取消，最后总共表演了七十六场。凯蒂告诉过我（在我们10月29日见面之前很久），狄更斯在美国的辛劳总共赚进了二十二万八千美元，还得扣掉在美国将近三万美元的开销，主要是旅费、场地费、住宿费以及给美国经纪人提克诺和费尔兹百分之五的佣金，以及出发前在英国的六百一十四英镑初步开销，当然还有多尔毕的三千英镑佣金。

这么说来，1867年底到1868年狄更斯美国巡演的收入应该是一笔可观的数目，对我们其他作家来说都是很大一笔财富。可是他把巡演时间排在美国内战结束短短三年后，战争使得美元大幅贬值，到了1868年初夏，美元还没回升到早期的正常汇率。凯蒂告诉我，如果她父亲直接把赚来的美元拿来投资美国债券，等美元弹升到旧有水平，他的收入就相当于三万八千英镑。相反地，他付了百分之四十的关税把他的美元换成黄金。"我的收入，"

狄更斯对他女儿夸口道，"只差一百镑就有两万英镑。"

了不起，可惜不足以反映巡演过程中那些奔波、操劳、疲惫和他创作力的耗损。

所以说，或许这回他跟查培尔的合作除了理论上的吸血鬼需求，恐怕也是贪婪作祟。

或者他想借着朗读巡演结束生命。

亲爱的读者，坦白说我不但想到了最后这一项可能性，也觉得这个假设很合理，却深感不解。此时的我一心一意想亲手杀死狄更斯，但我也可以顺水推舟帮他自杀，省得弄脏一双手。

早在10月6日，狄更斯就已经在他最喜欢的场地圣詹姆斯厅展开巡演，只是当时还没加入谋杀情节。他知道巡演期间会有一段空当，因为全国性大选将在11月举行，竞选期间他的巡演被迫中断，最主要的原因当然是届时候选人势必火力全开，根本租不到合适的礼堂或剧院。众所周知，狄更斯支持的是威廉·格莱斯顿与自由党，只是，那些亲近他的朋友都知道，他支持格莱斯顿纯粹是因为他讨厌保守党的本杰明·迪斯雷利，而非他对自由党期待很高，觉得他们可以实现他在小说与论著里或在公开场合提倡的各项改革愿景。

然而，就连那几场比较轻松、没有谋杀情节的朗读会——伦敦、利物浦、曼彻斯特，再回伦敦，然后布莱顿、伦敦——都让他付出了极大代价。

10月初多尔毕曾经告诉我，"老大"面对新一波巡演神采奕奕，欢欣鼓舞。可是实际巡演两星期后，多尔毕也承认他敬爱的老大夜里辗转难眠，经常无端陷入重度忧郁，踏上火车就心惊胆战，车厢任何的轻微震动或转弯，都会让"老大"惊恐地高声呼救。

毕尔德医生更担心的是，狄更斯的左脚又肿起来了，这通常代表更严重的病症。他肾脏疼痛与便血的老毛病也都卷土重来，而且更为剧烈。

或许更能说明真相的消息来自凯蒂告诉我弟弟的话：巡演初期狄更斯经常哭泣，有时候甚至伤心至极。那年夏天和秋天狄更斯的确遭受不少打击。

9月底，他将满十七岁的儿子普洛恩搭船前往澳洲找哥哥奥弗列德。狄更斯一反过去与家人分离时的冷静态度，在火车站崩溃痛哭。

到了10月下旬，狄更斯正值巡演工作最繁重的时刻，又听到多年未联络的弟弟费德烈克过世的消息。福斯特告诉我，狄更斯在写给他的信里说："那是一条被糟蹋的生命，但我们切莫太过苛责，只要不是蓄意或冷血犯下的过失，都应该得到宽宥。"

至于我，狄更斯只在巡演期间利用难得的空当跟我在维埃里用餐时对我说："威尔基，我的心变成了一座墓园。"

到了11月1日，距离南希谋杀情节登台只剩两星期，我弟弟说凯蒂无意中听到狄更斯告诉乔吉娜："我的内心无法平静，不但一身病，还得了失眠症。"

然后他又写信告诉福斯特："我身体状况不太好，时常感到极度疲乏。然而，我没什么好抱怨的，没有，什么都没有，只不过，我就跟玛丽安娜一样，非常消沉。"

福斯特自己那段期间也很消沉，他偷偷把狄更斯的信拿给我看（我们这一群狄更斯的密友自认基于好意监控他的健康状况），也坦白告诉我他想不起来"玛丽安娜"典出何处。

我可以，也确实想到了。我知道狄更斯引用的是丁尼生的诗《玛丽安娜》。我对福斯特背诵诗句时，忍不住露出微笑：

"……我很消沉，很消沉。哦，神哪！我真想死！"

10月份我在未告知狄更斯的情况下前往圣詹姆斯厅看他朗读。我看见他开场时一如往常活力充沛，仿佛非常享受重新阅读《匹克威克外传》，也许是事实，也许只是假象，却能逗观众开心。可是几分钟后他却好像说不出"匹克威克"这个名字。

"皮克斯尼克，"他如此称呼这个角色，然后停下来，几乎失笑，再试一次，"佩克威克斯……各位女士各位先生，很抱歉，我要说的当然是……皮克尼克！我是说，帕克瑞兹……佩克斯尼夫……皮克斯帝克！"又尴尬地尝试几次后，他停下来，低头望着坐在前排保留座上的朋友（这天晚上我坐在最后面的楼座），脸上的表情似乎觉得很有趣，但我认为那神情也透露出少许急迫，仿佛在向朋友们求救。

即使坐在哈哈大笑的忠实观众群最后方，我仍几乎嗅得到他那突如其来的惊慌。

那几个星期里，狄更斯持续润饰南希谋杀案的脚本，却一直还没派上用场。正如他在维埃里对我吐露的真心话："亲爱的威尔基，我根本害怕朗读那一段。我毫不怀疑那段朗读可以把观众吓呆，只要读八分之一就足够了！可是它带给观众的感受会不会太恐怖、太毛骨悚然，所以最好留到以后再表演，这点我到现在还没办法做决定。"

"亲爱的查尔斯，等你在朗读会中读过几次，就一定会找到答案。"那天晚上我告诉他，"时机一旦成熟，你一定会知道。

你向来都会知道。"

对于我的赞美，狄更斯只是点点头，然后魂不守舍地呷了口葡萄酒。

之后我从多尔毕那里得知，11 月 14 日，我（跟其他大约一百一十五名"特别来宾"）将应邀出席圣詹姆斯厅的不公开朗读会，那天刚好竞选活动暂歇。

狄更斯终于决定屠杀南希。


朗读会那天中午刚过，我去了罗切斯特。德多石先生在大教堂前门等我，我循往例致赠礼物。我为这个一身粉尘的老男人买来的白兰地比我平时买给自己或贵宾的都高价。

德多石咕哝一声收下，迅速塞进他身上层层叠叠的厚帆布与法兰绒外套和斜纹布与法兰绒背心里。他用那些法兰绒、斜纹布和帆布把自己裹成肥嘟嘟一大团，我甚至看不出来那瓶酒究竟塞在什么地方。

"德多石请老板这边走。"说着，他带我绕到大教堂和塔楼后侧，来到地窖入口。他带来一盏拉下屏罩的牛眼提灯，此时他暂时把灯放下，在自己全身上下到处拍打找钥匙，从无数口袋里掏出许多钥匙和钥匙圈，最后终于找到对的那把。

"威尔基·柯林斯先生，小心头。"说完，他拿起提灯，我们一起走进漆黑迷宫里。这个 11 月天乌云密布，地窖天花板交叉拱顶里那些没有玻璃的梯形方格几乎没有任何光线筛洒下来。当初建造大教堂那些作古已久的先人规划的天窗如今被树根和灌木盘踞，有些地方甚至长了草皮。我多半靠声音跟随德多石的脚步，与此同时一只手摸着墙滑过光滑墙板找路。湿气在加重。

叮嗒嗒嗒嗒叮叮嗒。德多石好像找到了他满意的回音。他掀开提灯屏罩，让我看看走道转角往下变成阶梯处的石块接缝。

"威尔基·柯林斯先生看见了吗？"他问。地窖里充满他呼出的朗姆酒气。

"这里拆掉过，又砌了新石头，还抹了灰泥。"我说。我必须努力忍住，牙齿才没咯咯打战。理论上洞穴里会比外面的11月冷风里来得温暖，均温维持在十摄氏度左右，可惜这个地窖洞穴不包括在内。

"是啊，德多石本人不到两年前做的，"他对我呼气，"经过个一天三天，没有人会发现新的灰泥比较新。牧师不会、唱诗班指挥不会，连别的石匠也看不出来。只要是德多石亲自动手。"

我点点头："这面墙后面就是地窖？"

"不，不。"德多石笑道，"我们跟那些老东西之间还有两道墙。这面墙后面只是它跟那面更旧的墙之间的第一道缝隙。最多四十五厘米宽。"

"这就够？"我问。我没办法完整说出句子的下半截："塞一具尸体？"

德多石湿润的红眼睛在提灯光线中对我闪烁，他好像乐歪了，又好像完全读懂我的心思。"不，不是塞尸体。不是。"他音量有点儿太高，"只是放些骨头、脊椎、跗骨、怀表、表链或一两颗金牙，再放个清爽干净的微笑骷髅头……空间太够了，先生，空间太够了。更里面那些老东西不会吝啬拨些空间给那些新住户。不会的，先生。威尔基·柯林斯先生。"

我只觉胃液翻搅。如果我不马上离开现场，肯定会吐在德多石那双不分左右脚的脏靴子上。但我还是多停留了一点儿时间，问他："你跟狄更斯先生就是选这个地方存放他打算带来的骨头吗？"

"哦，不，先生。不，先生。我们的查尔斯·狄更斯先生，那个有名的作家，他选了一个更暗、更深的地方放他要带来给德多石的骨头。就在那边楼梯底下，先生。威尔基绅士想看看吗？"

我摇摇头，不等那盏小提灯跟上来，我便自己一鼓作气往上跑，冲出了地窖。

那天晚上，我跟大约一百名狄更斯的好友一起坐在圣詹姆斯厅，我寻思着狄更斯站在那座舞台上表演多少次了——不管是戏剧演出，或在作家群中引领风潮为观众朗读。一百次吗？至少吧。他是——或曾经是——那种"新形态作家"，但好像始终没人能跟他平分秋色或取而代之。

这次公开屠杀南希又是文字工作者另一项史无前例的创举。

福斯特告诉我，是他说服狄更斯去征询查培尔公司的意见，看他们如何看待将南希谋杀案纳入朗读节目表这个（在他看来的）灾难性做法。于是查培尔公司提议举办这个不公开朗读会，测试观众对这段残暴又恐怖的朗读表演的反应。

就在表演前我无意中听见伦敦某位非常知名的医生（不是我们的朋友毕尔德）对狄更斯说："亲爱的狄更斯，你要知道，你谋杀南希的过程中只要有一个女人惊叫出声，全场就会扩大感染陷入歇斯底里。"

狄更斯只是谦虚地低头微笑，所有认识他的人都会觉得那抹笑意里邪恶多于淘气。

我坐进第二排波希旁边属于我的座位后，发现舞台布置有别于狄更斯平时的朗读会。除了他常用的那些让他在漆黑舞台上格外突出的个人化煤气灯光束和紫红色隔屏，狄更斯在左右两侧加装了同样的暗色隔屏，隔屏后方更有同色系布帘，目的在于缩小宽敞的舞台，将焦点集中在他周遭那一小块出奇明亮的区域。

坦白说我以为狄更斯一开头会先来一段比较平和的朗读，或许是他的《匹克威克外传》里历久不衰、始终受欢迎的审判场景（"传山姆·维勒！"），再进入南希谋杀案的"狂飙跃进[1]"，让我们明白一整晚的正常朗读表演足以稀释惊悚的尾声。

但他没有这么做，他直接推出了南希。


亲爱的读者，我知道我描述过初夏时狄更斯为这幕情节撰写的脚本草稿上的注记，但我无法形容那些注记——或者说我那些已经尽力字斟句酌的粗劣叙述——多么不足以表达接下来那四十五分钟于万一。

亲爱的读者，或许在20世纪末或21世纪初（如果你们还用我们的耶稣纪年）那个遥不可及的未来，你们的神奇科学力量已经创造出某种镜子，可以穿越时空看见或聆听耶稣的登山宝训或佩里克利斯的国殇演讲[2]或原汁原味的莎士比亚戏剧演出。如果真是

---

1 Sturm und Drang：指18世纪后半期德国文学运动，力图推翻启蒙运动崇尚的理性主义，改走自然、感性路线。

2 Pericles' orations：佩里克利斯（公元前495—公元前429）为古希腊时代雅典政治领袖。雅典城每年冬季举办国葬仪式，由知名人物发表演说。佩里克利斯在这场演说中阐述了雅典的民主精神，强调统治权属于多数人而非少数人。

这样，我建议你在你的"不可错过的历史演说"名单中加入某个查尔斯·狄更斯朗读的比尔·塞克斯谋杀南希。

当然，他没有直接切入杀人细节。

你应该记得我早先描述过狄更斯的朗读：冷静的举止，单手捧着摊开的书，却始终没有认真去看。舞台效果完全来自狄更斯朗读时的各种腔调、口音和姿态，他从来不曾"演出他朗读的情节"。

处理这段谋杀案的时候，狄更斯慢慢加入比我过去所见（或任何朗读自己作品的作家所制造的）更多的戏剧效果。那个坏心眼儿犹太人费金比过去更为活灵活现，绞拧着双手，既渴望那些偷来的钱，又怀着一丝愧疚。仿佛他在策划阴谋诡计的同时也想洗掉耶稣的血。诺亚·克莱博变得比小说里更懦弱、更愚蠢。比尔·塞克斯出现时，满怀期待的观众不禁打起冷战。区区几页对白与戏剧性描绘将这个酒鬼小偷兼暴徒的行径刻画得栩栩如生，前所未见地忠实呈现了男性的残暴。

南希的恐惧从一开始就明显可见，等到她发出第一声尖叫时，观众脸色发白，全神贯注。

狄更斯想让我们见识他过去几十年来的朗读表演（更别提模仿他的人那些蹩脚又不入流的表现）与他这个惊悚新纪元之间的分水岭。他抛开手上的脚本，离开朗读桌，直接跳进他为我们描绘的那幕场景。

南希尖叫着求饶。

比尔·塞克斯毫不留情地愤怒咆哮，尽管南希哭喊着："比尔！亲爱的比尔！看在上帝分儿上，比尔！求求你！"他仍然无动于衷。

狄更斯的声音贯彻整个圣詹姆斯厅，就连南希断气前最后的低声恳求也清晰可闻，仿佛我们这些观众也都在舞台上似的。在那极少数（却恐怖）的静默中，我们几乎可以听见老鼠在后方空荡楼座间出没的声响。我们清楚听见狄更斯把他隐形（却异常醒目）的棍棒砸在南希头骨上……又一下！再一下！又一下！

强度十足的灯光在狄更斯运用下发挥着神奇效果。前一秒他单膝跪地扮演南希，灯光打在他后仰的脑袋和徒然高举的苍白双手。下一秒他后退变成比尔，棍棒举在肩膀后方，整个人不可思议地变得比平时的狄更斯更壮硕、更魁梧、更高大，阴影填满他的眼窝，只露出比尔发狂的白眼球。

接着他继续出拳痛殴，也挥棒，再殴打，更凶狠地挥棒。随着生命与希望双双消逝，南希濒死的声音变得更呆滞、更微弱，让屏息以待的观众大口喘气。有个女人开始啜泣。

南希的求饶声停止后，观众暂时松了一口气，以为——甚至希望——残暴的比尔听见了她的乞求；以为那破碎的身躯至少能留住一丝微弱的生命。可是，当许多观众选在那个时刻睁开眼睛时，狄更斯却吼出比尔最震耳欲聋、最癫狂的咆哮，使劲棒打垂死的南希，再狠敲魂归离恨天的南希，继续捶击躺在地上那摊血肉模糊的残破躯体与蓬乱毛发。

打完以后，他以那种吓人的神态蹲伏在尸体上方，就像他儿子和我弟弟在盖德山庄草地上看见的那一幕。狄更斯大口喘气的声音响彻表演厅，像某种运作失常的蒸汽机。我不知道他是真喘，或只是在表演。

他演完了。

观众席的妇女们在低泣，至少有一个陷入歇斯底里。男人僵硬苍白地坐着，个个双手握拳，下颚肌肉绷紧。我发现我身边的波希和另一边狄更斯的朋友查尔斯·肯特都费力地在吸气。

至于我，朗读过程中我眼睛后侧的圣甲虫发了狂，从我大脑的一边掉头、钻探、挖洞到另一边。那股疼痛无法言喻。尽管如此，那场谋杀太难以抗拒，我没办法闭上眼睛或堵住耳朵将它摒除在外。等南希香消玉殒气绝身亡，我掏出我的随身银瓶，灌了四大口鸦片酊。我发现其他男性观众也拿着类似的随身瓶喝东西。

狄更斯表演完毕，走回讲台，理了理翻领和领带，微微欠身。观众持续沉寂了很长时间。

那段时间里，我以为不会有人鼓掌，以为谋杀南希这个变态表演再也不会登上舞台。查培尔公司会从观众震慑的沉默中听见他们的裁决，事实证明福斯特、威尔斯、波希和狄更斯其他所有朋友反对有理。

可是掌声响起，而且越来越响亮，持续不断，全场观众陆续在掌声中起立。掌声迟迟不肯停歇。

满头大汗的狄更斯面带笑容。他深深鞠躬，从他的加高朗读桌后方走出来，比出魔术师的邀请手势。

他的舞台工作人员快步走出来，隔屏刹那间被推到一旁，紫红色帘幕也拉了开来。

舞台上出现一张明亮耀眼的宴会长桌，上面堆满珍馐美味。一瓶瓶香槟躺在无数银色冰桶里冰镇，一大群穿着正式制服的侍者就定位，准备为贵宾撬生蚝、开香槟。狄更斯再度比手势，趁着第二回合的热情掌声开口邀请大家上台享用点心。

就连这个阶段的节目都经过精心策划。第一批男女观众颤抖地踏上舞台时，强力光束照亮了他们发红的脸庞，男士们身上的金属配件与女士们的缤纷礼服都显得光彩熠熠。仿佛表演仍在进行中，只是如今我们大家也都进来轧上一脚。我们发现原来自己参与了惨遭虐杀的南希的守灵会，震撼中不免惊恐与兴奋。

终于踏上舞台后，我站在一旁偷听其他人如何评论狄更斯。此时狄更斯脸上堆满了笑，手帕忙不迭地擦抹潮湿的额头、脸颊与脖子。

女演员塞勒丝蒂夫人和基尔莉太太率先靠近他。

"你们是我的法官兼陪审员，"狄更斯开心地对她们说，"我该不该表演这一段？"

"哦，该，该，要，要，要。"塞勒丝蒂夫人英法文夹杂、上气不接下气地说，她仿佛快昏倒了。

"当然要做！"基尔莉太太大声说，"有这么震撼的效果，必定得演出，一定要。但我必须说……"这时她极度缓慢、极度戏剧化地转动她的黑色大眼睛，刻意一字一句慢慢说出接下来的话："过去这五十年来大众一直在寻寻觅觅这样的激情演出，天可怜见，他们总算等到了！"

之后基尔莉太太断断续续吸了一大口气，吐出来，呆立原地，仿佛哑口无言。

狄更斯弯腰鞠躬，拉起她的手吻了一下。

查理·狄更斯拿着空生蚝壳走过来。

"查理，"狄更斯说，"现在你有什么看法？"（在狄更斯最亲近的人之中，查理持反对立场。）

"父亲，演出比我想象中精致得多，"查理说，"但我仍然要说，别做。"

狄更斯震惊得猛眨眼。

爱德蒙·耶茨端着他的第二杯香槟走过来。

"你觉得如何，爱德蒙？"狄更斯问，"我自己的儿子查理告诉我这是他听过最精彩的朗读，却毫无理由投下反对票。"

耶茨瞄了一眼查理，然后用严肃、几乎像参加丧礼的语气说："先生，我赞同查理的看法。不要做！"

"我的老天！"狄更斯笑着说，"我被怀疑论者包围了。你……查尔斯。"说着，他指向我身边的肯特。我们大家到现在都还没开始吃东西。周遭的交谈声愈来愈嘈杂，也不像早先那般压抑。

"还有威尔基，"狄更斯说，"你们这两位我的老朋友兼专业共犯怎么想？你们同意爱德蒙和查理的意见：永远不要尝试这段表演吗？"

"一点儿也不，"肯特说，"我只有一点儿技术上的反对意见。"

"是吗？"狄更斯说。他的音调很平稳，但我知道只要牵涉到他的朗读或戏剧表演，任何"技术上的反对意见"他都不在乎。狄更斯认为自己是编剧技巧与舞台效果方面的大师。

"你的朗读……表演……最后一幕是塞克斯将狗尸拖出命案现场那个房间，然后锁上门。"肯特说，"我觉得观众期待更多……也许想看到塞克斯逃亡，甚至想看他在雅各布岛画廊的屋顶上摔下来。观众想要……需要看到塞克斯受惩罚。"

狄更斯皱起眉头。我将他的沉默解读为要我发表意见。

"我同意肯特的看法。"我说，"你刚刚的表演精彩绝伦，可是结尾……雷声大雨点小？太仓促？我没办法代表女性观众，可是我们这些男士饥渴地想看到塞克斯溅血丧命，正如他饥渴地想杀害南希一样。再加个十分钟，就能让故事末端从目前惊悚的空白状态转化为暴烈又激情的收尾！"

狄更斯双手抱胸，摇摇头。我看得见他浆烫挺直的衬衫前襟全都汗湿了，而且他双手在发抖。

"相信我，查尔斯。"他对肯特说，"南希死了以后，世界上没有任何观众能再多撑十分钟，五分钟都不行！我的判断错不了，我站在那里……"他指向讲桌和低矮的讲台，"……所以我很清楚。"

肯特耸耸肩。狄更斯不容商榷的语气出现了，那是他用来终结任何文学或戏剧相关讨论的大师语气。但当时我就知道，事后也不意外地确认，狄更斯会思考这个建议，然后延长表演时间，至少补上三页的叙述文字，一如肯特的建议。

我去拿了生蚝和香槟，跟多尔毕、耶茨、福斯特、查理·狄更斯、波希、肯特、毕尔德和其他人站在舞台最内侧，就在被强光照亮的矩形区域外围。此时狄更斯被他邀请来的一群女性包围了，她们似乎跟刚刚那两名女演员一样，情绪过度激昂，也非常期待南希谋杀案未来的演出。〔早先狄更斯要我带"管家"（也就是凯莉）来，但我没有转达他的邀请。现在我很庆幸凯莉不在这里。我们很多人拿着生蚝和香槟走在舞台上时，都不自觉地低头，确认我们擦得亮晶晶的便鞋没有踩在南希的鲜血上。〕

"简直疯狂，"福斯特在说话，"如果他在剩下的七十九场朗读会上表演太多次这个，一定会害死自己。"

"我同意。"毕尔德说。向来眉开眼笑的毕尔德此刻怒气腾腾地瞪着他手上的高脚杯，仿佛杯里的香槟走味了。"狄更斯根本在自寻死路。他绝对撑不下去。"

"他今天还请了记者，"肯特说，"我听见那些人在讨论，他们都很喜欢，明天一定会大肆吹捧。英格兰、爱尔兰和苏格兰的男女老幼都会卖牙齿来买门票。"

"他们大多数人早都把牙齿卖光了，"我说，"他们得找些别的东西进犹太人的当铺。"

我周围的男人客气地笑笑，大多数人在接下来的沉默中继续皱眉头。

"如果记者夸赞这场表演，"虎背熊腰的多尔毕大声说道，"那么老大就会做。一个星期至少表演四场，一直到明年夏天。"

"那会要了他的命。"毕尔德说。

"在场各位有很多人在我出生前很久就认识我父亲了，"查理·狄更斯说，"我想请问，我父亲一旦知道他这段表演会造成轰动，还有没有什么办法可以劝退他？"

"恐怕没有。"波希说。

"不可能。"福斯特说，"他不会听从理智的判断。下回我们碰面就会是在威斯敏斯特大教堂参加狄更斯的国葬。"

这话听得我差点儿把香槟洒了。

打从狄更斯宣布他决定在冬季与春季排定的绝大多数朗读会场次加入南希谋杀案，几个月以来我一直单纯地把他这种自杀行为视为达成我衷心期盼的目标的方法。可是福斯特让我领悟到一件几乎确定为真的事实：不管狄更斯怎么死的，比如死于自杀式朗读或明天在河岸街被运货马车撞死，外界一定会强烈要求为他举办国葬。伦敦的《泰晤士报》或任何多年来不管在政治上或文学上都跟狄更斯意见相左的小报一定会带头发声，要求将狄更斯安葬在威斯敏斯特大教堂。向来感情用事的公众就会随之起舞。

群众的力量会很惊人，狄更斯死后会跟英国文学史上的精英，那些备受爱戴的遗骨同眠。

这些事情的必然性让我当场想在舞台上尖叫。

狄更斯必须死掉，这点毋庸置疑。几个月前我更深沉、更阴暗的心灵想必已经觉察到这点，而且开始进行谋划。现在我也想到了：狄更斯不但必须死掉，他还得消失。

不可以有国葬，不可以进威斯敏斯特大教堂。是可忍孰不可忍。

"威尔基，你觉得呢？"耶茨问我。

我为刚才的醒悟吓得心惊肉跳，没有注意听其他人的谈话，但我约略知道他们还在讨论如何劝阻狄更斯当众虐杀南希几十次。

"我觉得查尔斯会做他认为他必须去做的事，"我轻声说道，"可是我们大家——他最亲爱的朋友和家人——有责任防止他被安葬在威斯敏斯特大教堂。"

"你是说近期内，"波希说，"你是指近期内被安葬在威斯敏斯特大教堂。"

"当然。我就是那个意思。"我告退去拿香槟。观众人数减少了些，气氛却更加喧闹。香槟瓶塞持续啵地喷出，侍者持续倒酒。

我看见后台有动静，停下脚步。刚刚工作人员才把讲桌和仪器搬到后台。

但那不是工作人员在走动。有个身影站在那里，几乎被周遭的黑暗淹没。他那可笑的歌剧斗篷捕捉到一丝丝舞台灯光的微弱反射。那人戴着旧式高顶大礼帽，一张脸白得透彻，留着古怪长指甲的手指也是。

祖德。

我的心脏跳到喉头，脑子里的甲虫也冲到我右眼后方它最中意的观察位置。

但那不是祖德。

那个身影煞有介事地朝我的方向鞠躬，我看见渐渐长出来的稀疏金发，发现他是爱德蒙·狄更森。

狄更斯当然没有邀请狄更森出席这次试演，他怎么找得到他？他又为什么……

那人直起上身，露出笑容。即使相隔一段距离，狄更森看起来好像没了眼皮，牙齿末端也磨尖了。

我连忙转身确认狄更斯或其他人是不是也看到了这个幻影。好像没有人注意到。

等我再转回去，那个披着黑色歌剧斗篷的人影已经不见了。

# 第四十章

1869年元旦那天我睡到中午，独自在痛苦中醒来。元旦前那一星期天气异常暖和，没有下雪、没有云朵、气候没有道理，我个人则是没有人类同伴。这天却寒冷又阴暗。

我的仆人夫妻乔治和贝西要请假回贝西在威尔士的老家至少一星期。她年迈的父亲和前不久还算硬朗的母亲似乎打算选在同一段时间共赴黄泉。允许所有仆人一起——我猜想他们那个脑袋不灵光又其貌不扬的十七岁女儿埃格妮丝会跟他们一起去——离开一段时间，这种事简直前所未见，而且荒唐。但我出于一片善心，还是答应了他们的请求。当然，我事先跟他们说清楚，请假期间不给工资。由于预定除夕夜（我从盖德山庄回来的两天后）在家里举办一场晚宴，所以我要求他们延后一星期出发。

12月大多数时间凯莉都在家里。她在母亲和新继父家只住了不到两星期。她偷偷告诉我，那位新继父酗酒。她的雇主一家人（仍然把她当客人）圣诞节前夕要出发到乡下度假两星期，我鼓励她跟他们一起去。跨年夜那里会有派对、化装舞会和烟火，可以乘雪橇出游，可以在月光下滑冰，还会有年轻男士……那些东西我都没办法提供。

1869年元旦那天，我觉得我没办法提供任何人任何东西。

卡罗琳结婚后，我尽量避免留在格洛斯特街90号那栋五层楼的空房子里。11月我厚着脸皮赖在好心收留我的雷曼家或毕尔德家里，我甚至去拜访讨厌我的福斯特，在他那栋位于皇宫门区的可笑（却很舒适）的庄园小住几日。福斯特自从娶了豪门女之后，变得更矫情，更叫人受不了。他对我的憎恶（或嫉妒，因为他经常愤怒地跟任何比他更亲近狄更斯的人竞争）也跟他的财富和腰围同步增长。然而，他始终是个自以为是的冒牌绅士，不至于赶我出门，也不会问我一句为什么选在那段时间登门拜访。如果他真的开口问，我会用四个字诚实回答他：你的酒窖。

可是没有人能永远住在朋友家，所以12月某些时候就只有我和凯莉住在格洛斯特街90号那栋宽敞的老房子里。乔治、贝西和害羞的埃格妮丝在一旁忙碌奔走，躲也躲不开我阴郁乖戾的情绪。

狄更斯邀请我跟查理和凯蒂一起到盖德山庄过圣诞节的时候，我有点儿迟疑。接受一个只要时机成熟你就要杀了他的人的好意邀请，似乎有欠正直。可是最后我还是同意了。格洛斯特街的房子里没人的时候，实在没有一点儿人气。

圣诞节那星期狄更斯在家休息，养精蓄锐好应付下一波朗读。他预定1月5日公开表演南希谋杀案，地点同样在圣詹姆斯厅。12月区区几场朗读会就已经让他身心俱疲、病痛再起。12月他在前往爱丁堡的"苏格兰飞人号"列车上写了一封信给我，说道：

亲爱的威尔基：

　　　　列车刚刚颠簸跳过铁道上许多处足以致灾的缝隙，
我们巨熊似的朋友多尔毕却在旁睡得鼾声大作，打呼声
丝毫没有中断。于是我刚刚花几分钟计算了一下，发现
一个惊人事实。类似我这样的巡演，在旅途上会让神经
系统承受三万次明显且独立的冲击。如你所知，我的神
经系统最近不算处于最佳状态。斯泰普尔赫斯特的记忆
始终盘踞我脑海，每当它稍稍淡化，列车上这些冲击和
颠簸就会重新唤起我的回忆。即使我静止不动，一样不
得安宁。最近我告诉我们可敬的美国朋友费尔兹太太，
我把生命中为数不多的剩余时光都花在奔向舞台上我那
些特制煤气灯累人的光线下，如今我让自己投入充满硫
黄味的折磨人灯光下的时刻几乎又到了。


　　除了巡演和这种绕口的语法，狄更斯还找了其他事来累垮自
己。虽然他终于停掉了《一年四季》杂志那该死的"圣诞特刊"
（依我看，很多年前早该废止了），他仍旧每星期在威灵顿街的
办公室工作很多小时。无事忙地调整杂志的封面和排版，找任何
路过的人测试字体大小，撰写热情洋溢的"编者的话"，聊聊他
即将推出的全新连载，安抚那些为"圣诞特刊"的消失感到忧心
的读者："……我的同事和我依然坚守岗位，与此同时我也很荣
幸招揽到多位年轻生力军。作为杂志总编辑，我很乐意持续扩大
本社的编辑群……"

　　由于我拒绝回杂志社任职，所以不太确知那些所谓的"年
轻生力军"指的是谁。狄更斯的儿子除了回复信件和找些零星广

告客户，什么都没做。尽管威尔斯已经归队，他最多就是坐在办公室里盯着空气，听着摔坏的脑袋里持续不断的甩门声。话说回来，威尔斯本来就称不上什么"年轻生力军"。

《一年四季》只是——一直都是——查尔斯·狄更斯心灵与人格的延伸。

仿佛杂志社的工作、苏格兰的巡演和南希谋杀案的持续排练还不够他忙似的，狄更斯每天花几个小时执行已故友人乔昌西·汤森的遗愿。汤森死前谵妄状态下要狄更斯搜罗他（乔昌西）散置各处的诸多宗教文稿。狄更斯顽固地执行这项任务，搞得自己极度疲累。圣诞节前一天，我心不在焉地喝着白兰地，听见波希问狄更斯"那些文章里提出了什么有价值的宗教观点吗"。

"我觉得没有。"狄更斯答。

我在盖德山庄停留的那一星期当中，狄更斯不工作的时候就会善用温和的天气，每天下午出门散步，一走就是三十公里或更远，而非平时冬季的区区二十公里。波希和其他几个人努力跟上他这些强迫性健走，我的风湿性痛风和埃及圣甲虫不允许我参与。于是我吃东西，喝白兰地、葡萄酒和威士忌，抽狄更斯那些质量叫人失望的雪茄，喝更多鸦片酊来扫除郁闷，或阅读狄更斯和乔吉娜精心为个别客人挑选、摆在每间客房里的书籍。（德·昆西的《一个英国瘾君子的自白》显眼地躺在我的床头柜上，不过这本书我读过。其实我从小就认识德·昆西。）我慵懒地度过除夕前那天，除夕当天我计划在格洛斯特街的家举办一场晚宴，邀请雷曼夫妇、查理与凯蒂、毕尔德和其他几个人来共进晚餐。

但我在盖德山庄那一星期并没有虚度。

这年圣诞节费克特没有带来一整栋瑞士小屋，但他带来了《黑与白》的剧本大纲。几个月前他提供了几个点子，建议我写这出戏。

作为朋友，费克特有时候很烦人也很惹人嫌，因为他总是处于财务危机当中，管理（或保留）金钱的能力几乎像四岁幼童那般低下。不过，我觉得他这个关于某个有八分之一黑人血统的法国贵族故意潜入牙买加人口拍卖市场、被人当奴隶贩卖的点子很有发展潜力。更重要的是，如果我愿意创作这个剧本，费克特便答应协助我修正我在《禁止通行》中犯下的过失——根据狄更斯和我右眼那只甲虫的看法——比如戏剧的节奏、情节的精简与对白的扼要。

费克特向来注重承诺，接下来那两个月，只要我撰写《黑与白》，他几乎随传随到。他左删右减，让对白变得更精准，更"鲜活"；修改不顺畅的进场退场，点出没有善加发挥的戏剧效果。1868年圣诞节那段时间，我们在狄更斯的图书室一面喝白兰地抽雪茄，一面愉快地合作《黑与白》。

圣诞假期结束，我们都暂时回归各自的工作：狄更斯继续屠杀南希；费克特到处寻找配得上他杰出演技的角色或剧本；我回到格洛斯特街90号那庞大的空房子。

我弟弟查理尽管胃疾持续恶化，还是出席了我的除夕晚宴。为了逗大家开心，晚餐前我招待大家到最近重新开幕的欢乐剧场欣赏一出哑剧，同行的人包括毕尔德、雷曼夫妇、查理和凯蒂（自从10月29日在她家那场不愉快收场的会面之后，她对我的态度始终爽朗却拘谨）。

我的除夕夜晚宴原本应该很成功。早先我帮妮娜·雷曼找到了一名新厨子，这天她把这个厨子借给我，为大家烹调精致法国料理。我也准备了大量香槟、葡萄酒和杜松子酒。哑剧则让大家放松了心情。

　　可是一整晚的强颜欢笑实在太难消受。仿佛我们大家突然间都能够透视时间的帷幕，预见未来一年自己会发生什么倒霉事。在我们明显太刻意制造欢笑的同时，我的仆人乔治和贝西也明显急于完成任务，准备隔天一早就出发赶赴威尔士探望贝西父母。当时他们的女儿埃格妮丝喉咙严重发炎，所以当晚的桌边服务少了她迟缓笨拙的身影。

　　就这样，元旦中午我在剧烈头痛中醒过来，摇铃打算要乔治帮我送热茶、放洗澡水。等了半天没人响应，这才想起他们都已赶回威尔士去了，气得我出声咒骂。我为什么答应他们在我需要他们的时候离开？

　　我披着晨袍在屋子里蹒跚走动，发现昨晚盛宴的狼藉杯盘已经收拾整齐，所有物品都清洗干净放回原处。水壶装了水，随时可以放在炉子上煮。厨房料理台上有各式早餐供我选择。我闷哼一声，只煮了茶。

　　壁炉摆好了柴火，只差没点燃。但我得清理被遗忘的烟管，才把客厅、书房、卧室和厨房的炉火点起来。随着新年来到，圣诞节期间的诡异暖阳与不寻常高温也消失了，等终于拉开窗帘往外探看，我发现外面乌云密布，呼号的强风夹带冻雨。

　　用完早午餐后，我考虑接下来要做什么。我告诉乔治和贝西我可能会在俱乐部待一星期，可是两天前我向俱乐部查询发现，要到6日或7日才有空房间。

我也可以再去盖德山庄，可是狄更斯正在准备1月5日星期二——我百般难熬的这个元旦是星期五——在不知情的观众面前首演南希谋杀案，之后继续前往爱尔兰等地巡演。我知道此刻他一定在家里忙着各项准备工作和排练。我还得创作《黑与白》，费克特人也在伦敦，盖德山庄会让我分心，离费克特又太远，所以我绝不考虑。

但我需要仆人，需要有人帮我料理三餐，需要女性的陪伴。

我思索这些问题的同时，在屋子里到处乱逛，最后探头望进书房里。

另一个威尔基就坐在壁炉旁的皮椅上等我，正如我预期他会在那里等我。

我没有关书房门，因为那天整栋屋子没有别人。我坐进另一张皮椅。如今另一个威尔基几乎不再跟我说话，但他很擅长聆听，偶尔也会点点头。有时他可能会摇摇头，或用那种不置可否的空洞眼神望着我。我从卡罗琳口中得知，我这种表情代表不以为然。

我叹了一口气，然后开始告诉他我杀狄更斯的计划。

我用正常音量讲了大约十分钟，刚好说到德多石在罗切斯特大教堂底下的地窖里找到墙壁之间的空隙，还谈到生石灰坑如何有效地溶解小狗的尸体，却看见另一个威尔基处于鸦片迷幻中的双眼往上移，盯着我背后。我连忙回头查看。

乔治和贝西的女儿埃格妮丝穿着晨袍、睡衣和破烂拖鞋站在门外，她毫无姿色的扁平圆脸极度苍白，连嘴唇都没了血色。她的视线在我跟另一个威尔基之间游移，然后又来回移动。她那双咬秃了指甲的小手像小狗的脚掌似的举起。我很确定她已经在门口站了好一阵子，也听见了我所说的每一句话。

我还来不及说话，她已经转身跑向楼梯，拖鞋啪啦啦踩着木地板往上，一路奔向她在四楼的房间。

我一阵慌乱，转头看看另一个威尔基。他摇摇头，脸上的表情哀伤多于担忧。光看他的表情，我已经明白我该怎么做。


屋子里黑漆漆的，唯一的光源是壁炉的火。而在外面，圣诞节期间的温暖天气此时以元旦夜的冰风暴终结。我不停敲埃格妮丝的门。

"埃格妮丝，拜托你出来，我有话跟你说。"

她只顾着哭，没搭理我。房门锁上了，里面点了蜡烛，从门缝底下的阴影来看，她把沉重的柜子或洗手台推来抵在门后。

"埃格妮丝，拜托你出来。我不知道你在家，出来跟我谈谈。"

哭声更响亮了。然后……"对不起，柯林斯先生……我穿睡衣。我病了。我不是故意犯错，我身体不舒服。"

"那好吧，"我冷静地说，"明天早上我再跟你谈。"

我重新回到阴暗的客厅，点了几根蜡烛，这才看见早上没发现的字条。是乔治写的，一直放在壁炉上：


柯林斯先生：

我们女儿埃格妮丝病了。原本她要跟我和贝西回威尔士，可是今天一大早我们改变了主意，因为可怜的埃格妮丝在发烧。我们觉得不应该把发烧的病人带到垂死病人床边。

因此，请容许我们把埃格妮丝留下来，请您多多关照。无论贝西父母命运如何转变，下星期二我（乔治）都会回来继续服侍您。

先生，她（埃格妮丝）的服务质量可能达不到您的标准，但勉强可以为您准备三餐。如果您决定留在家里不去俱乐部，她也可以为您打扫清洁。柯林斯先生，她留在府上养病顺便做点简单家事的同时，至少在您出门时可以让盗匪知道屋子里有人在。

您的忠实仆人

乔治

早先我清理烟管点燃壁炉火的时候，怎么会没注意到这张字条？我正准备把字条扔进火里，却又改变了主意。我小心翼翼避免弄皱它，将之重新放回壁炉上原来的位置。该怎么办？

时间太晚了。明天一早才能处理。要处理这件事，我需要钱。

隔天星期六破晓我就醒了，醒来立刻评估情势。房间里灰蒙蒙的晨光愈来愈亮——前一天晚上我故意拉开厚重窗帘，就是为了让晨光照进来——我看见门口附近那张直背椅上整齐堆着一沓一沓另一个威尔基的笔记。前一天我并没有看见，他可能是前一天晚上写的，因为毕尔德非常好心，我们的除夕晚宴直到凌晨才结束，他离开前帮我注射了一剂吗啡。我绝大多数的祖德噩梦和口述都是在吗啡药效作用下进行的。

我不停告诉自己：没有急迫性危机。不管那蠢女孩听见了什么，在她父母回来以前（至少在乔治回来之前），那些秘密都会安稳地藏在这栋屋子里。

我躺在我的大床上看着晨曦渐渐明亮，心里诧异着自己这么多年来竟然很少注意到埃格妮丝。一开始她只是另一张需要喂饱（却不需要付薪水）的嘴，是我雇用乔治与贝西的附带条件。乔治与贝西本身已经不是多么称职的仆人：效率始终欠佳，幸好薪资非常低廉。多年来我只支付乔治和贝西微薄薪水，因此省下一笔钱，必要时可以请个好厨子。事实上，光是房子后面那些马厩的租金拿来付他们的薪水已经绰绰有余。

指甲咬光、一张扁平圆脸、笨手笨脚外加说话结巴的埃格妮丝一直是这屋子（和之前梅坎比街的房子）里非常熟悉的背景，在我心目中她根本是家具的一部分。多年来她对我来说与其说是仆人，不如说是衬托凯莉的聪慧与美貌的对比物。她们俩小时候经常玩在一起，但自从她们脱离幼儿期以后，因为埃格妮丝太乏味又缺乏想象力，凯莉对她渐渐失去兴趣。

可是现在我该拿这个看见另一个威尔基又听见我描述谋杀狄更斯计划的女孩怎么办？

我需要钱，这点毋庸置疑。我脑海里浮现出三百英镑这个数字。我想象那一堆纸钞与金币的具体画面。对头脑简单的埃格妮丝而言，这会是一笔巨大财富，听起来又不至于太虚幻。三百英镑好像很适合我的计划。

可是钱从哪里来？

过去几天来我花光了手边现金，还开了太多支票：买哑剧的票、采买宴会所需的杜松子酒和香槟、支付妮娜·雷曼的新厨子备办晚宴的费用。银行星期一才会营业，虽然我认识银行经理，周末跑到人家家门口要求兑现三百英镑的支票却怎么也不适合。

当然，狄更斯会肯借我这笔钱，可是来回跑一趟盖德山庄会耗掉大半天，我不想把埃格妮丝独自留在家里那么久。她父母和凯莉都不在家，她没人可以说话，可是谁也不知道她会不会趁我不在家的时候写封信寄出去。那可就糟了。我也不想让狄更斯纳闷儿我为什么周末要用到三百英镑。

基于同样理由，我不能找任何临时拿得出那么多钱借我的朋友或熟人，比如雷曼夫妇、波希、毕尔德、威廉·亨特。他们都不会拒绝我，但不可避免都会起疑。费克特就不会问我为什么需要这笔钱，也不会担心钱用到哪里去，更不会担心我不还，可惜费克特自己一如往常捉襟见肘。事实上，过去一年来我私下借给他太多钱，又投资了许多"戏剧开销"（仍未回收）：先是《禁止通行》，现在又是《黑与白》（尽管剧本才开始动笔），所以新年一开始，我的财务状况就有点儿吃紧。

我洗过澡，把自己打扮得格外光鲜亮丽。我听见楼下厨房传来烹调的声响。

埃格妮丝也尽她最大的努力把自己打扮齐整，我想到她穿了最好的衣裳，可能准备出门，心里忽然一阵慌乱。我走进厨房时，她正在帮我准备丰盛早餐。

她看见我就吓得缩成一团，退到厨房角落。

我对她露出最温暖、最慈祥的笑容，甚至在门口停下脚步，举起双手，掌心朝前，让她知道我没有恶意。

"早安，埃格妮丝。你今天特别美丽。"

"早……早……早安，柯……柯……柯林斯先……先生。谢谢您，先生。您的鸡蛋、豌豆、培根和吐……吐……吐司就……就快好了。"

"太好了，"我说，"我可以跟你一起坐在厨房吃吗？"

这个提议显然吓坏她了。

"算了，我照旧在用餐室吃。《泰晤士报》来了吗？"

"是……是的……是的……先生，"她好不容易说完，"在用餐室桌上，跟平常一样。"她省略了第二句"先生"，以免再次卡住。她的脸红得发紫，培根烧焦了。"今……今天早上您要咖啡吗……柯林斯先生……或茶？"

"咖啡。谢谢你，埃格妮丝。"

我走进用餐室边看报纸边等。她端上来的每一只盘子里的每一样食物不是烧焦就是没熟，或者——不知怎的——二者皆是。连咖啡都有焦味，而且她倒咖啡的时候溅了好些在碟子里。我津津有味地把所有东西吃光喝光。

她再次进来帮我倒咖啡时，我又笑着对她说："埃格妮丝，你能不能坐下来跟我聊一聊？"

她望着餐桌旁的空椅子，再度露出惊恐神色。坐上主人的餐桌？闻所未闻。

"或者站着，如果这样你比较自在的话。"我温和地补上一句，"不过我觉得我们应该谈一谈……"

"昨天中午我什么都没听......"她口齿不清地抢着说。最后两个字听起来像"没心"。"什么都没……没听见，柯林斯先生。而且我什么都没看见。我没看见您跟别人在您书房里，柯林斯先生，我发誓我没有。我也没听……"——没心——"有关狄更斯先生或任何人或任何东西。"

我强迫自己笑出声："没事的，埃格妮丝，没事的。我堂弟来看我……"

我堂弟，是啊。我的双胞胎堂弟，我的分身堂弟。那个长相跟我一模一样，我从来没跟乔治或贝西说过、提起过的堂弟，连眼镜、西装、背心、肚子和刚开始变白的胡须都跟我毫无差别。

"当时你转身就跑，不然我会介绍你们认识。"我说完了。咧着嘴温和地笑那么长时间可真不容易，更何况还得说话。

埃格妮丝浑身上下都在抖。她得伸出一只手扶住椅子，才能站得稳。我发现她原本已经咬秃的指甲在流血。

"我……堂弟……也是写文章的绅士，"我柔声说道，"你可能听见了我们编造的假想故事的结尾……是关于某位像狄更斯先生那样的作家的谋杀案。狄更斯先生来过这里很多次了，你认识他。他如果听见我们的故事一定会觉得很有趣。只是一个像狄更斯先生的人，我们用他的名字当代号，故事里的人物当然不是他。埃格妮丝，你知道我写惊悚故事和剧本，对吧？"

埃格妮丝的眼皮不住颤动。万一她晕倒或尖叫或跑到街上找警探，我该怎么办？

"总之，"我总结道，"我堂弟和我都不希望你误会。"

"我很抱歉，柯林斯先生。我没看见或听见任何东西。"这点她强调了四次。

我放下报纸，把椅子往后推。小埃格妮丝吓得往上跳，几乎离地十几厘米。

"我出去几分钟，"我用轻快的语气说。我不会再跟她提昨天的事，永远不会。"马上就回来。能不能麻烦你帮我烫八件最好的晚宴衬衫？"

"妈妈出发前都帮你烫好了。"埃格妮丝勉强挤出这些话，声音紧缩。说到"妈妈"和"出发"这些字时，她的眼睛变湿润，手抖得更厉害。

"没错，"我语调有点儿严厉，"可是烫得不够好。这星期我要上剧院好几趟，需要最平整的衬衫。你能马上帮我烫吗？拜托你。"

"好的，柯林斯先生。"她低下头，端着咖啡壶离开。我走到门厅衣柜取大衣时，听见她在厨房里加热熨斗。

接下来这一小时我必须让她保持忙碌，必须确保她没时间写信寄信，也没时间思考、而后逃跑。

只要我能让她在这里多留一小时，就没什么好怕的了。

没心。


马莎看见我站在门外非常开心，她看见我出现在她门外总是很开心。她家离格洛斯特街不远，那天我运气很好，在我家附近的波特曼广场招到一架出租马车。只要再多点这样的好运，埃格妮丝还没烫好第一件衬衫我就已经赶回去了，她当然不会有时间写信再出门寄信。

尽管我每个月给马莎十分优渥的二十英镑生活费，乍看之下马莎（在她房东和波索瓦街其他房客心目中她是"道森太太"）不可能拿得出三百英镑。但我很清楚马莎的习惯，她几乎从来不给自己买东西，吃得很简单，自己做衣服穿，生活开销很低。我给她的生活费她几乎都能存一点儿下来，她也从雅茅斯带来一些自己的存款。

我告诉她我需要的数目。

"没问题。"说着，她走进另一个房间，带着总共三百英镑的纸钞和硬币出来。

太棒了。

我连大衣都没脱，这时我把钱塞进大衣口袋，打开门："亲爱的，谢谢你。星期一早上银行门一开，我就还你钱。也许更早。"

"威尔基？"

她的声音让我停住脚步。她很少喊我名字。

"什么事，亲爱的？"我努力隐藏声音里的不耐烦。

"我怀孕了。"

我的眼睛在圆形镜片后方眨呀眨的，脖子忽然之间发热刺痛。

"威尔基，你听见了吗？我怀孕了。"

"我听见了。"

我打开门想走出去，却停下来。她不知道我多给她的这几秒几分多么珍贵。"怀多久了？"我轻声问。

"我们的孩子应该6月底或7月初会出生。"

那么怀了两个月多一点儿。那就是10月那个晚上，卡罗琳结婚那天晚上。

我笑了。我应该上前三步拥抱她，虽然马莎平时期待和要求的都不多，但我知道她会希望我这么做。但我不能，所以我给了她个微笑。

"到时候我要多给你生活费。"我说，"或许从二十镑增加到二十五镑。"

她点点头，低头望着破旧的地毯。

"我会尽快还你这三百镑。"说完我转身离开。


"孩子，到客厅来。"我说。

我回家的时候埃格妮丝正在烫第三件衬衫。我让出租马车在外面等。我从波索瓦街回来的路上仔细寻思我该在哪里跟埃格妮丝谈。厨房太不正式……再者，我还不想让她进厨房。通常，如果哪个仆人需要训诫，我会叫那人到我书房，可是这样会吓到埃格妮丝。所以我选择客厅。

　　"请坐。"我说。我坐在靠近壁炉那张大皮椅上，挥手让她坐我事先拉好、比较不舒适的木椅。这回我的口气不容她拒绝。

　　她坐下来，视线朝下，紧盯交叠在自己膝上那双红通通的手。

　　"埃格妮丝，最近我一直在考虑你的未来……"

　　她没有抬头，整个人微微颤抖。

　　"你知道不久前我安排凯莉到一户很好的人家当家庭教师吧？"

　　她没答话。

　　"请你回答我。你知道凯莉小姐找到工作了吗？"

　　"知道，先生。"她的声音很小，壁炉里煤炭垮掉的声音都能掩盖它。

　　"我觉得现在轮到你享受同样的机会了。"我说。

　　她抬起头来。她的眼眶跟她的指甲一样红。她边烫衣服边哭吗？

　　"请你看一下这个。"说着，我交给她一封我前一天晚上用最好的纸张写的信。

　　她读的时候，那张厚实的乳白色纸张在她手里抖动。她读得很慢，嘴唇动个不停，默念上面的字句。最后她念完了，想把信纸还给我。"先生……您实在太好心了，太好心了。"

　　至少那该死的结巴消失了。

"不，你留着，孩子。这是你的推荐信，而且容我自夸，措辞非常优美。我已经帮你选好一户人家。他们在爱丁堡附近有一座庄园。我已经写信去告诉他们你要过去，还说你明天开始工作。"

她眼睛瞪大了，而且愈瞪愈大。我觉得她可能会晕过去。

"柯林斯先生，我不知道怎么当家庭教师。"

没心。

我慈爱地笑了笑。我很想俯身向前拍拍她颤抖的双手，又怕她会吓得夺门而出。"埃格妮丝，那一点儿关系都没有。凯莉小姐开始工作之前也不懂怎么当家庭教师。你看她现在不是做得很好吗？"

埃格妮丝的视线又回到她交叠的双手。我突然站起来，她整个人往后缩。当时我忽然想通那些凶恶男人为什么会对自己的女人施暴。当有个人表现得像小狗时，你就有股强烈冲动想把他们当小狗一样抓来痛打一顿。我很清楚壁炉边有一根沉重的火钳。

我拉开窗帘。"请你看看外面。"我命令她。

她总算抬起头，瞪大的眼睛神色狂乱。

"埃格妮丝，站起来。这才乖。过来看看外面。你看见什么了？"

"一架有篷马车，先生。"

"那是出租马车，埃格妮丝。它在等你，车夫会带你到火车站。"

"我没坐过出租马车，先生。"

"我知道。"我叹口气，放手让厚重的窗帘弹回去合上，"亲爱的孩子，外面有各种全新体验等着你。这就是所有美好新事物的第一项。"

我走到旁边的写字桌，帮她拿来一块写字板、一张信纸和一支铅笔。以她目前的状态，恐怕没办法用笔和墨水。

"埃格妮丝，你现在要留张字条给你父母，告诉他们你得到很好的工作机会，所以已经离开伦敦了。你不必跟他们多说，只要让他们知道你开始工作以后会写信回来。"

"先生……我……我不能……我不会……"

"你只要把我念的写下来，铅笔拿起来。这才乖。"

我力求简单扼要，四个句子，简单得就像这个笨孩子写的东西。她写完后我检视一遍。她丑陋的字体看起来七歪八扭、紧张不安。大写字母不按牌理出牌，好几个简单的字都拼错了。但这样才显得真实。

"很好，埃格妮丝。现在签个名。写上祝福的话，再签名。"

她照办。

我把写字板和铅笔放回原处，把字条折好，收进我口袋。

我把那三百镑放在我跟她之间的矮凳上。

"孩子，这是给你的。当然，我帮你介绍的那户人家会付你薪水……薪水很高。事实上，你的薪水会比凯莉小姐现在的还多，苏格兰那些有名望的家族很慷慨。你应该也觉得这笔钱不是小数目，你一到爱丁堡就可以用它来买些更适合新工作和新职务的衣裳，剩下的钱还够你用个一两年。"

我从来没注意过她脸上的雀斑。这时她抬头看我，脸色格外苍白，那些雀斑因此突显出来。"我妈……"她说，"我爸……我不能……他们……"

"他们会很开心，"我热切地说，"他们一回来我马上跟他们解释，他们有空也会尽快去看你。现在上楼把你想带的东西都打包。别忘了带你最漂亮的衣裳。那里会有派对和舞会。"

她坐着不动。

"去！"我下令，"不！回来！把钱带着。去吧！"

埃格妮丝匆匆上楼收拾她的衣物和几样寒酸的个人用品。

我跟着她上楼，确认她没有抗命。之后我下楼到地下室找到乔治收拾整齐的工作台和工具箱。我挑了一把附有拔钉器的大铁锤和一根沉甸甸的铁锹，重新回到楼上。


生活在另一个时代的读者，如果你看到这里很想批判我，我会请你别苛责我。如果你了解真实世界里的我，而不只是通过这些文字认识我，就会知道我是个温顺的人。

我的行为和举止向来温和，我的小说很惊悚，我的人生却是文质彬彬的实证。女性往往可以意识到我这项特质，这就是为什么像我这样个子矮小、戴眼镜又稍嫌圆胖的绅士能够广获女士们青睐。就连我们的朋友狄更斯都经常取笑我的温和，仿佛欠缺侵略性值得拿来嘲笑似的。

我从马莎住处乘车回家途中再次发现，无论小埃格妮丝不可避免的轻率言行如何危及我的人生与事业，我连她头上的一根毛发都不忍心伤害。我从来不曾在盛怒之下打人。

可是亲爱的读者，你会说，嘿！你不是企图射杀祖德和狄更斯？

容我提醒你，祖德不是我们认知上的人类，他残害过几十条甚至几百条无辜性命。他是来自每次毕尔德为我注射吗啡，我就会梦见的那个黑暗国度的怪物。

还有狄更斯……我已经告诉过你狄更斯如何苛待我。亲爱的读者，请你评评理。对于这个自诩"天下无双"的家伙那些傲慢自负和高姿态，你能隐忍多少年，之后才会义愤填膺地出手（或举枪）？

可是你务必了解，我绝不会对可怜的埃格妮丝动手。

她下楼了，穿着她最好的廉价洋装和大衣，那件大衣在冬天的英格兰户外根本撑不了十分钟，在苏格兰更是不到两分钟。她带着两只廉价手提袋，还在哭哭啼啼。

"好了，好了，亲爱的孩子，别哭了。"说着，我拍拍她的背。她又连忙后退。我说："你能不能看看马车是不是还在等？"

她从前门阻隔内外光线的百叶缝隙往外看。"是的，先生。"她又开始哭，"我不知道怎么付……付钱给驾……马车那个人。我不……不知道该搭哪一班车。我什……什么都不会。"这悲惨的孩子几乎想把自己逼到歇斯底里。

"唉，唉，埃格妮丝。车钱我已经付了。我还多给他钱让他带你上火车找座位。他会带你搭上你的班车，会带你坐上你的位子，确认你没问题才会离开。我还要他留在火车站，看到你平平安安出发才离开。我也已经拍电报给你要去工作的那户好人家……他们会去爱丁堡车站接你。"

"我妈我爸……"她泪涟涟地说。

"会很高兴你勇敢地把握了这个难得的好机会。"我伸手准备开门，却又停住，"我忘了。你离开以前我想请你再帮我做件事。"

她用发红的大眼睛盯着我，我看见她眼神里似乎燃起一线希望。她在想：也许她还有机会。

"过来。"说着，我带她走回厨房。

起初她没发现仆人用梯那扇门上的铁钉和木板都已经拆掉了，等发现时，她脚步顿时停住。

"埃格妮丝，我决定重新启用这座后梯，需要把每一层楼梯口的蜡烛都点起来。可是我老眼昏花，里面光线太暗，我看不清楚……"我笑着对她说。

她猛摇头，便宜手提袋掉在地上。她张着嘴，脸上的表情——坦白说——很像关在收容所里那些智障女人。

"不……先生，"她终于说话，"爹地说我不可以……"

"里面没有老鼠了！"我笑着打断她的话，"早就没了！你父亲知道我要重新启用这道楼梯。点亮里面楼梯口那些烛台上的蜡烛花不了多少时间，之后你就可以出发去探险了。"

她只是摇头。

我早先点了一根蜡烛，现在我把蜡烛塞到她手里，走到她后面。"埃格妮丝，听话。"我在她耳边低语。即使在那个时候，我都不禁纳闷儿我的声音听起来像不像祖德嘶嘶嘶的大舌头。"乖乖进去。"

我往前走，她只好往前移动，免得被我撞上。一路上她都没有反抗，直到楼梯门打开，我催促她踏进那个黑暗矩形。

她却步了，转身向后，眼神就像狄更斯那头爱尔兰猎犬苏丹最后一次跟我们出门散步时一样，显得确定、哀伤又难以置信。

"我不要……"她说。

"亲爱的埃格妮丝，把每一根蜡烛都点亮。你要出来的时候就敲敲门。"说完我把她推进去，锁上门。

之后我从流理台取来我藏起来的铁锤、木料和钉子，开始把所有东西照原样钉回去，确认每一根钉子都钉进门框上原来的洞里，等乔治和贝西回来，屋里的一切看起来都原封不动。

她当然会尖叫，很大声，不过格洛斯特街90号的墙壁和门板都很厚。我站在厨房离她才几米远，也只勉强听得见尖叫声。我相信在外面人行道或街道上肯定听不见。

她在厚实的橡木门板另一边使劲敲打，之后徒手爬抓（听起来像）。等我把最底下那块木板钉好，她已经不叫了。这块木板会阻绝任何光线从门缝底下钻进漆黑的楼梯。

我把耳朵贴近木板，仿佛听见脚步声——缓慢又犹豫——上楼的声音。即使到那个时候，她心里应该还以为这是我的残酷把戏，以为等她点好楼梯口的蜡烛，我会放她出来。

最后一声尖叫出现的时候，非常响亮。那声音为时甚短，而且一如我的预期，乍然又惊悚地中断。

之后我上楼检查她的房间。我看得很仔细，不去管时间已经很晚，也不在乎付钱让他在外面等的车夫。我要确认埃格妮丝没有在她自己或她父母房间或屋子里任何地方留字条，她所有重要衣物和个人物品是不是也都收进那两只廉价手提袋。

她床铺得很整齐，床罩底下有个没有曲线也没有眼珠子的破布偶。她会不会带这个去爱丁堡？我认为她应该会带，于是将它带下楼，塞进比较大的那只手提袋。

封死的仆人用梯里寂静无声。

我拿起铁锤和铁锹重新回到地下室，在那里穿上乔治平常做些脏污工作时都会穿的橡胶长围裙。我还借用了他的工作手套。

我只花了几分钟就把半满的储煤地窖里靠后墙那些煤炭铲开，墙上那个堵起来的裂缝仍然看得见，可是砖块和石块之间的灰泥并不牢固。我拿起铁锹弄松砖块。

时间比我预估的来得久，话说回来，我不赶时间。最后，两年前6月9日那天晚上祖德钻进来的那个洞露出来了。我把蜡烛伸进洞里。烛火在遥远而潮湿的气流中摇曳，却没有熄灭。圆形烛光以外是一片漆黑，底下深处更是没有半点光线。

我把埃格妮丝那两只装得太满的手提袋全塞进洞里，侧耳倾听它们落在水里或地面的扑通或砰声。什么都没有，仿佛我家屋子下面那个洞没有底似的。

我花了更多时间把石块和砖头搬回原处，抹上新的灰泥。这简单的石匠技术得自我叔父。小时候我很引以为傲，如今果然派上了用场。

之后我把煤炭铲回原处，放好所有工具和围裙手套，重新回到楼上彻底清洗一番，再收拾一两星期的衣服，包括两件刚烫好的衬衫，放进宽扁行李箱。然后我走进书房拿取所有写作工具和用得到的数据（包括写了《黑与白》开头的手稿），再上楼到埃格妮丝的小房间，把她的字条放在她父母容易看见的地方。最后我把屋子上下巡视一遍，确认所有物品都在原位。后梯仍然没有任何声响，我相信永远也不会有。之后我带着大行李箱和皮革公文包走出家门，锁上前门。

车夫看见我出来，连忙从马车上下来，帮我把行李箱抬下门阶，越过马路边沿，送进马车的行李厢。

"非常感谢你等我，"我有点儿喘气，心情却很愉快，"我不知道收拾东西要花这么多时间。天气这么冷还让你等这么久，希望你不介意。"

"没事，先生。"车夫兴高采烈地说，"我在驾驶座上打了个盹儿。"他的脸颊和鼻子都红通通的，我猜他刚刚不止打了个盹儿。

他拉住车门，等我走上去坐进车厢。他坐上驾驶座，拉开活动天窗往下喊："先生，今天下午想上哪儿去呢？"

"圣詹姆斯旅馆。"我答。

这有点儿奢侈。狄更斯的朋友朗费罗或费尔兹夫妇造访伦敦时，他会安排他们住这家旅馆。他自己偶尔也会住那里，可是我平时不太愿意为住宿花这么多钱。不过这回情况特殊。

活动天窗咚的一声关上了。我举起我的纯金握把手杖，大声敲一下车顶，我们就出发了。

后来我想到，刚刚关楼梯门以前忘了先把那三百英镑拿回来，不过我的心情只稍稍低落了一下。

# 第四十一章


1月5日星期二晚上，狄更斯在圣詹姆斯厅首度为购票观众谋杀南希。几十名女性惊声尖叫，至少四个人昏厥。有个老先生由两名脸色苍白的友人搀扶，踉踉跄跄走出表演厅，大口大口地吸气。我在轰动的掌声响起前离开，但掌声依然追着我来到覆雪街道上。街边排满等着观众蜂拥而出的私家马车和出租马车。包头裹脸的车夫们呼出来的热气与马匹呼出的更大团雾气结合，像蒸汽般飘向煤气灯的清冷光线。

同一天下午，我离家后第一次从旅馆返家。走进门厅时并没有闻到仆人用梯传出任何异味，我早料到不会有怪味，而且原因不只是因为我才离开短短三天。

后梯不会散发出臭味，这点我很肯定。我在那里面开了五枪，却是徒劳无功，毫无作用。那些子弹的目标根本不在乎什么子弹，它已经吞噬了那个绿皮肤黄獠牙女人，没有留下半片衣裳或碎裂牙齿。后梯里不会有埃格妮丝的任何残骸。

我在自己房间里，拿了几件干净衣裳塞进手提袋。我还要回旅馆，这几天费克特也在那里。我听见走廊传来脚步声，有人轻轻干咳一声。

"乔治？你这么快回来了？我忘了你什么时候要回来。"我看着他，用愉快的口气说道。乔治的脸罩着郁闷的乌云，几乎一片灰暗。

"是的，先生。我老婆还要多留两天。她母亲先过世了。我们以为先走的会是她父亲，没想到是她母亲。我离开的时候她父亲也快不行了，可是我们不能把您一个人留在这里没人服侍，先生，所以我先回来。"

"我很遗憾，乔治。还有……"我视线转向他手里的字条。字条像手枪似的对着我。"咦，那是什么？"

"我们小埃格妮丝留的字条，您还没看见吗？"

"啊，没有。我以为埃格妮丝跟你们在威尔士。"

"是啊，先生。我猜您也没看到我们留在客厅壁炉柜上的字条，因为字条还留在原处。先生，那天晚上您可能根本不知道埃格妮丝也在屋子里。也就是说，如果那天晚上她在的话……假使她是早上您起床前走的，而不是晚上走的。"

"走？乔治，你到底在说什么？"

"先生，您看吧。"说着，他把字条递给我。

我读了字条，假装震惊，与此同时脑子里想着，这是陷阱吗？那个傻丫头写字条的时候故意变换笔迹，或动了什么手脚提醒她父母吗？可是字条上正是我念给她抄写的内容。那些错别字显得很真实。

"工作机会？"说着，我放低字条，"乔治，她这话是什么意思？她没事先问过我就到别的地方工作？也没问过你和贝西？"

"没有，先生。"乔治一脸严肃。他一双深色眼眸仿佛钉在我身上，眼皮眨也不眨。"先生，事情不像字条写的那样。"

"是吗？"我把最后几件干净衣裳塞进手提袋，啪地关上。

"是的，先生。根本没什么工作机会，柯林斯先生。有谁愿意雇用像我们埃格妮丝这种又懒又笨的小孩？根本不合理，先生。一点儿道理都没有。"

"那么到底是怎么回事？"说着，我把字条还给他。

"是那个军人，先生。"

"军人？"

"去年12月她在市场遇到的那个苏格兰军团无赖，柯林斯先生。是个下士，比埃格妮丝大十岁，先生。一双小眼睛贼溜溜的，手掌软嫩，留了小胡子，活像油腻腻的毛毛虫爬到他的上唇然后死在那里，先生。贝西看见埃格妮丝跟他说话，赶紧把他们隔开，您应该不难理解。可是她不知怎的利用出去办事的空当跟他见上面。圣诞节前我们发现她在自己房间哭得像个呆瓜，她才说出实话。"

"你是说……"

"是啊，先生。那个没脑筋的傻孩子肯定跟那个军人私奔了，就跟贝西的妈妈躺在冰冷地面上一样千真万确，她爸爸现在八成也一样。我们家的人都走光了，家也散了。"

我拿起手提袋走向门口，顺手搭住乔治肩膀："别瞎说，她会回来的。初尝恋爱苦果以后有哪个不回头！乔治，相信我的话。如果她没……嗯，我们就请人去找她，劝她回来。我碰巧认识几个私家侦探。没什么好担心的。"

"好的，先生。"他的口气跟他的脸色一样灰暗。

"我会在圣詹姆斯旅馆多待几天，麻烦你每天帮我把信送过去。星期六以前麻烦你让房子通通风，整理好，晚餐也要准备好，费克特先生和其他几个人会来这里过夜。"

"好的，先生。"

我们一起下楼梯。

"打起精神。"我又拍拍他肩膀，之后出门走向等候着的出租马车。"最后都会拨云见日。"

"好的，先生。"


狄更斯在斯泰普尔赫斯特事故中崩溃的神经每况愈下不见好转，如今又投入另一系列需要天天搭火车的巡演，不难想象他有多煎熬。凯蒂通过我弟弟告诉我，1月5日圣詹姆斯厅朗读会的隔天早上，狄更斯累得没办法下床像平时一样冲个冷水澡。再过几天他就得到都柏林与贝尔法斯特展开告别巡演。他决定带乔吉娜和他女儿玛丽一起去，希望用欢乐的家庭气氛冲淡告别演出的哀伤。他几乎一出发就遭遇严重摧残他心神的危难，险些酿成悲剧。

当时狄更斯、多尔毕、乔吉娜、玛丽和随行工作人员从贝尔法斯特回来，准备搭邮轮到金斯顿，没想到碰上一场意外。他们的头等车厢紧接在火车头后方，突然听见连串惊人撞击声沿着车顶移动。他们探头往外看，正好看见有个像大镰刀的物品划过空中，像割芦苇似的把路旁的电线杆拦腰截断。

"趴下！"狄更斯大叫一声。所有人迅速扑向车厢地板，大批碎片、砾石、泥土、石块和水撞击了他们那一侧的车窗。车厢仿佛撞上某种硬物般猛烈晃动，之后又是连串巨幅震荡。威力之大，狄更斯事后坦承他当时以为火车再度出轨，以为车厢又要冲下某个未完工的高架桥。

火车停下来了，周遭唯一的声响是庞大引擎的蒸汽喷发声，以及其他车厢乘客此起彼落的尖叫声。狄更斯第一个从地板上爬起来，走到外面跟司机员低声交谈。多尔毕和其他迅速恢复镇定的人也围了过去。

根据多尔毕事后写给福斯特的信，那个司机员情绪比狄更斯激动得多，双手不住颤抖，直说火车动轮上的金属轮箍裂了——爆开——碎片飞向空中，切断了电报线杆。砸中狄更斯车厢的是动轮的大块破片。"如果那破片再大一点儿，"司机员说，"或飞得低一点儿、速度快一点儿，一定会切过你们的车顶，你们这些可怜的乘客就会跟外面的电报杆一样被砍成两截。"

那天狄更斯安抚了乔吉娜、玛丽和其他乘客，连向来不容易受惊扰的多尔毕都承认自己吓得魂不附体。可是到了隔天，等狄更斯再次谋杀南希，朗读会结束后他得靠多尔毕扶他走下舞台。

狄更斯特别在切尔滕纳姆安排一场演出，让他的年迈好友麦克雷迪也能聆赏这场谋杀案。表演结束后，七十五岁高龄、老态龙钟的麦克雷迪倚着多尔毕的胳膊，摇摇晃晃来到后台，喝下两杯香槟后才能开口说话。麦克雷迪看过谋杀案后情绪格外激动，狄更斯刻意表现得满不在乎，但老麦克雷迪不吃那一套。他沙哑的嗓音里夹带着一丝过去在舞台上的盛怒，吼着说："不，狄更斯……呃……呃……我绝不会……呃……呃……不当一回事。我……呃……呃……过去的辉煌时代……呃……亲爱的孩子……你记得的……呃……过去了，过去了！……不！"此时他的吼叫变成咆哮，"现在变成这个……呃……两个麦克白！"

最后一句太过洪亮、太过激动，狄更斯和多尔毕只能无可奈何地盯着老麦克雷迪。毕竟麦克雷迪是诠释麦克白的第一把交椅，他自己也深深以此为荣，比他的娇妻和渐渐成长的可爱女儿都令他感到骄傲。如今他似乎在说，从纯粹的惊恐与情感面来看，狄更斯谋杀南希无论在演技或戏剧效果上，都足以媲美他阐释得最好的麦克白。

之后身材魁梧的老麦克雷迪就站在那里瞪着多尔毕，仿佛始终沉默的多尔毕出声反驳他似的。然后他就……走了。他的身体还在，手里还端着第三杯香槟，他宽阔的下颚和侧脸依然不服气地往上往外突出。可是麦克雷迪本人离开了，诚如狄更斯事后告诉多尔毕与福斯特的话，只留下他自己的苍白光学幻象。

在克利夫登，谋杀案引发了狄更斯欢天喜地称为传染性昏厥的现象。"我猜至少有十几二十位女士各自在不同时段全身僵直被抬出去，场面有点儿滑稽。"狄更斯很开心。

到了巴斯，几乎晕倒的却是狄更斯，因为那个小镇让他心神不宁。"我觉得那个小镇像座被亡者攻占的墓园。"他告诉多尔毕，"他们用自己的旧墓碑铺设街道，装扮得像活人，三三两两到处游荡，却是不成人样。"

2月波希不经意告诉我，乔吉娜和玛丽返回盖德山庄后，爱伦·特南又回到狄更斯身边。至少我是这么猜测的，波希口风还算紧，不会明说。波希终于要结婚了，他在火车站上气不接下气地告诉狄更斯这个喜讯，狄更斯说："我一定要把这个消息转述给跟我在一起那个人听。"跟我在一起那个人……狄更斯几乎不太可能用如此婉转的说法来指称多尔毕或他的灯光师或煤气技师。爱伦是不是以妹妹而非情人的身份跟狄更斯投宿同一家旅馆？不难想象这对狄更斯而言又是额外的痛苦折磨。

我用"额外的痛苦折磨"这个词绝非偶然，因为当时狄更斯苦恼的不止健康问题。尽管他兴奋地告诉大家朗读会上有几十个女性晕倒，但谋杀南希这段演出明显严重损害了狄更斯的身体与心灵。我询问过的每个人，包括波希、福斯特、多尔毕和其他所有人，都说狄更斯写给他们的信里除了谋杀还是谋杀。他每星期至少表演四次，穿插在他那些最受欢迎的朗读段落里，而他似乎不只执迷于要把他表演过的所有演讲厅都变成惊悚剧院，甚至体验到了比尔·塞克斯的罪恶感。

"我要杀了南希……"

"我为谋杀做的准备……"

"我经常想到其他跟我一样的罪犯……"

"我又杀了南希，再一次，又一次……"

"我走在街上的时候，隐约觉得自己'被通缉'……"

"我再一次让双手浸染无辜血液……"

"未来我还要谋杀南希很多次，却没有时间去做……"

更多这一类的语词透过信纸对我们这些留在伦敦的人倾吐。多尔毕写信告诉福斯特，狄更斯朗读过后没办法继续留在那个小镇或城市，所以很久以前安排好的火车行程都要调整，车票要换，额外的开销要支付，好让演出后疲累不堪、几乎没有力气走到车站的狄更斯当晚就能逃离，像个被通缉的逃犯。

"我杀南希以后人们看我的眼光变了。"狄更斯某次回到伦敦时对脑袋空空的威尔斯这么说，"我觉得他们都怕我。他们刻意跟我保持距离……不是基于见到名人的羞怯，而是恐惧造成的距离，也许还有反感与嫌恶。"

多尔毕告诉福斯特，有一次表演结束后他去到后台告诉狄更斯马车等着送他去车站，却发现狄更斯一双手已经至少洗了十五分钟。"多尔毕，我手上的血洗不掉。"疲惫的狄更斯抬起头，眼神里充满苦恼，"血卡在指甲缝底下，也渗进皮肤里。"

到伦敦、到布里斯托、到托基、到巴斯，之后回伦敦准备下一波前往苏格兰，狄更斯已经熟悉那些旅馆、车站、表演厅，甚至观众席里的面孔。不过，狄更斯左脚肿得太厉害，毕尔德禁止他继续苏格兰的表演，演出于是暂时延后。可是五天后狄更斯又上路了，不顾乔吉娜、他女儿们、他儿子查理以及波希、威尔斯与福斯特等人的苦苦哀求。

我决定到爱丁堡去看狄更斯谋杀南希，或许顺便看这场谋杀案谋杀狄更斯。

如今我几乎可以确定狄更斯是想借着朗读巡演自杀，可是我早先对这件事的愤怒已经稍有减退。我脑海里有个声音说：没错，这会让狄更斯死后留名，还会让他入葬威斯敏斯特大教堂，但至少他会死掉。我心满意足地提醒自己，自杀未必会成功。子弹嗒嗒地擦过头骨，在大脑里刻出沟槽，但寻短者未必会死，而很可能会变成流着口水的白痴度过下半辈子。或者某个女人企图上吊，结果绳子没勒断她脖子，有人割断绳子救下她，可惜为时已晚，脑部血液循环受阻过久，往后的人生中她颈子有一道疤痕，脖子难看地歪着，双眼空洞无神。

我告诉自己，借朗读巡演自杀，也可能功败垂成，演变成那些可喜的后果。

我提早抵达，先找好旅馆，狄更斯看见我在车站等他，显得又惊又喜。

"亲爱的威尔基，你气色好极了。"他叫道，"容光焕发。你是不是租了游艇冒着2月底的强风乘风破浪去了？"

"查尔斯，你看起来精神也很好。"我说。

狄更斯的样子糟透了，苍老多了，头发也更白了，头顶几乎全秃，仅剩的几绺花白发丝老远梳到另一边，连胡子都显得稀疏了些，而且蓬乱不整齐。他的眼眶泛红，眼窝底下有紫色凹陷。他两颊枯瘦，口气难闻，走路一拐一拐，像极了装了义肢的克里米亚战争老兵。

我知道我的气色比他好一点儿。如今毕尔德不得不把我的吗啡使用频率从一星期两三次增加到每晚一次，十点准时注射。他教我怎么填充注射筒，怎么帮自己注射。其实并不是太困难，也没有想象中那么麻烦。他还留了一大瓶吗啡给我。我使用两倍剂量，白天里服用的鸦片酊同样也增加一倍。

这使得我白天与夜晚的创作力同时提升。狄更斯问我最近忙些什么，我坦白告诉他费克特几乎等于搬进格洛斯特街90号跟我同住，我们每天都花很长时间创作我的新剧本《黑与白》。我告诉他我已经有新小说的点子，以英国婚姻法某些奇特面为题材，等3月底《黑与白》上演后，就会开始写。

狄更斯拍拍我的背，承诺会带全家人到戏院捧场。我好奇他能不能撑到一个月后的3月底。

我没有告诉狄更斯，如今我每天晚上注射吗啡睡上一觉后，深夜一两点就会醒来，对另一个威尔基口述我的梦境。我们合作的《古埃及黑暗国度诸神祭仪》已经突破一千页手写稿。

那天晚上狄更斯在爱丁堡表演了一场精彩谋杀案，坦白说，我听得不寒而栗。演讲厅不像在克利夫登时一样过度暖和，却还是有十几名女性昏倒。

表演结束后，狄更斯跟几个观众闲聊几句，而后步履蹒跚地走进他的休息室。回到休息室后他马上告诉我和多尔毕，他发现表演后人们不太愿意走过来跟他说话，也不想留在他周遭。"他们察觉到我的杀人本能。"他苦笑道。

当时狄更斯给多尔毕一份剩余场次名单，多尔毕犯下了以他的饭碗而言致命的错误，委婉地建议狄更斯把谋杀朗读保留在大都市表演，其他小城镇就省点力气。

"老大，你仔细看看这张单子上的城镇，你有没有发现什么特别的？"

"没有，有什么特别？"

"每星期四场表演里，你安排了三场谋杀案。"

"那又怎样？"狄更斯厉声问道，"你到底想说什么？"我觉得他忘了我还在现场。我就跟当初的老演员麦克雷迪一样，端着一杯温度慢慢上升的香槟不发一语，直挺挺站在一旁。

"很简单，老大，"多尔毕轻声说道，"就人类的能力而言，你的告别演出已经立于不败之地，不管接下来你读什么，都是稳操胜券。所以不论你选择哪些段落，差别都不大。老大，南希和塞克斯这段表演对你伤害很大，我看见了，其他人也看见了。你自己也看见了，更感觉到了。为什么不保留在大城市就好，或者接下来的场次干脆不演那一段了？"

狄更斯连人带椅子一起转过来，离开那面他正用来帮助清除脸上少许化妆品的镜子。我只在他演出塞克斯的时候见过他这么愤怒的表情。"先生，你说够了吗？"

"这件事我要说的都说完了。"多尔毕口气平淡却坚定。

狄更斯跳起来，抓起装着几只生蚝的盘子，用他的刀柄猛力往下砸。盘子碎成五六片。"多尔毕！去你的！总有一天你这该死的过度谨慎会毁了你，也会毁了我！"

"也许吧，老大。"多尔毕说。虎背熊腰的多尔毕一张脸涨得通红，我发誓我看见泪水在他眼眶里打转。但他的嗓音仍然保持温和笃定。"不过，我希望你这次能给我一个公道，承认我的过度谨慎纯粹是为你着想。"

我手里还端着香槟酒杯，惊得目瞪口呆。我意识到我认识狄更斯这么久以来，第一次看见他对人咆哮（演戏除外）。即使那天晚上在维埃里他说了那么多伤我的话，语气也始终保持平和，几乎有点儿温柔。狄更斯在戏外的真实世界里大动肝火，场面远比我想象中来得吓人。

狄更斯闷不吭声站在原地。我仍旧僵立在休息室内侧，被这场独特对话中的两位主角遗忘。多尔毕走过去把巡演节目单放在他的写字箱上，似乎刻意转身，免得他的老大看见他受伤的表情。他转身回来的时候，看见了我已经看见的画面。

狄更斯在默默垂泪。

多尔毕愣在原地。他还没来得及反应，狄更斯已经——不可避免地、很典型地——上前抱住他，仿佛怀着无限情感。"原谅我，多尔毕，"他哽咽着说，"我不是故意的，我累了。我们大家都累了。我知道你说得没错。明天早上我们再心平气和地讨论这些事。"

可是到了第二天早上（我也在场），狄更斯不但保留原本三场演出里的谋杀案，还增加了一场。

等我回到伦敦，已经目睹或听闻以下这些事实：

狄更斯持续便血，却怪罪痔疮的老毛病。但多尔毕觉得痔疮不足以说明持续性的出血性腹泻。

狄更斯的左脚和左腿肿到他没办法自行上下马车或火车。只有上下舞台的时候才能看见他正常走路的模样。

他自己坦承心情郁闷到言语无法形容的地步。

在切斯特的时候，狄更斯觉得头晕目眩，还说他觉得身体有点儿麻痹。他对来诊治的医生说他"头昏眼花，觉得身体一直想往后退或转向后面"。事后多尔毕告诉我，每次狄更斯想把东西放在桌上，结果总是把小桌子整个往前推，几乎打翻。

狄更斯说他左手臂变得很奇怪，每次他想用左手的时候，比如拿东西或放东西，都得专注地看着手，然后发挥意志力驱使它听命行事。

我待在爱丁堡的最后一天早上，狄更斯笑着告诉我，他已经不敢举起双手去碰头，特别是他那只抗命的左手，所以再过不久他出去见人以前可能得先请个人帮他梳理所剩无几的头发。

然而，离开切斯特后他继续到布莱克本，而后到博尔顿，一路谋杀南希。

到了4月22日，狄更斯终于倒下了。不过亲爱的读者，我的故事超前了。


从爱丁堡返家一段时间后，我接到一封信。是卡罗琳写来的。信里没有悲情感伤，也没有虚伪造作，她的字里行间不带情感，仿佛在记录她家花园里麻雀的行为。她告诉我结婚半年来，她丈夫乔瑟夫没办法赚钱养家，他们只能靠她婆婆吃剩用剩的度日，她婆婆的经济来源只有她公公的微薄遗产，心不甘情不愿地施舍给他们。而且他会打她。

看到她的来信，我心情相当复杂，主要的感觉——我坦承——是小小的满足。

她没有开口要钱或要我帮她什么，甚至没要我回信，但她在信末签署了"你真诚的老朋友"。

我在书房里端坐半晌。我在想，如果卡罗琳·G——如今的海丽叶·克罗——是真诚的朋友，那么虚伪的朋友会是什么样子。

同一天，乔治和贝西收到一封信。他们俩一直以各自的方式哀悼着，特别是贝西，埃格妮丝的离开比她父母的辞世（没有留给他们任何遗产）更让她伤心。那封信送到的时候我没看见信封，否则上面的字迹（费力书写出来的）肯定会吸引我的注意。

隔天乔治来到我书房外，他干咳一声，然后带着歉疚的表情走进来。

"先生，打扰了。因为您先前好心地关切我们亲爱的女儿埃格妮丝的去向，所以我觉得您会想看看这个。"他递给我一张纸，是印有旅馆商标的信纸。


　　新爱的妈妈爸爸——我很好，希旺收到信的你门也一样。我的几会结果非常员满。我跟我的爱人麦丹诺下士决定6月9日结昏。结昏以后我会再写信给你门。
　　　　　　　　　　　　敬爱你门的女儿埃格妮丝


我读信的时候，脸颊、嘴唇和全身肌肉都麻痹了，就像我使用过量吗啡或鸦片酊之后的症状。我抬头看乔治，却说不出话来。

"没错，先生。"他喜形于色，"天大的好消息，是吧？"

"这个麦丹诺下士就是带她私奔那个人？"我勉强问一句。即使在我惊呆了的耳朵听起来，我的声音也像被过滤器筛过。

我事前一定知道，乔治肯定告诉过我，这点我很确定。是这样吗？

"是的，先生。如果这小子肯光明正大娶我们家小埃格妮丝，那么我应该收回先前对他的严厉批评。"

"乔治，我也希望事情演变成这样。这是很值得开心的消息。听到埃格妮丝平安无事又幸福快乐，我太高兴了。"我把信交还给他。那张廉价便条纸上的商标是爱丁堡某家旅馆，却不是我去找狄更斯时投宿的那家。

那天晚上狄更斯抱怨我们住的那家旅馆牛肉质量不佳，所以我们走到另外一家旅馆用餐不是吗？我确定有那件事。此刻乔治塞进斜纹布背心口袋的那张便条纸是不是来自那家旅馆？答案几乎是肯定的。我在那旅馆的时候是不是顺手在大厅拿了几张便条纸？也许吧。很有可能。

"我只是觉得您可能有兴趣听听我们的好消息，先生。谢谢您，先生。"乔治说完笨拙地鞠个躬退了出去。

我低头望着我正要写给我弟弟查理的信。我刚刚烦乱之余，在最后一段洒了一大片墨水。

狄更斯跟多尔毕发生争执的那天晚上，我喝了比平常多很多的鸦片酊。我们去吃晚餐。第一轮几杯烈酒和葡萄酒下肚以后，我就什么都不记得了。我是不是回房间写了"埃格妮丝"

的信？1月我看过她写我口述的那封信，自然很熟悉她写错别字的习惯。之后我是不是连夜下楼，在柜台把那封信寄给乔治和贝西？

有此可能。

一定是这样。

这是唯一的解释，而且道理很简单。

之前我也曾在鸦片酊或吗啡影响下做过一些隔天或之后几天都记不起来的事。这就是《月亮宝石》疑案的关键。

可是我知道那个该死的苏格兰下士的名字吗？

我突然一阵眩晕，赶紧走到窗子旁把窗框往上推。早春的空气吹送进来，夹带着煤炭和马粪的气味，远处的泰晤士河和它的支流已经在羞怯的春日骄阳中发出臭味。我大口大口吸气。

有个穿着可笑歌剧斗篷的男人站在对街人行道上。他的皮肤是羊皮纸白，眼窝似乎像死尸般下陷。即使距离这么远，我仍然看得出他在对我微笑，也看得见他那不自然地磨尖了的牙齿之间漆黑的诡异缝隙。

爱德蒙·狄更森。

或者该说如今变成祖德的活死人喽啰的爱德蒙·狄更森。

那个身影拉了一下高耸晶亮的过时礼帽向我致意，之后继续往前走，在转向波特曼广场之前面带笑容地回头看了我一眼。

# 第四十二章

我的剧本《黑与白》于1869年3月29日星期天首演。我紧张万分地在后台踱步，慌乱到无法根据笑声与掌声的有无判断观众的反应。我只听见我的心脏扑通扑通跳动，以及脉搏在我发疼的太阳穴砰砰作响。整出戏精心计算过的九十一分钟过程中，我的胃频频作呕。九十一分钟不会太长惹观众生厌，又不至于短到让观众觉得吃亏，这都出于那个可恶、阴魂不散的费克特的算计。我用从费克特那里学到的办法，叫帘幕拉起前帮费克特端盆子那孩子也端着盆子跟着我。第三幕结束前我被迫使用了好几次。

我躲在布帘后面偷窥，看见我家人和朋友挤在作家包厢里。凯莉穿着她担任家教那家雇主渥德夫妇送给她的新礼服，看起来特别娇美。此外还有我弟弟查理和他太太凯蒂；毕尔德和他太太；雷曼夫妇；代我出席我母亲葬礼的威廉·亨特等人。在底下靠近舞台的大包厢里有狄更斯和他那些没有流浪到澳洲或印度或独自流放（凯瑟琳）的家人，包括乔吉娜，他女儿玛丽，他儿子查理夫妇，他儿子亨利（从剑桥休假回来），等等。

我没勇气看他们的表情，只好懦弱地缩回后台，端盆子的男孩手忙脚乱地跟着我。

终场的帘幕总算垂落，阿代尔菲剧院爆出热烈掌声，费克特带着他的女主角夏绿蒂·列克莱克出去谢幕，再招手要所有演员一起上台。所有人都笑盈盈的，如雷的掌声丝毫没有减弱，我听见"作者！作者！"的呼唤声。

费克特到后台带我出去，我踏上舞台，尽最大努力表现得谦虚又沉着。

狄更斯站着，显然在带领全场观众激烈地鼓掌。他戴着眼镜，因为太靠近舞台，镜片反射出聚光灯光线，他的眼窝变成两圈蓝色火焰。

这出戏一炮而红，大家都这么说。隔天的报纸恭喜我——总算——找到戏剧成功的完美公式，因为我精通了（套句他们的话）"简洁、紧凑又充满激情的结构"。

《禁止通行》连演六个月，我觉得《黑与白》完全可以连续爆满一整年，或许一年半。

可是三星期后，观众席像麻风病人的脸一样，开始出现缺损。六星期后，费克特和全体演员对着半空的剧院传情表意。全剧演出六十天后黯然落幕，还不及粗糙得多的合作产品《禁止通行》的一半。

我认为罪魁祸首是那些蠢牛般的英国观众。我们把纯洁的珍珠摆在他们脚边，他们满脑子却只想着那腐臭的牡蛎肉。再者，我（以及某些法国报纸）觉得《黑与白》有太明显的"汤姆叔叔情结"，这都要怪费克特一开始提供的那些剧情元素。19世纪60年代早期的英格兰一如在那之前不久的美国，神魂颠倒地迷上

《汤姆叔叔的小屋》[1]，任何人只要有件破烂的晚礼服，都看过那部戏至少两次。可惜风头一过，人们对奴隶制度与它的残酷本质不再感兴趣，美国内战之后更是明显。

与此同时，费克特承诺的"成功"几乎把我送进马歇尔希债务人监狱（尽管马歇尔希监狱几十年前已经关闭，部分建筑物已拆除）。他承诺会为《黑与白》找到"多金的赞助人"，事实上他心目中的主要人选是我。而我也千依百顺，默默挹注了大笔资金支应各种开销、演员薪资、布景画家费用、音乐家酬劳等等。

我也借了愈来愈多钱给那个永远无力偿债（却始终挥霍度日）的费克特，得知狄更斯也是费克特豪奢生活的资助人，我一点儿都不觉得安慰（如今我知道狄更斯总共借给费克特超过两万英镑）。

《黑与白》演出六十天后落幕，费克特耸耸肩，又去物色新的演出机会，我却收到账单。等我终于堵到费克特，问他什么时候还我钱时，他用他那幼稚的狡诈说道："亲爱的威尔基，你知道我爱你。如果不是因为我坚定地相信你也爱我，你觉得我还应该这么爱你吗？"

他的回应让我想到我仍旧持有可怜的黑彻利的手枪，里面还有四发子弹。

当时母亲的遗产、《月亮宝石》和其他创作的收入已经几乎耗尽，为了支付账单，让自己摆脱接踵而至的债台高筑窘境，重建经济安全，我做了所有作家面临这种紧急状况时都会做的事：

---

1　*Uncle Tom's Cabin*：1852年出版的美国小说，作者为哈丽叶特·斯托，是一部反奴隶制度的小说，又译为"黑奴吁天录"。

服用更多鸦片酊，每晚注射吗啡，喝更多葡萄酒，更常上马莎的床，并且开始创作新小说。

《黑与白》首演那天狄更斯从座位上跳起来鼓掌，可是一个月后他的朗读巡演却让他不支倒地。

在布莱克本的时候他觉得头昏眼花，到了博尔顿他脚步踉跄险些摔倒。几个月后我不经意间听到他对他的美国朋友詹姆斯·费尔兹说："……只有奈莉发现我脚步不稳、视线模糊，也只有她敢告诉我。"

奈莉就是爱伦·特南，由于四年前她在斯泰普尔赫特斯受了点轻伤，狄更斯有时候还称呼她"病人"。如今他才是病人，而她偶尔会陪着他巡演。这个消息挺有意思，男人走到桑榆暮景，自己的年轻爱人变成看护，这是多么难堪的终极转折点。

我从毕尔德那里得知，狄更斯迫于无奈写信向他陈述这些病症。毕尔德看得忧心忡忡，收到信当天下午就搭火车前往普雷斯顿。毕尔德抵达后帮狄更斯诊治，命令狄更斯不可以再朗读，宣布巡演结束。

"你确定吗？"当时在场的多尔毕问道，"票已经卖光了，现在退票已经太迟。"

"如果你坚持让狄更斯今晚登台表演，"毕尔德怒气腾腾地瞪着多尔毕，眼神几乎跟麦克雷迪一样凌厉，"我可不保证他往后的日子不会拖着一条腿走路。"

当晚他就把狄更斯带回伦敦，隔天早上延请名医托马斯·华特森爵士会诊。华特森做了彻底诊察，又询问了狄更斯的症状，说道："根据病人描述的状况，很明显狄更斯左半身处于瘫痪边缘，很可能是中风。"

狄更斯不肯相信医生的诊断，接下来那几个月不停强调他只是过劳。尽管如此，他仍然暂停了巡演。原订的一百场表演已经完成七十四场，只比让他濒临崩溃的美国巡演少两场。

然而，在盖德山庄和伦敦度过相对清闲的几星期后，狄更斯开始逼迫华特森医生答应让他重拾改期后的巡演。华特森摇头拒绝，警告狄更斯不可过度乐观，还要他格外当心，他说："预防措施总是招致人怨，因为尽管它的成效最卓著，却最难看出它的迫切性。"

毫不意外，狄更斯辩赢了，他总是会赢。不过，他同意这最后一波巡演，也就是真正的告别朗读，不会超过十二场，不需要搭火车，而且延后八个月，1870年再登场。

于是狄更斯回到伦敦，工作日（周末他多半回盖德山庄）都住在威灵顿街《一年四季》办公室楼上，将全副精神投注在杂志的编辑、翻新、撰稿与筹划工作上。如果他找不到事做（有一次我进办公室去领支票看见的情景），就会进入威尔斯那间如今经常无人坐镇的办公室收拾、整理、布置、掸灰尘。

他还要求他的律师欧佛利起草他的最终版遗嘱。遗嘱很快写好，签了名，5月12日起生效。

然而，从晚春到初夏那几个月期间，他并没有出现巡演最疲倦那段时间的郁闷神情。他热切期待他的美国朋友费尔兹夫妇来访长住，一如小男孩急着跟人分享自己的玩具或游戏。

于是，狄更斯签妥了遗嘱，被医生判定濒临中风、死期将届，而印象中最闷热潮湿的夏天像夹带泰晤士河臭气的湿毛毯般笼罩伦敦，他开始构思另一部小说。

那年夏天我开始新的创作，而且全力投入资料搜集与实际撰写。

5月底某个周末，我以巡回律师威廉·道森的身份去探视马莎（她房东心目中的"马莎·道森"）时，想到了新小说的形式与要旨。那次我为了让马莎开心，极其罕见地停留了两夜。当然，我带了装有鸦片酊的随身瓶，却决定把吗啡和注射器留在家里。结果我连续两夜无法成眠，即使增加鸦片酊服用量，勉强也只能焦虑地合眼几分钟。第二天晚上我发现自己坐在椅子上观看熟睡中的马莎。时值早春气候暖和，我开了一扇窗，拉开窗帘，反正窗外只是一座私人花园。月光在地板、床铺和马莎身上刷出一大笔白。

有人说怀孕中的女人特别迷人。没错，女人怀孕期间至少有一段时间会散发出喜悦与健康的光芒（几乎是最病态的那种）。很多男人也认为怀着孩子的女人特别有性魅力，至少我有些朋友这么觉得。我却无法认同。亲爱的未来世界读者，请原谅我如此坦率，甚或稍嫌粗俗的言辞，也许我的年代更直接、更诚实。

亲爱的读者，事实上，在那个闷热湿黏的5月夜深人静时刻，我坐在那里看着马莎睡觉，出现在我眼前的并非短短几年前如此吸引我的那个纯真少女，而是一个年岁渐长、笨重肥胖、青筋浮现、胸部肿胀的怪异身影。以我锐利的小说家眼光看来，根本不像人类。

卡罗琳从来不曾变成这模样。当然，卡罗琳还算懂事，没在我面前怀过孕。不只如此，卡罗琳向来就能把自己维持得像她自己宣称或努力变成的仕女。而这刷上一道月光、鼾声连连的形体看起来……像母牛。

我翻动手里的枕头思考着这些事，我经过教育与逻辑洗礼的敏锐大脑在适量鸦片酊作用下更显清明。

马莎的房东韦尔斯太太（不是在唐桥井照顾我母亲那个更为精明的韦尔斯太太）没有看见我过来。马莎告诉我，房东太太得了喉头炎，已经把自己关在顶楼房间一星期以上。每天晚上邻居有个男孩会帮她送些热汤，早晨再送吐司和茶。我进马莎房间或停留在这里这段时间都没见到那个男孩。韦尔斯太太是个颠顸老妇人，不读书看报，几乎足不出户，对现代社会所知不多。她只知道我是"道森先生"，我跟她只在擦身而过时闲聊过几次。她以为我是个律师。我确定她从没听过名叫威尔基·柯林斯的作家。

我紧抓枕头，用外表柔软实则有力（我认为）的双手将它压扁又放开。

当然，还有几年前接洽我承租韦尔斯太太这套公寓的房屋中介，但那人也只知道我是"道森先生"，当时我给了他假地址。

马莎几乎从来不曾写信给她父母，不只是因为她跟我交往而跟家人疏远。尽管我耐心地教导马莎读书写字，她跟她妈妈其实都接近文盲，她们会写字母，能签署自己的名字，大字却都不认得几个，也都不曾花时间写信。她爸爸会读会写，却从来不写信。马莎偶尔回家探亲（她在老家附近的雅茅斯没有任何朋友，只有家人），但她总是一再强调她不曾跟家人透露她在这里的生活情况：没说过她的地址，没提过她的真实处境，更没透露过她跟"道森先生"的虚构婚姻。根据她不久前回家提供的信息，她家人始终以为她在伦敦某间普通旅馆担任女仆，跟三名同样出外谋职、虔信基督教的好女孩合租一套廉价公寓。

我可以相信她从没把真相告诉过家人吗？

嗯，我觉得可以，马莎没骗过我。

我带马莎出门的时候，有没有在城里遇见过熟人？或者更重要的是，有没有人看见过我们？

我几乎可以确定没有。尽管伦敦有时候确实很小，尽管上流社会的朋友和熟人偶尔会狭路相逢，我却从来不曾带马莎到任何可能撞见我生活圈子里的人的地方，更不会在大白天里。我跟马莎一起出门散步的少数机会里，我总是带她到城里的偏僻角落，比如遥远的公园、灯光阴暗的小馆或小巷弄里的餐厅。我总是告诉她我想探索这个城市，想跟玩捉迷藏的孩子一样发掘这个城市的新景点。我相信她早就看穿我的把戏，但她没有埋怨过。

不，不会有人知道。就算真有人见过我们，他们也不知道跟我在一起的年轻小姐是谁，更不会放在心上：只是另一个挽着无赖威尔基手臂的年轻女演员。我结交过无数这种女性。只是另一朵长春花，就连卡罗琳都知道这些长春花的存在。

我离开椅子，走过去坐在床边。马莎翻身过来面向我，鼾声暂时停止，却没有醒过来。

我手里还拿着枕头，月光覆盖我修长灵敏的手指，仿佛用白色颜料为它们上色。我每一根手指都比枕头上的白色枕套更洁白。突然间，我的手指好像融入细柔枕巾，仿佛沉没其中，融化了，变成布料的一部分，宛如尸体的手消失在白垩里。

或溶化在生石灰坑里。

我上身前倾，把枕头盖在马莎沉睡的脸上。我右眼后侧的甲虫匆忙往前跑，想看个清楚。

法兰克·毕尔德!

两个月前我跟毕尔德说起我朋友有个被抛弃的已婚女性朋友,那人目前独居,怀着身孕却手头拮据。我请他推荐产婆。

毕尔德用饶富兴味又带点责难的眼神望着我:"你知不知道你朋友的女性友人预产期大约何时?"

"应该是在6月底,"我觉得耳根发热,"或者7月初。"

"那么等她九个月的时候我会亲自去看她……很可能会亲自帮她接生。有些产婆技术高超,很多却会弄死人。给我那位女士的姓名地址。"

"我手边暂时没有这些资料,"当时我告诉他,"我会跟我朋友打听,再写信告诉你。"

我给他马莎的姓名地址,然后把那件事抛到脑后。

但毕尔德可能没忘,万一他这星期看到报纸……

"可恶!"我大骂一声,把枕头扔到房间另一头。

马莎立刻醒来,费劲地撑起来坐直,像大海怪似的浮出铺着床单的海面。"威尔基!怎么回事?"

"没事,亲爱的。只是风湿性痛风加上头痛,抱歉吵醒你了。"

头痛千真万确,因为甲虫(不知何故怒气腾腾)钻回我大脑深处。

"哦,亲爱的孩子。"说着,马莎把我搂向胸脯。片刻后我就那样入睡了,头依然枕在她肿胀的胸部。

这段时期我撰写的作品名为"夫妇"。主题是关于男人如何受诱跌入恐怖的婚姻。

最近我读到皇家委员会前一年发表的英国婚姻报告，令人震惊的是，委员会认可了苏格兰的婚姻法，只要男女双方同意，婚姻关系就成立。报告中竟然为这类婚姻辩护，指称这种婚姻可以帮助"受骗妇女"抓牢那些对她们怀有不当意图的男人。我在这些文字底下画线，又在报告空白处写下批注："某些情况下，这些婚姻也是捕捉浪荡男人的陷阱！！！！"

亲爱的读者，你可能会觉得那四个惊叹号太多了，但我向你保证，它们远远不足以表达我的心情。扭曲法律来协助那些对男人如饥似渴的花痴，这种做法实在太荒诞、太可憎。被诱捕踏入婚姻，甚至获得皇室同意与协助，这种事简直令人发指，难以想象，比格洛斯特街90号仆人用梯里那个实体更叫人毛骨悚然。

但我知道我绝不能以受害男性的观点写这本书。1869年的读者（不，应该说一般大众），根本就看不出这种陷阱会对那些他们自命清高地贬为"无赖"的男人造成多大的痛苦与灾难（即使那些男性读者与男性大众之中绝大多数都曾有过类似的"浪荡"岁月）。

于是我睿智地把我的受害男主角转化为娇弱却出身高贵的上流仕女，因为一时失察，被迫下嫁一名暴徒。我不但把那个暴徒设定为牛津大学毕业生（哦，我多么憎恶牛津和它代表的一切！！），更是牛津的运动员。

容我自夸，运动员这个点子真是神来一笔。生活在遥不可及未来的读者，你必须了解，在我这个时代的英格兰，体能训练这种白痴行为和运动这种荒谬事物已经与宗教的伪善相结合，创造出一种名为"强身派基督教"的庞大怪物。目前蔚为风潮的观念是，好的基督教徒应该"身强体壮"，应该投入各种没大脑的粗野运动。强身派基督教不只是一时潮流，更符合达尔文的洞见，也说明英国为什么有权统治整个世界以及俯仰其间那些孱弱的褐色小个子。这是体现在杠铃、田径赛和一堆人跳上跳下、把自己推上推下的运动场上的优越感。报纸、杂志和讲道坛纷纷大声疾呼，要大家变节投入"强身派基督教"怀抱。牛津与剑桥这两所古老辉煌英国的迂腐学者育儿室以他们一贯的傲慢气势信奉它。

所以你就知道我为什么这么得意地把这股潮流抛向我那些不明就里的读者。世上可能只有我知道我那个受困被虐的女主角其实是被掳获的男人，只是，我的牛津暴徒已经足以引发议论了。

即使《夫妇》的创作还在最初阶段，我已经因此树敌不少。毕尔德和雷曼的孩子听说了我的牛津暴徒，都很气恼我，觉得我背叛了他们。枉费我跟他们说了那么多经典职业拳击赛的精彩传奇，为他们描述英国拳击冠军汤姆·塞尔斯硕大的二头肌。

这些事只会让我笑得更开心，因为我经常逼着毕尔德带我到他偶尔出诊的拳击或团队运动训练营。我在训练营诘问那些受训者和其他人，逼着他们说出这种强身生涯究竟有多么不健康，又如何像回归达尔文弱肉强食丛林一样，把运动员变成暴徒。此外，我还通过毕尔德质问训练营的医生，要他们说明这种训练会对身体与心灵造成何种损害。站在艳阳下抄写笔记对我而言是一大折磨，可是我至少每小时喝一次随身瓶里的鸦片酊，这才熬过来。

《夫妇》的第二个主题（隐藏在不公义的诱捕式婚姻背后）是：所谓的道德完全伴随个人的悔过能力而来，这是动物（或运动员）彻底欠缺的能力。

毕尔德自己也是运动狂热分子，他带我探访一个又一个汗臭弥漫的病态巢穴的过程中，对我的理论未予置评。到了1869年7月4日，毕尔德在波索瓦街为马莎接生了一个女娃娃。同样也是毕尔德到教区处理那些棘手的程序，为孩子办好户口。孩子的母亲登记为马莎·道森太太，孩子叫玛丽安（用我最畅销的小说女主角的名字），父亲则是威廉·道森，绅士，巡回律师。

由于我写作与研究工作忙碌且繁重，孩子出生时我没有在场，一两星期以后才去探视马莎和号啕大哭的婴儿。一如我在1月以及我情妇结婚、我向即将丧夫的弟媳求婚的那个10月夜晚许下的承诺，我把马莎的生活费从二十英镑调升到二十五英镑，马莎喜极而泣向我道谢。

可是亲爱的读者，我的故事进度超前太多，遗漏了一个更重要的细节。如果你希望充分了解这个故事的结局，就得跟我一起度过1869年6月9日星期三那天晚上，那是斯泰普尔赫斯特事故以及狄更斯遇见祖德的四周年纪念日，也是狄更斯最后一次度过这个纪念日。

# 第四十三章

尽管狄更斯病情严重，尽管他的医生群持续发出危急警讯，当他的好朋友远从美国来访，他又变成了小男孩。

早在1842年第一次走访美国时，狄更斯就结识了詹姆斯与安妮·费尔兹。费尔兹曾经告诉我，他正式认识狄更斯以前就加入一个文学爱好者团体，趁着狄更斯旋风式访问美国那段时间，在波士顿追着"那个衣着古怪的英国人"到处跑。狄更斯第二次访美时被迫打破他个人巡演期间绝不住宿私人宅邸的铁律，选择了费尔兹在波士顿的温馨住家作为他的庇护所，他对费尔兹夫妇友情之深厚可见一斑。

这回陪同费尔兹夫妇一同来到英格兰的还有美国作家查尔斯·艾略特·诺顿夫妇和狄更斯的朋友美国浪漫派诗人詹姆斯·罗素·罗威尔的女儿玛贝尔。此外还有知名医生佛迪斯·巴克与为狄更斯作品精美的美国"钻石"版绘制插画的索尔·艾丁格。

这批访客停留盖德山庄（客房不敷使用，单身男士只好投宿马路对面的法斯塔夫旅店）期间，东道主为他们规划了精彩的探险活动。不过，费尔兹一行人第一站是伦敦，狄更斯自己也住进皮卡迪利的圣詹姆斯旅馆——也就是前一年1月我不惜重资收容并喂养费克特的那家——只为了离投宿在汉诺瓦广场附近旅馆的费尔兹等人近些。

我戴起宽边帽和深色夏季披风式外套乔装打扮，先是在旅馆外跟踪他们，后来又到盖德山庄外守候。我买了水手的小型望远镜，雇了一架出租马车（车夫和马匹都跟我的服装一样不起眼）。那些日子里的侦探工作加上易容改装跟踪别人，不免让我想起已经作古的菲尔德探长。

刚到伦敦那几天，费尔兹一行人多多少少等于走进了狄更斯的小说世界：狄更斯先带他们沿着泰晤士河岸快步健走，仿佛想证明他跟以往一样年轻力壮；之后又带大家到弗尼瓦旅店参观他着手创作《匹克威克外传》的房间；带他们去看《雾都孤儿》里皮普在坦普尔住的房间；还在故事里描述到的那座阴暗楼梯上表演马格维奇绊跤那一幕。

我乘马车或徒步跟踪他们的过程中，看见狄更斯指指这间老房子或那条窄巷，都是他的书中人物生活过或死亡的场景。我想起十几年前我也跟他走过一趟类似行程，当时我还是他朋友。

6月9日纪念日的白天与夜晚，狄更斯没有邀请我参加他们的活动（多尔毕倒是受邀跟费尔兹与艾丁格进行当晚的夜间探险），不过费尔兹等人出发的时候，我就在旅馆附近等候。那个暖和的周三午后，他们的第一站是库林教堂墓园。这里当然就是狄更斯在《雾都孤儿》（一本不如预期的书，如果问我意见的话）开头详尽描述的那个有着菱形坟墓的乡村墓园。我在一百米开外用我可靠的望远镜窥探，发现狄更斯重演了无数个月前他在罗切斯特教堂墓园招待爱伦·特南、爱伦母亲和我的那场阴森墓园晚餐闹剧，不禁啧啧称奇。

　　一块类似的平坦墓碑被选为餐桌；作家狄更斯同样变身为侍者狄更斯，同样用矮墙充作供应男士们酒精饮料的吧台，同样从马车后座的柳条篮拿出水晶杯、洁白餐巾和火候恰到好处的烤乳鸽，同样由手臂上挂着毛巾的作家侍者负责端上。

　　就连附近的湿地与海水咸味也一样。只不过，这一片沿海湿地比罗切斯特墓园来得更荒凉、更与世隔绝。

　　狄更斯为什么又拿出这一套招待他的美国朋友？即使在略略摇晃的望远镜圆形视野中，我仍旧看得出来这种被迫在尸骨之间饮宴作乐的事让费尔兹有点儿泄气。女士们明显受惊吓，胃口尽失。

　　只有插画家艾丁格笑呵呵，完全融入狄更斯这场墓园剧院的欢乐气氛。那很有可能是因为他在乳鸽上桌前已经喝了三杯葡萄酒。

　　终将一死的狄更斯是不是借此发表声明，告诉外界他如何看待毕尔德与其他医生做出的瘫痪或死亡等危险诊断？

　　或者他脑子里的甲虫终于把他逼疯了？


　　那天晚上，狄更斯带着费尔兹、酒意未退的艾丁格和完全清醒的多尔毕深入伦敦大烤炉，女士们和其他宾客都留在旅馆，没有跟去。我却跟去了。他们走下出租马车以后，我偷偷摸摸地步行跟随。他们在瑞特克里夫公路旁的警局短暂停留，去接一位将要充当他们当晚保镖的警探。我不需要这样的保镖：黑彻利探员的手枪就在我夏季披风大衣的超大口袋里。

　　我曾经有两年时间在黑彻利陪同下定期穿梭这个区域，所以那些看在土生土长的波士顿人费尔兹眼中想必充满异国氛围，甚至触目惊心的街道，在我眼中却十分熟悉，几乎有点儿舒适自在。

只是几乎。

大雷雨在酝酿中，闪电在窄巷上方倾斜的人字形屋顶乍隐乍现。雷声轰隆作响，像被围困城市周遭持续开火的大炮，但雨就是下不来。天气只是愈来愈闷热，愈来愈阴暗。整个伦敦城都绷紧了神经，可是，在这个属于绝望穷人的脓疮坑洞，这个弃妇、孤儿、中国人、东印度水手和印度教恶棍、弃船而逃的德籍与美籍杀人犯水手杂处的噩梦市场，空气中充盈一股疯狂，几乎就像在歪斜的风向计周遭玩耍，也在铁缆线之间跃动的蓝色电光一样清晰可见，而那一根根铁缆线有如锈蚀的系船绳，从早已忘却如何自行矗立的建筑物上延伸下来。

狄更斯和那位警探带领那两个美国人和多尔毕参观的路线，跟许久以前菲尔德探长和黑彻利带着我和狄更斯参观的地点大致相同，都是伦敦最赤贫的贫民窟：白教堂区、沙德韦尔、沃平和蓝门绿地的新庭区。廉价房舍外有醉茫茫的母亲麻木无知地抱着肮脏的小婴儿（我在阴暗的远处看见狄更斯从某个母亲怀里抢下一个婴儿，亲自把孩子抱进廉价房舍里）；挤满恶煞与迷途孩童的临时拘留所；几十个几百个伦敦边缘人依偎在廉价的出租地下室里，睡在脏污的干草上，空气中弥漫着泰晤士河沼气般的恶臭。在这个炎热夜晚，岸边的泥浆似乎完全由马粪、猫内脏、鸡下水、死狗、死猫和偶或一见的猪尸或马尸以及好几英亩又好几英亩的人类粪便组成。街上到处都是携带刀械四处闲逛的男人，还有更多携带病菌、更危险的女人。

这是狄更斯最爱的巴比伦，他自己的大烤炉。

在他某一本较为平庸的小说（我记得是那本叫作"小杜丽"的败笔）里，狄更斯把在柯芬园拱门底下奔跑逃窜的流浪儿比拟为老鼠，还提出警告说，这些老鼠持续啮咬刻意忽视他们的伦敦与社会根基，总有一天会"拖垮整个大英帝国"。他的愤慨跃然纸上，一如他的慈悲。6月9日这个夜晚，我在半个街区外用我的小望远镜眺望，看见狄更斯拉起一名看似穿着破布条、浑身疥癣的肮脏孩童。费尔兹和多尔毕似乎都在揩眼睛，只有艾丁格用醉酒插画家的漠然眼神旁观着。

由于时值夏天——或者闷热如夏天，那些出租公寓都大门敞开，窗子也往上推，成群结队的男人或女人走出来，聚在脏乱的庭院或同样脏乱的街道上。这天不是周末，可那些男人绝大多数都喝醉了，女人也不遑多让。有好几回人群蹒跚靠近狄更斯一行人，等随行警探用牛眼提灯的亮光照射他们，并且秀出他的警棍和制服，那些人连忙退开。

我开始担心自己的安危。尽管我的廉价披风和宽边帽掩饰了我的特征，让我得以融入大多数群众，却仍然有几个男人注意到我，跟了上来，醉醺醺地吆喝着要我请他们喝杯酒。我快步跟上狄更斯一行人的脚步。他们多半走在光线最充足的街道中央，我却躲躲藏藏地潜行在门廊、破烂遮雨篷与倾斜建筑物下最阴暗的角落。

有那么一段时间，我确定自己被人跟踪。

有个衣衫破烂、蓄着大胡子的小个子男人一直若即若离跟在我后面，他身上的衣服看起来像一条条脏兮兮的海藻。每当我跟着狄更斯一行人转弯，他也跟着转；我停步，他也停步。

有那么狂乱的片刻，我很确定跟踪我的人是另一个威尔基，他已经从此挣脱屋子的禁锢。

可是尽管这个身影（始终看不清）个子跟我一样矮（也跟另一个威尔基一样），我却发现他那一身破衣裳底下的体格更为壮硕，胸膛更为厚实，没有威尔基式的矮胖。

等我们来到阴暗蓝门绿地的新庭区，那人就不见了，于是我确认刚刚只是巧合外加自己神经紧张。我拿出随身瓶畅饮好几大口，摸摸外套口袋里的手枪让自己安心，又加快脚步跟紧昂首阔步的警探、狄更斯、多尔毕、费尔兹与艾丁格。

一如我的预测，他们进了萨尔鸦片馆。这个地方我几乎闭着眼睛都不会迷路，可是由于闪电的强光——隆隆雷声愈来愈响亮，却依然没有下雨的迹象——我等他们爬上那栋破败建筑，才溜到二楼楼梯口，沿着墙躲到更漆黑的地方。楼上门没关，他们又提高音量，我听得见他们参观萨尔鸦片馆时狄更斯与警探的解说与访客的话声。

空气中布满燃烧鸦片的气味，勾起了我的身体与被甲虫占据的大脑的瘾头，为了舒缓那份渴求，我又喝了好些鸦片酊。

"大烟公主[1]……"在轰隆雷声中，我听见狄更斯的声音飘下来。要到几个月后我才知道"大烟公主"的出处。

"她的烟管好像是廉价旧墨水瓶做的……"是费尔兹的声音。

那些清晰可辨的片段语句之间夹杂着老萨尔熟悉的嘎嘎话声、沙哑嗓音、抱怨声与恳求声。警探数度大吼让她安静，可是

---

1　Puffer Princess：指狄更斯最后一本未完成小说《艾德温·祖德迷案》里的人物 Princess Puffer，是个经营鸦片馆的神秘老太婆。

那阵嘎嘎声又会冒出来，跟鸦片烟味一样往下飘。我在比他们低一层楼的藏身处（或凭记忆）分辨出来，这里的鸦片跟拉萨里王地窖鸦片馆那些华丽烟管里燃烧的上等货根本无法比拟。我再次饮用随身瓶里的液体。

狄更斯和警探带头走下凹陷衰朽的楼梯，我在空荡荡的二楼楼梯间连忙后退几步，更深入阴暗处。

他们下一个目标是哪里？我不禁纳闷儿。他会不会带他们直奔圣阴森恐怖教堂和那个地窖入口，进入地底城的浅处？

不，我认为狄更斯绝不会那样做。可是这天是他见祖德的周年纪念日，他带着费尔兹和其他人，要怎么跟祖德碰面，更别提还有个警探在？

那群咋咋呼呼的人已经消失在建筑物转角，我也赶紧下楼。但我才走出几步，就被一只粗壮有力的手臂从背后绕过来扣住喉咙，有个呼着热气的声音在我耳边低语："别动。"

我动了，却是因为抽筋，但很短暂，我实在吓坏了。不过，即使那只手臂让我呼吸困难，我还是从口袋里掏出了黑彻利的手枪。

那个大胡子男人一眨眼工夫就抢走我手里的枪，塞进他破海藻外套口袋，轻松得就像从幼小孩童手中拿走玩具。

一只强壮的手把我推向墙壁，那个肮脏的大胡子擦亮火柴。"柯林斯先生，是我。"他粗声说道。

有那么一段时间我认不出那个声音，也认不出那张脸。接着我看见那专注的凝视与污秽蓬乱的胡子。

"巴利斯。"我倒抽一口气。他仍然用手把我压制在裂开的墙板上。

"是的，先生。"他说。我最后一次看见他的时候他在地底城污水地下河射杀了一个男孩，还用手枪敲昏我。"跟我来……"

"不行……"

"跟我来。"巴利斯前探员一声令下。他抓起我披风的袖子，粗鲁地拖着我走。"狄更斯已经见过祖德，今晚没什么值得你看的了。"

"不可能……"我一面说，一面被他拖着跟跟跄跄往前走。

"没什么不可能。今天天亮以前怪物祖德已经在圣詹姆斯旅馆跟狄更斯见过面。当时你还在家里睡觉。跟我来，这里很暗，小心脚步。我带你去看些很特别的东西。"


巴利斯拖着我走进一条漆黑无光、连闪电光线都无法穿透的廊道，然后踏上这栋楼侧面的阳台，我还是楼上萨尔鸦片馆常客时并没有留意到这个阳台。底下有一条不到一百二十厘米宽的窄巷，在这个离地大约四点五米的高空中，有两块木板跨在腐朽栏杆的缝隙之间，通到下一栋建筑物的颓圮阳台。

"我没办法……"我说。

巴利斯把我推上木板，我蹑手蹑脚跨越那道狭窄下陷的木桥。

阳台环绕这栋老旧建筑。我们小心翼翼（因为腐朽的地板上有破洞）侧身绕行到面河那边，那里的臭味更强烈。闪电照亮我们的路径。巴利斯带我进入另一条通道，又往上爬了三道楼梯。那些房门紧闭的房间门缝底下没有透出任何光线，仿佛整栋建筑空无一人。然而，这里可是贫民窟，附近每一间发臭的地下室或废弃牛棚都挤满了贫穷家庭或一整军团的鸦片鬼。

楼梯像厚木板阶梯般狭窄又陡峻，等我们爬到顶楼，也就是距离底下整整五道全长楼梯的五楼，我已经气喘吁吁。外面的阳台已经完全崩塌，从我右边的不规则缺口依稀看得见河流、无数木板屋顶和烟囱顶帽，那一切都在火炮似的闪电乍亮时显现，又在闪电停歇的短暂空当里陷入黑暗。

"这边。"巴利斯吼道。他用蛮力推开一扇扭曲变形又嘎吱乱响的门，再点亮一根火柴。

这个房间似乎已经废弃多年，老鼠沿着踢脚板快速奔跑，溜到隔壁房间或钻进破烂墙板里。唯一一扇窗子被木板封死。即使外面雷声隆隆，闪电划过我们背后的玄关，窗子也没有渗进一丝光线。这里面没有任何家具，只有一截像是毁损梯子的物品被扔在远处墙角。

"帮我一下。"巴利斯命令我。

我们合力将那截厚木板组成的沉重格梯搬到房间正中央，巴利斯尽管衣着破烂、浑身脏乱、满脸胡子、发如飞蓬，一副食不果腹的模样，却依然力大无穷，他用梯子顶端撞开破裂塌陷的天花板。

天花板上一块隐藏的木板被梯子末端撞得往上飞，露出一块漆黑的矩形。

巴利斯把梯子架在这个黑洞内缘，说道："你先上。"

"我不要。"我说。

他又点燃另一根火柴，我看见他深色胡子之间的白色牙齿在闪烁。任谁见到那口健康牙齿，都会知道这个满口剑桥腔的巴利斯不是蓝门绿地新庭区这些悲惨街道的正牌居民。"那好吧，"他轻声说，"我先上去，到上面我会再点一根火柴。我口袋里有一盏小型警用牛眼灯，跟你的手枪放在一起。等你上来的时候，我会点亮提灯。相信我，先生，上面绝对安全。不过，如果你打算溜下那些楼梯恐怕就不太安全，到时候我还得下去追你。"

"看来你凶狠如昔。"我不屑地说。

巴利斯轻松笑道："是啊。远超过你的想象，柯林斯先生。"

他爬上梯子，我看见上面暗处出现火柴光亮。有那么一秒我考虑是不是该拉下梯子，跑向门口和楼梯，可是我感觉得到巴利斯出奇稳固的手紧抓梯子上端，也想起他把我推上木板桥和楼梯的那股蛮力。

因为过去一年来我持续变胖，我笨手笨脚地爬上梯子，然后双膝着地在上面霉味扑鼻的空间摸黑往前爬。我甩开巴利斯搀扶的手，自己站起来。他点亮提灯。

阿努比斯的乌黑狼首赫然出现在眼前。我连忙转身，不到一点八米外有一尊高两米的奥西里斯雕像俯视着我。奥西里斯穿着一袭白衣，头戴白色高帽，手里不可或缺地拿着弯钩与连枷。

"这边。"巴利斯说。

我们沿着这座昔日阁楼中央往前走，两边屋檐下有更多高大雕像。我左边是鹰头荷鲁斯；右边是有着一颗兽头与弯曲长鼻的赛特。我们走在鹭头托特与猫脸猫耳贝斯特之间。我看得出来有一部分陷落地板新近重新整修过。就连安放神像的壁龛里的天花板也改装过，建造成老虎窗，方便神像挺直站立。

"这些都是熟石膏塑像，"说着，巴利斯带我走向阁楼深处，手里的提灯来回摆动，"即使这里的地板重新铺过，也撑不了石像的重量。"

"我们上哪儿去？"我问，"这些是什么东西？"

阁楼尽头有个正方形出入口，巴利斯拉开一块遮挡风雨与鸽子的帆布。这个相当新颖的玄关边框是新鲜木料建造而成。闪电照亮这个开口，潮湿的晚风像臭糖浆似的吹送进来，将我们团团包裹。这道门的门槛上有一块不到二十五厘米宽的木板，往前延伸三点五米左右，直达对面的漆黑缺口，底下十五到十八米处是一条小巷。暴风雨前的风势已经增强，门口的帆布啪嗒啪嗒响，像猛禽的沉重翅膀。

"我不过去。"我说。

"你必须过去。"巴利斯说。他抓住我的手臂，把我抬上门槛，再推到木板上。他另一只手拿着提灯照亮那狭窄得不可思议的木板。我还没迈开脚步，就几乎被狂风吹落。

"走！"他喝令一声，又把我推向那要人命的高空。灯光消失了片刻，我发现巴利斯半蹲下来，把我们背后那片帆布固定在钉子上。

我双手向两侧平举，心脏怦怦狂跳。我将一只脚跨到另一只脚前面，拖着脚步往前移动，像正牌特技演员出场前串场的马戏团小丑。闪电在附近一闪而逝，紧接而来的雷鸣像摊开的巨掌击向我。我走到那条荒唐木板桥中途时，渐强的风把我的披风吹得翻到我脸上。

然后不知怎的我来到对面，可是这里的帆布绷得像鼓皮一样牢固，我进不去。我害怕地蹲下来，紧抓周边宽仅一厘米的木框，感觉我们脚下的木板上下弹跳，也开始滑动，将要脱离门槛。这时巴利斯到了。

他粗壮的手臂从我背后伸过来（如果当时我稍微动一下，我们俩就会一起坠楼而亡），在帆布某个缝隙摸索，之后摇晃的灯光照出一道缺口，我赶紧扑进这第二间更大的阁楼。

等在这里的是盖布，绿皮肤的大地之神；还有戴着蓝天与金色星辰头冠的努特；破坏之神赛克麦特狮口大张发出怒吼；猎鹰头拉神就在附近；顶着牛角的哈托尔；头顶王座的伊西斯；戴着羽冠的阿蒙……全员到齐。

我发现自己双腿虚弱无力，再也站不住。我坐在铺在这间大阁楼中央的全新木地板上。在靠近泰晤士河的南侧屋顶上有一扇近期安装的圆窗，直径大约三点五米。圆窗的玻璃与木框就在一座木造圣坛正上方。窗子做工细致，镶嵌着还没因地心引力下陷的高质量彩绘厚玻璃。玻璃里那一圈又一圈同心圆金属线很类似我想象中海军船舰上的奇特瞄准器。

"那个指向犬星，天狼星。"巴利斯说，此时他已经固定好帆布，熄掉提灯。几乎连续不断的闪电已经足以照亮这间大阁楼。阁楼空荡荡的，只有我们、黑暗国度诸神和那个覆盖黑布的圣坛。"我不知道天狼星为什么会在他们的祭典里扮演如此重要的角色，柯林斯先生，我敢说你可能知道。他们在伦敦的各处阁楼巢穴里都能找到这样一个对准那颗星的窗子。"

"各处巢穴？"我的声音听起来跟我内心一样震惊。甲虫太兴奋，在当时勉强称得上我大脑的谜样灰色物质里绕着歪扭的圆圈，真叫人痛不欲生。我的眼球仿佛慢慢在充血。

"祖德的追随者在伦敦到处都有这样的阁楼巢穴。"巴利斯说，"有几十个，其中某些串联六间以上的阁楼。"

"所以伦敦既有地底城，也有楼顶城。"我说。

巴利斯充耳不闻。"这个巢穴已经废弃几星期了，"他说，"但他们会回来。"

"你带我来这里做什么？你有什么目的？"

巴利斯再次掀开提灯，把光线照向一部分墙面和陡峭的天花板。我看见禽鸟、眼球、波浪线条、更多禽鸟……我在大英博物馆的学者朋友所谓的"象形文字"。

"你看得懂这些字吗？"巴利斯问。

我正要回答，却深感震惊地发现，我读得懂那些图像单字和句子。"而后托特走上前来！托特，他的话语变成玛阿特……"

那是为新生儿命名与祈福仪式的一部分。那些字都镌刻在天花板的衰朽木板里，不是涂写上去的，就在正义女神玛阿特正上方，玛阿特头发里插着一根羽毛。

"我当然读不懂这些乱七八糟的东西。我又不是博物馆导览员。你这是什么问题？"

直到现在，我都认为那天晚上这个谎言救了我自己一命。

巴利斯呼出一口气，仿佛如释重负："我猜也是。可是如今有太多人变成祖德的奴隶或仆人……"

"你到底在说什么？"

"柯林斯先生，你记不记得我们最后一次见面那天晚上的事？"

"我怎么忘得了？你杀害一个无辜孩子，我挺身而出向你抗议，你却残暴地敲我的头。你差点儿要了我的命！我昏迷了好几天。说不定你真想杀了我。"

巴利斯摇晃他那颗长满大胡子的脏乱脑袋，我隔着污垢与乱发看到他的表情，似乎有点儿哀伤。"柯林斯先生，那不是无辜小孩。那个野男孩是祖德的爪牙，他已经不是人类。如果让他逃走泄露我们的行踪，不到几分钟祖德的人马就会出现在那条下水道向我们进攻。"

"简直荒谬。"我冷冷地说。

我看见巴利斯笑得咧开了嘴，在闪电间歇的片刻里，那幅影像仍然停留在我的视网膜上。"是吗？柯林斯先生，真是这样吗？那么你不知道脑甲虫的存在，关于这点我特别感到庆幸。"

我忽然口干舌燥。我右眼后方传来大螯造成的刺痛，我强忍住痛苦表情。幸好一声轰然雷鸣打断我们的谈话，给我一点儿时间恢复镇定。"什么东西？"我好不容易问了一句。

"我跟菲尔德探长称那些东西为脑甲虫，"巴利斯说，"祖德把这些埃及昆虫——事实上是他以异教手段训练出来的英国品种，放进他的奴隶或皈依者脑子里，或者该说他让那些人相信他做了这件事。当然，那其实只是他催眠那些人的结果。那些人在催眠后的昏沉状态中长年服从他，他也会利用各种机会强化他的控制。那些脑甲虫就是控制那些人的催眠代号。"

"根本是胡言乱语，"我趁着雷声空隙大声说，"我碰巧对催眠和磁流技法做过深入研究，像你说的远距离或长时间操控他人根本不可能发生，更别提让他们受制于这种……脑甲虫的幻觉。"

"是吗？"巴利斯问道。从闪光中我看见他还在笑，可是现在变成了嘲讽的苦笑。"柯林斯先生，你不在现场，没有看见我打昏你一小时后发生在地底城的惨剧。关于打昏你那件事，我诚心向你道歉，当时我以为你也是他们的一分子，也是被祖德的甲虫控制的密探。"

"巴利斯探员，你害我不省人事之后发生了什么惨剧？"

"柯林斯先生，我已经不是'探员'，永远失去那份职称和职务了。还有，你被抬出地底城以后，那里发生了突袭和屠杀。"

"你太夸大了。"我说。

"牺牲了九名好汉是夸大吗？我们在搜索祖德的巢穴、祖德的神庙，当然也搜捕祖德……原来过程中他一直在引诱我们一步步深入他的陷阱。"

"太荒谬了，"我说，"那天晚上你们至少有两百个人？"

"一百三十九个。几乎都是轮休的警探或前警探，几乎也都认识黑彻利，自愿跟我们一起下去逮捕杀害他的凶手。那些人之中只有不到二十个人知道祖德是什么样的怪物，知道他非但不是普通杀人犯，甚至根本不是人类。其中五个当晚就被祖德的奴隶杀手杀害了，也就是受制于你认为不存在的催眠脑甲虫的那几十个恶煞或印度暗杀教派分子。隔天探长也被谋杀了。"

最后一句话听得我下巴都掉了："谋杀？你说谋杀？巴利斯，别骗我，我不吃这一套，我知道真相。伦敦的《泰晤士报》报道菲尔德探长是自然死亡，在睡梦中过世，我问过写讣闻的记者。"

"是吗？那么写讣闻的记者当天早上在现场看见留在可怜的探长脸上的惊恐表情吗？我在现场。探长夫人发现探长过世，第一时间通知我。他张大了嘴、眼睛暴凸，在睡梦中心脏病发死掉绝不会是那副模样，柯林斯先生。他的眼球充血。"

我说："据我所知，脑中风会产生这样的症状。"

又是一道闪电，雷声紧接而到，没有延迟。暴风雨到了。

"柯林斯先生，那么脑中风会留下一条打了两个结的丝绳吗？"

"这话什么意思？"

"我指的是闷死睡梦中的探长那个印度暗杀教派杀手的'名片'。不过这回可能有三四个杀手。其中一个用枕头盖住我前长官兼好友挣扎的面孔，至少两个——我会猜三个，菲尔德尽管年纪大了，却仍然勇猛有力——在勒紧套索的过程中按住他。柯林斯先生，他死得很惨，太惨了。"

我无话可说。

"探长的侦探社有七个全职探员，包括我。"巴利斯接着说，"这些人——包括我——是全英格兰最顶尖、最专业的前警探。从1月到现在已经有五个人不明原因死亡。另一个人抛下家人逃到澳洲，其实一点儿用处都没有，祖德的爪牙遍布世界各地的港口。我能活下来是因为我躲进了祖德这些邪恶洞窟。过去半年来我杀死了三个找上我的杀手，先生，我就算睡觉都得睁着一只眼睛。"

巴利斯仿佛想起了什么，从口袋掏出黑彻利的手枪递还给我。

甲虫在我搏动的右眼后侧引发阵阵剧痛。我忽然想到，我大可以当场击毙巴利斯，直到祖德的追随者回来以前，他的尸体躺在这里几星期几个月都不会有人发现。那样的话，他们会不会对我手下留情？

我忍着几近晕厥的疼痛猛眨眼，将那把愚蠢的手枪收进口袋。

"你带我来做什么？"我粗声粗气问道。

"首先，我想知道你是不是已经变成……他们的一分子。"巴利斯说，"我猜你还没。"

"不需要把我拖到这恶心的异教阁楼就可以弄清楚。"我在雷鸣中吼叫。

"我必须这么做，"巴利斯说，"不过更重要的是，我要给你个警告。"

"我的警告够多了。"我轻蔑地说。

"先生,不是给你的警告。"巴利斯说。接下来片刻之间寂静无声,我们离开萨尔鸦片馆那栋楼之后第一次沉寂这么久。那份寂静不知怎的比早先的雷电更吓人。

"是给狄更斯先生的。"巴利斯又说。

我不禁失笑:"你说狄更斯今天早上破晓前才跟祖德碰面。如果他是祖德的……你说那叫什么来着?甲虫奴隶,那他有什么好怕的?"

"柯林斯先生,我相信他不是奴隶。我认为他跟祖德做了浮士德式的交易,至于交易内容是什么,我猜不透。"

我记得狄更斯曾经告诉我他答应帮祖德写传记,可是这件事蠢得不值得考虑,更别说提出来。

"总之,"巴利斯又说,浑身脏污的他忽然显得很疲倦,"我从祖德派来追杀我的某个杀手口中得知,狄更斯会死于1870年。"

"你不是说祖德派来的刺客都被你杀了?"我说。

"确实如此,柯林斯先生,确实如此。可是我强迫其中两个在一命呜呼前跟我聊了几句。"

想到那个画面,我只觉身子发冷。我说:"1870年还有一年。"

"事实上只剩半年多一点儿,先生。那个刺客没告诉我他们决定1870年什么时候对狄更斯先生下手。"

就在那个时刻,仿佛收到剧场提示似的,暴风雨大举来袭。大雨骤然打在我们头顶上方的老旧木造屋顶,势道又急又猛,我们两个都大吃一惊。巴利斯吓得往后一跳，迅速站稳身子，提灯光线在墙上疯狂舞动。我隐约看见一段象形文字雕刻，我的甲虫或大脑逐译为："……让我们四肢健全，噢，伊西斯，保佑我们在即将到来的审判中得到正义。"

回到家的时候我已经浑身湿透。凯莉在门厅等我。时间很晚了，她却还没换上睡袍。她显得忧心如焚。

"乖女孩，有什么事吗？"

"有个人来拜访你。九点以前就来了，非得要等到这时候。如果乔治和贝西不在家，我就不会让他进门。他的模样很吓人，而且没有名片。可是他说事情紧急……"

是祖德，我心想。我累得没有力气害怕。"凯莉，没什么好担心的。"我柔声说，"可能只是个生意人，来追讨我们忘了还的欠款。你让他在哪里等？"

"他问我能不能在你的书房等，我说可以。"

可恶，我在心里咒骂。我最不想让祖德去的地方就是我的书房。但我拍拍她的脸颊，说："你先去睡，乖。"

"我可以帮你挂外套吗？"

"不用，我暂时还要穿着。"我没告诉她我为什么不肯脱下已经湿透了的廉价外套。

"你等一下要不要吃晚餐？厨子离开以前我让她做了你最喜欢的法式牛肉……"

"到时候我会自己拿出来加热，你先上楼休息。有什么需要我会叫乔治。"

我等到她在楼梯上的脚步声消失，才踏上走廊穿过客厅，打开书房门。

爱德蒙·狄更森绅士没有坐在给客人准备的皮椅上，而是坐在我书桌后方。他狂妄地抽着我的雪茄，脚搁在某个拉开的底层抽屉上。

我走进去，顺手关紧门。

# 第四十四章

10月初狄更斯邀请我在费尔兹等人回波士顿之前到盖德山庄小住几日。我已经一段时间不曾受邀到盖德山庄过夜了。事实上，自从狄更斯在3月我的《黑与白》首演那天晚上表现出热情支持之后，我跟他之间鲜少谈话，即使有也很客套（相较于我们早些年的亲密关系更是如此）。尽管我们仍然在写给对方的信里签署"你的忠实朋友"，我跟他之间的友情似乎所剩无几。

搭火车前往盖德山庄途中，我盯着窗外，一面揣测狄更斯这次邀请我的真正理由，一面寻思该说些什么能让狄更斯吃惊的话。我很喜欢看狄更斯惊讶的表情。

我可以叙述我四个月前6月9日的楼顶城奇遇，当时他跟费尔兹、多尔毕和艾丁格在警探保护下逛贫民窟。但那会泄露我的秘密（何况我该怎么跟他解释那天晚上跟踪他前半段行程的事）。

我当然也可以说说我刚出生的女儿玛丽安想必十分可爱的怪表情、她的牙牙学语和其他那些不值一提的婴儿趣事，让狄更斯、费尔兹夫妇和任何这周末在盖德山庄做客的人惊呼连连。但那肯定也会泄露太多我的私事（狄更斯和他那些随员与食客对我的事情知道得愈少愈好）。

那么还有什么事可以逗他？

我几乎确定会告诉大家我的书《夫妇》进展多么顺利。如果当时只有狄更斯在场，也许我会告诉他海丽叶（卡罗琳）·克罗太太几乎每个月写信给我，巨细靡遗地描述他们夫妻如何失和，她那个水电工废物丈夫又如何对她拳脚相向。那些都是一流的数据，我只要把那个文盲水电工废物丈夫换成牛津运动员。仔细一想，这两种男人之间其实也没多大差别。卡罗琳被打或被锁在地窖里的遭遇都马上变成我那个出身高贵却遇人不淑的女主角的困境。

还有呢？

如果我跟狄更斯独处时间比较长，或者我们找回了过去的亲密感，那么我可以跟他聊聊6月9日深夜那位访客的事，那是整整四年前他在斯泰普尔赫斯特事故现场从残骸堆中救出来的年轻人爱德蒙·狄更森。


狄更森这个无礼小子不但霸占了我书桌后方的写字椅，把他的脏靴子放在我拉开的抽屉上，更不知如何上楼闯进我卧房，打开上锁的衣橱，把另一个威尔基用他紧密的斜行字体抄写、记录我那些黑暗国度诸神梦境的八百页文稿拿了下来。

“你这样闯进来是什么意思？”我怒气冲冲问道。我原本试图装出权威的命令口气，不过由于我即使穿着披风外套，仍然像个落汤鸡，身上的雨水已经在我自己的书房地板和波斯毯蓄积多处水洼，因此我的气势可能打了些折扣。

狄更森笑了笑，交还我的座位（却没有交还手稿）。我们俩绕着桌子移动，像在新庭区酒馆里械斗的敌对双方。

我坐进我的写字椅，关上下层抽屉。狄更森问也不问就坐进访客椅。我的外套在屁股底下发出咕叽水声。

"恕我冒昧，你看起来真是惨兮兮。"狄更森说。

"无所谓。把我的东西还来。"

狄更森看看他手里那沓纸，露出夸大的惊讶表情："你说你的东西，柯林斯先生？你明知那些黑暗国度梦境和这些手稿都不属于你。"

"当然属于我，而且我要拿回来。"我从外套口袋掏出黑彻利的手枪，把它沉重的枪托或握把或枪柄或管它叫什么的底部架在书桌上，用双手把紧绷的击锤往后拉，直到它咔嗒一声就定位。枪口正对狄更森胸口。

那个讨人厌的小子又笑了。我再次看见他那一口诡异牙齿。1865年圣诞节我见到它们的时候还很洁白健康。到底是蛀掉了呢？还是故意锉磨得又短又尖？

"柯林斯先生，这些是你写的吗？"

我迟疑了。两年前的这天晚上祖德见到了另一个威尔基，他派来的特使肯定知道那件事。

"我要收回那些稿子。"此时我的手指已经扣在扳机上。

"如果我不肯还，你会开枪吗？"

"会。"

"柯林斯先生，你为什么要那么做呢？"

"也许是为了确定你不是你假扮的那个幻影。"我轻声说。我累极了。我目睹狄更斯在库林墓园宴请宾客好像是几星期以前的事，而不是短短十几小时前。

"哦，如果你开枪打我我会流血，"狄更森用无限久以前在盖德山庄惹恼我的那种叫人抓狂的欢乐口气说道，"还会死，只要你枪法够准。"

"够准的。"我说。

"可是何苦呢，先生？你明知道这些文件属于主人。"

"'主人'指的是祖德？"

"还能有谁？我一定会带走这些文稿，我宁可面对你三步之遥的枪弹，也不愿意惹恼一千倍距离外的主人。不过，既然你占了上风，我离开前你有没有什么想问的？"

"祖德在哪里？"我问。

狄更森笑而不答。或许因为他那些牙齿，我问了第二个问题。

"狄更森，你每个月是不是至少吃一次人肉？"

笑声和笑容都消失了："你从哪里听来的？"

"对于你的……主人……和他的奴隶，我知道的或许比你猜想的多。"

"也许吧。"狄更森说。原本他低下了头，此刻他抬起视线却压低眉毛，用一种叫人心慌的诡异表情看着我。"有一点你必须知道，"他补充说，"根本没什么奴隶……只有门徒和那些敬爱主人并自愿服侍主人的人。"

这回换我笑了："狄更森先生，现在跟你说话的人脑子里可是有你主人的甲虫。我想不出还有什么更糟的奴役手段。"

"我们的共同朋友狄更斯可以。"狄更森说，"所以他选择跟主人合作，一起为共同目标努力。"

"你到底在鬼扯些什么？"我厉声问道，"狄更斯跟祖德没有共同目标。"

狄更森摇摇头，他原本圆嘟嘟近乎天真无邪的脸庞如今格外枯瘦。"柯林斯先生，今晚你人在新庭区、蓝门绿地和附近区域。"他轻声说。

他怎么会知道我人在那里？我有点儿慌乱地思索着。他们逮到精神错乱的巴利斯，严刑拷打他吗？

"狄更斯很清楚这种社会丑恶面必须终止。"

"社会丑恶面？"

"贫穷，"狄更森有点儿激动地说，"不公不义。幼童无父无母流落街头；为人母者绝望之余被迫去……卖身；生病却永远得不到治疗的儿童和妇女；在这种体制下永远找不到工作的男人……"

"省省吧，别跟我扯那些共产主义理论。"雨水从我胡子滴落桌面，但我手枪的枪口始终对准目标。"狄更斯一直是个改革者，但他不是革命家。"

"你错了，先生，"狄更森低声说，"他选择跟我们主人合作，正是因为我们主人计划掀起革命，先是伦敦，之后是世界上所有任由儿童挨饿的地方。狄更斯先生会帮我们主人建立新秩序，在那样的体制下，人的肤色或他拥有的财富永远不会干扰公理正义。"

我再一次忍俊不住，再一次发自肺腑地笑。四年前，也就是1865年秋天，牙买加有一群黑人攻击了莫兰特湾的法庭。我国派驻在当地的总督埃尔督导部属射杀或绞死四百三十九个黑人，鞭打另外六百个。我们国内有一些天真的自由党人士反对埃尔总督的做法，但狄更斯告诉我他希望对黑人的报复与惩罚再严厉些。

"我完全反对，"当时他说，"那种同情黑人——或原住民或魔鬼的政治口水。我认为把非洲土著跟伦敦坎伯韦尔穿着干净衬衫的男人一视同仁，既违反道德也大错特错……"

对于发生在我认识狄更斯之前很久的印度叛乱，狄更斯为当时的英国将军处理叛军的手法喝彩，因为那人将被捕的印度叛乱分子绑在炮口，轰成碎片"送回家"。狄更斯的《荒凉山庄》和其他十几本小说里充斥着对那些白痴传教士的不满，因为他们只关心外国那些棕皮肤黑皮肤人口的困境，不在乎国内善良的英国男男女女与白种小孩面临的问题。

"你是个笨蛋，"6月那个深夜我告诉狄更森，"你的主人也是个笨蛋，竟然认为狄更斯愿意为了东印度水手、印度教徒、中国人和埃及杀人犯出面对付白种人。"

狄更森别扭地笑笑，站起来："我必须在天亮前把这批文件送到主人手上。"

"不许走。"说着，我举起手枪，直到枪口对准他的脸，"那些该死的手稿你要就拿去，不过你得告诉我该怎么把甲虫弄出我的身体，弄出我的脑袋。"

"等主人命令它离开，或者你死了，它就会离开。"狄更森又露出那种饥渴又兴奋的食人族表情。

"就算我杀害无辜的人也不行吗？"我说。

狄更森的淡色眉毛挑了起来："那么你也听说了那个祭典的例外条款？很好，柯林斯先生，你可以试试。不保证有效，但你试试无妨。我会自己离开。对了，你不必担心，今晚帮我开门那位小姐明天什么都不会记得。"

说完他头也不回地走了。

狄更森说得没错，凯莉果然不记得他来访的事。隔天早上我问她那个客人的容貌哪一点让她不安时，她用古怪的表情看着我，还说她不记得有什么客人，只记得她做了个噩梦，有个陌生人冒雨在外面敲门，非得要进门来。

火车进站了，车站外会有盖德山庄的人驾着马车或板车来接我。当时我心想，没错，跟狄更斯说说我在6月那个忙碌夜晚的最后一段奇遇可能会让他瞠目结舌。

可是我又想，如果狄更斯一点儿都不意外，那该有多糟糕。

时至今日，我仍然无法忘怀，也难以描述在狄更斯家做客的时光有多么令人陶醉。在盖德山庄欢度周末的那个星期天，我在费尔兹房间跟他闲聊波士顿的文艺圈，忽然听见敲门声。是狄更斯的老仆人，他正经八百地走进房间，一副他是维多利亚女王的朝臣似的。他嗒地碰了鞋跟，交给费尔兹一份以优美字体书写在华丽羊皮纸卷上的字条。费尔兹拿给我看，然后大声念出来。

查尔斯·狄更斯先生恭敬问候尊贵的詹姆斯·费尔兹（来自美国马萨诸塞州波士顿），祈请尊贵的詹姆斯·费尔兹先生驾临敝宅小图书室，静候跫音。

费尔兹呵呵笑，而后为自己如此大声诵念略觉尴尬，干咳几声。他说："我相信查尔斯的意思是要我们两个一起去图书室找他。"

我笑着点点头，但我很清楚狄更斯这封玩笑性质的邀请函对象不包括我。我住进盖德山庄这四天以来，私底下跟他聊了不到两个字，而且我愈来愈觉得他无意改善我们之间这种貌合神离的不愉快状态。尽管如此，我还是跟着费尔兹下楼去到小图书室。

狄更斯看见我走进去时，难掩一抹不悦神情。那种表情倏忽消失，只有认识他很多年的老朋友才能察觉他那一瞬即逝的错愕。他立刻堆出笑容，大声说道："亲爱的威尔基，太幸运了！你帮我省下费力写邀请函给你的工夫。我向来不擅长写字，恐怕得再花上半小时才写得出来！两位都请进！坐，坐。"

狄更斯坐在小阅读桌桌面边缘，桌上有一小沓手稿。阅读桌前方只摆设两张椅子。有那么天旋地转的片刻，我以为他要诵读他的黑暗国度诸神梦境。

"这场……不管是什么，只有我们两个观众吗？"喜形于色的费尔兹问道。他们俩见到彼此似乎满心欢喜，两个人一起从事任何幼稚的探险行动时，明显都年轻了好几岁。过去几天以来我察觉到一股淡淡哀愁笼罩着狄更斯。嗯，那是当然。当时我心想，过两天费尔兹和他太太离开英格兰返回美国，他们两个今生恐怕便无缘再见，哪天费尔兹再访英国时，狄更斯想必作古已久。

"我亲爱的朋友们，这次朗读的确只有你们两位观众。"说着，狄更斯亲自走过去关上图书室的门，再走回阅读桌旁，轻松地坐上那张细脚桌边缘。

"第一章，黎明。"狄更斯读道。


古代英国大教堂的塔楼？这里怎么会有古代英国大教堂的塔楼？古代英国大教堂那名闻遐迩的巨大灰色方形塔楼？怎么会出现在这里！不管从哪个具体角度看去，我的眼睛跟那塔楼之间都不该有生锈的尖铁。那么隔在中间的尖刺又是什么？是谁装设的？或许是苏丹下令装设，要一个接一个地刺穿一整群土耳其盗匪。
确是如此，因为铙钹击响，苏丹声势浩大地经过，朝他
的王宫而去。一万把短弯刀在阳光中熠熠生辉，三万名
舞姬撒着鲜花。接下来是披挂千变万化艳丽色彩的白色
大象……

他就这么朗读了将近九十分钟。费尔兹显然听得如痴如醉。
我却是听得愈久，皮肤、脑门和指尖愈是发凉。

第一章以印象派（或奇情派）风格描述某个鸦片鬼从迷梦
中醒来，背景是一间明显以萨尔烟馆为范本的鸦片馆。萨尔本人
也在场，也很恰当地被刻画为"形容枯槁的怪老太婆"，说起话
来"嘎嘎低语"，鸦片馆里还有一个昏睡的中国人与一名东印度
水手。叙述者显然是从鸦片幻梦中缓缓清醒的白种男子，他一面
喃喃念叨"无法理解"，一面聆听（并且抵抗）那个中国人断断
续续的话语以及那个昏睡东印度水手的咕哝声。他离开了，回到
某个明显就是罗切斯特（换了个不称头化名"克罗斯特罕"）的
"大教堂小镇"。到了第二章，我们遇见一群常见的狄更斯式人
物，包括初级牧师塞普缪斯·克瑞斯派克尔。这人正是我在创作
中的小说里嘲弄的那种亲切、鲁钝却善良的"强身派基督徒"。

第二章揭示了我们在第一章匆匆一瞥那个游手好闲鸦片鬼的
身份，他名叫约翰·贾士柏，是大教堂圣诗班的俗家领唱人。我
们立刻得知他有悦耳嗓音（不知为何，某些时候比其他时候更为
美妙），以及阴暗迂回的心灵。

同样在第二章里，我们见到了贾士柏的侄子，就是那个肤浅
无知、随和却明显懒散自满的艾德温·祖德少爷……坦白说，狄

更斯大声念出这个名字时我吓了一跳。

到了第三章我们听了一段措辞典雅却略嫌阴沉的文字，描绘克罗斯特罕与它的悠久历史。接着我们又领教了狄更斯笔下几乎源源不绝的那种完美无缺、双颊红润、天真烂漫的女主角：这个叫罗莎·巴德，真是叫人倒尽胃口的无趣姓名。还好她只出现了短短几页，暂时不至于让我想立刻掐死她。狄更斯很多年少、纯真的完美女主角都让我有这个冲动，比如"小杜丽"。等到艾德温·祖德和罗莎·巴德一起散步（我们得知他们双方已经过世的父母是旧识，顺理成章地定了亲事。还知道艾德温对这桩婚事尽管自觉屈就，却也算满意，罗莎却想解除婚约）的时候，我感觉得到其中呼应着狄更斯与爱伦·特南的疏远，因为那天晚上我在佩卡姆火车站外听见了他们的谈话。

在这几个章节当中，我跟费尔兹听见狄更斯将他的祖德——那个大男孩艾德温·祖德——设定为年轻工程师，即将出国去改造埃及。罗莎住的那个孤儿院（为什么，天哪，为什么狄更斯笔下的清纯少女都是孤儿！）有个蠢女人说，他会葬身金字塔底下。

> "可是她不讨厌阿拉伯人、土耳其人、阿拉伯农民和所有人吗？"罗莎问道。她指的是艾德温·祖德那个虚构的理想对象。
>
> "当然不会。"口气无比坚定。
>
> "至少她一定不喜欢金字塔？说实话，艾德温。"
>
> "她为什么会是讨厌金字塔的娇小——我是说高大——傻丫头，罗莎？"

"啊！如果你听见敦克登小姐说的话，"她频频点头，津津有味地吃着土耳其软糖，"就不会这么问。都是些无聊的坟地！什么伊西斯啦，圣鹭啦，奇阿普斯啦，法老王啦。谁在乎那些东西？然后还有贝尔佐尼[1]，是某个人，被人拉着脚拖出来，差点儿被蝙蝠和尘土闷死。那些女孩都说：活该，希望他受伤，最好闷死算了。"

我可以预见狄更斯接下来几乎确定会详尽地比较克罗斯特罕——也就是有一座货真价实大教堂的罗切斯特——充满地窖和坟墓的尘土与诸如"差点儿被蝙蝠和尘土闷死"的贝尔佐尼这类埃及坟墓的真实探险家。

他的第三章——那天他只读到这章——以他那位妖媚（却依然无动于衷，至少对艾德温·祖德是如此）的罗莎对这位"祖德"所说的话作结：

"说说吧，你看见什么了？"

"罗莎，我不懂？"

"咦，我以为你们这些埃及男孩可以从手上看见各种幻象。你看不到快乐的未来吗？'

当大门开了又关，一个进门，另一个离开，他们俩谁也没看见快乐的现在。

---

1　Belzoni：指Giovanni Battista Belzoni（1778—1823），意大利探险家兼埃及古物专家，在埃及探险过程中掠夺了大批古文物。

仿佛狄更斯是我，描写着我在佩卡姆车站看见的他和爱伦。

这回狄更斯读得平静、专业、沉着，有别于他最近朗读会上那种过度激昂的演出，尤其是那段谋杀案。等他放下简短手稿的最后一页，费尔兹爆出热烈掌声，一副眼泪就快掉下来的模样。我静静坐在一旁盯着。

"不同凡响，查尔斯！出类拔萃！登峰造极的开头！巧妙、刺激、诡谲又迷人的开头！你的创作技巧发挥得淋漓尽致。"

"谢谢你，亲爱的詹姆斯。"狄更斯轻声说。

"书名呢？你没告诉我们。你这本了不起的新书打算叫什么？"

"书名是《艾德温·祖德疑案》。"说着，狄更斯的视线从眼镜上方望向我。

费尔兹拍手叫好，没有注意到我猛然吸了一大口气。但我确定狄更斯注意到了。


费尔兹上楼更衣准备吃晚餐，我跟着狄更斯回到他书房，我说："我们得谈谈。"

"是吗？"狄更斯边说边把那大约五十页手稿塞进皮革公文包，再把公文包锁进书桌抽屉里。"好吧，我们到外面去，避开家人、朋友、孩子、仆人和狗急切又热心的耳朵。"

那是个暖和的10月天，也是暖和的黄昏时刻，狄更斯带我走向他的小屋。通常到这个季节小屋已经封闭，以因应即将到来的潮湿冬季，今年却不然。棕黄暗红的枯叶散落在草坪上，也卡在树丛里或车道两旁红花落尽的天竺葵上。狄更斯没有带我走隧道，而是直接横越公路。这个周日下午路上没有车辆，法斯塔夫旅店门外系着一排排精神昂扬的良种马，一群猎狐人士打猎结束后过来小酌一番。

到了小屋二楼，狄更斯挥手要我坐那把温莎椅，然后舒适地半躺进他自己的椅子。从桌上整齐摆放的一盒盒蓝色与乳白色纸张、笔、墨水池和他的决斗蟾蜍雕像，我看得出来狄更斯近期都在这里写作。

"亲爱的威尔基，你觉得我们需要谈什么？"

"亲爱的狄更斯，你心里很清楚。"

他笑着从盒子里拿出眼镜，放在鼻梁上，仿佛他打算继续朗读似的："先假设我不知道，从这里开始聊。是因为你不喜欢我新书的开头吗？我不止写了那些，或许再听个一两个章节，你就会感兴趣？"

"查尔斯，那些东西很危险。"

"哦？"他的惊讶好像不全然是装的，"什么东西很危险？写悬疑小说吗？几个月前我就说过，你的《月亮宝石》里有些元素很吸引我，比如鸦片成瘾、催眠、东方恶煞、窃案疑点，所以我可能会尝试撰写这样的小说。现在我写啦，或者该说我动笔了。"

"你用了祖德的名字。"我压低嗓门儿，所以声音听起来像急切的低语。我听到附近酒馆里的男人在高唱饮酒歌。

"亲爱的威尔基，"狄更斯叹息道，"你不觉得我们——或者你——该放下对祖德所有相关事物的恐惧了吗？"

我能怎么说？一时之间我无言以对。我没跟狄更斯提起过黑彻利的死，没说过地窖里那些闪亮的灰色条状组织。我也没谈过那晚我在祖德神庙的经历，更没提过菲尔德进攻地底城以及菲尔德和他的手下因为那场攻击落得何种惨烈下场。我也没告诉他巴利斯如今浑身脏污、蓬头垢面、衣衫破烂、苟延残喘、东躲西藏，更没说过四个月前巴利斯带我去看了他的楼顶城藏身处……

"如果我现在有时间，"狄更斯仿佛暗自寻思着，"我可以治愈你的执迷，让你解脱它的束缚。"

我站起来，开始不耐烦地来回踱步："查尔斯，如果你出版这本书，恐怕连命都会解脱。你告诉过我祖德要你帮他写传记……你写的却是讽刺作品。"

"完全不是。"狄更斯笑道，"这会是一本非常严肃的小说，探讨罪犯内心世界层层叠叠的纠葛与矛盾。这个罪犯既是杀人犯，也是鸦片成瘾者，更是催眠大师兼催眠受害者。"

"查尔斯，人怎么可能既是催眠大师又是催眠受害者？"

"亲爱的威尔基，等我把书写出来，请你读一读，你就会明白的。很多真相都会揭露，不只是书中的疑案，或许也包括你的某些困境。"

这话一点儿道理都没有，我不予理会。"查尔斯，"我上身靠向他书桌，俯视坐在椅子上的他，恳切地说，"你当真相信鸦片会让人梦见熠熠生辉的短弯刀、几十名舞姬和——什么东西？——'无法计数向前奔驰、彩色的艳丽大象'吗？"

"'……披挂千变万化艳丽色彩的白色大象与侍从。'"狄更斯纠正我。

"好吧。"说着，我后退一步，摘下眼镜用手帕擦拭。"可是你当真相信真正的鸦片梦里会有不管多少头披披挂挂或奔驰向前的大象与闪耀的短弯刀吗？"

"我也服用过鸦片。"狄更斯低声说。他几乎有点儿乐陶陶。

坦白说我翻了白眼："毕尔德告诉过我。你只用了一丁点儿鸦片酊，而且只有几次，是在你最后几场朗读会期间睡不着觉的时候。"

"一样。亲爱的威尔基，鸦片酊就是鸦片酊，鸦片就是鸦片。"

"你用了多少量滴？"我持续来回踱步，从这扇敞开的窗子走到那扇敞开的窗子。也许是那天早上我多喝的鸦片酊让我精神如此亢奋。

"量滴？"狄更斯问。

"滴进你酒里的鸦片数量？"我问，"几滴？"

"哦，我不清楚。我服用鸦片酊的那几个晚上，是多尔毕帮我处理的。我猜两滴吧。"

"两量滴……两滴？"我又问一次。

"对。"

我静默一分钟。我来到盖德山庄做客的这个长周末，只带了随身瓶和一小罐补充瓶。当天我已经喝了至少六百量滴，或许是一千两百量滴。接着我说："可是亲爱的查尔斯，你没办法让我或任何真正研究过这种药剂的人相信你做过这些大象、弯刀和金色圆顶的梦。"

狄更斯哈哈大笑："亲爱的威尔基，正如你曾经说你……'做过实验'——我记得你是这么说的——确认你《月亮宝石》里的弗兰克林·布莱克能够趁他未婚妻入睡时进入她卧房……"

"她卧房隔壁的客厅，"我纠正他，"我的编辑要求我改的，他说这样比较符合礼法。"

"啊，没错。"狄更斯笑着说。当然，他就是那个编辑。

"他在不知情的情况下服用了鸦片酊，睡梦中走进他未婚妻卧房隔壁的客厅偷了钻石……"

"有关这段情节的真实性你已经质疑过不止一次了。"我不悦地说，"我也告诉过你，我自己在鸦片酊作用下试验过类似状况。"

"亲爱的威尔基，我就是这个意思。你将这个观点延伸，融入你的情节。所以我也发展出披挂彩毡的大象和熠熠生辉的弯刀，来撰写更伟大的故事。"

"查尔斯，这不是重点。"

"那什么才是？"狄更斯显得很好奇，同时也显得很疲倦。那些日子里，只要他没有为人朗读或跟大家一起玩游戏，就会显现出他突然变成的那个老头子模样。

"重点在于如果你出版这本书，祖德就会杀了你，"我说，"你自己告诉过我他要的是传记，不是一本充斥着鸦片、催眠和所有埃及相关事物的奇情小说，以及一个名叫祖德的软弱角色……"

"尽管软弱，在故事里却举足轻重。"狄更斯打岔道。

我只能摇头："你不肯听我劝告。如果菲尔德被杀的隔天早上你见到了他脸上的表情……"

"被杀？"狄更斯猛地坐直身子。他摘下眼镜，眨了眨眼皮。"谁说菲尔德是被人谋杀的？你很清楚《泰晤士报》报道他在睡梦中过世。你又为什么说看见他脸上的表情？亲爱的威尔基，绝不可能是你看见的。我记得当时你连续几个星期卧病在床，而且是在好几个月后听我说起，你才知道菲尔德过世了。"

我迟疑了，犹豫着该不该告诉狄更斯巴利斯探员所说有关菲尔德的真正死因。但那样一来我就得说出巴利斯的事，还得交代清楚我为什么见他，又在哪里见到他，更得说出那些楼顶城神庙的事……

我举棋不定的时候，狄更斯叹口气说道："威尔基，你相信有祖德这号人物存在，这件事是带点邪恶的趣味性，可是也许应该画下句点了，也许这整件事从一开始就是个错误。"

"相信祖德这号人物存在？"我厉声说道，"亲爱的狄更斯，难道还要我提醒你，一开始不就是你说你在火车意外事故现场碰见他，后来又说你到地底城去见他，才把我给卷进去的吗？我认为，事到如今你才要我否认他的存在，一副他是《圣诞颂歌》里的鬼魂马利或未来圣诞幽灵的样子，会不会有点儿太迟？"

我以为我最后的挖苦会惹得狄更斯呵呵笑，可是他的表情只是比先前更哀伤、更疲累。他自言自语似的说："亲爱的威尔基，也许是太迟了，或者也许还没。不过今天肯定来不及了，现在我必须进屋去准备吃晚餐，毕竟我跟亲爱的詹姆斯和安妮共进晚餐的机会不多了……"

他说到最后时声音变得很轻，外面法斯塔夫旅店那些猎狐人士正好嘚嘚嘚骑马离开，我得竖起耳朵才能听清楚他的话。

"我们改天再找机会聊这个话题。"狄更斯边说边站起来。我发现他的左脚好像虚软无力，他只得暂时用右手按住桌面撑住身子，摇摇晃晃地寻找平衡，左手和左脚毫无作用地甩动，像刚踏出人生第一步的学步孩童。之后他重新展露笑脸——我觉得笑得有点儿悲惨，一拐一拐走出门，下楼迈向主屋。

"这件事我们改天再谈。"他重复一次。

亲爱的读者，你将会知道，后来我们确实谈了，可惜为时已晚，悲剧已无可避免。

## 第四十五章

在狄更斯生命中最后的秋天、冬天与春天里，他持续创作他的小说，我也持续写我的。

当然，狄更斯——终究是狄更斯——一意孤行，非得做出用祖德的名字为他的小说命名这种自杀愚行。事实上我从威尔斯、福斯特和波希那个娘娘腔白痴（他几乎等于抢走了我在《一年四季》办公室的职务和狄更斯密友的地位）口中得知，狄更斯原本构思的书名包括"詹姆士·魏克斐德失踪案"和"死或活？"，其实他从来就没打算用爱德蒙·狄更森的名字（尽管他前一年春天这么对我说），当初他那么说只是为了诱我上钩。

我比狄更斯提早几个月动笔，也已经把连载权卖给《卡塞尔》杂志，从1870年1月开始连载。我也把《夫妇》的美国连载权卖给老战友纽约的《哈泼日刊》，为了避免盗版，《哈泼日刊》比《卡塞尔》提早两星期刊出。狄更斯的《艾德温·祖德疑案》由查普曼出版社以绿色封面发行的第一章迟至那年4月才问世。原本计划发行十二章月刊，却在第六章后中断。

我弟弟查理受雇为这本命运多舛的小说绘制插画。虽说后来查理健康恶化，没办法完成任务，狄更斯的本意想必是让他的女

313

婿（因而也让他女儿）有点儿收入。我还觉得狄更斯做这个决定只是想给失业又病痛缠身的查理找点儿事做，免得他整天躺在自己家或盖德山庄。当时狄更斯光是看见查理就会发火。

狄更斯软硬兼施争取到的"告别朗读会"将在1月展开，同时他又得撰写新小说续集，因此打破了他过去"绝不在举办朗读会或为朗读会做准备期间写小说"的铁律。

至于我自己，《夫妇》续集进行得相当顺利，如今卡罗琳每个月写来的信让我的创作如虎添翼，因为她总是在信中叙述她的水电工加诸在她身上不一而足的虐待行为。克罗生性善妒，只要离家一段时间，就会把她锁在储煤地窖里；他也是个酒鬼，喝醉以后就对她拳打脚踢；他又好吹嘘，常邀狐群狗党到家里喝酒赌博，故意用些不堪入耳的粗暴言语跟朋友聊自己的太太，再跟其他那些人渣一起哈哈大笑。卡罗琳往往羞得面红耳赤，设法逃回自己房间。可是克罗故意拆掉他们小房间的门，就是为了不让她躲在里面。克罗还是个乖儿子，任由自己的妈妈没完没了地辱骂媳妇，如果卡罗琳对那老女人露出丝毫的违逆神色，克罗又会报以老拳。

对于这些描述悲惨遭遇的信件，我只是回信表示收到来信，并以最模糊的口气表达同情，至于信里描述的事件与语气都一五一十进入我的小说。我的信一如往常委托凯莉带去。我猜想卡罗琳看过信后会立刻烧掉，因为万一克罗看见我还在跟她通信，肯定会杀了她。

我书里的骗婚者乔弗瑞·戴乐敏个性颇为讨喜，以我的文学眼光来看，堪称不朽的角色。他是个长跑健将，一流的体格搭配微小的脑容量，广泛涉猎各种运动，总而言之是一个出自牛津大学的草包、暴徒、恶棍、怪物。

《夫妇》才出刊几章，就有评论家声称这是一本尖刻又愤怒的书。亲爱的读者，我向你承认，他们说得没错。但这本书同时也非常真诚。我在《夫妇》里非但宣泄了我对人们受骗踏入婚姻的怒火，就像卡罗琳当初企图诱骗我，或"道森太太"马莎直到当时都还在诱捕我一样，也传达了我对卡罗琳在她成功拐骗上钩那个下层阶级暴徒肮脏拳脚下所受待遇的义愤。

狄更斯的《艾德温·祖德疑案》既不愤怒也不尖刻，可是正如我许久以后发现的，尽管我自认在我的书里已经够坦率了，他在书中揭露的真相却更为惊人。

狄更斯生命中最后一个秋天结束后，他持续辛勤创作，朝他生命中最后一个冬天与春天迈进。我们这些作家都是如此，拿自己生命中的朝朝日日岁岁年年交换堆堆栈叠涂涂画画字迹潦草的纸页。等到死神召唤，我们有多少人愿意拿那些纸页，拿那些挥霍生命时光辛苦得来的涂涂画画潦草字迹交换短短的一天，一个踏实度过、充分体验的日子。我们在唯我独尊的傲慢岁月中独锁楼阁涂涂写写，过程中忽略了家人。为了跟这些家人相处这额外的一天，我们这些作家又愿意付出什么样的代价？

我们愿意拿那些纸页交换短短一小时？或拿我们所有的书交换踏踏实实的一分钟吗？

我没有受邀到盖德山庄过圣诞节。

我弟弟查理跟凯蒂一起去了。可是查理比过去更不得狄更斯欢心，所以圣诞节过后不久他们就回到伦敦。11月底前狄更斯已经写好《艾德温·祖德疑案》第二章，希望尽快完成封面设计与部分内页插图。查理根据狄更斯稍嫌模糊的故事大纲画出封面草图，到了12月，他觉得如果勉强配合狄更斯要求的进度，身体恐怕吃不消。狄更斯不耐烦甚或嫌恶地赶到伦敦，跟他的出版商查普曼研商，决定将插图工作移交给某个插图界新人：一个叫路克·斐欧兹的年轻人。

一如既往，这回同样是狄更斯做的决定。那是画家约翰·米莱斯向他推荐的人选，米莱斯当时正好在盖德山庄做客，拿了斐欧兹刊登在《绘图》杂志第一期的插画作品给狄更斯看。初出茅庐的斐欧兹在查普曼办公室跟狄更斯面谈时，竟然厚颜无耻地说他"天性严谨"，更擅长捕捉狄更斯小说里严肃的一面（有别于查理以及狄更斯过去的许多插画家，比如最喜欢喜剧场景的"费兹[1]。狄更斯深表赞同，他喜欢斐欧兹更具现代感且更为严肃的做法。于是我弟弟帮狄更斯画完最后一幅书本封面与两帧内页插图之后，便结束了跟狄更斯的合作关系。

饱受胃疾所苦的查理似乎不以为意，只是没了收入，严重打击他跟凯蒂的财务。

多年来我总是在盖德山庄度过愉快的圣诞节，这年狄更斯没有邀请我，我其实也不介意。

根据我弟弟查理和其他人的说法，狄更斯左脚肿得太厉害，圣诞节那天大部分时间都待在图书室，脚上敷了药膏。那天晚上吃晚餐时还得把他肿胀又缠裹纱布的左脚架在另一张椅子上。晚餐后他在旁人协助下跳到客厅出席例行的狄更斯家庭娱乐，只是

---

1　Phiz：指当时的画家哈布洛特·奈特·布朗（Hablot K. Browne，1815—1882），为狄更斯早期多部小说绘制插画，并配合当时狄更斯的笔名博兹使用化名"费兹"。

这年有别于往常，爱玩游戏的他只能躺在沙发上看别人争胜负。

那年的除夕夜和元旦，狄更斯应邀前往福斯特的豪宅度小周末（因为那年的除夕落在星期五）。只是，根据波希听威尔斯听福斯特本人所说，狄更斯的左脚（还敷着药）和左手带给他不少痛苦。然而，他会拿自己的病痛取笑，还精神饱满又幽默逗趣地为大家朗读《艾德温·祖德疑案》的第二章，如果说"严肃"是那位自诩严谨的新插画家斐欧兹绘制插画的唯一标准，那么他在第二章里只怕找不到合适题材。

狄更斯秉持他一贯的精准度，午夜钟响时准时结束他对众人的朗读。狄更斯的1870年就在剧烈痛楚与热烈掌声中揭开序幕，也这么走到了他生命尽头。

原本我有意在格洛斯特街90号举办另一次除夕晚宴，可又想到前一年的晚宴不算太成功。再者，我最喜欢的宾客是雷曼和毕尔德两家人，但如今他们的孩子都气我揭露了运动员的真实面。此外，前一年夏天毕尔德帮马莎接生，至今我在社交场合见到他还有点儿不自在，最后我决定到我弟弟家跟他们共度除夕夜。


除夕夜过得很沉寂，查理家那两座最响亮的时钟的嘀嗒声清晰可闻。晚餐吃到一半，查理就因为身体不适告退上楼休息。他答应会尽量在午夜时起来陪我们。可是根据他脸上深陷的痛苦纹路，我猜他起不来。

我也起身表示要离开（因为当天没别的客人），凯蒂却命令我留下。通常这其实没什么。我应该提到过，早年我跟卡罗琳同住那段时间，经常会自行前往剧院或其他地方，把男性宾客留给她招呼，丝毫不以为意。但自从一年多前卡罗琳结婚那天以后，我跟凯蒂的关系一直有点儿别扭。

凯蒂晚餐前和晚餐过程已经喝了不少葡萄酒，晚餐结束后我们移师时钟嘀嗒声最响亮的客厅，她又拿出白兰地。她还不至于口齿不清（她是个懂得自制的女主人），但我从她僵硬的肢体与呆板的表情看得出她已经小有醉意。长久以来我所认识的那个叫凯蒂·狄更斯的女子，在年近三十的今天几乎已经变成年华老去的怨妇。

"威尔基，"她突然喊我一声，在这个拉上窗帘的阴暗客厅里，音量高得几乎有点儿惊人，"你知不知道去年10月我父亲为什么邀请你到盖德山庄？"

老实说这个问题让我很受伤。过去我受邀到盖德山庄从来不需要理由。我嗅了嗅杯里的白兰地，掩饰我的困窘，然后笑着说："也许是因为你父亲要我听听他新书的开头。"

凯蒂以相当唐突的轻蔑态度挥了挥手。"根本不是那么回事。我碰巧知道我父亲把那份殊荣保留给他亲爱的朋友费尔兹，而且他——我父亲——看见你跟费尔兹一起下楼走进图书室，其实很错愕，但他又不能告诉你那原本是一场不对外朗读。"

这下子我真的被刺伤了。我告诉自己凯蒂喝醉了，别跟她计较，然后装出愉快的语调，甚至表现得有点儿俏皮："哦，那么他为什么邀请我去度周末呢？"

"因为查理——你弟弟、我丈夫——为你跟父亲的疏远感到非常难过，"她轻快地说，"我父亲觉得邀请你来度个周末可以平息疏远的传闻，也可以让查理开心起来。可惜根本没用。"

"根本没有所谓疏远，凯蒂。"

"呸，少来！"她又挥挥手指，"威尔基，你以为我看不见真相吗？你跟我父亲的友谊等于结束了，而且包括我们家人和外人在内，没有人知道原因。"

我不知该如何回应，只得啜饮白兰地，不发一语。壁炉架上那座嘀嗒响时钟上的分针爬得未免太慢。

凯蒂突然说："我相信你听说了我有情人的谣言了。"听得我差点儿跳起来。

"我根本没听说！"但我确实在俱乐部和其他地方听说过。

"谣言是真的，"凯蒂说，"我确实尝试过找情人，包括波希，当时他还没娶他那个皮笑肉不笑、酒窝深陷胸大无脑的小妖精。"

我站起来，放下酒杯。"柯林斯太太，"我正色说道，心里想着我母亲的姓氏与头衔落到另一个女人头上，感觉十分古怪，"也许我们俩都喝太多葡萄酒和白兰地了。身为查理的哥哥——而且我深爱他——有些话我不应该听。"

她笑了，又挥挥手指："哎呀，天哪，威尔基，坐下，坐下来！这才乖。你假装生气的时候看起来蠢极了。查理知道我有情人，他也知道原因。那么你知道吗？"

我原想不吭一声离开，却可悲地继续坐在原处。或许你记得，有一次她在盖德山庄试图跟我提起她跟我弟弟没有夫妻之实的事。当时我转移话题，此刻我唯一能做的就是别开视线不去看她。

她拍拍我交叠在膝上的双手。"真可怜。"她说。我以为她在说我，原来不是。"不是查理的错，不全然是。查理在很多方面都太软弱。我父亲……嗯，你也了解他。尽管他快死了——他确实快死了，基于某些我们大家都不知道的苦恼，连毕尔德也不清楚——尽管他生命垂危，他还是很坚强，为他自己，也为所有人。所以他才会受不了你弟弟坐在他餐桌旁的模样。我父亲向来痛恨软弱，这就是为什么你那个女人……结婚那天晚上，你问我万一哪天查理过世，我肯不肯嫁给你，我没让你把话说完。"

我又站起来："凯蒂，我真的该走了。午夜前你最好上楼看一下你丈夫，他可能需要你的照料。我祝你们俩新的一年吉祥如意。"

我走进门厅，穿起大衣，戴上帽子，披好围巾，找到手杖。她站起来，却没有走出客厅。他们唯一的仆人做好晚餐后就离开了。

我走到客厅玄关，碰碰帽檐，说道："晚安，柯林斯太太。谢谢你招待的美味晚餐和上等白兰地。"

凯蒂闭上双眼，修长的手指碰触沙发扶手，稳住身子。她说："威尔基·柯林斯，你会回来的。等查理进了坟墓，你会在他尸骨未寒以前就回来。你会像猎犬一样，像我父亲以前那只猎犬苏丹，把我当成发情母狗，跟在我后头嗥叫。"

我再次碰碰帽檐，踩着踉跄脚步往外奔逃到夜色里。

天气很冷，天空里没有云朵，星星无比闪亮。我晶亮的靴子踩着覆盖路面与卵石的残雪，发出响亮的嘎吱声。我决定一路走回家。

午夜钟声吓我一跳。整个伦敦的教堂与市区钟声齐鸣，迎接新年。我听见远处有人醉醺醺地喊出新年祝贺词，而某个靠近河岸的遥远地点传来像是滑膛枪击发的声响。

尽管包着围巾，我的脸突然感到一阵冰凉，等我戴着手套的手摸向脸颊，这才震惊地发现自己一直在落泪。

狄更斯在伦敦全新一轮告别巡演，1月11日晚上在圣詹姆斯厅揭开序幕。1月剩余的时间里排定每星期两场，分别在星期二与星期五，之后每星期一场，直到3月15日巡演告终。

当然，毕尔德和狄更斯的其他医生一概持反对意见，更多人不赞同狄更斯频频搭火车进城。为了安抚众人，狄更斯租下海德公园5号（就在大理石拱门对面）的米勒吉伯森宅邸，租期从1月到6月1日，只是，他又告诉大家他租这房子是为了让他女儿玛丽有个落脚处，因为那年冬天和春天玛丽会出席许多社交活动。

狄更斯长时间待在伦敦，大家总以为我跟他会像过去那样经常碰面，可是，他没有朗读会的时候就忙于写小说，我也持续创作。

毕尔德问过我要不要跟他和查理·狄更斯一起出席狄更斯的每一场朗读会，我以创作与健康理由推辞。毕尔德每场必到是担心发生紧急状况。他私下告诉我，他真的很担心狄更斯会在舞台上暴毙。第一场表演那天晚上，毕尔德告诉狄更斯的儿子查理："我请人在舞台侧面架了几级阶梯，你每场都要跟去。万一你父亲身子有任何一点点晃动，马上跑上去接住他，把他带下来找我，否则，天可怜见，他会死在观众面前。"

第一天晚上狄更斯没有死。

他读了一段《大卫·科波菲尔》和历久不衰的《匹克威克外传》审判场景。根据他后来的描述，那晚的演出"尽善尽美"。表演结束后，狄更斯瘫倒在休息室沙发上，毕尔德发现他的心跳从正常的每分钟七十二下加速到九十五下。

在接下来每一场朗读过程中与表演结束后，他的心跳速率持续攀高。

狄更斯将其中两场朗读安排在下午时段，甚至有一场排在上午，因为很多想看他朗读的男女演员无论下午或晚上都挪不出时间，所以希望他安排早场表演。正是在1月21日这场不寻常的上午朗读会上，观众席坐满哧哧窃笑交头接耳的年轻女演员，狄更斯开始再次谋杀南希。好几朵长春花晕倒，更多人被搀扶出去，就连男演员都有人吓得大叫。

演出结束后狄更斯太疲累了，没有心情享受观众的激动反应。事后毕尔德告诉我，那天早上狄更斯演出谋杀案前就因为精神紧张心跳狂飙到每分钟九十下，表演后狄更斯倒卧在沙发上喘不过气来。毕尔德是这么跟我说的："他喘得像快断气的人。"当时狄更斯的心跳是一百一十二下，即使过了十五分钟，也只微幅减缓到一百下。

不到两天——他即将跟托马斯·卡莱尔见最后一次面——狄更斯的手就绑了吊带。

但他继续表演，依照原定计划出场朗读。他的心跳升高到一百一十四下，然后一百一十八下，再到一百二十四下。

每一次中场休息，毕尔德都会派两名壮男随时准备把狄更斯半抬半扶回到休息室。狄更斯会躺下来大口喘气，呼吸急促得连话都说不出来，只能发出一些无意义的音节和不连贯的声音，至少要经过整整十分钟，这位创作过无数长篇小说的作家才终于能说出一个完整字句。之后毕尔德或多尔毕会扶住狄更斯，让他喝下几口加水稀释过的白兰地。然后狄更斯会重新站起来，在翻领别上一朵鲜花，快步走上台去。

他的心跳速率持续随着每一场演出升高。

1870年3月的第一场表演，狄更斯最后一次朗读他心爱的《大卫·科波菲尔》。

　　到了3月8日，他最后一次谋杀南希。几天后我在皮卡迪利巧遇查尔斯·肯特，吃午餐时肯特告诉我，最后那一场谋杀案表演时，狄更斯走上舞台的途中悄声对他说："我会把自己弄得粉身碎骨。"

　　根据毕尔德的说法，他早已经把自己搞得粉身碎骨，但他仍然不肯罢手。

　　到了3月中旬，正是告别巡演几乎让他精疲力竭之际，女王传召狄更斯到白金汉宫与她晤谈。

　　晋见女王的前一天晚上或当天早上，狄更斯根本无法行走，但他总算一瘸一拐去到女王面前。宫廷礼仪不允许他坐下（尽管前一年同样获此殊荣的老卡莱尔自称是个虚弱的老头子，自行就座，不吃宫廷礼仪那一套）。

　　接见过程中狄更斯一直站着，维多利亚也是，却是微微倚靠沙发背。强忍疼痛站在她面前的狄更斯没有这种优势。

　　这场召见部分原因在于狄更斯拿了几帧美国内战照片给枢密院的阿瑟·海尔普斯看，海尔普斯对女王提及此事。狄更斯于是将照片呈给女王。

　　狄更斯本着一贯的促狭风格，给倒霉的海尔普斯写了一封短笺，信里假装他认为此番奉召进宫将会受封准男爵。"请在准男爵封号后加注'盖德山庄'字样，"他写道，"因为那里有不朽的莎士比亚与他笔下的角色法斯塔夫。随函附上我的祝福与宽恕。"

　　据说海尔普斯和枢密院其他成员为狄更斯的误解困窘得不

知如何是好，后来才有人告诉他们那是爱开玩笑的狄更斯在捉弄人。

面见女王的过程中，狄更斯迅速把话题转移到传说中美国总统林肯遭刺杀前一天晚上做过、并且告知他人的预言梦境。当时狄更斯心中显然记挂着这类死亡预兆，曾经多次跟朋友提起林肯的梦。

女王陛下告诉狄更斯她十三年前观赏过《冰冻深渊》演出。话题于是转到富兰克林远征队的必然命运，又谈到北极探险的发展现况，而后不知怎的又转向仆役问题这个始终存在的困扰。之后，这场漫长的皇宫对谈述及国家教育与惊人的肉品价格。

亲爱的读者，正如多年后的你一样，我只能猜测或想象这场会谈的画面与语调。女王站在沙发旁，套句狄更斯事后对乔吉娜所说的话，表现得"出奇羞怯……举手投足像个小女孩"。狄更斯直挺挺站着，显得很放松，或许双手在背后交握，左腿左脚和左臂持续搏动抽痛，随时可能弃守阵地让他当场瘫倒。

会谈结束前，据说女王轻声说道："没能聆赏您的朗读，一直是朕莫大的遗憾。"

"陛下，我也很遗憾。"狄更斯说，"请原谅。朗读已经在两天前画下句点。经过这么多年，我的朗读终于落幕了。"

"不可能举办私人朗读会？"维多利亚问。

"恐怕是，女王陛下。我无论如何都不会举办私人朗读会，因为随机组合的观众是我朗读成功的要件。其他为大众朗读的作家或许不表赞同，但我个人向来有这样的坚持。"

"朕了解，"女王说道，"朕也明白你如果改变心意，不免流于前后矛盾。狄更斯先生，朕碰巧知道你是最始终如一的人。"她露出笑容。狄更斯后来对福斯特说，当时他很确定女王想到了十三年前他断然拒绝接受女王召唤，因为当时他刚演完《冰冻深渊》后的滑稽剧，还穿着戏服涂着浓妆。

晤谈结束时，女王送给狄更斯她亲笔签名的著作《高地生活日志选粹》，并且向狄更斯索取一套作品。"如果可能的话，"她说，"朕希望下午就能收到。"

狄更斯微笑欠身，却说："我恳请陛下再次宽容，请多给我一点儿时间，好让我妥善装订书本。"

后来他送给女王他的全套著作，用摩洛哥山羊皮烫金装订。

狄更斯对女王说起的那场最后朗读会在3月15日举行。

那天晚上他选了《圣诞颂歌》和《匹克威克外传》的审判。这两段一直是观众的最爱。当晚他的小孙女米绮蒂第一次出席，事后肯特告诉我，小米绮蒂听见她爷爷——她用稚嫩儿语喊他"敬爱的"——用奇怪的声音说话，吓得发抖。她看见她的"敬爱的"哭泣，自己也号啕大哭。

那天晚上我也在观众席，偷偷坐在后面阴暗处。我无法置身事外。

我意识到，那将是英国观众最后一次在地球上听见狄更斯为山姆·维勒、埃比尼泽·斯克鲁奇、鲍伯·克莱基特与小提姆发声。

演讲厅大爆满，开演前数小时人潮就挤在演讲厅位于摄政街与皮卡迪利大道交叉处的入口。事后狄更斯的儿子查理告诉我弟弟："我觉得我从没听过他读得这么好，这么毫不费力。"

可是我在现场，看得出来狄更斯是多么费力地保持镇定。

之后《匹克威克外传》的审判结束，他，一如往常，径自走下台去。

满场观众发狂了，近乎歇斯底里地起立鼓掌。狄更斯数度返回讲台，而后又离开，却又被掌声唤回。最后他安抚观众，发表了一篇简短演说。这篇讲词他显然辛苦准备了一段时间，此时还得克服激动情绪说出来。聚光灯下的他泪流满面，他孙女则在家族包厢里哇哇大哭。

"各位女士、各位先生，如果我假装怀着巨大痛苦结束我人生的这一个章节，那会比懒惰更糟，因为那会流于虚伪与无情。"

他简短回溯过去十五年来的公开朗读历程，说他如何将朗读会视为自己对读者与对公众的一份责任，也提到读者与公众回馈给他的共鸣。仿佛为了弥补他的离去，他当众宣布《艾德温·祖德疑案》近期内就会面世。观众太过专注、沉默，个个呆若木鸡，听见这个好消息也忘了鼓掌。

"从现在开始，"说着，他往前跨一小步，更靠近聚光灯和沉默（除了细微的啜泣声）的观众，"我将永远消失在这些耀眼灯光下，在此真诚、感恩、恭敬、深情地向各位道别。"

他一拐一拐走下舞台，但持续的掌声让他又一次登台。

狄更斯双颊布满泪水，他亲吻自己的手，挥向观众，从此走下舞台。

那个3月夜晚，我在细雨中步行返回格洛斯特街90号，口袋里装着卡罗琳寄来、还没拆阅的信件。我猜里面是更多详尽的受虐细节。我拿出银色随身瓶大口畅饮。

无论狄更斯最后选择什么时候死掉，他那些群众，也就是那天晚上我眼观耳听他们咆哮怒吼的乌合之众，肯定会强力主张让这个他们景仰的可恶作家跟其他伟大诗人一同葬在威斯敏斯特大教堂。现在我很确定这点。就算必须用他们穿着粗毛衣的肩膀扛他的尸体送过去，必须亲自挖掘坟墓，他们也会达成目的。

隔天星期三，我决定暂停创作一天，前往罗切斯特大教堂找德多石先生，在那里为狄更斯的真正死亡与埋葬做最后准备。

# 第四十六章

"就是这一块。"德多石低声说。他拍拍墙上某块岩石。光线昏暗，那块石头看起来跟其他石块没有两样。"这是对付它的工具。"在微弱的提灯光线中，我看见他把手伸进身上披挂的法兰绒、厚斜纹布和肮脏帆布深处，掏出一根和我手臂等长的铁锹。"威尔基·柯林斯先生，你看我在石块顶端这里凿了一个凹槽。简单得就像你家大门钥匙。"

我其实看不到石块顶端跟灰泥连接的凹槽，但铁锹平头那端找到了。德多石把全身重量压在铁锹上，咬牙闷哼，对着我吐了一大口朗姆酒气。石块尖叫了。

亲爱的读者，我用"尖叫"这个词，而不是"嘎吱响""咔嚓响"或"发出巨响"，是因为石块从地窖里这面古老墙壁里往外滑动几厘米时，发出的声音正像女人的尖叫声。

我帮德多石移开那块出奇沉重的石块，暂时放在地窖弯曲阶梯阴暗潮湿的石板上。提灯照出一个矩形洞口。我觉得那个洞太小，不敷我使用。德多石把铁锹扔到我背后的地板上，吓得我跳离地面几厘米。

"请吧，靠上前去看看，跟里面那些老东西打打招呼。"德多石呵呵笑道。他又掏出永不离身的酒瓶喝了一口，我则是把提灯拿到洞口，探看洞里的情况。

据我看来，这个洞对我来说还是太小。这堵外墙跟里面古老地窖的第一道墙壁之间只有不到三十厘米的缝隙，我看得出来这道窄缝底部比我们蹲伏着的这个走道与地板要低个四十到五十厘米，从我们这个洞往两边延伸的狭缝已经被碎裂骨骸、古老瓶罐和其他废物填了半满。

我听见德多石在我左边偷笑。他想必在灯光下看见我惊骇的表情。

"威尔基·柯林斯先生，你觉得里面太窄，是不是？其实不会，宽度刚刚好。你往旁边让让。"

我举着提灯等德多石半蹲走过来。他拍拍鼓胀的口袋，右手突然多出一根长兽骨。

"那是从哪儿来的？"

"当然是你们扔在生石灰坑里的实验狗。最后还得靠我去把那些东西扒出来，不是吗？你看仔细，学着点儿。"

德多石把那根狗儿的股骨或管它是什么的横向伸进小洞，手指轻轻一弹扔进去。我听见骨头咔嗒一声落在往旁边一两米的垃圾堆上。

"一整间狗舍的狗骨头都丢得进去，"他说得有点儿太大声，"不过我们要拿来陪这些老东西的不是狗，对吧？"

我没有吭声。

德多石又拍拍身上无数层沾满尘土的脏污衣物，一晃眼又拿出一颗只缺颌骨的人类骷髅头。

"那……那是谁？"我悄声问。可恶，在这个有回音效果的窄小空间里，我的声音听起来竟像在发抖。

"哦，是啊，死人的名字很重要，可惜他们用不着，我们这些脑袋灵光的人才用得上，是吧？"德多石笑道，"我们就叫他约利克[1]好了。"

德多石想必又在灯光下看见我的表情，因为他在开怀大笑。他带着酒意的笑声回荡在我们上面那层穹隆墓穴、我们所在的这道蜿蜒向下的阶梯通道两侧墙壁和底下深处黑暗中那些无法想见的房间、地道与坑洞之间。

"威尔基·柯林斯先生可别以为石匠没听过也不会引用莎士比亚。"德多石低声说，"来吧，我们再看可怜的约利克最后一眼。"说完，他单手拿着那颗头骨，小心翼翼塞进窄洞，再弹向左边看不见的缝隙里。头骨撞击石块、瓶罐和垃圾时发出的声响让人很难忘。

"头骨向来是最困难的部分，"德多石开心说道，"比如脊椎骨，就算每一节都完整无缺，你还是可以把它扭成一条吓呆的蛇，就算掉了几块它也不会介意。只要头骨塞得进去，整个人就能塞进去，或整个十个人，或整个一百个人。威尔基·柯林斯先生，看够了吗？"

"够了。"

"那就当个好孩子，帮我把这块石头搬回去放好。将来等你在这底下办好事，就告诉德多石一声，我会把这里的水泥浆补好，以后不管谁看到，都会以为这石头从诺亚时代起就没人动过。"

---

1 Yorick：莎士比亚名剧《哈姆雷特》里被掘出的骷髅头，生前是王宫弄臣。

回到料峭的3月冷风中，我给德多石总额三百英镑的各种面值纸钞。我数钱的时候，德多石干燥的长舌像加拉巴哥大蜥蜴般频频往外伸，粉红夹杂灰色的舌头吓人地舔着满是胡茬与灰尘的脸颊与上唇。

"往后每年再给一百英镑，"我低声说，"只要你活着。"

他斜睨我。他开口说话时，声音实在太太响亮："威尔基·柯林斯先生不会以为他需要花钱叫德多石闭嘴吧？德多石的口风跟任何好人或者任何坏人一样紧。如果做了你打算做的那件事的人想花钱叫人闭嘴，那么他可能会想多做点他打算做的事，确保不会有人说漏嘴。威尔基·柯林斯先生，那是大错特错，肯定会是。我已经把这些事都告诉我的助手，还威胁他不可以说出去，否则要让他死得很惨。总之他也知道这事。先生，他知道了。如果健壮的老好人德多石发生了什么事，他就会去告诉别人。"

我想起他那个助手，如果我记得没错，是个又聋又哑的白痴。不过我说："胡说。把它当成年金。算是每年的给付，交换你在这件事情上的服务和投资……"

"德多石知道年金是什么，就跟他知道我们刚刚留在底下的老约利克永远有说不完的俏皮话，何瑞修小子。看你什么时候要把那块现在看起来又好又老的石头用泥浆和灰泥永远封起来，跟德多石说一声。"说完他跶着脚上的破靴子转身走开，边走边用手指碰了碰头上假想帽子的帽檐，没有再回头。

《夫妇》每个月的连载销售量没有《月亮宝石》来得亮眼。没有读者大排长龙等候续集的发售。书评稍嫌冷淡，甚至不友善。一如我的预期，我对施虐兼自虐的强身派基督徒运动员的准确描写惹怒了英国的阅读大众。纽约的哈泼兄弟公司传来消息，说美国的读者对我们英国不公平的婚姻法（默许甚至鼓励夫妻的一方受诱违反意愿成婚）兴致缺缺，更不觉愤怒。

那些事我一点儿都不在乎。

亲爱的读者，如果你在未来的时代还没读过我的《夫妇》（我真心希望一个多世纪以后这本书还在出版），容我带你领略一下。在第五十四章（第一版第二百二十六页）那一幕，我让可怜的海丝特·戴思里奇面临一场恐怖（至少在我看来如此）遭遇：

> 那东西偷偷溜出来，在和煦阳光下显得幽微阴暗。起初我只看见女性的模糊身影。片刻之后它开始变清楚，由里往外变亮——变亮、变亮、变亮，直到它在我面前显现我自己的影像——重现我自己，就像站在镜子前一样：我自己的替身，用我自己的眼睛注视着我……然后，它用我的声音对我说，"杀了他"。

《卡塞尔》杂志支付我包括预付款五百英镑在内共七百五十英镑。我已经跟埃里斯公司谈妥，预定分上中下三册出版《夫妇》，发行日期是1月27日。尽管在美国连载销售平平，但《哈泼》杂志很喜欢前几章的质量，出乎我意料地寄给我一张五百英镑的支票。此外，我撰写《夫妇》过程中已经决定将来要将之改编成剧本——某方面看来，《夫妇》和我后来的小说都算是简略版的剧本——我期待未来全书完成后能迅速改编成剧本在英美两地上演，增加我的收入。

相较之下，狄更斯过去一年多来在文学创作上可谓乏善可陈。

正因如此，5月某一天我在《一年四季》看到的文件让我更受伤。那天我到威灵顿街办公室找威尔斯或狄更斯商议（要求）归还我小说版权的事。当时他们俩都出去吃午餐了，我于是习惯性地从这间办公室逛到那间办公室，无意中看到一张福斯特与多尔毕寄来的对账信函。

那是狄更斯朗读收入的总账目。看着这份文件，我脑子里的甲虫匆匆奔到我右眼后方，害我顿时前额紧绷，头痛欲裂。我就是在这股渐次增强的剧痛中阅读多尔毕的紧凑字迹写下的一栏栏账目的：

> 多年来狄更斯总共办了四百二十三场售票朗读会，其中一百一十一场是在阿瑟·史密斯担任经纪人的时代，七十场是汤玛士·黑德兰，另外二百四十二场则是多尔毕。在史密斯与黑德兰时代，狄更斯好像从来不曾记录确切的获利数字。不过，这年春天他估计当时那些演出的收入大约有一万二千英镑。到了多尔毕时代，他的收入增加到三万三千英镑。前后两笔获利加起来总共是四万五千英镑，平均每场超过一百英镑。再者，根据狄更斯附上的字条，这笔数目几乎是他目前总资产九万三千英镑的一半。
>
> 九万三千英镑。去年一整年跟今年，由于我个人在《黑与白》投下的资金，给费克特的高额借贷，格洛斯特街90号那栋豪宅的经常性修缮（以及那里两名仆人加

一名厨子的薪水），慷慨支付马莎的生活费，特别是基
于个人医疗用途持续购买的大量鸦片与吗啡，我的财务
始终处于困窘状态，正如前一年我写给好朋友雷曼（他
答应借我钱）的信里所说："我竟为艺术赔钱。该死的
艺术！"

天气不好，所以那天下午我从威灵顿街搭出租马车回家，途
中看见狄更斯长女玛丽冒雨走在河岸街。我马上要求车夫停车，
跑到她身边，得知她（到市区吃午餐后准备返回米勒吉伯森宅
邸）没带雨具又招不到出租车，只得一个人走回家。我扶她上我
的马车，用手杖敲敲车顶，大声告诉车夫："海德公园5号，大理
石拱门对面。"

玛丽身上的雨水滴落椅垫，我给了她两条干净手帕，至少让
她擦干脸和双手。我看见她红着眼眶，这才发现她刚刚在哭。马
车在车潮中慢慢往北走，她一面擦雨水，一面跟我聊天。那天下
午打在马车顶上的雨水似乎特别坚持不懈。

"你人真好，"这个心烦意乱的年轻女子（只是，已经
三十二岁的她实在称不上年轻女子）说，"威尔基，你对我们家
人一直都很好。"

"以后也会，"我喃喃应道，"毕竟多年来承蒙你们家的善
意照顾。"我们上面在雨中驾车的车夫大声吼叫抽动鞭子，但对
象不是他自己的可怜马儿，而是横越他面前的运货马车车夫。

玛丽好像没在听我的话。她把湿透的手帕还给我，叹了口
气，说道："几天前我参加了女王的舞会，玩得很开心！气氛很
欢乐！父亲原本要陪我去的，到最后却出不了门……"

"但愿不是因为身体出状况。"我说。

"正是，很不幸，正是。他说他的脚——我只是重复他的话，请见谅——痛入骨髓。他每天连跛着走到书桌写作都有困难。"

"玛丽，听你这么说我很焦急。"

"对，对，我们大家也是。女王舞会前一天，有个人来拜访父亲，是个有志从事文学创作的年轻女孩。某个利顿爵爷建议她跟父亲谈谈，顺便介绍她过来。父亲叙述他撰写连载中的《祖德》的愉快心情时，那个乳臭未干的小丫头竟然冒冒失失地问：'万一您书还没写完就死了呢？'"

"太可恶了。"我咕哝说道。

"对，对。你知道父亲聊天的时候偶尔会露出笑容，眼神却突然聚焦到远处某个地方，当时就是这样，然后他说：'啊！有时候我也会想到这个问题。'那女孩突然慌乱起来……"

"是该如此。"我说。

"对，对……可是父亲发现他的话害她受窘，又用最亲切的语气轻声告诉她：'你只能继续写下去，把握仅有的时间'。"

"说得很对，"我说，"在这方面我们作家都有同感。"

玛丽忙乱地动手整理她的帽子，把淋湿的头发和下垂的鬈发拨弄整齐，这段时间我默默思索狄更斯两个女儿的惨淡前途。凯蒂嫁了个病重丈夫，又因为她父母失和外加她自己四处调情等行径，几乎成了伦敦社交圈的弃儿。她言辞过于尖锐，让社交圈人士或可能的婚姻对象都退避三舍。玛丽没有凯蒂那么聪明，但她为了融入社会往往操之过急，结果只挤进社交圈边缘，而且经常卷入恶毒流言，这一切同样导因于她父亲的政治立场、她妹妹的行为举止和她自己的未婚身份。玛丽最后一个可能对象是波希，可是正如去年除夕凯蒂所说，波希娶了个"忸怩作态的小妖精"，放弃了他当狄更斯女婿的最后机会。

"回到盖德山庄以后大家都会很高兴。"玛丽突然说道。她已经抖平发皱的裙子，再把潮湿的上衣蕾丝拉正，弄出点体面模样。

"哦，你们这么快就要离开米勒吉伯森宅邸了吗？我以为租期还没到。"

"租期只到6月1日。父亲急着想回盖德山庄过夏天。家里门窗都打开了，他要我们大家6月2日或3日就回去，全家人开开心心住在一起。到时候他就不太需要再回城里来了，我是指这个夏天。搭火车对父亲来说太折磨了。再者，我们在盖德山庄，爱伦比较方便过来做客。"

我听得猛眨眼，赶紧摘下眼镜用湿透的手帕擦镜片，借以掩饰我的反应。

"特南小姐还常去盖德山庄？"我随口问道。

"是啊，这几年她经常来看我们，你弟弟或凯蒂一定告诉过你。话说回来，爱伦到山庄小住的时候刚好都没碰到你，可真怪。不过你向来很忙！"

"的确。"我说。

那么爱伦仍然经常走访盖德山庄，我很意外。我相信狄更斯曾经要他的女儿们发誓不可以对外透露这件事，否则又给社会一个理由避开她们。可是头脑简单的玛丽已经忘记了，或者她以为我还是她父亲的密友，觉得她父亲不会瞒我。

当时我醒悟到，永远没有人能知道狄更斯跟这个女演员之间暧昧关系的真相，包括狄更斯的朋友或家人，甚至在像你们那样的未来时代为狄更斯写传记的人，亲爱的读者。他们当真在法国埋葬了一个孩子吗？就像我在佩卡姆车站听见他们一小段对话所做的猜测？他们如今只是兄妹关系，让往日的情愫——假使他们曾经有那样一段过去——都随风飘逝了吗？或者那份情愫以全新形态重新燃起，即将对外公开，或许日暮西山的狄更斯准备面对一场丢人现眼的离婚官司，然后正式再婚。狄更斯最后能不能在某个女人身上找到他在激情、天真、苦苦追求浪漫情调的生命中始终失之交臂的幸福日子？

我内心那个小说家无比好奇，其余的我一点儿都不在乎。基于过往情谊，我隐约希望狄更斯能在人生中找到那份幸福，其余的我知道狄更斯的人生必须要结束。他必须消失——失踪、走失、删除、消灭、尸骨无存——那些阿谀奉承的乌合之众才没办法将他葬在威斯敏斯特大教堂或威斯敏斯特大教堂的墓园。这是当务之急。

玛丽叽叽喳喳在说着什么——描述某个和她在女王舞会上共舞调情的人——可是马车突然停了，我从挂着一道道雨水的车窗往外看，看见了大理石拱门。

"我陪你走到门口。"说着，我走下车，等着扶这个愚蠢的老处女下车。

"哦，威尔基，"她拉起我的手，"你真是最体贴的男人。"


几天后某个晚上我独自从阿代尔菲剧院走路回家，听见有个人或某种东西在暗巷里对我发出嘶嘶声响。

我停下来转身，举起青铜握把手杖，就像所有绅士夜里受到暴徒威胁时会有的反应。

"柯林斯先生。"窄巷里那个人影嘶嘶有声地说。

是祖德，我心想。我心跳加速，脉搏在我太阳穴里砰砰重击。我全身僵住，没办法跑走，只得用双手紧抓手杖。

那个漆黑形体往巷口走了两步，却没有完全来到灯光下。"柯林斯先生……是我，巴利斯。"他挥手示意我靠过去。

我不肯进巷子去，从那条恶臭暗巷的出入口我看见远处街灯的不规则四边形光线照在那个阴暗身影脸上。同样的尘土、同样的蓬乱胡须、同样的肿胀眼皮底下一双逃亡者游移不定的眼神。幽暗灯光下我只瞥见一眼他的牙齿，看起来似乎蛀掉了。曾经帅气自信魁梧强壮的巴利斯如今变成这个在小巷里对我低语的吓人黑影。

"我以为你死了。"我悄声说。

"我离死不远了，"那个阴暗身影说道，"他们紧追不舍，逼得我连吃饭睡觉的时间都没有，我必须不断逃命。"

"有什么新消息吗？"我问，沉重的手杖随时可以出击。

"祖德和他的爪牙已经敲定对你朋友狄更斯斯斯下手的日子。"他嘶嘶地对我说。即使相隔整整一米，我依然嗅到他的难闻口气。我发现他说话带嘶音应该是缺牙所致。

"什么时候？"

"6月9日。剩下不到三星期了。"

五周年纪念日，我心想。很合理。我问："你说对他'下手'是什么意思？杀了他？绑架他？或带他到地底城？"

那个污秽身影耸耸肩。他把破帽子的边缘拉低了些，面孔重新回到阴影里。

我问："我该怎么做？"

"你可以警告他，"巴利斯粗声粗气地说，"但他无处可躲，没有哪个国家够安全。祖德想做的事没有办不成的。不过也许你可以通知狄更斯，让他把后事交代好。"

我的脉搏依然狂飙："我能帮你做点什么吗？"

"不，"巴利斯说，"我没希望了。"

我还没来得及问点儿别的，那个暗影已经往后退去，然后似乎整个人融入小巷的脏污石壁里。那里肯定有我看不见的地下室阶梯。不过，那道身影仿佛就在暗巷里直挺挺淡化掉，最后完全消失不见。

6月9日。我该如何在那一天之前跟狄更斯把事情安排好？他马上就要回盖德山庄了，我们各自都埋头创作小说。我该怎么骗他出来，特别是骗他到我需要带他去的地方，以便做我该做的事？而且必须在6月9日以前办好，因为那天是斯泰普尔赫斯特事故纪念日，狄更斯会把那天的时间留给祖德。

我写了一封口气相当冷淡的正式信函给威尔斯，要求杂志社返还我所有曾经刊登在《一年四季》的故事和小说版权。1870年5月最后一个星期，狄更斯亲自写信答复我。

信里即使谈公事的部分也出乎意料地友善。他告诉我他们正在拟写相关文件，还说尽管我们事先没有约定要返还版权，但他会立刻归还所有版权。他的简短结语似乎略带愁思，甚至显得孤单落寞。

"亲爱的威尔基，"他写道，"我没去看你是因为不想打扰你。也许你近期内会想跟我见个面，谁晓得呢？"

太好了。

我马上回了一封友好信函问他能不能"在你时间允许下尽早见个面，最好选在你每年此时都要度过的纪念日之前"。万一狄更斯没有依惯例烧掉这封信，事后无论任何人读到它，都猜不透里头暗藏的玄机。

6月1日收到狄更斯热情的肯定答复时，我已经做好最后准备，要展开第三幕的终曲。

# 第四十七章


我在哪里？

盖德山。不是盖德山庄，只是盖德山，莎士比亚《亨利四世》里的法斯塔夫正是在此企图抢劫马车，却被"三十名恶煞"——其实只有哈尔王子和一名友人——突袭，反而差点儿被抢，最后落荒而逃。

我的黑色马车停在法斯塔夫旅店侧边。那部雇来的马车看起来像灵车，这很合适。傍晚的暮色渐渐消逝，停在大树树荫下的马车几乎消隐不见。坐在驾驶座上的车夫不是什么车夫，是我为了这天晚上的任务特别雇来的印度教徒船员，支付他相当于正牌车夫半年收入的酬劳。他驾驶技术拙劣，但他是外国人，不谙英语（我用求学时代学到的几句德语外加比手画脚跟他沟通）；对英格兰或这里的名人一无所知；再过十天他就又出海去了，也许永远不会再踏进英格兰；他对任何事都不好奇；他是个三流车夫，连马儿也察觉他技巧不佳，不把他当回事，他却最符合这天晚上的需求。

什么时间？

那是1870年6月8日的温和夜晚，日落后二十分钟。燕子和蝙蝠穿越暗影飞向空旷处，蝙蝠的翅膀与燕子的剪尾衬着暮色淡彩那平坦清透的画屏，形成摊平的V字。

我看见狄更斯快步——该说试图快步，因为他有点儿跛——横越马路。他穿着我建议他穿的深色衣裳，头上戴着塌陷的软帽。尽管他明显腿脚疼痛，这天晚上出门却没有拿手杖。我打开车门，他跳进马车在我身边落座。

"我没告诉任何人我上哪儿去，"他喘着气说，"遵照你的吩咐，亲爱的威尔基。"

"谢谢你。就只这一次需要保密。"

"这一切都很神秘。"他说。我用手杖敲敲车顶。

"正该如此，"我说，"亲爱的查尔斯，今晚我们各自都会解开大谜团，你的谜团更为重大。"

他没有回应我的话。马车在公路上摇晃颠簸左歪右扭地向东疾驰。车夫把马儿赶得太急，偶尔弄得车轮陷进坑洞，或者为了闪躲路上一点儿小东西猛然转向，差点儿连人带车栽进路旁水沟。对此狄更斯也只说了一句话。

"你的车夫好像急得不得了。"他说。

"他是外国人。"我说。

一段时间以后，狄更斯上身倾过来望向左侧窗外，罗切斯特大教堂渐渐接近的螺旋尖塔像黑色尖铁似的刺向微暗天空。

"啊。"他说。我觉得那个简单音节里确认多于惊讶。

马车在墓园入口处声势浩大地停下来，我们下了车。我带着还没点亮的提灯。我跟狄更斯都因为这趟疯狂车程的震荡弹跳，身子骨变得有些僵硬。之后车夫又扬起鞭子，马车隆隆地驶向渐暗的夜色里。

"你不要马车等我们吗？"狄更斯问。

"到时候车夫会回来接我。"我说。

我说"接我"，而不是"接我们"，就算狄更斯注意到了，也没多说什么。我们走进墓园。教堂、小镇古老的这一区和墓园本身静悄悄又空荡荡。潮水退了，我们嗅到淤泥滩上的腐败臭气，但更远处飘来大海的新鲜咸味和慢悠悠的碎浪声。唯一的光线来自消亏中的残月。

狄更斯轻声说道："威尔基，接下来呢？"

我掏出口袋里的手枪，扯了半天才拉开卡住口袋衬里的击锤和瞄准镜。我把枪口指向他。

"啊。"他又说。这次同样没有明显惊讶语气。隔着我脉搏的砰砰响声，我觉得那一声"啊"只是有点儿悲伤，甚至宽慰。

我们就那样伫立半晌，像一幅古怪又拙劣的浮世绘。挡在我们跟马路之间的墓园围墙附近有一棵松树，此时枝叶被海风吹得沙沙作响。狄更斯的夏季长外套褶边和宽松衣领像黑色三角旗似的在他身边飘扬。他举起手来拉住软帽边缘。

"那么是生石灰坑了？"狄更斯问。

"对。"我试了两次，才顺利说出这个字。我的嘴巴很干，非常想拿出随身瓶喝上一口鸦片酊，可是我的注意力一秒都不能离开狄更斯。

我用手枪示意，狄更斯开始走向墓园后侧的暗处，生石灰坑在那里等着。我跟在后面，保持几步距离，随时留意不要靠得太近，以免他扑过来抢我的枪。

他突然停下脚步，我也停下来，往后退两步，举起手枪瞄准他。

"亲爱的威尔基，我能不能提出一个请求？"他说得很小声，声音几乎被树梢和湿地草丛里的风声淹没。

"查尔斯，现在好像不是提出请求的时机。"

"也许吧。"他说。在微弱的月光下，我看见他在笑。我不喜欢他用那种眼神看我。我原本希望他背对着我，一直到我们抵达生石灰坑，把事情了结为止。"但我还是想提出来。"他又轻声说道。真叫人抓狂，我听不出他有丝毫的害怕，他的声音比我的稳定得多。"只有一个。"

"是什么？"

"听起来可能有点儿怪，可是威尔基，这几年来我一直有强烈预感，觉得我会死在斯泰普尔赫斯特事故周年纪念日。我能不能伸手进口袋拿表出来看看。"

有必要吗？我头昏脑涨想着。为了打起精神，我出门前喝了几乎平时两倍剂量的鸦片酊，又自行注射两次吗啡，此时我发现这些药物并没有强化我的决心，反倒让我晕头转向、脑袋空空。"好，看吧。不过快点儿。"我勉强回答他。

狄更斯从容地拿出怀表，就着月光看了一下，再慢吞吞又叫人发狂地上紧发条，这才收进口袋。"10点刚过。"他说，"这个时节的夏季薄暮到这时间还没全暗，我们出发得也晚，再过不久就午夜了。你显然只是不想让任何人知道我的死亡原因、地点以及埋尸处，我则是希望能在6月9日离开人世，而非6月8日。我也说不上来为什么，可是这件事对我而言意义重大。"

"你奢望有人来，或有什么事发生，给你机会逃走。"我用陌生的颤抖嗓音说道。

狄更斯只是耸耸肩。"万一有人走进墓园，你还是可以开枪打死我，再钻进海边草丛，溜到在附近等候的马车。"

"他们会找到你的尸体。"我断然说道，"然后你会被葬在威斯敏斯特大教堂。"

狄更斯笑了。是那种多年来我已经听得太熟悉、轻松自然又极具感染力的爽朗笑声。"亲爱的威尔基，那就是原因吗？是为了威斯敏斯特大教堂吗？如果我告诉你我在遗嘱里交代我要简单的小型葬礼，能不能消除你的恐惧？无论威斯敏斯特大教堂或任何地方都不会举办仪式。我规定送葬队伍最多只能有三辆马车，参加葬礼的人不超过那三辆马车所能搭载的数目。"

我砰砰重击的脉搏，现在又加上砰砰重击的头疼，好像试图跟东边远处海浪冲刷拦沙坝的频率同步，不规则的风声却打断了节拍规律。

我说："不会有送葬队伍。"

"显然不会，"狄更斯说，他又露出让我恼火的淡淡笑容，"那就更应该答应我，算是我们永别前的最后善意。"

"有必要吗？"我终于问了。

"刚刚你说我们俩今晚都要揭开一个谜题。假设我要揭开的谜题是人死后还有什么——如果有的话——那么你的是什么呢？在这个美好夜晚，你想解开什么样的谜团？"

我默不吭声。

"我来猜一猜，"狄更斯说，"你想知道《艾德温·祖德疑案》的结局，也许甚至想知道我的祖德跟你的祖德有什么关联。"

"对。"

他又看看表："再过九十分钟就午夜了。我带了白兰地随身瓶——听从你的建议，毕尔德听见肯定会吓坏——相信你也带了自己的饮料。不如我们在这里面找个舒适的座位，在塔楼里的钟敲响我的死期之前来一场最后会谈。"

"你以为我会回心转意。"我恶毒地笑了笑。

"说实在话，我完全没有那种念头。我也不确定我希望你改变心意。我非常……厌倦了。但我不反对来一场最后谈话，也不介意趁着夜色喝点白兰地。"

说完，狄更斯转身走开，在附近的石堆里寻找合适的座位。我可以跟他过去，也可以当场射杀他，再拖着他的尸体到几米外的生石灰坑。我本来就不希望把彼此搞得那么狼狈。再者，坦白说，我也想稍坐片刻，等这天旋地转的头昏现象消退。

他选来当椅子的两块平坦墓碑之间有一块约一点二米、更长更宽、适合当矮桌的墓石，让我想到狄更斯在这座墓园里扮演我、爱伦·特南和她母亲的侍者的那一天。

狄更斯征得许可后从外套口袋拿出白兰地随身瓶，放在自己面前的石桌上。我也拿出随身瓶放在面前。我这才想到，当初拿枪指着他的时候，应该先拍拍他的口袋。我知道狄更斯的手枪放在盖德山庄某个抽屉里，他射杀苏丹的那把猎枪也是。狄更斯对我们这趟"神秘出行"的目的毫不诧异，让我怀疑他上马车之前也许身上藏着武器，这也可以解释他那种莫名其妙的不在乎态度。

可惜已经太迟了。在剩下的这段短暂时间里，我只需要盯紧他就行。

我们静静坐了一会儿，而后轮廓模糊的塔楼里的钟敲了十一响。我紧绷的神经猛地跳了一下，害我险些错手扣下依然瞄准狄更斯心脏的手枪扳机。

他注意到我的反应，却没有说话。我把枪放在我大腿和膝盖上，枪口继续对准他，手指头却从黑彻利所谓的"扳机护圈"里抽出来。

漫长沉默后狄更斯突然出声，害我又吓了一跳。"那是黑彻利探员给我们看过的那把枪，是吧？"

"是。"

风把草丛吹得窸窣响。我仿佛害怕接下来的沉默，仿佛害怕这段沉默会削弱我的决心，我逼自己说话："你知道黑彻利死了吗？"

"嗯，知道。"

"你知道他怎么死的吗？"

"嗯，"狄更斯说，"知道。伦敦警察厅的朋友告诉我的。"

这个话题我已经无话可说，但它引导我展开连串提问，多亏这些问题，狄更斯才能多活这最后一小时。"我很惊讶你在《艾德温·祖德疑案》里写了一个叫德彻利的角色，显然是个戴着超大假发的探员。"我说，"考虑到黑彻利死时的惨状，这样的滑稽模仿好像有欠厚道。"

狄更斯望着我。墓园离最近的街灯或有人居住的房舍窗子很远，一片漆黑，但我的眼睛慢慢适应，看见周遭的墓碑——尤其是躺在我和狄更斯之间这块淡色大理石，像极了我们摊开最后一手扑克牌的牌桌——仿佛把月光反射到狄更斯脸上，仿佛无力地模仿着他为朗读会设计的煤气灯。

"不是滑稽模仿，"他说，"是真心的怀念。"

我拿起随身瓶啜饮一口，挥了挥手。那不重要。"可是你的祖德故事完成不到一半，目前只出刊四章。你到目前为止只写出全书的一半，却已经谋杀了艾德温·祖德。你我都是专业人士，而我在悬疑小说创作方面经验更为丰富，或许技巧也更高超，我想请问你，查尔斯，你在故事前半段就犯下谋杀案，而且嫌犯只有一个明确合理的选择，也就是那个众人皆知的坏蛋约翰·贾士柏，接下来你要怎样吸引读者继续读下去？"

"这个嘛，"狄更斯说，"你我都是专业人士，我们别忘了……等等！"

我手里的枪猛地晃了一下，我眨眨眼，专注地把枪口继续对准他大约一点二米外的心脏。有人进墓园来吗？他企图分散我的注意力吗？

不是，显然狄更斯只是突然灵光一闪。

"亲爱的威尔基，你怎么……"狄更斯接着说，"会知道德彻利的外貌，还知道可怜的艾德温被谋杀？那些场景，甚至那几章，根本还没出刊，而且……啊……威尔斯。你想办法从威尔斯那里弄到了我手稿的复本。威尔斯是个好人，可信赖的朋友，可是那次意外以后他就大不如前，因为脑袋里一直有那些咿咿呀呀又砰砰响的门。"

我没有搭腔。

"那好，"狄更斯说，"你知道艾德温圣诞夜被杀了，你也知道克瑞斯派克尔牧师在河里找到艾德温的怀表和领夹，却没有找到尸体。你知道那个来自锡兰、脾气暴躁的外国人内维尔·兰德勒斯——美丽的海伦娜·兰德勒斯的哥哥，以及兰德勒斯手杖上的血迹。你知道艾德温跟罗莎的婚约已经告吹，也知道艾德温的叔叔，也就是鸦片鬼约翰·贾士柏在谋杀案发生后一度昏厥，因为他听说婚约已经取消，他的嫉妒毫无根据。合约议定的十二章我已经写出六章。但你到底想问什么？"

我意识到手臂和双腿流淌着鸦片酊带来的暖意，心情愈来愈烦躁。我脑子里的甲虫比我更心急，我感觉得到它在我鼻梁内侧钻来钻去，从这只眼睛往外看，再换到另一只眼睛，仿佛想抢个好视角。

"贾士柏在圣诞夜下手，"我说话的时候稍稍挥动手枪，"我甚至说得出凶器……就是你到目前为止没头没脑又大费周章地详细描述了三次的黑色围巾。查尔斯，你的线索一点儿也不难猜。"

"原本我想过用长的领巾或领带，"他又露出该死的笑容，"后来换成围巾。"

"我知道，"我口气很不耐烦，"查理说你强调那条领巾一定要出现在插画里，后来又叫斐欧兹换成围巾。领带、围巾，没多大差别。我的问题是，如果读者都已经知道凶手是贾士柏，你要怎么吸引他们耐心看完后半部？"

狄更斯顿了一下才开口说话，仿佛临时想到什么大事。他把随身瓶轻轻放在经过岁月洗礼的石碑上。不知为何，他戴上了眼镜，仿佛讨论他这本永远无法完成的书需要大声朗读几段给我听似的。此时月亮的双重反光把他的镜片变成不透明银白色圆盘。

"你想帮我续书。"他低声说。

"什么！"

"威尔基，你听见了。你想去找查普曼，想跟他说你可以代替我写完这本书。威廉·威尔基·柯林斯，创作《月亮宝石》的知名作家，亲自出马为他死去的朋友——他过去的合作伙伴——完成遗作。你会告诉哀伤的查普曼和霍尔，狄更斯先生突然失踪——几乎确定是自我了断——之后，威廉·威尔基·柯林斯是英格兰唯一一个——英语世界唯一一个，全世界唯一一个！——充分了解狄更斯心意、有能力完成那场不幸夭折的疑案的人。亲爱的威尔基，你想写完《艾德温·祖德疑案》，然后顺理成章地取代我在读者心目中以及我作为英国当代杰出作家的地位。"

"荒谬至极！"我喊得太大声，吓得自己缩头缩脑，尴尬地四下张望。我的声音从大教堂和塔楼弹回来。"太可笑了，"我急切地低声说，"我没有那种念头和野心，从来没有过那样的念头和野心。我自己创作了不朽巨著，《月亮宝石》卖得比你的《荒凉山庄》或目前这本书都好！我刚刚也说了，作为一本悬疑小说，《月亮宝石》情节设计铺陈的细腻度远远胜过你这个艾德温谋杀案混乱故事。"

"那是当然。"狄更斯轻声说。他又露出那种调皮的狄更斯笑容。如果每次我看到那个笑容都有一先令可以拿，这辈子就不需要再写小说了。

"再者，"我说，"我知道你的秘密。我知道你的'大惊奇'，也就是你那个在我的专业眼光看来相当浅显的剧情枢纽。"

"哦？"狄更斯的语气十分友善，"亲爱的威尔基，那就拜托你指点我一下。我毕竟是悬疑小说界的新手，可能还没看出自己作品里显而易见的大惊奇。"

我不去理会他的冷嘲热讽，若无其事地把枪口指向他的头，说道："艾德温·祖德没有死。"

"没死？"

"没死。贾士柏想杀他，这点毋庸置疑，他甚至以为自己得手了。可是艾德温逃过一劫，还活着，而且将会加入你那些'一目了然'的'英雄'：罗莎·巴德；内维尔和他妹妹海伦娜·兰德勒斯；你的强身派基督教初级牧师克瑞斯派克尔；甚至还有那个你很晚才拉进来的水手角色……"我绞尽脑汁回想那个角色的名字。

"达塔尔中尉。"狄更斯伸出援手。

"对，对。那个擅长爬绳、英勇过人的达塔尔中尉，多么迅速又顺理成章地爱上罗莎，然后其他那些……善心天使……会跟艾德温共谋，揪出真凶……约翰·贾士柏！"

狄更斯摘下眼镜，笑嘻嘻地看了半响，然后折起来小心翼翼收进盒子里，再把盒子放进外套口袋。我很想对他大吼：把眼镜扔了！你再也用不着了！如果你现在留着，日后我还得把它从生石灰坑里捞出来！

他低声说："那么狄克·德彻利是不是协助艾德温抓出杀人未遂案凶手的那些……善心天使……其中一分子？"

"不是，"我隐藏不住得意的口气，"因为所谓的'狄克·德彻利'其实就是艾德温……乔装打扮的。"

狄更斯坐在墓碑上沉思片刻。过去我也见过永远静不下来的狄更斯这副沉默无语的雕像模样，那是下西洋棋时我难得将死他的时候。

"亲爱的威尔基，你非常……你这个推断非常……高超。”他终于出声。

我不需要搭腔。时间应该接近午夜了。我焦虑又急迫地想去到生石灰坑把今晚的事情了结，然后回家洗个热腾腾的澡。

“再请问一个问题。”他轻声说，指甲修剪整齐的食指嗒嗒敲着他的随身瓶。

“什么问题？”

“如果艾德温没有死在他叔叔手里……他又何必费这么多工夫：躲躲藏藏、号召盟友，又把自己扮成近乎丑角的德彻利？他为什么不直接挺身而出向警方报案，说圣诞夜那晚他叔叔意图杀害他，甚至意图把他失去意识的‘尸体’扔进生石灰坑？后来艾德温想必及时清醒，在强酸开始腐蚀他的皮肤和衣物之前从坑里爬了出来。从专业人士的角度看来，我承认这确实是非常精彩的桥段，可惜我也得承认，这不是我想写的情节。因为这么一来我们根本没有谋杀案，只有一个精神失常的叔叔意图杀人，艾德温也没有理由隐匿行踪。那就没有艾德温·祖德谋杀案，悬疑气氛荡然无存。”

“艾德温躲起来等候时机自然有他的理由。”我自信满满地说，却不清楚理由何在。我喝了一大口鸦片酊，喝的时候刻意提醒自己连眼皮都不能眨。

“嗯，亲爱的威尔基，祝你好运，”狄更斯轻松笑道，“不过，你打算根据我从来没写过的大纲完成这本书以前，有一件事一定得知道……艾德温确实死了。贾士柏受到你目前正在喝的鸦片酊影响，在圣诞夜杀死了艾德温，正如读者到目前为止的猜测。”

“简直荒谬，”我重复一次，“贾士柏为了罗莎跟他侄子吃醋，甚至痛下杀手？之后呢？我们还有大半本书的空白要填满，结果只剩下……什么东西？贾士柏的自白吗？"

"正是，"狄更斯露出无比邪恶的笑容，"完全正确。《艾德温·祖德疑案》的后半段的确是——至少以此为核心——约翰·贾士柏和他的另一个意识贾士柏·祖德的自白。"

我摇摇头，头却晕得更厉害。

"贾士柏不是艾德温的叔叔，这点跟我们早先的认知不一样。"狄更斯又说，"他是艾德温的哥哥。"

我原本想笑，却只是哼了一声："哥哥！"

"没错。你该记得艾德温准备跟一群工程师去埃及。他打算彻底改造埃及，也许就此在那里定居。可是艾德温不知道的是，他同父异母的哥哥（不是叔叔）贾士柏·祖德（不是约翰·贾士柏）出生在那里……在埃及，而且在那里学到了很多黑暗法力。"

"黑暗法力？"我老是忘记瞄准他，现在又把枪口拉起来。

"催眠，"狄更斯悄声说，"控制他人的意念与行动。威尔基，那可不是我们英国家庭娱乐等级的催眠，而是近似于读心术、真正的意念操控手法。正是我们在书里看到内维尔·兰德勒斯和他美貌的妹妹海伦·罗勒斯之间那种心灵沟通。他们在锡兰练就这种心灵能力，贾士柏·祖德则是在埃及学的。等到海伦·罗勒斯和贾士柏·祖德终于在催眠的战场上相逢——他们势必如此——那会是后世读者肃然起敬传颂几世纪的情节。"

海伦娜·兰德勒斯，不是海伦·罗勒斯，我心想，狄更斯连自己笔下人物的名字都弄错。爱伦·罗勒斯·特南。即使在最后这未完成的失败作品里，狄更斯仍然忍不住把书中最美丽最神秘的女人跟他自己的幻梦与执著的爱伦·特南联想在一起。

"亲爱的威尔基,你在听吗?"狄更斯问,"你看起来好像快睡着了。"

"没那回事。"我说,"就算约翰·贾士柏其实是被害人艾德温的哥哥贾士柏·祖德,接下来几百页的自白对读者来说有什么趣味可言?"

"不只自白,"狄更斯呵呵笑,"亲爱的威尔基,在这本书里我们会走进杀人犯的心灵与意识,文学史上还没有读者有过这样的体验。因为约翰·贾士柏——贾士柏·祖德——是两个人,两个完整的悲剧人格,都困在克罗斯特罕教堂……"

他停下来,转身,充满戏剧性地挥手指向他背后的塔楼与雄伟建筑。

"罗切斯特教堂领唱人那充斥鸦片的大脑里。而那些墓穴……"

他又比了手势,我眩晕的目光追随他的手势。

"那些墓穴……正是约翰·贾士柏/贾士柏·祖德埋藏他亲爱的侄子兼弟弟艾德温被生石灰腐蚀后的骨骸和骷髅头的地方。"

"鬼话连篇。"我没精打采地说。

狄更斯粗声粗气地大笑:"也许吧,"他还在低声窃笑,"可是未来还有那么多峰回路转,读者将会……原本应该会……很乐于获知隐藏在……原本隐藏在……未来故事里的诸多真相。比如说,我们的约翰·贾士柏·祖德是在催眠与鸦片双重作用下杀人。而用量愈来愈大的鸦片是杀害他弟弟那道催眠指令的触发剂。"

"那根本不合理，"我说，"我们讨论过很多次，催眠术没办法命令别人违反清醒时的道德良知去杀人……或犯下任何罪行。"

"确实。"狄更斯说。他喝下最后一口白兰地，把随身瓶放进前胸左侧的暗袋（我记住它的位置，方便事后拿取）。狄更斯的语气就跟过去讨论他作品里某些情节或其他元素时一样，既像资深的专业人士，又像急于说出真相的兴奋男孩。"可是你没仔细听，亲爱的威尔基。我刚刚的意思是，一个力量够强大的催眠师，比如我自己，当然也包括约翰·贾士柏·祖德和隐藏在故事背后还没浮出台面的某些埃及人物——有能力催眠像克罗斯特罕教堂领唱人那样的人，让他活在幻想世界里。那个世界里的他根本不知道自己在做些什么。而且正是大量的鸦片和——比方说——吗啡激发了这种持续性的幻想，在他不知不觉中引导他做出杀人或更糟的事。"

我上身前倾。手枪抓在手里，却已经被遗忘。"假设贾士柏在'另一个'没有露面的人催眠控制下杀了他侄子……弟弟，"我悄声问，"那么那'另一个人'是谁？"

"哈，"狄更斯喊了一声，开心地拍拍膝盖，"亲爱的威尔基，那是这个疑案最妙不可言、最令人满意的关键点！在约翰·贾士柏·祖德结束他的自白以前，一千个……不……一千万个读者之中，也没有一个人能猜得出，包括我认识且敬重的那几百个作家，原来艾德温·祖德疑案里那个催眠师、那个真正的杀人犯其实不是别人，正是……"

狄更斯背后高大塔楼里的钟突然响起。

我猛然眨眨眼。狄更斯直接在墓碑座椅上转身过去观看，仿佛塔楼除了静静地、冷漠地、盲目地挂着那口敲响他死期的钟，还能做出别的事来。

等十二声钟响结束，最后的回音也消失在罗切斯特低矮漆黑街道的上空，狄更斯转身过来对我笑："威尔基，我们听到午夜钟声了。"

"你刚刚说什么？"我提醒他，"那个催眠师的身份？那个真正的凶手？"

狄更斯双手抱胸："今晚我已经透露太多情节。"他摇摇头，叹口气，露出一抹最浅的微笑。"这一生也是。"

"站起来。"我说。我头很晕，差点儿跌倒。我好像忘了怎么一心二用，觉得很难既握牢手枪又拿稳没点亮的提灯。"走吧。"我一声令下。只是，我自己也不确定我发号施令的对象是狄更斯，还是自己的双腿。


后来我发现，我们走向墓园后侧，又钻进生石灰坑所在的那片湿地边缘的高大草丛这段短暂过程中，狄更斯如果想逃走实在易如反掌。

万一他拔腿就跑，而我慌乱之中第一枪没命中，接下来他又跑又爬躲进高大的湿地草丛里，简直轻松得像小孩子的把戏。大白天想在里面找到他已经够困难了，夜里即使有我带着的小提灯，也几乎不可能。就连他奔跑或爬行的声音都会被渐渐增强的风势和遥远的浪涛声覆盖。

但他没有跑。他带头往前走，好像还低声哼着什么曲子。我听不清旋律。

我们停下脚步时，他已经面对着我站在生石灰坑边缘。"你别忘了，"他说，"我口袋里的金属物品不会腐蚀。比如爱伦送我的手表……随身瓶……我的饰扣和……"

"我记得。"我厉声打断他。我忽然觉得呼吸困难。

狄更斯转头瞄了生石灰坑一眼，身体仍然面对着我。"没错，我会让贾士柏·祖德在这里招供，承认他把艾德温·祖德的尸体带来这里……威尔基，贾士柏比你我都年轻，所以就算鸦片侵蚀掉他大半体力，把艾德温的尸体弄到几百米外还难不倒他……"

"安静！"我说。

"你要我转身吗？"狄更斯问，"要我别开脸？或面对生石灰坑？"

"好。不，随你便。"

"那么我就继续看着你，亲爱的威尔基，我过去的朋友、旅伴和一度热切的合作伙伴。"

我开枪了。

枪支发出惊人巨响，加上我的手出乎意料地往后弹，吓得我差点儿连手枪都掉了。坦白说，一年多前在仆人用梯开枪那段记忆有点儿模糊。

"我的老天！"狄更斯说，他还站在原地。他拍拍胸口、腹部、鼠蹊和大腿，动作几乎有点儿滑稽。"你好像没打中。"他说。

但他还是没有跑。

我知道手枪里还有三发子弹。

我整条手臂都在抖。这回我事先瞄准，再扣下扳机。

狄更斯的外套下摆往上翻扬，到达他的腰部。他又拍拍身子。这回他拉起外套，月光下我看见他的食指从子弹打穿的洞里伸出来。子弹应该离他的侧臀不到两厘米。

"威尔基，"狄更斯声音压得很低，"也许我们应该换个方……"

我再开一枪。

这回子弹命中狄更斯上半身。那声音绝不会错，像大铁锤打在冷肉上。他转了一圈倒地仰卧。

却没有摔进坑里。他躺在生石灰坑边上。

而且还没断气。我听得见他响亮、粗嘎又痛苦的呼吸声，似乎夹杂着气泡与液体汩汩声，仿佛他肺脏里有血。我走过去，居高临下站在他身边远离生石灰坑那一边。他抬头往上看时，我纳闷着他是不是把我看成某种衬着星空的恐怖阴暗轮廓。

我在写作时用过几次"慈悲的一击"这个丑恶的法语词汇，不知为何我总是记不住它的拼法。但我很清楚它的含义，最后一击毫无疑问必须瞄准脑袋。

而黑彻利的手枪里只剩一枚子弹。

我单膝着地，放下提灯，俯身在狄更斯上方，想起他笔下创造过的无数蠢蛋：比如《荒凉山庄》里的戴德洛；《小杜丽》里的巴纳克尔；《董贝父子》里的董贝；《艾德温·祖德疑案》里的格鲁吉斯。还有无数恶棍、寄生虫和阴险小人：比如《雾都孤儿》里的费金；《雾都孤儿》里的阿特弗·道奇；《尼古拉斯·尼克贝》里的史贵儿；《小杜丽》里的凯斯比；《马丁·瞿述伟》里的史莱姆和裴斯匿夫；《圣诞颂歌》里的斯克鲁奇；《荒凉山庄》里的霍尔斯与史默威；《我们共同的朋友》里的弗列比和雷莫；《雾都孤儿》里的邦勃斯和费恩；《尼古拉斯·尼克贝》里的霍克;《马丁·瞿述伟》里的提格和……

狄更斯在呻吟,我将黑彻利那把沉重手枪的枪口抵住他的太阳穴。我发现自己不自觉地举起摊开的左手,像盾牌似的挡在面前,以免被一两秒后将要爆裂出来的碎裂头骨、鲜血和脑浆溅到。

狄更斯喃喃有词说着话。

"无法理解……"我听见他在哀号。然后他又说:"清醒吧……醒来……威尔基,醒来……"

这个失了神的可怜杂种努力想把自己从他自以为的梦魇中唤醒。也许我们都是这样离开人世的:哀号连连、愁容满面,向不在场的冷漠神祇祈求让自己醒过来。

"醒来……"我扣下扳机。

解决了。狄更斯的脑袋构思并赋予过众多人物生命,比如大卫·科波菲尔、皮普、艾瑟·萨莫森、乌利亚·希普、巴纳比·拉奇、马丁·瞿述伟、鲍伯·克莱基特、山姆·维勒、匹克威克与其他上百个。这些角色都活在数百万名读者心中,他的脑袋却散落在生石灰坑边缘,红红灰灰的条状黏液在月光下显得油亮亮的,只有碎裂的头骨是白色的。

即使他事先好心提醒过,我把他的尸体滚进生石灰坑之前还是差点儿忘了他的金子和其他金属物品。

我很不愿意碰他,尽量只碰触他的衣裳。拿怀表、随身瓶、他口袋里的硬币和衣服上的饰扣时还算顺利,可是摘他的戒指和袖扣时不得不触摸到他逐渐冰凉的皮肤。

为了最后这一项任务,我点起拉下屏罩的提灯,稍感欣慰地发现我的手擦火柴点灯芯时相当稳定。我外套口袋里有一个卷收着的粗麻布袋，我把金属物品全都放进去，确认没有任何东西掉落在生石灰坑附近的草丛里。

我终于完成后，把麻布袋塞进鼓胀的口袋，跟手枪放在一起。等会儿我还得提醒自己要在附近河边稍作停留，把那些东西——手枪和麻布袋——扔进河水深处。

狄更斯以那种死人特有的无意识状态大字张开躺着。我把穿着靴子的脚踩在他血迹斑斑的胸膛上，原本想说点什么，却打消主意。有些时候话语很多余，即使对作家而言都是如此。

我用脚使劲推了几推，最后补上一踢，狄更斯才翻滚一圈滑进生石灰坑，过程比我想象中来得费力。如果我就此不管，到天亮时他的尸体还会有一半浮在生石灰坑表面。我取出藏在草丛里的铁棍又推又戳，用全身重量去按，感觉像把棍子插进一大袋牛脂肪里，最后尸体才沉下去，一直留在底下。

我把灯拿近，快速检查身上有没有留下血迹或其他罪证，而后赶紧熄了灯，走到马路上召唤我的水手车夫和马车。我走过那些映着微光的墓碑时，嘴里哼着小曲。我心想，也许几分钟前狄更斯低声哼着的就是这一曲。


"醒醒！威尔基……醒来！醒过来。"

我闷哼着，翻了个身，猛然抬起前臂搁在额头上，努力睁开一只眼睛。鸦片酊与吗啡过量导致的头痛在我脑袋里砰然重击。淡淡的条状月光恣意铺洒在我卧室里的家具上，也落在一张离我只有几厘米的脸上。

另一个威尔基坐在我床沿。他以前从来不曾靠我这么近……从没有过。

他说话了。

这回他发出的不是我的嗓音，甚至不是故意变声说话。那是个牢骚满腹的老女人，像《麦克白》一开头出现的那三个女巫之一。

他或她碰了我裸露的手臂。那不是活人的触感。

"威尔基……"他／她对着我呼气，那张大胡子脸庞几乎碰到我的脸。他的——我的——口气散发尸臭。"杀了他。醒醒，你听我说，6月9日前把你的书写完。尽快在下星期写出《夫妇》，你完成的那一天，就杀了他。"

# 第四十八章

我回复了狄更斯来信中"也许你近期内会想跟我见个面,谁晓得呢?"的提议,他于是来函邀请我6月5日星期天前往盖德山庄。我派人送信告诉他我下午三点到,因为他星期日的创作时间通常到下午三点。但我提早去搭车,在距离盖德山庄一千五百米的地方下车,最后一段路改为步行。

这个6月天美得铺天盖地。经过湿润的春天,一切能变绿的东西都展现出前所未有的青翠,一切有那么一丁点儿开花机会的花草树木都姹紫嫣红开得热闹非凡。阳光晒得人骨头酥软,微风拂在身上是那么温柔亲昵,几乎叫人难为情。几朵松软白云宛如空气绵羊,在陆地绿油油的层峦叠嶂上方移动。靠近大海的方向天空更是湛蓝、阳光更是耀眼。空气无比清透,三十公里外的伦敦市区塔楼清晰可见。我搭马车与步行过程中,左右两边的农地都有调皮的小牛和奔跑的小马,偶尔也有三五成群的乡野孩童,沉浸在任何适合在6月初的田野与林间玩耍的游戏里。眼前这一切几乎足以引诱任何像我这样对都市情有独钟的人动起买农场的念头,可是,一口鸦片酊外加另一个小随身瓶里的白兰地,顺利化解了那股愚蠢冲动。

这天盖德山庄车道上没有人迎接我，连狄更斯绑在大门柱子上那对看门狗都没有。我敢说那两条狗一定是被赐死的怪兽犬苏丹的子嗣。

车道两旁、主屋狄更斯办公室凸窗外的向阳草地、树篱旁沿线，乃至外面的马路旁，放眼望去都是红色天竺葵（依旧是狄更斯最爱的一年生花朵。他的忠心园丁每年春天会在花园里栽种，然后听从狄更斯指示尽可能保留到深秋）。一如往常，基于某种我还想不通的原因，我见到它们那恣意绽放的鲜红花朵，不禁毛骨悚然地往后退缩。

这么美好的日子，我猜狄更斯一定在他的小屋。尽管公路上几乎没有车辆，我依然选择凉爽的隧道，来到通往小屋二楼的室外楼梯旁。

"喂，前面的舰桥！"我大声喊。

"喂，前面的单桅帆船。"狄更斯中气十足的嗓音传下来。

"准许上船吗？"

"小子，你的船叫什么名字？你们打哪里来？往哪里去？"

"我这条破船叫'玛丽珍'，"我对楼上大喊，尽我最大的能力模仿美国腔，"从圣路易启航前往加尔各答，途经萨摩亚和利物浦。"

狄更斯的笑声随着微风飘送下来："那么船长，请务必上来一趟！"

狄更斯原本在写作，我进门时他正把手稿收进油皮公文包里。他身边的矮凳上有个靠枕，他的左脚就搁在上面。看见我进去他放下左脚，挥手要我坐另外一张椅子。但我心情太躁动，坐不住，宁可从这扇窗子前踱步到另一扇窗子前。

"很高兴你接受我的邀请。"狄更斯边说边收拾书写用具，扣好公文包。

"是时候了。"我说。

"威尔基，你好像长胖了。"

"查尔斯，你好像瘦了。你的脚却好像胖了点儿。"

狄更斯笑了："我们亲爱的朋友毕尔德又要跟我们俩唠叨了，对吧？"

"近来我比较少见毕尔德。"我从面东的窗子走到朝南的窗子，"自从我揭穿强身派基督徒的假面具，他那些可爱的孩子就跟我宣战了。"

"我倒觉得他那些孩子不是气你揭露什么假面具，而是气你用些异端邪说抹黑他们的运动英雄。我还没有时间读你的《夫妇》，不过我听说这本书惹恼了不少人。"

"与此同时，销售成绩节节攀升。"我说，"我预计整本书月底前可以发行，分上中下三册，由埃里斯公司出版。"

"埃里斯？"狄更斯边说边站起来，顺手拿起银色握把拐杖，"他们也出版书籍吗？我以为他们只印印卡片、日历之类的东西。"

"这是他们的第一本，"我说，"他们以抽佣方式销售，每卖出一本书我拿百分之十。"

"太好了！"狄更斯说，"亲爱的威尔基，你今天好像有点儿烦躁，甚至有点儿激动。要不要跟我一起去散个步？"

"你可以散步吗？"我将视线落在他的拐杖上。那确实是一根拐杖，那种握把较长、瘸腿老人家喜欢用的款式，而非我这种年轻男士偏好的时尚手杖。亲爱的读者，你或许记得，1870年这一年夏天我四十六岁，时年五十八岁的狄更斯看上去比实际年龄老得多。不过，近来有几个人注意到我胡子开始变白、腰围持续变粗、呼吸明显困难，疲惫的身躯略显佝偻，有些人甚至无礼地说我看起来比实际年龄老。

"嗯，我可以。"狄更斯对我的质疑不以为意，"而且尽量每天走。今天有点儿晚了，所以不需要走到罗切斯特或其他远得吓人的地方，在附近的田野间走走逛逛应该没问题。"

我点点头。狄更斯带头走下楼，把那只——我猜——装有《艾德温·祖德疑案》待续手稿的公文包留在小屋书桌上，任何人都可以从公路走进来偷走。


我们横越马路走到他家房子，然后绕道走侧面院子，经过马厩，穿过他焚烧信件的后院，往外走到几年前某个秋天苏丹丧命的田地。当时发黄枯萎的青草此刻都长得鲜绿高大，在这天的和风中摇曳。

有一条久经踩踏的小路通往连绵山丘和一排稀疏树木。那排树木旁显然有一条宽阔溪流，溪汇入河，河又流向大海。

我们俩都安步当车。我不知道狄更斯的步伐有没有变慢，只知道我走得气喘吁吁。

"毕尔德说你现在靠施打吗啡助眠，"狄更斯说。他左手的拐杖（过去他习惯右手拿手杖）迅速上下挥动，"他还说，虽然你告诉他你已经停止施打，他不久前借给你的注射器却遗失了。"

"毕尔德是个好人，"我说，"可惜口风不紧。你最后一波朗读会期间，他把你的心跳速率公告周知。"

对此狄更斯沉默不语。

最后我说："我的仆人——至少目前还是——乔治和贝西的女儿手脚不干净，我不得不送走她。"

"小埃格妮丝吗？"狄更斯惊叫道，"偷东西？不可思议！"

我们越过第一座丘陵的坡顶，盖德山庄、公路和公路两旁的树木都被我们抛在背后。这条路在这里转弯，跟那排树平行一小段，然后穿过一座桥。

"查尔斯，你介不介意我们停一下？"

"一点儿也不，亲爱的威尔基，一点儿也不。"

我倚在小拱桥的栏杆上，拿出银色随身瓶灌了三口："今天气温有点儿太高，对吧？"

"是吗？我觉得温度近乎完美。"

我们再度出发，但狄更斯如果不是累了，就是刻意配合我放慢脚步。

"查尔斯，你身体还好吗？外面有太多传闻。那些话就像我们的好朋友毕尔德的危言耸听，谁也分不清哪一句是真的。你巡演结束后身体恢复了吗？"

"这些日子我觉得好多了，"狄更斯说，"至少有些时候精神好很多。昨天我才告诉一个朋友，我很确定我能工作到八十好几。当时的我强烈觉得那是真的，至于其他时候……你也知道总会有些难熬的日子。其他的日子里，你只能善尽自己的义务，努力把工作做好。"

"那么《艾德温·祖德》进展如何？"我问。

狄更斯答复之前瞅了我一眼。除了他对《月亮宝石》的粗鲁攻讦，我们很少主动跟对方聊起进行中的作品。他拐杖的金属尖端挥向左右两边的高大草丛，发出充满夏季气息的清脆咻咻声。

"《祖德》进度缓慢，不过还算顺利。"他终于出声，"亲爱的威尔基，这本书无论在情节、转折或惊奇等各方面，都比我过去大多数的书复杂得多。这点你也很清楚！你是悬疑小说大师！我早该拿我那些新手问题来就教于你这位谜团与悬案界的维吉尔[1]！你的《夫妇》进行得如何？"

"我预计未来两三天内可以收工。"

"太好了！"狄更斯又大叫一声。此时我们看不见小溪，但轻柔的水声跟着我们穿越更多林木，进入另一处开阔的田野。小路继续朝远方的大海蜿蜒而去。

"查尔斯，等我把书写完，你能不能帮我一个大忙？"

"只要是我微薄又日渐衰退的能力所及，义不容辞。"

"我想我们俩有能力在同一天晚上解决两个谜团……假设你愿意在星期三或星期四跟我来一趟秘密出行。"

"'秘密'出行？"狄更斯呵呵笑。

"如果你跟我都不告诉别人——任何人——那天晚上我们要出门，就更有机会解开谜团。"

"这下子真的很神秘了。"狄更斯说。我们来到另一座丘陵的坡顶，这里有散落或成堆的巨石，农夫与孩童称它们为德鲁伊石，其实根本不是那么一回事。"保持神秘才能增加这次行动的

---

1　Virgil：古罗马诗人（公元前70—公元前19），他创作的《埃涅阿斯纪》（Aeneid）被喻为罗马帝国文学最高成就的巨著。他的作品影响后世文学家甚巨，受他影响最深的首推但丁的《神曲》。

成功率？这话怎么说？"

"查尔斯，星期三或星期四日落后大约半小时我来接你，如果到时候你愿意跟我出门，我保证你很有机会得到这个问题的答案。"

"那好吧。"狄更斯说，"你说星期三或星期四吗？星期四是6月9日，那天晚上我可能有约。星期三可以吗？"

"太好了！"我说。

"那很好。"狄更斯说，"亲爱的威尔基，现在我要跟你谈些事。我们要不要在这些倒地的巨石之中找个舒适的地方坐下来？应该花不了多少时间，但这是今天我找你来的目的，而且这件事真的很重要。"

查尔斯·狄更斯散步过程中坐下来休息？我寻思道。我没想到会有这一天。不过反正我也已经走得汗流浃背，又喘得像肺脏中弹的战马，我乐得配合。

"谨遵吩咐，先生。"说着，我挥手示意他带路，选择属于我们的倒地巨石。


"首先，威尔基，我欠你一个最深、最真挚的道歉。事实上是好几个道歉，其中最严重的是我用不公平又不道德的方式对待你。我实在不知道该从何说起。"

"别这么说，查尔斯。我想不出有什么……"

狄更斯举起摊开的手掌制止我。我们坐在高大巨石上极目远望，肯特郡向四面八方高低起伏伸展开来。在纯净的阳光中我能看见伦敦的薄雾与左边的海峡。罗切斯特大教堂塔楼远远看去像灰色的帐篷尖钉。

"亲爱的威尔基，你可能没办法原谅我，"他接着说，"换作是我，就绝对不会……也不能……原谅你。"

"查尔斯，你到底在说什么？"

狄更斯指向远处公路旁的树木尖端和他的家，仿佛这就足以说明什么似的。"将近五年了……到这星期满五年……我们一直拿一个叫祖德的怪物说笑……"

"说笑？"我口气有点儿不耐烦，"我觉得那不叫'说笑'。"

"亲爱的朋友，这就是我要道歉的原因。地底城根本没有祖德，没有埃及神庙……"

他在打什么鬼主意？这会儿狄更斯在跟我玩什么游戏？我说："那么你所说的一切有关祖德的事，包括火车事故现场那一段，都是谎话？"

"正是，"狄更斯说，"我要为这些谎话不留余地、全心全意向你致歉，怀着连我都无法表达的羞愧……而我是个有羞耻心的人。"

"如果你没有就不是人了。"我讽刺地说。我再一次纳闷儿他葫芦里到底卖什么药。如果我傻到只听信狄更斯一面之词就相信祖德的真实性——就跟当时我们望向海面时看见的白色风帆一样真实——那么狄更斯确实该道歉。

"你不相信我的话。"狄更斯小心翼翼看着我。

"我搞不懂你，查尔斯。你不是唯一一个见过祖德又受他迫害的人。你忘了我也见过祖德其他活生生的男女奴隶。那天晚上我们潜入地窖和墓穴深处时见到的那艘地底城平底船和那两个戴面具的船夫又怎么说？难不成你想告诉我载你离开的那艘船和那两个人只是幻影？"

"不，"狄更斯说，"他们是我的园丁高文和史迈斯。至于你所说的那艘'平底船'只是泰晤士河中最普通的河船，船头船尾钉了上过漆的粗糙装饰。拿到最不讲究的业余戏院或任何有光线的地方，都经不起检验。事实上，高文和史迈斯费了九牛二虎之力才把那艘漏水的船扛下通往下水道那些数不清的阶梯，事后他们没办法再扛回去，干脆扔在那里。"

"你跟他们去了祖德的神庙。"我说。

"我坐在船上等到他们把船划过那条臭水沟转弯处、看不见你以后，花了几小时钻那些互相衔接的坑道找路回来。"狄更斯说，"那天晚上我差点儿迷路回不来。就算我真的迷路也是活该。"

我哈哈大笑："查尔斯，听听你自己说的话。如果真有人要出这么复杂的花招，那人一定是疯了。那样不只残忍，根本精神失常。"

"威尔基，有时候我自己也这么觉得。"狄更斯叹息道，"但你别忘了，我们进入地底城遇见平底船原本应该是这场骗局最后一幕的最后一场戏，至少我是这么认为。我怎么料得到你的小说家深层意识和大量鸦片会让这场戏在你脑子里继续发展这么多年？"

我摇摇头："这件事牵涉的不只是那艘平底船上的祖德手下。那么黑彻利探员呢？你到底知不知道可怜的黑彻利已经死了？"

"我知道，"狄更斯答，"我从美国回来就听说了这件事，马上跟伦敦警察厅侦缉局打听，才知道他出了什么事。"

"那么他们是怎么跟你说的？"

"他们说黑彻利前探员被杀了，地点就在几年前我带你进入地底城'假探险'那个圣阴森恐怖教堂地窖。"

"我看不出来那次夜探地狱是一场'假探险'。"我说，"不过那无关紧要。他们跟你说黑彻利是怎么死的？"

"他碰到抢匪，被打晕过去，那些人还将他开膛剖肚。"狄更斯轻声说，他好像很心痛，"当时我就猜想你应该也在那里——在底下的拉萨里烟馆——我也知道你出来的时候看见他的尸体，一定吓得魂飞魄散。"

我无奈地笑笑："查尔斯，那么侦缉局觉得'那些人'是谁？"

"四个跳船的印度教徒水手，都是匪徒。他们显然跟踪你和黑彻利到地窖。我猜当时你在拉萨里烟馆（这点警方当然不知道），根本不清楚发生了什么事。那些歹徒等到黎明前黑彻利在地窖里睡着了，才下手行抢。他们的目标应该是他的表和他口袋里的钱。"

"简直荒唐。"我说。

"我同意，毕竟黑彻利块头那么大。"狄更斯说，"他扭断了其中一名抢匪的脖子，因而激怒了其他三个。他们用某种棍棒敲晕黑彻利以后，就……做了他们做的那件事。"

真是天衣无缝，我心想。对于他们弄不懂的事，苏格兰场想必都有一番说辞。"那么侦缉局又是怎么知道嫌犯是四个印度教水手？"

"因为他们活捉了另外那三个。"狄更斯说，"那第四个人的尸体被人发现浮在泰晤士河上，警方才循线逮到他们。抓到以后让他们招供，警方也从他们身上搜出黑彻利刻字的怀表、皮夹和钱。警方对那些歹徒可没有手下留情……很多警探都认识黑彻利。"

我听得猛眨眼，他们说起谎来可真是严密。"亲爱的查尔斯，"我的声音很轻，却带点恼火，"这些事都没有登在报纸上。"

"当然没有。我说过了，警方对这三个杀警凶徒毫不留情。那三个人都没有活到出庭受审。对媒体来说，黑彻利探员命案根本没有逮捕过任何嫌犯。事实上，媒体压根儿不知道有这件命案。伦敦警察厅大致上还算是个优良的政府机关，但他们跟我们大家一样，也有他们的黑暗面。"

我只能摇头叹息："查尔斯，你就是为了这件事要跟我道歉？因为你拿祖德的事骗我，然后利用地窖和平底船上演一出闹剧？因为你没跟我说——你认为的——黑彻利死因？"我想起我无数次看见祖德、跟菲尔德谈祖德、听巴利斯探员谈祖德、看见投入祖德门下的爱德蒙·狄更森、在地底城看见祖德的喽啰，又在楼顶城看见神庙。我亲眼看见过祖德写的字条，看见祖德坐在我家跟狄更斯谈话。我不会因为狄更斯在这个美丽星期天撒的小谎就相信我自己疯了。

"不，"他说，"那不是我道歉的主因，只是次要的附加元素而已。威尔基，你还记不记得斯泰普尔赫斯特事故后你第一次来我家的情景？"

"当然记得，你跟我说了你第一次见到祖德的经过。"

"在那之前。你刚踏进我办公室的时候，你记得当时我在做什么，我们又聊了什么吗？"

我费了点儿心思去回想，最后我说："你在玩你的表，我们讨论了催眠术。"

　　"亲爱的威尔基，当时我把你给催眠了。"

　　"不，查尔斯，你没有。你忘了当时你说你想要晃动你的表，我挥手制止了你？你自己也承认我的意志力太强，不会轻易受任何磁流作用控制。之后你收起怀表，开始叙述火车事故经过。"

　　"没错，威尔基，我的确说你的意志力太强，没办法被催眠，但那是在我让你陷入催眠状态十分钟后的事。"

　　我哈哈大笑。他到底在玩什么把戏？我拉了拉帽檐，以免阳光直射眼睛。"查尔斯，现在你真的在说谎……到底为什么呢？"

　　"威尔基，那是一种实验。"狄更斯说。他低垂着头，让我想起他那只苏丹。如果当时我手上有他的猎枪，肯定会像他收拾苏丹那样收拾了他。

　　"即使在当时，"狄更斯说，"即使早在那个时候，我已经隐约有个小说构想，是关于人被催眠后很长一段时间还根据催眠暗示做出某些……行为。我承认我特别好奇这种催眠暗示会如何影响有创造力的艺术家，也就是某个拥有经过千锤百炼的专业想象力的人。我还得进一步承认，我希望这个有创意的人，也就是这个作家，平时大量使用鸦片。因为鸦片是我构思中的这部悬疑小说里的主导动机。"

　　听到这里，我不但狂笑，还拍打大腿："太妙了！哦，太妙了，查尔斯！所以你的意思是，你命令我——借由你的催眠控制，在你把我从昏沉中唤醒以后相信你告诉我的祖德传奇？"

"我没有命令你去相信，"狄更斯愁眉苦脸地说，"我只是暗示。"

我用双手拍击双腿："哦，妙极了。接下来你要告诉我你运用狄更斯的非凡想象力与对惊悚事件的喜好，凭空捏造了祖德这个人物！"

"不是那样。"狄更斯说。他转头望向西边，我敢发誓他眼眶里含着泪水。"因为那天的前一天晚上我梦见祖德，梦见那个怪物出现在斯泰普尔赫斯特事故现场，穿梭在罹难者与濒死伤者之间，就像我描述的一样。我把祖德的假想故事跟真实生活中的恐怖经验融合交织在一起。"

我笑得合不拢嘴。我摘下眼镜，一面用涡纹手帕擦抹额头，一面摇头赞叹他竟然这么大胆地跟我说这些话，玩这种把戏。"所以现在你的意思是祖德是你梦见的人物。"

"不，"狄更斯说，"我最早是从菲尔德口中听见祖德的传闻，那是斯泰普尔赫斯特之前十几年的事了。至于我为什么把菲尔德执迷的幻想故事交织在我的噩梦里，我永远都不会知道答案。"

"菲尔德的幻想故事？"我叫道，"现在又变成是菲尔德捏造出祖德！"

"亲爱的威尔基，早在我们第一次见面以前，你应该知道我写过一系列有关犯罪与伦敦的短文，刊登在我当时办的杂志《家常话》上，那已经是1852年的事了。十几年前菲尔德在过去的凯瑟琳剧院担任业余演员，当时有个认识他的演员介绍我跟他认识。19世纪50年代早期，菲尔德陪着我夜访大烤炉的过程中，跟我说了他心里那个幽灵祖德的事。"

"幽灵，"我重复他的话，"你的意思是菲尔德精神错乱？"

"刚开始还算正常，"狄更斯说，"后来他精神崩溃。我跟他在侦缉局的同僚和长官聊过这件事，也找接替他探长职位的那个人谈过。"

"为了祖德精神崩溃。"我讽刺地说，"因为他幻想有个名叫祖德的埃及神秘主义杀手。"

"没错。一开始那不是幻想。菲尔德升上探长那段时间发生了一连串骇人听闻的谋杀案，全都没有侦破。其中有些似乎牵连上几件菲尔德早年没能解决的案件。那段时间警方逮捕到的东印度水手、马来人、中国人和印度教徒都把责任推到某个名叫祖德的幽灵人物身上。细节始终模糊不清，但基本情节大致相符，都说这个怪物来自埃及，是个连环杀人犯，能够用心灵力量和古老宗教仪式操控别人，还说他住在地底下某种巨大神庙里，至少根据某些吸食鸦片的暴徒所说，他住在泰晤士河底下的神庙里。"

"我们要往回走了吗？"我问。

"还没，威尔基。"狄更斯说。他把颤抖的手搭在我前臂上，等看见我的凶恶眼神，他马上缩回去。"那么你能不能看得出来，"他说，"这些事在菲尔德心里如何从一开始的执迷变成后来的幻想？根据我事后打听的许多警探和干探，包括黑彻利在内，大家都说路肯爵士在接受菲尔德保护期间惨遭杀害，而且始终找不到真凶……威尔基，你笑什么？"

我就是憋不住笑。这个故事，这段情节实在太有巴洛克风格，与此同时又太合逻辑。实在太……太狄更斯。

"最后害菲尔德丢了工作和退休金的，正是他对这个虚构犯罪头子祖德的幻想。"狄更斯说，"菲尔德探长没办法相信他任职警界期间目睹或获报的那些恐怖凶案会是随机发生……会毫无头绪。在他愈来愈混乱的脑袋里，他认为他见过、经历过的那些惊悚惨剧背后一定有个犯罪头子，单一暴徒，一个能跟他分庭抗礼的幕后复仇者，一个跟伟大的菲尔德探长旗鼓相当的人物。这个复仇者并不是人类，不过，等那人束手就擒（当然是落入菲尔德探长手中），他一生中接触到的那些没完没了的惨案就会告一段落。"

"那么你的意思是，"我说，"你我都认识的那个菲尔德探长最后发疯了？"

"疯得像个制帽工人。"狄更斯说，"疯了很多年了。他的偏执后来变成着魔，着魔又变成幻想，幻想变成一场他永远醒不过来的梦魇。"

"查尔斯，听起来无懈可击。"我轻声说。根本都是鬼扯，我连心跳都没有加速。"但你忘了还有其他人见过祖德。"

"哪些人？"狄更斯柔声问道，"亲爱的威尔基，除了几十年前那些恶棍和你催眠状态中的幻觉，我想不起还有谁会相信祖德这个幻影，唯一的例外可能是菲尔德的儿子。"

"他儿子？"

"他有一个非婚生子，是跟他交往多年的西印度群岛年轻女人生的。那个女人住的地方离萨尔烟馆不远。我们对那个地方都很熟，你可能比我熟一点儿。菲尔德的原配从来不知有这个女人和那孩子存在。我听说那个女人生产后不久就死了，可能是死于鸦片过量。不过菲尔德善尽责任照顾那孩子。付钱请离码头很远的一户人家抚养他，送他进优质公立学校，最后进了剑桥。至少我是这么听说的。"

"那孩子叫什么名字？"我突然觉得口干舌燥。真希望我的随身瓶里装的是开水，而不是鸦片酊。

"好像叫雷吉诺。"狄更斯说，"过去一年来我也打听过他的行踪，但他父亲死后他好像消失了。可能去了澳洲。"

"那么你觉得菲尔德探长是怎么死的？"

"心脏病，就跟报道陈述的一样。亲爱的威尔基，这件事我们讨论过。"

我从巨石上滑下来，两腿因血液循环不良刺刺麻麻的。我不管狄更斯是不是在看，拿起随身瓶喝了一大口。"我得回去了。"我沙哑地说。

"你不留下来吃晚餐吗？你弟弟和凯蒂会回来度周末，波希和他太太也会过来……"

"不，"我打断他的话，"我得回城里去。我得工作，要赶快写完《夫妇》。"

狄更斯撑着拐杖好不容易才站起来。我看得出来他的左脚和左腿带给他极大痛苦，只是他强忍住不表露出来。他从口袋里拿出怀表和表链。

"威尔基，让我帮你催眠。现在马上做。"

我后退一步。连我自己都觉得我的笑声听起来很害怕。"你一定是在开玩笑。"

"亲爱的朋友，我从来没有这么认真过。1865年6月我帮你催眠的时候，不知道清醒后的暗示效果会——能够——持续这么久。我低估了鸦片的威力和小说家的想象能力。"

"我不想被催眠。"我说。

"几年前我就该做了。"他说。他的声音也有点儿沙哑，仿佛快哭出来了。"亲爱的威尔基，如果你记得的话，我不止一次试图再次帮你催眠，因为我想取消催眠暗示，好让你从这场无止境的虚构梦幻中醒过来。我甚至想教卡罗琳帮你催眠，也告诉她我植入你潜意识的那个指令。如果你在催眠状态里听见那个暗号，就能够从这场长期梦境中清醒。"

"那么这个指令是什么……那个暗号？"我问。

"'无法理解'，"狄更斯说，"我选了一个你平时比较少听到的词。不过，要让暗号发生作用，你得先进入催眠状态。"

"'无法理解'，"我重复一次，"你说你在斯泰普尔赫斯特事故当天用过这个形容词。"

"当时我是用过，"狄更斯说，"那是我对现场惨状的反应。"

"查尔斯，我觉得精神错乱的是你。"我说。

他摇摇头。他果然在哭，天下无双先生站在阳光下的青草地上流泪。"威尔基，我不奢求你原谅，可是看在上帝分儿上，看在你自己分儿上，现在就让我帮你催眠，让你摆脱这个我无意中施加在你身上的诅咒。趁一切还来得及！"

他上前一步，举起双手，他右手里的表在阳光下金光闪烁。我往后退了两步。他到底在耍什么诡计，我只能瞎猜，但我能想到的都十分黑暗。菲尔德探长曾经说过，这一切都是他跟祖德之间的棋局。我却觉得这是包括狄更斯在内的三方竞技。如今我已经取代了菲尔德探长，投入这场再真实不过的生死游戏。

"查尔斯，你真的要帮我催眠？"我用友善又理性的口气说。

"亲爱的威尔基，我必须这么做。唯有这样，我才能稍稍弥补你，因为我——虽然不是出于故意——对你开了一个我一生中最最残酷的玩笑。你站好，放轻松，我要……"

"现在不行，"说着，我又后退一步，与此同时对他举起摊开的双掌，平静地安抚他，"现在我心情烦乱又激动不安，不适合接受催眠。等到星期三晚上……"

"星期三晚上？"狄更斯说。他忽然一脸困惑、疲累，像个咬牙苦撑好几回合的拳击手，最后只靠本能反应颤巍巍地仁立台上，再也经受不起任何一拳。我看着他拄着拐杖跳呀跳，没有办法把重量放在明显肿胀疼痛的左脚与左腿上。"星期三晚上怎么样？"

"你答应跟我一起来一趟'秘密出行'。"我轻声说。我走向他，拿起他手里的表——表壳很烫——帮他塞回背心口袋。"你答应跟我一起出去做一趟短程探险，我保证我们可以一起解开两道谜题。你还记得我们到切森特调查鬼屋传闻的事吗？"

"切森特，"狄更斯重复我的话，"你跟威尔斯搭篷车先出发，我跟约翰·霍林斯黑德走路到那个村庄。"

"二十五公里路，如果我记得没错。"说着，我拍拍他的肩膀，"很久以前的事了。"此时的狄更斯忽然间变得老态龙钟。

"可是我们没找到鬼。"

"没有。但我们玩得很开心，不是吗？太刺激了！6月8日星期三晚上也会很有意思。但你不可以告诉任何人你要跟我出门。"

我们已经开始往回走，狄更斯痛苦地蹒跚跛行。他突然停下来望着我："亲爱的威尔基，我会跟你去探险，只要你现在答应我……用你的人格担保……那天晚上见面后的第一件事就是让我催眠。接受我催眠，让你摆脱这个我基于傲慢与无知施加在你身上的残酷错觉。”

“查尔斯，我答应你。”我说。他继续注视我。“那天晚上我们的第一项任务就是让你催眠我，我会协助你完成。你可以随心所欲地说你的暗号……‘无法理解’……到时候再看看结果。我用人格担保。”

他咕哝一声，我们继续一拐一拐地缓步走回盖德山庄。我跟一个满怀歉疚、充满创造力与生命热情的中年男子一起离开瑞士小屋，却跟一个行将就木的跛子一起回来。

“威尔基，”我们接近林荫处时，他喃喃说道，“我跟你说过樱桃的事吗？”

“樱桃？没有，查尔斯，应该没有。”他像个昏聩老人般茫然地回想往事，但我要他继续走，瘸着腿往前迈进。“说来听听。”

“很久以前我还是个伦敦穷小子的时候……那应该是在差劲的鞋油工厂以后的事……没错，肯定是鞋油工厂以后的事。”他虚弱无力地碰触我的手臂，“亲爱的威尔基，改天提醒我跟你说说鞋油工厂的真相。这辈子我还没跟任何人提起过小时候在鞋油工厂打工的事，那是一段最凄惨的岁月……”他好像晃神了。

“查尔斯，改天我一定会问你。你刚刚说樱桃怎么样？”

凉爽的树荫十分宜人。我继续往前走，狄更斯继续往前跛行。

“樱桃？哦，对……很久以前我还是个伦敦穷小子，有一天我走在河岸街上，前面有个工人抱着一个长相普通的大头小男孩。我猜男孩是那工人的儿子。那天我用身上仅剩的一点儿钱买了一大袋熟透的樱桃……”

"嗯。"我咕哝一声。心里纳闷儿着狄更斯是不是中暑了，或中风了？

"没错，就是樱桃，亲爱的威尔基。有趣的是，那个小男孩用某种……很特别的眼神回头看着我，我开始把樱桃塞进他嘴里，一颗接一颗。那个大头小孩会静悄悄地吐出樱桃核。他爸爸自始至终都没听见，也没回头查看，完全不知情。我好像把所有的樱桃都喂他吃了，一颗都不剩。之后那个抱着小男孩的工人在路口左转，我继续直行。那个父亲仍旧一无所知，我却变穷了——至少就樱桃而言——而那个大头男孩变胖了，也更开心了。"

"很有意思，查尔斯。"我说。

狄更斯想加快脚步，但他的脚好像完全没有支撑力。每踏出痛苦的一步，他都得把全身重量压在拐杖上。他瞄我一眼："亲爱的威尔基，有时候我觉得我整个写作生涯只是把樱桃塞进大头男孩嘴里那短短几分钟的延伸。你明白我的意思吗？"

"当然明白，查尔斯。"

"你答应接受我催眠，好帮你解脱我残忍强加在你身上的催眠暗示吧？"他突然尖锐地质问，"6月8日星期三晚上？你承诺？"

"人格担保，查尔斯。"

我们走到那条有座小拱桥的溪流时，我已经哼起梦里那支小曲。

# 第四十九章

1870年6月8日星期三中午过后，我的小说《夫妇》终于完结。

我告诉乔治和贝西我需要好好睡一觉，不希望屋子里有人走动，让他们放一天假，想去哪里就去哪里。反正我跟他们的雇佣关系不久后就会结束。

凯莉这星期不在家，跟雇主渥德一家人出游去了。

我派人送信给《卡塞尔》杂志的编辑和我不久的将来的出版商埃里斯，告诉他们全书已经完成。

我还送了一封信给狄更斯，告诉他我的书已经写成，提醒他别忘了我们约好隔天6月9日下午碰面。6月9日我们当然没有约，我们约的时间是6月8日晚上。但我很确定这封信隔天早上才会送到，正好可以作为我们这些受过训练的法律人所谓的"不在场证明"。我还写了语调友善的信给雷曼、毕尔德和其他人，敲锣打鼓地告诉大家我已经把《夫妇》写出来，经过一晚上辛苦得来的酣畅睡眠后，隔天，也就是9日下午要走访盖德山庄，聊表庆祝。

那天下午稍晚，我穿着附有披肩与宽大兜帽的黑色旅行装，乘着租来的马车前往盖德山庄，把车停在法斯塔夫旅店旁那些最老的树木底下。夕阳已经渐渐西斜，黑夜的触须从旅店后侧的树林往外伸展。

我没有找到十天内就要永别英格兰的印度教徒水手，也没有现成的德国、美国甚至英国水手来充当我的车夫，更没找到我鸦片与吗啡助长的想象画面中的黑色大马车。于是那天晚上我亲自驾车。我几乎没有操控各种马车的经验，所以一路龟速爬向盖德山庄，有别于我那个向前疾驰的假想印度教徒车夫。我租到的马车是小小的无顶马车，几乎跟狄更斯平时派去车站接我的小马板车一样大。

我把小提灯放在我后面的单人座底下，黑彻利的手枪——四枚还没击发的子弹还在原位——跟那个装金属物品的麻布袋一起放在我口袋里，一如我的计划。事实上，我自己驾车这一点更合常理：这样一来就没有印度教徒或任何车夫能够勒索我。

这个晚上也不是我想象中那个天清气朗的6月夜。

在那段累死人的车程里，大雨急灌而下，雨水哗啦啦地落，这部迷你马车低得荒唐的底板又溅起不少水花，等日落时分我到达法斯塔夫旅店，已经全身湿透，像只落汤鸡。比起早先我在脑海里彩绘的美丽景象，这天的夕阳余晖看上去更像白天留下的一抹灰扑扑、脏兮兮、湿漉漉的余韵。

我尽可能将那匹老马和摇摇晃晃的车子系在旅店侧面的树林深处，但一阵阵急雨仍旧穿过枝叶打下来，把我淋得更湿，即使雨势暂停，树木照样继续把水滴在我身上。迷你马车上的踩脚板更是积水处处。

狄更斯没有出现。

我们约好的时间是太阳下山后大约半小时，但那天乌云蔽天，落日叫人扫兴，他没注意到时间也是情有可原。只是，一小时很快过去了，狄更斯仍然不见踪影。

我在想，或许他看不到漆黑树林里的阴暗车马、滴着水的黑色马匹和一身黑衣湿透了的我。我考虑点亮一盏马车侧灯。

但这架廉价马车无论侧面或后方都没有车灯。我考虑点亮我的小提灯，放在我身边的车上。我又想到，那样一来或许方便狄更斯从他家或前院看见我，但进出法斯塔夫旅店的每个人，甚至从公路经过的人，也都能看见。

我考虑进旅店，点一杯热奶油朗姆酒，派个孩子到盖德山庄告诉狄更斯我在等他。

别傻了，我脑子里那个合格律师兼悬疑小说家悄声如是说。此时我脑海中再次浮现那个古怪却必要的概念：不在场证明。

日落后九十分钟，依然不见查尔斯·狄更斯的身影，而他恐怕是全英格兰最准时的五十八岁男人。已经快十点了，如果我们不赶快出发去罗切斯特，这一切就白忙了。

我把打着盹儿的马拴在树干上，确认那可悲马车的刹车拉好了，就穿过树林边缘往瑞士小屋走去。每回冷飕飕的晚风袭来，冷杉和落叶乔木就会把更多尼亚加拉大瀑布似的雨水倒在我身上。

过去九十分钟里我看见至少三架马车转进狄更斯家车道，其中两部还在那里。狄更斯会不会忘记，或根本刻意忽视，我们秘密出行之约了呢？有那么一段时间我的心凉了半截，因为我很确定我写来提醒他明日之约那封假信今天下午送到了盖德山庄。话说回来，我记得我故意很晚才寄出，而英国历史上没有任何信差会这么快把信送到。事实上，若是那封信能在星期五下午（当时是星期三晚上）送到盖德山庄，就已经是难能可贵的效率了。

我摸摸放在外侧口袋的手枪，决定走隧道到主屋。如果我从屋后的新建温室（这年春天因应狄更斯的喜好而建）窗子往里面窥探，看见狄更斯还坐在桌旁，或正在读书，我要怎么做？

我会敲敲温室的窗玻璃，挥手叫他出来，用枪口指着他逼他跟我走。就这么简单，我也是形势所逼。

只要乔吉娜和其他那些依赖狄更斯的救济和收入过活的人（有如吸附在大型鱼类身上的七鳃鳗）不在附近（这个鱼类族群隐喻里还得加上我弟弟查理）。

隧道里伸手不见五指，有一股浓烈的野兽气息，可能有野生动物在这里面清了肠胃。那天晚上我觉得自己就像那些动物，全身湿透，颤抖个不停。

走出隧道以后，我避开会嘎吱响的砾石主车道，穿过矮树篱来到前院。现在我看见院子里的回车道挤了三架马车，但天色太暗，我认不出来那些是谁的马车。其中一匹马闻到我的气味，突然抬起头喷着鼻息。我好奇它是不是嗅到捕猎动物的味道。

我往右边移动，踮起脚尖，视线越过矮树篱和修剪过的雪松探看白色窗帘之间的景象。狄更斯书房的凸窗没有灯光，但那好像是屋子里唯一一间没有点灯的房间。我看见女人的头经过一扇前窗，是乔吉娜、玛丽或凯蒂？她的脚步是不是有点儿匆忙，或者只是我自己神经紧张瞎猜？

我往后退了好几步，方便看清楚明亮的上层窗子，与此同时将那把沉重的手枪从口袋里掏出来。

一颗不知从何而来的子弹穿破窗玻璃，杀害了最知名的作家……什么白痴点子？狄更斯不但得死，还得消失，无迹可循，而且就在今晚。只要他踏出那扇门（终于想起他跟我的约定），

385

他就会消失。这件事我不只对上帝发誓，也对黑暗国度的诸神发誓。

突然之间我被很多只手从后面抓住，半拖半抬地往后拉离开狄更斯的屋子。

这个句子不足以形容当时施加在我身上的暴力。有好几个人的手，都是强有力的手。那些手的主人把我拖过一道树篱、越过树木的低矮枝丫、扔在种满天竺葵的花圃那坚硬石块和锐利细枝的过程中，丝毫没有顾虑到我的安危。

红色天竺葵！我眼前都是它们的花朵，外加脑袋撞击地面引发的满天金星。即使在黑暗中，那胭红花朵依然清晰而难以置信地向我袭来。

狄更斯的红色天竺葵；盛开的鲜血；雪白衬衫上弹孔似的红花绽放开来；比尔·塞克斯把南希打得脑浆迸裂时那朵丹砂天竺葵。

或许基于鸦片酊的效力，我的噩梦向来能预知未来，鸦片酊同时也在我最无助的时候激发了我的创造力。

我设法站起来，但那些强悍的手又把我压回泥地和土壤上。一弯新月在飞掠而过的乌云之间露脸，这时我瞥见头顶上方那三张惨白面孔。

仿佛要证实我的先见之明，埃德蒙·狄更森的面孔突然闯进我的视野，离我的脸只有三十厘米。他的牙齿确实磨成尖锐的白色细小短剑。他嘶嘶嘶地说道："放轻松，柯林斯斯斯先生，别这样。今晚不玩烟火，先生，今晚不行。"

仿佛要解释他的神秘暗语，有一只手猛地抢走我歪扭的手里的枪。我忘了我手上还有枪。

雷吉诺·巴利斯的脸取代了狄更森。这个壮硕男子若不是在笑，就是扮着吓人的鬼脸，我分辨不出来。我发现上次在暗巷看见他的时候，他笑容里的黑洞并不是蛀牙造成的。他也把牙齿磨尖了。"柯林斯斯斯先生，今晚是是是我们的时时时间。"他苍白的脸说道。

我挣扎无效。等我再次抬头，祖德的脸浮在我上方。

我说"浮"出于审谨考虑。祖德整个人仿佛都浮在我上方。他双臂展开，很像那些潜入深水区的人。他的脸俯视着我，他披着黑色斗篷的身体飘浮在支撑着他的隐形气流里，跟我平行、盘旋在距离地表只有一米多的空中。

祖德少了眼皮和鼻子的位置颜色鲜红，仿佛几分钟前才被人用解剖刀削除。我差点儿忘了祖德怪物的舌头会像蜥蜴般快速吸进吐出。

"你不能杀狄更斯！"我气喘吁吁地说，"不可以是你下的手。一定要由我……"

"安……静。"那张飘浮、盘旋、扩张中的骷髅脸说。祖德的口气里有一股坟土加上漂在地底城河流里那些肿胀尸体的污水气味。他的大眼睛冒着鲜血，眼眶周围也都是血。"安静，"祖德嘶嘶地说，仿佛安抚着小魔鬼，"威尔基·柯林斯斯斯先生，我们今晚要取的是是是狄更斯的灵魂，剩下的都留给你。剩下的都是是是你的。"

我张嘴想尖叫，但飘在空中的祖德从他的歌剧斗篷口袋里拿出一块有香气的黑色丝帕，按在我绷紧的脸上。

# 第五十章

尽管我说过卡罗琳的女儿凯莉跟她雇主一家人出城旅游去了，但这天我睡到近午时分时，却被她吵醒。她边哭边敲我的房门，因为我始终没回应，她干脆打开门走了进来。

我全身乏力地从床上坐起来，拉起被单盖在身上。我在半睡半醒状态中唯一能想到的是，她不知怎的提早回家，找到了衣柜底层上锁抽屉里那只上锁盒子，翻出她母亲的来信。我三天前才收到卡罗琳最近一封信，内容提及她某天晚上对她丈夫乔瑟夫发牢骚，埋怨他老是找那些爱好运动的朋友饮酒作乐到深夜，结果隔天清醒时发现自己被锁在地窖里，一只眼睛肿得睁不开，甚至确定自己遭到不止一个男人的侵犯。

但那不是凯莉哭泣的理由。

"威尔基，狄更斯先生……你朋友查尔斯·狄更斯……他死了！"

凯莉哭哭啼啼地告诉我，她的雇主——我的朋友爱德华·沃德夫妇——搭车往布里斯托途中，在车站听朋友谈起狄更斯的死讯，马上掉头赶回伦敦，好让凯莉回家来看我。

"我一……一想到……妈妈在这里的时候……狄更斯先

生……经常来家里……做客……"凯莉泣不成声。

我揉揉发疼的眼睛。"凯莉乖，你先下楼，"我终于说话，"叫贝西煮点咖啡，再帮我准备早餐……"

"乔治和贝西不在，"她说，"我是用我们藏在凉亭的钥匙开门进来的。"

"啊，对，"我还在揉眼睛，"我让他们昨天晚上到今天都放假，因为我需要安静睡个觉。昨天晚上我把书完成了，凯莉。"

对这个消息她没有表现出应有的赞叹，也没有置评。她又哭了。我实在弄不明白，一个已经几个月没有来访、几年来都喊她"管家"的老先生的死讯为什么会让她如此哀恸逾恒。"那就绕到街角那边把厨子找过来，"我说，"不过麻烦你先帮我煮咖啡和茶。对了，凯莉，再到广场另一边的烟草店，把所有你买得到的报纸都买回来。去吧！"

等她离开，我掀开被单低头检视。凯莉刚刚泪流满面，应该没看见我身上穿的不是睡衣，而是脏污点点的白衬衫和长裤。脚上的靴子连鞋带都没拉开，床单上斑斑块块的泥污，看上去像粪便，闻起来也像。

我赶紧下床，趁凯莉回来以前沐浴更衣。


随着那天时间慢慢过去，愈来愈多可靠信息拼凑出事情经过。

6月8日一早，狄更斯边吃早饭边跟乔吉娜聊天，而后违反他向来的规矩和工作习惯，在小屋里写作一整天。只在下午一点左右返回主屋吃午餐，之后马上又躲回小屋二楼笔耕到傍晚。

后来我看到了当天他写下的《艾德温·祖德疑案》最后一

页。那几行文字里修正与画线删除的情况比平时我常见的狄更斯初稿来得少。里面有这么一段文字，描述罗切斯特某个美好清晨，跟他日前在盖德山庄体验到的非常类似。第一句是：旖旎晨光照耀古老城市。之后又说：

> 摇曳枝丫间千变万化的光芒、鸟儿的鸣啭，花园、林地与田野——或者该说是这整座正值收成时节的已开垦岛屿的大花园——的芬芳气息渗透了大教堂，涤除它的尘土味，宣讲着复苏与生命。数百年前的冰冷石坟也有了温度，斑驳的亮点刺入大教堂最冷峻的大理石角落，像翅膀似的在那里扑扑振动。

他为《艾德温·祖德疑案》写下的最后几个字是："……然后坐下来大快朵颐。"

狄更斯很晚才离开小屋，晚餐前又去了书房，在里面写了两封信（消息来源是凯蒂，她很久以后才跟我弟弟提起那两封信，我弟弟后来告诉了我），一封给查尔斯·肯特，他告诉肯特他隔天（9日）会去伦敦，希望下午三点可以跟他见面。只不过，他又补了一句："如果我去不了，嗯，那我就不会去。"

另一封信是写给一名神职人员，他在这封信里引用了弗莱尔·劳伦斯修士给罗密欧的忠告："这些强烈欢愉，必然招致激烈后果。"

接着狄更斯去吃晚餐。

事后乔吉娜告诉我弟弟，当时大家刚坐下来用餐，她望向餐桌对面的狄更斯，被他脸上的表情吓了一跳。

"查尔斯，你不舒服吗？"她问。

"嗯，很不舒服。过去这一小时以来我一直……很难受。"

乔吉娜马上想找医生，狄更斯却挥手叫她坐下，要大家继续吃晚餐。"我们必须吃晚餐，"他好像精神不太集中，"我吃完晚饭马上要出门。我必须立刻……赶去……伦敦。我晚餐后，明天……今天……今晚跟人有……有约。"

突然间他开始扭动身子，仿佛猛烈的痉挛抽搐发作。乔吉娜事后对凯蒂说，就好像"有某种外灵企图侵入他体内，可怜的查尔斯努力抵抗邪灵附身"。

狄更斯说着乔吉娜听不懂的话。之后他忽然叫道："我必须马上去伦敦！"同时把他的绯红色锦缎椅往后推。

他站起来。假使当时乔吉娜没有冲过去扶住他，他肯定会摔倒在地。"我们去客厅，"她被他惨白的脸色和僵硬的表情吓坏了，"去躺下来休息。"

她想扶他到沙发，可惜他没办法走路，倚在她臂弯里的身子也愈来愈沉重。乔吉娜后来告诉凯蒂，那时候她才真正明白"死沉"是什么感觉。

乔吉娜放弃扶他走到沙发的念头，轻轻让他躺在地上。狄更斯把双手手掌贴在地毯上，左侧着地沉重地躺下来，然后非常微弱地嘟囔道："对，地板就好。"之后陷入昏迷。

那个时候我刚离开伦敦最后一波车潮，驶上通往盖德山庄的公路，一路诅咒降雨。可是盖德山庄没有下雨，还没。

当时如果我人已经在不久后会在里面等候的树林暗处，就会看见某个年轻仆人（也许是高文或史迈斯，狄更斯口中的园丁平底船船夫）骑着纽曼诺格，也就是那匹经常到车站接我到盖德山庄的小马，飞也似的出去找当地医生。

那个当地医生史帝尔先生六点三十分抵达盖德山庄，比我早很多。他看见狄更斯"痉挛发作躺在用餐室地板上"。

其他仆人抬了一张长沙发下来用餐室，史帝尔医生监督仆人们将不省人事却持续抽搐的狄更斯搬到沙发上。然后他施用了灌肠剂和"其他疗法"，却毫无作用。

与此同时，乔吉娜往外狂发电报，像极了舷侧火力全开的军舰。其中一封送到毕尔德手中，他接到消息立刻出发，很晚才到，可能就是我——跟狄更斯一样失去知觉——被人用我自己租来的马车送走的时候。

当时（至今亦然）我很纳闷儿那天晚上究竟是谁驾车送我回伦敦，又从我口袋里找出我家钥匙，把我扛上床，帮我盖被子。显然不会是祖德。狄更森吗？雷吉诺·巴利斯·菲尔德吗？或者某个我在黑暗中被突袭时连看都没看见的活死人爪牙。

无论是谁，他们什么都没拿走。我甚至找到我的手枪——黑彻利的手枪——还装着最后四发子弹，也还锁在平时藏枪的抽屉里。

他们怎么知道我把枪藏在什么地方？

我也纳闷儿我那架租来的马车后来怎么了？即使我拥有小说家的丰饶想象力，也难以想象祖德某个披着黑色歌剧斗篷的怪物手下会把那辆破车驾到克里波门我租车的地方交还。我租那部车的时候当然得去到离家很远的地方，交易时也用了化名——事实上我用的是狄更斯最喜欢的化名查尔斯·崔林翰，可是保证金没能拿回来，对我当时窘迫的财务而言无疑雪上加霜。何况那根本就是一架破烂的小马车。

我也没找回那盏牛眼提灯。

被乔吉娜的密集电报召回的凯蒂、我弟弟查理和其他人那天晚上很晚才到，但狄更斯仍然昏迷躺在沙发上，无法响应他们的询问与碰触。我在车道看见的那三辆马车只是第一波入侵行动。

那漫长的一夜，呃，正确地说应该是短暂的一夜，毕竟当时已经很接近夏至。那短暂的一夜里，狄更斯的家人、毕尔德和我弟弟轮流握住狄更斯的手，并且在他脚底放置温热的砖块。

"虽然午夜刚到，"我弟弟后来告诉我，"狄更斯的手脚却都已经冰冷得像死人的四肢。"

隔天大清早，狄更斯的儿子拍电报找来伦敦更有名的医生罗素·雷诺兹。雷诺兹看到"狄更斯"这个姓氏，连忙搭最早的快车离开伦敦，在旭日晨光中抵达盖德山庄。可是雷诺兹的诊断跟史帝尔与毕尔德如出一辙：狄更斯瘫痪大规模发作，已经回天乏术。

凯蒂被派到伦敦向她母亲通报消息，让她做好心理准备迎接坏消息。跟我谈过话的人都没有留意到或提及凯瑟琳·狄更斯——跟狄更斯结发二十二年、被逐出家门的妻子，也是他十个孩子的母亲——的反应。我很确定狄更斯自己既不在乎也不会过问。

爱伦·特南中午刚过就到了，差不多是凯蒂回到家的时间。

那年春天稍早，我利用狄更斯朗读会空当到盖德山庄看他，他带我参观他新建的温室，温室门通往用餐室。他告诉我温室可以把阳光和月光引进原本相当阴暗的房间，而且可以让整个屋子充满他最喜欢的花朵的综合香气。当他像个跟朋友分享新玩具的孩子，欢欣雀跃地炫耀时，你会觉得香气好像才是他的重点。当然，盖德山庄无所不在的艳红天竺葵（只要是开花季节，他朗读时都会在胸前别上一朵）花朵本身没有真正的香气，但是它的叶和茎会散发一股泥土与麝香味，就跟蓝色翠蝶花的茎一样。6月9日天气温和晴朗，盖德山庄所有窗户都敞开来，仿佛要释放仍然困在用餐室沙发上那具无用躯体里的灵魂，用餐室另一边的门也开向温室里的翠绿植物与鲜红花朵。

可是那天空气里最浓郁的气味是紫丁香。如果那天狄更斯还有意识，忙着谋杀艾德温·祖德，肯定会对那股花香有所评论。事实上，那天他儿子查理大部分时间都跟妹妹凯蒂坐在门外台阶上，那里的紫丁香气味更强烈，往后的日子里他再也没办法靠近那种花。

那天下午到傍晚，狄更斯仿佛大口吸着他儿子后半生会讨厌的香气。他的呼吸愈来愈大声，也愈来愈不规则。公路——车辆熙来攘往，对那户恬静好人家里上演的戏码毫无所知——对面那两棵雪松的树影落在小屋上。那天小屋里的纸页没有留下任何字迹，往后永远也不会再有。

在主屋里，爱伦·特南拉起狄更斯的手时，屋里好像没有人起反感。到了六点左右，狄更斯的气息变弱。叫人难为情的是——至少我会这么觉得（如果我在场），昏迷中的狄更斯开始发出呜咽的声音。他仍然闭着眼睛，没有响应爱伦期待又绝望的抓握。大约六点十分，他右眼涌出一颗泪水，滚落脸颊。

然后他走了。

查尔斯·狄更斯死了。

我的朋友兼仇敌兼对手兼合作伙伴，我的良师兼恶魔整整活了五十八岁四个月又两天。

当然，那也是斯泰普尔赫斯特火车事故与他初见祖德的第五周年，时间误差不到一小时。

# 第五十一章


当时认识我的人们事后彼此聊起来，都认为我对狄更斯的死反应近乎冷漠。

比方说，尽管我跟狄更斯渐行渐远已经是公开秘密，前些日子我还是建议我的出版商威廉·丁铎尔，让他把《夫妇》的彩色广告单夹在当时正在连载的7月号《艾德温·祖德疑案》里。我甚至在信中的附言告诉丁铎尔："狄更斯的发行量很大，很有影响力……如果需要说项，我可以出点力。"

6月7日，也就是狄更斯倒下的前一天，丁铎尔回信告诉我他不赞成这么做。

到了6月9日，我又写信给他（10日才寄出）：


> 你的看法很对。顺道一提，他走了。昨天我完成了
> 《夫妇》，累得倒头就睡，被人叫醒后就听到狄更斯死
> 掉的消息。
> 在火车站广告的点子妙极了。


另外有一次，我弟弟拿一幅约翰·米莱斯6月10日画的炭笔

速写给我看。我们这个时代有个传统（亲爱的读者，我猜你们的时代依然如此），当伟大的人物辞世，他的家人会赶紧找人记录遗容，狄更斯的家人找的是画家米莱斯和雕塑家托马斯·伍尔纳。无论米莱斯的画（我弟弟拿给我看）或伍尔纳制作的死者面容（我弟弟描述给我听）都淡化了狄更斯脸上因烦恼与病痛留下的深刻皱纹，让他变得年轻。在米莱斯作画时，狄更斯的下巴不得不绑着绷带或毛巾，免得嘴巴张开来。

"他看起来是不是平静又庄严？"查理说，"是不是像睡着了，好像只是小睡片刻，马上会醒过来，以他典型的动作弹跳起来，然后开始写作？"

"他看起来死了，"我说，"跟柱子一样死透了。"


一如我的预期，狄更斯尸僵还没开始缓解，举国上下，不，几乎全球，已经齐声呐喊，高呼要让狄更斯葬在威斯敏斯特大教堂。

伦敦《泰晤士报》长期与狄更斯作对，反对狄更斯公开提出的任何政治或改革诉求，尤其无比傲慢地对他近期出版的作品只字不提，这回却以横贯全页的社论大声疾呼：

> 政治家、科学家、慈善家和知名捐款人都会过世，但没有人能像狄更斯一样让世人怅然若失……事实上，并非每个时代都能出现这样的人物，必须要有智力与道德两项特质的非凡搭配……世人才愿意认同某人是他们无懈可击、永垂不朽的典范。这正是过去三分之一个世纪以来，狄更斯先生在英国与美国大众心目中占有的地

位……威斯敏斯特大教堂是英国文学大师专属的长眠处所，而那些神圣尸骸埋藏其中，或姓名登录在墙面上的人之中，只有极少人比查尔斯·狄更斯更配拥有此项殊荣，其中更少人能在岁月流逝之后继续享有同等荣耀，而狄更斯先生的伟大只会在你我心中滋长。

读到这些东西，我是多么悲叹！如果查尔斯·狄更斯能读到他昔日的媒体宿敌竟在虚伪社论里如此卑躬屈膝，只怕会笑得前仰后合。

威斯敏斯特大教堂的牧师团长并没有对这波声浪相应置之不理，他派人送信给狄更斯遗族，告诉他们他——牧师团团长——随时"准备好与家属商讨安葬事宜"。

可是乔吉娜、凯蒂、查理和其他家人（亨利从剑桥赶了回来，可惜来不及见他父亲最后一面）早先已经得知威斯敏斯特大教堂外的小墓园太过拥挤，停止对外开放。狄更斯自己曾经提起过，他希望死后长眠科巴姆或肖恩的教堂，但那两个地方的墓园也都额满关闭了。当时正巧罗切斯特大教堂牧师团长来信，提议让狄更斯安葬在大教堂里，还说那里的圣玛丽礼拜堂墓园已经准备好一处坟地，狄更斯家人暂时接受了大教堂的善意安排，之后才又接获威斯敏斯特大教堂的信函。

哦，亲爱的读者，如果狄更斯的尸骨永远埋葬在罗切斯特大教堂，距离我打算弃置他遗骨的那面地窖碎石墙只有区区几米，那会是多么有趣的反讽。我仍然持有德多石帮我复制的钥匙，我还有德多石给我的那根铁锹（更正确的说法是，以三百英镑外加每年一百英镑年金卖给我），用来把那块岩石推回石墙里。

太美妙了！有趣极了！那天早上我读着查理写来的信，一顿早餐吃得涕泗纵横。

可惜，唉，事情不会是那样。那太完美，不可能成真。

时值炎热的6月天，狄更斯停在家中的尸体开始腐败，福斯特（他一定很享受这份荣幸，终于等到了！）和查理·狄更斯一起前往伦敦跟威斯敏斯特大教堂牧师团长洽商。

他们告诉牧师团长，狄更斯的遗嘱明确要求他们举办完全不公开的低调葬礼，不可能有任何公开致敬活动。牧师团长史丹利认为狄更斯的遗志应当切实遵行，但"国人的意愿"也不能置之不理。

于是他们决定让狄更斯入葬威斯敏斯特大教堂。

我的伤口甚至被无情地撒上盐巴——亲爱的读者，我跟狄更斯周旋二十年来总是落得如此下场——在这场不像葬礼的葬礼上分配到一个角色。6月14日那天，我前往查令十字站等候从盖德山庄开来的专车，在那里"迎接"装着查尔斯·狄更斯尸骸的棺木。遵照狄更斯的遗愿，那口棺木被送上没有任何装饰的光秃秃灵车，拉车的马也没有佩戴黑色羽毛。尽管这辆马车和相关人员行礼如仪，但马车本身看上去几乎只是普通的运货马车。

同样为了遵照狄更斯的遗嘱，只有三架马车获准跟随灵车前往威斯敏斯特大教堂。

第一架马车里是狄更斯留在英国的四名子女：查理、亨利、玛丽与凯蒂。

第二架马车里有乔吉娜、狄更斯的妹妹雷蒂缇亚（大半生都被遗忘）、他儿子查理的妻子、约翰·福斯特（他无疑希望自己坐在第一辆马车里，最好能跟他的师父一起躺在棺材里）。

第三架马车里是狄更斯的律师费德列克·欧佛利、他永远忠实（尽管口风不紧）的医生毕尔德、我弟弟查理和我。

我们这支小小送葬队来到威斯敏斯特大教堂入口时，圣史帝芬教堂的钟刚敲响九点半。这场葬礼消息没有走漏，算是狄更斯的意志对抗媒体惯例的小小胜利。沿路街道上几乎没有人排队守候。当天威斯敏斯特大教堂暂停对外开放。

我们的马车辘辘驶进庭院时，威斯敏斯特大教堂所有大钟同时敲响。在几个年轻人协助下，我们这些老朋友扛着棺木进入西侧回廊，沿着中殿往前走，再进入南侧袖廊到达诗人角。

哦，亲爱的读者，那天我们把那口朴素的橡木箱子放在诗人角的时候，其他抬棺人与送葬者若能听得见我的心声，不知做何反应。我不得不好奇，过去是否曾经有人在威斯敏斯特大教堂里思索过那样的污言秽语与创意十足的咒骂？当然，某些葬在那里的诗人肯定有能力办得到，前提是他们的脑子还在运作，而非化为尘土。

有人说了几句话：我记不得说的人是谁，内容又是什么。没有人讴歌，没有唱诗班。有个看不见的风琴手演奏《死亡进行曲》，其他人转身鱼贯走出去。我最后一个离开，独自在原地伫立片刻。大风琴的低音撼动我壮硕肌肉里的骨骼，有趣的是，我想到狄更斯的骨骸想必也在棺材里震动。

"我知道你宁可你身上那些骨头隐姓埋名地掉入罗切斯特大教堂里德多石最喜欢的老东西的地窖里。"，我低头看着狄更斯的朴素棺木，在心里对我的朋友兼敌手这么说。那棺木的优质英国橡木上只有"查尔斯·狄更斯"这几个字。

还是太隆重，我心想。我终于转身离开，跟其他人一起走到室外的阳光下。过分隆重，而这还只是开始。

威斯敏斯特大教堂高耸的石造拱顶下方十分凉爽，光线也明暗合宜。到了外面，灿烂的阳光相较之下似乎有点儿残酷。

故友可以前往瞻仰尚未封闭的坟墓。那天稍后，我喝了许多药用鸦片酊并施打一剂吗啡，又跟波希一起回到威斯敏斯特大教堂。这时候狄更斯棺木尾端的石板已经摆上玫瑰花圈，头部的位置则有一大团绿得不像话的蕨类植物。

几天后，《笨拙》杂志吼出叫人倒尽胃口的挽歌：

> 他含笑九泉，在那古老教堂，
> 跻身伟人之列，就此长眠。
> 英国少数名人之间，秀出班行，
> 足以安息君王身侧，君王亦然。

然而，我和波希走进向晚的阴影与6月的花园芳香里时心想，这才只是开始。

牧师团长史丹利授意几天内坟墓暂不封闭。即使在第一天，晚报已经大肆宣扬。他们处理这则消息的神态像极了亲爱的苏丹生前冲向任何穿制服的人的模样：啮咬、撕扯、咀嚼、再啮咬。

六点过后几分钟（距离狄更斯啜泣、流下一滴泪，而后认命地咽下最后一口气几乎整整五天），威斯敏斯特大教堂关门。我跟波希走出来的时候，外头已经有上千名没能获准入内的民众庄严肃穆地排队等候。

接下来两天坟墓仍然开放，接下来两天那长得没有人找得到末端的队伍继续延伸。数以千计的泪滴与花朵落在坟墓上。即使坟墓终于封闭，一块刻有狄更斯姓名的巨大石板滑到坟墓上就位，接下来好几个月，哀悼者仍然持续涌进来，鲜花持续出现，泪水持续滴落。他的墓碑很快就被一大堆香气四溢的缤纷花朵淹没。之后多年都是如此。

而这还只是开始。

6月14日那个傍晚，我跟波希一起走出威斯敏斯特大教堂。波希哭得十分惨烈，就像狄更斯的小孙女米绮蒂看见她的"敬爱的"在台上用奇怪的声音说话叫嚷时发出的一样。我向他道别，在附近花园的高大树篱后方找到一处隐秘的无人处所，使劲咬住指关节直到鲜血迸流，我强忍住尖叫的冲动。

那还只是开始。


6月14日那天晚上，我在空荡荡的家里来回踱步。

6月9日乔治和贝西休假二十四小时后返回，我马上开除他们，没有告知解雇理由，也没有给他们推荐函。我还没雇到替代人选。隔天——星期三，距离我跟狄更斯约好天黑后在法斯塔夫旅店外面碰头那天正好一星期——凯莉会回家，但她只会短暂停留，之后会去乔瑟夫·克罗家每月一次地例行性探望她母亲。

这段时间偌大的房子里只有我一个人。春季里窗户高高敞开，窗外飘进来的声音只有偶尔路过的深夜车辆和微风拂过枝头的沙沙声。除此之外，偶尔会有刮擦与搔抓声，像枯枝或棘刺刷过厚实木板，或可怜的埃格妮丝仅剩的残骸扒抓着仆人用梯封死的出入口。

我听到狄更斯死讯的头两天，风湿性疼痛减轻的程度十分惊人，更惊人且令我振奋的是，我脑袋里没有任何东西移来动去。

我开始相信，六天前那个晚上狄更森、巴利斯·菲尔德和祖德本人在狄更斯的天竺葵花丛里将我迷昏后，祖德移除了我脑子里的甲虫。

可是那天我抬着棺木进入诗人角，事后又跟波希一起去时，我眼睛后方再度出现那股压力、疼痛和甲虫奔跑的感觉，就连甲虫在我脑子里钻洞的声音也回来了。

我喝了正常剂量的鸦片酊，又自行注射三剂安全的吗啡，依然无法成眠。尽管天气温暖，窗户敞开，我还是在我书房壁炉升起熊熊炉火。

找点东西来读……找点东西来读！

我在高耸的书柜前走来走去，偶尔抓下一本早先预定要开始读或要读完的书，站在壁炉旁柜子上的蜡烛附近，或我书桌上的灯旁边读个一两页，之后又将那本书塞回原处。

那天晚上，以及之后的日日夜夜，看见书架上出现书本取出后的空缺，我就会想起德多石的地窖里那块我没有移开的石头。这些被拿走或尚未写成的书本空缺里，究竟藏着多少尸骸、头骨或骷髅？

最后我拿下那本漂亮的皮革装订版《荒凉山庄》，那是我初识狄更斯时他题赠给我的。

我没有多想就选择了《荒凉山庄》，现在我相信那是因为我对这本书既赞赏又憎恨，就跟我看待狄更斯所有作品的心情一样。

狄更斯这本书尽管备受赞扬，内容却无比荒谬，关于这点看法，我无比自制地只对极少数密友透露过。其中最最荒谬的地方在于艾瑟·萨莫森偶尔出现的第一人称叙述。

亲爱的读者（我很怀疑这本毫无价值的书有幸能流传到你的年代，但我相信《月亮宝石》会，而且已经如此），你看看狄更斯选择什么样的核心隐喻来揭开全书序幕：那场雾！它来了，变成重要隐喻，而后悄悄飘走，从此不再发挥同样功能。

多么外行的手法！多么失败的主题与譬喻！

亲爱的读者，你再看看——正如狄更斯葬礼那天晚上的我，疯狂地翻着书页，像律师专注地寻找判例，好用来拯救（这时候应当说"谴责"）他的委托人——书中那些难以置信的巧合有多么可笑……而哈罗德·史基波尔这个永远长不大的孩子又是多么毫无说服力地冷酷。毕竟当时我们都知道史基波尔这个角色的范本正是我跟他的共同朋友利·亨特。还有……书中那个迟迟才出现的悬疑元素根本是个败笔，从各方面看来都比《月亮宝石》里的谜团逊色许多。再如……有关艾瑟罹患天花之后的容貌说法前后不一、自相矛盾（我的意思是，她外貌毁损了吗？！一会儿说有！一会儿又完全没变！根本是无能的创作者与不忠实的叙事两相凑合的成品）。然后……不过先看看这个！……劳驾你看看艾瑟·萨莫森所有的自述内容！你有什么看法？你——或者任何参与评论的诚实读者——能有什么话说！

艾瑟一开始的话语像个读书不多的单纯孩子，正是我们认知里那种教育程度偏低又没见过世面的孩子。她的语句近似幼儿，比方说（我把书页翻烂了才找到这些）："我亲爱的旧娃娃！我好怕羞，很少开口说话，更从来不敢跟别人说心事……哦，我最忠实、最亲爱的娃娃，我就知道你在等我！"

亲爱的读者，如果你跟我一样，读到那些文字突然需要冲到马桶旁呕吐，不会有人怪你。

狄更斯竟然忘了艾瑟是以这种模式在思维与说话！不久后，"艾瑟"开始以纯粹的狄更斯式头韵与信手拈来的韵脚描述简单景象："时钟嘀嘀嗒嗒、炉火噼里啪啦"，很快地，这个识字不多的女孩开始以石破天惊的流畅文辞叙述一整页、一整章。那完全是狄更斯的功力，只此一家别无分号。多么失败的作品！多么拙劣的刻画！

　　亲爱的读者，在狄更斯葬礼这天晚上，或者更可能已经第二天了，因为几小时前我没听见也没注意到噼里啪啦炉火声之外那嘀嘀嗒嗒的时钟敲响午夜十二点，我疯狂地翻阅已经破损的书页，想找出更多弹药，以便在这场小规模论战（即使不是真正的战事）中说服你（也许还有疲惫的我），长期以来没有人发现刚入土的狄更斯何其平庸。然后我看到了以下这个段落。不，不是一个段落，事实上只是一小片段……不，只是段落里的一个片段里的一小部分，就是那种狄更斯经常一时性起写下，写的时候欠缺审慎思考，事后也没有校订的东西。

　　艾瑟前往狄欧港附近那个小镇的旅店探望理察。理察是她手帕交的未来夫婿，这个年轻人把灾难、痛苦、执迷与自寻的苦恼全都满怀期待地挂在身上，就像11月枯树上栖息着的一大群乌鸦（或美国人所称的红头美洲鹫）。那些东西满怀期待地挂着，等待无情时刻降临，正如它们不可避免地总会降临在我身上一样。

　　站在艾瑟背后，狄更斯允许我们瞥了一眼港口风光。那里有很多船只，当雾气往上升，更多船乍然显现，像变魔术一般。就像荷马在《伊利亚特》里的手法一样，狄更斯简短介绍了陆续出场的船舶，包括一艘刚从印度返回、雄伟高贵的印度商船。而后作者见到了这一幕——也让我们见到这一幕——"当阳光穿透云层，在暗淡大海里照出无数银色水池。"

暗淡大海里的银色水池。

大海里面的水池。

亲爱的读者，我个人偏好的运动兼兴趣就是雇些船员驾驶快艇驰骋在近海。（我就是在一次搭快艇出游时遇见马莎的。）大海上的阳光我看过几千次了，也在我的小说和短篇故事里描述过几十次，也许几百次。我用过"蔚蓝"和"湛蓝"和"晶莹"和"跃动"和"灰暗"和"白浪"和"不祥"和"险恶"，甚至"群青"。

而且我见过阳光"在暗淡大海里照出银色水池"的现象几十次或几百次，却从来没想过要运用在我的小说里，不管有没有搭配狄更斯挑选来描述这种景象那些快速、确定又有点儿模糊的齿音。

然后，狄更斯甚至没有停下来喘口气（甚至没有拿笔去蘸墨水），紧接着又让港口的薄雾往上飘到艾瑟肩膀的高度，写道："这些船明亮了，又进入阴影，而后变化……"就在那个时候，我受甲虫驱策的烦乱视线掠过这简短句子里的这几个字，当下就醒悟到，就算我活到一百岁，就算我在生命的最后一刻依然保有创作能力，我也永远不可能像他那样思考、那样写作。

那本书本身就是风格，那风格就是作者，那个作者就是——已故的——查尔斯·狄更斯。

我把那本昂贵、作者题字、摩洛哥山羊皮装订、金箔包边的《荒凉山庄》扔进嘀嗒、咔嚓、啪啦、咯咯响的他妈的火堆里。

之后我上楼回到卧房，扯掉身上的衣裳。我的衣服都被汗水浸湿了，直到今天我仍然敢发誓，我除了在衣服（连内衣都逃不过）上闻到坟前鲜花那叫人无法忍受的甜香，也嗅到堆在一旁、准备掩埋——填满最后虚空——那口等待着的（等待我们大家）橡木棺材的坟土那更为甜腻的气息。

全身赤裸、纵声狂笑、大吼大叫（我忘了我喊了什么或为什么笑），我摸索出那把钥匙，再摸索着打开那些不可或缺的锁，取出黑彻利的手枪。

手枪比平时更沉重，那些子弹正如我再三反复对你描述过的，仍然在它们的窝里。

我用拇指将愉悦的击锤往后拨，再把枪口的铁环抵住我汗湿的太阳穴。这时我想起来，软腭：通往大脑最柔软的途径。

我准备将那根长长的金属阳具塞进我嘴里，却办不到。我没有放松击锤，直接将那没用的劳什子扔进衣柜里。枪没有走火。

接着，在沐浴或穿上睡衣睡袍之前，我坐在卧房里的小写字桌旁，靠近当初另一个威尔基誊写黑暗国度诸神梦境时常坐的那张椅子，写了一封简短却非常明确的信，放到一旁等待隔天亲自，而非邮寄送达。之后我总算去沐浴、上床、入睡，管它什么甲虫不甲虫。

我没锁前门、开窗揖盗：假使真有任何盗贼胆敢侵入祖德老爷亲自驾临过的屋子行抢的话。楼下的蜡烛、煤油灯和壁炉里的火都还在燃烧。我烧完《荒凉山庄》以后，甚至没有把防火板放回原位。

1870年6月14日那天晚上，不管我还知道些什么，我毫不怀疑地相信我注定不会被烧死在失火的房子里。

# 第五十二章

　　1870年7月第四天，就是我女儿玛丽安满周岁那天，我提早结束工作（我在改编《夫妇》的剧本），搭傍晚的火车到罗切斯特。我带着一个绣花沙发抱枕，是马莎刚搬来伦敦时做来送我的。火车上几个孩子看见我提着手提箱又拿抱枕，笑嘻嘻地指指点点。一个将近四十六岁又七个月的老头子、童山濯濯、胡须花白、视力模糊、带抱枕出门恐怕有些生理上的缘由，连毛头小子都觉得荒谬到不便开口探询。我也报以微笑，对他们晃晃手指作为回应。

　　到了罗切斯特，从车站到大教堂那一千五百米左右的路程我选择步行。狄更斯最新一章《艾德温·祖德疑案》已经上市了，罗切斯特与大教堂和紧邻的墓园——以粗糙的手法伪装成"克罗斯特罕"和"克罗斯特罕大教堂"，就跟出现在前后几页那个老是忘记自己戴着超大假发的狄克·德彻利一样——已经在眼尖的读者心里引发文学与悬疑的共鸣。

　　太阳刚下山，我拿着抱枕和手提箱等待最后几名游客——两个怪里怪气地手拉手的神职人员（他们显然是来墓园用木炭描画墓碑上的雕刻字迹的）——走出敞开的大门，往镇上和火车站方向走去。

远处墓园后侧传来两个人的声音，但他们的身影被墓园起伏的地形、周边树木和屏障湿地草丛附近贫民区的浓密树篱遮挡，甚至被托马斯·塞普席先生这种自大又缺乏安全感的人建立的那些较为高耸的墓碑所掩蔽。托马斯·塞普席先生至今依然活生生走来走去，神气活现地欣赏他过世妻子纪念碑似的墓石上的冗长碑文（当然由他亲手撰写他自己的事迹，再交由那个以镌刻纪念碑为主业的五颜六色石匠德多尔雕在石碑上）。我应该说清楚，如今神气活现的托马斯·塞普席先生只活生生走在那本提早陨落的连载小说《艾德温·祖德》里，这本小说的早夭命运就跟五年又不到一个月前那列下午二点三十八分从福克斯通开往伦敦的特快车一样，一头栽进斯泰普尔赫斯特高架铁轨的缝隙，停也停不住。

"这点子蠢透了。"有个男人在咒骂。

"我觉得应该会很有趣，"是女人的声音，"夜晚的海边野餐。"

我在距离那对拌嘴夫妻不到六米的地方停下脚步，藏身一座高耸厚实的巨无霸大理石碑后面，那是一座颇有塞普席风格的方尖碑，碑上的姓名（某位反正早已被人遗忘的地方官员）经过盐分、雨水和海风的侵蚀，已经模糊难辨。

"在他妈的骨头堆里他妈的野餐！"那男人高声咆哮。任何不感兴趣（又距离遥远）的人无意中听见，都会觉得这男人从来不曾为自己的嘶吼声难为情。

"你看看这块……石头……多适合当桌子，"那个女人嗓音略显疲惫，"你先坐下来放轻松，我帮你开啤酒。"

"去他妈的啤酒！"那男人又吼。接下来是瓷器被扔向永恒——至少具有纪念意义——的石碑的脆裂声。"把东西全都收拾好！先把杯子和啤酒桶给我，你这头蠢牛！这下子我至少要等几个小时才有东西吃。你最好自己去赚钱还我火车票的钱，否则……喂，你是……你这家伙跑到这里来干吗？你手里拿的是什么东西？抱枕？"

我继续面带笑容，直到我离他只有几十厘米。那男人忙着照顾手里的杯子和啤酒桶，几乎没时间站起来。

我笑着把抱枕紧紧贴上那男人的苍白胸膛，扣下我藏在抱枕后方的手枪扳机。枪声被闷住了，听起来挺古怪。

"搞什么！……"乔瑟夫·克罗叫道。他跟跄地后退几步，显然不知道该看还拿着抱枕——有点儿冒烟——的我，还是低头看他自己的胸口。

他洗得洁白的廉价白衬衫前襟绽放一朵血红天竺葵。他指缝污黑的双手摸向敞开的背心，虚弱地撕扯着开出红花的衬衫，扯掉了几颗扣子。

我把抱枕按在他此时裸露的无毛胸膛上，就在他胸骨上方半个手掌的位置，又开了两枪。两发都是实心弹。

克罗又歪歪倒倒地后退几步，直到后脚跟抵住一块低矮水平石板，很类似他们选来当晚餐桌那块。他整个人倒栽葱，翻了一圈，仰躺在地上。

他张嘴想尖叫，却没有发出声音，只有一阵阵气泡或汩汩水声，我发现那声音不是来自他的喉咙，而是出自他刚被子弹穿破的肺脏。他设法求助，两眼瞪得大大的，露出白眼球。他的一双长腿已经开始扭动抽搐。

卡罗琳快速赶过来，俯在她丈夫上方，拿走我稳定双手里的抱枕。她蹲下来，双手将冒烟的抱枕牢牢盖住克罗张开绷紧的嘴巴和暴凸的眼睛。

"你还有一颗子弹，"她对我说，"开枪吧，动手！"

我把手枪使劲戳进抱枕里，力道之猛，似乎想用枪管把抱枕的羽毛和表布塞进克罗张开的咽喉里，借此闷死他。他的呻吟声和发不出的尖叫声此时完全被压抑下来。我扣下扳机，那把忠实的手枪击发最后一次。这回传来熟悉的声响（至少在我听来很熟悉，因为在鸦片梦里听过），是后脑勺的碎裂声，像被敲碎的核桃。

我把闷烧的抱枕踩熄。

卡罗琳低头瞧着那张红红白白的脸，那张脸尽管破碎，表情却从此定住不变。但她脸上的表情连认识她这么久的我都无法判读。

接着我们一起转头查看，期待听见叫嚷与奔跑声。我几乎预期初级牧师克瑞斯派克尔会果敢地从我们和大教堂与街道之间的碧油油小山丘大步跑过来。

没有人来，连远方的高声询问都没有。那天晚上风由陆地往外吹向海面，而非从海上吹过来。湿地的杂草整齐划一地摆动。

"抓他的脚。"我轻声说。我用毛巾裹住克罗破碎的脑袋，以免沿路留下血迹和脑浆，又拿出手提箱里的黄色长围裙穿上。卡罗琳特地写信来提醒我要记得带，甚至告诉我毛巾和围裙放在格洛斯特街90号厨房的哪一个抽屉里。"可别让他的后脚跟在草皮上刮出一道凹痕。"我说，"你在搞什么鬼东西？"

"我在捡他的衬衫纽扣。"卡罗琳蹲在地上回答我。她的语气非常冷静，习惯缝纫玩纸牌的修长手指敏捷地在草丛里舞动，捡起那些小小的牛角扣。她捡得很从容。

而后我们把克罗的尸体抬到大约十八米外的生石灰坑。这应该是最冒险的时刻（我抓着他腋下，多亏那件围裙吸走了他后脑勺那些糜烂物质。只是，我想不通此时扛着克罗脚踝的卡罗琳如何预知到会有这个问题）。不过，尽管我不停转头，墓园或更远处始终没有出现任何人影。我甚至忧心忡忡地瞄向大海，因为那些水手几乎都随身带着小型单筒望远镜或其他望远镜。这时卡罗琳突然笑出声来，我被她的笑声吓了一大跳，差点儿把克罗给摔下地。

"到底什么事那么好笑？"我气喘吁吁地问。我喘气不是因为抬着克罗，他的尸体好像是空的，几乎没有重量。我喘气是因为走路。

"我们啊，"卡罗琳说，"你能想象我俩这时候的模样吗？我腰背弯得像个驼子，你穿着鲜黄围裙，我们两个就像操控失当的牵线木偶，脑袋瓜转个没停。"

"我看不出有什么好笑。"我说。我们终于把克罗送到他暂时的目的地，我无比轻柔地——远超过当下情况允许的轻柔——将他放在生石灰坑旁。

"总有一天你会看得出来的，威尔基。"卡罗琳放下克罗的脚，双手互相擦抹，"这里交给你处理。我去收拾野餐的东西。"她往回走之前先看看海边，又抬头看看后面的塔楼，"这其实真是个野餐的好地方。哦，别忘了用你手提箱里的袋子装那些戒指、硬币、手枪……"

尽管我在这方面（或类似情境）经验比较丰富，但如果她没提醒我，我真的会忘记，直接把克罗连人带戒指，一条我马上会找到的金项链和链坠（里面有女人的照片，但不是卡罗琳的），他的怀表和很多硬币一起推进生石灰坑里，等一两星期后我再回来，那些东西恐怕很难，甚至不可能打捞得到。于是，一分钟后那些金属物品连同黑彻利那把如今毫无作用的空手枪（我一点儿都不留恋它）都被收进麻布袋里，再过两分钟，克罗也消失在生石灰坑底下。

我把那根在草丛里藏了很久的铁棒扔进湿地，走回刚刚的野餐地点。"你这会儿又在做什么？"我问，声音听起来有点儿怪。我上气不接下气，一副我们在阿尔卑斯山高处攀爬，而不是站在海平线的墓园里的样子。

"我要把他砸破的那块破盘子的碎片找出来拼好，那是块好盘子。"

"哦，天……"我顿时停住，因为公路上传来人声。有一架无顶马车经过，车上有一男一女和两个孩子，他们欢欣地指着夕阳西下后天边的粉红云朵，那是在大教堂和墓园的相反方向。我凝视着的那段时间里，他们的脑袋和视线始终没有转向我们这边。

"你还得处理掉这个。"说着，卡罗琳把那个染污变黑、里面还在闷烧的抱枕给我。

这回轮到我笑了，但我压抑住冲动，因为我怕自己一发不可收拾。

"还有威尔基，"她说，"拜托你脱掉那件鲜亮围裙。"

我脱下围裙，带着抱枕和我装着硬币等物品的皮革律师公文包走回生石灰坑。坑里没有克罗的踪迹。我从各种大小犬尸的实验得知，即使死尸腐烂时会膨胀化脓增加浮力，只要在生石灰坑里沉得够深，在扒出来之前会一直留在表面底下。

可是抱枕怎么办？生石灰想必短短一两天内就能将它腐蚀，正如我测试过的各种衣物一样——纽扣、皮带（扣除黄铜带头）、吊带、鞋带和鞋跟是最顽固的东西——可是抱枕会不会浮起来？何况我已经把铁棒扔掉，一点儿都不想踩进烂泥和芦苇丛中去找。

最后我把那个棕色抱枕尽可能抛往大海的方向。这一幕如果出现在我——或狄更斯——的悬疑小说里，我相信那颗抱枕就会是导致我（和卡罗琳）步向毁灭的重大线索与关键。某个比贝克特探长、卡夫探长，甚至狄克·德彻利探员更精明的人物会查出真相。等我和卡罗琳走上通往绞刑台那最后十三步时，我们各自心里都会想着，那该死的抱枕！（只不过我不会让女性角色说出这种粗鲁言语。）

不过，那个可悲的抱枕——在渐暗的天光中几乎看不见，因为月亮还没升起——只是呈抛物线远远飞越芦苇与香蒲，消失在另一边的湿地与泥滩里。

我想起那个恶心的绣花抱枕是谁送我的礼物，终于露出笑容，心里想着：这是马莎对我未来幸福做出的最大贡献。

卡罗琳都收拾妥当了，她那块破盘子的碎片全找回来，收进她的野餐篮里。我们一起离开墓园。

我们会一起搭九点三十分那班车回伦敦，却不会坐在一起，甚至不在同一个车厢里。时候未到。

"你的行李都收拾好托运了吗？"我轻声问道。我们穿越罗切斯特的狭窄街道，缓步朝车站的灯光走去。

她点点头。

"不需要回去了？"

"不需要。"

"三星期。"我说，"我知道 G 太太在沃克斯豪尔花园附近投宿的那家小旅馆的地址。"

"可是三星期内没有必要联络，"卡罗琳低声说，这时我们来到一条比较热闹的街道，"你真的确定 9 月 1 日我就可以搬回去？"

"百分之百肯定，亲爱的。"我答。而且我说的是真话。

# 第五十三章


亲爱的读者，没多久以前，也就是太阳刚升起不久，我把我坐着休息的那张安乐椅旁边的灯关掉后，我还在写这些东西，顺便写了这张字条给毕尔德："我快死了，方便的话过来一趟。"

我写那张字条的时候并不认为我快死了，但我现在真的觉得很难受，随时可能会开始最后的死亡，而优秀的作家会预做安排。晚一点儿我也许没有力气再写那张字条，所以要事先准备好。我还没把字条送出去。今天卡罗琳不在家，等会儿我可能让玛丽安或哈丽叶送过去给毕尔德。毕尔德如今也跟我一样老迈疲惫又衰弱，不过他不需要赶远路。我从卧室窗子这里就能看见他家。

这时候你很可能会问：你到底什么时候写的这些东西？

亲爱的读者，打从我们展开这段旅程以来，我将首度回答这个问题。

我为你撰写这份长篇手稿最后这一部分的时间是1889年9月的第三个星期。今年夏天我病了，但还是继续写这本回忆录。秋天来的时候，我觉得健康大有起色。9月3日我写了这封信给雷曼：

我睡着了，医生禁止家人吵醒我。医生说睡眠是我
的药物，他觉得我的病情很乐观。别管那些墨水渍，我
的手还稳得很，只是我晨袍袖子太宽。亲爱的老朋友，
暂时别过，也许我们真的会老当益壮。

可是我写那封信的隔周，除了诸多痼疾，呼吸道还发了炎。
尽管亲爱的毕尔德没有明说，我看得出来他已经不抱希望。
　　我相信你看到了我留给你的这份手稿最后几章那些墨水渍，
我知道你能谅解。我晨袍的袖子真的太宽。再者，跟你说句我不
会对雷曼和毕尔德和卡罗琳和哈丽叶和玛丽安和威廉·查尔斯说
的实话，我的眼睛和我的手部协调已经大不如昔。
　　就在1889年的5月，有个没礼貌又爱打听的年轻记者直接问
我，我长期使用兴奋剂的传闻是否属实，我这么回答他：

　　　　我写小说三十五年了，我习惯性释放伴随脑力工
　　作——法国小说家乔治·桑声称这是所有劳累工作之
　　中最令人沮丧的一种——而来的压力，一段时间用香
　　槟，另一段时间就用白兰地（老干邑）。如果活到明年
　　1月，我就六十六岁了，此刻我还在写另一篇小说。在
　　这方面我自有定见。

在这个凉爽的9月23日，我相信我活不到明年1月，也听不见
我生日那天的六十六响钟声。但我已经比我滴酒不沾的父亲多活
了漫长的五年，也比我亲爱的弟弟查理多活大约二十年。查理在

世时鲜少使用兴奋剂，顶多就是偶尔啜饮几口威士忌。

查理在1873年4月9日过世。他死于肠胃癌症。狄更斯生前一口咬定查理得的是癌症，只是我们大家一直不肯相信。我唯一的安慰是，查理终于一病不起的时候，狄更斯已经死了三年。万一我必须忍受狄更斯幸灾乐祸地嚷嚷着他对我弟弟的诊断多么正确，我恐怕非得杀了他。

我该不该约略叙述一下狄更斯死后这十九年来我的生活情况？亲爱的读者，那好像不值得浪费你我的时间，也不是这本回忆录的目的与重点，我相信你也不感兴趣。这本回忆录写的是狄更斯和祖德，你好奇的也是他们，不是你卑微、不值一提的叙述者。

简单来说，1870年初秋卡罗琳·G回到我格洛斯特街90号的家，就在……就在狄更斯死亡，而她当时的丈夫失踪的几星期后。那段时间乔瑟夫·克罗的母亲多次中风，似乎根本没人发现他和他太太都失踪了。有些好奇人士随口打听了几句，可是克罗夫妇的账单都付了，债务也清偿了，房子的租金付到7月底。人们发现他们失踪以前，房子已经整理干净，没有留下任何衣物或私人用品，房子和里面的几件廉价家具重新回到出租人手中。即使有人认识克罗夫妇，也都猜测酗酒成性的克罗和他郁卒的妻子迁居他处了。克罗那些流氓朋友都以为时运不济的克罗和他那个经常意外受伤的妻子搬去澳洲，因为平时克罗只要几杯黄汤下肚，就告诉他们有一天他会不告而别。

到了1871年3月，我重新在教区记录里正式登录卡罗琳·G太太为我的管家。凯莉很高兴她母亲终于回家来，据我所知，她从来没问过她母亲是如何摆脱不幸的婚姻的。

1871年5月14日，"马莎·道森太太"生下我的小女儿哈丽叶（当然以我母亲的闺名命名）。马莎跟我的第三个孩子——威廉·查尔斯·柯林斯·道森——生于1874年的圣诞节。

我几乎不需要告诉你马莎每次怀孕生产后都变得更胖。威廉出生后，她不再假装想甩掉像大片猪油似的挂在她身上的肥肉，也好像不再在乎自己的外表。我曾经描写过马莎，说她是我喜欢的那种女孩的典型："那种吃牛肉长大的胖嘟嘟英国女孩。"可是牛肉养出来的肥肉难免有可预期的结果。如果有人要求1874年的我重写那个句子，它就会变成："她是吃女孩长大、胖嘟嘟的巨大英国牛肉的完美典型。"

就算卡罗琳听说过马莎和孩子们的事，甚至知道我把他们都迁移到道顿街，好让他们住得舒适些，也离我近些，她从来没提起过，也没让我知道她知情。就算马莎知道1870年以后卡罗琳又回到格洛斯特街90号（或这几年的温波尔街）跟我同住，她也没提起过，也没让我知道她知情。


亲爱的读者，如果你想知道狄更斯死后我的文学创作进展，我可以用一个残酷的句子为你做个总结：世人认为我的事业与人生一帆风顺，我却一直很清楚，我的事业与人生携手并进，迈向一塌糊涂的惨败。

一如过去的狄更斯，我终于开始举办公开朗读会。朋友们都说我的朗读会轻松愉快又精彩。我自己知道——英国和美国那些直言的评论家也都这么说：我朗读时语调含糊、了无生气、支离破碎。

一如过去的狄更斯，我继续写小说，尽可能将它们改编成剧本。每一本书都比前一本更蹩脚，所有的书都比我的杰作《月亮宝石》更逊色。只是，多年以来我一直都知道《月亮宝石》根本不是什么杰作（是那半部《艾德温·祖德疑案》让我看清了这点）。

或许我的不受欢迎——事实就是如此，未来世界的读者——是从狄更斯逝世几天后开始的。当时我私下跟查普曼与霍尔出版社的费德列克·查普曼联络，我说只要他们愿意，我可以为他们完成《艾德温·祖德疑案》。我告诉他们，虽然那本书后半部内容没有现存笔记——这是事实，狄更斯并没有在任何纸页空白处或蓝色纸张写下《艾德温·祖德疑案》未完成部分的大纲——但狄更斯过世之前曾经私底下向我（而且只有我）透露过相关情节。我，而且只有我，有能力写出《艾德温·祖德疑案》的后半部，我只要求微不足道的费用和列名为共同创作人（正如我们早期那些共同创作的作品一样）。

查普曼的反应完全出乎我的意料。他大动肝火，直言不讳地说，英格兰没有任何人——不管他多么有才华，或自以为多么有才华——能够取代查尔斯·狄更斯的地位，就算我口袋里有上百条完整的大纲也一样。"宁可世人永远不知道谁杀了艾德温·祖德，如果艾德温·祖德果真死了的话，"他写信告诉我，"也不能让平庸之辈狗尾续貂。"

我觉得他用的成语既不贴切又很可笑。

查普曼甚至信誓旦旦地说，有关我的提议他会保密到底（也提醒我永远不要告诉任何人），以免如下后果："你会不可避免又无可救药地遭世人唾弃，也必定被看成、被认定为全英格兰、全大英帝国和全世界最放肆的人。"

一个出版商兼编辑表达能力竟然如此差劲，写出这种残废句子，我到如今都想不通。

可是那时候确实开始出现不利于我的传闻与耳语，也正是那个时期——如我所说——公众对我的憎恶排山倒海而来。

一如过去的狄更斯，我到美国和加拿大办了一系列朗读巡演，时间是在1873年到1874年，客观来说，那场巡演是彻底的灾难。巡演还没正式开始，一路上的轮船、火车和马车的奔波已经把我累垮。美国观众好像跟英国观众见解一致，认为我的朗读欠缺活力，甚至口齿不清。巡演过程中我身体始终不舒服，到最后就连大量的鸦片酊——我发现在美国寻找并购买这玩意儿出奇地困难——也无法为我带来精力和愉悦。美国观众都是白痴，那一整个国家都是老古板、女学究和乡下草包。对于卡罗琳跟我一起出游，法国人一点儿意见都没有，美国人却完全无法接受我的巡演团体里有个不是我妻子的女性。因此，在美国那漫长的几个月里，我必须独自忍受旅途的劳累、身体的病痛和每晚在舞台上的屈辱，都得不到卡罗琳的慰藉与协助。

我也没有多尔毕来帮我打理巡演时的生活琐事。我雇来代替我督导我某一出戏在纽约与波士顿的上演事宜——我配合朗读巡演安排的首演——的经纪人满脑子只想敲我竹杠。

1874年2月，在波士顿和美国人称为新英格兰那块单调白色帆布地图上的几处郊区疙瘩，我跟多位美国文学圈与知识界的引航光相聚，比如朗费罗、马克·吐温、诗人惠蒂尔、医生作家奥利弗·霍姆斯等人，我不得不说，如果这些人就是"引航光"，那么美国文学圈与知识界的光芒实在非常暗淡。（不过，我倒是很喜欢霍姆斯为我撰写并当众朗诵的赞美诗篇。）

当时我就明白——至今依然相信——那些争先恐后来看我或花钱买票听我朗读的美国人之中，绝大多数都是因为我曾经是狄更斯的朋友兼合作伙伴。狄更斯是我永远摆脱不掉的鬼魂，是我每次走近一扇全新的门的时候，必然出现在门环上的马利脸庞。

我在波士顿见到了狄更斯的老朋友费尔兹和他太太，他们带我出去享用一顿美味晚餐，又带我去欣赏歌剧。但我看得出来安妮·费尔兹不太喜欢我。所以，不久后我读到她私底下描写我，却迅速登上媒体的文字时，丝毫不感到惊讶：

> 个子矮小，体型怪异，额头和肩膀过大，跟身体其他部位不成比例。他口齿伶俐，谈吐有趣，内容却乏善可陈……一个在伦敦社交圈备受推崇与宠爱的男人，饮食不知节制，百病缠身，为痛风所苦，简单来说，不是人类的完美典型。

总而言之，我在美国那几个月里唯一享受到人情温暖又放松的时刻，就是我南下宾夕法尼亚州夸克镇探访故友法裔英籍演员费克特那段时间，他就是送狄更斯瑞士小屋那个人。

费克特已经变成酒鬼兼满口胡言乱语的偏执狂，这个曾经出类拔萃（相貌不算太俊美，毕竟他擅长反派角色）的演员如今无论外表或举止都显得粗俗又自满。他离开伦敦之前跟剧院里所有合作伙伴都起过争执，当然，那些人都是他的债主。他也跟他的女主角夏绿蒂·列克莱克吵架，甚至公开羞辱她。后来他到美国宾州娶了一个叫莉琪·普莱斯的女孩，她也是演员，但才华平庸。没有人觉得有必要告诉普莱斯小姐，费克特在欧洲已经有妻子和两个小孩。

1879年费克特肝硬化死亡，根据伦敦的一份讣告，当时他的处境是"遭到全世界鄙夷并孤立"。他的死对我是一大打击，因为他死亡前六年我去夸克镇拜访他，他又再一次跟我借钱，始终没有还清。

去年我写这本（墨渍斑斑的）回忆录时，或者是前年1887年，总之是在我从格洛斯特街90号（埃格妮丝开始尖叫，我觉得不只我一个人听得见，因为魏博太太和其他仆人无论如何都不敢靠近那扇封死的门）搬到我目前居住（兼等死）的温波尔街82号现址后不久……

我说到哪里了？

哦，对了。去年或前年，有人介绍我认识霍尔·凯恩（亲爱的读者，我只能假设你听说过这号人物，也听说过介绍我们认识的罗塞蒂），凯恩注视了我很久，之后他对我的印象也诉诸文字：

> 他的眼睛又大又凸，眼神迷离又朦胧，像盲人的眼
> 睛，又像刚施打过麻醉药剂的人。

但当时的我还不至于瞎到看不见他打量我的时候那种惊吓表情。那天我告诉凯恩："你的视线好像离不开我的眼睛，我必须说明，我的眼睛里有痛风，它想方设法要把我弄瞎。"

当然，那个时候（以及之前很多年）我用"痛风"代表"甲

虫"——代表"圣甲虫"——代表"祖德那只钻进我脑子，进驻我疼痛双眼后方的昆虫"。它的的确确想方设法要把我弄瞎，向来如此。

好吧……读者，但我知道你一点儿都不在乎我的过去和我的病痛，更不在乎此时煞费苦心为你撰写这本回忆录的我即将油尽灯枯。你感兴趣的只是狄更斯和祖德、祖德和狄更斯。

亲爱的读者，我从一开始就摸清了你的心思……你根本不在乎这本回忆录里的我，你之所以继续读下去，都是为了狄更斯和祖德，或祖德和狄更斯。

几年前我开始动笔写这本回忆录，满心希望你知道我是谁，更重要的是，你还知道我写过哪些作品、读过我的作品，也看过我的戏。可惜不是，生活在冷漠未来的读者，如今我知道你没有读过《白衣女人》，甚至没读过《月亮宝石》，更别提我的《夫妇》或《可怜的芬奇小姐》或《新妓女收容所》或《法律与仕女》或《两种命运》或《鬼旅馆》或《流氓的一生》或《落叶》或《耶洗别之女》或《黑袍》或《心与科学》或《我说不行》或《邪恶天才》或《该隐的后裔》，或目前我殚精竭虑创作的小说《盲目的爱》，这本书正在《伦敦新闻画报》上连载。

各位读者，以上这些书你一本都没听过，是吧？

在你的傲慢未来里，当你乘着无马车辆滑进书店，而后回到你点着亮晃晃电力灯具的地下室住宅，或者甚至在你装有电灯的车厢（什么都有可能）里展书阅读，或者夜晚溜进剧院——相信你们还有戏院，我很难相信你读过我的书，或看过我的剧本的演出：比如《冰冻深渊》（这出戏在曼彻斯特首演，它从来就不

是狄更斯的作品）；或《黑与白》（在阿代尔菲剧院首演）；或
《白衣女人》（在奥林匹克剧院首演）；或《夫妇》（在威尔士
王子剧院首演）；或《新妓女收容所》（在奥林匹克剧院首演，
也配合我的美国巡演在纽约登台）；或《桂欧小姐》（在环球剧
院首演）；或《绝对的秘密》（在兰心剧院首演）；或——终
于——《月亮宝石》（在奥林匹克剧院首演）；或……

光是写上面那些东西就让我精疲力竭，耗去我最后一丁点儿
力气。

那几千个又几千个日日夜夜的笔耕，在说不出口的疼痛与难
以忍受的孤寂和纯然的恐惧中创作，而你……读者……却没有
读过或坐在剧院中欣赏过任何一件。

去它的。去你的。

你要的是祖德与狄更斯，狄更斯与祖德。好吧，那么，现在
上午九点刚过，我用我仅剩的、游丝般的气力告诉你祖德的事。
读者，你要多少祖德就有多少，噎死你。这一页的墨水渍多于文
字，但我不道歉。我也不为我的出言不逊道歉。我道歉得烦了，
我的人生就是没完没了、一回合又一回合、毫无理由的道歉……

我曾经以为我能够预见未来——那些游走在科学边陲的人称
之为预知能力，但我从来不敢确定我是不是真的有天眼通。

如今我很确定。尽管我的生命只剩不到两小时，我却能看
见这段"余生"的每一个细节。我能清楚看见未来——即使我
的视力渐渐模糊——这点仍然很不同凡响。所以请原谅我使用
未来式。我的未来将会是——套句俗话——昙花一现。我现在
就要写，趁我还能写，因为我能看到未来，看到今天早上稍晚的
时候，看到我生命的尽头，能预先偷窥到我再也提不起笔的那些

时刻。

狄更斯死后这十九年又三个月以来的每一天，祖德始终以某种形式跟着我。

每逢凄冷的秋冬夜晚，当我望着窗外的雨，就会看见祖德的某个喽啰——巴利斯或狄更森，甚至那个眼睛怪异、无辜送命的男孩醋栗——站在对街盯着我。

每回我在伦敦街头散步，努力想甩掉身上这些腐烂之前不可能离开我的肥肉，我都能听见背后传来祖德的手下、祖德的眼线的脚步声。巷弄里永远藏着阴暗身影和明亮眼睛。

读者，如果你有一点儿想象力，请想象一下，你置身纽约市某个鸟不生蛋的村庄——比如奥尔巴尼，那里的痰盂比人口数来得多——在某个宽敞、通风良好、阴暗又酷寒的演讲厅里朗读，外头暴风雪肆虐。当时有人好意告诉我，十六年前狄更斯在那个场地演讲时，观众超过九百人，那天我的观众大概只有二十五个。可是，在那二十五个人之间，在他们上方，祖德就坐在后方配合当晚朗读封闭的老旧衰朽楼座上，那双没有眼皮的眼睛眨也不眨，始终露出尖齿在微笑。

那些土包子美国人却想不通我的朗读为什么这么小声、这么矫揉造作又了无生气。

读者啊，日以继夜、夜以继日，祖德和他的爪牙和他的圣甲虫耗尽我的生命。

每回我张开嘴让毕尔德执行他愈来愈频繁的检查，我总是预期听见他惊叫："天哪！威尔基，我看见一只巨大甲虫的壳堵在你的喉咙！它的螯会把你活活吃掉！"

祖德出席了我所有剧本的首演，也目睹了我小说的失败。

读者啊，你有没有看出我用书名玩着揭秘游戏？

《两种命运》，我曾经拥有，但狄更斯和祖德帮我选了差劲的那种。

《绝对的秘密》，我的心：对于那些跟我共享床褥（却不共享姓氏）的女人和那些身上流着我的血（同样不能冠我的姓氏）的孩子而言。

《流氓的一生》，我不需要多说。

《夫妇》，尽管身陷诸多牢笼，我独独避开了这个。

《我说不行》，我的一生。

《邪恶天才》，当然是祖德。

《该隐的后裔》，但我是该隐，还是亚伯[1]？我曾经把狄更斯当成哥哥。对于我谋杀他的意图，我唯一后悔的是我没有得手，祖德从我手中夺走了那份乐趣。

读者啊……你看出来了吗？你看得出狄更斯留在我身上的诅咒多么邪恶、多么可怕吗？

从过去到现在，我连一秒也没相信过祖德是某种催眠暗示的产物。我不相信他只是1865年6月被人一时性起创造出来，从那时起便诅咒着我生命中的每一天。但假使狄更斯当真做了这种事——假使世上没有祖德，那会是多么可憎、多么恶毒的行为。光凭这点，狄更斯就该死，他的肉体也活该在生石灰坑里被腐蚀。

---

1　典故出自《圣经·创世记》，该隐与亚伯是亚当与夏娃的儿子，该隐后来因嫉妒杀死亚伯。

但如果1865年他没有发神经在一场被（我）遗忘的催眠里对我鸦片药效作用下的浑浑噩噩作家脑袋暗示祖德，却告诉我他这么做，还说他只要晃荡怀表几分钟、简单下一道"无法理解"的指令，就能让我摆脱祖德，从此走出我人生的这场噩梦，这种行为又是多么残酷、阴险、不可原谅地差劲。

光凭这点，狄更斯就该死，死再多次都不够。

更重要的是……读者啊……狄更斯该死、该下地狱，因为尽管他有种种缺点与毛病（无论身为作家还是作为一个男人），他始终是文学奇才，我却不是。

这个诅咒——这个持续存在的认知，就像亚当受诱吃了辨识善恶树上的苹果后那场无比痛苦又难以挽回的苏醒——甚至比祖德更糟糕，而没有任何事比祖德更糟糕。


《盲目的爱》是我目前创作中的书本，我已经写出初稿。此时的我心知肚明，我再活不久，没办法完成润饰。

对谁的盲目的爱呢？

不是对卡罗琳，也不是马莎。我对她们的爱是短暂的、理性的、限额配给的，永远给得心不甘情不愿，而且总是——毫无例外——受欲望操控。

也不是对已经长大或成长中的孩子玛丽安、哈丽叶和威廉·查尔斯。我很高兴他们来到人世，除此之外，我没什么好说的。

也不是对我的书或我创作那些书付出的辛劳。那些书我一本都不爱。它们只是成品，跟我的孩子一样。

可是，天可怜见，我爱查尔斯·狄更斯。我爱他那种突如其来、感染力十足的笑声，爱他幼稚的荒唐行为，爱他说的故事，也爱跟他相处时那种每个当下都很重要的感觉。我痛恨他的才华，他活着的时候掩盖我的光芒，死后的每一年都更让我黯然失色。而且，不忠的读者啊，我相信在你那遥不可及的未来他更会远远凌驾我。


过去十九年来，我经常想到狄更斯最后告诉我的那个小故事。他说他还是个穷小子的时候走在伦敦街头，把一颗颗樱桃喂给一个骑在爸爸肩膀上的小男孩。那男孩吃光了他的樱桃，那个爸爸自始至终都没发现。

我认为狄更斯把故事说反了，我认为他偷了那男孩棕色袋子里的樱桃，男孩的爸爸始终没察觉，全世界都没察觉。

或者这是我自己不为人知的故事，或者狄更斯趁我骑在他肩膀上的时候偷了我的樱桃。

再过一小时，我会派玛丽安把字条送去给毕尔德：我快死了，方便的话过来一趟。

他当然会来，毕尔德从不让人失望。

而且他会来得很快，他家就在对街。可是他赶不及。

我会坐在我的大扶手椅上，就像现在这样。我后脑勺会枕着一颗抱枕，就像现在这样。

火焰会在炉栅里燃烧。

但我感受不到它的热度。

我为这些墨水渍致歉，我晨袍的袖子真的太大了。

阳光会从窗子高处照进来，就像现在这样，但只是高一点点，正如壁炉里的煤炭只会烧低一点点。应该会在十点过后。虽然阳光灿烂，房间却会一分钟一分钟变暗。

我不孤单。

读者啊，你一直都知道的，我死的时候不会孤单。

有好几个身影跟我一起在这房间里，或许在我费力写着的时候，它们会滑行过来，但我的手会没有知觉，我的写作从此终止，我手上的笔只会画出毫无意义的线条和污渍。

祖德当然会在这里。他的舌头会一吐一收。他实实在在很想跟柯林斯斯斯先生说个小秘密。

我在猜，在祖德后方左侧，我会看见巴利斯——菲尔德探长的儿子。菲尔德也会在场，在他儿子后面。他们俩都会露出食人族的尖牙。站在祖德右边的会是狄更森，他终究不是狄更斯认养过的那个儿子。他向来就是，也永远会是祖德的怪物。在这些身影后面就只是模糊的形状，个个都穿黑色西装披斗篷。在这屋里渐渐变暗的阳光中，他们看起来会很滑稽。

我将无法清楚辨识他们的面孔，圣甲虫终于啃穿了我的眼珠。

可是后方会有一个隐约不明的巨大身影。那可能是黑彻利探员，我只能勉强看出他黑色背心和寿衣底下的恐怖凹洞，像梦魇里的假怀孕。

可是读者啊（我早看穿你了，我知道这些事比我本人更吸引你），狄更斯不在其中。狄更斯不在场。

但我相信我会在，我已经在了。

接着，我会听见亲爱的毕尔德上楼的脚步声，刹那间我房间里那些身影会开始挤过来，七嘴八舌说着话。他们一面向我靠过来，一面嘶嘶嘶地喷着吐着含糊又刺耳的声音，同一时间说着话，却都语无伦次。我会举起双手捂住耳朵，如果我办得到的话；我会闭上仅剩的眼睛，如果我办得到的话。因为那些面孔会很惊悚，那些吵闹声会叫人吃不消，那会是一种我从没体验过的痛苦。

再过四十五分钟，这些事就会发生——在我送信给毕尔德之前，在其他人比他先到之前——可是我已经觉得痛苦、恐怖、难受、无法理解。

无法理解。

丹·西蒙斯
美国科罗拉多州
2008年4月23日

# 致谢词

我首先要感谢利特尔&布朗出版公司的执行编辑Reagan Arthur，感谢她的多方协助与优秀的编辑。并且感谢资深审稿Betsy Uhrig非凡的工作效率。我相信这本小说里不免还有疏漏与舛错，那多半要归咎于我（假使固执是一种美德，我已经拿到了天堂的门票）。

限于篇幅，我只能列出一部分我参考过、有关狄更斯与他的年代的传记与其他资料，我特别希望提出以下这些：

《狄更斯》（*Dickens*），Peter Ackroyd著，HarperCollins 1990年出版。

《查尔斯·狄更斯：他的悲与喜》（*Charles Dickens: His Tragedy and Triumphs*），Edgar Johnson著，Simon and Schuster 1952年出版。

《狄更斯传》（*Dickens: A Biography*），Fred Kaplan著，The Johns Hopkins University Press 1988年出版。

《我所知的查尔斯·狄更斯：英美两地朗读巡演逸

事（1866年至1870年）》（*Charles Dickens As I Knew Him: The Story of the Reading Tours in Great Britain and America, 1866—1870*），George Dolby著，伦敦T. Fisher Unwin1887年出版。

《查尔斯·狄更斯》（*Charles Dickens*），Jane Smiley著，Penguin Putnam Inc. 2002年出版。

《查尔斯·狄更斯的剑桥友伴》（*The Cambridge Companion to Charles Dickens*），John O. Jordan编，Cambridge University Press 2001年出版。

《查尔斯·狄更斯的一生》（*Life of Charles Dickens*），John Forster著，1874年。

《艾德温·祖德疑案》（*The Mystery of Edwin Drood*），Charles Dickens 1870年著，Oxford University Press1956年出版。


**我还希望提及其他有关狄更斯本人与他的时代的数据源：**


《狄更斯与他的家人》（*Dickens and His Family*），W. H. Bowen著，1957年。

《狄更斯笔下的自己》（*The Life of Charles Dickens as Revealed in His Writing*），Percy Fitzgerald著，1905年。

《查尔斯·狄更斯的多变世界》（*The Changing World of Charles Dickens*），R. Giddings编，1983年。

《维多利亚时代的人物与观点》（*Victorian People*

and Ideas），Richard D. Altick著，1973年。

《查尔斯·狄更斯的世界》（*The World of Charles Dickens*），Michael St. John Parker著，2005年。

《地下城市：巴黎与伦敦的地底世界，1800年至1945年》（*Subterranean Cities: The World Beneath Paris and London, 1800—1945*），David L. Pike著，2005年。

《狄更斯和女儿》（*Dickens and Daughter*），Gladys Storey著，1939年。

《狄更斯、里德与柯林斯：奇情小说家》（*Dickens, Reade, and Collins: Sensation Novelists*），W. C. Phillips著，1919年。

《伦敦，1808年至1870年：拥挤不堪的城市》（*London 1808—1870: The Infernal Wen*），Francis Sheppard著，1971年。

《查尔斯·狄更斯：复活论者》（*Charles Dickens, Resurrectionist*），Andrew Sanders著，1982年。

《查尔斯·狄更斯演说稿》（*The Speeches of Charles Dickens*），K. J. Fielding编，1950年。

《狄更斯的演员魂》（*The Actor in Dickens*），J. B. van Amerongen著，1926年。

《鸦片与浪漫幻想》（*Opium and the Romantic Imagination*），Alethea Hayter著，1968年。

《狄更斯与催眠：潜藏的小说灵感泉源》（*Dickens and Mesmerism: The Hidden Springs of Fiction*），Fred Kaplan著，1988年。

《莎士比亚暴动：19世纪美国的复仇、戏剧与死亡》（*The Shakespeare Riots: Revenge, Drama, and Death in Nineteenth-Century America*），Nigel Cliff著，2007年。

有关狄更斯与他的时代环境的网络资源不可计数，无法一一在此罗列，但我希望举出以下：

"查尔斯·费德列克·菲尔德探长"（Inspector Charles Frederick Field），见www.ric.edu/rpotter/chasfield.html。

"维多利亚时期的伦敦，区域，街道，蓝门绿地"（Victorian London-District-Streets-Bluegate Fields），见www.victorianlondon.org/districts/bluegate.html。

"狄更斯的伦敦"（Dickens' London），见www.fidnest.com/~dap.1955/dickens/dickens_london_map.html。

"查尔斯·狄更斯的重印作品"（Reprinted Pieces by Charles Dickens），见 www.classicbookshelf.com/library/charles_dickens/reprinted_pieces/19/html.

"住宅与健康（伦敦黄金广场布洛德街霍乱死亡人数，1854年8月19日到9月30日）"（Housing and Health (Deaths from cholera in Broad Street, Golden Square, London, and the neighbourhood, 19 August to 30 September, 1854), 见 www.st-andrews.ac.uk/~city19/viccity/househealth.html。

"甲虫与宗教符号、文化昆虫学"（Beetles as

Religious Symbols, Cultural Entomology, Digest 2），见 www.insectos.org/ced2beetles_rel_sym.html。

"现代埃及祭仪法术：新生儿赐福与命名仪式"（Modern Egyptian Ritual Magick: Ceremony of Blessing and Naming a New Child），见www.idolhands.com/egypt/netra/naming.html。

有关狄更斯《荒凉山庄》的精辟见解，我深深受益于弗拉基米尔·纳博科夫在卫斯里学院对这本书所做的独到分析。（尽管纳博科夫在一段举足轻重的引用词句里有个重要单字误导了我——而我才刚读完《荒凉山庄》——幸好被无可匹敌的Betsy Uhrig抓了出来）那篇讲稿见于Fredson Bowers编纂的《文学演说稿》（Lectures on Literature），Harcourt Inc.1980年出版。

有关威尔基·柯林斯的研究，我要在此列举以下来源：

《威尔基·柯林斯的秘密人生》（*The Secret Life of Wilkie Collins*），William Clarke著，Sutton Publishing Limited1988年出版。

《世人眼中的威尔基·柯林斯：书信集粹第一至四册》（*The Public Face of Wilkie Collins: The Collected Letters, Volumes I-IV*），William Baker、Andrew Gasson、Graham Law、Paul Lewis合编，Pickering & Chatto2005年出版。

《创造者之王：威尔基·柯林斯的一生》（*The King of Inventors: A Life of Wilkie Collins*），Catherine

Peters著，Martin Secker &Warburg1991年出版。

《威尔基·柯林斯传》（*Wilkie Collins: A Biography*），Kenneth Robinson著，the MacMillan Company1952年出版。

《追忆往昔》（*Some Recollections of Yesterday*），Nathaniel Beard著，刊载于1894年的Temple Bar杂志；

《半世纪的回忆》（*Memories of Half a Century*），R. C. Lehmann, Smith Elder1908年出版。

《月亮宝石》（*The Moonstone*），威尔基·柯林斯著，1874年初次刊载于Temple Bar, Hesperus Classics版由Hesperus Press Limited出版。

读者如果对威尔基·柯林斯感兴趣，不妨参考以下这个资料特别丰富的网址："威尔基·柯林斯年表"（Wilkie Collins Chronology），见www.−wilkie−collins.info/wilkie_collins_chronology.html。

最后，一如往常，我要向我的第一位读者、基本校对与终极灵感泉源凯伦·西蒙斯献上我最诚挚的谢意与最深的爱。

马上扫二维码，关注"**熊猫君**"

和千万读者一起成长吧！